全景再现中国抗日战争风云纪实

中国未遗忘

抗日战争纪实

王进伟◎编著

团结出版社

图书在版编目（CIP）数据

中国未遗忘 / 王进伟编著. -- 北京：团结出版社，
2015.5（2022.1重印）

ISBN 978-7-5126-3574-6

Ⅰ.①中… Ⅱ.①王… Ⅲ.①长篇小说—中国—当代
Ⅳ.①I247.5

中国版本图书馆CIP数据核字(2015)第094706号

出　　版：团结出版社
　　　　　（北京市东城区东皇城根南街84号　邮编：100006）
电　　话：（010）65228880　　65244790（出版社）
　　　　　（010）65238766　　85113874　　65133603（发行部）
　　　　　（010）65133603（邮购）
网　　址：http://www.tjpress.com
E-mail：zb65244790@163.com（出版社）
　　　　　fx65133603@163.com（发行部邮购）
经　　销：全国新华书店
印　　刷：三河市燕春印务有限公司

开　　本：710毫米×1000毫米　　16开
印　　张：20
字　　数：300千字
版　　次：2015年5月　第1版
印　　次：2022年1月　第3次印刷

书　　号：978-7-5126-3574-6
定　　价：88.00元

前　言

"我们不怕死亡，我们怕被遗忘。"曾参加过抗日战争的老兵这样说。抗日战争是第二次世界大战中反法西斯战争的重要组成部分。4 亿中国人民用自己的血肉筑起了一道抵抗外国侵略的新的长城，最终，中华民族不仅没有被侵略者征服，而且彻底地打败了侵略者。

中国共产党是中国抗日战争的中流砥柱，正是因为中国共产党倡导国共合作建立抗日统一战线，才充分调动了全国人民投身到民族解放斗争中。如果没有共产党的努力，没有敌后战场的配合，抗日战争是无法取得胜利的。在抗战中，以国民党军队为主体的正面战场组织了一系列的重大战役，给予了日军重大打击，抗日战争结束时，国民党军队伤亡官兵共计 321 万。

一寸山河一寸血，正是因为抗日战争的胜利，使得近代以来一直积弱积贫的中国走上了复兴之路，最终迈上社会主义和谐发展的道路，实现了经济和文化的迅猛发展。

人们对历史的认识，总是受到种种条件的局限，抗日战争距今已七十多年了，就连那些亲历者也相继去世，而战后出生的人只能借助课本、书籍、资料来了解这段历史，很多人高唱着国歌、对国旗行注目礼，却对国歌、国旗的背景了解甚少。那些为了反法西斯战争奉献了青春和血汗的英雄，实际上担心的不是自己被历史所掩埋，而是担心后人遗忘了那样一段历史。

进入 21 世纪之后，抗日战争发生的年代离我们渐行渐远，残酷的战争史实也逐渐淡出了人们的记忆。重温以及再现抗战中发生的那些惊天地、泣鬼神的经典战役，目的就是帮助读者了解抗日战争的艰苦、残酷以及作战的过程，让那些为了国家和民族负伤流血、英勇就义的英雄们得以正名，含笑九泉。

慰顾英雄平淡生活，定格前人尚存记忆，这是后人需要做的功课，也是我们应尽的历史责任。因此，本书综述亢战风云，凝眸经典战役，以飨读者。

目　录

平津作战、淞沪会战和南京保卫战（1937.7）

太原战役（1937.10）

1

徐州战役（1938.2）

武汉战役（1938.8）

赣北战役（1939.3）

长沙战役（1939.9）

桂南战役(1939.11)

枣宜战役(1940.5)

百团大战(1940.7)

中条山战役(1941.5)

湘浙赣战役(1942.5)

豫湘桂战役（1944.4）

滇缅战役（1944.5）

敌后战场

平津作战、淞沪会战和
南京保卫战（1937.7）

平津作战

日军的挑衅

　　1937 年 7 月 7 日，驻扎丰台的日军某中队在队长指挥下再次展开了战斗演习。这一次，他们将演习地点定在了卢沟桥北，永定河东，回龙庙附近，而这一地区正是二十九军部队的地盘。当地防军发现了这次日军演习的异常情况，立即将其报告给旅长何基沣。旅长何基沣收到报告以后，又立刻报告给保定的师长冯治安。冯治安收到消息在第一时间赶回了北平，与何基沣一起准备迎战。

　　是夜，天朗气清，空中无月，静谧的夜，可见度极低。夜里 10 点左右，在日军的演习场上，突然传来了连续枪响。这些枪声本是日军演习过程中的假想敌发射的，然而，第三大队第八中队的中队长清水节郎却声称枪声来自铁路桥附近堤坝方向以及宛平城墙方向，紧接着一名士兵的失踪令其立即命人到丰台报告给大队长。大队长收到中队的报告后，下令部队的主力主动出击。他一边让部队紧急集合，一边联系驻扎在北平城内东交民巷的联队部。当时，日军驻屯旅团旅团长河边正三少将并不在北平，他的职务由第一联队长牟田口廉也大佐代理。夜里 12 时许，牟田口廉也收到了第三大队长的报告，同意三台部队出动，并命令大队长即刻前往现场进行部署，并且和宛平城内的二十九军营长进行交涉。一木大队长随即率领主力军迅速到达现场，并且指挥大队集结在五里店，占据了沙岗村北大枣园山南北一线做好战斗准备。

　　此时，驻扎在宛平城的第二一九军第三营部队，当晚在听到城东方向的枪声后就开始提高警惕，严密观察着日军的一切行动。

　　而驻守在北平城内的日本军官，在收到一木大队长的汇报后，立刻开始谋划，指挥事态发展。当时日军驻守在北平的陆军助理武官今井武夫少佐后来回忆说，7 日晚上 12 点，他刚刚入睡就被武官室的值班士兵叫醒了，收到第一联队副官河野又四

1

郎的电话，匆忙地穿好了衣服，赶到联队本部，这时正是凌晨1点。屋中央摆了一张大桌子，联队长牟田口廉也居首位，一个个重要军官穿戴整齐围桌而坐，听取着卢沟桥附近部队发来的情报，神色冷凝，默不做声。这时，日军驻北平特务机关长松井太久郎大佐发电声称，日本陆军一中队夜间在卢沟桥演习时，似乎听到城内枪响，致使演习部队一片混乱，导致失踪了一名日兵，故要求进入宛平县城搜寻该士兵。收到松井电话的冀察外交委员会将此内容报告给二十九军副军长兼任北平市长秦德纯，请示该如何回应。秦德纯认为，日军演习是没有经过许可的，就算有士兵失踪也应该由当地警察来搜索。没过一会儿，松井再次来电，如果中方不允许，日方将会使用武力前进。秦德纯当即下令给驻守在宛平的部队以及河北第四行政区专员兼任宛平县县长的王冷斋，令其在最短时间内查明真相，妥当处理。王冷斋随即和城内驻军第三营营长金振中一起搜寻失踪日兵的行踪。经过核查，王冷斋报告事实真相后，奉命前往日军特务机关和松井谈判。

　　王冷斋到日本特务机关的时候，冀察外交委员会的魏宗瀚主席、孙润宇委员、林耕宇专员以及交通处长周永业都已经就位了。王冷斋先对松井声明，枪声从宛平城东门外响起，在那里并没有中方的驻军，在城内守军检查后也没有发现开枪的事，守军的士兵没有少一枚子弹，更没有发现失踪的日兵。松井又强调要进城进行搜索。王冷斋据理力争："宛平城门在夜里是关闭的，在城外演习的日军，怎么会消失在城里呢？"这时，在场的人又得到了失踪士兵现已归队的报告。然而松井仍然不松嘴："虽然收到了失踪士兵归队的消息，但是调查他失踪的过程还是很有必要的。"王冷斋回答："失踪过程只需要问这个士兵就可以了，如果一定要进行详细调查的话，双方都应该派出人员。"这次谈判的结果是先让中日双方均派人前往宛平城调查，情况了解清楚后，再共同商量处理办法。当时指定的调查人员为日方的樱井顾问、寺平辅佐官、斋藤秘书和中方的王冷斋专员、林耕宇委员、周永业处长。

　　等到8日凌晨3点，调查人员来到日军第一联队部。见到林耕宇以后，牟田口廉也联队长大吼大叫，非常蛮横："明明就是你们搞的鬼！"林耕宇回答道："这都是误会。"牟田口廉也叱责道："误会什么的以前就讲过了！"接着他又将枪口对准了王冷斋："身为一名文官，你有权限和气魄制止中国军队行动吗？"王冷斋回答说："现在我们需要考虑的还是调查任务的问题，在事态不明确的情况下，谈不上如何处理。尤其还不确定责任出在哪一方面的情况下。""刚才在你们的特务机关部，大家商定的结果是先调查，再处理，现在我的责任只是调查，还做不到处理。"面对牟田口廉也的反复纠缠，王冷斋拒绝得非常坚决。紧接着调查人员分别乘坐两辆汽车进入了宛平城。而在调查人员一行出发以后，牟田口廉也派遣副联队长森田彻中佐前去卢沟桥地区进行指挥，并且以电话的形式通知了一木大队长。

　　凌晨4点，调查人员刚刚离开牟田口廉也联队部，还在前往宛平城的路上。日军第三大队长一木清直通过电话向牟田口廉也联队长请示，污蔑"中国军队又向日方射击，针对这件事日方是不是应该予以回击？""要如何处理才好？"牟田口廉也回复："一旦受到中国军队射击，就可以予以回击！"紧接着他心里又暗自纳闷，嘀咕了一句："受到中国军队攻击该如何处理？作为一个军人怎么会讲出这样的话！"然而一木大队长做贼心虚，深切明白挑起战争的责任有多么严重，进而又追问了一句："就算是开枪射击也没有问题吗？""如果是这样的话，这件事十分严重，我需要知道准确的时间。""凌晨4点23分。"核对过时间以后，一木少佐听从了发动进攻的命令，并且于五里店附近遇上了前往宛平城执行调查任务的樱井少佐。樱井对一木说，他曾经询问过冯治安关于"不法射击"一事，冯的回答是："我手下的部队是不会去卢沟桥城外的。如果在城外发现部队，那一定是土匪。"同时樱井还说，如果将兵力布置在城外，攻击的时候不会发生任何事故，而城内的良民还是很多的，如果想要攻击的话可能就要等一等了。之后，一木来到沙岗村北小土山作攻击部署，展开了战斗的队形，将步兵炮对准了龙王庙二十九军部队的阵地，准备攻击。

另一边调查人员的汽车刚刚到达宛平城东二里的地方就被迫停了下来。寺平命令王冷斋下车，并且拿出来一张地图说："现在事态十分严重，等不及调查和谈判了，为了防止冲突，只能希望你立刻命令城内的守军朝西门撤退，让我日军进入东门城内差不多几十米的地方，我们再商议解决的办法。"王冷斋说："我们这次来只负责调查，这是在你们特务机关部就已经商量好的，刚刚牟田口廉也就让我进行处理，我已经拒绝了他。而且你所说的让中方撤退而你军进城的要求太过无理，偏离了正题，根本无从谈起。"寺平质问道："在平时，日军演习的时候都可以穿城而过，为什么就今天不能进城了呢？"王冷斋反驳道："你上任时间不长（寺平接任滨田不到三个月），可能还没有明白以前的情形，我在这里的时候从来没有允许你们的演习部队可以穿城而过，你所说的先例又是什么时候发生的？麻烦给我一个事实来证明一下。"此时牟田口廉也派来此地指挥的副联队长森田彻中佐把王冷斋等人胁迫到日军部署好的阵地之上，打算用武力威胁他们。王冷斋坚持按照之前商议的进行调查，双方相持不下，十几分钟后，森田见威胁无用，才放王冷斋等人进城调查。

在一木大队长向牟田口廉也联队长请示是否下令射击时，日军的驻平副武官今井武夫也在现场。他立即发电报给东京陆军中央部，同时借着尚未清晰的晨光，于武官室院中的槐荫下，召开了记者招待会。这次招待会的记者大多数来自日本。今井武夫将卢沟桥事变的大致情况发表了一番演讲。他后来在回忆中说，在记者们离开以后，在武官室的院子里他参拜了招魂社，"为了东洋的和平作祈祷，这时候已经是凌晨5点半左右了，天空渐渐沥沥地下起雨来。""正好就是这一时刻，大炮声从西南方响起，连昏暗的、云雨缠绵的天空也为之震颤，这沉重的轰鸣就像为远东抒发一曲凭吊的哀吟。"

卢沟桥阻击战

8日凌晨5点，日军第三大队长一木令在铁路北侧地区的属下部队对宛平城外的二十九军部队的阵地进攻，同时对在沙岗村北侧大枣山的炮兵下令支援步兵的进攻。早就有所准备的守军奋勇抵抗。二十九军副军长兼任北平市长的秦德纯对守军下令："保证卢沟桥以及宛平县城的安危，不许放入日军的一兵一卒，不可放弃每一寸国土。卢沟桥和宛平县城是中方最重要最光荣的基地，誓与城池共存亡。"卢沟桥阻击战就这样轰轰烈烈地展开了。

防御工事后的士兵

同时，在宛平城内，中日双方的调查人员正在商量调查办法。王冷斋等人对樱井等日方人员疾声厉色，声明是日军先开枪破坏了大局，应该对这场事变负责。樱井等人却狡辩道，开枪可能只是一场误会，要做的就是努力调解，不要让这件事闹大。这时，牟田口廉也突然令人给王冷斋和守军团长吉星文送信，约他们出城谈判。当时林耕宇和寺平就出了城和日军接谈了。由于日军牟田口廉也联队长命令森田中佐一边进行交涉，一边部署攻击，因此战斗进行了差不多半小时之后，一木下令停止了战斗，步兵停止攻击，炮兵停止射击，就地用饭。

战斗开始以后，秦德纯、冯治安、张自忠等人紧急召开了会议，并且发表声明：虽然和平是我们最想要的，但是如果日方一再进攻，为了自卫起见，我们只能与之周旋。而位于前线的守军也士气激昂，纷纷表达了愿意和卢沟桥共存亡的决心。

日军暂时停止了攻击，各个战线上的部队吃过早餐以后，在5点30分的时候再次向守军发动了攻击。日军的炮火，毁坏了城中大量的房屋和专员公署，击毁多处民房，人员也有部分伤亡。激烈的战斗一直延续到下午6点左右，日军攻下了回龙庙以及附近的永定河东岸地区，并且还有一支突围了永定河，占领了铁路桥西头的部分地区。在这场战斗中，双方都有严重伤亡。守军营长金振中以及保安大队副队长孙培武负伤。

在日军第八中队长清水节郎的笔记中，我们隐约可以看到当时战斗的激烈情况：

黎明刚刚到来之际，龙王庙北侧待命的日军第八中队利用高粱地和玉米地的绝妙隐蔽，继续前进，一直到距离龙王庙东北方向差不多300米的庄稼地边沿。要想到前方的堤坝间，还需要穿越大约100米的水田，这之后的前进，不仅要通过麻烦的水田，还会经过距离龙王庙北面差不多50米，那里布满了中方士兵的散兵壕。

为了能够成功接近堤坝，日军第八中队对下属下达了各种准备命令。位于一线的是第二小队，作为预备队的是第一小队，预备队配备机枪，进入附近的田地以及柳树丛等隐蔽地带占领阵地。通过第一小队的掩护，第二小队如平时演习的一样通过了中方的散兵壕，一部分于永定河中游朝右岸前进，到达右岸后再向左迂回逼近中方阵地。另一部分朝左岸而去。

一切准备就绪了，同样行动起来的预备队也到了堤坝，他们发现由于几天前的雨，永定河水明显涨了，水流混浊，蜿蜒流过。周围的河床基本都有200米宽，如果季节干燥，兴许还能过去，现在看来，中心水流的深度估计都有80公分，加上泥泞的河沙，涉渡非常困难。因此，他们打消了往前岸进发的念头，而在堤坝斜面以外也没有发现可以展开战斗的余地，因此，援增到第一线的预备队只有日军第八中队第一小队。

同时，进攻的日军发现，龙王庙附近没有任何坚固的民房可以作为防御设施，他们不禁窃喜，觉得之后的攻击少了不少障碍。

集结在堤坝的日军在这时迎来了大队部的书记，书记带来了进攻命令的要点，同时他们也了解到，大队主力的第一线已经进入阵地前沿差不多300米的地方。通过河川状况的报告，日军先头部队野地少尉统辖的第一小队开始匀速前进。同时，在另一边战场，发现日军前进的散兵壕外的中方部队军官也迅速跳进壕沟内，下令开始射击。

日军中队通过机枪掩护，强行突入中方阵地，中方不得不退兵，日军一举攻入龙王庙南侧。这时已是凌晨5点30分，朝阳冲破了低垂的阴云，天逐渐大亮。

同时，日军的主力机枪和步兵炮也展开了射击，三力齐发，先头部队野地少尉冲击在前，席卷了中方的阵地，用时7分钟就到达了卢沟桥桥头北侧，与第七中队的先锋部队会师。

位于中方阵地第一线的日军主力在听到龙王庙方向的枪声后，立即冒着左后方城墙上射来的中方弹雨与城外西侧的百名中方士兵展开了激战，后强行进入堤坝一线，完全占领了桥头以北的中方阵地。而第一线的第七、第八两个中队又迅速集结在桥头附近，受到永定河两岸以及城墙上中方猛烈的交叉火力，加之炮弹的轰炸，日军开始出现部分伤亡。

看到堤坝右侧的惨状后，日军大队长改变初衷，转入城内和城外村庄附近可以阻击中方士兵退路的地方，商量对策并督促处在一线的各队继续执行朝右岸进击的命令。日军根据命令转为全线追击，纷纷冲上铁桥或者涉渡河流，在中方的炮火攻势下，冲向右岸。日军击破一部分中方队伍，沿着长丰支线停止了进攻，他们整理

5

战场，随地待命。大约上午 11 点，该批日军收到朝左岸撤退集结的命令，准备解除卢沟桥城内的中国军队的武装。

与此同时，剩余的中方军队也毫不手软，在日军涉河到中流的时候，连续发动猛烈攻击。日军死伤大片，加上白天行动不便，连收容死伤都来不及，最终不得不拖延了之前的计划，直至日落时分才开始行动。等到晚 11 点半，才集结到一文字山东北侧。

事件发生后，日本中国驻屯军司令部立即收到了报告，此时，田代司令官还卧病在床，其职务由参谋长桥本群少将代理，8 日凌晨 1 点半，他立即召开了会议。会后派铃木京和知鹰二两个参谋到北平联络地，并命令驻扎在天津的各部队在 8 日 3 时便作好出动的准备，同时还命令当时还在秦皇岛检阅部队的河边旅团长迅速赶回北平。等到 4 点 25 分，参谋长桥本群对陆军中央部发送了电报："丰台驻屯部队的一部在夜间演习的时候，于 22 时 40 分受到了中国军队的不法射击，随即进入敌对状态，派出问罪使者令其承认事实，展开交涉道歉以及其他事项。"9 点，他下达了以下命令：

"第一，确保军队在永定河左岸卢沟桥附近，以期事件能够尽快解决。

"第二，步兵旅团长应该解除永定河左岸卢沟桥附近的中国军队武装，方便事件尽快解决。步兵第一联队第二大队、炮兵第二大队、战车一中队以及工兵一个小队中午从天津出发，经通州公路到达通州，由步兵旅团长指挥。"

9 点 10 分，桥本群又发出了第三封电报："丰台驻屯部队在针对不法射击展开的交涉中，又在龙王庙遭遇中国军队的攻击。5 时 30 分我军对其进行反击，并且占领了永定河的堤防线。而卢沟桥城内的中国军队，正在被我军进行武装解除中。"

8 日下午 3 点，日军的牟田口联队长亲自来到卢沟桥前线进行作战指挥。他认为被割裂在永定河东、西两岸的第三大队处于危险境地，因此下令第一大队集中到卢沟桥前线，而第三大队于下午 6 时全员转移到永定河东岸的龙王庙北以及大瓦窑附近。河边旅团长也在当天下午接近 4 点时回到了丰台。在了解了当地的情况之后，他下令将第一联队的主力集中到永定河的右岸，作好 9 日清晨攻击宛平城的准备，并且把旅团司令部建立在丰台的日本兵营。

卢沟桥事变中的日军从何处来

1937 年发生卢沟桥事变之时，华北还没有沦陷，为什么宛平卢沟桥一带会有日军呢？他们究竟来自何方呢？

要想弄明白这件事，还需要从《辛丑条约》说起。1900 年，为了反抗帝国主义侵略、挽救民族危机，山东与河北一带的爱国民众展开了浩浩荡荡的义和团运动。然而这场反帝爱国运动遭到了英、法、美、日、德、意、奥、俄"八国联军"的残酷镇压，宣告失败。1900 年 8 月 14 日，"八国联军"攻陷了京城，慈禧太后带着光绪皇帝仓皇而逃。

1901 年 9 月 7 日，在诸方列强的强迫下，清政府不得不签订了中国近代史上最具屈辱性的《辛丑条约》。在该条约中，列强不仅勒索了清政府 4.5 亿两白银，还增加了很多苛刻的条件，其中就包括允许外国军队驻扎在北京以及由北京到山海关沿线的 12 个战略要地这一条。而事实上，就在《辛丑条约》签订之前的四个月，日本政府就假借"护路""护桥"的虚名，成立了"清国驻屯军"，大岛久直中将被任命为第一任司令官，其司令部就设立在天津的海光寺。他的兵营主要驻扎在海光寺以及北京的东交民巷，其兵力范围涵括了北京、天津、秦皇岛、塘沽以及山海关等地。北京作为中国的首都，包括其周围的战略要地在内都应该是最核心的防守区域，却被各国列强驻扎上了庞大的武装力量，放在今天简直是不敢想象的事，然而在当年却成了铁一般的事实。这样一支庞大的武装力量，就像一匹堂而皇之冲入腹地的恶狼，不仅严重威胁了中国人民的安危，而且还成为一道深刻的民族创伤。

1912 年，日本的"清国驻屯军"更名为"中国驻屯军"。由于这支军队驻扎在华北，一般会被人们称作"华北驻屯军"，由于它的司令部设在天津，又被叫作"天津驻屯军"。

放眼侵华的日本军队，最有名气的就是关东军了。然而和"中国驻屯军"相比，关东军不过是一个"小字辈"。这支军队成立于 1919 年，整整晚于"中国驻屯军"18 年。而制造了 1937 年卢沟桥事变的，恰是驻扎在丰台的中国驻屯军步兵旅团第一联队第三大队。在那时，驻扎在北平的日本"中国驻屯军"已经盘踞在那里 36 个年头了。

南苑战斗

1937 年 7 月 28 日上午 8 时，按照作战命令日本中国驻屯军各部朝着北平第二十九军部队发动了总攻，这次攻击的主要目标就是南苑。

当时，第二十九军留在南苑的部队只有第三十八师——四旅两个团，师部特务团，骑兵第九师三个团，特务旅两个团和装甲汽车大队、高炮营等差不多两万人。受命指挥南苑部队的是赵登禹，27 日晚他就抵达了南苑，在听取了军副参谋长张克侠的报告之后，随即召开团长以上要人会议，紧急发布了口头作战命令。当时赵登禹发现南苑的防守部队十分混乱，连防御工事等一些设施都没有，他认为这种情况十分危急。因此不断发急电给他统辖的第一旅刘景山部、第二旅王长海部，命令他们奔赴南苑进行支援。在了解到两个旅已经渡过永定河北上后，赵登禹拟定两旅到南苑后再进行防御部署调整，共同抵抗日军的进攻。然而，万万没想到的是，28 日凌晨，日军就发动了总攻！

上午 8 点，在飞机和炮兵的协助下，日军步兵针对南苑第二十九军营房发动了攻势。其主攻部队第二十师团针对南苑的西南角和东南角进行攻击。由于日军陆空的协助进攻，南苑守军一直是被动挨打的状态，开战没多久通讯设备就被炸毁了，联络信号中断了，指挥失去作用，各个部队分别作战，场面失控，毫无秩序。当时担任特务旅旅长的孙玉田后来在回忆中说："日军占据了东寨墙以后，对南北寨墙发动了进攻，在东南角中方特务旅的装甲汽车正面迎敌，展开激战，阻挠日军的前进。正在这时北寨的三十八师师部特务团以及骑兵师的三个团从北寨败退。日军又开始进攻西寨墙。此时，三十八师一一四旅旅长董升堂也撤退到我的防守范围——南寨墙。我们一起商议突围的办法，下午 5 点多，我们决定从南面突围，率先前往固安县。突围开始了，遭遇了有高粱地作掩护的日军骑兵、步兵和坦克的迎头痛击，一一四旅在前面撤退，特务旅在后面撤退。我们两个旅伤亡惨重，剩余的人终于突出重围，来到了固安县。"

日军第二十师对南苑发动进攻的同时，驻扎在丰台的日军驻屯旅团主力也对南苑展开了攻势，他们在中途奉命去截断撤退回北平方向的南苑守军的退路。等到下午 1 点，惨烈的南苑战斗终于结束了。在混战中第二十九军副军长佟麟阁壮烈牺牲。同时在向北平方向突围时，一三二师师长赵登禹也在大红门附近被日军阻击，英勇殉国。南苑战斗激战正酣之际，已经来到涿县地区的第一三二师第一旅和第二旅，不顾师长赵登禹紧急催促，按兵不动，在增援的紧急关头贻误了战机。

南苑战斗还未结束，第三十七师一部就向丰台的日军发动了攻击，由于丰台日军的驻屯旅团主力都已经去参加阻击北平撤退路线的任务，丰台只剩下少量的日军防守，因此，在三十七师的攻击下遭受了一定损失。南苑战斗结束以后，下午 3 时，驻屯旅团回到丰台，又将攻击丰台的第三十七师迫退。

同一天，日军独立混成第十一旅团攻陷了清河镇，驻扎在清河镇的冀北保安部队第二旅退守黄寺。独立混成第一旅团盘踞在沙河。在第三十七师一部进攻丰台日军军营的时候，北平城里就纷纷传出了中方将收复丰台的传闻。当时张申府、杨秀峰和张友渔三名教授还联系到第二十九军副参谋长张克侠，建议为了激发抗战士气，动员群众加入到抗日战争中来，协助军队守卫北平，利用这次胜利，举行一次庆祝大会。当张克侠把这一建议汇报给宋哲元的时候，宋哲元的回答是："军队都打不过，老百姓又能干什么呢！"

在卢沟桥事变爆发以后，宋哲元幻想着苟且偷生，对日军一直采取妥协政策。等到日军大举进犯平津，甚至总攻北平的时候，他才下定了对日抵抗的决心，然而在军事方面并没有采取有效的措施。部队还像事变发生之前一样分散配置，而且各个部队也没有明确具体的作战任务。这种行为必然导致了在日军发动总攻的时候惨败撤退，致使平津瞬间沦陷的后果。28 日下午 2 点，宋哲元召开了军政首脑会议，探讨关于部队行动的问题。在该会议上张自忠被委派为代理冀察政务委员会委员长、冀察绥靖公署主任兼任北平市市长。这一决定令人十分不解，部队都在撤退，北平即将陷落，突然作出这种决定又有什么现实意义呢？这种时候"临危受命"，究竟是担负何种责任？是要张自忠收拾残兵败将，重整旗鼓，抵抗日军的攻击，死守北平呢？还是让他这个临时的冀察最高负责人以及北平市长顶着如此大的光环迎接日军入城呢？

当天晚上，宋哲元带着秦德纯、冯治安、张维藩等人离开了北平赶赴保定。而第三十七师也收到撤退到保定方向的命令。三十七师一一〇旅负责在宛平至八宝山沿线掩护北平部队通过门头沟往南撤退，这一任务完成之后，一一〇旅在30日晚间往长辛店撤退。

到达保定之后，宋哲元曾经发电给蒋介石，以自己突患头疼需要休养为借口把二十九军军长的职务移交给冯治安代理，然后和秦德纯一起去任丘整顿从平津撤退回来的士兵。

29日凌晨，日军独立混成第十一旅团其中一个支队开始进攻北苑和黄寺。驻守在这里的第二十九军只有冀北保安部队和独立第三十九旅，石友三负责全面指挥。凌晨以前，这里的守军就已经进入了阵地警戒状态，独立第三十九旅负责北苑和来广营一带，而冀北保安队负责黄寺。上午8点，日军空军反复轰炸北苑以及黄寺营房，紧接着步兵又借助炮火的掩护对北苑阵地发动进攻。守军死守阵地并作出还击。战斗持续到中午，日军没有一点进展，便留下了一小部分兵力负责监视守军，其主力又转移到黄寺进行攻击。战斗又持续到下午6点，黄寺最终被日军占领。黄寺已经不保，北苑孤立无援，独立第三十九旅随即转移队伍到土城。至此，日军停止了攻势。

南苑战斗结束以后，日军的驻屯军司令官香月清司曾经决定在29日进攻位于北平西郊的第二十九军第三十七师。并下达了由第二十师团师团长率领驻屯旅团消灭第三十七师部队的命令；同时命令独立混成第十一旅团旅团长率领独立混成第一旅团向永定河一线继续展开攻势。然而，29日，位于北平西郊的第三十七师的主力部队已经开始进行大撤退了，因此日军的驻屯旅团以及独立混成第一旅团均挺进了永定河西岸的大灰厂，距离长辛店西北约8公里的地方，占据长辛店南侧一带。这两支旅团分别在30日晚和31日攻下了长辛店的西面高地以及大灰厂周边地区。

秦德纯曾经将28日的战斗过程汇报给蒋介石和何应钦，并且提议中央北上部队可以沿着津浦线北上，进出冀东，截断日军的后路，同时让绥远出兵察北，中央空军迅速赶到保定。同时秦德纯还发电报给绥东的汤恩伯，希望汤恩伯可以派遣部队进入察北、冀东，从侧面袭击日军大后方。在接到电报后，汤恩伯在29日立即发电请示蒋介石是否可以推进察北。然而何应钦却在电报回复中表达了北平已经陷落，不需要出兵的意思，汤恩伯只得作罢。

天津陷落

1937 年 7 月 29 日凌晨 1 点，天津战斗打响。这场战斗是驻扎在天津的第二十九军第三十八师部队主动发起的。

当时日军的主力部队还集中在北平进行作战，遗留在天津的日军除了驻守海光寺的军队司令部以及其直属范围的五个步兵小队，只剩下临时航空兵团和兵站，步兵三个大队，分散防守在天津总站、东站，东机器局飞机场以及天津的日本租界等地，所有的兵力加起来差不多 5000 人。第二十九军第三十八师师部率领的一一四旅和一一三旅分别在北平南苑和廊坊战斗以后均转移到了安次县。留在天津地区的部队只有一一二旅和独立第三十六旅驻守在小站和马厂一带。

当时，第三十八师师长兼任天津市长的张自忠身在北平。天津的防务工作主要交给了副师长兼市公安局长的李文田。日军攻占了廊坊以后，切断了平、津之间的交通。天津陷入紧张局势中。28 日下午，天津市报刊号外上发表了中国军队攻占北平丰台的好消息，之后又看到宋哲元发布的守卫国土的通电。在这种情况下，28 日下午 7 点，李文田在自己的天津住宅内紧急召开会议，探讨的主题就是如何对日作战。参加这次会议的有市政府秘书长马彦翀、师属手枪团团长祁光远、天津警备司令刘家鸾、天津市保安队队长宁殿武、独立第二十六旅旅长李致远以及第一一二旅旅长黄维纲。通过分析和讨论，会议一致认为应该立即对留守在天津的日军展开攻击。李文田最后下达了这次攻击战斗的部署任务：李致远旅长指挥独立第二十六旅加保安队第二中队，消灭天津总站以及东局子日军飞机场的守军，并且捣毁日军的飞机；宁殿武队长率领天津保安队一个中队消灭东车站的守军，攻占东车站；手枪团全体归入保安队三中队和独立第二十六旅一个营，由团长祁光远领导，消灭海光寺日本兵营中的守军；天津市的武装警察负责指挥交通，沟通联系。进攻的时间定为 29 日凌晨 1 点，总指挥地点为西南哨门。

29 日凌晨 1 点，各个部队按照之前拟订的计划对天津日军同时发动了攻击，由于采取的袭击手段十分突然，因此攻击前期的发展比较顺利。朱春芳团长指挥独立第二十六旅第一团乘着夜色突然偷袭天津总站的日军部队，有一小部分日军被逼到车站仓库的一栋楼上，第一团顺利占领了总站。负责进攻东局子机场的部队，按照要求到达机场，迎面就用大刀砍死了两个日军的门卫，紧接着又毁了一辆从机场开出来的小轿车，随后部队就冲进了飞机场内。这时候日军的飞机驾驶员还在机下酣睡。听到门口的枪声之后，他们马上登机准备起飞。独立二十六旅蜂拥而上，取出随身携带的汽油泼到机身上，然而当时气候潮湿，部队在前进的过程中又出了大量的汗，身上携带的火柴潮湿得根本点不着，当时只有一架飞机被烧着。将士们只得换投手榴弹、步枪射击，虽然有的飞机起火了，但仍有二十多架飞机发动了起来，即将起飞。眼看着飞机毁不不成，将士们十分着急，连大刀都用上了，有的甚至死死抓住飞机不撒手，被起飞的飞机带离地面掉下来摔成重伤。机场上虽然枪炮齐鸣，烟火冲天，但是被烧毁的飞机只有十几架。与此同时，机场内的日军也被逼到办公楼和营房的工事里面。等到天亮以后，日军驾驶起飞的飞机开始扫射二十六旅队伍，连同办公楼内的日军，夜袭部队毫无掩蔽，在机场遭遇了惨重的伤亡。负责进攻东车站的队伍，同样用偷袭的手段击溃了日军，拿下了车站，之后留下一个小队留守车站，剩下的部队由宁殿武指挥，前去支援海光寺的战斗。由于日军的工事坚固，炮火猛烈，负责进攻海光寺日军兵营的部队并没有成功。

战斗打响之后，天津市民纷纷支援，尤其是主动使用卡车和公共汽车运送部队需要的弹药。市民们高举国旗，看到街上经过的部队热烈欢呼。在海光寺一战中，周围的商家都卸下自己店里的铁门，运送到前线阵地帮助修筑工事。很多市民牺牲在帮助军队修筑工事上。

天津日军受到中国军队的突然袭击之后，日本在中国的驻屯军司令官妄想用一部兵力增援东车站，但是受到了法租界当局的拒绝，最终没有通过万国桥（现解放桥），于是改命令临时的航空兵团人当天下午2点15分开始轰炸中国军队以及其驻地。由于日军的飞机轰炸，加上地面部队的火力反击，中方各部队之间失去了联络，无法指挥，最终各自为战，一片混乱，造成了严重的损失。同时，负责增援的第一一二旅又一直没有来，因此，指挥部下令，在当日下午3时部队开始撤退。从独立第二十六旅旅长李致远的回忆中我们大体可以看到当时混乱的局面以及部队撤退的状况：

下午1点，情况就很不利了，预备队只有一个营，援军迟迟未到，日机的轰炸很凶，市政府被炸毁，位于南开大学的预备队有个营被炸死炸伤的超出了100人，市民百姓也有不少死伤者。日军还发现了总指挥部，十几架飞机对着总指挥部轮番轰炸，敌特汉奸到处活动，前线也失去了联系。为了躲炸弹，副师长李文田已经进到市民家中，指挥所里只剩下几个传令兵。差不多1点的时候，两个连被派去支援东局子机场。总站、东局子机场以及海光寺附近的枪炮声非常激烈。祁光远和宁殿武换上便衣乘汽车找到李文田报告情况，几人商议最终决定下午3点撤退，向静海县、马厂两地集中。下达命令之后，几个副官联系汽车，在高射机枪的掩护下，把重武器、平射炮以及没有带走的伤员等都送到了马厂，4点左右运输基本完成，等到4点半，步兵也逐渐退了下来。李致远负责通知各部队由高粱地向外撤退。在手枪连的掩护下，直到天黑，部队才离开天津市区。天津战斗持续了15个小时，最终落入日军手中。

在准备不充分的情况下，天津战斗就这样仓促展开，又在日军飞机轰炸，地面火力凶猛的局势中仓促撤退。在天津战斗进行的过程中，日军驻屯军第二十师团带领步兵三个大队和炮兵一个大队。由步兵第三十九旅团团长高木义人少将指挥，增援天津，同时关东军将原本用于热河西部输送到承德的堤支队派遣到天津增援，还把混成第二旅团迅速派到华北。两支队伍分别在 30 日和 31 日抵达天津，立即对天津以及附近的中国军队进行了"扫荡"。8 月 1 日，混成第二旅团抵达天津，之后从事天津南部的防卫工作。

淞沪会战

第一次淞沪会战

1932 年初，东北平原被漫天飞雪覆盖，寒风呼啸，广袤的黑土地又迎来了一个凛冽的冬天。然而，比天更冷的，却是人心。3 月，在日本关东军的一手策划下，前清废帝溥仪在长春"伪满洲国"称皇帝，日本的这一举动，招致国际上一致谴责。

为了把世界的目光转移到其他地方，关东军板垣征四郎致电日本驻扎在上海的陆军副武官田中吉隆少佐，希望对方能在上海弄点事出来，转移外国人的关注点。

"日僧事件"就这样发生了。1932 年 1 月 18 日，5 名日本莲花宗和尚在上海化缘的时候突然受到了"袭击"。其实这些都是田中少佐的主意，是他命日本女间谍川岛芳子（前清肃亲王的女儿，由日本政客收养）指挥一群流氓做下的好事。但是驻上海的日本最高代表村井领事却一口咬定是抗日救国会所为，对上海市政府提出无理要求：封杀《民国日报》，查封上海各界抗日救国会。1 月 26 日，村井还发表"最后通牒"，令中方在 48 小时之后给日方一个圆满的答复，不然日军就会自行采取行动。同时，驻扎在上海的日本第一遣外舰队司令官盐泽幸一也挺身回应，威胁上海市市长最好尽快答复并实施解决办法，不然为了保护日本帝国的权益，他们就要自己实施一些手段了。与此同时，日本 30 余艘海军战舰进入黄浦江，几千日本陆军登陆上海，日本人已经被自己疯狂的征服欲淹没了理智。

压迫下的反抗

盐泽幸一还未发表声明时，日本第十五驱逐队、吴港特别陆战队、海军"大井"号轻型巡洋舰和"能登吕"号特务舰先后在 23 和 24 日抵达了上海；26 日日军又派遣了下辖三个驱逐队的第一水雷战队向上海挺进。早在九一八事变之前，日本就有600 多海军特别陆战队驻扎在上海，等到九一八事变之后，上海方面又增加了日军两个大队以及一个中队，统共 1800 多人。第一次淞沪会战爆发的时候，驻扎在上海地区以及长江流域的日本海军有四艘轻型巡洋舰，一艘水上飞机母舰（上有六架水上飞机），第一外遣队所属部队的第十五、第二十二、第二十三、第三十驱逐队以及

"安宅"号旗舰（上有陆战队第一、第二、第三大队）。

当年戍守上海的中方军队有淞沪要塞守备部队、北站宪兵营以及第十九路军第七十八师的两个旅。蒋光鼐任第十九路军总指挥，蔡廷锴是第十九路军副总指挥兼军长。

1932年1月28日23时，日本海军陆战队集结在通天庵车站附近、北四川路尽头。半小时后，千余名日军借着装甲车的掩护，对第十九路军第七十八师第一营突然发动袭击；又有一部分日军600多人，针对第六团第二营发动袭击，并且放火焚烧店铺。根据总部23日下达的命令，中方驻军当时便给予了还击，巷战由此展开。激烈的巷战中，日军四辆装甲车被毁，各个路口留下的尸体有上百具。

"一二八"第一次淞沪抗战爆发了。

收到汇报后，总部的蒋光鼐、蔡廷锴、戴戟三人连夜步行到真茹车站的临时指挥部，并对驻守在苏州、常州、镇江的后方部队致电发令，立即赶往上海。29日，天刚蒙蒙亮，日军的飞机就出动了，狂轰滥炸闸北和南市一带，但是中国军队顽强抵抗，击退了日军的各路进攻。上午时分，军长蔡廷锴亲自赶往闸北等地巡视，并发表讲话，鼓舞士气。

同一天，第十九路军在全国范围内发表抗战通电。这封通电，正是第十九路军全体将领和士兵为了国家和民族的生存，和日本侵略者抵抗至死的决心的展现。

血肉铸成的防线

进攻过程中日军没有占到便宜，于是，29日晚8点，日本借助美、法、英各国领事之手，对中方表达了停战的愿望，实际上，这不过是日军的拖延之术。蒋、蔡两位将领认为己方人马也需要调整休养，便同意了这一想法，之后下令前线各部队，暂时停止战斗，进入严密警戒状态。同时，原本驻守在镇江东部的第六十师被调集到真茹和南翔附近，第六十一师也被征调到上海，驻守在上海本地的第七十八师全部投身到前线，加强防御工事，随时作好消灭日军的准备。

第十九路军将士这次抵抗日军胜利的消息，鼓舞了上海甚至全国人民的斗志，上海各界均派遣代表慰问第十九路军各路部队。1月30日上午，为了慰问军队，宋庆龄和何香凝来到真茹。当时天还下着大雪，看见士兵们只穿了单衣、夹衣，冒着寒风发抖，两位夫人立即回到上海，发起捐献棉衣运动，只用了五天就捐献了3万多套棉衣，同时还筹集了几十个医生负责治疗伤病。很多爱国青年和学生，满怀一腔报国热血，弃笔从戎，和第十九路军士兵共同作战。由于广大爱国群众的支持，第十九路军的士气十分高涨。

30日，日本四艘驱逐舰、三艘巡洋舰、两艘航空母舰以及5000人组成的陆战队抵达上海。日军得到了增援，立即抛弃了自己的停战诺言，31日晚11点，再次朝着闸北的第十九路军防守阵地发起攻击，双方再一次展开激战。2月1日，总指挥蒋光鼐亲临闸北前线指挥战斗，打退日军的这次攻击。

自从 1 月 28 日发起攻击以来，连续一个星期日军都没有突破闸北防线。2 月 4 日，日军展开了第一次总攻，其战火涉及吴淞和江湾一带，各大战线都展开了猛烈的厮杀。最终进攻闸北青云路的日军再次被击退，吴淞安然无恙；而攻击江湾的日军一个联队也被中方歼灭。中方乘胜反攻，战火持续了九个多小时，最后完全粉碎了日军第一次总攻。而这次负责总攻的日军司令盐泽幸一，由于失败被免职，调回日本。

来接替盐泽幸一位置的是日本海军第三舰队司令野村。因为日军屡次在闸北受挫，野村便把进攻对象选为吴淞。2 月 7 日，日军组建飞机和战舰针对吴淞炮台展开了疯狂轰炸，紧接着日本陆战队蜂拥而入，强行登陆。中方的步兵坚持在阵地上浴血奋战，等候日军进入射程范围，集体开火，日军死伤无数，登陆以失败告终。

然而，这时候最让人气愤的是南京政府的不抵抗态度。军政部长何应钦不仅没有支援第十九路军的战斗，还指责蒋光鼐和蔡廷锴等人不遵守军纪，出风头，给政府带来麻烦。不提供给第十九路军一枪一弹，导致第十九路军的武装严重缺乏。甚至有的部队只能利用上海总工会提供的罐头盒制造"土炸弹"来应对日军。由于南京政府的不管不顾，日军宣称不会和南京政府或者其他军队为敌，只会针对第十九路军，日军的这一举动不过是为了稳定中国其他军队，防止自己腹背受敌。但是何应钦却严格命令各路军队遵守"人不犯我，我不犯人"的观念，禁止其他军队将士增援第十九路军。

最令人不解的是，在第十九路军接防之前，原吴淞要塞司令眼睁睁地看着日军军舰随便出入，派兵增援，却不加阻止，甚至在日军攻击要塞的时候仓皇出逃。而淞沪抗战爆发以后，中国海军还在为日本海军提供淡水和鱼肉，并且和日本方面达成协议："这次行动，并不是正式交战，如果中国海军不袭击日军，为了维持友好关系，日军的战舰也不会攻击中国的战舰。"这种行为简直无耻！这一系列的古怪行为，简直是闻所未闻的奇耻大辱。就在这种恶劣的情况下，第十九路军凭借单纯的陆军步兵和日本的海、陆、空三军展开了战斗。

13 日早晨，日军又发动了第二次总攻。野村一边指挥进攻闸北、江湾和八字桥一带，一边指挥主力偷渡蕴藻浜架桥，妄图斩断吴淞后路。当天上午，天气骤然变得寒冷，雨夹着雪四处纷飞，天气如此恶劣，而战斗却更加激烈。中日双方连续几次赤身肉搏，死伤都十分惨重。这一次战斗，出击蕴藻浜南端淞沪铁路桥的日军成功被第七十八师守军击退，而出击北部纪家桥的日军，也被第六十一师守军击退，日军的进攻计划再一次被粉碎。

到了 2 月中旬，野村被日本陆军中将植田谦吉取代。14 日，植田率领部队抵达上海，兵力增加到 3 万多人。总司令植田发表讲话，力图将第十九军逼退。2 月 18 日，植田企图"谋和"，对蔡廷锴列出数条无理要求，蔡廷锴将这些要求反映给蒋光鼐，并且召开了高级将领会议。在会议上，面对日军的狼子野心，全体将领都十分愤慨，势要抗争到底。

这时候，日军所有兵力有3万多，野炮60多门，飞机60多架，日军陆战队主要分布在次要战线，吴淞口聚集了日舰数十艘。

和谈没有结果，大战即将展开。恰好这时在浦镇的张治中的军队前往支援第十九路军。张治中当时是国民革命军第五军军长，于是便毛遂自荐，希望可以派自己的军队前去支援第十九路军。

蒋介石那时正在为各界的舆论压力而烦恼，听了张治中的话以后，便同意了张治中的请求，同时告诉何应钦，让他下令张治中率领第五军的两个师参加战斗。而第五军的臂章符号全部换成了第十九路军的。

第五军前来增援，蒋光鼐等人十分高兴。这时阎锡山也命人送来了600发炮弹和15门重型迫击炮，于是蒋光鼐下令集中炮火，对日军阵地发动反攻，作为对植田的回复。

2月20日早上，恼羞成怒的日军又发动了第三次总攻，这一次进攻，日军企图攻破中方防线的南端，然后率领主力席卷南部，在闸北和江湾一带歼灭第十九路军，然后在吴淞地区歼灭北部的第五军。等到22日，植田亲自率领所有日军，气势汹汹而来，和第十九路军大战了五天五夜。等到25日，在第十九路军的三面包抄之下，日军溃败而逃，中国军队再次取得重大胜利。

在这期间，第十九路军敢死队队员潜入水中炸伤了日军的"楚云号"旗舰，这件事使得日本举国震惊，再加上日军劳师动众，却无法速战速决，一时间，日本国内反战情绪高涨。为了挽回败局，日军一方面加快了东北伪满洲国的拼凑，另一方面重整旗鼓，派出前田中内阁的陆相白川大将替换植田，并且委派菱刈隆为副总司令，增加了三个师团的力量，补充了200多架飞机，其兵力已达到7万人。然而此时，中方防守的战线十分绵长，连续一个月的战斗，消耗了极大的人力、物力，加上补给短缺，敌众我寡，处境非常艰难。

淞沪停战协议

2月29日，日军部署周密后，又发起了第四次总攻。在飞机大炮的掩护下，日军乘势而来，双方短兵相接，一时间血肉横飞，天昏地暗。一直到3月1日清晨，3万日军登陆浏河，而这时第十九路军预备队已经告罄，无力抵御登陆的日军，最终其中央阵地被日军突破。然而第十九路军依旧顽强抵抗，希望受命于蒋介石的上官云相师能够赶来支援，将日军的登陆部队驱逐出去，维持住正面战线，但是上官云相师始终按兵不动。

下午，中方守军最终因为援兵不足，兵力薄弱，全线开始动摇。

在这种危险的局势下，蒋光鼐将军召集了张治中和蔡廷锴两位军长共同商议。会议上，众人悲痛欲绝。晚上11点，总指挥蒋光鼐心情沉痛，下达命令：全军撤退，进入第二道防线——嘉定和黄渡！

3月3日，国际联盟通过开会认为中日双方应该立即停止战争。轰轰烈烈的淞沪抗战只坚持了一个月就这样宣告结束了。5月5日，中方和日方签订了丧权辱国的《淞沪停战协定》，这次协定使得上海变成了自由市，中方军队只能驻守在苏州、昆山一带，而日军却进驻了上海市区，这种行为无异于将上海出卖了。

在第一次淞沪抗战中，阵亡的第十九路军以及第五路军将领和士兵超过了4000多人，受伤者数以万计。5月28日，苏州举行了第一次淞沪抗战阵亡将士追悼大会。有4万群众自发地参与到这场追悼中来。大会会场庄严肃穆，人们心情悲痛。廖仲恺夫人何香凝发表演说，悲声痛哭，感人至深，在场的听众均泪流满面，感慨唏嘘。

第一次淞沪抗战在中国抗日战争史甚至近代反侵略史上，都占据了重要的地位。淞沪抗战在中方第十九路军爱国官兵的艰难抵抗下轰轰烈烈地展开，其斗争过程的曲折和悲壮值得中国人民永远纪念。

虹桥事件

1937年8月9日，傍晚，上海虹桥机场一如往常般的平静。在机场门口还有站岗的中国士兵，在那时，虹桥机场主要供军方使用，因此一般人都无法进入。

下午6点，正对着机场大门方向，突然开来了一辆日本军用汽车，当时，警卫示警对方停车，但是这辆日本军车完全不作理会，依然朝着机场大门开过来。门口警卫发现警告无效，不得已在其要开进机场的时候开枪了。

坐在车里的是两个日本军人，两人发现中方开枪了，立马把车开到了机场东侧，冲到了铁丝网外面。这时，机场里驻守的中方士兵也开始扫射，日军的汽车被击毁。待在车里的两个日本军人，有一个被打死了，另一个丢下车逃命，被附近修筑工事的士兵发现，击毙在农田里。经过调查了解到，这两个日本军人，一个是军曹，叫大山勇夫，另一个是一等兵，叫斋藤要藏。他们都是日本海军特别陆战队驻守在沪西的第一中队的士兵。

1937年8月9日，卢沟桥事变刚刚发生了一个月。中国北方正处于一片危急的形势中。7月29日和30日，北平和天津也相继沦陷。此时，位于南方的上海，还处于一种相对平静的状态，但是四处已弥漫出大战将至、山雨欲来风满楼的气息。

卢沟桥事变发生后的第二天，日本海军第三舰队司令长谷川清还在台湾海峡参观军事演习，这时他收到了东京海军军令部命他即刻率领舰队返回上海准备战斗的电令。7月1日，长谷川清乘坐"出云号"旗舰返回上海。7月28日，在华日侨被集中到上海和青岛两地。7月29日，日本联合舰队司令官永野修身下令第一舰队的主力开向上海，沿着上海长江一带配合第三舰队作战。8月1日之后，日军的舰艇、飞机经常在上海附近的海面、虹桥机场上空进行侦察。而虹桥事件正是发生在这种日军随时都会发动进攻的情况下。如此紧张的局势，日本海军的现役人员被中方打死了，简直是件不得了的事。

虹桥事件发生的时候，刚刚毕业于陆军大学第十一期的刘劲持担任淞沪警备司令部参谋，那时他还在值班。当时已经接近傍晚了，局势十分严重，中方因为没有发现日军的后续部队，便将电话打到了警备司令部。科长钟桓致电日本领事馆，询问对方有没有派人乘车进入华界，对方回答说没有。司令部的人希望日领事馆可以详查，并且询问有没有大山勇夫这个人。日方十分慌张，派车来到警备司令部调查了解，解释说大山勇夫喜欢喝酒，可能是喝醉了才私自外出的。钟桓坚持认为是日方违背约定，纵容大山勇夫前来挑衅，并且告诉对方大山勇夫已经闯下弥天大祸，今天天已经黑了，这件事无法解决，等到第二天再商量，而肇事地点以及事故都没有告诉日方。日本领事馆派来的人自知理亏，没有办法，只能回去等候。

日方的态度和平日里的骄纵蛮横风格完全不符，这是怎么一回事呢？这是因为之前淞沪警备司令部和日本领事馆方面已经做好了接洽，因为北方的局势十分紧张，所以要求日方的官兵在外出的时候，如果经过华界，必须提前通知。

大山勇夫这次突然开车妄图闯入虹桥机场，显然违反了之前的约定，日方是没有道理的。那么，大山勇夫开车到虹桥机场又有什么不可告人的目的呢？而当时中方士兵为何有如此激烈的反应，甚至立即开枪呢？

虹桥机场是上海最大的一个机场，位于上海西郊。卢沟桥事变之后，日本人一直在上海挑衅滋事，战争随时都有可能爆发。如果驻守在上海的日军突然对虹桥机场发动进攻，占领了这里，那么日军的飞机就可以登陆虹桥机场，辅佐海军陆战队从虹口攻入，进攻闸北。再加上日方登陆上海的部队，上海很快就不保了。虹桥机场是十分重要的，但是守在这里的只有上海保安总团里面的少量兵力。日军一旦发动袭击，机场定会落到日军手里。只有委派正规军进入机场才有可能保得住机场，但是在那时，中国的军队是不被允许进驻上海市区的。

淞沪停战协定的限制

为什么中国军队不能进驻上海市区呢？这件事还要从第一次淞沪会战说起。1932年1月28日，第一次淞沪会战爆发，中国第十九路军和第五军的将士浴血奋战，给了日军沉重的打击，但是因为实力悬殊，最后国民政府不得不签订了一个屈辱的协定。在中日双方一起签订的《淞沪停战协定》中明确指出：中国的军队在没有经过决定之前，只能留驻在现有位置。而当时中国的现有位置是苏州和昆山一带，日军却是上海市区。

虹桥机场如此重要，但是中国的军队又不能进去保护，这要怎么办呢？当时，第二师补充旅到达苏州。担任淞沪警备司令的张治中想到了一个好办法。

张治中面见蒋介石，说上海停战协定仅适用于没有和日军决裂之前，如果日军海军陆战队一旦有所行动，中方大可抽调部队乔装为上海保安部队，进驻上海，增强兵力。蒋介石同意了他的想法。于是，第二师补充旅一部穿上了上海保安团的衣服进驻了上海虹桥机场。当时，何应钦随同张治中一起从蒋介石处出来，何拍着张的肩膀，说："文白（张治中的字），这会闹出事来啊！"

果不其然，何应钦担心的事真的发生了。

日本驻守在上海的海军，获取情报十分迅速，他们从一些秘密渠道了解到中国正规军入驻虹桥机场的消息，急着做进一步的调查，而大山勇夫可能就是为此而来。有人认为，当时的情况可能是这样的：大山勇夫想进机场，但是守门的应该是乔装打扮后的正规军士兵，这些士兵对日本人十分憎恨，看到日本军人横冲直撞，不听制止，就一怒之下，自卫打死了对方。

日军一反常态

大山勇夫事件发生当晚，驻守在上海的日本海军陆战队派来的参谋山内英一和日方总领事馆的武官冲野亦男几个人，会同中方代表，一起在虹桥机场的大门口检查，两边人马争论不休，一直没有解决问题。后来，双方又到上海市政府开会进行谈判，但是依然产生了很大的分歧。

上海警备司令部派出的人员是陈毅副官等人，而日军司令部也派来了很多人，争辩很是激烈，但是开会现场的气氛还算平和。后来日本人又提出条件，有一条就是让中方撤离各个街道上的所有××××，当时市政府的翻译不了解军事术语，给翻译成了"防守部队"，而陈毅副官认为是"防御工事"。这条要求非同小可，陈副官不敢坚持自己的观点，就按照市政府翻译的说法，上报给了南京政府。

如果撤离的是"防守部队"，那没有多大问题，保安队往后撤退，还有再来的机会，因为这不是正式的协定。但是如果是"防御工事"，那麻烦可就大了。因为中国为了可以在开战后处于有利的地位，在日本人的眼皮底下修建了很多防御工事，这些都是第一次淞沪停战协定中不被允许的。当时闸北通往虹口的路上，修设了很多铁丝网和拒马，并且修建了简单的防御工事，岗哨林立，如果日本人要求的是撤离防御工事，中方当然无法接受。但是奇怪的是，当时日本的领事和翻译都明白上海话，可是他们没有一个提出异议，中方不方便要求解释，但是日方也没有主动提出解释。然而在出事后，日军没有布防，也没加强戒备，开会之后平静无波，等候着南京方面的答复，甚至到了8月15日的上午，日军司令部的周围还有很多群众走动，通行无阻。

日本人明知道中方副官的翻译不对，为什么没有提出异议呢？其实当时日军方面不过是故弄玄虚，他们没有解释，就是为了牵制中方的行动，等待国内的决定。也有另一种可能，就是他们早就安排好计划，想要故伎重演，先占领了天津以及华北、内蒙古等北方大片土地，组建傀儡政府，一步步蚕食整个中国，逼迫蒋介石屈服，因此才暂时性地在上海按兵不动。

8月10日，在上海市政府，中日双方达成了三项协议：第一，为了防止冲突，上海保安队步哨暂时撤离出一些距离；第二，日方表明不在上海作战的态度；第三，上海市长俞鸿钧提议虹桥事件通过外交途径解决，日方接受这项提议。

上海惨遭日军毁灭性轰炸

中国最大的城市上海，有着发达的工业，繁华的街市，然而在七七事变之后，为了扩大集约化战争，日军前后词集了大军20万进攻上海，同时还发动了100多架飞机对上海展开了毁灭性的轰炸。

1937年8月13日，日军飞机开始轰炸上海，炸弹落在南京路外滩。南京路一片狼藉，华懋饭店也被毁了。受伤者被压在炸毁的建筑物残骸下面，惨叫呻吟；被炸死的人肢体不全，血肉模糊。几分钟以后，轰炸转移到虞卿路和爱多亚路的交叉点上，这一片属于上海闹市区，很多难民守在道路两边，当炸弹掉下来的时候，周围的房子基本被炸成了碎片，停在道路两边的汽车也大多起火燃烧，被炸断的电缆掉到地上又引发了大火，火灾进一步加剧。在这次轰炸中，被炸死的无辜平民达1700多人，受伤的也接近1900人，至于被烧毁或者炸毁的房屋，其价值更是难以估算。

8月23日正午，日军又发动轰炸机对上海南京路与浙江路展开了新一轮的轰炸。先施公司被炸毁了，由于电线折断，造成多处起火，其中有200多人死在这次轰炸中，受伤的接近600人。年轻的母亲躺在血泊中，怀里的孩子只留下鲜血淋漓的脚。等到下午2点，日军飞机又开始疯狂轰炸上海南火车站，当时很多上海本地及其周边的难民都拥挤在

飞机轰炸上海

这里，往外逃命，火车南站拥挤不堪。日机第一次轰炸，就炸死了500多难民。没过一会儿，又有八架日机飞到了南站上空投弹，这一次被炸死的有200多人。南站的站台、铁轨以及天桥都被炸烂，地上遍布焦黑残缺的肢体。而在站台上，横七竖八躺满了尸体，尸体之上还压着木板和铅皮。在广场上，许多被炸死的妇女怀里，还抱着没有头或者没有肢体的孩子。日军投掷的燃烧弹点燃了南站以及站外的郑家桥和

外揭旗，一瞬间，四处烟雾升腾，哀嚎遍野，惨绝人寰。

9月18日，上海东区杨树浦等地又遭到了日军的轰炸，投掷的燃烧弹使得当地工厂和居民楼被火舌吞没，损失惨重。

日军夜以继日，狂轰滥炸，上海受到了严重破坏。被日机轰炸的学校和文教机关有90多个，其中成为废墟的占到70%以上。很多医疗机构也遭遇轰炸。有家报纸这样报道：炸毁的商店有10万多家，包括店主的住房和财物。这些店有的被炸毁了，有的被烧了，也有的被洗劫一空。驱车路过虹口、闸北、南市等地，便可以看到两边的街道，基本成了废墟，延绵数里，片瓦无存。在很多地方，其破坏的情况无法用语言形容，管理局附近的不计其数的小店铺和住宅，遭到了连续不断的轰炸，摧毁无遗。

"八百壮士"

在淞沪会战中，八十八师五二四团团副谢晋元负责带领士兵守卫苏州河北岸的四行仓库，为撤退的主力作掩护。

四行仓库共有七层，易守难攻。到了仓库内，谢晋元第一件事就是和士兵们一起抢修工事，为和日军的血战打下基础。他们在靠近法租界的仓库的东南角留出一条方便和外面来往的通道，然后用沙包和麻袋封住了所有的门窗。

谢晋元下令所有士兵都集合在仓库的底层，然后他沉声说道："大部队已经成功撤退，现在就剩下我们了，无论如何，我们都要死拼到底。大家放心，我谢晋元会和大家在一起，同生共死。"谢团副说得掷地有声，全体士兵和日军死战的决心更坚定了。虽然当时只有400多个人，但是谢晋元仍然按照一个加强营的标准进行编制，自豪地称呼自己为八百壮士。

等到第二天正午，进攻的日军来了。谢晋元率领一众人站在楼顶上，居高临下，扫射日军，日军抛下己方几十具尸体，仓皇而逃。面对双方人数巨大的差距现实，谢晋元明白这一战凶多吉少，但是他并没有恐慌，他给师长的信中说，没有完成任务，他们绝对不会轻易牺牲自己，一旦完成了任务，他们就壮烈殉国。上海各界人士均致信慰问，谢晋元在回信中表明了自己的态度：保家卫国是他们的职责，哪怕剩下一枪一弹，也要和日军索取一定代价，和日军周旋到底！

28日早上，谢晋元正在屋顶巡视的时候，他发现了两名偷偷往上爬的日军士兵，其中一个刚刚跨上屋顶，就被谢晋元一手抓走枪，一手锁住喉咙卡死了。第二个伸了个头，就被谢晋元一枪打死。

日军不甘心这样失败，然而不管是火攻、放毒气还是开动坦克撞击大门，都没法进仓库。这时候他们只得承认，这是他们在"八一三"之后遇到的最顽强的一次抵抗。位于租界中的英国人看到谢晋元率领孤军顽强抵抗的行为，多次劝说他们丢下武器，躲入租界中，获取他们的保护，但是都被谢晋元拒绝了。谢晋元认为，魂魄可以离体，但枪不可以离手，没有得到撤退的命令，他们宁死不退。

谢晋元孤军死守四行仓库，顽强抵抗日军的消息散播开来，短短几日，不可计数的中外人士纷纷支援谢晋元一团衣服和食物。谢晋元和他的"八百壮士"连守了四天四夜，以己方几百兵力，弹丸之地，抵御了日军多次进攻，杀敌 200 多人，而自身只伤亡了几十人。

10 月 31 日，谢晋元收到命令，撤出四行仓库，躲入外国租界中，这次撤退，谢晋元还是走在所有士兵后面。谢晋元和他的"八百壮士"刚刚进入租界，就被当局解除了武装，送入了胶州路的孤军营。

谢晋元

这种孤军营，事实上只是一块用于丢垃圾的空地，差不多有几十亩，搭满了大大小小的帐篷，四周拦上铁丝网，在门口还有外国军警把守。日军打不进来，但是他们也无法和外面取得联系，而且还被日军包围了，根本不可能转移到其他地方，真正地成了孤军。

为表明自己的决心，待在帐篷里的谢晋元，写下"富贵不能淫，贫贱不能移，威武不能屈"几个大字，悬在帐篷上方。同时他还对属下说："虽然我们被围困在这里，但是也不能给国家丢人，应该发扬军威，保持军人气概，寻找时机，重返战场。"他制定了严明的作息制度，每天都坚持带着众人做早操、练武、上课、唱歌……和平时一样，进行着紧张而富有秩序的军旅生活。

刚开始的时候，日军要求租界当局将谢晋元等人交出，被当局拒绝。同时日军又委派了几名汉奸联系谢晋元，希望他能够和日军合作。面对几个无耻汉奸，谢晋元大骂一顿，将其轰走了。之后，日军又声称要把谢晋元劫持到虹口，置他于死地。面对日军的威逼利诱，谢晋元并没有屈服，他从容地写下自己的志向："志士仁人无求生以害仁，有杀身以成仁。"1939 年 9 月 18 日当天，谢晋元还在给父母的书信中写道："日军劫持我那一天就是我成仁那一天，人生来就会死，死在这里，死在现在，实在是人生快事。"可见他已经作好赴死的准备了。

1941 年 4 月，日军终于对谢晋元一众人下毒手了。24 日凌晨 5 点，谢晋元照常带着众人上早操，但是有四个士兵迟到。谢晋元正在问他们迟到原因时，四人并没

有回答，却冲到谢晋元面前，举起准备好的凶器，猛地敲伤谢晋元的头，谢晋元血流如注，只坚持了一个小时就停止了呼吸。谢晋元死后，孤军营也陷入了危机。谢晋元牺牲的消息一经传出，立马造成了轰动，各界纷纷要求查出凶手，严加惩罚。租界当局不得不关押了四个凶手，分别判其死刑以及无期徒刑。但是，日军一直给租界当局施压，不准他们判处凶手。八个月之后，太平洋战争爆发了，上海租界被日军占领了，而四名凶手也被他们放走。由此可以发现，几个凶手正是受雇于日本侵略者。

民族英雄谢晋元并没有被人民所遗忘。抗战胜利以后，上海北火车站到四行仓库之间的马路更名为晋元路。而当时孤军营旁边的胶州公园，也被更名为晋元公园，在公园里还修有谢晋元的碑和墓。

李宗仁的战后反思

淞沪战役，开始于围攻，结束于溃退，南京的最高当局也没有想到这个结局。

淞沪战役结束之后，很快南京也沦陷了，在自己晚年所写的回忆录中，李宗仁针对这次战役展开了一番反思：

在上海和南京连续陷落后，陆、海、空军精锐损失殆尽。全国上下一片凄惶，其凄惨的状况难以言表。此时，汪兆铭等一众主和派却开始沾沾自喜了，认为自己有先见之明，一时间，妥协之气纵横遍野，如果不是全国军民一心，抗战的意志十分坚强，早就不会继续战斗下去了。

纵观淞沪会战中的得与失，不得不承认，最高统帅在战略上犯下了严重的错误。他们本不应该举全国之力投入到淞沪，孤注一掷，使得精锐尽失。

蒋先生最开始下这个决定的时候，其动机可能是意气用事，为了争得一时的胜利，和日军死战到底，也可能是他没有判断准确当时的国际局势。在蒋先生眼中，上海是一个国际大都市，欧美在这里投注了大量的资金，如果在这里和日军展开殊死搏斗，不仅可以改变西方人轻视华人的心，还可能借助欧美国家之手，出面调停，甚至武装干涉。然而这一想法完全是错误的。还有一种可能就是蒋先生根本不懂兵法，只希望用一己之力，从事这种国际间大规模的战争。

兵法上说，"知己知彼，百战不殆"，然而蒋先生不仅不了解对方的兵力，连自己的队伍也不了解，这种破釜沉舟、孤注一掷的做法只能用于少数的场合，对于长期作战，肯定不能竭泽而渔，伤了自身的元气。

淞沪战役不过是想表达中国抗战的决心，本没必要死战到底。在中方初露败绩的时候，蒋先生就应该采取白副总参谋长的建议，有计划地进行撤退了。虽然是撤退，但并不意味着失败，而是用空间的转移换取时间，使用消耗战进行节节抵抗。

没想到蒋先生意气用事，没有这种想法，甚至当溃败迹象明显的时候，他还要死死守住，最终溃不成军。在长期作战中，多守那么一两天和少守那么一两天又有什么区别呢？但是在用兵方面，同样是撤退，有没有计划就意义不同了。但是蒋先生没有明白这个道理，只会意气用事，怎么会不败呢？

虽然李宗仁认为蒋介石意气用事，但是作为一名军人，蒋介石的勇敢也是李宗仁认可的。北伐战争中，李宗仁是攻打武昌的司令，战况正酣之时，蒋介石到前线视察，正是这次视察让李宗仁有了观察他的机会。李宗仁在后来回忆中说：

"当时前线的战况非常激烈，蒋总司令突然带我上城郭视察，我觉得他没有当过下级军官，没有上过前线，尝过炮火的洗礼，害怕他见了枪林弹雨会生出胆怯的心思。我们两个到了城墙边，战火十分猛烈，流弹横飞，肆意落在我们周围，我发现蒋总司令非常镇定，态度从容不迫，一派主帅风度，这让我非常佩服。"

然而，蒋介石作为统帅，李宗仁又觉得是十分不合格的，其原因就是蒋介石纵横中国战场几十年，依靠的就是用金钱收买人心以及离间等伎俩。单纯从军事观点而言，蒋介石不仅不能率领将领，也不适合率领士兵，如果他靠自己一个人的意志统兵作战，怎么可能胜利呢？

在这次淞沪战役中，最糟糕的就是蒋介石靠着自己一个人的意气作战。战役刚开始的时候，冯玉祥任第三战区司令长官，因为前敌总指挥陈诚和张治中有过节，冯玉祥和中央的将领向来没有多少联系，蒋介石便任命顾祝同担任第三战区副司令长官，并且另外设立了副长官部，希望顾祝同能担负起第九、第十五两大集团军作战的任务。然而，顾祝同并没有参与到实际指挥中，后来，在《墨三九十自述》中，顾祝同回忆道："副长官部事实上一直在听从蒋公调动，冯玉祥的长官部基本上形同虚设，之后冯玉祥被调到津浦北段，蒋公就自己兼任了司令长官。"

台湾知名作家李敖在《蒋介石与八一三》一书中认为，副长官部既然直接听从蒋介石指挥，冯玉祥的长官部是形同虚设的，那么这种无组织的蒋氏作风，就是他本身善用的战术。

蒋介石喜欢越级指挥，这种事冯玉祥也能回忆出一两件来。

张发奎司令曾对冯玉祥说过，他手下的军队，彼此之间都不认识，实际上他了解的只有一排人。有一天，张发奎问冯玉祥，前头一连炮队不知道去了哪里，是否是冯带走了人。冯玉祥也不知道，调查一番之后才知道，原来是蒋介石直接把那一连炮队调遣到其他地方了。作为一名委员长，隔着司令长官、总司令、军长、师长等众多级直辖长官，随便就调走了一个炮兵连，这种统帅行为，真是无知。

后来还有更离谱的事，把十八军调走的时候，连张治中都没打招呼，不过这些都是小事，最严重的还是李宗仁的说法："不了解对手，甚至连自己也不清楚。"

不知己与不知彼

发起进攻之前，蒋介石曾发电报给张治中，还在询问500磅炸弹和15厘米的重炮，能否将日军之坚固工事破坏？进攻已经犹如箭在弦上，蒋介石却毫无底气，这便是不知己。蒋介石对张治中说:"关于攻击倭寇兵营与其司令部,破坏其建筑物与进攻路线,扫除障碍,准备巷战一事,皆须详细研讨,力求精益求精,切不可凭一时之债兴,徒增挫折。"

在一次记者招待会上,张治中对蒋介石之担心作了回答。陈公溥编《炮火下的上海》中收有张治中对记者谈话之报道:

张司令于战事之前途,相当乐观。他说:"无论日本增多少援军,也绝无胜算之可能。"因为虹口杨树浦一带的工事异常坚固,进攻必定要花费很多时间,而且需要极大的牺牲。只因日本在"一二八"后,杨树浦虹口已经沿着黄浦一带筑成了像要塞那样坚固的防御工事。

就浦东方面,张司令说:"中方炮力极强,能与射程25公里的日军大炮一拼高下,因此亦无任何问题。"

就浏河至江阴一带的防务,张司令说:"我们很愿意在浏河等处与日军作战,因为在那边日军无炮兵阵地,坦克车亦无法登陆,海军大炮因日军上陆而无法肆意轰炸,并且,他们对于地势没有像虹口那样熟悉,中方以逸待劳,定能二鼓而歼。"

张治中对日军情况的判断,显然是建立在一厢情愿上的。然而,战事展开之后,就连蒋介石也头脑发热了。1937年9月12日,他在致各战区全军将士书中,竟能说出这样的话:"日军步兵之弱,实在不堪中方一击。"

一个月以后,他见到李宗仁时,又说出了"将日军赶下黄浦江去"的话,此乃不知彼。台湾作家李敖评论说:他(蒋介石)让张治中莫要"凭一时之债兴",而他自己却比张治中还要"债兴"!然而,这些"债兴"带来的代价,是"举凡参战之部队皆死伤半数以上",是"中方各部死伤大半",还是一连"仅剩下连长一人",更是"全营官兵从营以下,都壮烈牺牲",是"全营牺牲",是"空军不敢白天活动",是"对己方空军到前线协同作战一事不抱任何奢望",是"中方处于劣势装备,除了夜里暗中偷袭之外,几乎无任何还手之机",是"动员能力无法跟上",是"阵地产生极大伤亡",是"后方弹药粮草无法送至前线",是"连日军的面都没看见,就被调下火线",是多达"19万人"的战士的"牺牲"!

李敖接着评论道:

1958年3月8日,在对将校研究班学生讲《对日抗战必能获得最后胜利》时,还没开讲之前,就先将《戚继光语录》之第五条念了一遍。

戚继光说:"夫大战之道有三。有'算定战',有'舍命战',有'糊涂战'。何谓'算定战'?得算多,得算少是也。何谓'舍命战'?但云我破着一腔热血,报国家,贼来只是向前便了。……何谓'糊涂战'?不知彼,不知己是也。"

蒋介石说之所以"九一八"不能打,若打便是糊涂战,其实在"八一三"时,他打的才是名副其实的"既不知彼也不知己"的"糊涂战"!

知兵法之人一看便懂得:上海是典型的"地狭薄海",在此作战,只能给日军得以运送兵力及联合作战之机。在此地区做阵地战，守卫己方已是艰难，若想"将日军赶下黄浦江去"更是难如登天。

失败的战略计划

淞沪战役结束数年之后，就为何要选择在上海发动战争这一问题，国民党官方一直的说法是，当初蒋介石在上海发动战争，此乃主动之行为，是早已安排好的战略。

蒋纬国所著的《蒋委员长如何战胜日本》便是此说法之代表作，他说：

"因为日军一旦进攻山西，他就可以沿着同蒲铁路南下，经风陵渡，循着陇海路经郑州，南下到汉口，依然能迅速进入中国心腹之地。因此领袖乃是从全局考虑，方决定：'由国军一部在华北作持久战，以此保山西；将主力集中到华东，对上海的日军采取攻击，迫使他们改变战线，由长江自东向西。'"

因此，8月15日起，国军在空军的支援下，先后投进70个师和7个旅，对淞沪日军施行猛攻，以迫使日军一再在淞沪增援。至此，日军之主作战便能由华北转移到上海，其作战方向亦会跟着改变。日本华中方面军在攻占上海之后，势必会进攻南京。由此一来，日军战线之方向，就会被迫改成自东向西。

在了解了淞沪战役之全过程之言，我们便知道此说法是说不通的。刚开始的时候，蒋介石是企图趁上海只有少数日本海军陆战队时，整个拿下上海。然而，因为对日军情况的错误判断，所以连区区日军海军司令部都不曾打败。

后又企图借上海之地位，由西方列强出面制裁日本，方才一再增兵，规模越扩越大。而且征诸史实，没有任何史料能够证明蒋介石与南京统帅部事先制定过诱使日军改变战线之计划，这些不过是后来追加的后见之明罢了。并且，日军的主力集中在华东战场，亦是一个过渡时期。

支持蒋纬国此观点最有力之证据，除了陈诚扩大淞沪战事的提议之外，还有就是蒋介石自己在淞沪会战结束不久，便在开封军事会议上说过的话。他说：

"我们此次为何要在上海作战？其目的就是将日军的战略打破，使得他们无法按照预定之计，集中兵力侵犯华北。"

11月初，日军在上海投入第十军之后，华东的日军兵力已然超越了华北，看似是证明了蒋的话。但是，若我们移开在上海的目光，看一下同一时间的华北战场便会发现，华北日军之兵力尽管小于上海，却丝毫不影响其在华北的行动。11月8日，恰逢华东日军渡过黄浦江、中国军队溃败之时，华北之日军亦在同一时间攻占了号称华北堡垒的山西太原。

为侵略者提供便利

之所以选择在上海开战，蒋介石还有另外一个目的——引起西方干预。在《八一三淞沪抗战》里，余子道、张云记述了蒋介石、汪精卫与龙云的谈话：

淞沪战争爆发后，汪问蒋："此次在北方发生中日战争，为何上海也能打起来？这样一来不是形成了两个战场，我们兵力可够？"蒋回道："在北方打仗，国际不会太过关注，但上海是个国际市场，在上海打，自然能引起国际的注意。"

但是，西方国际军事家对于蒋介石将重兵放在上海一事，有着迥然不同的观点。《中国抗战画史》中，曹聚仁、舒宗侨记述了国际军事家的看法：

当时，国际军事家认为，在上海引起的牵制战，将直接有利于侵略者。"日军仅派出一个小小的混成部队登陆上海，配合舰队和飞机，就能迫使中国政府将战事和军器集中到固定范围，不敢再动分毫，而日方就能按照计划，继续进攻华北各地。此战略是审慎而周密、谋定后动的；到了9月中旬，蒋之30万最精锐的部队就会被牵制，被迫留在上海作战，无法调移到别处，因此日军虽无法在上海有所收获，却能迅速在华北胜利，如此一来就能补偿其所失。"

"统帅"则认为："在上海发动战争，能将日军吸引到东南沿海，这对于阻挡日军从西北深入是有利的。当时，日军很有可能从山西渡过黄河，然后深入陕甘，循着古时蒙古入侵宋朝的旧路，首先进犯川康，进而进攻黔、滇、桂、湘，然后迂回到长江而下；此形势非常不利于持久抗战。然日军将战线延伸到东南沿海，此计有阻止其深入之效用，就后果而言，自有其妙用。"

的确，这番话在军事上确实有很高价值，但是随着精锐部队的丧失，中方不但无法防守苏州河南岸之线，更甚者，没有余力去固守国防阵地。在当时，只能不得不接受最严重的后果了。

由此观之，蒋介石在上海投入70多万中国军队，同时消耗其中大部分精锐力量，是对侵略者直接有利的。外号"大炮"的龚德柏，就对蒋介石在开封讲的话无法苟同。他说：

"如此幼稚之话，不仅蒋委员长不应说，就是稍有常识之人也不应说。因为我们在上海全面作战，投入的兵力有百余万，而日军只用了四个师团。两个半月之后，方开始决定增加兵力，从金山卫登陆，由此结束上海方面的战争。

"然日军所用之全部兵力，不过是其冰山一角。即便我们将这些兵全部歼灭，也无法牵制其在华北用兵。日军在华北的兵力大于上海南京战场便是最有力的证明。委员长若真说过此话，也不过是打败了无话可说，借此解嘲罢了。"

日军本可以攻到武汉

龚德柏在晚年写了一本书，名为《中日战争史》。书中，其指出，在上海大打的后果便是，直接导致日军有了直取武汉、重庆之机。他还问道："假若日本军阀攻陷南京之后，若如我所想，用两师团的生力军在船上待命，待攻下江阴后，便由海军保护，溯江直上，沿江占领九江、武汉、宜昌、重庆，敢问世界的大战略家，可有方法挽救？"

他所担心的局面，并不是没有可能出现。1938年11月25日，蒋介石在第一次南岳军事会议的开会训词中就曾提到，是很有可能出现这种最坏局面的。蒋介石说日本军队："之前他们攻打南京，原本可以乘胜追击，直取武汉！"

可见蒋介石承认当时的日军有一鼓作气取下武汉之力，但是日本却没有这么做。因此龚德柏说："日本军阀何足惧，其投降是理所应当。"

我国八年的抗战中，淞沪战役是牺牲最大、战斗最惨的一次战役。

战后中日双方皆公布了统计数字。日方在这一地区投入的兵力是30万余人，而中方则是70万余人。双方的死伤：日方是98417人；而中方却超过33万人。诚如李宗仁所言："如此壮烈的牺牲，在中华民族抵御外族侵略史上，少有先例。"但是，我们用血肉之躯换来的却是无数的教训。

李宗仁在他的回忆录中，给淞沪战役作了一个最后总评：

"我国抗战有很多错误的战略，就基本原则而言，对于一个优势敌国的侵略，我们要做的应该是长期消耗战，一直到日军被我们拖垮，绝不是与其争夺一城一地之得失，不仅自伤元气，还消耗主力。

"因此抗战一开始，我们断然不能将全国军队之精华集中在京、沪、杭三角地带，任由日军在海、陆、空军方面发挥其优越性。

"蒋先生之所以会在当时作这个决定，可能有很多方面之原因，首先应是他不知兵法，却意气用事，因为其本性是亲日的，但眼看着失地千里，日本仍不餍足，导致他无法自处，气愤不过才不顾一切地与之相斗，这是个绝大的错误。

"统帅之人，乃至独当一面之指挥官，首要做的便是冷静，切不可动气，因一时冲动，很可能落入日军之圈套。

"其次，这可能是其策略。蒋先生原本并不想全面抗战，在他看来，牢守上海几个月，便能使西方列强出面斡旋，战事便能就此收场，犹如'一二八'淞沪之战。"

此想法明显是错的，来势汹汹之敌，若不打到武汉定不会轻易言和。若和，势必是城下之盟，我们除了亡国别无他路。再者，此时西方列强的弱点已然暴露，岌岌可危的欧洲局势，英、法尚且自顾不暇，何来余力东顾？"九一八"之时，希特勒尚未上台，国联都无法制裁日本，何谈此时？"

68年前发生的上海之战，让我们记住它，记住那些为国捐躯之英灵！

南京保卫战

1937年11月中旬，趁淞沪战役中国溃败之机，日军兵分三路紧逼南京。其上海派遣军第十一、十三、十六师团沿着京沪铁路由丹阳、镇江、句容西进，第三、九师团从金坛直逼南京；第十军第一一四师团向宜兴、溧阳、溧水公路方向前进；笠

六、十八师团沿着宁国、芜湖公路向芜湖进攻，以切断中国军队的退路，国崎支队从广德出发，经郎溪、太平渡江，攻占浦头来截断中国军队的后路。其妄图由东、西两面将南京合围住，攻占中国政治中心，进而迫使中国投降，以快速解决所谓的"中国事变"。

上海战事的急转直下，导致中国首都南京迅速暴露在日军枪口之下，防守南京急不可待。

命悬一线的南京城

三个月的淞沪大战，致使中国军队的精锐力量消耗殆尽，非但无法采取有效的防御，而且都不能有效利用已设的国防工事。其主力部队撤退到宣城、芜湖方向，另一部分军队则集中退到镇江、南京地区。历经惨败之后的军队稍作休补之后又要再次充当保卫南京之主力，皆身心疲惫，因此尚未开始的南京保卫战已然暴露失败之兆。

针对双方战前态势，中国统帅部首要解决的问题是究竟要不要守南京？

11月中旬，蒋介石接连三次召开高级军事会议，研讨南京防守方案。何应钦、李宗仁、白崇禧、徐永昌等出席会议。大本营作战厅长刘斐首先报告了抗战以来的形势及目前中日双方之情况，他的主张是不宜对南京实行固守，最好作象征性抵抗后主动后撤。

但是蒋介石不同意放弃南京，他说："南京乃国都，国府之所在地，10年的缔造，为国际观瞻之所系，又乃国父陵寝之地，断不能不战而退，拱手送与敌，如此对国内外都无法说得过去，当死守。"何应钦、徐永昌表示支持蒋。

如此观之，蒋介石心里已早下决定，无法扭转。

然而，讨论到南京该由谁担任防守负责人时，会场陷入静寂，与会者都清楚，这个差事不但吃力不讨好，而且还很危险。蒋介石四下环顾，见无人回应不禁气从中来，他板着脸说："若你们不愿留下，那便由我亲自留下指挥吧。"此时，一直蹲在座椅上的军事委员会警卫执行部主任唐生智大声应道："委员长要统筹全局，不能偏于一隅，如果没人愿负责，由我来吧，我愿死守到底，与首都共存亡。"蒋介石闻言大喜，立刻对军政部长何应钦说道："好，此事便由孟潇负责，将他任命为南京卫戍司令长官，需要准备些什么，即刻去办，让孟潇先行视事，随即发表命令。"会议就这样草率地决定让唐生智来组织南京卫戍司令长官部，担任南京城防的部署任务。

其实，不论蒋介石还是唐生智，其内心都非常清楚，南京城守不住了。之所以他们一个要守，一个请命，实则都各有各的目的。

于蒋介石而言，他作为最高统帅和一国之首，若一言不发弃首都不顾，会影响自己的形象。重要的是，若日军发现南京其实是座空城，定会在军事战略上保持警惕，从而其在长江流域的进军便会受到影响。一旦日军停止了前进，就会重新考虑将主力集结到北方战场，到时中国方面引诱日军主力南下的战略计划势必会被破坏，如此一来，对抗战全局很不利。因此，尽管蒋介石早在心里作了放弃南京的打算，沿着长江退到武汉、重庆，但"为了进一步将日军主力引到南京和长江下游地区，故表明死守南京之决心，此乃疑兵之计"。为了这一战略目的，他必须有所牺牲。如此看来，南京守城的部队就成为了进一步引诱日军沿江西进的诱饵。

自 1930 年唐生智最后一次起兵反蒋失败后，如今已沦落成光杆司令，虽在南京政府担任训练总监部总监、军法执行部总监，同时兼任军委会警卫执行部主任等职，其具体负责的任务是构筑江浙沿海地区尤其是长江下游宁、杭、沪等地区的国防工事。因本人常年患病，对一般工作都不太过问，因此实则是长期闲居的。然而，他不甘寂寞，加之他与当时实权人物何应钦、白崇禧等人不和，因此想寻机提高自己的地位。南京缺守将，恰逢给他提供了重掌重兵之机，这便是他出头请命之因由。

在决定固守南京之方针时，蒋介石便决定将国都迁至重庆。那时日本空军已经三次空袭过南京，中央机关的各部门都早已纷纷迁到了武汉，唯有少数人还留在南京。

孤城南京，背水一战

唐生智就职之后，于 27 日发表记者谈话，表示"誓与国都共存亡，不惜牺牲也要保卫南京"。关于如何防卫南京的作战计划，唐生智采取的是坚决死守之方针。

孙元良第七十二军、王敬久第七十一军、俞济时第七十四军（辖第五十一、五十八师）、叶肇第六十六军（辖第一五九、一六〇师）、宋希濂第七十八军、徐源泉第二军团（辖第四十一、四十八师）、邓龙光第八十三军（辖第一五四、一五六师）、教导总队以及宪兵团等部，共计 10 万余人先后奉命参与南京保卫战。然而，这些部队大都刚从淞沪战场退出来，可以想象其战斗力之弱。

南京城之防守被分成两个阵地：复廓阵地及外围阵地。复廓阵地方面，由第八十八师守备右地区雨花台及城南；教导总队守备中央地区紫金山和城垣东部；第三十六师在左地区红山、幕府山以及城北守备；宪兵部队守备清凉山附近。以第二军团占领栖霞山、乌龙山为外围，同时防守乌龙山炮台和封锁长江；第七十四军守备在牛首山到淳化镇附近，并派出前进部队向秣陵关、湖熟镇进发；第六十六军守备之地是淳化镇附近到凤牛山，并派出前进部队前往句容镇附近，如此半环形的外围防御阵地就此形成。

1937 年 12 月 1 日，日军大本营正式下达"华中方面军司令官须协同海军攻占中国首都南京"之令。华中方面军司令官松井石根率领第十军，其中包括第六、十八、一一四师团以及国崎支队等，连同上海派遣军，包括第九、十一、十三、十六师团和第三师团的先遣队、太谷支队等，一起围攻南京。由上海派遣军四个师团进攻南京东郊，太谷支队进攻长江要塞，切断江北大运河与津浦铁路。第十军的两个师团进攻南京南郊，一个师团攻打芜湖，国崎支队经太平渡江进攻浦口，由此将中国军队的退路切断。12月6日，日军正面部队到达宣城、秣陵关、淳化镇、汤山镇、龙潭一线的南京外围阵地。7日黎明，日军开始攻击中方主阵地。南京被日军三面包围。

守卫南京实属背水作战，外围防御战一旦失利，那么守卫南京可谓难上加难。12月上旬，猛烈的炮火不断地攻打着龙潭、汤山、江宁、淳化、板桥等南京的外围阵地，城垣岌岌可危。12月8日，守军被迫转移阵地，从秣陵关移到牛首山。9日，日军的踪迹出现在了光华门、通济门。10日，汤山的守军转战中山门外，攻击牛首山的日军步步紧逼，与守城部队在雨花台南展开战斗，以此切断南京与芜湖的联系；城北的乌龙山战地遭毁，雨花台的激战中，守军第八十八师朱赤和高致嵩旅长壮烈牺牲；第八十七师易安华旅长亦在玄武湖反攻战中牺牲。南京城内战斗阶段随之展开。

10日，日军一部借炮火的掩护冲进了光华门，但被中国军队伏兵消灭。12日，雨花台失守，消息一出举城震惊，随着各要点的相继失守，日军便由光华门、中华门进入城内。中国守军的英勇抗击日军，留下了诸多可歌可泣的英雄事迹。据《抗战三日刊》报道，一位负伤排长讲述了他们连长如何英勇杀敌之事。他们的连长在战斗中被日军机枪射断左手三根手指，鲜血淋漓的断指在其手掌上摇晃，然而他却用右手将受伤之手向身边一绞，向外一拉，三根断指被生生扯断。他依然高举着缺了手指的手掌，右手举着手枪高声喊着："冲啊！冲啊！"领着战士们冲向日军。然而，他的喊杀声很快消失在日军的炮火声中……

12日，蒋介石命令唐生智撤离南京。但是撤退的过程中却出现了大混乱，政府官员、守城部队以及老百姓在一片慌乱之中争相夺路，城门被堵塞，被拥挤踩死者、落水淹死者数不胜数。事实证明，关于守卫南京的问题，国民政府最高当权者缺乏一套进退攻守的计划，仅仅是临时应对，结局只能是被动挨打，全局溃败。

六朝古都的千年浩劫

12月13日，一片混乱的南京被日军占领。随之掀起的是震惊中外的长达六个星期的血腥大屠杀！

日本华中派遣司令官松井石根率领谷寿夫等四个师团在进犯南京时狂叫："降魔之剑，现已出鞘，尽情发挥其神威吧。"日军入侵南京之后，立刻窜到各区，实行有计划的大规模烧杀抢掠、奸淫。他们扬言"在城内实施扫荡"，"陆军决心给南京以致命打击"。南京的外国侨民向日军当局严正控诉日军的暴行，要求其政府不要对无辜市民下毒手。据一位外国观察家说："此次恐是日军当局的计划性恐怖政策。"他们所到之处，无一不遭破坏，其暴虐残忍的程度着实令人发指，罪行累累，罄竹难书。据战后远东国际法庭保守而慎重的统计，在日军占领南京的六周之内，约19万人被烧死投入江中，整个屠杀的人总计在30万以上。要例如下：

日军入侵南京时，燕子矶江边的5万余难民被日军用机枪扫射，集体遭难。

12月16日上午6时，5000余名逃到华侨招待所的难民，悉数被日军关押在下关的中山码头，排列成行，用机枪扫射而死。12月18日夜，日军将被囚于幕府山四五个村的5.7万余平民，其中包括已经放下武器的中国官兵，他们两个两个的将人绑在一起，驱赶到下关草鞋峡，先用机枪扫射，对未死者用以刺刀，最后浇上煤油，焚尸，残骸投入江中。12月15日下午1时，在原司法院难民所里的2000余难民被押到汉西门，集体枪杀完毕后，将尸体用木材和汽油焚烧。12月间，挹江门外的宝塔桥、鱼雷营一带，已经解除武装的3万余中国士兵，均被射杀。另外，被零散屠杀的人达15万以上，仅尸体掩埋的工作就有数月，"街头、河边，遍地尸体。"据担任尸体掩埋工作的世界红十字会和南京崇善堂两慈善机构的统计，分别掩埋了4.3万多具和11.2万多具尸体。日军杀人手法之残忍，射杀、刺死、劈砍、挖心、剖腹、活埋、溺死、焚烧等无所不用其极。他们以嗜杀互相炫耀，日本报纸曾刊登过日军杀人比赛的新闻，其中的"优胜者"是连杀106名中国人获胜的！

日军在南京的奸淫罪行，更是惨无人道，其方式之暴虐，史上闻所未闻，仅一个月的时间，南京市内就发生了2万多起强奸事件，更甚者，老妇幼女都不曾幸免。当时一位德国人在南京上报德国政府的报告中将日军称为"兽类"！不仅如此，日军还肆意焚烧抢掠。城破之后，从中华门到下关江边，几乎一片废墟，六朝古都的南京被洗劫之后，满目疮痍，废墟遍地。日军无所不抢，无所不夺。正像南京安全区国际委员会负责人所言："在这样一个新时代，我们找不到任何东西能够超越日军之暴行了。"中华民族史上所遭受的灾难，以日本侵略者给予的灾难最为持久，最为惨重。他们企图以武力摧残中国人民的意志，却反而激发了中国军民的团结统一抗日之心。

南京大屠杀

1937年12月13日，侵华日军占领南京，"日本兵犹如一群被释放的疯子践踏着这个城市……他们杀人、强奸、纵火、抢劫"。南京城内外顿时变成断壁残垣，街巷尸体成堆，江河一片赤红。昔日的六朝古都变成了阴风戚戚、遍地冤魂的"人间炼狱"。英国《曼彻斯特卫报》记者田伯烈在《外人目睹中之日军暴行》一文中，将日军的暴行称为"现代史上史无前例的残暴记录""现代文明史上最黑暗的一页"。

攻陷上海之后，日军立即将矛头指向了国民政府的首都——南京。淞沪会战后中国军队撤退，日军趁此时机，将八个师兵分三路，水陆并进，华中方面军司令官松井石根大将指挥进逼南京。日军企图将南京从东南北三面合围，以占领中国政治中心来迫使中国政府屈服。12 月 1 日，日军大本营下达攻占南京的命令。中国方面，由唐生智任南京卫戍司令长官，统率第七十八、七十一、七十二、六十六、七十四、八十三军及教导总队和宪兵团等共 14 个师 10 万多人守卫南京。12 月 3 日，南京外围遭受日军攻击，中国军队顽强抵抗，激战多日仍节节败退。12 月 5 日，日军到达南京外围。9日，日军对南京发起总攻，同时向中国政府下达最后通牒。10 日，紫金山、雨花台、通剂门、光华门同时被日军攻击，中国军队抵死顽抗。12 日，日军以兵力优势攻破雨

南京大屠杀

花台和中华门，紫金山相继被攻破。当日下午，唐生智奉蒋介石命令，指挥军队向芜湖、广德地区突围。13 日，南京沦陷。

　　南京被攻陷之后，日军开始对南京中国军民进行了灭绝人性的大屠杀。12 月 12 日下午，日军华中方面军谷寿夫师团攻占中华门后，即刻对中国军民展开大规模屠杀。紫金山的 3000 名难民全遭日军活埋；在雨花台搜杀的伤兵、散兵、难民多达 2 万人。13 日，日军进入南京城内后，在燕子矶架起重机枪，疯狂地对正在撤退渡江的 10 万余中国军民进行扫射，导致 5 万多人惨死屠刀之下。一部分尸体漂流在江面上，大江被鲜血染得赤红；另一部分尸体堆积在河滩上，被雨淋日晒，直到第二年春夏之交都无人问津，导致数里之外都是熏天的秽气。12 月 13 日上午，日军谷寿夫第六师从光华门、雨花门入城，将马路上的难民作为目标，用各种火器射击，马路街巷之内霎时尸体遍地，血肉横飞。14 日，日军大部队涌入城内，对街巷中的难民继续搜杀。日军在中山码头、下关车站等处对聚集在江边的难民疯狂扫射，亡者数万人。15 日，中国平民及已解除武装的军人 9000 余人被押往鱼雷营屠杀。日军对集中在"安全区"的大批难民肆意屠杀。16 日，从"安全区"搜捕到 3000 余名青年，他们被绑在下关煤炭港遭枪杀，尸体被推入江中。此次遭遇屠杀的人中，大部分是失去战斗力的中国士兵。战后《远东国际军事法庭判决书》确认，"很多中国士兵在城外已经放下武器投降，在他们投降后的 72 小时内，却集体被长江岸的机关枪射杀了。被屠杀的俘虏多 3 万人以上"。

　　12 月 17 日，日本华中方面军司令官松井石根入南京之后，对纵兵杀人放火、奸

淫掳掠最甚的第六师团师长谷寿夫大加奖赏。因此屠杀之暴行日益残酷。日军不但滥杀无辜，甚至花样百出，有的在难民身上浇上汽油，然后用枪扫射，子弹一着身，汽油瞬间被点燃，被弹击火烧的难民挣扎翻滚，痛苦异常，日军则引以为乐，欢呼雀跃；有的脱光难民的衣服，让他们破冰去水里捕鱼；有的则是割下难民的头颅，挂在枪上，漫步在街头，肆意嬉笑；有的甚至是将成百的俘虏绑在一起，分别挖出眼珠，割去耳朵，然后浇上汽油点火烧死；有的是绑住一群难民的手脚，抛入水塘，向他们投掷手榴弹，顿时血花四溅，日军则在一边疯笑……日军杀人手法之残忍，堪称灭绝人性。更甚者，日军竟公然举行杀人比赛。1937年12月，日本《东京日日新闻》在《紫金山下》的通讯中写道："向井（敏明）少尉与野田（岩）少尉，举行杀人友谊赛，谁先杀死100个中国人谁就能赢得锦标。当两人会合时，向井已杀106个，野田已杀105个，两人拿着被砍出缺口的军刀相视大笑。向井说，这次的竞赛，当真是个很有趣的事。"18日　日军将5.7万余城郊难民和俘虏驱赶到下关的草鞋峡，用机枪疯狂扫射，最后将堆积如山的尸体洒上煤油一把火烧尽。日军疯狂而野蛮地屠杀中国无辜百姓，手段之残忍，着实令人发指。

在肆意屠杀难民和俘虏之后，日军仍意犹未尽。1937年12月下旬，日军再次使出新花招，即实行所谓的"难民登记"，开始有计划、有组织的屠杀行动。12月22日，日本宪兵司令部发布通令："自12月24日起，宪兵司令部将签发平民护照，以利居留工作。凡平民皆须向日军办事处亲自报到，领取护照，不得代领，若有老弱病人，可由家属陪伴前往报到。无护照者，一律不得留在城内，切记此令。"然日军所谓的"签发平民护照"，却是一个骗局，其目的是进一步屠杀青壮年。日本当局认为难民区内还藏着2万中国士兵。结果，一些人被骗站了出来，一些劳动人民因手上的硬茧被查出来，他们全部被推载离去，一部分被机枪扫杀，一部分成为日军演习刺刀的靶子，上万难民再次遇难。远东国际军事法庭判决书指出，在被日军占领的最初六个星期之内，南京及其附近平民和俘虏被屠杀了20万人以上，单被掩埋的尸体就达到15.5万人。日军进行集体屠杀后，通常是将尸体烧毁或投进江中，因而被屠杀的中国军民总数有30多万人。

除了在南京疯狂屠杀中国军民之外，日军还对中国广大妇女犯下了罄竹难书的滔天大罪。成千上万的中国妇女被他们当成发泄兽欲的工具。他们强奸幼女，最小仅有七八岁，无数含苞待放的花朵就此凋零。他们糟蹋良家妇女，粗暴地蹂躏中年妇女，甚至丧心病狂地强奸孕妇和七八十岁的老妇，奸后他们将孕妇开膛破肚，把胎儿取出来亵玩，变态杀人狂魔都及不上他们。他们不分时间、不分场合、不分年龄地对中国妇女不择手段地进行蹂躏。群奸、轮奸、奸杀、逼迫中国同胞乱伦，羞辱无所不用其极。其中一位妇女竟在一天之内被日军强奸37次，更有的姑娘被抓去之后，每天要满足15到40个日军的兽欲。被强奸后的妇女，多被杀，或被割去乳房，或被开膛破肚，还有的被割鼻挖眼，被刀劈火烧。被日军强奸的妇女数量之多，手段之残忍，前所未见。据战后远东国际军事法庭判决书不完全统计，"在占领后的一个月时间内，南京市内发生了2万多起强奸事件，并且其中在白天进行的占1/3。"

屠杀和奸淫带来的是大规模的抢劫和有计划的破坏。日军驾着汽车，闯进各大公司、商店、工厂和住宅，各种货物被洗劫一空。中国的图书、文献也被日军大肆掠夺。按照日本上海派遣军特务部长的命令，日军派特工人员360人、士兵67人、苦工830人，从1938年3月起，花费了将近一个月时间，每天十几辆卡车的图书被运走，88万册的图书被抢夺一空，其中包括蟠龙里图书馆珍藏的大宗典籍，中国文化财富被日本侵略者野蛮掠夺。他们甚至有计划地抢走了朝天宫院内埋藏的文物、寺庙里的大钟铁鼎等，导致中国许多国宝落入侵略者之手。此外，外国侨民也被日军抢劫，许多文化设施被破坏。据战后不完全调查，被抢劫的东西有30.9万件器具、540万件衣服、1.42万两金银首饰、88万册书籍、2.84万件古字画、7300件古玩、6200头牲畜、1200万石粮食。被抢劫的其他财富，诸如工厂设备、原料、车辆、铁器，破坏的房屋和商店，尚未统计。

昔日古都被日军铁蹄肆意践踏着。大规模洗劫之后，南京城陷入一片大火之中，中华路、夫子庙、朱雀路、太平路、中正路、国府路、珠江路等主要街道的高大建筑物都被烧毁，大火蔓延烧了39天都不曾熄灭，几乎所有的商业区和主要建筑顿成废墟。堪称南京城首屈一指的豪华建筑，耗资300余万建成的交通部大厦，在被大火焚烧了四五天之后，所残存的只剩下钢筋水泥的断壁，还有四周水沟上的铁栏铁盖。另外，一间间民房在被强盗式的掠劫之后，也陷入巨火浓烟。老百姓的住房、财产，瞬间成为一片焦土。仅在中华门地区的民房被焚烧案件中有案可查的就有57件。其中有平民、商人住宅，也有不少农户。南京大屠杀中，全市被毁的房屋有1/3，断壁残垣、焦土木灰，处处皆是，令人无法直视。曾经繁华的街道，稠密的人口，秀丽的风景全部消失，六朝古都变成尸横遍野、满目疮痍的"死城"和"炼狱"。

南京大屠杀，是日本侵略者占领南京后实行的一场有计划有预谋的大规模屠杀行动。其所作所为严重违反了国际公法和国际战争公约，其灭绝人性惨绝人寰的手段令人发指。日军盟友——德国，其代表也就日军之暴行向政府报告说："这是整个（日本）陆军本身的残暴犯罪行为，他们堪称是兽类代表。"日军欲用大屠杀来恫吓中国人民，摧残中国人民意志。却适得其反，中国人民不仅没被吓倒，反而激发了抗战意识，团结抗日的决心更加坚定。

岁月荏苒，60多年过去，奔流不息的长江，沿岸的血迹被日渐刷净，罹难者的累累白骨也被历史洪流卷走，然而30多万无辜死难同胞用鲜血凝聚成的、镌刻着民族耻辱的血碑是无论如何都无法冲掉的。这段民族耻辱，历史不会忘记，人民更不会忘记。如今的世界进入新的文明里程，同在一个星球上的人们，应和谐共处。但是如果和平无法乞求，一旦侵略的战火被燃起，正义的人们就应去将其扑灭，保证苦难的历史不再重演。

34

太原战役（1937.10）

平型关大捷

大同陷落以后

大同失守以后，9月11日，阎锡山在桑干河南岸下令各军布防。15日，阎锡山将部队区分为左右两个地区。左地区部队是第六十一军、第三十四军、第十九军、第三十五军，总司令由傅作义担任；右地区部队是第三十三军、第十七军、第十五军，总司令由杨爱源担任，孙楚为副总司令；第十八集团军、第七十一师、第七十二师为预备军。原本绥东、察北地区的骑兵集团由赵承绶率领退至朔县、神池方面；门炳岳所部退到集宁方面，与马占山的挺进军一起在绥东警戒。

阳原和蔚县被日军第五师占领之后，其第二十一旅继续进攻广灵，9月14日，广灵沦陷，继而浑源和灵丘也被四个大部队分别追击。

9月14日，日军华北方面军第一军展开对保定地区的进攻。18日，华北方面军司令部决定让第五师团参与保定的作战计划，命令第五师团将精锐部队一部留在山西省北部，其主力经涞源进入保定地区。第五师团长板垣征四郎谨遵命令，除了第九旅将在19日占领涞源之外，他亲率一个联队留在蔚县，作好指挥主力向保定方面转移的准备。因为发现中国军队在山西内长城上的布防，因此决定用一部的兵力向大营附近进发，以保障师团主力的顺利转移。9月20日，板垣命令广灵的步兵第二十一旅团长指挥第四十二联队第二大队和野炮兵一个大队进攻灵丘。灵丘前线的中国军队第七十三师被迫向龙泉寺、石咀子、1286高地至大西沟一线转移；独立第三旅被迫退到灵丘以南山地，灵丘顷刻间沦陷。此时的日军已然迫近内长城线。

在日军第五师团向广灵、灵丘进发，挥师内长城线时，阎锡山制订了一个计划，即把日军放进平型关以内然后将之围歼的决战计划。其方针是：诱敌深入，将他们引入沙河以西地区，从恒山、五台山两方面发动钳击，截断平型关要隘，在滹沱河上游盆地歼敌。阎锡山又根据其设想再次调整军队部署，想以此实现其目的。平型关正面，第六团军总司令杨爱源（由孙楚副总司令负实际指挥之责）指挥的第三十三军、第十七军，正在平型关、团城口南北线上布防，右起五台山东北，排列着独立第三旅、第七十三师、独立第八旅驻守平型关正面；在北垣团的城口，排列着第十七军第八十四师和第二十一师。这些部队先凭险阻敌，再向南转移，隐入五台山，成为南机动兵团，等待时机出击。北侧的雁门山、恒山、雁门山为其屏障，第十五军守恒山，第三十四军在北娄口、大小石口、茹越口之间布防，将茹越口置于重点。第十九军的右连第三十四军扼守五斗山、马兰口、虎峪口、水峪口至雁门关、阳方口间的一线阵地，代县、雁门关之间为重点。由第三十五军控制阳明堡，对雁门关作重点策应。在沙河和繁峙城之间的决战地带，独立第二〇〇旅残部占领沙河镇东的广大正面战场后，逐次抵抗由平型关方面侵入的日军，将日军引诱至繁峙城。预备军在繁峙城的南北线上，以五台山的北台顶、繁峙城垣、恒山顶为支撑点，将日军引入主阵地前，便于南、北机动兵团对其夹击。第三十五军为机动兵团在宁武集结，向代县东进，连同第十五军为北机动兵团，傅作义为指挥，从繁峙北翼展开。等到二〇〇旅将日军引诱至繁峙主阵地前的同时，南北机动兵团即刻发动攻击。第三十三军的八十五师和七十三师，抄击平型关，以截断日军与后方的联络。

阎锡山对自己的部署计划很得意，自诩："布好口袋阵，叫日军有的进，没的出。"他派高参前往平型关、团城口、恒山各方，向孙楚、刘茂恩、高桂滋等人传达指示。又将屡犯规定，不肯力战的李服膺军长拘押了起来，传令各军，以儆效尤。

此时已经到达山西前线的第八路军副总指挥彭德怀，将阎锡山的决战计划上报了中共中央。9月21日，毛泽东致电彭德怀："现在的阎锡山正处于若不打一仗就无法面对山西民众，若打一仗又毫无把握的矛盾之中。这种矛盾是不能解决的，而你的估计是对的，若放弃平型关而企图在沙河决战的决心是动摇的。他的部下都无决心，且其军队早已失去战斗力，或许在雁门关、平型关、沙河一带会被迫决战，却是大势所趋，难以持久的。"此分析与预见，经实践证明，都是正确的。

平型关大捷

9月21日，日军第五师团第二十一旅团长三浦敏事少将率领第二十一联队第三大队和配属于该旅团的第十一联队第一大队，从灵丘出发，以大营镇为目标，沿着灵丘至平型关的公路追击后撤的第七十三师部队。22日早上，在蔡家峪附近，该部日军与正在破坏公路的新编第十一团一个营相遇。该营与日军战斗半日，伤亡惨重，以致后撤。后来，该部日军又遇到了第八十四师派往蔡家峪地区的掩护部队的一个营。日军击溃该营之后立刻攻向平型关。在平型关的阵地前，日军与守军的独立第八旅六二三团的一个连交战，该连被日军击溃，伤亡过半。当天夜里，日军又向东、西跑池南北侧各高地发起猛攻。守军六二三团二营的第五、六两个连坚守阵地，英勇地与日军战斗，数度肉搏之后，终于阻止了日军的进攻。

21 日，进占浑源的日军第二十一旅团第二十一联队主力（欠第三大队）经由小道沟、西河村向大营西北地区攻进。22 日，该部日军联队也加入了战斗。23 日清晨，日军一部绕过蔡家峪向团城口进攻。第十七军的五〇二团迎敌，阻止了日军的进攻。随即，日军以一部向东、西跑池南北高地迂回。高地被日军占领，独立第八旅的第

平型关战场

二连全部牺牲。孙楚急忙派出第十七军以两个团及第七十三师一部、独八旅一个团反击。反击部队与日军激战，下午 1 时许，日军被击退，东、西跑池及其附近高地被收复，而日军亦在同天下午 4 时停止进攻团城口。

阎锡山在同一天计划用总预备队中的第七十一师附新编第二师，一共八个团的兵力，从公路以北地区向东跑池、小寨间迂回，从侧面攻击日军的右侧背；同时以第八路军的第一一五师在平型关东方山地对日军进行夹攻，以断日军之后路；以第七十二师和第三十五军两个旅为总预备队，傅作义为总指挥。阎锡山向第八路军总指挥朱德致电称："我决歼灭平型关之敌，增加八团兵力明拂晓可到，望电林师夹击敌之侧背。"阎锡山同时电令第七十一师师长郭宗汾："该师即时集结，于晚间速向大营东北地区前进，归孙副总司令指挥。"还电令第七十二师师长陈长捷："该师迅速向沙河前进待命。"这一计划原定 24 日实施，然因部队行军异常疲劳，因此改为 25 日。

24 日晨，日军继续猛攻平型关、东跑池、18864 高地以及讲堂村守军阵地。两军激烈交战，第七十三师三九三团击毁了日军数辆坦克，第十七军在当日的战斗中便已伤亡千余人。

25 日，第八路军第一一五师经平型关东北山地向日军后侧发起进攻，震惊中外的平型关大战就此展开。

作为八路军的先头部队，第一一五师在 8 月 25 日从山西省三原以北地区出发，经由韩城东渡黄河，到达山西省侯马镇，乘火车沿着同浦路北上，到原平下车。三四三旅和独立团在师长林彪和旅长陈光的率领下，经繁峙、大营，于 9 月 19 日抵达平型关，在其东南的上寨、下关地区集结。副师长聂荣臻和旅长徐海东带领师直属队和三四四旅在侯马登车，因沿途遭遇洪水骤涨而迟到，在原平下车后，经五台、

龙泉关、龙王堂到达下关，与先到的部队会师。该师遵从阎锡山之令，原本准备在广灵、灵丘地区阻击日军，却因第三十三军和第十七军部队被迫败退到平型关地区，因此，在阎锡山总的作战意图下，决定在平型关以东地区隐蔽集结。23日，该师接到25日出击的计划，便决定在平型关东北山地，从侧面伏击正面进攻的日军。由三四三旅担任小寨村至老爷庙地区的主要伏击任务；三四四旅六八七团在东河南至韩家湾一线作为援军阻击日军；师属独立团及骑兵营在灵丘至涞源间活动，攻击日军的交通运输；六八八团作为师的预备队。

9月23日上午，师召开连以上干部会议。夜晚，部队从上寨、上关地区进入距离平型关东南30里的冉庄，隐蔽集结。24日，营以上干部去往前线侦察，并做好了连队的战斗动员工作，准备战前工作。24日夜，按照预定计划，第一一五师主力开始冒雨向战地进发。25日黎明前，到达平型关东北公路的右侧山地，进行设伏。

团城口防守的部队，因连日遭遇日军攻击，多次求援。八路军第一一五师准备在平型关侧后出击时，孙楚严令第十七军坚守阵地，由第七十一师从团城口出击，配合第一一五师。第十七军军长高桂滋却在25日率领部下擅自弃团城口不顾，致使团城口、鹞子涧和东西跑池一带长城线上约2公里的地段被日军占领。第七十一师奉命越过东、西跑池线第八十四师防御的阵地，以关沟为目标，向平型关的日军后方出击。25日拂晓前，正当该师部通过迷回、涧头向前开进时，突遭已占领团城口、鹞子涧的日军的猛烈袭击，顿时引起部队一片混乱。拂晓后，日军北从鹞子涧、南从东西跑池将第七十一师部队压迫在迷回、涧头一侧。此时的八路军一一五师早已向关沟、老爷庙、小寨地区的日军展开了伏击，鹞子涧地区日军的行动被牵制，迷回、涧头间的第七十一师部队才稳定下来。

一一五师在平型关东北山地隐蔽设伏，而日军第二十一旅团后续部队第二十一联队第三大队和辎重部队一部此时正沿公路向平型关挺进，因为雨后道路泥泞难行，行军队伍缓慢而拥挤。待日军完全进入包围圈之后，伏击部队突然开火，发起了攻击。六八五团五连和六八六团一连最先冲到公路上，与日军展开了殊死搏斗，其余部队亦迅速加入战斗。意外的打击，导致日军陷入混乱，被击毁的汽车、马车填满道路，日军兵力无法展开，进退维谷。慌乱之际，日军欲借汽车、水沟和老爷庙的有利地形进行抵抗。第一一五师第二梯队迅速越过公路，抢先夺占了老爷庙等有利地形，日军被分割包围。此时的日军飞机欲飞临上空支援，但因为两军展开的是近身肉搏，日军飞机失去效用。激战持续到午后，辛庄、老爷庙、小寨村一线山谷中的日军被一一五师全部歼灭。随后该部队继续向东、西跑池的日军进攻，到了晚上，东、西跑池以北的18864高地和东跑池以南阵地被收复，日军也陷入包围圈。然而，因为第十七军的撤退和第七十一师被日军压迫在迷回、涧头之间，致使一一五师与日军形成对峙状态。

在蔚县指挥作战的日军第五师团长板垣征四郎，得知了平型关方面的消息后，急命蔚县的第二十一旅团的第四十二联队（前第二大队）前去增援。26 日，该联队到达平型关，即刻加入了战斗。与此同时，由大同南下的关东军独立混成第二旅团的十川支队，经由浑源前来增援，以平型关北侧团城口地区加入战斗，第二十一旅团得到协助。而第一一五师经历一个昼夜的战斗，早已疲惫不堪，于是被迫撤出战斗。

至此，守军第七十一师和独立第八旅与日军在18864 高地一带展开了激战。当日下午 4 时，双方陷入混战。27 日，第七十一师在迷回、涧头间被日军包围，该师被迫顽抗待援。

正当八路军第一一五师主力在平型关战斗之际，该师独立团和骑兵营在灵丘以东和涞源地区积极活动，配合了主力的战斗行动。

平型关一役，八路军第一一五师消灭日军 1000 余人，击毁日军汽车 80 余辆，缴获一门九二步兵炮，300 余支步枪，20 余挺机枪，3000 余发山炮弹和大批的军用品，给日军以致命打击，而一一五师也伤亡了 600 余人。

东跑池与鹞子涧战斗

值中、日两军在平型关地区展开激战之际，占领大同地区的日本关东军得知消息，决定进攻茹越口，并协同第五师团进入代县附近，同时命令混成第十五旅团和混成第二旅团迅速击破当面的八路军，进入繁峙。独立混成第一旅团主力进入朔县，9 月 25 日，混成第十五旅团由尚希庄出发，到达应县，26 日，发动对茹越口的攻击。该地的守军第三十四军二、三旅英勇抵御日军，经整日的战斗，日军的攻击未能得逞。第三十四军为增强该地防守，命令第一九六旅派一个团移到铁角岭以响应。25 日，日军混成第二旅团从浑源出发，26 日对下社发起攻击，受到当地守军阻击，未能得逞。

此时，八路军一一五师在平型关的胜利影响了阎锡山，他受到刺激和鼓舞，认为平型关外的作战定能成功，因此决定放弃原来将日军放入关内沙河会战的方针，26 日晚上，他向五台朱德总指挥、大营傅作义总司令、沙河杨爱源总司令发出命令："（一）连日来，平型关正面的日军与我激战，已被击退，本日敌由浑源、灵丘增援甚众，其一部约 2000 余，炮 20 余门，向茹越口一带进攻，入关的企图异常明显。（二）六集团应联合十八集团军及总预备军，迅速攻破平型关方面的日军。七集团之杨澄源军应极力抵抗茹越口一带的日军。其余各军严守阵地，等待主力反攻转移。（三）各集团军要按以上要旨部署筹划，即刻行动。"同时令新组成的第六十一军陈长捷所部速去增援平型关，由傅作义担任指挥。

27 日，第六十一军各部到达平型关、团城口前线附近。傅作义急令其先头二一七旅解救在迷回、涧头之间的第七十一师。二一七旅以第四三四团攻击包围涧头，并协同守涧头的第七十一师一部向迷回东进。包围迷回的日军增援部队欲反扑，第二一七旅全部展开，继续进攻迷回。此时鹞子涧的日军突然南下援助迷回，东西跑池的日军也冲下山攻击二一七旅的右侧。第六十一军即令展开于齐城以东地区的二〇八旅，进入二一七旅右侧攻击西跑池的日军。二一七旅和二〇八旅在二个炮兵营的支援下，向日军发起猛攻，包围迷回的日军开始向鹞子涧，东、西跑池撤退，第七十一师的迷回之困得以解除，至此，两军在东、西跑池形成对峙。

28 日，收复迷回北山的第二一七旅之四三四团，因受到迷回一役的鼓舞，在未等主力行动的情况下，便展开行动，攻占鹞子涧，又占领 13866 高地。此时，日军等待时机，从团城口、关沟两面夹击鹞子涧。日军首先攻占了 13866 高地，后对鹞子涧展开全力攻击。村内的双方之间展开肉搏战，最后以陈继贤团长以下全团（除一个通讯排和伤员外）的壮烈牺牲宣告失败。为此，旅长梁春溥受到警告处分。

鹞子涧激战的同时，攻占 13866 高地的日军一部与第六十一军二〇八旅也展开了东西跑池制高点之争。两军激烈厮杀，团长刘崇一在重伤的情况下仍坚持指挥战斗，激烈争夺后，日军被击退到东跑池山下，东、西跑池的防御阵地得以稳定。期间，在平型关正面防御的独立第八旅，调了两个营以增援东跑池。第六十一军也派了在涧头的独立新二旅一部前去增援。增援部队到达时，日军早已被击退到了东跑池山下。

日军被阻，立刻改变了攻击方向，越过 13866 高地东侧北进，与团城口南攻的部队会合，占领了鹞子涧，接着又向六郎城进攻。防守该地的第七十一师部队被迫退回迷回北山。日军转而攻击迷回北，遭到守军二一七旅和七十一师部队的联合阻击，六郎城西 16359 高地便被日军占领。其间，独立新二旅和第七十一师一部，组织反攻该高地，却被日军击退到半山。此后，此地两军陷入混战。傅作义命令第六十一军坚持抵抗，等待第三十五军的援兵。

内长城防线的溃败

9 月 28 日，第二战区司令长官阎锡山从岭口亲赴大营指挥作战。到达大营后，与杨爱源、孙楚、傅作义等研究了在平型关外与日军决战的计划。要求第七十三师和第七十一师坚守平型关东翼和迷回原有阵地；第六十一军、第三十五军、第三十三军密切合作，从平型关外出击，在蔡家峪以南地区歼灭日军。三军主力出击后，守备平型关与迷回地区的部队作为第二线兵团，向蔡家峪、东河南推进，同时作出各军出击的具体计划。

决定了决战计划之后，傅作义匆忙调了第三十五军前去平型关前线。然而，正是这天的清晨，攻击茹越口的日军混成第十五旅团，冲垮了守军，茹越口被攻占。而在此地防守的第二、三旅旅长梁鉴堂率领一营预备队反击日军，企图收复三口，却因兵力薄弱而导致该营大部被日军杀伤，梁旅长亦因重伤而牺牲。29 日，日军开始攻击铁角岭守军之阵地。守军英勇抗击日军，但在当日上午 11 点，铁角岭依然被攻陷，第三十四军撤退到繁峙。第十九军军长王靖国仓促命令防御雁门关右翼的独立第二旅抢占五斗山，从侧方攻击茹越口的日军。然而该旅还未在五斗山站稳就被日军突破而被迫西退。随即，日军展开了猛烈追击，当日夜里繁峙县城被其收入囊中，城内的第三十四军军部被迫退至峨口。此时正在东进的第三十五军先头部队第二一八旅已经过了繁峙城，到达沙河。其后续部队第二一一旅到达繁峙城南时遭到日军袭击，独立第七旅被繁峙城内的日军隔绝到代县。

9 月 30 日深夜，沙河镇南的一个小村庄里，阎锡山召开前方高层将领会议，主要研讨作战方针。讨论中，连连收到平型关前线告急的报告，日军已逐渐移动到平型关南翼白崖台、东长城村方向，有进攻第七十三师阵地之可能。后又接到代县王靖国的紧急报告：方旅从五斗山向铁角岭、茹越口的反攻失败，败退代县；现正调集雁门关以西之段树华独立旅前来代县，同时留下第三十五军马延守旅，阎锡山被阻隔在了繁峙以东，正为其退路迷惘；他深恐新辟之峨口到五台山之土公路落入日军之手，无法后退。所以他对与会将领说道："如今之形势，已补救无法，更不能拖下去。星如（杨爱源字）、宜生（傅作义字），下令全线撤退吧！"

散会之后，阎锡山与傅作义、杨爱源、孙楚商议，决定令长城线上的各军转移到五台山、云中山、芦芽山之线，集中主力在忻县、忻口间组织防御，以保卫太原。当日夜里，在第三十五军二一一旅在峨口的掩护下，阎锡山到达台怀镇。

10 月 1 日，第三十五军于沙河和繁峙之间为各军的撤退作掩护。掩护任务完成后，在 10 月 2 日这天从峨口进入了五台山。雁门关方面，在独立第七旅的掩护下，第十九军转移到崞县、原平。岭口之战区行营撤回了太原，2 日清晨，阎锡山返回太原。

平型关战役进行过程中，9 月 20 日，日本关东军独立混成第一旅团集结到右玉附近，26 日转战朔县，与守军曾在平鲁、井坪镇展开激战，之后在 28 日攻占朔县，10 月 2 日，宁武被其占领。3 日，该日军旅团接到命令，开始向归绥前进，因此，除了一部受华北方面军指挥之外，其主力在朔县集结，准备进攻绥远。

中国守军撤退内长城线之后，日军第五师团长便命令第二十一旅团集结到大营镇附近。早在 9 月 28 日，涞源地区的步兵第九旅团（欠一个步兵大队）就已开始向保定转移，10 月 6 日，已然进到保定以及高碑店附近。独立混成第十五旅团在占领繁峙之后，于 30 日攻占了代县。

平型关大捷中的八路军

七七事变后，国共两党开始第二次合作。8 月 22 日，根据国共两党达成的协议，国民政府军事委员会下达了将中国工农红军主力改编为国民革命军第八路军的命令，8月25日，中共中央军委发出改编命令，中国工农红军第一、二、四方面军团以及陕北工农红军被改编成国民革命军第八路军，于9月11日改称为第十八集团军，同时设有前敌总指挥部，总指挥由朱德担任，彭德怀为副总指挥（9月11日改称正副总司令），叶剑英担任参谋长，左权为副参谋长；陆军第一一五师为其下属，林彪为师长，聂荣臻担任副师长；第一二〇师，师长由贺龙担任，萧克任副师长；第一一九师，刘伯承为师长，徐向前为副师长。

8月下旬，洛川会议上，中共中央政治局确定八路军的基本任务：创建抗日根据地，以消耗和牵制日军，与友军配合作战，保存扩大自己。其战略方针：进行独立自主的山地游击战。其作战地区乃晋察冀绥四省交界之地。

在日军多路进攻华北，国民党节节败退之时，未等八路军改编完成，中共中央便已下令第一一五师之主力，在陕西三原召开誓师大会，随后赶赴山西前线。

一一五师的第三四三旅从太原、原平急进至灵丘。沿途所见，皆是国民党兵败如山倒，一批又一批。他们用步枪挑着抢来的母鸡、包裹，犹如丧家之犬，惊恐万分。在看到第一一五师开向前线时，皆觉奇怪，他们极力向八路军描述日军之恐怖。一段生动的对话就此形成：

"为何你们要退下来？"

"日本人有飞机，有坦克，而且炮弹比我们的子弹还多，不退下来等死么？"

"当兵还怕死？"

"别吹牛，你自己上去试上一试。"

"那你们到底打死了多少个鬼子？"

"我们连鬼子的面都没见过哩。"

"那干吗不上去跟日军拼一拼？"

"没有长官指挥，怎么打！"

为了避免部队抗日作战的士气被退兵影响，为了制止"恐日病"再次蔓延，部队决定走小路，以此避开国民党部队，向灵丘前进，进入以恒山为依托的晋东北地区。

9月中旬，日军开始兵分两路攻击长城防线，一路从大同沿同浦路攻击雁门关，另一路从蔚县、广灵攻向平型关。雁门关至平型关一线，由阎锡山的军队设防，要求第一一五师配合作战。

在此形势下，9月16日、17日，毛泽东向八路军发出战略部署变更的指示："日军的战略计划是用大迂回的方式，妄图夺取太原，从而实现其攻占华北五省之计划。而恒山山脉一带必是日军夺取晋察冀三省的战略枢纽。"就这些变化，毛泽东决定把原来的三个师集中调配到恒山山脉一区的计划改为分散配置在陕西省的四个区域。命令第一一五师即刻进入恒山山脉之南段，并准备逐渐南移，沿太行和太岳两山脉展开。

为了配合友军作战，按照中共中央调整战略部署之指示，八路军总部命第一一五师前往平型关以西的大营镇待命，为侧击进犯平型关的日军作准备。

平型关位于山西东北部长城，自古便是晋、冀两省之重要隘口。不论关内关外，皆群山缭绕，重峦叠嶂，谷幽沟深。平型关山口至灵丘县东河南镇乃是一条由东北伸展到西南的狭窄沟道。沟道中之地势最为险要，其沟深有数十丈，约5公里长，沟底的通道只能通过一辆汽车，其南北两头之沟岸却是较为平坦的山地。

赶到大营镇之后，第一一五师立刻展开了对地形、日军军情的侦察，得知日军第五师正在向浑源、灵丘、涞源三路西进。

攻击平型关之日军，属于板垣第五师团第二十一旅团。在华多年的板垣，熟知中国的地理，他知道平型关历来守备松弛，是一个很薄弱的环节。所以他企图对平型关实行抢攻计划，直插太原腹背。9月下旬，攻占灵丘之后，其师团便立即沿着沟道扑向平型关。

林彪、聂荣臻组织团以上干部前去平型关进行实地勘察，确定了利用平型关居高临下、方便隐蔽、便于袭击之有利地形，歼灭从灵丘进犯平型关的日军的方案。

为了隐蔽行动目的，达成战役的突然性，25日晚零时，第三四三旅便出发进入到白崖台一线阵地设伏。随后，第三四四旅跟着开进。

白崖台与日军要经过的道路只有一两公里之隔，当天夜里，突降大雨，风雨之声与脚步声交杂，战士们没有雨衣，亦无御寒的衣物，单衣单裤皆被淋湿，他们沿着崎岖的山道艰难地前进着。更甚者，因暴雨暴发了山洪，洪水向沟谷峡底冲撞着，巨响雷鸣。战士们将枪和子弹挂在脖子上，手拉着手结成了一道人墙，拽着骡马的尾巴蹚过激流。抢在山洪前，第三四三旅过去了，而第三四四旅却被山洪所阻，过去的只有一个团，另一个团的部分战士因急着过去，被越来越凶猛的洪水裹挟而去。

"洪水太急，若强渡可能会造成不必要的牺牲。就让剩下的部队作为预备队缓行待命吧。"聂荣臻的意见被林彪同意。

因此，利用夜色，各部队冒雨前进到伏击阵地，在25日黎明前夕，各项战斗准备皆已完成。

在沟道东南的一个山头上，林彪的师指挥所设在那里，通过望远镜，便可以将战场的全景收入眼底。

清晨，大雨初歇的群山，显得一片寂静，唯有几株小树在秋风中萧瑟。7时左右，隐约的马达声从沟道上传来。日军的"陆军之花"第五师团第二十一旅团以及大批的轻重车辆正沿着灵丘开向平型关公路。坐在汽车上的日军说说笑笑，就这样毫无戒备地进入了林彪布下的"天罗地网"。

此时，师指挥所部队收到伏击部队的报告。大雨造成泥泞路滑，导致车辆人马拥挤不堪，日军放慢了行动。待日军全部进入第一一五师的包围圈时，林彪立即下令：

"攻击开始！"

一声令下，瞬间机枪、步枪一齐开火，机炮声轰隆震彻山谷。因为八路军的突然攻击，致使日军措手不及，指挥系统陷入瘫痪，只能仓促应战。

为了彻底歼灭日军，第一一五师趁其混乱之时，向日军发起冲锋。

第六八五团迎头痛击，其一部被歼灭，日军南进之路被切断，其尾部被第六八七团切断，在蔡家峪和西沟村地区分割包围，抢占了韩家湾北侧高地，日军的退路被切断。

第六八六团正面进攻，冲向公路与日军短兵相接，展开了白刃格斗，顿时战场上刀光剑影，一片杀声。

板垣第二十一旅团到底是一支战斗经验丰富的部队，很快他们就从慌忙中清醒，开始疯狂反扑。举着军刀的日军官佐拼命嚎叫，企图通过组织反冲锋夺取高地。双方随即展开激战，刀剑相向，刀光剑影，不断有人倒下。

一直到下午1时，残酷的战斗才以日本的兵败如山宣告结束，他们弃下1000多具尸体，落荒而逃。

这一仗，板垣师团第二十一旅团被歼灭1000余人，日军之汽车被击毁100余辆、大车200余辆，缴获摩托车、轻重机枪、步枪、掷弹筒、九二式野炮炮弹以及战马、日币等大批军用物资，全国抗战开始以来，中国军队取得了首次大胜利。

"平型关大捷"的捷报迅速在全国传遍，八路军总部和第一一五师的慰问信、贺电纷至沓来。

忻口会战

忻口的险要

位于忻定盆地北缘的忻口镇，距离忻县县城只有25公里，是五台山（太行山支脉）、云中山（吕梁山支脉）峡谷中一个重要关隘，犹如忻定盆地的一个葫芦口。这里是从雁北进入太远的唯一交通要道。忻口镇的东侧有一条滹沱河从五台山脚灵山主峰向东流去，接着就是忻定盆地广阔地域，忻口镇向北延长2.5公里是界河铺，紧邻滹沱河左岸。忻口镇西侧是云中山。云中河从云中山脚下流过，经过大、小白水村，与滹沱河汇合，向东流去。高山、大河夹着10公里的川道，穿行而过的云中河就像是一个门锁锁住了忻定盆地的葫芦口。

忻口地势之所以如此险要，除了因为这里密布着山峰和大河之外，还因为在这高山、大河的夹杂中，有一道东西宽 3~4 公里，南北长为 16 公里的山岭，名为金山，也被称为银山或忻口诸山。这座山向北衔接着云中河，向西傍着云中山，东边濒临着滹沱河。这座拔地而起的孤山，把忻定盆地入口处的 10 公里正面，分割成了两个管状孔道：右孔道是忻口诸山与五台山灵山主峰之间约 1 公里的夹缝，铁路、公路和滹沱河都集中在这里，像是一条穿过针眼的线头，从这个夹缝中穿过了忻口的"口"，由此不仅构成了出入晋中的交通孔道，更被军事地理上称为战略咽喉。左孔道是忻口诸山与云中山之间比较宽阔而狭长的地域，但是车辆不能在此通过。

忻口作为右孔道上的一个小镇与位于左孔道上的南怀化，相互呼应，成为了左右孔道上的瞭望台。这两个地方依傍在忻口诸山的左右两侧，可以探查左右孔道地区的所有动静，占据此地区，将对探查左右孔道十分有利。忻口诸山都不是很高，坡度也比较小，视野开阔。不管是防御还是进攻，这两个地方都具有十分重要的战略地位。从防御上来看，忻口镇属纵深阵地，在战略上来讲，处于防守状态的军队如果退到忻口，将会强化自身的防御地位；而从进攻方来讲，如果将忻口作为攻击部队的后方基地，在战略上处于攻势的军队，从忻口发兵，将会加强进攻态势。

宁武、雁门、平型三关虽然险要，但是纵横交错，不容易联系，忻口正位于三关之后的适中位置，像扇面一样，将三关连接在一起。宁武、雁门、平型这三关，像手指一般，而忻口就像是掌，进攻的话，就像是出掌，迅速而有力，而撤退防守的话，则迅速缩成拳状，让日军无处攻击。在忻口坐镇，可对三关进行指挥，同时对三关进行补给，协调三关之间的不足和有余。

早在两千多年前，古人就认识到了忻口在战争中的重要性。据《魏土地记》记载：汉高祖刘邦在解了平城之围，回师经过此地的时候，六军忻然，忻口因此而得名。山的西面原来由一个忻口城，相传是汉高祖刘邦所筑。隋炀帝大业十一年北巡，突厥将隋炀帝围困在唐山，援军来到忻口之后，突厥马上向北撤离……

由此可见，因为忻口左边依傍着云中山，右面依托着五台山，可以称得上是太原北面最重要的屏障。守住了忻口就相当于守住了太原，而守住了太原地区就能够安定山西从而确保华北地区的安全。因此忻口的战略位置十分重要。

9 月底，为了尽快拿下华北地区，日军在平型关战役结束之后，紧急调动了曰板垣率领的第五师团和关东军一部突破了中国军队内长城防线后，对忻口发起进攻。日军此次共有三个师团，7 万多人参与了忻口会战，同时这些军队还装配了大炮 350 多门、坦克 150 多辆、飞机 300 架。

为了确保忻口的安全，蒋介石命令由卫立煌率领的第十四集团军四个半师从河北夜行赶往忻口进行救援，并让卫立煌担任前敌总指挥，指挥忻口会战。10 月 5 日，阎锡山召集了杨爱源、傅作义、卫立煌、黄绍竑等对晋北防御战的兵力部署进行研究，周恩来也参与了此次会议。这次战略部署会议针对日军从平型关、雁门关、阳方口三路南犯的态势，将进入山西作战的各路大军统筹划分为中央军、左翼军、右翼军和总预备军，拟定从 10 月 10 日开始，互相协同，攻击前进，趁日军还没有站稳脚跟之际，将日军消灭。

第十四集团军、第十五军、第十七军、第十九军、第一九六旅、炮兵二十七团（第四、第六连）由卫立煌负责指挥。担任中央集团军的总司令的卫立煌，除了让第十九军的三个旅在崞县坚守，第一九六旅固守在原平镇之外，其余部队拟以一部占领蔡家岗、灵山、界河铺、南怀化、大白水至 82 高地，另一部占领中解村、阳明堡、虑头山、黑峪村一线阵地。

第十八集团军（欠一二〇师）、第七十三师（附炮兵一营）、第一〇一师（附炮兵一营）及新编第二师在朱德的带领指挥下，作为右翼集团负责攻占五台山、翠岩峰、挂月峰、罗圈沟、军马场、迄峨口、峪口之线阵地。

第六十八师、第七十一师，第一二〇师独立第七旅，二十三团（第三营）、炮二十四团（第三营）、炮二十八团（第三营）在总指挥杨爱源的带领下，作为左翼集团军占领黑峪村、阳方口之线阵地。

第三十四军（欠一九六旅）、第三十五军、第六十一军、第六十六师及独立第一旅、独立第三旅由总司令傅作义指挥，作为总预备军占据忻县、定襄一带对各军进行策应。

卫立煌

毛泽东的神机妙算

在中国抗日期间，美国记者埃德加斯诺来到中国，了解中国的抗战情况。这个在后来与中国共产党领导人有着亲密联系的美国人，让外界了解了中国的抗日情况。1936 年 7 月 16 日，毛泽东在陕北会见了埃德加·斯诺，并与他进行了深入的交谈。在这一次交谈中，毛泽东对斯诺讲到了中国要战胜日本的条件，他认为战胜日本需要有三个条件：首先，中国要结成抗日统一战线；其次，国际上要形成抗日统一战线。最后，要兴起日本国内人民和日本殖民地人民革命运动。在这三个条件中，中国人民的联合是最为关键和主要的，而且抗日战争必将是一场持久战。

当阎锡山指挥失利，日军突破内长城，由卫立煌率领的中央军即将进入到山西作战的时候，毛泽东就料定：蒋介石、阎锡山出于阶级本性，不会动员全国和山西人民来赢取抗日战争的胜利，国民党一定靠单纯的政府和军队来进行抗战，而这样的抗战结果一定是失败的。中国抗战的胜利，单单由中央政府的正规军做片面防御，是不可能获胜的，只有将人民群众调动起来，做游击战争，才能改变中国抗战的局面。

简单来讲，中国想要获得抗日战争的胜利，就必须做到全国总动员。首先政治上要让现在的政府变成一个真正统一战线的政府；其次在军事上改变被动挨打的局面，改为主动攻击日军。仅仅依靠共产党的游击战是不行的，中国的其他军队也应该发展游击战争，把广大民众的亢日热情调动起来，这样才能取得抗战的胜利。

当毛泽东了解到二战区对晋北防御战的兵力部署之后，他认为将一部分兵力应用于正面战场是应该的，但是他强调说八路军的主力必须应用于侧面，采取"包围迂回"战法，独立自主对日军展开攻击。

对于日军善于使用迂回战术这一点，毛泽东早就将其研究透彻了。而对于第二战区屡次丢失阵地以及阎锡山的作战观点，毛泽东也已经早有研究。

在与埃德加·斯诺交谈后的第二天，毛泽东特别致电给周恩来，提出了华北作战的战略补充意见，指出日军占领石家庄之后，将会向西面进攻，所以需要派重兵驻守在龙泉关、娘子关两地，以帮助主力在太原以北取得胜利。

同时毛泽东还致电给朱德、彭德怀，让他们保护协助右翼军这支国民党交给我们指挥的部队，不要让他们去担任最危险的任务，要充分保证他们的物资充裕。在作战方面要让他们打几个小胜仗，凡事要多和他们商量，表示殷勤爱护之意，不要采用轻视、忽视、讥笑、漠不关心及把他们置于危险地位等错误态度。毛泽东之所以嘱咐朱德和彭德怀是因为他想让国民党军队与红军团结在一起，使他们真心愿意围绕在红军周围。为了达到上述的目的，除了作战指挥由上级负责之外，还要对全军指战员进行教育。

在阎锡山还没有明确做出对忻口战役的全面部署的时候，毛泽东已经认定"山西军已处最后关头，将不得不打一仗""此战役之关键在于下列三点：第一是坚守娘子关和龙泉关；第二是正面战场上以攻为主，以守为辅；第三是破坏日军后方。"

为了达到上面的目的，有三点必须要做到：首先娘子关一定要有人驻守，这就需要南京方面快速调配主力军三四个师前往驻守。第二，卫立煌军四个师担任正面出击兵团的主力，晋军以两个师进行协助，余任守备。第三，八路军第一一五、一二〇两师主力负责从东西两面对日军的侧后纵深地区搞破坏。另外，南京需派三力军两个师从涞源、蔚县行动。

事实证明，毛泽东果然是神机妙算，随着事态的发展，忻口一战到了不得不打的地步。经过多日的考虑之后，毛泽东又提出想要打赢忻口战役，就要具备4个条件。这4个条件分别是：担任占领阵地防御的部队，一定要顽强抵抗；负责从两翼出击的部队，要在合适的时机，猛攻日军；负责截断日军后方运输供给线的部队，一定要保障成功截断平型关、雁门关敌后交通，让日军的粮弹油料供应不上；侧翼的安全必须要有得力部队的保驾护航，以防止日军跑到中国军队侧后方。

根据毛泽东对山西做出的作战方针，周恩来及时向阎锡山表达了自己的看法，并根据自己对这一带地区的考查，提出了如果正面防堵损失会很大，而胜算却很小，因此建议中路地区以少数兵力牵制日军，加强对侧面的部署，以主力向东北代县方面出击，从而可以防止日军向南突进。

外围的争夺

日军的队伍在中国的平原上如入无人之境，在成功占领了茹越口、铁角岭、平型关之后，日军又浩浩荡荡地向繁峙集结，并在1937年10月1日联合攻占代县。而进攻绥远的察哈尔派遣兵团另一部则在9月28日攻占了朔县，30日这股日军又向晋北交通的要点宁武发起进攻。中国的内长城防线已经形同虚设，日军逼近忻口。10月1日，日军集结了3万多人，沿着代县至原平的公路发起进攻，忻口战役彻底打响。

这一次，日军采用了正面进攻与迂回作战相结合的方法，在猛烈的炮火、坦克和飞机的支援下，对崞县、原平发起了进攻。守军第十九军主力奋起反抗，一直坚持到与日军进行白刃肉搏，战斗十分惨烈。4日，日军混成第15旅团从崞县以西迂回，猛攻原平镇。这时，从平汉路石家庄调来的卫立煌部还没有赶到，而从五台山向忻口转移的晋绥军要两天后才能到达，忻口镇危在旦夕。

为了让主力部队有充分的时间赶到战场，第二战区司令部命令中国守军死守崞县、原平，拖延作战时间，等待后续部队到达。没有大部队支援，想要抗击日军谈何容易。5、6两日，想要速战速决的日军将炮火集中起来对崞县中国守军进行猛烈炮轰，阵地被炸得惨不忍睹。第十九军第四〇七团官兵伤亡极其严重。7日，日军又增加了五六千人对崞县进行围攻。日军用20多架飞机、30多门野重炮对县城进行了六个小时的狂轰滥炸，县城的北面城墙被炸毁，第四十一团伤亡殆尽，日军乘虚而入。为了坚守阵地，东西城墙守军奋勇夹击，与日军展开了肉搏。到了晚上，中国守军的各级军官亲自上阵率领士兵，堵击日军，日军有增无减，局势对守军十分不利。8日，王靖国军长被迫率领余部进行突围，崞县陷落。驻守在崞县西关独立第七旅的一个团全部殉国，团长刘连相、石焕然在战斗中阵亡。

10日，结束了崞县战役的日军，又将目标锁定到了原平，对原平发起了猛攻，守军伤亡惨重，原平岌岌可危。另外，更严重的是，已经有一部分日军侵入了原平以南地区。

11日，日军攻占原平的战役依然在继续，守军仅剩下了数百人，虽然伤亡惨重，但是守军依然在据守原平东北角与强大的日军较量，在弹药将尽的时候，战士们与日军展开了肉搏战。守军旅长亲自率领残部与敌搏斗，最后壮烈牺牲，部队伤亡殆尽，原平被日军占领。这一天，中央军执行阎、卫命令，以第九军一部进入东西岔村以西的高地，经桃园村迄平地泉之线，遭遇到了日军的顽强抵抗。

日军占领原平之后，暂时停止了攻击，集结休整准备向忻口守军防线发动总攻。

突袭敌后与其翼侧

在国民党军队进行正面抵抗的同时，八路军在日军翼侧和后方开展游击战，积极打击日军，以配合忻口正面抗击日军的进攻。在10月13日，八路军第一一五师一部成功占领平型关，并破坏了团城口到东河南镇的公路，16日成功占领了团城口，接着又收复了沙河镇、繁峙和浑源县城；另一部在察南、冀西地区活动，先后收复了涞源、蔚县、灵丘、广灵、相阳、唐县。同时第一二〇师也对日军造成了威胁，一二〇师一部截断了怀仁到崞县的交通，另一部对驻守在崞县地区的日军发起了进攻，随后推进到了雁门关地区截击了日军的交通运输线，18日，日军的运输队在行驶到雁门关以南地区时，遭到了中国军队的伏击，日军数十辆汽车被炸毁。就这样，八路军一二〇师出色地完成了骚扰日军主要运输线的任务，并让忻口前线出现了让人难以预料的情况，即日军对国民党军队发起进攻，八路军在后面对日军发起进攻，这样日军在忻口前线的阵地就不得不对付两个方面的中国军队，双面受到中国军队的攻击。日军全部人马不得不绷紧神经作战，因此搞得筋疲力尽。而八路军对日军运输线的破坏，在不久之后也发挥了作用，板垣师团的军需迟迟未到，致使粮食弹药短缺；吃不上饭的士兵们，本来就没有什么力气作战，再加上弹药短缺，更是让士兵雪上加霜；而油料短缺，造成日军的大批机械化装备和机动车辆如同废铁一般，根本发挥不出应有的效应；重兵器更是成了士兵们的负担，一门大炮更是要几十人才能推得动；而当时已经到了10月下旬，晋北的寒气袭人，日军又没什么御寒的衣物，更是让士兵叫苦连天。士兵食不果腹，衣不御寒，不得不用军毯裹身，玉米充饥。还有一些伤员因为不能及时向后送，在战壕里呻吟不止；死者不能转运，阵地上尸横枕藉。这样下来，日军士气低沉，无心作战，使板垣遇到了前所未有的难题。

八路军夜袭阳明堡机场

1937年10月初，太原遭到了日军华北方面军一部的进攻。10月上旬，日军突破了山西省北部国民党军的防线，在侵占了代县、崞县（今原平县崞阳镇）之后，继续向南进犯。国民党军队虽然奋勇作战，但是节节败退。八路军第一二九师第三八五旅第七六九团为了配合国民党作战，奉命向山西省原平东北的山区挺进，在代县、崞县以东地区，对侵占忻口的日军后方进行侵扰。

10月16日，八路军部队到达阳明堡以南滹沱河东岸的苏郎口地区，这是位于滹沱河东岸的一个比较大的村庄，顺河南下便是忻口了。部队刚刚在此驻扎不久，就发现日军飞机不断从滹沱河西岸起飞，对忻口、太原这两个地区的中国第二战区部队进行轮番轰炸。隆隆的炮声不断从南方传来，日军的飞机不断从部队的头上掠过。面对日军的挑衅行为，八路军战士们不甘心到了极点，一心想要把那些大家伙给打下来。

第七六九团的官兵从飞机活动的规律判定，机场一定离这里不远。因此这一次七六九团的战士们想要搞点大的——干掉机场！

指挥员们早就看透了士兵们的求战心情，于是日夜都在寻找战机。果然，没过几天，作战任务就下达了，上级决定："袭击阳明堡日军的飞机场。"

为了弄清楚日军机场的情况，该团的陈锡联团长决定第二天到现场去看一看。陈锡联团长沿着一条山沟，不一会儿就到达了滹沱河边。登上山峰之后，大家马上被眼前的景象吸引住了，这里的东面是峰峦重叠的五台山，北面是矗立在内长城线上巍峨的雁门关，极目远眺，西面若隐若现的可以看到管岑山……滹沱河两岸，土地肥沃，江山壮丽。不过，这些大好河山如今却遭受着日军的狂轰滥炸！

大家拿起望远镜细细地观察着周围的情况，突然发现在对岸的阳明堡的东南方有一群灰白色的日军飞机整整齐齐地排列在空地上，在阳光的照耀下，机身发出了刺眼的光芒。

就在大家认真观察机场中的每一个目标的时候，一个人从河边向这里走来。从望远镜上看，这个人蓬头垢面，衣服也烂得不成样子，打着赤脚，看上去像个农民。这个人神色慌张，一脸焦虑的样子。

等他走近了一些，大家忙迎上去喊："老乡，这是从哪里来？"

那人听到喊声，慌忙停住了脚步，四处打量了一下，才发现有几个穿着军装的陌生人。瞬间变得更加慌张无措，两眼不住地打量着眼前的几个人，过来好一会儿才哆哆嗦嗦地说了两个字："老……总……"

战士们一看，这个农民可能是被自己吓怕了，把自己当成了日军，随后亲切地上前说："老乡，不要怕，我们是八路军，是来打鬼子的。"

那人在听到"八路军"三个字之后，马上像见到亲人一般，抓住战士们的手，激动地说起了自己的遭遇。原来他就住在这个机场附近的一个小村庄里，从日军侵略山西之后，整天烧杀抢掠，弄得他家破人亡，一家三口，只剩下他孤苦伶仃的一人了。后来，他又被日军抓去做苦工，逼他每天往飞机场搬汽油、运炸弹。从早忙到晚，还不给一口饭吃，干不好还要挨打受气。因为受不了日军的折磨，他就偷偷从机场跑了出来。最后，他指着日军的机场愤恨地说："我给你们带路，炸死小鬼子！"

听了这位老乡的遭遇，战士们更加愤愤不平。接着又向这位老乡了解了日本人机场内外的部署情况。

经过侦察之后，战士们了解到的情况和老乡介绍的情况基本吻合。日军机场位于阳明堡西南约3公里的地方。这个机场原本是阎锡山的国民党军修建的，日军一来，阎锡山的飞机就逃之夭夭了，而机场的所有设备都完好无损，等于白白送给了日本人一个进攻中国军队的空军基地。现在在机场一共有24架日军飞机，白天轮流对太原、忻口进行轰炸，到了晚上就会集中停在机场的东南侧。在阳明堡街内，驻守着香月师团的一个联队大部，还有一小股约200多人的守卫部队驻守在机场内，大部则驻扎在机场北端。日军飞机场内构筑有掩体、地堡、掩蔽部，周围有铁丝网，警戒疏忽。阳明堡以及附近的代县、崞县也都驻扎着日军。了解情况之后，八路军的官兵们部署好作战方案，一切就等着夜晚的到来了。

夜里，部队悄悄地向阳明堡方向进发。滹沱河的急流哗哗地响，除了远处传来的稀疏的炮火声，四周一片寂静。

在第二次国内革命战争中，第三营以能攻善守、擅长夜战著称，曾经得过"以一胜百"的奖旗。在这天晚上，战士们一律轻装，棉衣、背包都放下了，凡是能够发出声响的东西，如刺刀、铁铲、手榴弹都绑得紧紧的。长长的队伍，沿着漆黑的山谷，快速向机场方向移动。

先前遇到的那位老乡自告奋勇地充当向导。这位老乡对这一带的道路十分了解，走了500多米就到了一个徒涉点，在寒秋，战士们不顾河水的冰冷，一个个跳下河去，水太深了，大家不得不手挽着手，冲着水浪往前走。滹沱河的水不仅深，而且流速还很快。河底的淤泥非常深，一停下脚就有陷进去的危险，很多人的鞋袜都陷了进去，不得不赤着脚赶到岸上。大家拖着湿透的棉衣棉裤，不顾寒冷，径直向飞机场赶去。

机场内死气沉沉，没有一丝火光，也没有人声，日军都进入了梦乡。战士们悄无声息地爬过了铁丝网，神不知鬼不觉地进入了机场之中。赵崇德营长带着第十连向机场西北角移动，准备袭击日军守卫队的掩蔽部。第十一连直接扑向了机场中央的机群。

第十一连第二排的战士们最先看到了那些停靠的飞机，这些飞机在轰炸了一天之后，此时正分为三排停在那里。就在大家接近飞机的时候，西北方有个日军突然呼叫起来，紧接着便是一连串枪声。原来第十连与日军的哨兵遭遇了。既然自己已经暴露了，于是第十连和第十一连就从两个方向对日军展开了攻击。战士们高喊着冲杀声，奋勇向日军扑杀过去。机枪、手榴弹一齐倾泻。一团团火光把原来静寂的机场变成了一片喧嚣之地。正在机群周围巡逻的日军哨兵，仓促应战，与冲到前面的战士绕着飞机互相追逐。被枪炮声吵醒的在机舱里值勤的驾驶员，慌忙之中盲目开火，发出来的子弹接连打在停在他们前面的飞机的机身上。

战士们越打越兴奋，纷纷向机身爬去。机枪班长老李一下子就爬上了一架飞机的尾部，端起机枪向机身猛扫。

八路军以迅雷不及掩耳的攻击，打得日军晕头转向，根本不知道是哪里来的部队。在激战了一刻钟之后，日军竟然全都逃进了营房和掩蔽部里，停止了射击。突然间，从机场的西北面升起了几发红红绿绿的照明弹和信号弹，瞬间将机场照得像白昼一般，随后日军的机枪、步枪开始向停留在机场的战士扫射过来。战士们一看势头不对，纷纷卧倒，对日军予以还击。在离战士们100多米的地方突然冒出了200多日军，用密集的队形反扑过来。在看到日军之后，战士们纷纷将步枪、机枪、手榴弹对准那些日军，前排的日军纷纷倒下，后面的又扑了过来，双方的火力在夜空中组成了一片交叉的火网，子弹暴风骤雨一般散落在平坦的机场上，落在密集的人群里。

激战正酣之时，日军的守卫队又向八路军扑了过来。在这20多架飞机中间，八路军与日军短刃相接，一场白刃格斗就这样开始了。虽然日军都是被"武士道精神"培养出来的，而且善于拼刺刀，但是第七六九团的官兵也都不是好惹的，到处都能听见刺刀碰撞的声音，枪托打在日军戴的钢盔上发出的闷裂声，以及日军捂着肚子的惨叫声。战斗中，一向凶残暴敛的日军，在八路军战士面前，溃败了。机场上到处散布着日军的尸体。

日军的第一次反扑失败了，接着又组织了第二次、第三次反扑。战士们在打击日军反扑的同时还不忘轰炸日军的飞机。就在日军进行第三次反扑的时候，手榴弹击中了一架飞机的气缸，飞机拖着浓烟夹杂着火光，冲向了天空，不过没一会儿，飞机的火势就蔓延到了机身，飞机顷刻间就烧着了。这一下，八路军的战士们可算找到了对付飞机的窍门，接着，第二架、第三架……最后全部飞机都烧了起来，机场顿时成为了一片火海。

负责指挥部队的赵崇德看到一个日军打开了机舱想要逃跑，瞬间就跳了下来，把那个日军抱住，回身就是一刺刀，结束了那个日军的性命。赵崇德随后命令战士们，把手榴弹都往飞机肚子上扔。没几分钟，飞机就都烧了起来，顺着风势，机场也燃烧起来。

在杀退了日军守卫军的反扑之后，赵崇德指挥战士们轰炸日军的飞机，而就在紧要关头，他被一颗子弹打倒了。几个战士想要跑过来，将他扶起来。他连忙摆手，示意战士们不要过来。就这样，这位优秀的指挥员永远地闭上了眼睛。看到指挥员壮烈牺牲，战士们感到悲痛万分，纷纷想要为营长报仇。几十分钟之后，守军大部分被歼灭，20多架日军飞机被烧毁。当驻扎在香月师团的装甲车匆匆赶来支援的时候，看到的正是一片狼藉的机场，而八路军早已撤出了战斗。

这场战斗历时1个小时，八路军以伤亡30余人的代价，炸毁了日军飞机24架，击毙击伤日军100余名。

夜袭阳明堡机场，是八路军第一二九师第七六九团为了支援忻口战役而在晋北代县突袭日军获得的一次重要的胜利。在这次战斗中，第七六九团在详细研究和正确分析日军之后，发现并抓住了日军的弱点，马上下了决心，乘日军休息的时候，对日军发起偷袭；战斗中，第七六九团发扬了近战、夜战的优良传统。在准备充分之后，利用夜间日军放松警戒之时，潜入日军机场，用手榴弹、燃烧弹和机枪火力对日军机进行轰炸，让日军机场瞬间变成一片火海，烧毁了日军的所有飞机。这一战斗削弱了日军的空中突击力量，对国民党忻口防御战进行了有效地支援，同时也

52

增加了广大军民联合抗战的信心。

忻口激战

10月13日，对于忻口守军来说，是难熬的一天。在这天日军分为左右两翼，对忻口守军展开了全线攻击。混成第十五旅团和堤支队作为右翼队，第五师团主力作为左翼队，对国民党守军进行了左右夹击。为了对抗日军，忻口阵地正面中央军阵地是这样分配防守的：大白水和盟腾村由作为左翼兵团的第十四军，辖第十师、第八十三师、第八十五师坚守；忻口正面由中央兵团的第九军，辖第五十四师和独立第五旅坚守；五台山南麓山地由作为右翼兵团的第十五军，辖第六十四师、第六十五师坚守。在日军发起总攻的前一天，阎锡山命令傅作义率领第三十五军、第六十一军、独立第二、三旅赶赴忻口一带，归卫立煌指挥，加入中央军作战。

13日拂晓，日本轰轰烈烈的攻占忻口的战役打响了。日军的支援力量可以称得上是让他们武装到牙齿。在三十多架飞机，五六十辆战车和炮兵强大的火力支援下，日军步兵对忻口地区守军左翼兵团、中央兵团阵地发起了猛烈攻击。左翼兵团第十师的阎庄阵地和中央兵团第五十四师的南怀化阵地成为了日军的重点攻击对象。很快，南怀化守军阵地就沦陷了。卫立煌急忙调集了第二十一师李仙洲部归第九军指挥，准备倾尽全力恢复丢失的阵地，并命令第六十一军的独立第四旅快速向前开进，协助守军恢复失地。

14日，日军增加了数千士兵，对南怀化阵地再次进行了猛攻，中国守军与日军展开了拼死搏杀。右翼兵团第十五军与日军战斗到傍晚，终于将日军一部赶到了灵山脚下；左翼兵团第十师将日军一部击溃，成功收复了旧练庄等失地，但是南怀化主阵地依然在日军手中，防线上出现破口，拉锯战越来越激烈。

10月15日，为了进一步扩大战果，消灭来犯日军，收复中央阵地，第二战区司令部调集了第九十五军二十一师等约五个旅的兵力，命其在中央集团军中央兵团总指挥，也就是第九军军长郝梦龄的指挥下，对日军侵占的阵地发起反攻。中国军队从正面出击，从三面包围了日军。

在正式出击之前，郝梦龄军长召开了动员大会，他对士兵们说："我们以前是一个团守住一个阵地，虽然现在我们只剩下100多人，编成一个连，但是我们依然要守住这个阵地。就算只剩下一个人，我们也不能让这个阵地落到日军的手里。我们一天不死，抗日的责任就一直在我们的肩上。我在出发之前，已经在家里写下了遗嘱，不打败日军绝不生还。现在我和你们一起坚守这块阵地，绝对不会做缩头乌龟。我如果先退，你们就一枪毙了我。当然不管你们是谁，如果敢退一步，我也马上毙了他。大家敢陪我在此坚守阵地吗？"全体士兵在听到之后，马上齐声回答："誓死坚守阵地！"听到战士们信心满满的回答之后，郝梦龄军长说："好，将有必死之心，士无贪生之意。"然后奋笔疾书"站在哪里,死在哪里"八个字,晓谕全军将士。16日凌晨2时,中国守军的反击战正式打响了。在郝梦龄军长的指挥之下,中国军队连续成功占领了几个山头,到了5时许,天色渐渐亮了起来,郝梦龄想要赶到第五旅的前沿阵地指挥作战,但前面的路却被日军的炮火封锁了,十分危险,战士们都奉劝他不要前行,郝军长说:"瓦罐不离井口碎,大将难免阵前亡。"说完之后就毅然决然地向前沿阵地冲去,在穿过离日军仅200米的阵地时,一颗子弹击中了他,这位年仅39岁的军长就这样殉国了。第五十四师师长刘家麒和独立第五旅旅长郑廷珍也先后阵亡殉国。

郝军长牺牲之后,陈长捷被卫立煌和傅作义任命为中央兵团总指挥,率领全军继续作战。

左翼兵团为了协助中央兵团反击日军,对进攻的日军右侧发起进攻,占领了新旧练庄、阎家庄、卫家庄一线。不过,在成功占领之后,日军趁中国军队还没有站稳脚跟之际,发起了猛烈反击,部队快速退回到东长村、大白水一线进行防御。这时,右翼兵团第十五军防守之灵山阵地遭到了日军的猛烈攻击。随后,灵山阵地失而复得。第二一七旅和第二一八旅对南怀化日军的后方发起进攻,消灭了驻扎在新旧河北村的日军大部,但是随后日军进行了增援,在与日军激战一天之后,第二一七旅和第二一八旅撤到了金山铺休整。在这次战斗中,第二一八旅旅长董其武负伤。

经过16日一天的激战,出击部队缴获了500多支日军步枪,40多挺轻重机枪,并击落了1架日军的轰炸机,可谓是收获颇丰。但因为出击的左翼兵团和中央兵团的第二一七、二一八旅都撤回了原阵地,反击南怀化的部队严重受挫,从而全线又变为了守势。至此,守军反击日军的计划宣告失败。

为了加强忻口的正面防御,阎锡山在16日命令第十九军快速赶赴金山铺,由卫立煌指挥。阎锡山在电报中严肃训斥了该军军长王靖国,称此事事关华北的安危,命其军长要戴罪立功,严格督促各旅拼死杀敌,以赎前罪。并给第十五军军长刘茂恩致电称:"灵山又被日军突破,速集结兵力拼死恢复,以免影响战局,并督促各部死力抗敌,不得再有疏失。"阎锡山随即将原属于右翼军朱德总司令指挥下的第七十三师全部、第一〇一师一个旅和一个团连夜调往忻县二十里铺,归傅作义指挥。

10月17日,中日两军继续在忻口正面激战。阎锡山一面命令在日军后方和翼侧的第八路军所部和骑兵第一军对日军的交通运输线进行打击并对日军的翼侧进行袭击,一面在17日下午给傅作义致电,命其迅速让其部队在忻县城北公路两侧西方高地构筑第二阵地以及构筑石岭关至太原各线的工事。将在忻口前线作战的预备军各部统归卫立煌指挥。

在忻口前线的正面,中日两军进入到了胶着状态。日军因为缺少再次发动进攻的兵力,保持着原有状态,而守军也放弃了大规模出击而采取阵地防守。一直到23日以前,在近一周的时间里,双方每天的作战都像是过家家一般,每天早晨七八点,

54

日军就会用飞机对守军的阵地进行轰炸，掩护步兵向守军阵地对壕作业。为了对付日军的新战术，守军就把炮兵在白天隐匿起来，避开日军的轰炸，到了黄昏之后，再进入阵地对日军炮兵群和前线机场突然猛轰。步兵组织突击小分队，在晚上潜出阵地，袭击并破坏日方阵地和战壕。在这近一周的对战中，中国守军炮兵成功破坏了日军位于泥河村的机场。

　　10月24日，日军的援军赶到了。这个以中国驻屯步兵旅团第二联队为主力而编成的萱岛支队是被日军第五师团长从大同紧急调过来的。日军援军到达忻口之后，马上组织兵力对忻口地区守军阵地发起进攻。这次攻击，日军改变了进攻目标，将重点指向了官村迤南和左翼的南峪、盟腾村阵地。由于守军的顽强抵抗，日军没能越雷池一步。26日，日军继续对这两地进行攻击。下午2时，盟腾村阵地被日军突破，不过负责坚守的守军左翼第八十三师并没有就此放弃，依然在伺机夺回失地。向中央与右翼守军阵地攻击的日军，被阻挡在了守军的阵地前面，进展甚微，仅仅突破了东、西荣花村阵地。27日，日军由东、西荣花村突破口对守军贾村阵地发起猛攻。在中午时，日军攻占了左翼盟腾村北方的高地。随后守军第十师一部进行了反击，成功将高地夺回。在争夺高地的战斗中，中日双方都伤亡惨重。这一天，忻口前线战役全部开启。此后，整个战线进入到了对峙与胶着状态。陈长捷在回忆这场胶着战时，有如下记载："敌我于南怀化、红沟谷地间，两度往复拉锯战，对阵相抗达半月之久。敌以久攻不下，兽性大发，竟以火焰放射器配合大口径迫击炮，抛射凝缩汽油弹，对我猛攻。我阵前阵后顿成火海，守兵被溅上凝缩汽油，除了倒地自行滚转外，无法加以救护；阵地存储的弹药亦每引起爆炸，损失极重。为了驱逐紧逼阵前之敌，中方乃决定向敌壕一侧进掘进坑道或窄壕，实行对壕互轰。士兵分为作业班、爆破班、战斗班三部，背负土壤、工具、药包等，潜出阵前，对敌壕与坑道加以横截爆毁，掀起一场又一场的地下战。日军不得不放弃所占领的突击阵地，退回南怀化去。但我梁旅的王、宋两团阵地，亦曾被敌在掘进的坑道里炸爆，部分守兵被埋于地下。"

　　因为上海方面，战争发生变化，日军不得不将华北方面军的第六、第十六师团和由第五师团一部编成的国琦支队调往上海作战。因此，日军很难再抽调兵力对忻口进行增援。而忻口方面，日军因为缺少兵力已经无力再发起进攻。因此，日军不得不将在平津地区担任守备的十九师团步兵第一三六联队的两个大队以及独立混成第一旅团的机械化步兵联队派到忻口对第五师团进行增援。

　　虽然日军有了增援部队，但是忻口前线守军对其一点也不惧怕，与日军抗衡了20余日。日军在忻口地区毫无进展，而后方的交通运输线，又被中国军队一部的游击战严重威胁，处于被动的境地。但是因为中国军队在晋东地区的防御失利，娘子关、平定、阳泉等地先后被日军攻占，守军不得不向太原溃退。10月31日夜，阎锡山下令驻守在忻口地区的守军全线后撤。

55

遵照卫立煌命令，忻口地区前线各兵团在 2 日黄昏之后脱离阵地向后撤退，因为事先就做好了撤退的准备和部署，因此在撤退时秩序良好。当天晚上，日军就察觉到了守军的撤退，并在 3 日拂晓发动追击，之后，太原北方的日军协同由晋东进入太原附近的日军，对太原发起进攻。

忻口之役，中国军队先后投入了 16 个师参加战斗，伤亡约 10 万人以上；而日军方面，据后来阎锡山统计，也约有四五万人伤亡。中国军队在这次战斗中消耗炮弹 5 万余发，木柄手榴弹好几百万发，由此可见战斗的激烈程度。在这次战斗中，八路军在日军后方的游击，也成功地骚扰了日军后方，致使其补给线一度中断，给日军带来了极大打击和损害。

抗日英烈郝梦龄

在忻口战役中，第九军军长郝梦龄英勇作战，最后在抗击日军的过程中壮烈牺牲。1892 年 2 月 18 日出生的郝梦龄，出生在河北省藁城县庄合村，家中世代务农。由于家境贫困，郝梦龄只读了三年私塾就被父亲送到了一家杂货店当学徒，后来因为不能忍受老板的虐待，就投奔到了奉军魏益三部当兵。魏益三见他聪明好学，就把他送到了陆军军官小学、保定军官学校学习。郝梦龄未来的轨迹也因此而改变。

从 1921 年起，学成归来的郝梦龄在魏益三部先后担任了营长、团长等职务。1926 年郝梦龄跟随魏益三投靠了冯玉祥的国民军，担任了第四军第二十六旅旅长。在北伐战争中，因为作战英勇，被升为了第四军第二师师长。打下郑州之后，部队进行改编，郝梦龄担任国民革命军第五十四师师长。1930 年中原大战后，兼任郑州警备司令。后来又升为了第九军副军长、军长等职。郝梦龄在管理军队方面军纪十分严格，他在军队之中从来不任用自己的亲属，还会把受到的奖赏分给部下。同时，郝梦龄还很看重军队与民众的关系，如果发现有士兵侵扰民众，绝不宽恕。部队在乡间宿营，绝对不会轻易打扰当地的老百姓，如果在雨天宿营需要用草秸，那么在走之前，一定会把借来的草秸等物还给百姓。他还强调喝了百姓的水，就要给人家打满缸，扫好地，再出门，以看不出军队宿营的痕迹为标准。他曾经在一本治兵的语录上摘录了一首军歌，并印发全军背诵及歌唱。歌词是："三军各个听仔细，行军需要爱百姓，挑水莫挑有鱼塘，莫向人家打门板……"有着如此严明军纪的部队，能够英勇作战也就不足为奇了。

1930 年 12 月，蒋介石发动了对中国工农红军的第一次"围剿"。郝梦龄奉命率部与工农红军作战，以失败告终。1931 年，郝梦龄在率队对工农红军进行第三次反革命"围剿"的时候，他看到了内战让人民遭殃、血流成河的惨状。于是在 1934 年蒋介石对工农红军发起第五次反革命"围剿"时，郝梦龄请求解甲归田，但是没有获得批准。1935 年郝梦龄被调往了贵阳、独山、遵义等地，带领第九军负责修筑川黔、川滇公路。

当川黔公路正式通车之后，第九军又开始负责保卫和养护公路。1937 年 5 月，郝梦龄再次请求解甲归田，依然没被批准，被调往四川陆军大学将官班学习。

1937 年 7 月卢沟桥事变爆发，得知消息的郝梦龄马上从重庆返回部队，要求北上抗日。他在请求报告中这样写道："我是军人，半生光打内战，对国家毫无利益。日寇侵占东北，人民无不义愤填膺。现在日寇要灭亡中国，我们国家已到生死存亡的最后关头。我们应该去抗战，应该去与日军拼。"这份饱含着对国家的热爱，誓死保卫祖国的请战书，最后不知什么原因，并没有获得国民政府军事当局的批准。后来，郝梦龄再次请战，要求当局派他率队抗日。国民党军事当局见其报国心切，再加上日军沿着平汉路、平绥路长驱直入，华北地区连连败退，战事危急，就批准他从贵阳率部北上。

在北上抗日出发之前，郝梦龄将军就下定了必死的决心。当部队途径武汉的时候，他利用部队休息的时间回到家中，与自己的妻子儿女告别，在离开之时，他对儿女们语重心长地说："我爱你们，但是我更爱我们的国家。如今日军每天都在屠杀我们的同胞，大家都应该去杀敌。如果国家亡了，你们也没有好日子过了。"他还写好了一封信，封好之后交给了大女儿慧英，嘱咐她三天之后再拆开看。15 岁的慧英并不能理解父亲当时的心情，硬是要马上拆开看，郝梦龄不允，在父女二人的争抢中郝梦龄将信撕成碎片，丢进了痰盂里，之后就随部队出发了。慧英在父亲走了之后，把信从痰盂里捞了出来，拼起来一看，大吃一惊，原来这是郝梦龄留给子女的遗嘱，上面写着："此次北上抗日，抱定牺牲。万一阵亡，你等要听母亲的调教，孝顺汝祖母老大人。至于你等上学，我个人是没有钱。将来国家战胜，你等可进贵族学校。留于慧英、慧兰、荫槐、荫楠、荫森五儿，父留于 1937 年 9 月 15 日。"

郝梦龄将军在痛别了家人率第九军来到石家庄之后，在第十四集团军司令卫立煌的指挥下作战。当时山西的雁门关阵地已经沦陷，晋北忻口成了山西抗击日军的第一道防线。卫立煌将坚守忻口前线的重要任务交给了郝梦龄。10 月初，郝梦龄率队来到了忻口前线准备作战。在司令卫立煌的部署与指挥下，郝梦龄率队担任中央兵团长（即忻口中间地区前线总指挥），负责指挥第九军和晋绥军第十九军、第三十五军、第六十一军等部，将忻口以北的北龙王堂、南怀化、大白水、南峪线等地作为主战场，保卫忻口安全。刚到达忻口前线没多久的郝梦龄随后又开始夜以继日地奔波在最前线，对阵地进行视察，部署兵力，指导官兵抢修工事，鼓励官兵奋勇作战。他对官兵们说："这次战争是为了民族存亡而战，只有牺牲。如果再退却，到了黄河边上，兵都牺牲了，哪里还有什么长官。这就是我死而国活，我活而国死。"

在忻口会战正式开始的前一天，郝梦龄给妻子写下了最后的遗嘱，遗嘱的大致意思是：

"我从武汉出发的时候，曾经给子女们留下遗嘱。这次抗战是民族国家生存的最后的关键时刻。我抱着牺牲的决心，不成功即成仁，为了争取最后的胜利，让中华民族永远存在在这个世界上，所以成功不一定有我，但是我先做牺牲。我牺牲之后，只要国家存在，诸子女教育当然也不会成为问题。别无所念……如果我真的牺牲了，希望你能够好好孝顺老母亲并教育子女，对于兄弟姐妹等也要照拂。所以我牺牲了也很光荣，作为一个军人为国家战死，这种死可谓是死得其所！书与纫秋贤内助，拙夫龄字。双十节于忻口。"

这些悲壮的遗嘱，表明了郝梦龄为国捐躯、抗战到底的决心。

后来，郝梦龄在战争中壮烈牺牲。当人们获知第九军军长郝梦龄、第五十四师师长刘家麒、独立第五旅旅长郑廷珍、第一九六旅旅长姜玉贞等人英勇牺牲的消息之后，深感痛惜。忻口人民随即按照传统的殡仪习俗，特地为他们制作了柏木棺材，以示英魂不灭，像松柏一样，永世长青。

国内外媒体对四位将军的英勇殉国也作了报道，对他们在战场上的英勇表现予以了高度评价。

10月17日，中央通讯社发表了一篇名为《郝梦龄等殉国》的电讯稿说：

"民国以来，军长之因督战而在沙场殉职者，实以郝军长为第一人。吾人由此推想彼时战斗之剧烈，牺牲之悲壮，实足惊天地而动鬼神。郝军长等死后，该军士气更为振奋，日军闻之亦甚丧胆。此役战绩决可在将来中日战争史增最光荣之一页也……"

中国共产党在巴黎办的《救国时报》，以《追悼抗战殉国的民族英雄郝梦龄、刘家麒、郑廷珍、姜玉贞诸将军》为题，报道说：

"郝梦龄、刘家骐、郑廷珍、姜玉贞诸将军及其他许多死难将士，为了民族解放，贡献了他们最后一滴血。他们是中华民族的优秀子孙。他们战死疆场，为国殉难，是革命军人的无上光荣。他们的名字，将与我国历史上一切伟大的民族英雄、革命战士的英名永垂不朽，流芳千古。"

16日，在一片悲凉的气氛中，郝、刘、郑三将军的灵柩从忻口车站被运上了专列灵车，沿着通蒲路一路南行。在17日清晨，太原东门外站满了各军、政长官代表，人们都在等待着见这三位将军最后一面。随后第二战区司令长官阎锡山对郝军长、刘师长等人的英勇表现表达了哀悼。当灵车慢慢驶来之时，沿途的官员代表们纷纷脱下帽子，一脸肃穆之色，有的人甚至低下头哭了起来。18日晚12时，郝、刘灵柩从太原出发，南运汉口，准备公祭后择地安葬。

10月20日晚9时，太原各界纷纷来到中山公园，他们在这里举行了追悼郝军长、刘师长及抗战阵亡将士大会。

现场的布置很肃穆，在秋风中，上百幅白色挽联迎风飘扬，全场都处于一种压抑的氛围之中。

大会开始之后，当仪式进行到为殉难将士默哀的时候，全场静寂无声，仿佛一个沉睡的雄狮即将觉醒发出震人的狮吼。随后大会主席报告了郝将军等人英勇牺牲的经过，讲到壮烈处，全场异常感奋，都发出热烈的掌声。随后各级机关代表，进行了慷慨激昂的演讲，参加追悼会的人听后尤为动容。

在追悼会上，还特别宣读了军政部长何应钦等人从南京发来的唁电、悼词和祭文。何应钦的唁电称：

"郝军长、刘师长躬亲督战，为国捐躯；郑旅长闻亦因伤重殒命。缅怀忠烈，良深痛悼，其身后诸事，尚希就近要为料理。家属现在何处，亦盼善加安慰。"

追悼会之后，国民党政府又对为国捐躯的郝梦龄、刘家麒、郑廷珍等人进行了褒奖。为了纪念烈士们的功勋，当年汉口市政府将原来为日本租界的北小路改名为了郝梦龄路，南小路改名为了刘家麒路。

中共中央军委主席毛泽东，对包括在忻口抗日过程中牺牲的郝、刘、郑、姜四位烈士予以了高度评价，并表达了沉痛的哀悼之情。

在80年代初期，中华人民共和国民政部依然没有忘记这些在抗战中壮烈牺牲的战士们，给郝梦龄等一大批牺牲在抗日战场的将士颁发了《革命烈士证书》。郝梦龄将军的烈士证明书中写道：

郝梦龄同志，抗击日寇中弹阵亡，壮烈牺牲，经批准为革命烈士。

特发此证，以资褒扬。

正是因为郝梦龄等人的英勇表现，才保卫了中华民族的尊严，为后世的繁荣昌盛打下了基础。

娘子关会战

1937年10月10日，在石家庄被日军侵占之后，贪心的日军又沿着正太铁路，先后占领了井陉、长生口和大小龙窝。一路吹响凯歌的日军，随后又将目标瞄向了位于山西省平定县东北处的娘子关。

在娘子关被日军盯上之前，阎锡山已经看透了日军的意图，随即派黄绍竑副长官赶赴娘子关统一指挥作战，并命令原来准备去支援晋北的第二十六军总指挥兼第二十集团军总司令孙连仲撤回来去支援娘子关作战。

在1937年10月1日前后，黄绍竑就已经离开南京来到了山西担任第二战区副司令长官的职务。当黄绍竑到石家庄的时候，在他的脸上已经看不到前段时间听到平型关大捷时喜气洋洋的表情了。日军的飞机不断地在车站和市区投放炸弹，已经把昔日平静的石家庄炸得面目全非。国民党守军在保定稍作抵抗就撤退了，想要在石家庄以北沿着滹沱河平山、正定、嵩城之线布置防线，据说国民党在这条线上做过一些国防永久工事，当时因为时间的关系并没有完成，当日军到来的时候，有些水泥还没干燥凝固，模子板都还未拆呢！

孙连仲率队在嵩城以西的地方布防，商震部宋肯堂军充当他的右翼，孙连仲将自己的指挥部放在了石家庄以西十多里的铁路边的小村子里。当黄绍竑来这里看他的时候，孙连仲正在忙着布防呢！黄绍竑在和他匆匆地吃了一顿午饭之后，就开始询问他情况如何，还能支持多久？孙连仲无比平静地说：

娘子关会战

"现在日军的主要攻击对象是右翼，目前那边情况比较危急，你听那边已经开始炮击了。"黄绍竑静下来听了听，果然听到了隐隐约约的炮声。孙连仲感慨地说："右翼军如果能够禁得住这轮炮火就行了。"随后就陷入了沉默。那时孙连仲还没收到去山西支援的任务，因此到了晚上的时候，黄绍竑就乘车去了太原。

黄绍竑来到太原的时候，阎锡山已经把设在雁门关岭口的行营撤了回来。阎锡山告诉黄绍竑，说："八路军在平型关打了一个胜仗，虽然暂时阻止了日军前进，但是后来，日军依然从平型关方面突进。除此之外，日军又从阳方口方面突破，虽然并没有对雁门关正面进攻，但是已经形成了左右包抄的形势，所以中方不得不向后撤退。"随后，黄绍竑又向阎锡山询问了娘子关的相关情况，阎锡山说："如果平汉路方面的石家庄能够守得住，那么日军自然不会对娘子关发出进攻；即便石家庄沦陷了，在平汉路正面中方依然能与日军保持亲密的接触，日军如果从西边对娘子关发起进攻，中方就可以从侧面对日军的后方造成威胁。"之后，黄绍竑对娘子关进行了考察。他认为娘子关的情况十分危险，请求把孙连仲部调回到娘子关，作为预备队伍。阎锡山同意了他的建议，将孙连仲部调回了娘子关作为机动部队。

雪花山阻击战

娘子关前面，在河北省井陉县境内有一座雪花山，如果要守住娘子关就必须守住雪花山。1937年10月13日天刚刚亮，日军侵略军就静悄悄地出发了，这次作战的日军第二十师团一部准备对防守在雪花山阵地的第三十八军第十七师发起猛攻。不一会儿，雪花山阵地就被硝烟所笼罩，早就作好准备的守军，对日军的到来并不感到意外。他们奋起反抗，没有让日军的计划得逞。为了守住雪花山阵地并对旧关的日军进行牵制，赵寿山师长亲自率领一个团对井陉南关的日军进行了偷袭。随后，在刘家沟和长生口的日军运气也不怎么好，先后被出击部队第九十八团歼灭。另外，第一〇一团在雪花山脚下也有意外收获，歼灭了日军一部，其余日军向东逃窜。就在中国军队连续攻克了施水村、板桥、朱家瞳、井陉南关车站，缴获了大炮、机关枪及各种作战物资之际，日军却占领了雪花山。听到消息的赵寿山师长马上调集部队进行反击，伤亡千余人，依然没有成功把雪花山从日军手中夺回来，部队不得不退守乏驴岭一带。

当日军在不知不觉中对雪花山阵地发起进攻之时，负责坚守雪花山阵地的第一二〇团连长张登弟（秘密共产党员），率领全连战士与日军激战，无一生还，用鲜血与生命谱写了一篇壮烈爱国赞歌。同年10月19日清晨，在优良装备的武装之下，日军用大炮和飞机对中国守军第十七师的阵地发起了猛攻，守军依靠阵地浴血奋战。

当时担任第三十八军第十七师政训处主任的赵鸿勋后来写了一篇名为《雪花山战斗》的回忆文章。在上面他提到：第三十八军第十七师在参加完石家庄等地的战斗之后，奉命扼守娘子关。他们进关的时候，受到了当地晋军和老百姓的热烈欢迎，道路两边都贴着抗日标语，"支应局"也为他们提供了粮草。牺盟会将各方面的工作组织得井井有条，不像在河北省那样混乱。

娘子关四周都是连绵不断的崇山峻岭，是进入山西的天险。队伍进入关中之后，日军的飞机就不断地来侦察轰炸，几天之后日军就开始对阵地进行攻击。中方依靠着有利的地形，对日军予以还击，山坡上到处都是日军留下的尸体。日军不断增加飞机对中方阵地进行轰击，中国军队依然固守阵地，毫不动摇。黄绍竑与赵寿山师长几天几夜都没有睡觉，但是他们的精力十分旺盛。

在雪花山被日军占领之后，负责坚守雪花山的另一支队伍，也就是由张世俊带领的第一〇二团在抵抗不利之后，在撤退时又犯了大错，影响了大局。上级随即下令对其追究责任，并命其必须夺回雪花山高地。赵寿山师长随后给张团补充了兵力弹药，并命令张团长："不惜任何牺牲，必须夺回雪花山！"

一天天刚亮，张团长的队伍就迈着沉重的脚步出发了。这一次，压力重大的他们分两路疾走，在重炮的掩护之下，对雪花山进行了反击。日军的炮火很猛，官兵们不顾自己的性命，向山上冲去，在几经波折之后，以惨重的伤亡为代价，终于从日军手中夺回了雪花山。在夺回雪花山之后，本应坚守的张团长又犯了一个大错，他居然派一支部队去追击日军。因为张团长的考虑不周，造成从侧翼过来的日军再次进攻雪花山的时候，中方守备不足，从而让日军再次占领了雪花山。

总指挥部对张团长再次追究责任，赵师长据实呈报，上级命令按照军法予以处决，不可姑息。赵师长与张团长平时私交很深，在无奈之下只得将张拘押。一天，师长的几个武装卫士将张枪决，听闻消息的赵师长除了难过也别无他法。

雪花山失守之后，驻守在娘子关的守军坚持战斗，在日军的枪火重炮的攻击之下，娘子关所有工事均被摧毁。经过10天左右的激战之后，中国守军伤亡惨重，几乎所剩无几，就算活着也疲惫不堪，在无人增援的情况下，娘子关沦陷。

61

初战告捷

井陉地处交通要塞，自古就被人称为天险，当地甚至流传着"过了井陉口，军队放心走"的话，可见井陉的重要性。位于井陉地区的长生口又是该地的重要关卡，是石家庄通往太原的必经之路。天然的地理条件和战略位置，让这里成为了兵家争夺之地。

1937年10月10日，娘子关告急。沿着正太线进犯太原的日军第二十、一〇九师团对娘子关发起了猛攻，并占领了娘子关正东南旧关等重要阵地，其中一支主力的一部经九龙关，测鱼镇等处，对正太路南侧的山地进犯，妄图对娘子关正面的中国守军继续进行迂回攻击。负责镇守娘子关的国民党军队已经在战斗中筋疲力尽，先后撤出了战斗。而国民党曾万钟一部和武士敏第一六九师已经被围困在了旧关以南的山地，晋东前线的形势不容乐观，甚至可以称得上是糟透了。

这时候该如何解救娘子关和旧关的危机呢？单靠国民党的部队是远远不够的，刘伯承师长命令八路军第一二九师第三八六旅参谋长李聚奎在10月初向晋东前线进军，绕到娘子关东南及以南的日军侧后，积极寻找机会歼灭日军。10月19日，就在娘子关和旧关危在旦夕的时刻，第三八六旅的七七二团赶到了平定县城以东的石门口。就在战士们刚刚站稳脚跟之际，突然听到了从娘子关、旧关一带传来的隆隆炮声。听到炮声的战士们百感交集，恨不得马上冲上前线，与日军干上一仗。

10月20日，第七七二团到达了长生口附近的煌支沙口。这支敢打敢战的队伍，在长生口打响了第一仗，而这次战斗只动用了第七七二团的第三营。这个营的前身是红四方面军的二七九团，善于追击歼敌，素有"飞毛腿营"之称。21日夜里，在副团长王近山的率领下，三营对板桥西北1000高地的日军进行了袭击。部队刚刚过了长生口，就发现了新的情况，一支从板桥方向而来的日军，正偷偷向西进犯。这个新情况可是让战士们兴奋不已，"飞毛腿"的脚板子还没磨热，日军就主动送上门来找死了。队伍在王副团长的命令下快速利用山坡展开有利布防，不出片刻，就形成了一个严实的包围圈。嚣张的日军根本就没有意识到危险的到来，当日军踏入第三营的包围圈时，一个战士正在数即将捕获的猎物：1个、2个……呵呵，真不少，足足有100多人呢！当日军全部进入到三营的包围圈之后，王副团长一声令下，瞬间，枪声和手榴弹的爆炸声就连成了一片，没想到自己反被包围的日军此时被打乱了阵脚。就在他们慌张地准备逃跑之际，才发现四周已经被八路军包围了。

这场战斗持续了一个小时。太阳悄悄从东边升起之时，残余的日军已经被逼到了长生口村的一个空场院里，此时想要全歼这股日军简直可以称得上是易如反掌。战士们喊着："冲啊"！纷纷从山坡上冲了下来，就在这个时候，一位指导员却突然喊道"抓活的!"后来事实证明，这个指导员的命令考虑不周。这毕竟是三营与日军的第一次交锋，捉俘虏的战士们原以为日军会像内战时期的国民党军一样，打狠了就会交枪。但是被武士道精神培养出来的日军，在战斗中仍垂死反抗，有11名战士先后在"捉活的"的口令声中倒下了，其中两人牺牲，这股日军残余势力趁机突出了包围，仓皇逃走。这位指导员在日后每次谈到这件事的时候，都后悔不已，觉得对不起牺牲的战友。不过，即便最后的命令出现了差错，这场伏击战依然获得了胜利。在这次伏击战中，毙敌50余人，缴获10多支步枪及一些弹药等军用品。

第一次出击就获得了胜利，这大大鼓舞了三八六旅战士们的士气，随后，他们又在东石门、马山村、七亘村三地，给进犯的日军以沉重的打击，创造了四战四捷的辉煌战绩，歼灭日军1000多人，同时还解救了被围困在旧关的国民党军队。刘师长还将在几次战斗中缴获的日军军刀、大衣等战利品，送给国民党第二战区副司令长官卫立煌一部分，卫立煌亲自对战利品进行了点验，对八路军的作战十分佩服。

石门关阻击战

1937年，"七七"卢沟桥事变之后，刘伯承师长就率领八路军一二九师的部分主力，渡过了黄河，转战到了同蒲、正太沿线，进入到了太行山区，准备在这里与来犯的日军较量较量。随后，一二九师在平东排家岭、腺足头，阻击了日军川岸二十师团，还阻止了日军的西进，争取了时间，解救了国民党三军上千人。

在10月19日，刘伯承率领的队伍从平定赶到了马山村，三八六旅旅长陈赓早在一天前就来到了这里待命。战士们刚在马山村落脚，就开始对日军情况进行观察。当天两支负责侦察的部队，就赶往井陉、获鹿对日军情况进行侦察。下午的时候，刘伯承将营以上的干部召集到马山村马齿岩寺召开了会议。刘伯承在这次会议上，作了抗战形势和平型关战斗经验的报告，并传达了中央军委的指示。按照毛泽东的指示，八路军出入太行，深入敌后，创建以太行山为依托的抗日根据地，动员广大群众，开展游击战争，作好与日军死磕的准备。

在此之前，陈旅长率领该旅的七七二团，到达了石门口，听到娘子关和旧关不断传来炮火声。看到那些从前线撤下来的伤员，渴了没有水喝，饿了没有饭吃，陈旅长马上指示七七二团，派人到石门口大街上熬稀饭，慰劳友军的伤员。

10月20日，陈赓接到命令，前往旧关与正在对日军作战的国民党第三军曾万钟部联络，在了解了娘子关与旧关的相关情况之后，陈赓认为面对数倍于中国军队的强大日军，要注意保持实力，消灭日军，应该避其锋芒，利用狭隘险峻，在日军无法躲避地带，秘密行动，出其不意，将日军歼灭。

10月21日，七七二团副团长王近山率队夜袭井陉长生口、蔡家岭的日军，歼灭了日军的一个工兵中队，获得了三八六旅在该地区的第一次战斗的胜利。

日军的川岸师团也不是什么好对付的军队，他们在进攻娘子关受挫之后，为了能够尽快摆脱被动的困境，尽快进入晋东，以协助晋北忻口的日军，一起对太原发起攻击。于是就兵分两路，一路留在这里继续对娘子关和旧关发起进攻，牵制中国守军，伺机入关；一路绕到平定，切断娘子关守军正面后退之路以及与后方的联系。因此，七亘村、石门关两地就成为了日军绕到平定的突破口。

七亘村原本只是一个平静的小山村，位于平定县城东南50公里处，属于太行山的中麓。在这个面积约为68平方公里的小山村，住着1378口人，这里的耕地有113公顷。这个看似普通的小山村，自古以来就是兵家设防的要地。在明朝崇祯年间，贡生张璧星在村东修筑了石门关，并在上面刻上了"石门锁钥"四个大字，还修筑了东西两隘口。七亘村，素以东西两个隘口而著名，凡是去过七亘的人，都会对那里险要的地理环境记忆深刻。

石门关属于七亘管辖，是七亘村以东两公里的边陲，也是晋冀两省接壤的地方。1934年，阎锡山曾经把一个步兵营驻扎在这里，其第五连就驻扎在七亘村，他们在石门关的四面制高点上修筑了数十处地堡群。这个本是一个很不错的部署，但是在卢沟桥事变爆发前，阎锡山似乎把这里给遗忘了，不仅不增兵设防，反而把这里唯一的一个步兵营的兵力调到了晋北。可以说，从抗战开始，阎锡山就没有好好利用正面战场的优势，这也是造成中国守军节节败退的重要原因。

国民党没有在七亘村设置一个兵进行防守，让这个重要的交通要道成为了失防地带，给日军造成了有利的可乘之机。

日军的川岸师团就这样浩浩荡荡地从井陉横口出发，沿着甘淘河一路向南进犯，从杨村口进入山西境内，在测鱼镇宿营。之后，准备向西进犯石门关，企图夺取关隘，直趋平定，让娘子关的守军腹背受敌。

当刘伯承知道日军的动向之后，为了配合友军作战，主动出击，牵制日军，为友军争取了宝贵的时间。刘师长胸有成竹地对三八六旅副旅长陈再道下令，让其在10月21日下午率领七七五团的战士们赶赴七亘村，布防设阵，阻击日军。战士们一听终于要跟日军干仗了，兴奋得不得了，于是都兴致勃勃地出发了。陈再道将七亘村作为团指挥部，将排家岭、腺足头作为前线阵地，让战士们伪装隐蔽，等待日军上钩。

10月22日一大早，日军就出动了。两架日军飞机，从七亘的上空飞过，向西边飞去。经过战士们的观察，这几天日军的飞机接连不断地从石家庄机场起飞，经七亘对平定、阳泉、寿阳、太原沿路进行侦察。特别是石门关附近的石门、七亘、营庄、马山等，更是日军重点侦察的对象，几乎每个山头，每片树林，日军都进行了反复而细致的侦察。

战士们隐蔽得都还不错，因此日军并没有发现他们。10月22日上午，在测鱼宿营的日军，开始向西进犯了。这股日军，气势汹汹，沿着平汉线一路横冲直撞，根本没有把国民党的军队放在眼里。大概在上午9时的时候，日军的先头部队进入了银峪沟，隐蔽在腺足头的高山上的战士们将日军的动向掌握得一清二楚。走在前面打头阵的日军步兵，头上戴着钢盔，肩上扛着枪，背着重重的弹药，穿着笨重的皮靴，拖着疲惫的双腿，沿着曲曲折折的山路，悠闲地向山上移动。日军此时的气焰十分嚣张，如入无人之境，当然他们根本就想不到八路军战士都在等着他们，因此他们的轻机枪和小钢炮都还穿着炮衣呢。就在日军走到距离八路军阵地四五十公尺的时候，居高临下的战士们，纷纷用机枪、手榴弹，组成交叉火力网，向日军发起猛攻。日军虽然兵力很多，但是一下子就被八路军的攻势给打懵了，一时间不知所措，到处逃窜，失去了作战能力，连滚带爬地缩到了河沟里。

日军的飞机在八路军展开攻势之后，才发现八路军的阵地，随后就开始疯狂地对八路军阵地进行扫射、轰炸。日军的炮兵，拼命对八路军阵地进行攻击，企图掩护步兵夺取阵地，攻入石门关。早有准备的七七一团的战士们，表现得异常机智，沉着迎战，凭借着有利地形，对日军进行猛烈射击。那些被打得抱头鼠窜退到河沟里的日军，重新组织之后，在飞机大炮的掩护之下，多次对七七一团阵地发起进攻，但都被战士们给打退了。

在激战了一天之后，原本嚣张惯了的日军不得不承认自己在八路军面前碰了钉子。即便日军的数量大大多于八路军，并且有最先进的精良武器，还有空军，炮兵和步兵的联合作战，但是在八路军的面前还是败下阵来。到了晚上，日军不得不丢下数十具死尸，狼狈地退到了测鱼镇，战斗胜利结束。

这次战斗打破了日军不可战胜的神话，大大鼓舞了太行山人民抗战的决心。

太原保卫战

65

产生分歧

娘子关沦陷之后，嚣张的日军沿着正太路两侧快速向太原方向逼近，太原告急。眼看着太原就要成为日军嘴里的"肥肉"了，阎锡山也急坏了。11月1日，阎锡山干脆命令驻守在忻口方向的守军转移到菜水坞、青龙镇、天门关一线，协助太原守军防守。至于为什么要让忻口守军撤军，阎锡山曾经这样向蒋介石陈述理由，他说："我东路军黄部退到寿阳地区之后，接连遭到了日军的猛攻，在不得已之下不得不逐次向内撤退。在这种危机时刻，如果不马上让西路军向太原转进，一旦日军进入到阳曲城下，将会让该城的守军陷入孤立难援之地，守军的后方将遭到日军威胁，造成攻守两难。为了安全起见，已经拟定了依城野战之目的，命令守军在2日晚向菜水坞、青龙镇、天门关之城转进，占领阵地，与日军进行决战。"

在这个理由中提到的依城野战，其实也就是以守城部队为核心，将城市外围的防御工事作为主阵地，内外防守部队合理将日军包围在太原城郊，将其歼灭。

11月2日，倍感形势紧迫的阎锡山将卫立煌、黄绍竑、孙连仲等将领召集到太原绥靖公署召开了第二战区高级将领会议，对太原防御问题进行了讨论。对于阎锡山来说，太原可是承载了他20多年的心血的地方，是他所经营的官僚资本集中地，因此这一次阎锡山绝对不允许自己的心血落入日军手中。但是，参加会议的将领们清醒地认识到，在日军10万大军分三路进行攻击的情况下，太原落入日军手中只是时间早晚的问题。阎锡山其实也已经猜到了这样的结局，但是他不甘心自己的心血就这样白白地送给日本人，因此阎锡山决定无论如何，也要赌一把。阎锡山这一次没有弃城而逃，而是选择了抵抗，选择了保卫太原城。

对太原无比熟悉的阎锡山这一次将保卫太原的作战方针定位于利用太原四周的既设阵地防线，实行依城野战，阻止日军前进，将日军消灭，待后续兵团到达，再施行反攻夹击而聚歼之。

阎锡山的"依城野战"的计划一推出，第二战区副司令黄绍竑就提出了反对意见。他认为此时忻口和娘子关两方面的部队正在败退，恐怕在还没有占领阵地的时候就被日军压迫到太原城边来。而原来的国防工事又建得并不牢靠，万一部队站不住脚，就被日军压迫下来，那么太原城就会像一锅粥一样，混杂着各色军队，其后果更是不堪设想。黄绍竑还认为，虽然太原城不能轻易放弃，但是用野战的方式来守城却是不明智的，而应该让守城部队出战来支持野战部队的休息整顿。即便守城部队会因此而伤亡惨重，但是如果能换取大多数野战部队的整修时间也是值得的。除此之外，他还建议将娘子关方面的部队撤到寿阳县铁路以南和榆次县以东的山地进行休整，并与第十八集团军联络，从日军的侧后方进行袭击；如果日军向南进犯，那么就沿着蒲路东侧山地逐步向太谷、平遥地区撤离。忻口方面的部队，除了派一小部分部队守住北郊既设工事警戒外，其余全都撤到汾河以西的高山地区整顿，对日军进行监视，在必要的时候对日军进行侧击。这样布置，不仅可以让从忻口、娘子关撤下来的部队得到休整，还能对日军攻击太原进行牵制，同时太原城内的部队也可以对城外的部队提供支援。

在黄绍竑一番慷慨陈词之后，会议对如何选定作战方针产生了分歧。晋绥军将领对阎锡山的计划自然没什么异议，但是中央军的卫立煌以及孙连仲却开始动摇，都支持黄绍竑的意见。

分歧让这场会议变得异常漫长，一直到2日深夜1点多依然没有讨论出结果，一些疲惫的将领甚至在会上睡着了。在会场上，只剩下阎锡山和黄绍竑两人相持不下，最后，阎锡山明确表示："军队已经行动了，要改变也无从改变了。"那意思就是说，对不起，你提晚了，我的部队已经开始行动了。

军事会议结束之后，阎锡山就离开了太原前往交城。实际上，为了保存自己的实力，阎锡山早就把晋军的主力调往了临汾等地，因此"保卫太原"只不过是一场假戏。卫立煌可不管三七二十一，他在 6 日就下达了避免决战，固守太原，将主力向南撤离，等待时机回击日军的作战计划。

这个计划的下达，实际上就否定了阎锡山的"依城野战"的作战方针，让太原守军变成了孤军奋战，大大增加了守军守城的困难。

随着后来局势的发展，阎锡山的作战计划变成了一纸空文。如果按照阎锡山的设想，从忻州撤下来的部队应该在太原以北的黄寨、阳曲湾一带修筑工事，建立防御阵地，而从娘子关撤下来的部队应该在太原东山一带建立阵地。但是，被日军打惨了的孙连仲部根本无力抗击日军的攻击，过早地从太原东山阵地撤了下来。这样太原的侧背就暴露在了日军的面前，让日军可以直接从侧背进攻。蒋介石派遣的援军裴昌会师刚刚到达阳曲湾就狼狈退回，而从忻口撤下来的部队还没有进入阵地，就被日军板垣师团追到，于是只

傅作义

好从汾河西岸向南撤退。就这样在太原城附近已经没有了中国军队，太原守军陷入了孤立无援的境地。

1937 年 11 月 4 日下午，好不容易从忻口死里逃生的卫立煌，在太原城与傅作义见面。对于空守孤城，卫立煌并不主张，同时他也认为现在依城野战已经是不可能的了。太原孤军守城，只会消耗兵力，并不会得到什么好结果，不如现在就改变计划，一起南下。傅作义并没有听取卫立煌的建议弃城而逃，而是决定抗争到底。他认为，守土抗战是军人的责任。野战军在，太原要守，野战军走了，太原依然要守。至于后果，现在已经考虑不了那么多了。最后傅作义在封城以前，将卫立煌送出城外。卫立煌随即率队南撤，而太原城的百姓也在大难来临前撤离了这个世世代代居住的城市。

当时周恩来也在太原城中，周恩来在听说傅作义要孤军守城之后，马上劝他说："傅将军虽然是守城的名将，是可信赖的，但是抗日战争，是长期的战争，焦土抗战的主张是错误的；只顾一城一地的得失也是错误的。我们应该着眼于最后的胜利。能争取时间就是胜利，能保存有生力量就是胜利。务请深思。"

傅作义听后很感动，但是依然没有改变决心，随后吩咐手下在封城的最后时刻护送周恩来出城。

混乱的守城部署

在阎锡山决定要"依城野战"之时，选择这场战争的守城主将就成了一个重要

的问题。为了确保战争的胜利，阎锡山一眼就相中了一向善于打守战的傅作义。在11月2日的高级军事会议上，当阎锡山的计划被人质疑，而晋军将领又都沉默不语之时，傅作义决定以国家利益为重，挺身而出，毅然请命："弃土莫如守土光荣，太原城我守！"

傅作义在15岁的时候就从家乡荣河考入了太原陆军小学，并在1911年辛亥革命太原起义中担任了义军学生排排长。从保定军校毕业之后，傅作义又回到了山西，并为晋军屡立战功。1927年，傅作义率队坚守在天镇三个月，后来在北伐战争中又率队奇袭涿州，在奉军的重重包围之下，傅作义率领不到万人的队伍在涿州死守了百日，并为晋军赢得善守之名。1931年，傅作义将军兼任绥远省主席，1933年他又参加了长城抗战，1936年领导绥远抗战，名扬全国。因为有了曾经坚守天镇和涿州的成功经验，不管是阎锡山还是傅作义自己，都对坚守太原怀着一定的信心。

11月4日，阎锡山带领第二战区司令长官部、山西省政府匆匆从太原撤离。为太原城的守卫战，添上了一丝紧张的气氛。

在该撤的都撤走之后，傅作义就开始封城进行部署了。这一次傅作义命令直属部队的第三十五军和晋绥军另二部第二一三旅、独立第一旅作为守城部队；命令从娘子关和忻口撤回的部队，占据太原的东山、西山为野战部队；并让忻口的防守部队在11月2日晚9时全线退却，转移到太原的新位置。当撤退命令下达之后，在11月4日以前，傅作义指挥的守城部队按照原计划撤到了太原市区，并按照城防部署进行防守工作。可是万万没想到，部队在这个节骨眼出现了状况，其他部队在撤离的时候，纷纷不听命令向南而去。野战部队消失得无影无踪，傅作义只能孤城固守了。

傅作义的守城部队虽然番号不少，但都是骗日军的幌子。经过两个月的艰苦作战和严重消耗，傅作义的部队的实际兵员不过1万人左右。要在方圆几十里的太原城设置防线，1万人根本就不够用。而这1万战士，也因为连续经历了商都、平绥线、平型关、忻口等几个战役，已经元气大伤，疲惫不堪。当时傅作义的军队每团平均只有约600人，将从绥远调来的四个民兵团全都补充进去，才能算是满员。而且，傅作义在使用其他军队的时候又多了一分顾忌，总是不能得心应手，于是只好把自己的基本队伍第三十五军，全都摆在了日军必攻的东城墙和北城墙上，硬着头皮打这一仗。

在部署完守城部队之后，傅作义决定要在4日黄昏之时关闭城门。在封城之前，傅作义把部队都集中在一起进行了一次动员讲话。他说："我们只有守住了太原城，才能阻止日军前进，才能让大部队和太原的百姓以及物资安全转移。我们今天就要封城，这也就是说，我们已经像活死人一样躺在棺材里，只差盖盖子了。如果大家齐心协力将太原城守住，我们就能把棺材盖打开，大家也就都得救了。如果太原城落到了日军手里，日军就会把棺材盖给钉死了。"

随后，傅作义又提高嗓音，慷慨激昂地说道："困兽犹斗，我们抗日军人，为什么不能和日军决一死战呢？希望战士们发扬为国家和民族英勇献身的爱国精神，奋勇杀敌，完成保卫太原城的光荣任务！"

战士们在听到傅作义一番慷慨陈词之后，极受鼓舞，下定了与日军死磕的决心。这次战斗的难度太大了，在傅作义作了一番动员之后，一些贪生怕死之徒的求生欲望也被激发了出来，这些人纷纷在封城之前相继溃逃。当天晚上，不止是士兵和下级的军官越城潜逃，就连每天跟随在傅作义左右的中校副官尹绍伊，第三十五军上校处长李荣骅等，也趁着黄昏封城的空子，逃走了。

面对昔日战友甚至好友的溃逃，傅作义何其悲凉。不过，现在并不是他为之伤感的时刻，他现在做的就是尽快做好准备，迎接日军的到来。

当然作为一个人，傅作义也是有情有义的，他趁着激战还没有开始的空隙，给自己的大哥傅作仁留下了一封遗言式的信。在这封信里他提到自己虽然在平绥线担任过前敌指挥，并率领国军进行了浴血奋战，但是依然没有止住日军的疯狂进攻。目前，战火已经蔓延到太原附近，他奉命担任太原城防司令之职，肩负着保卫太原的责任。这一次抗击日军的战争，是一场关系着国家存亡和民族兴衰的战争。全国人民奋起抗战，人人有责。"作义身为军人，更是守土有责，责无旁贷。"最后在这封信里，傅作义这样写道："生，我所欲也，义，亦我所欲也，二者不可得兼，舍生而取义者也。"耿耿此心，有如日月，可以告慰国人矣！

由此可见，傅作义早就知道这场战争并不可能获胜，已经做好了与太原城共存亡的打算。

惨烈的城墙争夺战

从月初忻口中国守军撤退之后，日军就开始派飞机对后方进行侦察。11月5日，毫无顾虑的日军轻轻松松地挺进了太原，打算要攻城了。这一次，日军依然按照老规矩，先用飞机对太原市进行了轰击。让人觉得讽刺的是，在5日之前，每次遇到日军的飞机进行空袭，空防系统就会发出空袭警报，但是从5日下午起，警报也变成哑巴了。

11月6日上午9时，板垣师团可能认为派飞机进行空袭太不过瘾了，于是就来到了太原城东北，与守军展开了激战。不一会儿，太原城就被来自东、北、西三个方面的日军包围了。傅作义部署在城墙外围的守军先后被日军清扫干净。随后，日本的飞机为炮兵指出目标，日军纷纷从四周高地对太原展开了猛烈炮轰。在炮火的狂轰滥炸之下，东北段城墙很快就被打出了一个缺口。崩落的碎砖土块在城下摊成了一个斜坡，为了不让日军趁机而入，守军不得不连夜对这块缺口进行修堵。除了使用正面攻击之外，日军还使用了心理战术，不断让飞机从天上撒下传单，扬言要在第二天进行猛攻，要求守军投降，第三方人员迅速出城等，嚣张至极。与此同时，城里潜伏的汉奸也开始与日军的特务取得联系，搞破坏活动。

驻扎在兵工厂前沿阵地的李思温团长用两个营的兵力，依靠早已修建的坚固工事，抗击着火力猛烈的日军，多次击退日军疯狂的进攻。到了黄昏之后，李思温率队撤到了城内。镇守黄国梁坟阵地的张惠源营，因为战前准备不充分，被迫提前退到了城墙主阵地。至此，北城和东北城角就孤零零地摆在日军面前了。

11月7日天刚亮，昨天散布消息说自己要攻城的日军就开始行动了。北城外的日军和东门外北段的日军纷纷利用遮蔽物或者地形，接近城墙，展开全线攻击。除此之外，日军还分兵绕过东城，向城南的火车站迂回；另一支日军则从汾河上游渡河，来到汾河防线，企图合围太原。

日军的主力部队以步、炮、空联合作战，对东北城角进行了猛烈进攻。在猛烈的炮火之下，昨天晚上刚刚被守军修复的城墙缺口，很快又被炸毁了。守军并没有被日军的强烈炮火吓怕，他们在傅作义的指挥下坚守阵地，绝不允许日军踏入，很快城坡上日军尸体就成堆了，大片黄土也被日军的血染成了殷红色。守军也伤亡惨重。这一天，日军将目标对准了东北城角，似乎想要从那个缺口打入太原城内。但是，中国守军没有给日军这样的机会，一直坚守阵地。就这样日军虽然一整天都在对缺口猛攻，但是一直没有成功。到了黄昏时，不甘心的日军再次调集了精锐部队，并加大兵力，对东北城墙缺口进行猛攻。由于中国守军伤亡殆尽，而且援军又没有及时赶来，日军一股部队（约一个营）突入城中，并占领了小校场（东北城角以内地区）的炮兵营盘。这个炮兵营盘，孤立在北城墙下面，其中东、西、南三面都是开阔平坦的操场，在白天中国军队不容易接近，日军也很难向外扩散，同时双方的炮兵都不能发挥作用。就这样，双方在对峙中度过了一个不眠的夜晚。

就在中方战士与日军浴血奋战的时候，一个逃兵又出现了，他就是第三十五军副军长曾延毅。他是傅作义在保定军校时的同窗，同时也是坚守涿州的患难之交，在日军的强烈炮火之下退缩了，带着一些侍从来到了南门，命令守军搬开沙袋，从一个狭小的缺口中狼狈出逃。北伐战争结束之后，傅作义在天津担任警备司令时曾经任命曾延毅为公安局长，曾延毅就是在此任上快速发家致富的，傅作义曾经说过"军人不能有钱，有了钱就怕死"。傅作义将他提拔为副军长，就是要剥夺他的军权，以免在关键时刻影响大局。没想到到头来，曾延毅还是影响了大局。当时曾延毅出城打的是第三十五军副军长的旗号，他这一走，看到的人就说："副（与傅同音）军长出城走了。"很快这个消息就传遍了靠近南城的部队，听到这个消息的戒严副司令马秉仁也不甘落后，马上坐上了"李牧号"装甲汽车赶到了大南门，从相同的地方逃了出去。

"副司令出城走了"的消息就这样不胫而走，城里的守军都错把"副司令"当成了"傅司令"，很快太原城就谣言四起，军心大乱。很多部队都发生了官不管兵，兵不顾官，撂下武器，出城逃跑的事件。中午12时以后，除了北城、东城与日军对峙的部队无暇他顾之外，城内的其他守军纷纷逃跑，很多地方已经看不到守军的踪影。

11月8日天刚刚亮，在飞机、大炮和坦克的配合之下，日军开始对东、北两面城墙进行猛攻，大北门城楼被燃烧弹击中，三重檐的城楼很快就烧了起来。在猛烈的炮火之后，一些3尺高的城墙已经不足2丈，11时，日军集中三个营的兵力再次从东北角缺口涌入城中，成功与盘踞在小校场的日军会合后，开始向城内扩散，双方展开了激烈的巷战。同时，一部分日军占领了汾河桥。在得知城墙东南角被打开之后，傅作义焦急万分，马上悬赏5万元收复，孙兰峰旅奋起反击，在下午4时成功收复了城墙的既失阵地，拔掉了插在上面的日本旗，但是因为当时形势混乱，官兵们并没有领到这笔赏金。虽然城墙的缺口被重新封死，但是日军的飞机搭载着士兵与入城日军相互配合，从小东门大校场强行降落，对城内进行增援。

城里的日军越来越多，而守军还要对付北、东两线全面进攻的日军，在双重压力之下，守军伤亡惨重，营以下官兵伤亡很多。对于东北城角的突破口，守军已经无力防守。日军又从这个缺口窜入了约两个营，与城内的日军配合，扩大战果。经过了整个上午的巷战之后，日军收效甚微，只占领了几个院落。当时守军已经筋疲力尽，无力再歼灭入城的日军，也没有能力把日军给赶出去。12时以后，日军开始用坦克掩护汽车，不断从汾河以西向南输送部队，伺机对守军进行全歼。在没有外援，也没有反攻力量的形势下，局势对守军越来越不利。

弃城大撤退

在防空洞中指挥作战的傅作义，此时就像是热锅上的蚂蚁——急得团团转。他一心想要"打"，根本就不透露半个"走"字。这时候没人敢和傅作义说半句话，因为谁也不想去碰钉子。不过，只要稍微有点常识的人都明白，现在已经到了山穷水尽的地步，再继续坚守下去，只有等死了。因此部队肯定得走，只不过是时间早晚的问题，所以每个人都作好了撤退的准备。

虽然傅作义一直死鸭子嘴硬坚决不走，但是参谋处已经在处长苏开元的暗示下，悄悄拟定了撤退命令，军需处也将大批现钞分给了总部人员分开携带。一直到下午5点多，参谋长陈炳谦、防守指挥官袁庆曾在幕僚的怂恿之下，终于鼓起勇气，对傅作义提出了一下建议："对日军当然要打，对窜入的日军也一定要消灭，但是怎么个打法却有待研究，现在局势已经恶化成对中国军队极端不利的情况，我们目前最该做的应该是冲出日军的包围圈，转移到西山里，然后再想法返回来打击日军，消灭日军，这才是万全之策。"傅作义听后，怒气冲天，但是他也明白现在已经穷途末路，无法继续抗敌，只好怒气冲冲地说了一声："你俩也说'退'，好，走。"说完就扭身抓起大氅，向防空洞出口走去。

苏开元赶紧把早就准备好的撤退命令拿出来让陈炳谦参谋长签字，然后马上将命令分头下达给各守城部队。当时天色渐晚，在黑夜的掩护之下，傅作义走在前面，总部的各处人员纷纷跟上，接着是第三十五军特务连，宪兵第十队，保安第三队，拉成了一个长长的队伍，走到了总部正门，顺着大街径直向大南门走去。参谋长下达的撤退命令很及时，可惜却忘记了叮嘱队伍注意秩序。当一行人来到大南门的时候，眼前的场景让傅作义等人大失所望，只见门洞里外，城墙上下，到处都是争相逃跑的官兵，你推我挤，喧哗之声，震耳欲聋。这时日军也看到了守军的狼狈之相，纷纷开炮对城内进行盲目扫射。本来就没什么战斗力的守军，在听到日军的枪声之后，更加恐慌。更为讽刺的是，一批士兵竟然准备挪动沙袋，预备开门，但是拥挤的人群妨碍了他们的工作，这才没让他们开成。装甲车、载重车、马匹等都停靠在了门洞外边，门洞里到处都是沙袋、踏烂的自行车，挤死的骆驼，死人等。有人哭喊，有人叫骂，有人开枪瞎打，到处都乱成了一锅粥。很多士兵都被人群推倒踩死了，其中第四三五团少校团副解致信（山西解县人）就是在这里被踏死的。

守城部队陆续收到了撤退的命令，当然也有少数士兵没有收到，因为撤退比较慌乱，而且又是夜间行动，很多官兵都脱离了部队，造成部队大部溃散。第二一八旅旅长董其武和新编第一团团长姚骊祥两人就在撤退的时候脱离了大部队，天明之后，到处被日军阻隔，只好一直走到沁县，经过了一个多月，才找到自己的部队。坚守双塔寺的第四二一团营长韩春富，在退的时候脱离了部队，带着旅部配属的骑兵一排，跑到了晋北五台县，反而被伪军金宪章部给俘虏了。

11月9日晨，傅作义等人来到了太原西山的一个小村庄，总部的重要成员也陆续到达这里。接着二一一旅旅长孙兰峰也带着旅特务连，与第七十三师代师长王思田带的一个特务连，相伴找到了这里。见到傅作义之后，傅作义命其部署人员，分头收容部队，并在当天下午从这里出发，先赶到中阳，然后又转战石楼县。之后就转入了整军阶段。

在太原撤退，连夜渡过汾河的时候，虽然河水既不宽也不深，但是有很多淤泥，很多官兵不了解河道的情况，陷入里面，最终葬身在汾河中。总部中校参谋许挹和（浙江人，保定军校生）就是在这里死的。还有些部队，因为不了解日军的情况，在慌乱中进入了日军的阵地，被打死的也有很多。至此，在这一片慌乱之中，太原会战结束了。

傅作义将残余部队收集起来撤到了石楼县整顿，并致电给上级要求给予处分，阎锡山曾经一度想要追究他的责任，但是因为卫立煌下达过"相机撤退"的手令以及蒋介石的反对，只好作罢。

一年之后，因为傅作义坚守太原失败再加上与共产党合作，让阎锡山与他产生了分歧。傅作义随即脱离了晋军，接受蒋介石的任命，一直到1949年北平和平解放。

板垣征四郎终于梦想成真，此时他的身份已经从一年前的外宾、教官转变成了一个征服者、侵略者。日军在占领太原之后，也暂时停止了南下的脚步，进入了休整状态，从此日军开始了对太原长达八年的奴役统治。

徐州战役（1938.2）

滕县保卫战

受冷落的川军

韩复榘消极应战，最后退守鲁西南，使得津浦线防守薄弱，日军很快就攻进了鲁南。日军占领了邹县。中国军队在邹县、滕县一带展开了激烈的斗争。这样，滕县成为抗战重镇，在徐州战役中占有重要地位。而川军第二十二集团军在这次战役中起到了重要作用。

千百年来，四川盆地养育了千千万万的四川人，而这些来自四川的川军多是过着与世无争的生活。然而1937年七七事变爆发后，全国人民纷纷加入抗战的队伍，驻扎在遥远而宁静的川军也热血沸腾，纷纷要求加入到抗战的队伍中去。以图谋自保、拥兵自重闻名全国的四川省主席刘湘，在抗日的这件事儿上丝毫不松口，严遣对待，甚至不给蒋介石任何一个收拾川军的借口。在四川人民的强烈要求下，刘湘、邓锡侯、李家钰等将领才纷纷向上级请缨杀敌。

刘湘担任第二路预备军总司令，辖2个纵队：第一纵队正副司令为邓锡侯、孙震，下辖四十一军（孙震部）、四十五军（邓锡侯部）、四十七军（李家钰部）。第一纵队（后改称第二十二集团军）经川陕公路开赴抗日前线。第二纵队正副司令为唐式遵、潘文华，下辖二十一军（唐式遵部）、二十三军（潘文华部）。第二纵队（后改称第二十三集团军）顺长江东下至武汉。此外，川军第二十军由军长杨森率领，从贵州出发支援淞沪抗战。从1937年9月起，川军前后组织了30多万人，分成12个军，陆续投入战场。抗日的条件异常艰苦，当时北国正值严寒天气，但是很多川军却还穿着草鞋、单衣进入战场，其中，第一纵队第二十二集团军10万人还没进入战场就先接受了大自然的考验：忍受寒冷、饥饿，条件虽然艰苦，但是他们依然满腔热情地要去抗战，没人抱怨、叫苦。偶尔有一个实在受不了，小声地嘟哝一声，就会立即遭到同伴们的奚落：真没出息，滚回去吧，太给四川人丢人。

山西抗日前线，在晋绥军和中央军都溃不成军的情况下，10万川军勇往直前，逆流而上。在这里，精明矮小的四川汉子没有被残酷的天气打倒，但是人情冷暖让他们寒了心。川军出川，一切问题都是自己解决的，他们的军需补给都得自己就地解决，枪械弹药的更换、补充，更无人问津，不像中央军，军需物品有人供应，去往前线都是坐卡车。川军10万大军吃饭、穿衣都要自己解决。站在那些中央军和晋绥军面前，他们就像是乞丐，饱受冷眼的川军愤怒不已。

川军终于不再沉默了。为了能够得到粮食、衣物，他们顾不得太多，连买带抢。溃退时，只要遇到军械库就不惜代价砸开大锁，擅自补给。一时间，山西变得乱糟糟的，乌烟瘴气。

川军的行为惹恼了第二战区司令长官、山西的土皇帝阎锡山，他打电话给武汉军委会，控告川军的种种不是，说他们不尽力抗日，反而还扰民，和土匪没什么两样。请军委会下令赶走川军，第二战区养活不起。

蒋介石得知消息后，很是恼火。当初刘湘又是发誓又是保证请缨抗战，要求出川，如今仗没怎么打，就先被人参了一本。他很想好好整顿一下这批杂牌军，但是眼下国民党军在京、沪连连失利，正值用人之际，而川军是一股强大的力量，弃之不用欠妥。如果让他们回四川称王称霸，也是不能容忍的事儿。蒋介石左思右想，决定先咽下这口气，喊来侍从室主任林蔚，吩咐说：

"这批川军第二战区不肯要，你去问问第一战区的程长官，他要不要。"

不料，程潜一听是川军，就唯恐避之不及，不等林蔚说完，就连连回绝道："不要，不要，连阎老西都不要，你们还推给我。"

蒋介石气得不行，声称要将二十二集团军遣回四川。

守滕县的二十二集团军

白崇禧眼看着乘兴而来的第二十二集团军即将败兴而归，回去还要等着挨家乡父老责骂，于是给蒋介石进言："不如问问第五战区的李长官，看他要不要这股川军。"

李宗仁接到白崇禧的电话，得知对方的意思后，慷慨应允，指出"只要打日本，什么部队我都要！"就这样，川军来到第五战区。

李宗仁的这一做法让邓锡侯、王铭章等川军高级将领十分感激。他们从内心深处也不想这样落魄归川，他们也丢不起人。李宗仁正是缺兵之时，而他对带兵也有着自己的看法：世间无不可用之兵，只有不可为之将。只要长官做得好，每一位部下都会奋勇杀敌的。因此，李宗仁对这批川军很是尽心尽力。在徐州会见邓锡侯、孙震时，李宗仁就关切地问他们有什么困难需要解决。邓锡侯、孙震立即回答：枪械太坏，子弹太少。很快李宗仁就采取一系列举动：请求军委会为川军补充枪械弹药，战时暂缓撤并川军编制。没过多久，就发给了川军500支新枪，不仅如此，李宗仁还拨出大批子弹及迫击炮为川军补充。这让出川后饱受歧视的川军将领很是感动，将士深受鼓舞，抗战热情大大提升。为了报答李宗仁以及家乡父老的恩情，他们坚决要以实际行动杀敌雪耻。

看到将士们如此热情高涨，李宗仁认为川军完全可以胜任保卫滕县这一艰巨任务，于是决定将这一任务交给川军（第二十二集团军）。

川军得到消息后，很是兴奋，纷纷保证："一切听从李长官指挥，奋勇杀敌，誓与滕县共存亡，以此来报答李长官的恩情。"

这时，第二十二集团军下辖第四十一军和第四十五军两个军，这两军团奉命于赴临城、滕县一带守备。集团军总部及四十一军军部率直属部队及一二四师之一部驻临城。邓锡侯奉调回川改任川康绥靖主任，所遗职务由副总司令孙震代理。四十五军军长职务由一二五师师长陈鼎勋升任，一二五师师长职务由副师长王士俊升任。

1938年3月10日，中国军队获知日军矶谷师团大举南侵的消息后，为加强滕县守备，孙震重新调整了部署：令集团军总预备队一二二师和三六四旅进驻滕县；一二四师由利国驿开驻滕县，一二七师进驻滕县城内；陈离为第一线指挥官，负责指挥防守滕县北香城、界河一线的四十五军部队，王铭章为第二线指挥官，负责滕县守备。同时，孙震又令王铭章为第二十二集团军前方总指挥，统一指挥第四十一、四十五两军作战。

王铭章率领部队到达滕县后，立即进行战斗部署。他令三六四旅张宣武团进驻滕县以北15里的北沙河，布置第二道防线；令三六六旅王文振团进驻滕县东北的平邑、城前，以掩护四十五军阵地的侧背，并防备临沂方向日军第五师团的侧击。

川军历经坎坷，此时严正以待，准备着即将到来的一场恶战。

惨烈的城池争夺战

3月14日天刚刚亮，在30多架飞机的掩护之下，日军第十师团濑谷支队步、骑兵7000余人，装备了20多门大炮、20多辆坦克，就浩浩荡荡地出发了，这一次他们的目

李宗仁

标是滕县外围第四十五军第一线阵地。在这个清晨，日军的炮灰叫醒了第四十五军第一线阵地的中国守军。面对日军的袭击，中国军队凭借着既设阵地，英勇迎战。尽管川军的武器装备在战前得到了一些补充，但是双方依然差距悬殊，第四十五军

使用的轻、重机枪都是四川土造的，不仅数量上不占优势，在质量上更是不能与日军相提并论，经常会发生故障问题。步枪的情况则更为糟糕，口径不一、长短不齐，有单响的，有三响的，甚至还夹杂了很多前清时的老枪，打几十发子弹就出毛病，更进行不了远程射击。面对日军强大的火力攻击，川军可没工夫抱怨自己的武器差、人员不足。为了弥补自己的不足，战士们基本上不使用步枪射击，只有在肉搏时才会使用。全军没有骑兵，除了步兵团各有一个迫击炮连外，没有一门野炮或山炮，更不用说防空武器和反坦克武器了。因为没有这些武器的配合，迫击炮在距离2000米以外就完全失去了杀伤力。第四十五军的通讯设备也很差，旅以上才有无线电。装备如此之差的川军就是凭借这些破得掉渣的武器和设备，与武装到牙齿的日军展开了殊死搏斗。

第四十五军战士们可不想在条件不如日军的情况下，浪费一枪一弹，因此他们想出了一个好办法，那就是首先用迫击炮阻击日军的前进，当日军接近阵地的时候，再用重机枪和手榴弹对日军发起猛烈攻击，给日军造成了惨重的伤亡。虽然这个办法给日军造成了打击，但是中国方面也好不到哪去，颇有些金庸笔下七伤拳的感觉，那就是伤敌七分，自损有三，因此在这样的攻击下，第一二七师周营官兵在战斗中全部牺牲。双方在经过了一天的激战之后，除了香城、下看埠、白山、黄山等局部阵地被日军侵占之外，界河镇一带的正面主阵地依然在中国军队手中。

在得知日军大举进犯的消息之后，驻扎在临城的孙震总司令马上乘火车赶到滕县了解战况，并赶赴前沿阵地视察。随后孙震将各师、旅、团长和幕僚长召集到北沙河开会向他们传达了李宗仁转来的蒋介石的命令："第四十一军固守滕县城3日，迟滞日军，以待后方陇海铁路转运增援兵力，巩固徐州。"

15日天刚刚亮，日军除了继续对正面阵地进行攻击之外，还加强了对两翼的攻势，企图绕到主力阵地后侧。右翼因为龙山一带地形优势，再加上第一二七师主力的坚守，因此形势还算比较稳定；左翼因为第三七○旅力量薄弱，伤亡惨重，形势则十分危急。王铭章急调滕县城中仅有的一支战斗部队——第一二四师的第三七二旅到深井以南的池头集结建立起第二道防线，掩护深井第三七○旅的后背，加强纵深防守能力。

因为第二十二集团军的作战指导是要通过阵地防御把日军阻挡在滕县以北，所以在日军进攻前后逐次把主要战斗部队全都安排在滕县城北各地，滕县城关地区仅留下四个特务连的战斗部队，分别是第一二二、第一二四两个师部及第三六四旅一个旅部。这次战斗进行得十分激烈，城外各阵地伤亡惨重，伤亡人数急剧增加，形势越来越严重。第五战区电令孙震："滕县为津浦路北段要点，关系全局，应竭力死守。"同时告知第二十军团第八十五军正在增援的路上。得知情况之后，孙震告知了王铭章，王铭章决定加强城防力量，等待支援，并命令第三六六旅迅速紧急撤回到滕县；同时命令第三六四旅炸毁铁路大桥，留一个营驻守在北沙河，一个营驻守在城西洪町，其余全都撤回到城内；命令临城的第四十一军特务营赶赴滕县。

15日黄昏时，强大的日军队伍占领了界河阵地，并包围了龙山。由城前返回的第三六六旅只有先头的一个营成功撤回到滕县，主力则因为在城头村附近遭遇到了日军的迂回主力部队，被迫退向临城方向。到了15日夜，虽然滕县城关地区的部队番号有很多，但是实际战斗的部队只有11个步兵连、1个迫击炮连，共约2000多人；除此之外，还有师、旅部的4个特务连约500人，滕县地方武装约有500人。总计约3000余人。从北沙河退到城中的第一二二师第三六四旅第七二七团团长张宣武被任命为滕县城防司令，指挥城内各战斗部队进行战斗。张宣武命令从城前退回来的第三九八旅的1个营防守东关，命令第七二七团1个营防守东、北面城墙，命令从临城赶来的第四十一军特务营防守西、南城墙；其余皆为预备队，控制于东门内。

日军濑谷支队在行进到滕县附近的时候将队伍分为了两支。其支队主力对滕县发起进攻，第六十三联队配属一部炮兵及坦克，从辛庄、中顶山迂回到滕县以南，切断滕县中国军队的退路，并对临城发起进攻。

16日8时，濑谷支队除了留一部兵力对北沙河发起进攻之外，主力迂回对滕县发起了进攻。在对东关进行了约两个小时的炮火准备之后，日军开始集中火力对东关外围的土围墙发起了炮轰，将围墙轰出了一个缺口，而这个缺口就成为了日军攻击的重点对象，约有两个小队的兵力在猛烈的机关枪的火力掩护之下，向缺口进行冲击。守军用密集的手榴弹火力封锁了缺口，将日军击退。从上午10时到下午16时，日军对东关连续发起了五次冲击，均被守军成功击退。虽然数次击退日军的猛烈进攻，但是守军伤亡也很多，不得不三次从城中调预备队补充。日军经过短暂的休整，在17时再次组织了第六次冲击，日军的突击部队改为以三梯队实施波浪式冲击，同时还将火力延伸，向东门及城内实施拦阻射击，阻止城内部队进行增援。经激烈的肉搏之后，到黄昏时分，日军突击部队第三波冲入东关，兵力约一个小队。当天晚上，守军又从城为增调了一个连组织反冲击，歼灭掉了冲入东关的大部分日军，收复了东关。24时左右，防守深井、池头集的第三七〇旅、第三七二旅残部及防守北沙河、洪町的第七二七团两个营先后从西门退到了城中。此时滕县城北第四十五军各部均已在阵地被突破后分向微山湖及峄县等地溃退。

援兵迟迟未到

由于第二十二集团军在滕县面临着守备任务艰巨，兵力严重不足的情况，早在14日日军对滕县发起进攻之时，李宗仁就曾经致电蒋介石，请求军事委员会直接让豫东的汤恩伯第二十军团第八十五军第四师对津浦路进行增援。经过同意之后，李宗仁随即致电汤恩伯，大意是："日军在津浦北正面增加了兵力，进行了大举反攻，想要牵制中方的鲁南作战，邓部（指第二十二集团军）的防守不足，兵少而且军械质量又差，因此正面的抗击能力很弱，并且两翼空虚，恐怕很难抵挡强劲的日军，我已经给委座致电，要求调用贵军第八十五军驻商丘之一整师（指第四师），由火车输送至滕县附近，作第二十二集团军之总预备队。"收到消息的汤恩伯根本就不想让自己的军队去支援，于是一方面向蒋介石去电："恳明定本军归辖系统，以明职责。"一方面回复李宗仁："恳将本军团全部调津浦北段出击，避免分割零碎使用，以益战局而杜分散，或作无代价之消耗。"简单来讲，汤恩伯就是不愿将其部队转交给别人进行指挥。当夜 21 时，汤恩伯接到了蒋介石的来电，让他的第八十五军当天晚上准备从商丘乘车途经徐州到临城进行增援，并命其务必在 17 日天亮前到达临城集结完毕，同时蒋介石也同意第五十二军随后东调，虽然隶属于第五战区，但全军团依然由汤恩伯在徐州进行指挥。收到命令的汤恩伯这次回复李宗仁，答应让第四师出发。

15 日 11 时，铁道正面的日军已经突破了界河阵地，向二十里堡附近进军。眼看着的日军一步步占领中方阵地，作为总司令的李宗仁可是急坏了，为了让援军赶紧到达，他马上致电汤恩伯，让他赶紧命令第四师的先头部队开往滕县附近，支援第二十二集团军进行正面抗战，同时要求第八十五军的主力在临城东北地区集结待命，伺机出击。16 日，当滕县以北第四十五军阵地先后失守后，第四十一军第一二二师也被困在了滕县城中。就在前线形势快速恶化的时候，第五战区还在做着将进攻的日军消灭在滕县北面的美梦。当时第五战区下达的命令，主要有以下几个方面：第一，当时日军牵制鲁南守军的攻击，现在主要集中在济南以南，正在从铁路的正面对中方第二十二集团军发起猛攻。中方要坚守阵地。第二，要从铁路的东面包围沿津浦线南下的日军，将其消灭在邹县以南地区。第三，第二十二集团军应该在现有阵地极力阻挠日军，等待第八十五军迂回成功后，转为攻势，对日军进行前后夹击。第四，第八十五军除了留一部分对第二十二集团军进行支援巩固滕县城防外，其主力从铁路以东地区向下看埠、邹县间迂击日军，到达邹县南面高地附近之后，伺机向南与二十二集团军夹击两下店以南日军，将其聚而歼之。在迂回作战中，需要派遣强而有力的右侧支队警戒前进。第五、第三集团军应该全线反击当面日军，并以有力部队从济宁以北地区向兖州以北攻击前进，努力截断日军的退路并阻止其增援。

负责增援的第八十五军第四师先头部队在到达滕县以南的南沙河时，遭遇了向临城迂回的日军第六十三联队先头部队。汤恩伯抱定"避免临城决战"的方针，紧急命令第八十五军的第八十九师舒旅（第二六七旅）占领临城、官桥正面，主力向东西集山、凤凰庄一带集结。就这样汤恩伯没有派部队对滕县守军进行增援，因此第二十二集团军一直盼望的汤恩伯军团的先头部队第八十五师增援的希望化成了泡影。因为增援滕县的援军没有按时赶到，让滕县守军的压力倍增，形势急剧恶化。

17 日晨，日军第六十三联队开始进攻官桥，日本更大一轮的进攻拉开了序幕。日军以五六十门山炮、野炮对县城发起了猛攻，有 20 多架敌机在滕县上空疯狂地投弹扫射。整个滕县陷入了一片枪林弹雨之中，到处都是爆炸声。就这样，日军对滕县进行了连续两个多小时的轰炸之后，开始向东关进攻。日军用 10 多辆坦克作为先导，掩护步兵对东寨墙轰开的缺口进行冲锋，同时用炮火分别向东关全线和城内进行遮断扫射，牵制中国守军临时调动以及中国军队后线的增援，日军的飞机更是到处乱飞，疯狂地进行低空扫射。负责坚守东关的第一二四师七四〇团，在团长王麟的带领下，带领两个营冒着枪林弹雨，近距离与日军展开了厮杀，双方均伤亡惨重，遗尸累累。

双方激战一直持续到中午 12 时，中国军队一次又一次击退了日军的进攻，致使日军不得不终止进攻，进行整顿，重新准备新的进攻。此时，王铭章再次急电孙震，报告战况：日军以炮兵猛轰中国军城内及东南城墙，东门附近又冲毁数段，日军登城，经我反击，击毙日军无数，已将其击退，若友军深夜再无消息，则孤城危矣。

下午 2 时，滕县南城墙的正面遭到了日军 12 门榴弹重炮的猛轰，同时日军派出二三十架飞机对南关进行轰炸。负责守备南关的七四三团两个连队，因为前天深夜才赶到滕县，匆忙之下只筑了一些临时的掩体，并没有坚固的防控设施，从而导致在日军进攻没多久便伤亡过半，剩下的军队不得不向西关车站附近转移。在被日军重炮轰击之后，南城墙几乎被夷为平地，守军七四〇团的蔡钲营伤亡惨重，战士们的血肉在城墙的断壁残垣和砖石上随处可见。日军停止了轰击之后，日军在十多辆坦克的掩护之下，有五六百人向南城发起冲锋。守城的战士以血肉之躯与日军死战到底，下午 3 时半，南城墙沦陷。在场督战的三七〇旅旅长吕康、副旅长汪朝廉均身负重伤。王铭章紧急向孙震报告："独立山（距离滕县东南十多里，是汤恩伯军团预定到达的地点）今日依然没有友军的枪声，相信被日军所阻，目前日军用野炮飞机，从晨至午，不断轰击，城墙缺口数处，日军步兵屡登城，屡被击退，击毙日军甚多，职忆委座成仁之训，及开封面谕嘉慰之词，决心死拼，以报国家，以报知遇。"

就在此时，日军再次对东关发起了猛烈的攻击，寨墙被炮弹炸得摇摇欲坠，多处倒塌，工事全都被摧毁。东关守军失去掩体，死伤越加严重，同时手榴弹已经用尽，难以再战。日军突入东关，守军拼命抵抗。守备东关的七四〇团团长王麟、团政训员胡清溪与守军一司阵亡。

王铭章抗日捐躯

日军对滕县的进攻一直持续到 17 日 15 时 30 分，日军从坍塌处突击上了城墙，迅速向东、西城墙扩大战果。守军残部从西门退到了西关车站。不久，日军就占领了东关及西城门楼，仅有城内、北门及东北城角的守军依然在坚守阵地。天色渐晚，王铭章见日军已经突入城关，依然没有看到增援部队的到来，就向孙震发出了最后的电报："17 日晚，援军尚未到达，日军大部冲入城内，即督所留部队，与敌作最后血战。"

电报发出，王铭章下令砸毁电台，来到县城中心十字街口，指挥队伍继续与日军作战，这时，在机枪火力的掩护之下，南城墙的日军开始从西南城角向西城墙逼近。同时，西门城楼和西门也遭到了日军炮兵的集中攻击，守军伤亡大部，日军随即占领了西城楼和西门。王铭章指挥城内各部与日军展开巷战，自己则登上了西北城墙，亲自指挥警卫连一个排对西门城楼发起进攻。因日军火力过于凶猛，该排在毫无遮掩物的情况下，全部阵亡。这时，王铭章决定到西关车站将坚守该地的部队组织起来继续防守，当行到西关电灯厂附近时，与西门城楼的日军相遇。日军进行了密集地射击，王铭章不幸腹部中弹，趔趄倒地，在身负重伤的情况下，依然嘱咐身边的战士，抗战到底，随即用手枪，饮弹殉城。他的参谋长赵渭宾、副官长罗甲辛、少校参谋谢大埔、第一二四师参谋长邹慕陶及随行的十多人，也同时为国捐躯。

王铭章殉城的消息很快就传到了滕县县长周同的耳中，周同急忙从城北赶来，在看到王铭章的尸体后，失声痛哭。随即缓步登上城墙，长叹一声，坠城身亡。

王师长殉国的消息传到城内之后，深受重伤的300名士兵以他为榜样，宁死不落敌手，互以手榴弹自炸，全部壮烈牺牲。

王铭章为了保卫滕县流尽了最后一滴血，是台儿庄会战中，中国方面损失的最高指挥官。

王铭章将军壮烈牺牲之后，守城的官兵继续抗击日军，到了入夜之时，虽然滕县东、南、西三面城墙均落入日军手中，但东北、西北两个城角以及北面的城墙都在中国军队手中。夜晚9时，守军二三百人成功突出重围，但是在城内，与大部队失去联系的一些小部队依然在顽强战斗，整夜枪声未断，到了18日中午之前，滕县才落入日军手中。

从1938年3月14日早晨开始到18日中午结束，滕县保卫战历时108个小时。守军第四十一军守城部队从第一二二师师长王铭章以下共有5000多人伤亡，在滕县界河、龙山、南、北沙河一带抗击日军的第四十五军，从第一二七师师长陈离以下也有四五千人的伤亡。在整个战斗结束之后，滕县整个阵地已经被夷为平地，到处都是断壁残垣。进犯的日军也伤亡惨重，伤亡有2000多人。

3月底，当台儿庄会战即将结束的时候，第二十二集团军总司令孙震，怀着一种喜悦与悲伤掺杂在一起的心情，向国民政府军事委员会递交了一份名为《关于滕县战役的战斗详报》，对滕县保卫战产生的成绩及影响进行了论述。

在这封详报中，孙震认为在滕县血战中，第二十二集团军以绝对的劣势成功抵抗了被高度机械化装备武装的日军，在不利的防御地形上，阻击日军长达三个昼夜之久，直到弹尽援绝，继而用白刃，之后又用赤手空拳，与日军血战，以自己的鲜血和头颅，完成了巩固津浦北段、保障徐海的任务，为友军从容布置任务争取了充裕的时间。虽然牺牲殆尽，也不后悔。

滕县血战完成了拘束日军的目的。如果没有滕县血战，那么汤、孙两军将不能在临城、台儿庄两地从容部署；如果汤、孙两军没有进行周全的部署，那么运河就岌岌可危，徐州也将落入日军手中，怎么会有台儿庄大捷呢？如果日军在台儿庄没有遇到阻力，那么一定会一鼓作气拿下徐州。如果徐州沦陷，那么陇海路也将不保，武汉也会随之沦陷，如果武汉沦陷，那么国人抗击日军的意志将会大大减少，各种军事计划设施也将随之瓦解，其危险很难想象。所以滕县保卫战，对保障抗战的胜利，有着不可忽视的作用。

在滕县血战中，中国军队虽然与日军差距悬殊，但是却给日军以同样的打击，将矶谷部队的锐气消磨殆尽；此役挽回了中国军队从南京撤退后不振的士气，重挫了日军不可一世的嚣张气焰。之后矶谷所部之所以在韩庄、台儿庄运河线上徘徊不前，一方面也是因为受到了这次战役的影响。

为了表彰王铭章将军的英勇表现，4月6日国民政府追封其为陆军上将。全国各界尤其是四川民众组织了隆重的卓念仪式。

在抗战期间颇具声望的《扫荡报》上，有一篇名为《滕县血战的印象》的文章，对抗战的官兵的英勇表现予以了高度赞扬。与此同时，在距离滕县120公里以外的徐州第五战区长官司令部里，李宗仁将军在接受一批中外记者采访时，也说道："从15日起，日军冲破界河南窜，以数万之兵，经北沙河、东沙河，迫近滕县城猛攻。我一二二师师长王铭章中将，挥军血战，城外堡垒尽毁，继以守城，城破继以巷战，十荡十功。直至18日午后，王师长以下全师殉城，至为惨烈。城破以后，除有机会跳城归队者外，其余城中残留官兵，均战至最后，以手榴弹自戕，无一被俘投降。奉命之忠，死事之烈，克以保障徐淮，奠定抗战之基，睢阳之后，一人而已……"

滕县保卫战以川军惊天地、泣鬼神的壮烈牺牲震惊中外，写下了川军抗战史上最为辉煌壮丽的诗篇。一二二师师长王铭章将军率领自己的3000名川军子弟兵用生命为李宗仁赢得了四天宝贵的时间，为台儿庄大捷铺平了道路。

临沂大捷

板垣骄横注定失败

滕县保卫战虽然最后以全体官兵殉国而惨痛结束，但是与此同时第五战区的其他中国军人却在临沂为壮烈牺牲的同胞报了血海深仇。

临沂位于徐州东北部，是鲁西南的军事重镇，同时也是中国第五战区右翼的重要据点。这个地方可是重要的交通要道，陇海、津浦、胶济三大铁路线的安危所系，它地处南通新安镇（今新沂），西南连通着台儿庄、枣庄、峄县，北面连接着费县、泗水，西北连接蒙阴、新泰，东北连接莒县、诸城，东面连接日照，所以是一个牵一发而动全身的地方。

日军在淮河一线受阻之后，不得不做出战略调整，将主攻的日军部队改为北路日军。日军采取了这样的调整：首先，以矶谷廉介的第十师团为右翼，让其沿着津浦路南下，直逼滕县。让一向以"铁军"自称的板垣第五师团作为左翼，从青岛出发，从青沂公路向临沂这个鲁南军事重镇发起进攻；然后，这两支日本军队在台儿庄集结，继而攻取徐州。

在平型关战役中被八路军一一五师重创的日本第五师团长板垣，依然本性难移，急于求成，想要早日将自己惨败的污点洗去，因此全然不把对手——庞炳勋率领的第三军团放在眼里。早在发兵之前，其参谋长梅津大佐就曾经提醒他，庞炳勋的第三军团大约有五个团的兵力，要加以小心。

骄傲的板垣认为庞炳勋军不过是蒋介石手下的一支快要解散的杂牌军，根本就不堪一击，因此根本不用太过重视。当参谋长再次提醒他，庞炳勋的士兵英勇好斗时，板垣认为这只不过是中国军人的自我吹嘘而已，根本不予以理会。

板垣的轻敌和狂妄已经到达了极点，而这也造成了他最后的惨败。

杂牌军上阵

当板垣的队伍浩浩荡荡地从青岛出发之时，李宗仁决定将守备临沂的重任交给刚刚转入第五战区的第三军团来担任。

虽然在武器装备上，庞炳勋率领的第三军团确实是个杂牌军，比不上日军的正规军，但在战斗精神上，第三军团绝对可以担得起这次重任。

李宗仁认为，板垣的队伍一向骄横无比，不把对手放在眼里，因此要利用他们骄傲的弱点，将其拖垮、打垮。

第三军团的团长庞炳勋，字更陈，是河北新河人，1878年生。因为他的右腿在内战中受伤致残，人们又将其称为"庞拐子"。原本隶属北洋军，后转入冯玉祥麾下。在中原大战中战败之后，被蒋介石改编为第四十军。庞炳勋在多年的军阀混战中狡猾多变，再加上多次倒戈，因此在军中的口碑并不怎么好。

庞炳勋的部队虽然是军团编制，但实际上只管辖了五个团，约1.3万人，步枪只有8000支，手枪有900支，60挺重机枪，600挺轻机枪，60门迫击炮，4门山炮，300匹战马。就军团编制来说，庞炳勋部的实力确实差强人意。而在不久之后，中央又下命令，让庞炳勋把一个特务团归并，共编为四个团。中央要归并特务团，但是把这个特务团放到哪里呢？如果无法归并，就只能解散了。

李宗仁在了解庞炳勋的难题之后，就致电武汉统帅白崇禧，将庞炳勋的苦衷告知了白崇禧，并让他马上向蒋介石请示，要求收回这项命令，让庞部维持现状。之后，军政部下达命令，让庞炳勋暂时维持现状。就这样，李宗仁帮助庞炳勋解决了编制问题。

随后，李宗仁又给第五战区兵站总监石化龙写了一个手令，要求其尽快补充庞炳勋军团的弹药和装备。

接到消息的庞炳勋对李宗仁的信赖十分感激，发誓要与日军较量到底。

李宗仁见时机已经成熟，就给庞炳勋正式下达命令，让其率领部队固守临沂重镇，遏住南下的板垣师团。庞炳勋在接到命令后，决定一定要与板垣师团抗战到底。虽然对方是日军中的王牌部队，自从侵华开始以来，相继进犯了察、绥二省，现在在临沂以北集结兵力准备与矶谷师团齐头并进，从南面进犯徐州。但是，得到了优良装备而信心大增的庞炳勋根本就不畏惧这支日本军队。

庞炳勋死战临沂

3月9日，经过休整并增配了坦克中队之后，日本第五师团坂本支队在飞机、大炮和坦克的掩护之下，集中兵力，从汤头对临沂东北地区的第四十军发起进攻。虽然第四十军守军拼死抵抗，但是阵地依然相继沦陷。沂河以东、汤头以南的白塔、沙岭、太平、亭子头等多处相继沦陷，临沂危在旦夕。

被迫转移到临沂近郊的第四十军，为了顶住日军的疯狂进攻，重新调整了作战战略。战略重新调整之后，一一六旅守军负责正面，一一五旅为右翼，二二九团和特务团为总预备队，各个部队都要拼死守住阵地。这场战役注定是一场生死较量。

那个曾经被军政部下令遣散的特务团，拼死在城东沂河对岸据守着桥头堡。因为双方实力悬殊，庞炳勋不得不把自己的卫队送入到第一线，并让马夫、伙夫、担架兵、运输兵都参加战斗，身边只留下了几名贴身卫士和传令兵。为了保住临沂，庞炳勋不惜搭上自己的命。

城外东北角的日军，炮火不断，炮弹像骤雨一样降了下来。日军的攻势十分猛烈，一批一批的中国军人被从战场上抬了下来。庞炳勋身边的四个卫士，有两人壮烈牺牲，一人被打断了右腿。庞炳勋认为第五战区的战士们都在别的战场厮杀，因此根本无法让李宗仁派兵增援，自己现下唯一可以做的就是打完最后一颗子弹，与日军抗争到底。

张自忠增援临沂

就在庞炳勋部与日军在临沂外围激烈争夺，危在旦夕之际，早已料到这种情况的李宗仁马上派兵，让张自忠的第五十九军从滕县转移到临沂，接过庞炳勋任务，化解临沂城的危机。为了让庞炳勋与张自忠更好地协同作战，李宗仁还派了战区参谋长徐祖诒代表战区司令长官去临沂指挥作战。随后，李宗仁又致电庞炳勋，让其抵抗到底，并告知其张自忠部已经赶去增援，还派了本部参谋长前往就近指挥。

接到李宗仁电话之后的庞炳勋终于看到了希望。他重新调整了战略部署，缩短了战线，让第一一五旅守住桃园到蒋家庄一线，让第一一六旅守住蒋家庄到黄山一线，并将第二二九团、补充团及军、师直属队作为总预备队，将其控制在临沂城关地区，让第三十九师师长马法五担任前线总指挥。

3月11日，以一昼夜180里的速度从峄县出发的第五十九军在徐祖诒和张自忠的带领下，终于在12日到达了临沂城西地区。3月12日下午，第五十九军主力全部到达临沂西郊，集结完毕。正在与日军激战的第三军团官兵，闻讯大喜，士气大增。

当天就召开了联席作战会议，对作战计划进行了商讨。庞炳勋要求张自忠来接替城防，而张自忠则认为与其等着日军打进来，倒不如主动出

张自忠

击，并表示愿意担任主攻任务。张自忠让庞炳勋率部队慢慢后退，诱敌深入，将日军的右翼暴露在中国军队的正面，以便歼灭日军。徐参谋长认为张自忠的作战方法十分可行，于是就与张自忠、庞炳勋二人商定，在14日天刚刚亮时发起攻击。统一认识后，13日，徐祖诒以第五战区司令长官的名义下达了作战命令。

13日16时，第五十九军以第三十八师附野炮第一营作为左翼出发，先以一个营占领茶叶山，掩护师主力在石家屯、刘家湖、钓鱼台地区向东展开；第一一三旅、第一一二旅作为第一攻击部队，对张家庄、白塔、沙岭附近的日军进行攻击；第一一四旅为预备队，随师部驻扎在刘家湖。13日16时30分，第一八〇师附山炮第一营作为右翼出发，至前安静庄、大小姜庄地区向东展开；以第二十六旅担任第一线攻击部队，对徐太平、亭子头附近的日军发起进攻；第三十九旅为预备队，随师部驻扎在中安静附近，军部在进攻开始时驻扎在朱潘村。

第四十军的第三十九师以第一一五旅与第五十九军协同，对在尤家庄的日军进行侧击，第一一七旅对东、西旺附近的日军发起进攻。

14日凌晨3时，五十九军成功强渡沂河，对日军第五师团发起猛烈攻击。顿时，炮声震天，地动山摇。张自忠率队挺进朱潘村，就近指挥作战。

左翼三十八师渡河之后，一路斯杀，连续占领日军四五处坚固阵地。但是因为

板垣师团确实实力雄厚，当他们意识到自己最大的威胁并不来自于庞炳勋部队之后，便停止了对庞炳勋部的攻击，全力反扑三十八师。板垣师团与三十八师展开了激烈的较量，经过几次战斗之后，三十八师400多人伤亡，不得不退回到沂河西岸。张自忠闻讯大怒，当即撤了担任主攻的一二二旅旅长李金镇的职务，并让新兵团团长李九思接替李金镇的职务，命其准备再次渡河攻击。一八〇师作为右翼成功渡河之后，兵分两路向前攻击。出动了增援部队的日军与一八〇师展开了激烈争夺，阵地几次易主。经过奋战，一八〇师以伤亡800余人的代价击退了日军。15日一早，一八〇师乘胜追击，此时日军已经被打乱了阵脚，向东西水湖逃窜。

15日晨，原本退回到沂河的三十八师再次渡河对日军发起了攻击，就在激战之时，日军偷渡沂河向三十八师后方迂回。获悉这个消息的张自忠不得不将三十八师调回，打击偷渡的日军。

因为日军将攻击的对象转移了，与庞炳勋部对战的日军兵力大大减少。庞炳勋趁此机会，率领部队对日军的侧背进行猛袭，有力地配合了五十九军的正面攻击。

16日天快亮时，日军的增援部队到达，由沙岭从两个旅的结合部渡过沂河，开始反击，猛攻崖头、刘家湖、苗家庄、钓鱼台这些第三十八师的后方，并以十多架飞机相配合，对这些地区进行狂轰滥炸。随后日军与第三十八师预备队第一一一旅在崖头、苗家庄地区激战，并攻陷了船流、刘家湖。

根据当时的战况，张自忠迅速采取措施，调整部署，让第三十八师以有力的一个团加强对茶叶山的防守，作为军队的主要支撑点；让军部骑兵营从石家屯东渡沂河，攻击葛沟、汤头间等地，对日军的后方进行袭扰；让已经行进到河东的部队全部撤回到河西，阻止日军渡河。在刘佳湖一带，双方展开了激烈的肉搏争夺战，刘家湖四次失而复得，崖头也三次失而复得。茶叶山一度被日军占领，随即被夺回。

16日夜10时，五十九军向日军发起了猛烈的攻击。双方的激战一直持续到17日凌晨4时，五十九军才成功夺取日军的全部主阵地。

在茶叶山战斗中，二二八团付出了惨痛的代价，三位营长一死二伤。第二营营长冉德明在率队向高地突击时连中数枪，被随从抬下火线。张自忠得到消息之后，马上赶来看望。但是当他赶到之时，冉营长已经壮烈牺牲了。

到了17日上午，第五十九军已经有6000多人在战争中伤亡，有三分之一的一线作战部队营长在战斗中伤亡，但是这支顽强的部队并没有因此而放弃阵地，依然在顽强抵抗。鉴于第五十九军伤亡过于惨重，参谋长徐祖诒建议张自忠撤出战斗，转往都城进行休整。但是已经杀红了眼的张自忠不肯退出。他认为，中国军队的伤亡很大，日军的伤亡会更大。双方都是在苦撑罢了。对于这场战争，谁能坚持到最后一分钟，谁就能凌驾于对方之上。因此，第五十九军誓死要将日军歼灭。

在伤亡惨重的情况下，第五十九军的士气不但没有低沉，反而高涨起来，战士们纷纷请战，张自忠随即下令：各级部队主管，除了李文田副军长留在军部主持工作外，其余全部到前线督战指挥；军总预备队一一四旅投入战斗；全军所有山炮、野炮和重迫击炮全都推进到第一线，带上全部炮弹，在黄昏前，将炮弹全部投向日军阵营；将茶叶山、刘家湖和小苗家庄作为重点攻击对象。从这次命令中不难看出，张自忠这次就算倾尽全力，也要和板垣征四郎一战高低。

虽然张自忠的队伍伤亡惨重，不过此时的日军也好不到哪去，他们由于伤亡甚重，已经无力再发起强攻。张自忠掌握战机之后，将所有能用到的力量全部组织起来，准备进行最后的大反攻。

当天黄昏之后，张自忠部队利用夜间飞机不能进行支援的有利条件，对河西的日军发起了进攻。经过一整夜的激战，张自忠的部队以肉搏战的方式将渡到河西的日军歼灭了一半。在清扫战场时，在日军遗弃的尸体中，发现了日军的多名军官，其中包括第十一联队队长野佐一郎大佐、第三队大队长牟田中佐以及第九中队队长。一个在刘家窑被俘虏的日军称，在这次战争中，第五师团坂本支队约有3000多人伤亡。日军大部退到了莒县，一部退至了汤头。张自忠命令第三十八师的第一一四旅追击窜逃到汤头的日军，在汤头以南李家五湖一线停止追击。其余部队除了一部分留在河西岸茶叶山一带警戒之外，其余全部在刘家户一带集结休整。沂河以东日军在其主力北撤后，也向傅家池、草坡一带撤退。

当中国军队铆足了劲儿对日军发起追击之时，万万没想到的是，日军在17日凌晨5时突然发起了猛烈反扑，多处中国军队阵地纷纷告急。虽然日军的反击来势汹汹，但是第五十九军官兵依然在咬牙与日军死磕。在五十九军的顽强抵抗之下，一向以顽强著称的日军，开始丧失战斗力，最后被迫撤回到河东，然后掉头向北窜逃。临沂大战至此宣告结束。

17日上午11时，蒋介石致电李宗仁、张自忠、庞炳勋，对全体官兵的英勇表现进行嘉奖。并希望几人继续率领部队，在战场附近包围日军，将其歼灭。随后，各方面的祝捷电报如雪花般飘来，但是张自忠此时并没有沉醉在胜利之中，当天他就下令对日军进行追击作战。

收到命令的各部，马上出动向北追击日军。18日，在第三军团的协同下，五十九军在汤头一带将日本第五师团板本支队包围。就在准备发起围攻之时，张自忠突然收到战区命令："五十九军留一旅归庞军团长指挥，阻击临沂以北的日军。其余的开赴费县待命。"张自忠部只好放弃眼前的大好机会，留一一二旅归庞炳勋指挥，自己则率领其余部队在21日下午冒雨向费县开进。

第一次临沂之战就此正式结束，不过临沂的战争并没有结束。

当张自忠、庞炳勋两军在第一次击破对临沂发起进攻的板垣第五师团所部、并向莒县进行追击的时候，津浦铁路正面的日军攻占滕县后南下，为了能够集中兵力彻底将日军消灭，张自忠军领命转移到滕县方面。当张自忠军向西转移的时候，日军又入侵了莒县，庞军告急，张自忠军不得不再次从费县附近回师临沂，自此揭开了第二次临沂之战的序幕。与此同时，第五战区又命令驻扎在海州方面的缪澂流军（五十七军）派一个旅对临沂进行增援，受张自忠指挥作战。3月25日，日军对临沂发起了猛攻，张自忠军和庞炳勋军与日军激战到29日，随后缪澂流军到达临沂进行增援，决定在30日天刚刚亮时对日军进行反攻。反攻部队将日军截断为两部分，致使日军主力不得不向北溃退，其一部窜入临沂西侧的朱阵，闭寨困守。从而，第二次临沂大战告捷。

临沂之战，第五十九军和第四十军以伤亡1万多人的惨痛代价，重创日军第五师团4000多人，让日军攻占临沂的目的破产。这是第五师团自从入侵中国以来，继平型关受挫之后的第二次惨败。日军第五师团从3月3日对临沂发起攻击以来，苦战到月底，依然没有能够越雷池半步，这对于日本"铁军"来说，实在是一种耻辱。板垣征四郎寝食难安，恼羞成怒，几次想要自杀谢罪。

临沂之战，虽然第五战区也付出了惨重的代价，但是成功地阻挠了日军的侵略计划，切断了津浦路北段日军的左臂，粉碎了日军在台儿庄会战的计划，对以后围歼在台儿庄的日军起到了重要的作用。

在这次战争中，庞炳勋的杂牌军打败了日本的王牌军，一战成名，获得了各方面的高度赞扬。而张自忠凭借其在战争中的英勇表现，彻底洗刷了他在抗战之初的耻辱。3月30日，军事委员会军令部对李宗仁致电，表扬了张自忠顽强抗战的精神。同一天，国民政府以张自忠建立奇功，特别撤销了对他的"撤职查办"处分。由此，张自忠由第五十九军代理军长变成了名副其实的军长。4月上旬，第一集团军番号撤销，集团军直辖部队分拨张自忠、冯治安、刘汝明、石友三各部。其中姚景川的骑兵第十三旅被划给了第五十九军。至此，原二十九军部队全部被拆散，宋哲元将军转任第一战区副司令长官。4月8日，姚旅及中央军李仙洲第九十二军第十三师开抵临沂，归张自忠指挥。4月13日，张自忠升任第二十七军团军团长，辖第五十九军和第九十二军。

台儿庄大战

1938年春，日本对中国发起了大规模入侵。在北方，北平、天津等地相继沦陷，华北大片土地沦落日军手中；在南方，上海、南京、杭州等地也相继被日军侵占。日军企图打通津浦铁路线，将华北战场和华中战场连接起来，而连接华北和华中的要地徐州就成为了他们首先要夺取的目标。

徐州地区，是贯穿中国东部的交通大动脉津浦铁路和横贯中国中部的陇海铁路相联结的交通枢纽，是华北通向华东、华南的要道，有着非同一般的战略地位。当时的徐州由中国军队控制，有了这个战略要地的帮助，中国军队既可以南下对南京发起反攻，又可以北上对济南的日军造成威胁，同时还能有效地保障战略运输线陇海铁路，阻止日军向西对平汉铁路南段和郑州、武汉两大中心城市造成威胁。如果日军成功夺取徐州，那么就会造成无法估量的后果，日军南、北两个战场的兵力将

台儿庄会战

会会合，然后日军可以利用陇海铁路和豫东平原的有利地势，以其优势的机械化部队长驱直入向西进犯，对郑州、武汉造成直接威胁。

1938年2月，日本开始了攻取徐州的计划。日军在华北方面的主力，从山东中部分两路南下，目标直指徐州。第十（矶谷）师团作为西路主力，沿着津浦路南下，妄图率先夺取作为徐州北部屏障的枣庄、台儿庄一线，打开进入徐州的大门，直取徐州；第五（板垣）师团作为东路主力，从青岛南下，妄图率先攻占鲁南重镇临沂，然后配合矶谷师团攻取台儿庄。

位于徐州东北30公里大运河北岸的台儿庄，在临（城）赵（墩）铁路支线上，向北连接着津浦路，向南连接着陇海路，有着非常重要的战略地位。如果日军成功攻占台儿庄，那么就可以顺利拿下徐州。中国军事当局弄明白日军南下的目的之后，就调集了精锐部队，开始对台儿庄进行战略部署。

台儿庄会战，前后经历了两次大战。第一次从1938年3月14日开始，到4月7日结束，历时23天。

3月中旬，日军共集结了矶谷、板垣两师团各部主力约8万人，并将近4万人的兵力投入到了攻占台儿庄的战役中。中方调集了第二十（汤恩伯）军团、第二（孙连仲）集团军等部主力近40万人进入到鲁南地区，以21个师约18万人投入战斗。

3月下旬，中方成功将日军大部阻击在台儿庄以北的临沂、滕县等地，只有矶谷师团主力濑谷旅团冒进突击到了台儿庄，不过遭到了台儿庄守军孙连仲集团军第三十一（池烽城）师、第三十（陈金照）师、第二十七（黄樵松）师等部的猛烈抗击，濒临覆灭。4月1日，为了对濑谷旅团提供救援，日军板垣师团主力坂本旅团冒险进入台儿庄。第五战区长官认为日军两大主力——濑谷、坂本两个旅团已经陷入了台儿庄的包围圈中，随即命令汤恩伯军团从北面南下到台儿庄，与驻守在那里的孙连仲集团军各部对日军实施夹击。

4月2日至7日间，汤恩伯军团和孙连仲军团对台儿庄的日军发起了反复进攻，在官兵的英勇作战之下，经过一星期的血战，最终以伤亡近2万人的代价，将日军濑谷、坂本两旅团全部击溃、大部歼灭，共消灭了1万多日军。日军残部逃到了台儿庄以北地区。中国军队在清扫战场时，缴获战车40余辆、装甲车70多辆、汽车100多辆、各种大炮70多门、步枪上万支以及各种其他战利品，取得了震惊国内外的第一次台儿庄战役大捷。这次大捷，有效地打击了日军的嚣张气焰，粉碎了日军不可战胜的神话，鼓舞了中国人民抗战的士气，在国际上获得了高度赞扬。

第二次台儿庄大战，从4月22日开始，到5月14日结束，历时27天。

由于第一次台儿庄战役的惨败，日军清醒地认识到中国军队的精锐部队驻扎在徐州周围地区。如果日军不能占领台儿庄，就不能轻易地夺取徐州，更不能将南、北两个战场结合。意识到这些之后，日军大本营对战略进行了调整，重新制定了攻占徐州的计划。

4月7日，日军大本营将调整之后的命令下达，日军指挥部决定：以华北方面军为主力，从北向南对徐州以北、以东的国民党守军进行攻击，占领徐州以北津浦线和兰封以东陇海线北部地区；并让华中派遣军协助，从南向北，攻占徐州以南津浦线及合肥以北地区。日军这次作战的主要目标是俘虏或歼灭国民党军队在徐州地区的主力。

中国方面，第一次台儿庄大捷，让国民党中央统帅欣喜不已，蒋介石试图趁机"扩大台儿庄战果"，因此再次增调了20万精锐部队进入台儿庄一带，这样一来在台儿庄一带的国民党守军就增加到了60万人。就这样，先后有64个师、60余万大军被蒋介石调入了徐州地区，主要部署在徐州东部、北部台儿庄一线。同时，又将俞济时、宋希濂、胡宗南、黄杰、桂永清、李汉魂等中央军的主力调入徐州西部的豫西归德、兰封一带，作为徐州的后援部队。国民党军队虽然派出了强大的阵容，但是在部署方面却偏于保守，只作了一些消极防御的策略，而这一策略的部署，正好中了日军机械化部队和空军的圈套。

第一次台儿庄战役惨败之后，日军的板垣、矶谷两个师团残部重新在枣庄、峄县一带集结，进行休整，补充兵力；同时日军又陆续从北平、天津、绥远、江苏、安徽、山西等地增调了约13个师团，共计30多万人，兵分六路对徐州进行大包围。4月22日，从兰陵镇南下的长濑旅团对台儿庄东侧进行了攻击，爱国将领卢汉率领的云南部队第六十军进行了顽强抵抗。

第六十军原本被配备到了武汉卫戍部队中，守备武汉北部一带。第一次台儿庄战役之后，蒋介石对徐州会战的部署进行了调整，第六十军收到命令开拔赶赴徐州地区西部，归第五战区司令长官李宗仁指挥。

4月19日，收到命令的第六十军全体官兵，向民权、兰封开拔。这个时候，日军已经在鲁南发动了第二次进攻，目标直指徐州。为了挽救危机局面，第五战区司令官李宗仁随即对第六十军的先头部队下达命令，让其直接开赴徐州待命，中途不许下车。收到紧急通知的卢汉，在 20 日晚出发，前往徐州，接受任务。第二天到达徐州，面见李宗仁。对于第六十军的到来，李宗仁十分高兴，当即将他们火速调往鲁南，在台儿庄以东的陈瓦房、邢家楼、五圣堂、蒲汪、辛庄、陶沟桥、丁家桥集结待命。

作为一名久经沙场的老将，卢汉清楚地意识到战局的严重性，及时将情况通知到了各个师，并按照上级命令进行了战略部署，让一八三师在陈瓦房、邢家楼、五圣堂、小庄地区集结，负责右边战场；让一八四师在台儿庄以东的陶沟桥、李庄、马家窑、丁家桥地区集结，负责左边的战场；一八二师作为预备队，在右后，集结于蒲汪、辛庄、戴庄、后堡地区；将稍后一点的东庄作为军指挥所。

血战陈瓦房

命令下达之后，各师连夜坐车赶往指定地点，渡过运河，从此揭开了第六十军激战台儿庄的序幕。

正当第六十军按照预定计划赶往集结地点的途中，于学忠第五十一军和汤恩伯第二十军团已经溃败，日军乘虚而入。因此正在赶路途中的第六十军不得不紧急在陈瓦房地区与突如其来的日军先头部队激战，打响了血战台儿庄的第一仗。

1938 年 4 月 22 日上午 8 时许，向东庄靠拢的军指挥所在行至运河南岸的黄家楼时，突然听到东北方向枪声大作。不久，军指挥所就收到一八三师师长高荫槐的报告说，其先头部队的杨宏光旅在行进到陈瓦房、邢家楼、五圣堂时，突然与日军遭遇，正在激战中。

因为战争开始得太过突然，卢汉只好将军指挥所就地设在了黄家楼，并快速建立起了全军通信网。同时，派出参谋人员分别赶到一八二和一八四两师师部所在地区，命令他们尽可能进入集结地，选择要点，准备迎击来犯的日军。

这次遭遇的日本先头部队是日本的两个联队约四五千人，这两个联队的装备了 30 多门大炮和 20 多辆坦克，装备精良，火力很强。这支装备精良的日军，将第六十军预设的前沿阵地——一八三师集结地——陈瓦房、邢家楼、五圣堂一带作为了主要目标。而在那里驻守的一八三师尖兵部队潘朔端一〇八一团尹国华第二营成为了首先与日军对峙的军队。

陈瓦房位于台儿庄十多公里外的地方。中校营长尹国华率领全营官兵快速进军陈瓦房的时候，没想到日军的搜索小分队已经抢先占领了陈瓦房地区。得知情况的尹营长马上下令全营官兵，不惜一切代价，誓死要将陈瓦房从日军手中夺回。于是尹营打响了血战台儿庄的第一枪。

为了中国军人的荣誉，更为了捍卫祖国的领土，尹营长率领全营的战士，与日军激战了数小时，最终以惨重的代价从日军手中重新夺回了陈瓦房地区。

就在尹营将陈瓦房从日军手中夺回来没多久，日军的大部队就赶到了。日军开始以坦克掩护步兵前进，将尹营团团包围，企图再次将陈瓦房夺过来。日军不惜一切代价，一次次对尹营发起了进攻。为了能够守住阵地，尹营的战士们，顽强地抵抗着对方的枪林弹雨。虽然日军有现代化的武器装备，同时被"武士道精神"所驱使，但是想要夺回陈瓦房依然十分困难。

这场陈瓦房争夺战进行得十分惨烈，日军伤亡惨重，尹营也牺牲了很多将士。考虑到尹营的危险处境，潘朔端团长亲自率领一个营的兵力对其进行增援。

不过，潘朔端团长率领的增援部队还没赶到陈瓦房就被日军在中途给拦截了。潘团增援部队最终通过苦战，顺利地冲破了日军的阻挠，前进到小庄，并与那里的阻挠日军展开了激烈的斗争。日军的火力远远超过了潘团援军，经过多次反复冲杀，援军也没能冲破日军的封锁，因此没能成功对尹团进行支援。

尹营官兵在孤军奋战的情况下，固守阵地，与比自己强大数倍的日军血战到底，最终因为敌我双方数量悬殊，全营官兵除了陈明亮一个人生还之外，集体壮烈牺牲。在第六十军的抗战史中，写下了最悲壮的一页。

当尹营全体官兵壮烈牺牲的消息通过媒体传播出去之后，举国震惊。尹营的集体壮烈牺牲激励了全国人民的抗战决心。

在尹营全体官兵壮烈牺牲之后，第六十军的第一个前进阵地陈瓦房也随之失守，但是因为尹营的顽强抵抗，为全军赢得了宝贵的备战时间，同时激励了备战官兵的杀敌士气。一时间，抗日杀敌的热情，充满了第六十军。

邢家楼、五圣堂战役

邢家楼、五圣堂与陈瓦房一样，都是第六十军预设的前沿阵地，这两个地方偏后一些。坚守这两个前沿阵地的是一八三师第五四二旅所部。该旅的旅长正是素有猛将之称的陈钟书少将。

4月22日，在日军占领邢家楼、五圣堂两阵地之前，陈旅长率先取得了主动权。23日，在坦克的掩护之下，日军对邢家楼、五圣堂两处阵地发起了猛烈攻击。

面对疯狂猛扑而来的强敌，陈旅长淡定自如，率领部队，反复与日军拼杀，几次险象环生。双方一直战斗到23日下午1时许，因为张冲师长率领部队及时赶到，成功将日军击退，巩固了阵地。

当天下午4时，日军再次组织进攻，这次他们改变战术，准备先以炮火轰击，然后再让步兵进行冲锋，企图给陈旅官兵在心理上造成恐慌。针对日军的战术，陈旅长以虚对虚，以实对实，充分发挥了近战优势，挫败了日军的锐气。陈旅长命令全体官兵冒弹对日军发起攻击，曾经多次冲到日军阵营展开肉搏战，并获得了初步胜利。24 日，日军骑兵一部，绕到了阵地左翼，对陈旅发起了突然袭击。陈旅长不幸被飞弹击中，随后牺牲。时年 47 岁。

当时，中央社以《金碧增辉》为题从武汉发出电讯说："台儿庄东北各村战事迄今仍甚激烈，敌整日炮轰我阵地正面。中方某部旅长陈钟书，力击暴敌，卒致殉职……全军悲愤，奋勇杀敌，经此惊天地、动鬼神之激战，敌胆已寒，伤亡奇重。台儿庄胜利后，鲁南二次血战已开展 5 日。敌迂回偷越运河之企图，至此已为我粉碎。我最高当局以此次战役意义重大，特对该部传令嘉奖。"

就在陈钟书旅长牺牲当天，蒋介石亲自前往前线进行视察，对第六十军的英勇杀敌、不怕牺牲的爱国精神加以赞赏。并在车辐山车站召见了卢汉，将保卫台儿庄的重担交给了第六十军，他说："台儿庄的得失，有关国际视听，必须以一个师坚守。"在夜幕降临之后，蒋介石又前往台儿庄，对各军的作战情况进行了进一步的了解，对全军上下英勇作战的顽强意志进行了高度赞扬。

后来，负责坚守邢家楼、五圣堂的一八三师官兵，又多次冲入日军阵营，与日军展开了肉搏战。经过反复冲杀之后，常子华率领的一〇八四团，伤亡过半，常团长也身负重伤。在这种情况之下，邢家楼、五圣堂两阵地难以坚守。军部命令，官兵们放弃两阵地，向东庄转移作战。

凤凰桥战斗

自从 4 月 23 日开战以来，一八三师五四一旅一〇八二团团长严家训就带领全团的官兵坚守凤凰桥、五窑路地区，他们从早晨一直奋战到晚上。该团营长丁图远在严团长的监督率领下，连续多次对日军发起进攻，不幸中弹身亡。该营其他官兵也伤亡惨重。

战斗一直持续到了 4 月 28 日，团长严家训亲自在战壕中指挥战士们作战，不幸被日军的炮弹击中，壮烈牺牲，随即凤凰桥阵地沦陷。

一〇八二团团长严家训，云南富民人。在抗战爆发之时，是龙云侍卫大队长。第六十军出征的时候，龙云想要将他留在身边，并没有安排他出征。但是，严家训多次请缨，言之切切。龙云深为其爱国精神所感动，因此同意他到前线去。他是少将，应该担任旅长的职务，但是当时旅长的名额已经安排满了，龙云就让其去担任一〇八二团团长。严家训并没有因此而不满，反而十分满足。因为严家训的死十分悲壮，最高统帅部特命将其发回云南安葬。当时，第六十军 1 万多名阵亡将士能够归葬故土的只有严家训一人，这是一种殊荣。严团长的遗体在抬到徐州入棺时，沿途受到了各大城市的隆重祭悼，1938 年 8 月 13 日运抵昆明，全省军政各界皆来吊唁。

西黄石山战斗

位于台儿庄东南部的西黄石山，是第六十军另一个重要的前沿阵地。一八二师五三九旅董文英一〇七八团赵彬第三营负责在此坚守。赵彬是云南晋宁人。在日军的重重包围之下，该营奋战了七天七夜，相继数十次击退了日军的进攻，成功突围出来。在激烈地突围当中，该营成功缴获了日军大量的枪支弹药和其他战利品。更让人震惊的是，在成功突围之后，统计人数时，发现仅有一人阵亡。一〇七八团第三营的神勇表现，轰动了全国。当时著名的《大公报》《扫荡报》《新华日报》等，都盛赞了赵营的奇功，称他们是"沪上四行仓库八百壮士之英勇壮烈尤未过之"。

蒲汪、辛庄战斗

4月23日，陈瓦房被日军攻占之后，日军开始对坚守蒲汪、辛庄的一八二师展开了猛烈的进攻。当时守卫蒲汪阵地的郭建臣第五四〇旅杨炳麟第一〇七九团做了顽强抵抗。

在4月22日中午之前，第一〇七九团进入到了蒲汪阵地，随即各营官兵加强了构筑工事，到了第二天早晨时，大六小小的工事就已经遍布蒲汪周围，轻重机枪和高射机枪、迫击炮等都被隐藏起来，一般工事也做好了伪装。刚刚准备完毕，日军板垣师团一部就对蒲汪发起了进攻。因为工事构筑坚固，一直到下午，日军也没有什么太大的进展。但是在下午3点左右，团长杨炳麟被日军机枪射中左腿。

从24日天刚刚亮起，日军采取了步炮协同、间用战车的战术，猛攻蒲汪东北面阵地，而首当其冲的就是杨团第二营。营长熊启嵩率领官兵绕到敌后，对日军发起袭击，不幸右膀中弹，由营副范文学代行营长之职。全营官兵从早晨一直奋战到晚上，以伤亡300多人的代价，保住了阵地。日军的伤亡数量也很大，除了现场强运走的尸体外，还留下100多具尸体。

日军通过侦察得知杨团伤亡惨重，战斗力受到了严重影响，随即便调配了100多门大炮、十多架飞机和大批坦克，对蒲汪镇地发起了强烈猛攻，除此之外，日军还大量使用了燃烧弹、毒气弹，致使杨团守军再次蒙受重大伤亡。双方一直激战到当天15时半，日军的炮火才慢慢平息。随后，日军的步兵和战车对蒲汪大村进行了三面围攻，并数次冲入阵地。杨团官兵誓死抵抗，将日军一一击退。

在当天17时半，日军进行了当天最后一次进攻。为了能够击退凶猛的日军，一营营长王承被率领100多名官兵绕到了日军的侧后方进行袭击，日军前后难顾，只好撤退。但是，王营长在这次袭击中也身受重伤，他所率领的侧击部队也有40多名阵亡，30多名受伤。

经过短暂的休整，日军对蒲汪再次发起了进攻，这次进攻炮火之凶猛，远远超出了之前，在20多辆坦克的配合下，日军再次对蒲汪阵地发起了进攻。不多一会儿，几辆坦克就冲入了村里，在村子里到处横冲直撞，把杨团用作掩体的断垣残壁冲毁了大半。吕建国派十多人坚守的西北角阵地则被日军重型坦克连人带掩体一起碾成了平地。其他阵地的杨团官兵，顽强与日军进行了肉搏，到了黄昏之际，终于将日军赶出了蒲汪村外。

由于伤亡过于惨重，杨团经军长批准从阵地撤了下来。在他们撤退的时候，在村里村外发现了大批日军的尸体，这些全都是矶谷第十师团的日军。杨团在撤到湖山清点的时候，连同派出执勤归来的人在内，仅存500多人。

郭建臣旅龙云阶一〇八〇团负责守卫辛庄阵地。在4月22日上午1时，一〇八〇团全体到达辛庄。以彭勤第一营配备在右翼，并向右派出1个连驻守在辛庄，与一〇七九团连接，在蒲汪阵地之间占领据点，封锁一〇七九和一〇八〇两团接合部的空隙。将辛朝显第二营配备到左翼，将王谦第三营布置在距离辛庄约1000米的后堡作为预备队。当一切部署妥当之后，随即开始构筑工事，准备战斗。

4月23日，日军在对蒲汪、凤凰桥发起进攻的同时，开始对辛庄发起进攻。龙云阶团早有准备，多次将来犯日军击退。

24日，日军增配兵力对辛庄发起进攻。其攻击的重要目标依然是蒲汪，而不在辛庄，因此，辛庄遭受的攻击程度并没有蒲汪强，所以龙团官兵伤亡并不严重。

当天傍晚，驻守在凤凰桥的守军一〇八二团因为伤亡过于惨重，战斗力减弱，难以御敌，遂奉命向后方撤离。

因此日军开始加强对辛庄的进攻，并开始使用燃烧弹和战车，战斗异常激烈。当天晚上，团长龙云阶、第二营营长辛朝显都在战役中牺牲，随即辛庄阵地失守。

日军在对蒲汪、辛庄发起进攻的战斗中，都是以主力进攻，中国军队分兵设防，从而使日军处于主动地位，而中国军队则被动防守。虽然一八二师进行了顽强的抵抗，但是也付出了惨痛的代价，抵挡不了来犯的日军，不得不放弃第一线阵地。

后堡、火石埠战斗

辛庄和蒲汪作为一八二师的第一线阵地已经相继失守，因此能否守住作为第二战地的后堡、火石埠成为了能否确保台儿庄战役胜利的关键。为此，卢汉军长要求各师务必要严守阵地。负责防守后堡、火石埠阵地的一八二师，这次由师团指挥所直接指挥。

五四〇旅一〇八〇团王谦第三营负责守卫后堡阵地。日军在成功占领辛庄之后，在4月25日上午7时开始对后堡发起了进攻。王营长率领全营官兵誓死抵抗，打退了日军连续发动的多次猛烈进攻。当天正午12时，300多名日军再一次发起了猛烈进攻。王谦命第七连连长陈志和率领全连的官兵从右翼绕袭日军侧背，出其不意，成功击退了来犯的日军。

虽然侧背袭击获得了胜利，但是王营也为此付出了惨重的代价：连长陈志和头部受重伤，第二排排长武良壮烈牺牲，第一排排长乔秉权身负重伤，士兵伤亡过半，全连仅剩50多人，因此只好把他们安排在前堡，做营的预备队。

下午15时以后，日军再次发起了猛烈进攻。这次日军集中了各种大炮十多门，对后堡阵地发起了猛攻，直到晚上才停止。进入晚上之后，日军再次使用燃烧弹配合猛攻，将后堡阵地变成了火光冲天的战场。但是因为王营的拼死抵抗，后堡阵地依然没有落入日军手中。

这一夜，日军发动了多次冲锋，皆被守军第九连一一击退。但是连长杨青池在与日军拼刺刀的时候壮烈牺牲。

坚守后堡的战斗，虽然确保了阵地的巩固，但是也给王营带来了惨重的伤亡。全营官兵仅剩不到200人，弹药也消耗殆尽。

4月26日天刚刚亮，日军再次发起了猛攻，以数十名或上百名步兵轮番进行冲锋。为了尽量减少损失，固守阵地，王营营长迅速下令让各排注意隐蔽，伺机反击。王营长还特别下令，日军如果距离中国军队200米以外不得开枪射击，以便节省弹药。经过一上午的激战，日军伤亡惨重，仅发现的尸体就达100多具。

当天13时，因为伤亡太多，日军开始疯狂地进行猛攻，即便找不到目标，也拼命乱炸。结果炸死了很多自己的官兵，剩下寥寥几人，抱头溃逃。

王营的伤亡也十分惨重，全营只剩下50多人，其中连长王朴身受重伤。当他们从后堡经过前堡撤到李家圩师指挥所的时候，包括深受重伤的王谦和几名受轻伤的官兵在内，只剩下8人了。安恩溥师长看到这种情况，十分痛心，随即命令将负伤官兵全部送往后方医院救治。

在前堡做预备队的第七连官兵，也只剩下40多人，由张培基率领，在五三九旅所属杨庄阵地的火力掩护之下，撤离了前堡，往五四〇旅归队。至此，王谦营基本结束战斗。四个连牺牲五个连长（一位为代连长李鑫）。战争之惨烈，牺牲之严重，创下了该连之最。

火石埠阵地是一个长约2公里，顶宽不到300米，标高为738米的小高地。在鲁南平原地区，这个小高地已经可以被称为山了。在山的东北与东南麓有3个村庄。在平原作战，高地是兵家必争之地。第六十军张泽营在接下防守火石埠阵地的任务之后，加强了防守力量。为了能够成功占领这个小高地，日军调集了主力对其发起了猛攻。在日军猛烈炮火攻击下，东北面村庄的民屋基本上被燃烧弹烧毁。同时日军还组织了数百名步兵对西南和西北面阵地发起了强攻。面对这一严峻形势，张营长命令一部分官兵到西南阻击日军，自己则率领主力在西北面抗击来犯的日军。

安恩溥师长十分重视对火石埠阵地的防守，特别派遣了特务连长卢俊和参谋刘汉鼎等赶到火石埠阵地进行督战。因为卢、刘等督战官亲自上阵，张营成功将准备绕袭火石埠阵地的日军压了回去。日军遗尸累累，逃回去已经溃不成军。张营的损失也很惨重，第九连连长阵亡，该连排长阵亡一人，负伤二人，士兵伤亡过半。此外，七、八两连的伤亡也很惨重。

日军在晚上再次用猛烈的炮火对该营阵地进行了轰击，并用燃烧弹将东面和东南面的两个村庄烧成了废墟，同时还派出了小部分步兵对张营进行了偷袭。针对日军的进攻，张营长以小部分兵力坚持固守阵地，而将大部分兵力以班为单位安置在各个要点，等待日军靠近时进行逆袭。因此，日军的夜袭行动遭到了很大伤亡。

4月26日晨5时，经过前一天下午和整夜的战斗，张营在清理战场时，发现日军尸体数百具，而在统计人数时，张营的连长伤亡二名，排长伤亡了三分之二，官兵共伤亡有320多名。

师指挥所随即开始重新调整部署，将阵地全线分为了十段，每段配备一挺轻机枪，以轻机枪为主构成全线火网。此外，还编成了十个步兵小队，全部在阵地内隐蔽，作应急之用。

26日上午10点以前，日军开始不时用炮火对阵地进行轰击，并让飞机不时盘旋扫射。10点半左右，日军发起了猛烈进攻。先用炮火进行轰击，然后派飞机进行扫射、轰炸半小时；后炮火一停，步兵就发起冲锋，其兵力不下300人。当日军靠近张营约100米的地方时，张营长命令官兵奋起射击，重挫日军。当然也有少数日军冒着枪林弹雨爬上了火石埠阵地。随即，日军恢复了猛烈的炮火攻击，其中一段阵地被轰毁。在张营长的有力指挥下，冲入阵地的日军全部被消灭。隐蔽的应急小组随即对本阵地伤亡大的地段进行了增援。他们一面消灭顽固的日军，一面对受损的工事进行修补。战斗一直持续到12时后，来犯的日军横尸遍野，完全丧失了战斗力，不得不向后撤退。

日军炮兵对中方阵地的攻击一直持续到了下午17时。之后，步兵与炮兵协同，再次对张营前沿阵地发起了猛攻。约有100名日本兵冲到了张营阵地面前仅100米的地方，用步枪和轻机枪相互配合对张营阵地进行猛射。其中有些不怕死的日军冲到了张营阵地前斜面，抢走了几天前留下的日军尸体。

到了黄昏时分，日军的炮火开始变缓，攻势也逐渐减弱，只有散伏在离阵地二三百米处的麦田里的步兵不时还会用机枪、步枪对张营进行射击。此时，张营的四位排长已经全部伤亡，士兵也只剩下50多名。就在这个紧要关头，一〇八三团团长莫肇衡率领全团官兵及时赶到。莫团长直奔火石埠阵地，张营长将情况介绍给莫团长之后就移交了阵地。直到深夜，张营长带领剩下的50多名官兵撤离了阵地，经师指挥所回到一〇七七团，向团长余建勋报到。

96

全线出击受挫

4月25日夜，第五战区司令长官李宗仁命令第二集团军总司令孙连仲，要台儿庄所有守军在4月26日进行全线出击，将进入台儿庄"袋型阵地"的日军消灭。同时命令于学忠第五十一军向东，汤恩伯第二十军团向西，将袋口封锁，命令第六十军向北，将占领邢家楼、五圣堂、五窑路、蒲汪、辛庄地区的日军全部消灭。

接到命令之后，卢汉军长马上命令第一八二师以一部由右向辛庄、蒲汪等地出击，大部队驻守原阵地，防止日军突袭。一八三师以一部出击五圣堂、五窑路等地，大部分驻守东庄并接替一八二师火石埠阵地。一八四师驻守淘沟桥一带，同时配属炮兵，准备火力，对蒲汪一带的日军进行压制，支援六十军第一线步兵出击。

4月26日晨，在炮兵部队的掩护下，第六十军一八二师、一八三师和一八四师按照卢汉军长的命令，分别向各自的出击目标进发。不过，在中途均遭到了日军炮火的猛烈攻击，不能前进，只得退回原阵地。

所谓"袋形阵地"，实际上并非如此。当时的情况是：西伽河东岸的大良壁北、瓦岔河镇南一线面北是汤恩伯军团的阵地，西黄石山、戴庄、杨庄、上杨庄、下杨庄一线面北是第六十军一八二师阵地，火石埠（刚接防）、东庄、陈家楼一线面东是一八三师的阵地，燕子景南北一线面东是于学忠五十一军的阵地。并非像李宗仁的命令中所说的，日军已进入我"袋形阵地"之中，只要扎紧袋口，就可以将其全歼。

当第六十军出击被阻之时，汤恩伯、于学忠两部也遇到了同样的问题，并且全部都被迫退回到了原阵地。至此，李宗仁的全面出击计划宣告失败。

为什么这次出击刚一开始就失败了呢？原因其实有很多，但是主要的还是因为战区长官对敌情判断不准，在下命令之前，没有征求第一线各高级指挥官们的意见，而是以主观意志盲目行动。以第六十军一八二师的情况来讲，足以说明战区长官没有能够在"全面出击"这道命令上做到知己知彼。

从4月22日，一八二师与日军开战以来，已经足足打了五个昼夜的硬仗，他们坚守在蒲汪、辛庄、后堡、火石埠等第一、二线阵地时，一方面因为全体官兵奋勇死战，歼灭了日军大批有生力量；另一方面，一八二师团也因此付出了血的代价。因此伤亡过于惨重，一八二团不得不转移到第三线阵地。

这第三线阵地，原为高振鸿五三九旅防守，以塘坊为中心点进行战斗，将指挥所设置在塘坊。塘坊右方是由该旅的董文英一○七八团防守，塘坊左方由该旅余建勋一○七七团防守。

参加了第二线作战，并经过了火石埠阵地的两个昼夜拼杀，一○七七团第三营已经伤亡惨重。只有一○七八团没有与日军有过多接触，伤亡并不严重，在全师四个团中算是比较完整的一个团。

经过第一线蒲汪、辛庄和第二线后堡等阵地的激战，郭建臣五四〇旅两个团只剩下700多人，伤亡近十分之九。而这幸存的700多名官兵也因为连续多日作战而疲惫不堪，已经无法再上战场。了解情况的上级指挥官，不得不命令旅长郭建臣、团长钟光汉调集部队，撤出阵地，到山头村进行休整。

第一八二师固守的第三阵线，是固守运河栅栏—禹王山的关键，这一防线不能轻易动兵。如果按照李宗仁下达的全线出击的命令，进行出击，将会酿成惨重的事故。根据当时的实际情况，且不说"全线出击"，就是只调出一个团来，都将不利于整个战局。

安恩溥师长考虑到这个实际情况，在出击之前，一再对军部和孙连仲提出了申述，将确保阵地作为主要任务，只需派必要的部队策应和声援友军出击即可。卢汉军长同意这一意见，第一八二师随即决定：根据本师的实际情况，主要确保现有阵地，适当抽调一部分兵力作为执行李宗仁命令的出击队。由董文英带领一〇七八团出击蒲汪，争取收复蒲汪。余建勋带领一〇七七团，固守运河栅栏——禹王山一带，伺机反攻辛庄、后堡阵地。

收复蒲汪失败

一〇七八团团长董文英，有着强烈的爱国杀敌之心，当部队刚刚到达阵地时，他就写下愿意为国战死的遗嘱，誓死要与日军抗争到底。在得到出击命令之后，董文英十分兴奋，同时向师、旅指挥所提出要求，愿意率队出击，恢复蒲汪。

4月26日中午12时，一〇七八团准时集结出发。董团兵分两路，向蒲汪的日军占阵地进发。日军在发现了董团的意图之后，用猛烈的炮火对阵地进行了封锁，但是一〇七八团在董文英的带领下依然奋勇前进。

日军针对董团的进攻态势，迅速对作战方案进行了调整，开始采取步兵与骑兵协同作战的方式，从左翼实施反攻，将董团第一线出击部队全部包围。在情况危急之下，董团长随即率部进行突围。经左冲右突，进行了猛烈反击之后，陈浩如第二线出击部队及时赶来，对日军进行了侧背攻击，让董团成功突围，退到了与后堡平行一线。在这里，左面有一〇七七团攻击部队的呼应，右面有西黄石山、戴庄等本部重武器的支援，董团至此才稳定下来，与日军在此展开了激战。

4月27日中午12时，湖山守军与日军展开激战。因为日军化装成中国士兵混入，给董团造成很大伤亡。不久，湖山被日军攻陷。

为了恢复湖山阵地，董团长亲自率领护旗排进行反攻，当冲到山腹的时候，遭到了日军的顽强抵抗。为了能够消灭湖山上的日军，董团与日军展开了惨烈的战斗，在肉搏战中，董团长壮烈牺牲。

董团长牺牲后，一〇七八团的攻势严重受挫，该团的原防阵地——锅山、湖山也相继被日军攻陷。同时陈浩如第二营也被迫撤到了禹王山南麓与锅山、湖山之间，和日军呈对峙状态。

经过这一天的血战，萱团的初级部队伤亡三分之二，损失非常惨重。

固守运河栅栏——禹王山

运河栅栏——禹王山一带由余建勋一〇七团固守，余团长认为，禹王山是台儿庄战役能否取胜的关键，只有站稳了禹王山这个脚跟，才能取得台儿庄战役的胜利。因此，当张泽营从火石埠阵地换防下来的时候，余团长就从第二营抽调出了两个步兵连给张营长，命他马上进入胜阳山及禹王山之间的已设阵地，对坚守禹王山的迫击炮连和重机枪连进行指挥，一面固守阵地，一面对第一、二两营反攻辛庄、后堡两阵地进行支援。

安恩溥师长接到全线出击的命令之后，经过反复考虑，决定以张泽指挥的两个连及他的第三营剩余的六七十名官兵与留在禹王山的步兵和炮兵（重武器部队）为主，在确保禹王山阵地安全的原则下进行调整。调整之后，抽出赵一鹤第一营和魏开泰营的一个加强连为出击部队，兵分两路进行出击：一路从上下杨庄东面对后堡的日军进行攻击，统一由赵一鹤进行指挥。一路从上下杨庄西面出击，对第一营进攻后堡进行配合，由营副岳家祥指挥。但是，就在他们进入到进攻位置的时候，却受到了日军猛烈的炮火攻击，从而一八二师正面受敌。

高振鸿五三九旅两支出击部队没有被日军强烈的炮火攻击所影响，依然按照原定的出击时间，向各自的攻击目标推进到下杨庄麦地内进行攻击。

发现高旅余团出击部队之后，日军开始将目标对准了出击部队，并用山炮、野炮、平射炮和轻重迫击炮对其进行了集中轰炸。出击部队冒着日军浓密的炮火在台儿庄平原的麦地里奋勇前进，伤亡很大，但是，他们依然不屈不挠，冲向日军阵地。其中第二营第五连杨从善部，在没有任何遮掩物的情况下，以顽强的意志，冒着日军的炮火前进。当两路军队到达冲锋位置的时候，中国军队伤亡近半。赵一鹤、岳家祥及时整理编组所部，迅速冲入阵营，第一营一部20余人冲入后堡，遭到了日军隐匿机枪火力阻击，全部壮烈牺牲。

虽然日军的炮火如此猛烈，而且中国军队伤亡也如此惨烈，但是赵、岳二人率领的两支队伍并没有因此而退缩，他们多次率队向日军发起了冲锋。双方一直血战到晚上，出击部队有三分之二的官兵伤亡，最后只好在麦地里构筑工事，与日军对峙。

第六十军奉命出击的结果，造成一八二师高振鸿旅一〇七团和一〇七八团的严重伤亡，其中1名团长、20多营、连、排长和2000多士兵阵亡。

位于运河东岸的禹王山，在台儿庄的东南端。它的东北是湖山、窝山，北面是邢家楼、五圣堂。从禹王山到台儿庄大约有十二三公里。禹王山同周围的小山相比，可以称得上是一座最高的山，绝对高程约200米，站在山顶，不仅可以俯瞰第六十军的全部阵地，还能隐约看到台儿庄。其战略位置十分重要，占据此地可以阻止日军南进，确保徐州和台儿庄的安全，是十分关键的军事要地。

4月23日晚，也就是第六十军投入台儿庄战斗的第二天，军长卢汉就下令让张冲率领一八四师在26日前占领禹王山，构筑工事，准备在这里与日军进行对决。

4月24日，蒋介石来到车辐山车站对前线阵地进行视察，在召见卢汉时强调说："台儿庄的得失，有关国际视听，必须以一个师坚守。""驻守在台儿庄的池烽城师已经没有了战斗力，必须让第六十军另派一个师坚守台儿庄。"于是，卢汉通知张冲，暂缓执行禹王山的命令，以一部驻守在原阵地，将大部调入台儿庄设防。蒋介石虽然强调要第六十军坚守台儿庄，却忽视了坚守台儿庄的一个重要依托，那就是禹王山。

由于上级命令与实际情况相背离的时候，因而第六十军只能无条件服从上级命令，不能按照原计划坚守禹王山，结果分散了兵力。

由于第六十军的英勇抵抗，日军想要从正面突破台儿庄的计划落空了。随后，日军改变了进攻目标，将重点目标指向了禹王山。因为攻占了禹王山，就可以切断陇海路，再取台儿庄，最后直下徐州，挺进中原。

对于禹王山的重要性，第六十军的指挥官们都十分清楚。他们认为，禹王山一旦失守，那么在运河北岸驻守的抗日队伍就有全军覆没的危险。因此，守住禹王山，对夺取台儿庄战役的胜利有着十分重要的战略意义。

为了坚守禹王山，在4月26日，一八四师师长张冲要求回防禹王山，阻击日军的进攻。卢汉军长在分析了具体情况之后，决定采纳这一重要建议，并向上级报告称，禹王山的得失，关系重大，要求上级派别的部队来接替一八四师守卫台儿庄的任务。李宗仁在收到情况之后，根据情况，让一八四师留一个团驻守台儿庄，将其主力转移到禹王山阵地。收到李宗仁答复的卢汉，当晚就下令让第一八四师趁夜转移到禹王山。

卢汉的命令下达之后，张冲马上在4月27日夜率领军队从台儿庄赶往禹王山。

禹王山的地质属于碎岩层，在这里挖战壕是一件相当困难的事情，张冲向战区司令长官部领取了两万条麻袋，将土装到麻袋里砌成墙，在禹王山的东、南、北三面构筑一、二、三道防线。

随着战局的变化，从4月27日之后，第六十军的整体作战部署进行了调整，逐渐形成了以禹王山为中心的东庄、火石埠、李家圩、枣庄营及其以东地区作为第一道防线，而以古梁王城、房庄、赵村、赵家渡口、胜阳山等沿泇河西岸附近作为第二道防线。在一、二两道防线的左右两侧，又将台儿庄、西黄石山这两个有力据点作为巩固禹王山阵地的依托，构成了坚固的主阵地带。

第六十军进行调整之后的兵力部署是：东庄地区由第一八三师所剩的约四个营中的两个营（即杨宏光旅的两个营）守备。禹王山西北李家圩地区由一八四师王秉璋旅王开宇团守备，禹王山东北部由该师万保邦旅杨洪元团守备。禹王山的东北枣庄营地区由一八二师高振鸿旅余建勋团约两个营的兵力进行坚守，枣庄营以东的泇河地区由第一八二师郭建臣旅不到一个营的兵力进行坚守。原本在板埠驻守的重炮营转移到半节楼、雄山间地区，占领阵地。第六十军指挥所向余家凹转移。

从4月28日开始，以禹王山为主阵地带的第二次台儿庄战役缓缓拉开序幕。

当天晚上，日军的一个大队，在坦克、骑兵的配合之下，沿途经过大小杨村、湖山、窝山，向李家圩、禹王山迈进，一路上浩浩荡荡，嚣张不已。因为第六十军早已作好了准备，当日军进入到中方有效射程之内时，一片枪林弹雨就开始降了下来。来犯的日军也十分凶猛，其中有一部竟然冲到了禹王山顶。就在这生死攸关的紧急时刻，第五四四旅王秉璋旅长亲自率领一部分战士，对山顶的日军进行了反冲锋，沉重地打击了日军的嚣张气焰。不幸的是，王旅长在反冲锋的过程中，被日军的子弹打穿了胸部，不过他依然忍痛指挥战斗。第五四四旅经过英勇冲杀，消灭了大部分日军，另外一小部分日军狼狈逃跑，从而胜利地保卫了禹王山。

在坚守李家圩的激战中，一八四师一○八五团何起龙营奋勇拼杀，与日军进行肉搏，严重杀伤日军，展现了滇军英勇善战的顽强精神。战争到最后，何起龙营长与日军同归于尽，牺牲了自己宝贵的生命。

4月29日，禹王山主阵地遭到了日军的大规模集中进攻。首当其冲的万保邦旅，与来犯的日军进行了殊死较量。

这一天的凌晨，日军先用飞机进行了侦察，然后放气球进行指示，命令其驻扎在蒲汪阵地的炮兵炮击禹王山阵地。之后，日军的步兵、骑兵、坦克开始大规模出动，集中向禹王山发起攻势。与此同时，设在车辐山阵地的重炮营也开始轰击日军的炮兵阵地。另外，设在禹王山前沿阵地的战防炮连，则密切关注着日军坦克的活动。

日军在这次对禹王山的争夺战中，表现出了誓死不休、志在必得的态度。第六十军往往刚刚消灭一批日军，就会有另一批日军涌上来。就这样，第六十军整日激战，几乎没有间断，为了夺取第二次台儿庄战役的胜利，战士们抱着必死的决心，进行顽强抵抗。很多士兵表现得非常英勇，轻伤不下火线，重伤不离阵地。作战工事被毁坏马上就有士兵进行修理，前沿阵地被日军侵占，马上就会被士兵们夺回来。即使日军暂时突破了第一线阵地让中国军队不得不退到第二阵地去抵抗，但是当中方援军一到，马上就会重新组织力量将失去的阵地夺回来。在这场战役中，双方战况之惨烈，让人不忍目睹，死事之悲壮，让人不忍回顾。近距离是步、机枪的相互对射，远距离是野战炮的来回攻。第六十军的战士们冒着枪林弹雨拼死守护着禹王山阵地。

101

明显在装备上占有优势的日军，对禹王山的每一次轰击，都要集中几十门重炮，组成重炮群，用猛烈的火力对第六十军阵地进行攻击。虽然第六十军炮兵的装备不如日军精良，但是他们的技术却十分高超，他们善于捕捉战机，能够有效地击中日军的主要目标，所以第六十军的每次回击，都能有效地给日军造成伤亡，重挫日军的嚣张气焰。

4月30日，日军以比中方多出数倍的兵力，突破了第一道防线，并让第二道防线的局部发生了动摇。日军的炮兵射击目标已经延伸到禹王山主阵地的各个部分。第六十军危在旦夕。

就在这个危急关头，第五四三旅旅长万保邦准确地作出判断，认为日军将会把进攻禹王山的主力集中聚集到大、小杨村一带。炮兵出身的万保邦，有着丰富的作战经验，在军长同意的情况下，指挥全军的所有炮兵对大、小杨村进行了炮轰。经过2个小时的密集炮击之后，在大、小杨村聚集的日军主力，大部分被歼灭，小部分向后方窜逃。当侦察兵返回到禹王山将这一振奋人心的消息汇报之后，全军上下为之大振。万旅长抓住这一有利战机，重新组织全旅步兵及时出击，成功驱逐了突破进入第一战线的全部日军，巩固了阵地，挽救了危机的局面。

遭到重大打击的日军，并没有因此而放弃攻击禹王山。不久，日军重新从其他阵地调集了步兵对禹王山再次发起进攻。经过三天三夜的血战，第六十军将来犯的日军消灭了大部分，全面巩固了曾经被动摇的阵地。至此，日军对禹王山第一次发起进攻的行动以失败告终。

接着，日军第二次对禹王山发起了进攻。但是，这些攻势显然准备不充分，而且战斗力低下。虽然日军改变了战术，白天派飞机进行轰炸、扫射，晚上用步兵骚扰、强袭。但是善于夜战的第六十军随机应变，让日军再次尝到了惨败的滋味。

为了能够守住禹王山这个第二次鲁南会战的争夺中心，确保第五站区防线的北大门台儿庄的安全，第六十军战士以自己的血肉之躯抵挡了日军的猛烈攻击。在长达一周的禹王山血战中，以一八四师为主力的守卫部队，以惨痛的代价，让日军的计划破产。到了5月3日，日军再也没有力量发起大规模的进攻了，与六十军保持对峙状态。

从4月22日起，第六十军在台儿庄东部，与日军矶谷师团所辖之长濑旅团各部进行了六个昼夜的血战，让日军一直无法进入到台儿庄，后才改攻禹王山。在禹王山，日军再次遭遇了第六十军第一八四师更加有力的打击。从4月27日起，坚守禹王山、李家圩、火石埠、西黄石山、戴庄一线的第六十军各部与日军经过20天的激战，成功将日军抵挡在了阵地以外，并歼灭了四五千的日军。当时《云南日报》的战地报道说："昨我前线胜利后，敌有溃退模样，敌遗尸2000余具。我正面本军向前挺进中。郯城大捷后，最高领袖欣念本军忠勇，迭摧敌焰，奠二次台儿庄大会战胜利基础，顷又三次特电嘉慰，内有贵军自参战以来，首当日军主力之冲，激战经旬，阵地依然不动。迭挫敌锋，寒倭寇之胆，增国家之光。苟非指挥有方，官兵忠勇，何克臻此云？"

日本的报纸在报道此次战斗时也说："自九一八与华军开战以来，遇到滇军猛烈冲锋，实为罕见。"

虽然在对禹王山阵地的进攻上，日军没有尝到一点甜头，但是整个战局却发生了变化。在徐州地区，中国军队与日军经过了长达近1个月的战斗之后，日军认为已经把国民党的主力成功吸引到了以东、以北地区，随即按照原计划，从南、北两面对徐州发起了夹击。在北线，日军第二军第十六师团在5月9日从济宁出发，向鱼台以东、丰城以西急进，切断了陇海线；沿途攻占了金乡、谢场、九里山等地，之后途经徐州北侧向东运动。日军第一军第十四（土肥原）师团由北向南推进，在5月12日从濮县渡过了黄河，沿途攻占了曹州、兰封，切断徐州以西守军的退路。在南线，日军华中派遣军第六师团、第九师团、第十三师团、第一〇一师团等部，从4月下旬开始相继集结在江苏、安徽地区，向北推进。从苏北、台东北进的日军第一〇一师团，在攻陷盐城之后，在5月7日成功攻占了阜宁；5月11日，日军第六师团从皖东的巢县北进，在5月14日成功侵占合肥；从5月5日开始，作为南线主力的第三师团、第九师团、第十三师团全力向北进发，迅速推进到了豫东和皖北交错地带的永城、萧县一带，并在5月14日炸毁了汪阁东面的铁桥，切断了陇海铁路。因此，坚守在徐州附近的守军完全陷入了日军包围之中。中国60万大军面临着全军覆没的危险。

5月15日，在清楚了日军的意图之后，为了确保全体官兵的安全，武汉最高军事会议决定放弃徐州地区。16日，第五战区长官部命令坚守在徐州地区的各部，从日军兵力比较薄弱的徐州西南方向进行突围，转移到豫、皖、鄂地区。并命令张自忠率领第五十九军、第二十一师、第二十七师、第一三九师占领徐州西北部的九里山、陇海路上的郝寨、夹河寨，西南面的萧县、凤凰山、霸王山等阵地，对日军进行阻击，掩护主力部队撤退。5月18日，凤凰山、霸王山、萧县被日军第十三师团攻陷；郝寨、夹河寨被从陇海路东进的日军攻占；九里山被日军第十六师团攻破；宿县被日军第三师团、第九师团攻陷。5月19日，徐州沦陷。不过，这时候，中国的主力部队已经从徐州地区撤离，避免了更大的损失。

历时5个月的徐州会战，虽然因为国民党最高军事当局在战略上和战术上的错误，放弃了比较有利的运动战和游击战，企图动员大军与日军进行阵地决战，导致在会战后期，中国军队一直处于被动状态，最后被日军反包围，不得不放弃徐州地区，但是总体来讲徐州会战的意义还是巨大的。

首先，中国广大官兵英勇奋战，顽强抗击来犯日军，经过数日连续作战，重挫日军，有效地歼灭了日军的有生力量。在取得第一次台儿庄战役的重大胜利之后，云南部队第六十军配合友邻部队，在台儿庄地区再次重挫日军，消灭了大量来犯的日军。将日军的主力成功阻击在台儿庄东北面近1个月之久，为中国军队的全面部署和调度赢得了宝贵的时间。

其次，徐州会战让日军不得不倾尽全力，为了能够争夺徐州地区、成功打通津浦线，日军在此耗费了半年时间，从而为中国准备持久战，争取了有利的时间。

再次，中国军队的快速撤离，让日军企图在徐州地区歼灭中方主力的计划破产。中国军队大量有生力量得以保留，为日后全国持久抗战提供了条件。

当日军包围徐州时，第六十军依然顽强抗战在台儿庄的禹王山一带，有效地阻止了日军矶谷师团主力的南进。当武汉最高军事会议决定放弃徐州时，第六十军奉命在5月17日夜间撤出了台儿庄、禹王山，并成功在18日早晨到达了徐州南面的汪庄。在这里，第六十军进行了整理缩编：第一八二师编为一个团，由余建勋担任团长；第一八三师编为一个团，由副旅长肖本元指挥；第一八四师编为三个团，分别由曾泽生、杨洪元、邱秉常担任团长。随后为了轻装转移，部队将一些难以携带的物品毁去。5月19日下午，第六十军从汪庄出发，沿着津浦路南行，到了宿县夹沟转向西南行，从永城、蒙城之间西行，经过涡阳，向北转到亳县，再西向河南周家口进发。然后渡过漯河，沿平汉路南行，成功在6月上旬退到武汉进行休整。

在徐州会战的第二次台儿庄战役中，第六十军经过了近一个月的浴血奋战，以惨痛的代价，成功地保卫了徐州地区。虽然由于上级判断的失误，不得不撤离徐州，但是其英勇作战的精神并不会因此而被人们遗忘。在战后进行清点时，第六十军全军官兵伤亡达1万多人，旅长以下各级指挥官有178人在战斗中阵亡，其中旅长1人，团长5人，营、连、排长172人。

为了纪念在台儿庄激战中壮烈牺牲的第六十军战士们，1938年10月10日在昆明举办了隆重的追悼大会。省政府主席龙云含泪致祭，与会各界人士无不为之落泪。会后，数万人在昆明举行了大游行，以示抗战决心。

武汉战役 （1938.8）

武汉会战

武汉会战是一场旷日持久的大作战，无论是从兵力、战线、时间，还是从规模、牺牲上，中日双方都付出了巨大代价。1938 年 6 月 12 日，日军占领了安徽安庆，由此拉开了武汉会战的序幕。10 月 25 日，随着日军向武汉的进发，中国共产党与国民党开始了守卫武汉的精诚合作。面对 35 万的日军，国民党投入了 100 万军力，在赣、鄂、皖、豫四省间，与日开展了为期四个月的殊死战斗。在作战上，中国共产党充分利用游击战，最终成功歼灭和牵制了大量日军，为国民党军的正面作战提供了有力保障。

国共两党合作

1937 年秋，日军先后大举进攻了上海和南京，随着上海的沦陷，南京也变得岌岌可危，面对这一情况，设在南京的国民政府不得不紧急决定迁都重庆。迁移之前，国民政府先迁移到了武汉，武汉是连接多省的华中重镇，在抗日战争中具有不可低估的作用，所以出于战争的考虑，国民政府决定先留在武汉。南京的沦陷，再加上日蒋矛盾的加剧，使当时消极抗日的国民党也改变了态度，开始了积极抗日。为了彰显抗日的决心，蒋介石先拿一些作战不力的将领开了刀。韩复榘时任山东省政府主席、第三集团军总司令、第五战区副司令长官，他因失地误国而第一个被逮捕处死。随后，武汉国民政府和军事委员会又宣布了一批判决名单，其中各军将领就达 43 人，被处以死刑的有 8 人，包括六十一军军长李服膺。除此之外，一些在抗战中决策失误、指挥不利的军长和司令也受到了相应处分，如第三十九军军长刘和鼎被解职留任，第九集团军副总司令香翰屏被记大过。

武汉会战，从一定程度上也缓和了国共两党的关系，为了抵抗日军的猛烈进攻，国民党与共产党在政治和军事上都进行了亲密合作。1938 年 2 月，为了有效地讨论和决策战略方针，国民党在武汉成立了国民政府军事委员会政治部，政治部推选陈诚任部长，共产党代表周恩来为副部长。军委会政治部下设三个厅，第三厅厅长由郭沫若担任，主要负责宣传工作，出于宣传的考虑，当时的第三厅可以说是集结了当时文化界各党派的著名人物。军委会政治部的成立，一方面为抗日救亡运动提供了有力支持，一方面也标志着国共合作的实体诞生。

国民党人朱学范是一位杰出的政治活动家，他不仅成功领导了"中国劳动协会"，为劳工群众进行合法斗争进行了不懈努力，还筹备"中国工人抗敌总会"，为领导工人抗日救亡运动作出了巨大贡献。1938年，他从上海来到武汉，与陕甘宁边区工会代表廖似光等人积极接触，最终，"中国工人抗敌总会"组建起来，对抗日战争起到了积极作用。

在各地积极进行抗日救国运动时，一支由国共两党青年运动领导人发起、社会各界青年人组建起来的统战组织也在武汉建立起来，即"中国青年救亡协会"（简称"青协"）。协会的建立，共产党人董必武起到了很大的帮助和指导作用。除了武汉的"青协"外，在湖北及其周围省份，也设有其分支机构。

1938年3月10日，"战时儿童保育会"在武汉成立，该会由宋美龄和邓颖超等100多人共同发起。保育会的目的在于收留和保护社会难童，它对社会各界妇女提出了历史使命，那就是在救护和培育儿童上，妇女界义不容辞。保育会的成立，为抢救武汉儿童作出了重大贡献。保育会的理事长宋美龄在评价"战时儿童保育会"时说，"国民党、共产党和无党派的妇女站在平等地位，参加讨论""一个真正的统战组织"。保育会的成立，把各界妇女团结了起来，是抗日救国运动中不可忽视的一份力量。

1938年5月，就在日军集中兵力"沿江西进"，欲攻取武汉之时，暂留武汉的国民政府举行了国民参政会首次会议。国民参政会是各党派参政议政的国家机关，它于1938年3月29日在武昌设立，由国民党临时全国代表大会决定通过。

国民参政会的成立，与中共的努力是分不开的，早在1938年3月1日，针对一些国共合作问题，中共就起草了《中共中央对国民党临时全国代表大会的提议》，提议主要提出了三个问题，包括"巩固和扩大各党派的团结问题""健全民意机关问题""动员和组织民众问题"。

关于巩固和扩大各党派的团结问题，《提议》明确指出，要允许各党派存在，并保持其政治上和组织上的独立性，但为了统一抗日战线，各党派必须团结起来，而且有必要建立一个各党派共同参加的某种形式的民族革命联盟，其实，这也是孙中山先生一直倡导的合作精神。关于联盟制定纲领和方针等问题，提议也作了明确说明，即由共产党与国民党及各方代表共同商讨和拟定。此外，在发表方式问题上，提议也提出了共同署名或以国民党领导人蒋介石名义发表两种方式。

关于健全民意机关问题，《提议》也作了充分说明，指出健全民意机关的主要目的在于"增强政府与人民之间的互信和互助""增强抗战救国的能力"。民意机关必须集结各抗日党派及在地方有威信的群众团体的代表，民意机关必须拥有"建议和对政府咨询的作用"以及"商量国事和计划内政外交的权力"。在民意机关的形式问题上，提议并没有做出硬性规定，无论是国防参议会还是其他形式都可以。

1938年3月25日，在《中共中央对国民党临时全国代表大会的提议》的基础上，共产党人毛泽东又起草了一份《中共中央致国民党临时全国代表大会电》，其提出了八项建议，第一条指出要与日军死命斗争，拒绝一切投降妥协的悲观倾向；第二条指出前方要作好战略配合，后方要做好支援工作，动员全国武力、人力、财力、物力，保卫西北和武汉地区；第三条指出要继续扩大和巩固抗日民族统一战线，要发布以孙先生三民主义为基本原则的抗日民族统一战线的共同纲领，把其作为全国人民奋斗的目标。同时遵照孙中山先生的联共精神，尽快建立民族解放联盟；第四条指出要做好征兵工作，扩大和巩固国民革命军；第五条指出要广泛吸收各党派有能力和有威信的人士加入政府，以此来改善政治机构；第六条指出要动员全国人民，增强民众抗日救亡意识，扶持和发展民众武装和团体；第七条指出要从农业和国防工业等着手，全面巩固抗战的经济基础。

中共八项建议的提出，是适应战争局势发展的必然之举，可以说，在日军集中大量兵力对中国西北部、中部及国民政府所在地武汉进行猛烈进攻之时，全国人民需要一种精神鼓舞，需要一种力量把人民团结起来，去与日军抗战到底。

中共提出的"提议""八项建议"得到了中国国民党临时全国代表大会的重视，1938年3月31日，国民党在全国代表大会上作了《宣言》，并制定了内容涵盖抗战、军事、政治、经济、外交等政策的《抗战建国纲领》，以及通过了《组织非常时期国民参政会以统一国民意志、增加抗战力量案》，决定设立国民参政会。4月7日，国民党五届四中全会召开，大会通过了《国民参政会组织条例案》，条例规定国民参政会是抗战期间团结全国力量的机构，参政会的议长直接由国民党中央执行委员会选任，参政会决议抗战期间的政府对内对外方针政策。4月12日，条例正式公布实施。7月5日，中国共产党参政员毛泽东、董必武、秦邦宪、吴玉章、林伯渠、邓颖超、陈绍禹在武汉发表《我们对国民参政会的意见》，其中诚恳表示出愿意与各党派共同努力，为打败日军而出谋划策，同时也就怎样动员人力和财力等保卫武汉，如何改善人民生活，如何改革征兵制度，如何保障人民合法权利等问题提出了讨论建议。

7月6日，中共代表、各党派、各群众团体和全国各界知名人士等100多人在武汉汉口参加了国民参政会第一届第一次大会。大会发表了《国民参政会首次大会宣言》，宣言提出"舍小异而趋大同""动员一切人力物力，为自卫而长期抗战"。大会上，各党派代表积极发言，各抒己见，虽然有些分歧，但在团结一心、抗战救国的明确目标下，代表们最终统一意见，商讨出了最有益于国家的各项决策。最后，会议通过了《拥护国民政府实施抗战建国纲领案》《拥护政府长期抗战国策案》《调整民众团体以发挥民力案》《改善各级行政机构案》《切实保障人民权利案》等。此外，本次大会还选举了张君劢、左舜生、董必武、陈绍禹（即王明）等25人为首届驻会委员。在社会各界如火如荼开展抗日救亡运动之时，参政会的顺势组建，正体现了全国人民的抗战决心，国民党的积极抗日，社会各党派、团体和知名人士的积极配合，都成为不可忽视的抗战力量。除此之外，参政会的成立，也体现了一定的民主性。

在抗日救国的大形势下，共产党与国民党进行了第二次合作，关于合作的谈判，中共特意派了有广泛社会影响的董必武前去。1937年9月初，董必武由延安顺利抵达武汉，此后就抗日统一战线问题与国民党进行了谈判。在谈判期间，董必武还投入到组建八路军驻武汉办事处的工作当中，到了10月，办事处组建完成（简称"八办"），地点就选在董必武在武汉的住所——汉口府西一路安仁里1号，曾任红一方面军政治部统战部部长的共产党人李涛担任办事处处长。

12月，随着武汉办事处的成立，南京八路军办事处的共产党人，开始一批批归入武汉"八办"，包括著名的八路军参谋长叶剑英和红军工作部部长李克农等。随后，中共代表周恩来、秦邦宪、陈绍禹等也来到武汉，并成立了中共长江中央局，机构就设在"八办"内，对外工作也以"八办"名义进行。"八办"处长李涛出任长江中央局处长，曾任中央委员的王明出任书记，周恩来任副书记兼统战军事部长，李克农任秘书长，董必武任群工部长，中央军事委员凯丰任宣传部长。长江局的成立，对统一抗战起到了举足轻重的作用，它一方面代表中共中央，解决了国共合作的统一抗战问题，一方面又统一领导了南方各省党的工作，为抗日运动贡献了非常大的力量。

新年期间，在与汉口市政府协商后，武汉办事处从原先地址迁入旧日租界中街89号原大石洋行（现长春街57号）。得以扩充的"八办"，新任处长是曾任中央政府西北办事处对外贸易总局局长的钱之光，办事处下设副官、总务、经理、文书、运输、警卫、机要、招待所等科。

"八办"成立后，除了与国民党军紧密联系、全力支持其抗日、抵制其消极抗日外，"八办"也积极组织动员社会各界力量，如社会团体、各党派、工农和抗日救亡的有志青年学生等。共产党将他们紧密团结在党的方针、政策下，以形成抗日救亡无坚不摧的有生力量。

国共合作，是适应全民族统一抗战的时代形势的亲密合作，这种合作不仅在决心上表示出了团结统一，而且在实际的军事合作上，也表现出了共商战事、统一军队战斗的全力合作。在关中重镇武汉岌岌可危之时，国共共同献计献策已经成为保卫武汉的当务之急。

武汉位于江汉平原东部、湖北盆地中部，是长江中游的一个重要城市。长江、汉水在此交汇，形成了重要的水陆空交通枢纽。武汉自古就有四塞之域的美誉，这里环山抱水，通江达海，公路通达，又不失防守的险峻山口和要隘。由此来看，武汉正处于易于攻守的绝佳位置。此外，多条铁路干线和国道在此交汇，如南北京汉、粤汉铁路等。在南京即将沦陷之时，社会各界也开始陆续迁往武汉，其中包括上海的中央、中国、交通、农民四大银行，位于上海、无锡、苏州的100多家工厂以及各国驻华使节。此外，国民党方面，蒋介石、汪精卫等主要党政人员以及外交部、国民党中央党部、内政部、经济委员会、建设委员会、侨务委员会、邮政储金总局也都纷纷集结武汉；共产党方面，也派了代表团，在武汉汉口成立了八路军办事处和中央长江局，其中聚集了一批主要的中共领导人，如周恩来、陈绍禹等；社会方面，各界知名人士、妇女界、文化界以及各党派爱国人士也抵达武汉，积极配合抗日救亡运动。

南京的沦陷，使武汉立即成为国民政府的临时陪都，不仅国民党的总司令部迁往这里，而且作为统一抗日总指挥的军事委员会也设在此，由此可以看出武汉的重要地位。

南京的失守，使武汉迅速成为了日军企图夺取的目标。尤其是徐州被占领后，日军更确立了侵占武汉的野心。日军"汉口作战的目的，在于摧毁蒋政权的最后的统一中枢——武汉三镇和完成徐州作战以来的继续事业——黄河和长江中间的压缩圈"。其实，日军决心攻取武汉的原因有两个，一是日军看到了武汉的重要地位，武汉作为国民政府和军事委员会的所在地，连接着西北各省共产党军队和西南各省国民党军队，是国共合作的楔子。在此，蒋政权始终指导着抗日民族战争，事实上发挥着中央政权的威力。为了"能切断国共统治地区的联系，并可能产生两党的分裂"，从而"摧毁抗日战争的最大因素——国共合作势力"，攻取武汉就成为了日军的首要任务。二是武汉作为重要的交通枢纽城市，在军事作战上和物资运输上都具有不可估量的价值，所以，攻占武汉，无疑会使国民政府陷入"经济自给的困难"，以及造成军事战斗上的不利。在这种情况下，即使再迁往四川、云南，也无法发挥比这个地方政权更大的作用。其实，全力进攻武汉，也是日军想要尽快结束侵华战争的考虑，他们相信，只要武汉被攻陷，中国就会完全被控制住，以致最终投降。由此一来，日军也就能全身心投入到与美、英、苏的作战中，而经济、政治危机给日本政府施加的压力也能借此得以缓和。1938年4月，日本政府确立了武汉会战的战略目标，为大举进攻武汉开始积极备战。5月底，武汉会战的时间得以确定，即秋季。6月5日，攻取中国心脏腹地武汉的命令正式由日本大本营发出，日军带着逼迫中国政府投降的目的，开始了大规模进攻武汉的军事行动。

随着日军对武汉大举进攻的实施，团结一心、守卫武汉成为社会各界的首要任务。国共两党也就保卫武汉问题达成共识，即不惜一切代价，也要保卫武汉。武汉会战期间，政府成员和共产党人同坐在一间会议室里，讨论制定共同作战计划。在抗日救亡面前，国共两党紧密合作，共商国是。

关于保卫武汉问题，其实在1938年2月，毛泽东和任弼时就预先提出了战略计划，他们一方面指示朱德等人，保卫武汉要提早谋划；一方面又在3月致电国民党临时全国代表大会，要求动员全国武力、人力、财力、物力为保卫西北，保卫武汉而战。徐州会战还未结束，毛泽东又给陈绍禹、周恩来等人派发电报，电报未雨绸缪地指出，虽然徐州还没沦陷，但中共也必须作好失败后的准备，徐州一旦失守，武汉就成为了守卫的重中之重，由此必须集聚充足的力量来备战。6月，徐州最终沦陷，中共中央紧急发出《关于中共十七周年纪念宣传纲要》，指出日军已经集中军队主力向武汉进发，中共当务之急就是"保卫武汉，保卫全国，用一切方法削弱日军，加强自己，克服一切困难与动摇，以持久战最后战胜日军"。在保卫武汉的作战中，和共产党一样的是，在徐州会战还未结束时，国民党也早早提出了"保卫大武汉"的口号。国民党领导人蒋介石作为国民军的最高统帅，也在外国记者面前表了决心，立誓坚守武汉，同时在"七七"事变发生后，蒋介石在对中国军民讲话中也再次强调"一切奋斗要以保卫武汉为中心，以达成中部会战的目标"。此外，国民党当局在发布的《抗战一周年纪念宣传大纲》中，也提及了"保卫大武汉"的坚定决心。

保卫武汉之所以成为整个抗日统一作战的核心，其根本就是出于持久战的战略思想。全力守卫武汉，是"以空间换时间"的重要一步，它不仅可以牵制日军的有生力量，也可以消耗日军的军事实力。正如蒋介石所说，"我们就是要以长久的时间来固守广大的空间，要以广大的空间来延长抗战的时间，来消耗日军的实力，争取最后的胜利。"6月，军事委员会就如何保卫武汉开始制订具体计划，周恩来在看过毛泽东发表的《论持久战》后，认为其思想正适用于武汉作战，于是向第五战区代理司令长官白崇禧作了介绍，白崇禧听后也表示认同，随即向蒋介石作了转达。对于毛泽东提出的持久战的战略方针，蒋介石予以赞同。据白崇禧秘书程思远回忆，"在蒋介石的支持下，白崇禧把《论持久战》的精神归纳为两句话：'积小胜为大胜，以空间换时间。'并取得了周公的同意，由军事委员会通令全国，作为抗日战争中的战略指导思想"。与此同时，周恩来等人也适时发表了《我们对于保卫武汉与第三期抗战问题的意见》，意见提出"保卫武汉最好的方法，是能够将日军击败和消灭在一切进入武汉的门户之外"。随后，在武汉会战的部署中，军事委员会充分参考了毛泽东、周恩来等人的意见，最终制订了如下计划："守备华南海岸及华东、华北现阵地，积极发展游击战争，牵制和消灭日军；支援马当要塞，在鄱阳湖以东迎战日军，阻止日军溯江向九江集中；将主力置于武汉外围，利用鄱阳湖和大别山的地障和长江两岸的丘陵湖沼作持久战；作战重在外翼，预计与日主力作战4到6个月，消耗其继续攻击的能力。"作战进行到8月，毛泽东、张闻天等人在遵循守卫武汉作战指导方针的前提下，又发布了《关于保卫武汉的方针问题的指示》，指示就部分军队战斗力下降的问题，提出了相应策略，指出："保卫武汉重在发动民众，军事则重在袭击日军之侧后，迟滞敌进，争取时间，务须避免不利的决战，至事实上不可守时，不惜断然放弃之。"这里也就强调出共产党作战的总方针应是"在抗战过程中巩固蒋之地位，坚决抗战，坚决打击投降派"。

在抗日救亡的大形势下，国共两党密切合作，对于保卫大武汉方面出现的各种问题，都能够以实事求是的态度加以妥善处理，并最终统一意见，达成共识。由此可见，日军想用军事力量分裂国共两党的目的显然难以达成，而尽快结束战争，想要中国政府投降、随之占领中国的企图，也根本不可能实现。

力战正面战场

武汉会战持续了 4 个半月之久，统计下来，国共两党与日军作战不下百次。主要战场围绕武汉外围展开，具体来看，位于长江南北两岸的安徽、河南、江西、湖北是主要战区。此次作战，蒋介石作为总指挥，一直坐镇武汉，他将陈诚指挥的第九战区和李宗仁指挥的第五战区紧密联合起来作战，以此形成了抵御日军的强大军队。武汉会战，中国投入的兵力可以说是相当巨大的，从开始的 4 个兵团扩展到最后的 14 个集团军，从 30 个师增加到后来的 120 多个师，从最初的 100 架飞机到后期增加投入的 40 余艘舰艇，可以想象到，中国是倾尽了所有的财力、物力和人力的。总结来看，共约 100 万人参加了此次作战，最终伤亡 40 多万。就在中国人民团结起来抗战的同时，中国也得到了苏联的援助，可以说，苏联航空志愿队的应援作战，也为此次抗战增添了一份有生力量。在中国投入大批军队抵抗日军进攻时，日军也逐渐加大了兵力，日军司令官军烟俊六从前期投入 5 个师团随后增加到 12 个师团，共调用 120 余艘舰艇和 500 多架飞机，总计投入 35 万人，最终伤亡 20 余万。以上来看，武汉会战的战线之长、规模之大、持续时间之长、牺牲之大，是其他战争所无法比拟的。

飞机轰炸下仍然坚守的战士

日军在最初制订武汉作战计划时，本打算各派遣一个集团军兵分两路，一路沿平汉路南下，一路沿扬子江进攻。但从华北抽调兵力显然有一定困难，于是最终放弃了沿平汉路南下的计划，而改为沿淮河进攻大别山北面地区。6 月 12 日，淮河随着黄河的决口而改道泛滥，由此一来，日军沿淮河进攻的计划不得不再次以失败告终。最终，日军只能集中大部分主力沿扬子江及其沿岸地区向武汉进攻，而派遣另一部分兵力自合肥地区沿大别山麓西进进攻武汉。

在制订保卫武汉的作战计划时，国共两党一直反复商议讨论，直到 6 月中旬至 7

月初，计划才得以最终确立和完善。计划指出首先应集中歼灭武汉周边的日军军队，努力保持现有态势，全力消耗日军有生力量，最终把日军的包围圈瓦解。其次要在守卫基础上全力反击，集中主力部队由南北两方向沿江向日军发起夹击进攻。基于以上的作战方针，国民政府军事委员会最终将武汉会战分为两个战场，即江北战场和江南战场，其中江北战场由李宗仁率领的第五战区负责，主要作战任务是集中兵力防御长江以北、大别山东麓一线；江南战场由陈诚率领的第九战区负责，主要任务是保卫长江以南、南昌到九江地区。

厮杀震天的江北战场，中国军队与日军进行了一场激烈的战斗，战场上久久弥漫的硝烟以及横倒在地上血肉模糊的尸体，都尽显了此次战斗的惨烈。战场上，中国士兵表现出了最英勇无畏的英雄气概，弹药用完了，他们就手拿刺刀与日军厮杀，只要不倒下，他们就顽强地战斗。时克俊，当时是第五十三团第一营第三连下士的班长，枪被日军抢走后，他便死命抱住日军，面对日军的毒打，他没有放手，直到左耳被日军咬掉，他还是没有放手，最终，他掐住了日军的咽喉，用不屈的意志杀死了日军。其实，这种拼死投入在战斗中的士兵还有很多，仅田家镇要塞的保卫战中，旅长以下的将军，第九师就伤亡 130 多人，而士兵则多达 2000 余人。人员损失惨重的第九师，最终接纳了同样伤亡惨重的，仅剩下几个连的第五十七师。

江南战场主要集中在湖北江西两省，遍地的尸体凸显出战斗形势的激烈，7 月 31 日，凭借空军的有力掩护，日军第一〇六师团主力一部分沿南浔铁路直下，一部分沿公路南下，对中国军队发起猛烈的进攻，妄图攻破中央军的守卫。面对来势凶猛的日军，粤军毅然迎敌而战，战斗连续进行了两天，伤亡很大。见此局势，军团长李汉魂及时将守卫金官桥——沙河一线阵地的第一五五师调动为军团预备队，而命令第十九师接替守卫金官桥阵地。次日清晨，日军又对中央阵地采取了更为猛烈的飞机大炮轰炸。中央守军士兵都是常年与日军作战的百战之兵，多年对日作战的经验已经训练出了他们临危应变的机智，于是，除了警备部队留在阵地上，其余部队都暂时躲进了待备所，等日军步兵一到，他们就将与日军决一死战。激战进行 10 小时后，日军多次对守军前沿阵地的进攻都以失败告终，守军设立的几处交叉火力网，给予了日军致命的一击，日军一时伤亡惨重，进攻也暂缓下来。激烈的作战持续了 4 天，尸体和武器堆满了山野，中日双方都在其中寻找同伴，为了争抢武器，存活下来的士兵又不幸死去。此时正值炎炎的夏日，横躺在山野和稻田的尸体，很快发出令人作呕的腐臭。但就在这片充满尸体的山丘，翌日拂晓，日军又向守军发起了进攻，第一一四团团长刘阳生迅速率领敢死队前往增援，但在激烈的对战中，刘团长不幸阵亡，日军就此占领了前线阵地。随后，伤亡惨重的第一一四团官兵，加入主阵地作战，一起迎击日军对主阵地的猛攻，接连几天，不屈不挠的守军给日军造成了重大伤亡。

总结来看，中国军队在武汉会战中充分表现出了誓死不屈的抗战精神，在抗日

112

救亡的时代背景下，来自不同派系的各方军队能够团结一心，紧密配合，积极迎击日军的猛烈进攻，由此足见民族危难中爱国主义精神的高度弘扬。中国空军是武汉会战中不可忽视的另一股有生力量，他们凌空展翅，驰骋江面，对日方军舰和飞机予以猛烈袭击，其中炸沉12艘、击伤29艘军舰，击中60多架飞机。在武汉会战期间，苏联及时予以支援，派遣志愿航空大队参与作战，他们不怕牺牲、坚持作战的英勇表现，展现了高度的国际主义精神。旷日持久的武汉会战虽然最终中国没能取得完全胜利，丢失了武汉，但从整个战略部署上来看，还是发挥了一定的作用。在最初制定武汉会战方针时就指出，武汉会战的目的就是以消耗日军的实力为主，而实际上，武汉会战成功"拖敌4至6个月"，由此实现了消耗大量日军的目的，并且也起到了牵制日军战略进攻势头的作用，这些都为中国军队进行持久战、准备战略反攻创造了必不可少的条件。

八路军、新四军的战略配合

武汉会战，为共产党与国民党第二次合作提供了契机，这次合作充分体现了两党在军事上的紧密配合。为了配合国民党主力军集中正面战场作战，八路军、新四军利用游击战完美地掌控了敌后战场，在大江南北给予了日军一次又一次直接有力的打击。

日军沿着长江北岸大举西犯，河南沦陷，武汉岌岌可危，国民政府军事委员会开始制定保卫武汉的战略部署。不久后，百余万大军被调往武汉战场，与日军展开了一场围绕武汉外围纵横百里的激烈厮杀。在国民军顽强抵抗时，八路军、新四军和其余国民党部队也按照军事委员会指示迅速地开展了围绕敌后战场的游击战争，游击战争的开展，是以牵制和消灭日军兵力为目的，按照预期计划，他们要与日军的主力周旋4~6个月，由此就能消耗日军的大量兵力，使其丧失继续对中央军进行猛攻的能力。在敌后战场的游击战争打得火热时，也多次接到了蒋介石的指示："应由津浦南段挺进，防敌兵自由南运，至少亦须牵制敌之兵力""努力袭击日军，尽量破坏交通、通讯，以分散（日军）进攻武汉兵力。"8月下旬，蒋介石再次向游击队发电稿指示："我主力军各方面战况良好，各游击部队亦迭奏奇功，殊堪嘉慰。所望百尺竿头更进一步，各尽最大之努力，督饬所属各游击部队积极游击……以策应五、九战区作战为要。"

保卫武汉，是全体中国军队共同的目的。其实，在1938年春，中共中央和长江局就早早地就保卫武汉的问题多次发出号召，它一方面激励各军要誓死保卫武汉，一方面也提出了保卫武汉的具体计划方针。徐州沦陷后，中共中央迅速指示全军"保卫武汉，保卫全国，用一切方法削弱日军"。8月6日，中共中央再次发布《关于保卫武汉的方针问题的指示》。指示提出："保卫武汉重在发动民众，军事则重在袭击日军之侧后，迟滞敌进，争取时间，务须避免不利的决战。"

武汉会战中，很明显，中国军与日军从兵力和战事上，都存在差异，在清楚地分析了中日双方形势的情况下，国共双方讨论确定了一套分工作战原则，其中明确指出国民党在开展正面作战时，中共领导的八路军、新四军进行正面联合作战并不是主要任务，其主要任务其实是独立自主的进行游击战争，开辟广泛的敌后战场，给日军侧后方予以猛烈打击，由此来配合国民军的正面战场作战。敌后战场的主要作用就是瓦解日军后方，在占领区扰乱日军的前方作战，处于两面夹击下的日军，形势显然是不利的。同时，游击队还能大量消耗日军的兵力，从而有力配合正面战场。在游击战作战中，新四军表现突出，他们把游击战开展到大江南北，不仅给日军以重创，更直接配合了保卫武汉的正面作战。

新四军，总共1万多人，分为四个支队，它是由江西、福建、广东、湖南、湖北、河南、浙江、安徽南方八省边区的红军和游击队改编而成。1938年春，新四军奉命抵达皖南和皖西，对日军开展华中敌后游击战。中共中央和毛泽东针对具体的作战方向和方针，也向新四军作了多方面指示。5月4日，毛泽东就明确指示："在敌后进行游击战争虽有困难，敌情方面虽较严重，但只要有广大群众的支持，充分注意指挥的机动灵活，就能够克服这种困难。"随后，中央书记处又向新四军发出指示："新四军正应利用目前的有利时机，主动地、积极地深入到日军后方去……创立一些模范的游击根据地，以建立新四军的威信，扩大新四军的影响。"接到指示后，军长叶挺和副军长项英也立即对各支队发出指示："新四军的任务是深入日军后方，开展广泛的游击战，牵制和分散日军的兵力，配合友军主力正面作战。"

为了配合江南战场的正面作战，新四军也奋战在敌后。1938年6月，黄河花园口开始决堤泛滥，迫使日军沿徐州西进的计划无法实行，日军主力最后分兵两路，分别沿长江和大别山北麓西进。日军的前进路线，正是新四军游击所在地，面对来犯的日军，新四军有力地配合正面战场，向日军发起了猛烈的袭击和破击，而袭击对象主要是分布在京沪、京芜铁路及各公路沿线的最为薄弱的日军兵力。早在5月中旬，新四军司令员粟裕便率先遣支队抵达镇江地区，进行侦察任务。随后，新四军第一支队在陈毅的带领下穿越宣城至芜湖间铁路，最终成功到达苏南敌后。6月17日，在镇江西南的卫岗，粟裕率领先遣支队设下埋伏，当由镇江开往句容的日军经过时，对其发起了有力的袭击，成功歼灭少佐以下士兵20多人，同时4辆日军汽车被炸毁。作战在江南战场的新四军，成功给华中派遣军指挥机关附近和分布在京沪铁路一侧的日军以猛烈袭击，首战的胜利，不仅震惊了日军，也给被占领的江南地区民众带去了希望。

7月1日夜，新四军第一支队第二团成功潜入镇江东南的新丰车站，猝不及防袭击日军，最终歼灭日军40多人，并拆掉部分路轨，破坏了车站设施。这次袭击的大获全胜，与丹阳北部地区人民自卫团和上千名群众的帮助密不可分。随后，第二团一部又乘胜追击，趁着黑夜打入南京城郊日军据点。新四军的接连袭击，使日军大为惶恐，接着，日军一方面补充兵力防守城镇交通线，一方面又调动大批兵力迎战新四军。8月23日，驻守江苏金云市的日军发动200多人，乘船出击。在珥陵镇地界，新四军第二团率先设下埋伏，结果消灭日军49人，且成功捕获1名俘虏，随后，日军进行下乡"扫荡"，国民党第七十九军正面迎击日军，新四军于敌后配合作战，最终，日军被全部歼灭。

在第一支队第二团激烈袭击日军时，由司令员张鼎丞率领的新四军第二支队也游击在日军后方，作战于江宁、当涂、溧水、高淳地区，围绕京芜铁路和京杭公路广设埋伏。7月6日，在日军乘坐火车从当涂前往芜湖时，早已埋伏的第二支队突然发起袭击，日军一列火车被摧毁。8月22日，集合4500人的日军，凭借飞机掩护，分八路潜入当涂小丹阳地区，把第二支队团团包围。面对围困，第二支队先派遣一部兵力转至日军包围圈外线，猝不及防地开始猛攻位于当涂、陶吴等地的日军据点，由此成功起到了牵制和调动日军兵力的目的；随后，第二支队又命令其余兵力奋勇迎击日军的进攻，在防守中，当地的广大群众和地方武装与第二支队紧密配合，以突然袭击阻滞日军进攻，从而给主力部队创造隐蔽突袭日军弱兵的条件。作战进行到26日，合作战斗的第二支队、第一支队以及地方武装，最终胜利突破日军包围。

新四军第三支队在作战上与第一、二支队互相配合，为两个支队顺利挺进江南苏皖边区提供了必要的帮助。7月1日，第三支队挺近皖南抗日前线，在横跨百余公里的范围内开展游击作战，范围东起芜湖、宣城，西至青阳、大通，南起章家渡，北至长江。这段地带军事地位突出，是日军长江交通线的侧翼，为了确保日军水路交通的畅通，以迎击武汉前线作战，驻守此地的日军第十五、第一一六师团不仅防御坚固，而且对守军的"扫荡"也异常猛烈。当时，国民党第三十二集团军负责驻守此地，面对日军的猛烈进攻，国民军无力招架，新四军随即接到第三战区司令长官顾祝同电令，指示新四军接替芜湖——青弋江一线的阵地防务工作。随后，防守红杨树——峨桥——青弋江一带阵地的任务，也交由新四军第三支队第五团负责。

接到命令的第三支队，很快就挺进红杨树阵地开展作战，最终成功夺回红杨树阵地，虽然日军又进行了多次袭击，但都被第三支队击退。10月下旬，日军集结500多人从湾沚地区出发，一举进攻青弋江阵地，第三支队英勇迎击日军，与日军激战四天后，胜利消灭日军300多人，使皖南前线阵地得以巩固。

在江南战场游击作战的新四军，是插在日军心脏地区的一只勇猛军队，他们对日军进行的多次突袭，不仅使日军兵力大伤，而且成功摧毁了日军多条交通运输轨道。不给日军喘息之机的新四军，可谓是令日军闻风丧胆。新四军在"7、8两月间，曾动员17万居民破坏交通，江南抗战从消沉中有了很大开展"，9至11月，"当时武汉吃紧，京芜、京沪国道为日军交通枢纽，受中国军队不断胜利的威胁，日军不得不抽兵增援"，日军把驻守蚌埠和上海等地的日伪军紧急调往苏南地区，组成了包括日军和伪军在内的四五万兵力，企图一举歼灭新四军第一、二支队主力，但足足与新四军交锋了20多次，都不曾击破新四军，由此，日军的妄想被最终摧毁。

新四军在江南战场的顽强作战，从最初的6月底，到最后的10月底，历时4个月的时间，厮杀多达200余次。英勇无畏的新四军，不仅多次成功袭击日军，破坏日方交通要道，牵制和阻滞了数万日军，而且直接有效地配合了国民军的正面江南战场的作战。国民政府军事委员会基于新四军的良好表现，予以通电嘉奖。

在江北战场，为了配合国民党主力的武汉会战，新四军的游击作战也在同时进行。新四军第四支队是一支强有力的队伍，当国民军失利向西撤退时，第四支队迎难而上，奋勇向东挺进，到了4月初，在皖中的舒城、桐城、庐江、无为、和县、含山地区，第四支队的游击战已经打得如火如荼，从而很好地策应了徐州会战。5月12日，在巢县蒋家河口，四支队九团一部巧妙设下埋伏，成功突袭日军第六师团坂井支队一部，歼灭日军20多人，第四支队的第一次江北作战胜利，为新四军江北全线抗战拉开了序幕。

驻守皖中和沿江、沿淮地区的日军自6月上旬起，便大举向西进发，12日，河南安庆沦陷。日军随即开通了安庆至合肥的公路要道，由此一来，就为进犯武汉提供了方便。面对承载着日军数十辆至数百辆汽车的安合公路，四支队立即调动主力予以破袭，在公路沿线和皖中敌后地区给予了日军沉重打击，为保卫武汉正面战场的作战提供了有力支持。此外，在6月间，第八团也两次突袭日军于安合公路舒桐地段，最终消灭50多名日军。

8月间，在合肥周边地区，日军调动华中派遣军第二军10万余人兵分两路向西进攻，此时日军的重要军需物资等都通过安合、六合公路运输。一时间，破坏日军的公路运输线就成为当务之急，驻守舒城西港冲的四支队随即采取行动，司令员高敬亭就作战计划和部署召开会议，最终决定：皖中各县中共党组织领导的游击队，统一编为四支队第二游击纵队，八团开往寿县、合肥、全椒一带，七团和特务营在安合、六合公路全线出击。

作战部署结束后，四支队各部立即赶赴公路沿线和皖中、皖东敌后，开展游击作战。四支队七团一营，连续袭击日军十多次，有力地打击了日军。10月9日的一场位于舒六公路椿树岗的战斗，七团一营最先发现日军汽车300余辆，等到汽车快要经过时，七团一营对车队尾部进行了猛烈轰炸，击毁日军汽车65辆，歼灭日军46人，打伤日军100多人，并俘虏一名汽车队长。

开展于皖中、皖东的四支队游击战，从6月一直奋战到10月，其中作战几十次，消灭日军多达1000余人，其中俘虏10人，炸毁日军汽车150多辆，截获大量军用物资和武器，同时，也对日军的重要铁路、公路等运输要道进行了成功摧毁。总之，四支队的行动，"有力地牵制了日军的西犯行动，配合和支援了友军的正面战场"。日军第六师团一方面面对中国主力军队的攻击，需要调动日军增援，一方面在新四军第四支队的突袭和破坏下，增援无力。进退两难的日军第六师团在 8 月下旬，只能收缩战线，把补给线从原来的安合公路和太湖、宿松等地更改为长江水路。日军的失利撤退，给第五战区部队提供了时机，很快，潜山、宿松、无为等地也陆续被攻克。

10 月 25 日，国民军撤退，武汉失守，武汉会战宣告结束。虽然武汉被日军占领，但在大别山东麓和皖中、皖东地区，积极抗战的四支队却建立了广泛的敌后游击根据地，这些根据地不仅成为战败的国民党军廖磊游击兵团的后撤之地，也为快速恢复国民党的敌后基层政权创造了一定条件。

会战之初，八路军四纵队便从平西向冀东一路挺进，经过激烈较量，陆续攻克多个日伪据点和县城，如昌平、延庆、兴隆等地区。在对日军进行袭击的同时，八路军也领导冀东地区 20 余万工农群众进行了武装起义，配合了武汉会战的正面战场。7 月，八路军一一五师和一二九师各一部又游击于冀鲁边地区。9 月，日军为了配合华中派遣军进攻武汉的作战，遂向晋南地区发动两个师团，大举进犯当地的八路军。八路军一一五师一部利用当地有利的地势，巧妙地设下埋伏，结果成功歼灭日军 1200 多人，迫使日军原路撤退。9 月下旬，日军对五台山地区发起进攻，依据中日形势和地形，晋察冀军区部队和一二〇师主力充分结合游击战和运动战，胜利击退了日军的攻击。

纵观整个武汉会战，八路军、新四军和各地游击队的作战都发挥出了不可小觑的作用。他们不畏艰险挺进敌后，在华中地区广泛开辟游击根据地，利用游击战杀得日军措手不及，他们如尖刀，毅然地插在日本华中派遣军的背后，给予日军惨痛的教训。通过突袭、破坏和反攻，他们牵制和阻滞日军达 30 多万，他们让战事不利的华中日军得不到华北日军的支援，他们让华东日军向武汉一举进攻的企图一再延迟，他们是国民主力军的坚强后盾。总之，在战略部署上，他们对武汉会战实现了有力配合。正如朱德在《一年余以来的华北抗战》一文中指出："八路军第三期作战是配合保卫大武汉的作战。"八路军在敌后积极开展游击战争，使华北、华东的日军受到很大牵制，"这就是我们对于保卫大武汉的配合"。虽然从整体上看，武汉会战中国最终战败了，但战略意义却是重大的。妄想"速战速决"的日军，在武汉会战后，不得不认清现实，即企图控制中国是不可能实现的。武汉会战，使日军伤亡惨重，由此大大摧毁了日军的兵力，使中国的抗日战争转入战略相持阶段。武汉会战，展现出了国民政府抗日救亡的决心，国民军奋战于正面战场的英勇事迹，将永远不会被人民忘怀。中国共产党面对民族危难，毅然坚持抗日统一战线的组建，毅然战斗在战场的前线，为全民族的抗战挥洒热血。武汉会战促进了国共两党的紧密合作，无论是从政治、组织、宣传，还是从军事上，都进行了和谐商讨和密切配合，由此为作战的顺利开展奠定了良好基础，同时也为广泛政治动员和发动群众提供了切实保证。诚然，合作中的一些矛盾和分歧也不容忽视，国民党的片面抗战路线，无形中也影响了抗战的政治发动，在只打阵地战的战略中，不可避免地消耗了部分兵力。另一方面，共产党也存在一些问题，从军事战斗力上来看，武汉地区的共产党兵力是不足的；从党内部来看，王明犯了右倾机会主义错误，而过分听任国民党的命令，这些都对共产党抗战造成了一定影响。综合审视，在统一抗日的形势下，国共两党的合作还是紧密配合和团结一心的，有力推动了武汉会战的进行。

激战大别山

7月底8月初，武汉会战刚刚拉开帷幕，此时日军和中国军队的主力都分布在了长江一线，日军想要由此大举进犯武汉，但面对中国军队的重兵防守，日军也只能以侦察为主、进攻为辅。这出人意料的短暂宁静，也预示了一场硝烟弥漫的战争即将展开。

虽然长江一路的日军未敢妄动，但向大别山方向进犯的日军却打响了战斗的枪声，围绕六（安）、霍（山）、商（城）、麻（城）一带，日军与国民军开始了激烈的厮杀。日军主力是第十师团和第十三师团，而国民军主力是由李宗仁指挥、白崇禧协助指挥的第五战区的军队。

8月27日，日军开始向具有"大别山门户"之称的六安地区大举进攻，中国守军迅速赶往外围阵地，全力阻击日军进攻，不久，日军战败撤退。28日，日军再次卷土重来，对六安城发起了猛烈进攻，此次日军还调集了飞机、坦克、大炮等，虽然日军利用重型武器对守城狂轰滥炸，但由第五十一军一一三师守卫的六安城犹如铜墙铁壁，日军屡攻不下。最后，日军趁守军集中于正面交战之时，派遣一部分兵力赶往交战后方城墙攻城。守军兵力有限，城墙又过长，由此后方城墙的疏于防范，便给了日军以可乘之机，日军最终进入城内，与守军展开了一场肉搏战。

惨烈的肉搏战

战斗一直持续到傍晚，一批批赶到的日军增援部队，使守军伤亡惨重，面对不利形势，守军遵照白崇禧"守六安部队可尽力之所能，斟酌时机，转移淠河西岸抵抗"的指令，迅速从六安撤离，六安沦陷。同一时间，保卫霍山的战斗也在激烈的展开，自从日军占领外围防御阵地，8月29日，日军调动数十架飞机和炮兵联队又一次大举进犯，日军第十三师团随即对

中国未遗忘：抗日战争纪实

霍山县城展开了猛烈的进攻。在圣人山周边，守军与日军进行了殊死搏斗，在守军苦守之际，第七十七军一部增援部队及时赶到，在付出较大伤亡的代价下，最终击退日军，守住阵地。但随后日军再次实施迂回包围之计，利用汉奸，日军成功突袭守军侧后，守军一时陷入日军的三面包围之中，鉴于战局不利，守军只得设法撤退。当晚，日军两方兵力都攻入霍山，中国军队在与日军进行了一番顽强抵抗后，最终撤往城南高地。

随着六安和霍山的接连沦陷，商城岌岌可危。第五战区第三兵团总司令孙连仲决心死守商城，粉碎日军的猖狂进攻计划。孙连仲作出了战略防御部署，他计划依托六（安）商（城）公路，将主力伏击于此。

自9月2日起，富金山、沙窝守卫战接连打响。

宋希濂率领的第七十一军，负责防守在富金山主阵地。宋希濂回忆说，"富金山有如扇形，靠叶家集很近，在公路南翼，居高临下，可控制公路，是一处良好的作战要地。"基于富金山的良好地形，宋计划："由两个师在富金山布置阵地，第三十六师在左翼，第八十八师在右翼。"战争爆发后，日军集中兵力进攻第三十六师阵地，战况极为激烈，激战十昼夜，双方伤亡很大，日军沿着山脉的棱线向上仰攻，而宋部呈梯形配备，日军每进攻一步，都要付出重大代价。死伤惨重的日军随即调来飞机，但尽管日军连连炮轰守军阵地，守军还是顽强抵抗，致使日军停滞在山脚，坦然承认："此役由于受到敌主力部队宋希濂军的顽强抵抗，伤亡甚大，战况毫无进展。"

从总体上来看，富金山守卫战，守军与日军的武器装备相差是很大的，守兵根本就没有炮兵火力。宋希濂战后曾叹道："可惜我们没有炮兵，如果有一个炮兵团，或至少有一个炮兵营，可以给予它以毁灭性的打击"。

在双方僵持不下之时，日军的支援部队第十师团赶到，日军的兵力得到补充，随后，日军还想施展狡猾计策，绕到守军后方进行偷袭。但此阴谋被第八十八师识破，守兵提早赶到日军绕道必经的拗口塘一带伏击，结果成功歼灭日军500人，溃不成军的日军最终落荒而逃。

9月6日，富金山阵地在西北方向的固始被占领，9月9日，日军进犯富金山后方的商城，日军的两面夹击，使富金山守军侧背受敌。在进攻中，日军又狠毒地使用了毒气，由此，守军无力再抵抗。9月11日，富金山阵地被占领。守卫沙窝、小界岭一带的战斗随即爆发。

沙窝、小界岭一带的防守尤为重要，它是大别山方向的一处重要防守地带，它的得失与武汉的存亡休戚相关。"日军如突破小界岭防线，越过整个山脉，便可沿着公路西进，占领花园，直逼武汉"。唇亡齿寒，国民军第五战区决定投入大批兵力守卫此地，第三十军被派遣防守左翼，第七十一军则负责防守正面和右翼。与此同时，日军人员不足的第十三师团被临时撤下进攻主力的位置，由第十六师团接替。

面对日军的猛烈进攻，国民军顽强抵抗，多次击退日军的进攻。战斗持续进行，到了9月15日，日军占领峡口阵地，面对峡口失守，李宗仁守卫阵地的决心发生了动摇，于是以商城无坚固工事可依托防守为借口，命令孙连仲，"商城不用固守，须以部队逐次滞迟敌之突进"，并"须竭力牵制当面之敌，策应潢川之防御"。最终，孙连仲带领部队撤退，9月16日上午，商城陷落。

庐山阻击战

第九战区主要负责长江方向的防守作战，在马当、湖口等地接连失守后，他们分析日军可能会"以主力在星子附近登陆，攻取南昌、长沙，或者趋岳阳，以切断粤汉铁路，包围武汉"，但"以主力在姑塘登陆，以一部兵力于九江附近登陆，包围武汉，夺取瑞昌"的可能性也很高，根据以上分析，第九战区立即作出了相应的战略部署，计划"以击破日军于邵阳湖西岸及富池口以东长江右岸登陆为目的，即由杨市经九江至田家镇间，沿湖及沿江直接配备，拒敌登陆；如敌已登陆，则迅速控制兵团以逐个击灭之"。总司令张发奎率领的第二兵团接任了守卫九江及田家镇要塞的任务，日军此次集结了第一〇一师团、第一〇六师、第六师团三个师团和波田支队负责这次进攻。

由上可见，此次的九江作战，中日双方都投入了大量兵力，一场攻防之战即将激烈展开。其实，国民军之所以会如此集结主力守卫九江地区，是因为此地是日军沿江西进、进攻武汉的必经之地，所以，对中日双方来说，九江都意义重大。

7月23日，九江之战全面爆发。借助空军的掩护和海军的协助，日军波田支队和第一〇六师团对姑塘展开了猛烈的进攻，为了防止日军登陆，岸上的国民军进行了誓死守卫。随着日军的猛攻，守卫滩头阵地的全营战士英勇阵亡。翌日凌晨，日军冲破防守，登陆上岸，然后向两翼开始进犯。第九战区的陈诚立即命令第二兵团予以支援，随即第二兵团调集部分兵力前往进行反攻作战，意欲重夺滩头阵地，国民军方面看到刚刚占领滩头的日军还不稳定，正是反击的最好时机，于是，国民军又派遣第四军赶往战区支援。

作战进行到24日，战事进入相持阶段，中国军队欲夺回滩头的反击战宣告失败。午后，日军大部分进攻主力登陆上岸，战事变得不容乐观。随后，中日双方又在上霞寺、鸦雀山一带进行了激烈对战，及至夜晚，日军突然更改作战策略，他们选取两个方向开始兵分两路进攻九江，九江立即进入日军的合围圈。

25日清晨，日军见猛攻不下，遂即调动飞机支援，在飞机的掩护下，日军集结停泊在长江上的20多艘军舰对岸上守军进行猛烈轰炸。守军顽强抵抗，但终难以与日军的火力抗衡，陷入不利境地。

第九战区分析双方形势，认为如果调遣部队接连向九江方向予以支援，那么，赣北、鄂东主要阵地的防守兵力就会变得空虚，而且也不能完全确保九江能够取得胜利。于是，国民军最终决定放弃九江。25日夜晚，守军撤出了九江，26日清晨，九江沦陷。

从九江作战开始的23日到守军失守撤出的26日，仅3天，九江就被日军占领，战事结束之快，是国民党军队未曾预料的。在九江作战前夕，他们还对守卫九江信心满满，但是，结果却令人失望。九江的失守，对整个武汉会战都是不利的。分析失败的原因，主客观原因是并存的，虽然中日双方的武器装备存在巨大悬殊，且诸军兵种联合作战能力输于日军，但这并不是导致战斗失败的唯一原因。国民军自身也存在一些问题，如没有作好作战的准备工作，对日军情况没有准确侦察和了解，应战部队和阵地构筑都略显仓促以及整体战略部署存在缺陷。分析此次国民党军的作战计划，可以发现其中存在巨大的漏洞，如只考虑到了线式兵力部署，但纵深方面却完全忽略，同时反击作战也没有提早设防，由此给了日军可乘之机，在日军猛攻一个防御点时，导致全线崩溃。其实，国民党军这种存在缺陷的作战部署在之后的会战中也一直存在，由此可见，防守必然存在失利。对于此次作战的失利，指挥第二兵团作战的司令张发奎也递交了报告，向蒋介石所陈述了失利缘由。报告指出，国民党军队"军纪不良""沿途鸣枪拉夫、搜寻给养，不肖者且强奸掳掠，军行所至，村社为墟""满目荒凉，殆绝人迹。民众既失同情之心，军队自无敌忾之志""联络不确，未能协同""各部因通讯器材缺乏致各军、师间及步、炮间纵横方向联络均欠确实，联络员也甚少派遣，各自为政互不相谋，故不能适时互相策应、收协同之效"；以及"高级将领间缺乏自信心，中下级干部多无力掌握部下""师长以上各将领晤谈每多借口新兵过多、防区太广或武器不足、战斗力弱，动摇必胜信念影响作战士气，益以中下级干部掌握不力，精神涣散故每逢敌机袭击，多数清散，甚有未见日军而溃不成军者"。这些都在一定程度上导致了作战的失利，针对上述失利原因，国民政府军事委员会甚为气愤，不仅对相关指挥人员予以严厉斥责，也撤销了预备第一一师、第一二八师的番号。

日军占领九江后，随即向瑞昌进犯，最初的战略部署为"波田支队以一部确保丁家山（瑞昌东）附近要地，以主力在8月20日左右从九江附近出发，首先进入瑞昌以北地区，然后沿江岸准备下一步的作战"，而"第九师团在九江附近登陆后，首先在该地东南地区集结兵力，以先头梯队在8月某日左右从九江出发，进入瑞昌附近。在准备向阳新方面前进的同时，勿失良机以一部配合第一〇六师团方面的作战，令其向瑞昌——德安大道方面前进获得据点，其余的主力陆续向瑞昌附近推进，准备以后的作战"。

瑞昌的防守，国民党第九战区交由孙桐萱任总司令的第三集团军全面负责。8月

9日，日军一方面出动水面舰只进行扫雷作业，一方面调集飞机作轰炸准备。鉴于日军的行动，第九战区当然不能坐以待毙，遂调遣了一部分增援兵力。10日，战争全面打响，在官湖登陆口，守军与日军波田支队进行了激烈的交锋，作战阵地移动变换，日军不断补充兵力，直至傍晚，寡不敌众的守军没能抵挡住兵力占上风的日军攻击，望夫山、平顶山一线阵地最终失守。随后几日，中日战斗依旧激烈，双方各有伤亡。此次作战，中国空军也调遣飞机予以支援，猛烈轰炸了停泊于湖口、九江一带的日军军舰，配合了此次作战。

8月16日，根据瑞昌战事，日军第十一军紧急下达了《吕集作命第26号》，下令说："波田支队应尽快击败丁家山前面之敌，攻占瑞昌附近，并进入该地以西地区。"8月21日，日军调动大批新锐兵力，在新的部署计划的指挥下，对瑞昌发起猛烈进攻，但遭到了守军的拼命抵抗，大量日军被毙伤。日军为了扭转不利战局，最后竟然惨无人道地向守军阵地投入毒气，守军难防暗箭，损失惨重。从23日开始，日军攻势有增无减，波田支队主力很快攻入瑞昌北面及东北面附近地区。24日午后，瑞昌全面失守。

万家岭大捷

"反八字形阵"

历览武汉会战的多场作战，不禁令人扼腕惋惜。中国守军较之日军可谓兵力充足，而其中也不失顽强抵抗的决心，但最终不是损伤惨重，就是连连失守。相比较之前的失利战事，万家岭战斗，绝对能鼓舞人心，给日军以沉重打击。

分析武汉会战以来的战事，中国军队不利局势很明显，日军从长江和大别山两个方向攻取武汉的目的都已经达到，并且还占领了武汉防守的核心要地九江、田家镇，这样的战局本该令日军满意，但日军的野心太大，他们妄图速战速决，因此，日军又极力开始"推进速度"。由此一来，日军的紧急作战态度，必然引起一些战略上的失误，由此在万家岭遭遇伏击也就不足为奇。其实，造成日军作战失误的原因还包括他们骄傲自满的情绪，一直以来的胜利，催生了他们激进冒险的赌博心。

在日军骄傲自满时，中国守军顽强守卫的决心却不曾动摇，在他们的拼命抵抗下，先后取得了一些令人可喜的战果，日军伤亡惨重，一〇一师团师团长伊东政喜中将被击伤，一〇一联队联队长板壕国五郎和一〇三联队联队长谷川幸造大佐被击毙。面对国民军的接连失利，中共多次提出建议，最终会战指挥高层准确分析了作战中存在的问题和缺陷，并决心谨记教训，修正作战部署。9月上旬，国民政府军事委员会制定《武汉会战方针、目的及策略指导》，其中指出："以目前形势观察，自力更生仍为我政略上最高战略，基于此而产生之作战指导方针，亦即持久战与消耗战。"9月中旬，又再次制订《武汉会战作战计划》，强调"以自力更生持久战为目的，消耗敌之兵源及物资，使敌陷于困境，促其崩溃而指导作战"。由此可见，国民党军事委员会已经认识到依托阵地消极防御的失误性，由此把战略部署调整为以持久作战和消灭日军有生力量为根本目标的思想战略。从中日双方的战略调整中可以看出，日军骄傲自满的心理急剧膨胀，而中国军队能够深刻检讨反省，及时纠正错误，这也就为接下来中国军队的胜利奠定了基础。

在长江沿线战场，司令官冈村宁次率领的第十一军开始了作战前的准备，他首先派遣飞机对守军阵地进行侦察，结果惊喜地发现南浔路与瑞武路之间阵地防守薄弱。冈村宁次认为这是一个千载难逢的大好时机，于是在未深入调查和部署作战计划的情况下，他就下令第一〇六师团向西进犯，他预想军队将直捣守军防守间隙，然后对两翼进行猛攻，最终一举瓦解守军防线，成就一次伟大胜利。

中将松浦淳六郎奉命指挥第一〇六师团发动进攻，此师团之前可谓实力雄厚，不仅具备各含两个步兵联队的一一一旅团和一三六旅团，还兼备炮兵、骑兵、工兵、辎重各一个联队。但数次作战后，该师团兵力锐减，被国民军歼灭的官兵中包括一名联队长和三名大队长。为了应对万家岭作战，司令官冈村不仅调集近3000名士兵予以增援，而且还派遣了一个山炮联队。

10月2日，当松浦淳六郎打着如意算盘，令第一〇六师团潜入万家岭一带时，殊不知由司令长官薛岳率领的第九战区第一兵团早已识破其诡计，而提前设下埋伏。薛岳所部与日军数次交手，多次给予日军沉重打击，相比一些作战不利的国民军，它可算是一只"老虎仔"。此次作战，薛岳在准确地分析了此地山岳丛林的特点后，部署了"反八字"形的部队阵势，自言"如袋捕鼠，又如飞剪，敌犯右则中左应，犯左则中右应。敌苦钻进来，就很难逃出去"。

在重重防守的薛岳部队不知如何诱敌深入时，谁知松浦淳六郎自投罗网，孤军深入的第一〇六师团，很快被薛岳军队发现，薛岳激动地说："日寇其钻隙冒险之精神固甚可嘉，而其肆无忌惮之气焰尤甚可恶。"此战处于有利地位的国民军可谓势在必得。薛岳随即致电军事委员会和第九战区陈诚说："敌松浦之第一〇六师团钻隙精神甚强，已突至我白云山一线纵深。我兵团拟抽调大军，歼灭突入该敌，以定后方。"作战计划得到批准，蒋介石随即电令陈诚："应乘胜进攻，挽回危局。诚千载一机，望力图之。"随后，陈诚率领第九战区部分部队与守军进行配合作战，薛岳此次决心一举泯灭日军有生力量，于是"决抽德星、南浔、瑞武三方面兵力之第六十六军、第四军、第七十四军、第一八七师、第一三九师之一旅、第九十一师、新编第十三师、新编第十五师之一旅、第一四二师、第六十师、预备第六师、第十九师"，共计超过 10 万人，阻断日军退路，进行猛烈围击。最后，一〇六师团被第四军和支援部队全面包围，国民军计划从四方向日军进行合击，粉碎整师团日军。

必死无疑的一〇六师团

从 10 月 1 日至 3 日，面对第四军的猛烈袭击，第一〇六师团拼死挣扎，尽管紧急调来飞机支援，妄图突破阵地实行反击，但未曾料到各方军队已经布下罗网，他们很快就会成为困兽，而被一举歼灭。

此时，战斗经验丰富的冈村宁次预知大事不妙，经过飞机侦察，他看出了薛岳的口袋巨阵作战计划。冈村宁次随即放弃原有作战计划，下令第一〇六师团向北突围，希望北方的第二十七师团给予接应。

面对日军的作战调整，薛岳也紧急变更作战部署，加大兵力袭击第二十七师团。

松浦淳六郎再也骄傲自满不起来了，想要冲出中国军队重围的心情是如此迫切，他以为只要与第二十七师团会合，就可以成功逃脱。但人算不如天算，第一〇六师团逃亡两天，最终迷失山林，无法逃出。究其原因，还要从日军当时使用的地图说起，出自 20 世纪 20 年代的地图，其中难免存在诸多错误，而想要依靠指南针辨别方向的日军，又因为此地蕴藏铁矿而宣告失败。

此外，第二十七师团调派的第一〇一师团和第一〇二旅团奉命支援任务也未能成功，当日军从奉溪沿永（修）武（宁）公路及其北侧向柘林以北地区行进时，遭到了第一四二师的猛烈袭击，于是，支援部队只好退到了跑马岭、龙腹渡以西地区。就这样，狂妄的日军终难逃被灭的命运。

10 月 5 日和 6 日上午，一〇六师团与薛岳部队再次激烈对战，6 日下午，薛岳下令总围攻，在六十师、预备第六师及一四二师一部的掩护下，第七十四军、第六十六军、第四军作为主力发起进攻，其中六十四军负责抵御二十七师团。

其中第七十四军袭击万家岭以东的长岭、张古山等地日军；第四军袭击万家岭东北方向大小金山的日军；第五十八师由狮子岩袭击万家岭、王家山的日军；新十五师配合第一四二师袭击石堡山日军；八十一师一部配合预备第六师袭击斗姆岭、凤凰山以东地区，以及石堡山北端王家岭日军；第九十一师一部一方面袭击清头口附近日军，一方面负责切断日军逃亡退路；新十三师调派部分兵力绕道对何家山、凤凰山、石堡山西北等地区日军发动侧后袭击。

战斗进行到 10 月 7 日午后，国民军的总攻计划全面进行，奋勇厮杀的国民觉军，表现了誓死杀敌的顽强决心。一位参战的中国军人回忆说，"被困于万家岭之敌，抱困兽犹斗之心，对我军的围歼顽强抵抗""战斗越打越激烈，每个山头，每个村庄，反复争夺，一日而数易其手"。

在这场厮杀中，日军伤亡惨重，一〇六师团一名幸存的士兵那须良辅回忆写道："雷鸣谷是一块四面环山的狭小盆地，我们向峡谷发起进攻。后来才得知，中国军队已经埋伏在山中。当我发现大量中国军队向我们突袭而来时，我听到令人毛骨悚然的迫击炮声越过我的头，爆炸在我前面仅有 50 米的地方。马群被打中，随即炸了窝般地开始乱冲胡撞。撤离九江时我们还有数千匹马，但到了雷鸣谷，已经没有一匹马了。翌日开始，我们的中队只能躲避在水沟的土堆四周跟中国军队对峙。然而，四面的山中布满日军，四面八方的子弹纷纷朝我们射来。"在获取的一份日军遗失于战场的阵中日记中写道："前所未有的激战，中队长、小队长死亡很多，战斗仍在艰苦进行，与家人团聚的希望是困难的。"

10 月 9 日，日军的主力已经被打得溃不成军，兵力几乎都分散于万家岭、雷鸣谷、田步苏、箭炉苏等地区。在张古山高地，中日双方的厮杀也十分惨烈，担任此地守卫的第七十四军五十一师，与日军"经五昼夜反复争夺"，最终击退日军，成功守住张古山阵地，并且歼灭日军 4000 多人，尸体堆积在阵前，触目惊心。

在这场战斗中，一些将领表现了其勇猛和杰出的军事才干，如五十一师第三〇五团团长张灵甫，他不仅大胆地率领士兵翻越绝壁，突袭日军，随后更是强忍伤痛继续抗战，在他的顽强阻击下，日军最终突围失败。万家岭大捷，张灵甫功不可没，随即被提升为旅长。虽然张灵甫作为一名军官十分出色，此后也官运亨通，但国共内战中，他也成为了不可饶恕的国民党军官，最终死于孟良崮战役中。

此次会战日军之悲惨，从那须良辅的回忆足以看出："战友们大部分都受伤，也有些因为饥饿和疲惫而倒下来。死在水沟的战友们，他们的脸色都变成茶色并水肿，白花花的蛆虫从他们的鼻孔和嘴巴里掉下来。一连几天都没吃东西，只能从漂浮着同伴尸体的水沟里舀脏水喝，活着的人也都快变成了鬼。我也觉得我的死期到了。对着 10 月的月亮，我放声大哭。"

此时，一〇六师团的伤亡其实非常大，尤其是许多指挥基层作战的军官都被毙伤，瞬间日军处于群龙无首的混乱局面。为此，冈村紧急向华中派遣军方面求救，于是，一场"军官空投"的好戏就上演了，据统计，被投下的联队长以下军官多达 200 人，但这些被投向万家岭的军官，最终也没能逃脱死亡的命运。

万家岭大捷中扬名的张灵甫

9日下午，根据蒋介石指示，薛岳组建了一支奋勇队，之后，薛岳亲自带领由精壮士兵组成的队伍赶赴一线，这次歼灭日军的决心是万分坚定的，他们希望在国民党"双十节"来临前，彻底消灭日军。

9日一整夜，战场都是杀气震天，在攻克扁担山的战斗中，一支由第九十师调动三个营组建的奋勇队不禁令人动容，为了分清敌我，他们全部赤裸上身，在黑夜中与日军厮杀，只要摸到穿衣服者，他们就拿刀狠刺。最终，他们消灭了日军500多人，但不幸的是很多奋勇队战士也英勇牺牲，赤裸上身的烈士遗体清晰地卧在月光下。

顽强作战的第四军、六十六军，陆续攻克被日军占领的箭炉苏、万家岭、田铺苏、雷鸣鼓、潘村、大金山西南高地、箭炉苏以东高地、张古山、杨家山东北无名村、杨家山北端高地等核心阵地，此时一〇六师团防御体系全面瓦解，分崩离析的日军开始慌忙逃命。

10日清晨，各处守军纷纷传来胜利的消息，但松浦淳六郎没能最终擒获，实在可惜。当时，在夜色中激战的第四军一部，几次冲到距离一〇六师团司令部不足百米的地区，如果进攻，就能够抓获松浦淳六郎，但考虑到可能存在的危险，第四军也不敢贸然行动。

其实，最终从抓获的一名俘虏口中得知，当时一〇六师团司令部的真实情况是"司令部勤务人员，都全部出动参加战斗，师团长手中也持枪了。如果你们坚决前进100米，师团长就被俘或者切腹了"。

战斗持续到11日，一〇六师团的残兵败将撤退至雷鸣鼓刘、石马坑刘、桶汉傅、松树熊等不足五平方公里的狭小地域等待援兵。对于日军残兵，中国军队最终未能全部歼灭，究其原因，连战数日的中国军队战斗力下降是一方面，同时日本空军的袭击救援也阻滞了中国军队的追击。

面对日军的不利局势，冈村宁次又申请到了大批的兵力补充，10日之后，配合着战车大队、炮兵联队，日军第二十七师团、第十七师团、第一〇二旅团等军队大举进攻万家岭地区，中国军队外围阻击阵地重新受到威胁。

日军的再次进攻，中国军队其实已难以抵抗，在与一〇六师团作战中，守军也损伤惨重，不利于再次交战。其中第五十八师，"与敌激战9个昼夜，伤亡营长6名，连排长127名，士兵4000余名"。在考虑到已经达到歼灭一〇六师团主力的目的后，薛岳下令各部撤退，准备补充兵力后再投入战场。

万家岭之战

万家岭大捷，给日本侵略军以猛烈一击，经历此战的日军，恐怕没有哪个不是胆战心惊的。万家岭大捷，是武汉会战中一次伟大的胜利，它对于鼓舞中国军队的士气、打击日军嚣张气焰都有着显著的现实意义。

会战结束后，军事委员会收到了薛岳的电报，薛岳表示："此次敌人穿插迂回作战之企图虽遭挫折，但我军集中围攻，未将该敌悉歼灭，至为痛惜。"虽然薛岳感到惋惜，但必须看到，此次作战取得的重大战果，日军一〇六师团几乎全部被歼灭，不仅抓获日俘100余人，而且缴获各型火炮近50门、轻重机枪200余挺、步枪数千支。

薛岳后言："将此敌（一〇六师团）完全歼灭，敌酋松浦仅以身免，遗尸塞谷，山林溪涧间，虏血几洒遍矣。"取得了抗战史上震惊中外的万家岭大捷，不仅大大减少了日军有生力量，而且为武汉会战争取了时间，其极大振奋国人御敌卫家的意义也自不待言。

此次大捷，大为满意的蒋介石也拟电表示："查此次万家岭之役，各军大举反攻，歼敌逾万，各级指挥官指导有方，全体将士忠勇奋斗，局胜嘉慰……关于各部犒赏，除陈（诚）长官当赏五万元，本委员长另赏五万元，以资鼓励。"

万家岭会战，军事意义也十分突出，大受损伤的一〇六师团，再想进行大规模的进攻作战已经不可能，只能担任守备性任务，由此也就对中国军队构不成威胁。而日军妄想将其与一〇一师团联合起来进攻南昌的计划，最终也变成了纸上谈兵。

从中国军队方面来看，在战争中表现出的英勇顽强抗战精神、集中优势兵力大打歼灭战的战略部署和良好的组织指挥，都将对此后的抗战形成借鉴，为打胜仗奠定了基础。

回顾整场作战方略，薛岳大有感触："以第一〇六师团、第二十七师团沿瑞武路南犯，以此逐次攻击，实犯逐次使用兵力之大忌，作战指导拙劣如是，宜其第一〇六师团被我歼灭。当敌第一〇六师团窜抵万家岭时，此处已形成作战焦点，时间空间，较任何方面为重要；我大胆抽调德星、南浔、瑞武三方面兵力使用于万家岭，实合'把握战机''争取主动''出敌意表'之原则，故万家岭歼灭战，首在作战指导之适切。我在德星公路方面，原已筑成多线预备阵地，自星子至德安，长约30公里，与敌第一〇一师团苦战两月，节节抵抗，未尝不战而弃寸土，实得力于多线预备阵地，及守备部队之坚忍沉着，保有转移阵地之自由，此在持久战之指导，似尚得要领。"

厮杀震天的万家岭战场，未亲眼目睹可能实难知晓其惨状，有文章描写道："万家岭战役后，中方队和日本军队都撤离该地，当地老百姓都已逃亡，战场一片凄凉景象。我在战后一年所见的情况是万家岭战场周围约十平方公里的土地上，布满了日军和中方的墓地。日军的辎重兵驮马的尸骨、钢盔、马鞍、弹药箱、毒气筒、防毒面具等杂物，俯拾可得。许多尸骨上穿着大足趾与其他四趾分开的胶鞋，显然是日军尸骨。有的尸骨被大堆蛆虫腐烂之后，蛆虫又变成了蛹，蛹变成了蝇，蛹壳堆在骷髅上高达盈尺……"

狂妄的日军，最终落得惨死在万家岭山峦的悲凉下场。

得知万家岭大捷的叶挺，曾评论此战说："万家岭大捷，挽洪都于垂危，作江汉之保障，并与平型关、台儿庄鼎足而三，盛名当永垂不朽。"

武汉海空战

空中争夺战

1938年春，中国大地，一派生机勃勃的春之气息，但丧尽天良的日军却让人们从美好的生活中惊醒，四处鸣响的枪声让中国人民寝食难安，无情的炮火把人们的家园摧毁殆尽，愤怒的中国人民由此开始了抗日救国的伟大战斗。

南京沦陷后，中国空军撤往内地，随即开始了保卫武汉及附近地区的新一轮作战。面对狂妄自大的日本陆、海军航空队，顽强的中国空军将用炮火让其得到深刻的教训。

中国空军重整旗鼓

1937年冬，日军陆续占领华东地区的上海、杭州和南京等核心城市，长江沿线的国民军连连败退，大举进犯的日军眼看就要抵达武汉，危难间，中国军队得到了社会主义苏联的友好帮助。

向日军射击的空军机枪手

当时，中国空军的情况是很不乐观的，淞沪会战就令整个空军飞机所剩无几，虽然中国政府紧急向欧美国家订购了363架飞机，但却迟迟未到。据后来统计，直到1938年4月，欧美仅送来85架飞机，而其中13架还未完全装好。就在中国空军举目无措时，苏联的飞机如救星一般到达。到1938年2月止，中国从苏联购得飞机232架，包括156架驱逐机、62架轻型轰炸机、6架重型轰炸机和8架教练机。在苏联的友好支援下，中国空军得到了补充。到1938年2月，中国空军实际拥有飞机390架，包括230架驱逐机和160架轰炸机。

苏联援助的 H-15 和 H-16，基本组成了中国空军的驱逐机队伍。H-15 是一款双翼驱逐机，转弯半径小，具有机动灵活的显著优势，但航速稍慢是其一大缺陷。H-16 是一款单翼驱逐机，与 H-15 的性能正好相反，它航速较快，最大速度可达每小时 480 千米，但机动性就显得稍差一些。所以，两机配合作战，往往能取得良好战果，如利用 H-15 的轻巧灵活与日军的飞机缠斗，然后再利用 H-16 的高速歼击日军的飞机。在两种驱逐机上，都装有 4 挺每分钟能射 1800 发的高射速机枪，在扫射日军的飞机时，威力十足。1938 年 3 月，为了把中国空军威力发展到最佳，中国空军把空军兵力调整为：在南昌设第一路司令部，协同第三、第五战区作战；在广州设第二路司令部，协同第四战区作战；在西安设第三路司令部，协同湖北、四川以北地区的地面部队作战。

空军奇迹

随着日军占领南京，国民党政府只得迁都重庆，但武汉作为防守日军继续进攻的军事重镇，其战略地位也不容忽视，于是，武汉又变成临时陪都，国民党政府军事委员会及一些机关纷纷设在武汉，军事指挥和抗战物资的运输都集于武汉，这也就不可避免地把武汉推到了日军炮火的风口浪尖。1938 年 2 月 18 日，天朗气清的武汉地区在度过了一个平静的上午后，于中午 12 时，响起了空袭警报：日军 26 架战斗机和 12 架轰炸机，在安徽和江西的交界处会合后，排成长蛇阵直扑武汉。

武汉遇袭，中国空军从汉口机场紧急出动，第四大队指挥所的大队长李桂丹即刻带领第二十一、二十二、二十三中队前往迎战。面对即将到来的作战，李丹桂心情激动，他要找日军报仇雪恨，牺牲在日机下的高志航是第四大队前任队长，也是李丹桂的同乡和战友，他的壮烈牺牲此时正激励着李丹桂奋勇歼敌。

12 时 45 分，第二十一中队的 10 架 H-16 和由李桂丹亲自率领的第二十二中队的 11 架 H-16 先后从汉口机场出动，同一时刻，停在湖北孝感机场的第二十三中队的 8 架 H-15 也全面出动，29 架飞机疾飞在蓝天里，向着武汉呼啸而去。

随后，飞机都集结在了武汉上空，但没等李桂丹作编队部署，日机群便已逼近。见此情形，李桂丹只能快速迎击日军，见招拆招。一时间，一场空军大战呈现在武汉上空。

在这场空战中，第四大队使用的都是来自苏联的援助飞机，相比较日军使用的九六式战斗机，苏联战机的优势还是很明显的，就火力和速度来说，九六式都无法与苏联战机抗衡。只有机动性，九六式显得略强一些。总之，从整体上来看，苏联战机具有十足优势，这点也充分鼓舞了中国空中飞行员们的士气，在与日机对战中，他们丝毫不退缩，英勇之势犹如搏击长空的雄鹰。

只见，一架日机被第二十一中队的董明德、杨弧帆、柳哲生、刘宗武组成的四机编队合力包围，成功击落。首发告捷，柳哲生等人信心大增，此时，在柳哲生不远处，多架日机正在逼近中国空军的飞机编队。为了分散日机的注意力，解救危险中的友机，柳哲生迅速调头，加大油门，不由分说地猛烈射击一架日机，该机瞬间被击毁，轰鸣的爆炸声震住了日机群，随后，日机纷纷撤退。

在这场空战中，除了柳哲生独自击中一架日机外，董明德、杨弧帆和刘宗武三人也分别击落一架日机。

与此同时，李桂丹率领的第二十二中队在其他空域也与日机展开了猛烈的交火，面对日军的12架飞机，李桂丹等人没有畏惧。在6架飞机被6架日机从尾后咬住，其余5架飞机也被6架日机咬住的情况下，李桂丹没有丧失信心，他认真分析不利局势，冷静灵活地指挥中国空军作战。最后，中国空军从不利的处境摆脱出来，随即又占据了上风。只见中队长刘志汉在瞬间就准确地击落一架日机，随即，其余队友也连连取得战果，顿时4架日机被击中。

在二十二中队遭遇日机攻击时，编好队的第二十三中队的8架H-15驱逐机及时赶到，中队长吕基淳在发现日机后立即带领第二十三中队袭击日机。最后，第二十三中队成功击落两架日机。

总体来看，武汉上空的这场空军大对战，是抗战以来所罕见的。从中日机群数量上看，几十架对几十架，真是规模庞大。从战况上看，中日这场对战可谓惊心动魄，向上冲刺5000米高空，向下飞至几百米蓝天，撕咬纠缠不断。在轰鸣声、枪炮声和爆炸声中，中国空军与日机进行着斗智斗勇的厮杀，随着一架架日机的爆炸和坠落，以及飘落下来的降落伞，中国空军展现出了他们的不俗实力。

这场空战整整进行了12分钟，第四大队共击落日机12架，巧合的数字，不禁也使人们对这场空战更加记忆深刻。

虽然此次战果斐然，但大队长李桂丹、中队长吕基淳和飞行员巴清正、王怡、李鹏翔却不幸牺牲。李桂丹在掩护战友作战时，遭受到了日机的背后袭击。此外，被日机击中座机29处的张光明，伤势严重，但其忍痛驾机返回机场的意志，令人钦佩。

空军的胜利，顿时传遍武汉三镇，2月21日，兴奋的万余民众走上武汉街头，举行了盛大的集会和游行，"庆祝空捷，追悼国殇"。中共中央和驻武汉的第十八路集团军代表周恩来、董必武等也出席了集会，对英勇牺牲的抗战英雄敬献挽联，上书："为五千年祖国英勇牺牲，功名不朽。有四百兆同胞艰辛奋斗，胜利可期。"

空军血染长空

"二一八"空战中中国军队的胜利，给予日军沉重打击，一时间，日军也不敢再肆意妄动，但暂时消停的日军绝不可能就此罢休，他们开始重新制订空战计划，企图报复中国空军。

4月29日这一天，是日本的一个重要节日——"天长节"。"天长节"寓意天皇的生日，是一个举国同庆的大日子。日本空军为了对天皇表示庆祝以及邀功领赏，遂决定于这日对中国空军再次发动袭击，以实现他们一举歼灭守卫武汉的中国空军的企图。为了确保此次空战万无一失，日军特意派出了"左世保"第二航空队，这是日军海军航空队的主力，以此可以看出，日军的邀功心切。

然而，事与愿违，中国空军提早获知了"左世保"的行动。4月20日，中国空军在湖北孝感上空成功击落一架日本侦察机，从炸死的飞行员随身携带的笔记本中，日军的阴谋被揭穿。面对随之而来的大规模日军袭击，中国空军没有畏惧，他们斗志昂扬地等待着日本飞机的出现。

4月29日下午2时30分，日军按照原定计划发动了袭击，隶属海军第二航空队的36架重型轰炸机，再加上12架战斗机，伴着震耳的轰鸣声杀向了武汉。

正蓄势待发，等待日军的中国空军，早已出动第三、第四、第五大队的19架H-15和苏联志愿航空队的45架驱逐机在空中布好了口袋阵。总的战略计划是：H-15驱逐机群担任巡逻任务，然后与日战斗机周旋，形成牵制，使其不能再掩护日轰炸机的作战；H-16机群的目标是日轰炸机，他们要把日机粉碎在武汉上空。

气焰嚣张的日机没有发现端倪，很快就闯进中苏空军布好的口袋。

第四大队的9架H-15率先迎击日军，虽然此时日机在数量上超过中方飞机达4倍，但这吓不倒第四大队的飞行员，他们毅然决然地冲入日军编队，在万里高空中，展开了一场硝烟弥漫、轰鸣震天的对决。

作战进行5分钟后，少尉飞行员陈怀民最先咬住一架日机，瞄准，发射，随着弹药的射出，日机被准确击中，随后，在一片浓烟中，日机伴着烈火掉了下去。

陈怀民加入中国空军以来，一直战绩不菲，加上这次，他已经成功摧毁了3架日机。半年前，300余架日机呼啸在南京的上空，陈怀民驾驶2405号"霍克"飞机冲入战场，几经较量，最终击落1架和击伤4架日机。在这次空中对战中，陈怀民驾驶的飞机也曾几次身临险境，当4架日机把其团团围住时，他依然顽强拼杀，在油箱被击中起火的情况下，他被迫退出战场，迫降到长江，此次作战，陈怀民的鼻骨折断。后来，陈怀民的母亲对伤好痊愈的他说，杀敌报国是光荣的，但作为母亲，想要他延续香火，所以希望他可以先同女友结婚。

虽然陈怀民理解母亲的良苦用心，但一旦成婚，心里就有了牵挂，这样是不利于拼死杀敌的，所以，最终陈怀民回到了战场，用誓死不屈的决心战斗在祖国的上空。

2月18日，武汉遭到了日机的轰炸，在队长吕基淳的带领下，陈怀民等人立即从孝感赶赴武汉。此次作战，日机狡诈地击中了陈怀民的飞机，受到攻击的陈怀民紧急跳伞，在腿部受伤的情况下幸运生还。

4月10日，陈怀民再次驾机执行任务，负责台儿庄的低空侦察工作，侦察结束的返航途中，陈怀民遭遇日机袭击，英勇无畏的他没有临阵脱逃，他毅然地撞向日机，最后，日机被炸毁，而陈怀民却再一次跳伞逃脱。

一次又一次，陈怀民都从死亡线上挣扎了回来，这是上天的眷顾，也是其英勇无畏精神的再现。其实，无数次的死里逃生，也把陈怀民锤炼得更加顽强不屈。

回到武汉空战的上空，只见首战告捷的陈怀民再次瞄准了一架日机，但没等他发射炮火，日军就发现了他。5架日机同时瞄准陈怀民，如同雨点的子弹不停地射向他，陈怀民的座机多处中弹，眼见就要起火爆炸，此时，陈怀民能够保住性命的办法只有一个，就是跳伞。但是，这次陈怀民没有跳，日机的猖狂气焰惹怒了他，他决定即使牺牲性命，也要狠狠教训日军。于是，陈怀民加大油门，急速地撞向附近的一架日机，这种自杀式的袭击震惊了日军，日机的飞行员妄想逃走，但已经没有机会了。随着一声惊天动地的轰鸣，两架座机同时从高空坠下，人民的英雄陈怀民壮烈殉国。

陈怀民的誓死不屈，鼓舞了中国空军的士气，也有力地震吓住了日军飞行员。中苏空中战士们更加英勇地迎击日军，30分钟过去了，21架日机被成功击中，包括11架战斗机和10架轰炸机，此战，开创了抗战以来的佳绩。

战后，人们在陈怀民击落的日机残骸中偶然发现了一张照片和一封信，照片中的人叫美惠子，她是被击毁的日机驾驶员日本海军二级航空军士高桥宪的妻子，信是妻子写给丈夫的，信中诉说了感人的思念之情，以及无尽的孤独和感伤。陈怀民的妹妹陈难在阅读此信后，感慨颇深地写下了《一封致美惠子女士的信》。陈难的信，一方面对美惠子表示了安慰和关心，另一方面也愤怒地控诉了日本军国主义者发动侵华战争的深重罪行。可以说，此信道出了所有中国人的心声，随后，武汉的各大报纸纷纷刊载此信，电台也把其译成多种语言进行世界广播。其中，香港《读者文摘》在刊载陈难信的同时，也刊载了美惠子的信，两个同样失去亲人的人，即使是不同国籍，也绝对能感同身受。随后，经过《读者文摘》的努力，二人开始了通信交流。此次事件，得到了全世界的关注，谴责法西斯的声音逐渐高涨，罪恶深重的日军也开始人心惶惶。

日军企图空袭武汉的计划到此宣告失败，中国空军给了日军一次沉重的打击。受到震慑的日军不敢再贸然行动，一个月内，他们都悄无声息。5月31日，野心不改的日军再次空袭武汉。

5月31日上午，在武汉上空，出现了日本海军第十二航空队的11架战斗机。面对敌情，苏联志愿航空队"正义之剑"大队的21架H-15和10架H-16随即出动，在1500米的高空上，与日军展开了激烈对决。与此同时，在2400米的空中，中国空军第三大队的4架H-15以及第四大队的8架H-15、6架H-16也火力全开地与日机展开了交锋。

中午，武汉上空又袭来日机群，但中苏空军配合默契的空中部署吓坏了日军，在他们妄图逃跑之时，中苏空军近50架驱逐机一齐朝日机群扑了过去。烟雾弥漫、火光四射，一番对决之后，中苏空军成功击落几架日机。

在此次对战中，苏联飞行员古班柯表现英勇，他先是击落一架日机，然后又盯住了另一架日机，但子弹已经没有了，在没有子弹的情况下，撤退是理所当然的。

但古班柯没有选择退出，他不顾生死地驾机猛烈撞向一架日机，日机机翼被撞断，然后失去平衡朝地面坠去。而古班柯驾驶的战斗机只是受到了部分毁坏，最终，在古班柯熟练地驾驶下，人机安全返回机场。

"二一八""四二九""五三一"这三次大规模的空战，在中国空军历史上可谓意义重大，不仅成功击落日机40余架，也狠狠打击了日军的狂妄气焰。对于英勇牺牲的空战烈士，举国为之悼念，6月5日那一天，在汉口，国民政府举行了隆重的追悼大会，当天，大街小巷都挤满了人，人们赶赴会场，为为国捐躯的烈士默哀。中共中央代表陈绍禹、周恩来等人也及时赶到并献上花圈表示哀悼，用写着"义薄云天"的横幅表达了对殉国者的崇高敬意。

海上争夺战

中国海军的力量在当时相对薄弱，从作战实力上来看，它难以与陆军与空军比拟。抗日作战打响后，投入战斗的中国海军一开始就遭到了很大的打击，日本强大的海军和空军力量对中国海军发动的猛烈炮轰，使中国海军当即就损失了大多数的舰艇。此时，薄弱的海军再次投入战斗，形势相当不利。

在分析了中国海军的作战力量后，会战指挥部根据军事委员会拟定的用以指导武汉会战的《军事委员会第三期作战计划》，下达了中国海军的作战任务，即"能击败敌舰溯江西犯计划，达成我消耗战、持久战之目的，而完成歼敌战之任务"，总本上需"集中力量于长江……运用阻塞手段，发挥要塞战略，配以水雷作战"。在充分了解到日军主力将溯江而上后，作战计划还特别指出"（在）内陆之各江河，专任对敌之封锁、阻塞及袭击之工作"，其也就要求中国海军要利用水道袭击日军，从而有力配合陆军和空军作战，即"处今日情况，欲使敌舰不致深入腹地，随意登陆，除以陆军防御，空军轰炸外，殊有赖于水中防御"。具体作战部署为"水中防御物计有水雷、强缆、浮筏、链锁、防网、沉船等，而以有线水雷及机雷为主"。

武汉会战，中国海军不负众望，在力量相对较弱的情况下，结合多种作战方法，将海战打得灵活而又战果斐然。在战斗中，中国海军机智地利用在江中沉船或沉物的策略，最终成功阻滞了日军舰只的进攻速度。此外，预先布设水雷、舰炮直击等作战方法也发挥了良好的效果。将这些作战方法发挥得最淋漓尽致的当属马当守卫战。

马当守卫战

马当位于长江中游地界，是关乎武汉生死存亡的重要战地。在防御作战准备过程中，针对"防守布置，力求精密"的战略部署，中国海军对此地布置得尤为严密，在江中设置了三层阻塞线，其中一处靠近江底，由铅丝网中装入巨大石块构成，各网固定紧实，在江底形成了一道难以跨越的水墙。向上一层，设置了一些凿沉的帆船，并安置利钩，利钩紧紧拴着铁锚或带锋利边沿的巨石，这些藏在水底的暗器，只要日军舰只驶过，就难逃其手。此外，水雷也被巧妙地安置在江中，只要日舰撞上，就难逃沉江命运。在江水的最上面，也设置了类似于底层的石头网，而且这里的更坚实有力、破坏性更大。据统计，这条三层阻塞线的设置，可是让中国海军付出了不少代价，其中光沉船就30多艘，而布雷多达800枚。此外，一份当时的战斗文件也显示，中国海军"除将官州、东流及马当之夹水道敷设水雷外，由马当至湖口一带并筑有堡垒，配以炮队、陆战队防守；同时宁字、胜字各炮艇在封锁线附近轮流梭巡"。

中国海军的用心良苦，最终也换来了巨大的胜利。战斗开始后，日军开始猛烈进攻马当要塞，但进攻并不像日军想象的那般顺利，海军设置的阻塞线，使其一直难以突破江上封锁线，来势汹汹的日本船舰只能徘徊在长江中游以下。面对失利战况，日军开始调整作战部署，既然海军无法突破中国海军封锁线，他们就狡诈地开始用空军辅助作战，以战机猛烈轰炸中国海军。1938年3月下旬，原本单纯地中日海军作战，即刻演变成了海空大战，面对日本的飞机和战舰，中国海军战舰孤身奋战，最终，击落两架日机，且击伤多架，但中国海军也损失严重，其中数艘炮艇被炸毁。

虽然日本攻势猛烈，但久久都未曾攻克马当江上的防线，从当时的报道可以得知，直至1938年6月，"日军运用陆军力量，向马当采取迂回战略的时候，敌舰方勉强在其陆军护翼下，向中国沿江正面海军要塞阵地活动，但没有法子突破，反给中国海军炮队击伤了几艘军舰，等到日方的陆军施展出很大的兵力，把中国海军的要塞包围，中国海军奉命放弃了之后，日军的军舰，才慢慢地扫着雷，一步一步开进来，但我们消耗战和持久战的目的，已经达到了。"

马当之战，中国海军拼尽全力，最终战果显著，正如评论所说："马当的阻塞，直把日军军舰压迫在芜湖上面，达半年之久，其间给我们争取了许多有利时间，来从事保卫大武汉的军事配备。"

灵活利用水雷作战，也是此次中国海军战争中的一大特色。在暗波浮动的江水中布设水雷，一方面可以起到封锁航道、阻滞日舰的作用，一方面也可以紊乱日舰行动部署，在日军舰只手无举措之时，中国船舰再发射猛烈的舰炮予以袭击，从而彻底炸毁日舰。水雷战的运用，最典型的体现在马当至武汉间江段的保卫战中。

马当海战，虽然在一定程度上实现了阻滞日军进攻武汉速度的目的，但中国海军自身的投入也非常巨大，其中用于沉江的船只就耗费了很多。于是，中国海军需要调整作战部署，在相应减少沉船阻塞的同时，只能充分利用水雷来迟滞日舰。随后，攻入马当的日军又再次出动，只要日军舰只驶过鄱阳湖，就可直接威胁到江西南昌，危急时刻，会战指挥部下令中国海军迅速开展鄱阳湖防守战，此次作战，中国海军不仅派出多艘炮艇和炮轮，而且还布设了大量水雷在各处关隘，时称"线路既密，数量尤多"，由此顺利地阻滞了日军，使其前进遭遇"莫大之阻力"。水雷的巨大威力，令日军惶恐又气愤，于是日军逐渐加大了对布雷舰艇的搜寻和攻击。

尽管日军的搜寻和攻击不断，尽管中国空军无力给予海军提供掩护，但中国海军官兵还是不顾生死地执行布雷作战。在这个光荣的任务中，很多布雷舰艇不幸被毁。有统计称："计七八两月间，此项布雷小轮，牺牲于日机暴力之下者，已达十余艘之多。"虽然海军作出了重大牺牲，但他们的功劳永远不会被忘记。

水雷封锁战

会战持续到后期，水雷封锁战依然是中国海军重点采用的作战方法。中国海军一方面利用水雷炸毁了江面所有航道标志，以迟滞日舰；一方面也布设多个雷区在主要江段。据当时的文件和报道称："各区附近分别划布雷区甚多，先后在各区布雷1500余具。各布雷小轮，在日机不断轰炸下，不分昼夜，奋勇进行；平明、永平、楚发、远东、三星、达通、万利、楚吉、临昌、飞鹅等各布雷船，均因执行此项工作，相继牺牲于蕲春、田家镇、新洲、苇源口、李家洲、余家州、石灰窑、道士袱各处，储雷驳船亦复被炸不少。"

水雷作战，功劳十分显著，在田家镇要塞保卫战中，田家镇江段就布设了多达400枚的水雷。最终，"由于海军布雷甚多，区域甚广，虽田家镇已放弃达十日之久，两岸我守军尽撤以后，敌舰仍未敢深入"。

此次武汉会战中，中国海军作战方式是十分灵活的，其中不仅有设置沉船和石网阻塞以及水雷战，在江上各要塞保卫战进行得异常激烈时，中国海军也发挥出了巨大作用。例如，一些舰只在进行了几场作战后，已经无力再进行水面作战，针对这种情况，中国海军适时地把其舰炮拆卸下来，然后安在要塞上作防守之用。不仅如此，海军陆战队所配备的野战火炮也被安在了要塞，这种火炮的远程火力，对于轰炸江面上的日舰非常有用。据统计，当时仅在田家镇就布设舰炮16门，在葛店布设舰炮15门。

中国海军当时不仅与日军在海上进行了交战，其实，在保卫长江各要塞的作战中，中国海军也是一马当先。在马当战役时，中国防御作战部队与日军进行了几天几夜的战斗，当时日军凭借火力强大的飞机和战舰，重伤了中国防御作战部队，当日军以为防御作战部队被灌毁，可以大举进攻要塞时，才发现"我江防要塞守备部队在阵地上与日军作战。"当时的报道指出，不断得以扩充的日本海陆军"致我守军在日军陆军、海军、空军的地面、水上、空中之包围中，进入极为艰苦的战斗"。

7月初，湖口要塞保卫战打响，中国海军陆战队基层官兵又一次顽强地抗击在第一线，展现出视死如归、坚定斗争的战斗精神。当时，他们仅仅为一个连，但面对"敌海、空连续轰击，陆军不断强攻"，他们没有退缩、没有畏惧，浴血奋战，直至毙伤日军。

田家镇要塞保卫战，中国海军的要塞作战兵力也是战果显著。9月20日，在中国海军的顽强抵抗下，日军6艘军舰、11艘炮艇被击退，翌日，日军派遣的14艘扫雷炮艇被中国海军发现，经过连续地炮火扫射，其中8艘被成功击沉。10月下旬，在葛店防御战中，2艘日舰被要塞守军击沉。

从总体上看，武汉会战，中国海军在实力较弱的情况下，能够在陆军和空军的配合中，顽强对抗强敌，并采取多种作战方略巧妙制敌，其精神和勇气着实可嘉。日军的火力强大和兵力众多是事实，势单力薄的中国海军最终失利也情有可原，但在自损多艘战舰的代价下，中国海军还是取得了不错的战果，最终总共击沉日军舰船50余艘，击落日机10余架。对于中国海军所取得的成绩，给予肯定和赞许理所应当。

武汉会战中，中国海军的英勇表现，粉碎了日军速战速决的企图，成功阻滞了日军溯江而上进攻武汉的战略部署，使其只能按照中国军队的计划进行耗时的持久战。正如战后史料所言："沿江正面阵地，在我雷区封锁与海军炮队防守之两种力量控制下，从无一处被敌突破，使其不得不畏难而放弃其由水路进攻溯江西犯的计划，而采用陆军迂回攻击之笨拙策略，因此适足达成我消耗战、持久战之目的，而完成歼灭战之任务。"中国海军的奋战，有力地打击了日军的战争力量，顺利推进了军事委员会制定的"持久消耗"战略的实施。同时，在海军成功迟滞日军的大条件下，中国陆军也得到了备战的时间，正如有人说："不知道给我们取得了多少有利时间，来作保卫大武汉的充分准备，并且借以完成长江上游各项防战设施。"

中国海军，奋战在长江之上的英姿永远不会被人们所忘记，他们誓死不屈、英勇抗敌的精神也永远感召着国人。时至今日，他们不再薄弱，强大的中国海军正肩负着更加重要的责任和义务，那就是保卫国家领海，维护国家海洋权益，将中国的蔚海蓝天坚守住。

136

赣北战役（1939.3）

南昌会战

1938 年 10 月，日军在陆续攻克广州、武汉后，暂时停止了大规模的进犯。其实，日军作出这样的部署，主要是出于兵力耗费过多，战线过长的考虑。日本陆军省、参谋本部随后调整了侵华方针，其中决定放弃"速战速决"的目标，而专注于"持久战略"；同时，又以"不企图扩大占领区"为原则，缩小正面战场的进攻规模，而改打局部进攻战。

随着武汉的沦陷，南昌又成为了中日攻守的主要战场。南昌会战的展开，也预示着正面战场进入相持阶段后新一轮中日对决的开始。

1939 年 2 月，在长江以南的赣北、湖北地区，第九战区与日军第十一军短兵相接，随即第九战区作出战略计划，即：罗卓英率领第十九集团军担任南昌正面的防御任务，箬溪以东修水南岸至鄱阳湖西岸的大部分地区，由第七十、第四十九、第七十九、第三十二军及预备第九师分别守卫；王陵基率领第三十集团军第七十二军担任武宁地区的防御任务；樊崧甫所部（湘鄂赣边区挺进军）第八、第七十三军负责武宁以北横路一带的守卫；汤恩伯率领第三十一集团军第十三、第十八、第九十二、第三十七、第五十二军在鄂南、湘北防御；卢汉率领第一集团军第五十八军、第六十军、新编第三军及战区直辖第七十四军作为预备队，防守长沙、浏阳、醴陵地区。

137

南昌失守

3 月 12 日，日本"华中派遣军"发动进攻命令，随即第一一六师团的石原支队和村井支队（由第一一九旅团五个大队分编而成）开始行动，为了配合主力部队的行动及确保其安全，日本海军先派船从湖北行至鄱阳湖东岸进行侦察。15 日，日军侦察船没有发现中国军队，于是，立即返回调集部分兵力驻守各要点。3 月 18 日，日军集结第一〇一、第一〇六师团主力及其炮兵、战车队等兵力，大举向修水北岸进犯，一路抵达适合进攻武昌的广大地区，随后，又对据点进行了猛烈的炮火袭击。

3月20日16时30分，在日军第十一军的命令下，炮兵第六旅团长发动全部炮兵对第四十九军、第七十九军所在的修水南岸阵地进行炮火轰炸，轰炸一直持续了3个多小时。在使用的弹药中，日军还惨无人道地使用了毒气弹，致使包括第七十六师师长王凌云在内的多数官兵中毒，同时，猛烈的炮火也使阵地毁坏严重。19时30分，日军第一〇六师团由虬津开始强渡修水；20日晚，第一〇一师团由涂家埠以北开始渡河。虽然当时修水宽约300米，而且连绵的雨水使河水上涨了约3米，但这些并没有阻挡住日军渡河，况且那时的守军处境也非常不利，雨水淹没了多处阵地，而且冲走了很多阻挡设施，这些都给防守带来了极大的困难。最后，日军2个师团成功渡河，对守军阵地发起了猛烈袭击，战斗到21日黎明，纵深2公里的滩头阵地失守，没有了守军的阻击，日军开始快速架设浮桥。8时许，浮桥架设完成，日战车集团绕过第一〇六师团正面，浩浩汤汤地开进东山守军阵地，随后又沿南浔路西侧向南昌进犯。22日21时30分，日战车集团抵达奉新，攻下南门外潦河大桥。战车集团的进攻，是守城部队所料不及的，紧急撤退的守军，最终未能带走配置在城郊的38门火炮。23日晨，借助飞机、炮火，日军对吴城镇发起猛攻，大量的燃烧弹、化学弹投入城中，守军大受打击，坚守到24日，最终被迫进行了转移撤退。村井支队进入吴城镇后，作战主要集中于赣江至修水的打通上，其中海军布设的水雷也是日军急于解决的一项任务。

同一时刻，第一〇一师团借助炮火的掩护，成功渡过修水，但行至涂家埠时，遭到了中国第三十二军的抵抗，两军一时间相持不下。

随着日军总攻的全面展开，3月21日，白崇禧任主任的国民政府军事委员会桂林行营马上作出军事部署。一方面下令第九战区各部队坚守原阵地，一方面又于23日发布紧急调令，为了补充南昌守卫军的兵力，其中电令第二战区司令长官顾祝调遣第一〇二师火速赶赴南昌，然后由第十九集团军总司令罗卓英指挥；同时又把第十六师、第七十九师调至南昌东南之东乡、进贤，负责鄱阳湖南岸的守卫任务，以及与南昌方面的作战相配合；第十九集团军也接到调令，指示其集结约两个师的有力部队分路对敌后方突袭，包括日军占领的马回岭、瑞昌、九江、德安等据点；同时尽力对负责日军军需补给及兵力增援的铁路、公路等交通要道进行破坏，以彻底阻滞日军任何形式的增援。

虽然国民政府军事委员会紧急作出的调令部署很完善，但一些原因却导致最终未能实施。通信联络不畅是一部分原因，而各部队转移速度过慢、未进行有效的协同也是主要原因，就在部署实施遭遇种种困难时，战场形势也变得严峻。同日，蒋介石面对日军大举进攻南昌的气势，估计南昌最终将无法坚守住，由此决定以给日军造成重大杀伤为目的，而不一味的困守南昌。随即蒋介石致电第九战区司令长官薛岳、第十九集团军总司令罗卓英和江西省主席熊式辉，指出："此次战事不在南昌之得失，而在予敌以最大之打击。即使南昌失守，我各军亦应不顾一切，皆照指定目标进击，并照此方针，决定以后作战方案。"

日军战车集团在奉新时燃料发生不足，日军遂令飞机空投燃料，在得到燃料后，日军战车集团继续行进，目标地点是南昌西南。20日，战车集团抵达南昌城西赣江大桥。作战即将爆发，为了增强主力进攻部队第一〇六师团的兵力，日军第十一军令预备队第一四七联队归队，兵力雄厚的第一〇六师团立即对安义展开了猛烈的进攻，23日，安义沦陷。随后第一〇六师团兵分两路，一路派第十一旅团立即向高安进犯，意图将前往南昌增援的中国第九战区部队阻拦住。其余主力从奉新转至南昌，25日，日军主力抵达南昌以西，并在此与前来支援南昌的第三战区第一〇二师发生激战，第一〇二师最终被迫撤退。26日，日军已经抵达赣江左岸生米街附近，开始强渡赣江，意图从南面进入南昌，其口浙赣铁路被毁坏。同日，沿着万埠、璜溪一路向南昌迂回的日第一〇一师团主力已抵达生米街，并于当晚开始强渡赣江，意图进攻南昌。在同一天，走南浔铁路经乒化、蛟桥一路的日第一〇一旅团也抵达南昌西北赣江北岸。

日军的行动被第十九集团军发现，于是，身处涂家埠的第三十二军奉命赶赴南昌，与守卫南昌的第一〇二师会师。虽然第三十二军接到命令后急撤，但还是没有赶上日军进攻的速度，当军队只撤回一小部分的时候，日军战车集团及第一〇一旅团已经进犯到南昌西面及北面的赣江桥地界，南昌守军立即炸毁桥梁，使赣江以西、以北的日军无法前进。即便如此，守军形势依旧万分危急，日军第一〇一师团正从南面向南昌发起猛烈进攻，守军虽然拼死阻击，但无奈力量薄弱，在伤亡惨重的情况下，被迫撤于进贤地区。27日，南昌失守。28日，南昌交由第一〇一师团控制，日第一〇六师团主力重新占领奉新，意图对高安或奉新以西地区发动攻击。4月2日，高安失守。

地理位置独特的武宁，成为了南昌会战的重要防守据点。武宁隶属于江西省九江市，此地山水环绕，北靠幕阜山，南靠九岭山，城内修水河贯穿其中，以东80公里又是南浔铁路。由此看来，此地既有便利之交通，又有易于防守的险要地势。武宁作为第九战区赣北防线的左翼要点，其防守任务极其重要，按照第九战区的部署，第三十集团军总司令王陵基负责指挥下属第七十二、第七十八军与湘鄂赣边挺进军所属第八、第七十三军在修水河两岸进行防守。此前，国民政府军事委员曾计划对沿南浔路南下的日军后方和侧背进行突袭，破坏其交通，阻滞其行动，以策应南昌保卫部署。但被派出执行此项任务的部队正想从武宁出发，到虬津、德安突袭日军时，不料被日军发现，于是，日军调动第六师团进发武宁阻击中国军队。最终，向日军主力的右侧背突袭的行动失败，日军南昌行动未受影响。

国军反攻无果

日军占领南昌后，分别派兵驻守几大重点地区，范围东起鄱阳湖东南岸，南至向塘，西在高安、奉新、武宁一线，中国第三、第九战区固守外围，与日军相持不下。国民政府军事委员会在仔细地分析战事后，决定发动反攻。进攻南昌已经让日军元气大伤，趁其守备兵力不足，此时发动反攻时机最佳。与此同时，军事委员会又令各战区发动"四月攻势"（亦称"春季攻势"），以对日军进行大范围的阻击，为保卫长沙作准备。负责反攻南昌的主力部队为第九战区的第一、第十九、第三十集团军及第三战区的第三十二集团军，共约十个师，由第十九集团军总司令罗卓英统一指挥。

4月17日，蒋介石作出《攻略南昌计划》，并电告桂林行营主任白崇禧征求建议。计划指出："先以主力进攻南浔沿线之敌，确实断敌联络，再以一部直取南昌。攻击开始之时机，预定4月24日。"兵力部署总分为四路：一路以破坏南浔铁路、阻断日军增援交通且策应南昌反攻为目的，从奉新、大城地区出发，行至修水至南昌段南浔铁路，作战部队为第一集团军（总司令高荫槐）、第十九集团军及第七十四军（军长俞济时）；一路作为总预备队，向高安进发，作战部队为第十九集团军第四十九军（军长刘多荃）；一路以突进赣江以东直取南昌为目的，由总司令上官云相率领第三十二集团军以三个师的兵力发起进攻，同时，调出一个团的兵力，奇袭南昌；一路以进攻武宁为目的，由总司令王陵墓率领的第三十集团军发起进攻。

4月18日，对蒋介石的计划白崇禧提出了部分调整意见，突出"奇袭"及"破坏、扰乱敌之交通及后方""切断敌之联络线"，并认为"攻击时间应提前，从速实施，至迟须在22日左右"。

4月21日，按照计划，各部队出动，第九战区为最先。其中第一集团军以第六十军第一八四师和第五十八军新十师向奉新发起进攻，第五十八军新十一师对靖安日军进行监视；第七十四军主力向高安发动攻击，第七十四军及第四十九军各一部北渡锦江，向大城、生米街日军发动进攻。战斗打响后，中国各部队与日军进行了一场连续数日的厮杀，对战一直持续到26日，最终，中国军队成功攻下日军，使其撤退至奉新、虬岭、万寿宫一带。与此同时，第十九集团军也一举夺回大城、高安、生米街等据点。随后，中国部队的行进遭遇阻击，计划行至南浔铁路的两个集团军部队未能如愿抵达。

4月23日，南昌反攻战打响，第三战区的第三十二集团军以第二十九军第十六师、第七十九师、预备第五师及预备第十师之一部顺利渡过抚河，随即与日军展开了一场恶战，26日，战斗结束，中国军队成功夺回市汉街（南昌南）。27日，面对中国军队的猛烈进攻，日第一〇一师团主力在大炮、飞机的掩护下，开始进行激烈反击。在南昌东南、正南郊区，中国军队与日军殊死搏斗，对各村庄据点进行激烈争夺。在其他各军浴血奋战时，第七十九师师长段朗如却突然以伤亡惨重为由违背部署计划，于4月28日夜停止进攻作战。在向军及集团军报告后，第三十二集团军总司令上报第三战区，第三战区对其私自更改战略部署给予撤职查办处罚。但蒋介石却对第七十九师的行为大为恼火，在进攻南昌的紧要关头，段朗如却临阵脱逃，对这样的行为，蒋介石决定予以严惩。5月1日，蒋介石以贻误军机罪下令将段朗如"军前正法"，随即令第十六师师长何平立即弥补错误，全力进攻，同时派遣上官云相赶赴战场进行督战，并下达死令，在5月5日之前，南昌必须攻下。

5月2日，向塘和市汉街先后被第一〇二师夺回。在第十六师攻克沙潭埠时，日军援军赶到，沙潭埠再度失守，面对不利战事，上官云相立即调派第二十六师予以支援。5月4日，兵力增强的中国军队向日军再度发起猛攻，激战到5日黄昏，预备第五师突进到城外围阵地，对日军防卫铁丝网进行破坏。面对来袭的中国军队，日军开始加大火力阻击，致使第五师伤亡惨重，攻击被迫暂停。5日黎明，第二十六师第一五二团攻进新龙机场，炸毁三架日机。9时，第一五五团攻进火车站，但遭遇日军阻击而无法向前推进。5月6日，日军第一〇六师团主力携带飞机、坦克，从南昌及莲塘对城郊的第二十九军发起夹击，交战一直进行到17时，中国军队损失很大，其中第二十九军陷于日军包围，第二十六师师长刘雨卿被击伤，军长陈安宝及第一五六团团长谢北亭英勇殉国。被包围的第二十九军参谋长徐志勋及刘雨卿，在认识到进攻南昌已无希望的情况下，决定保全兵力进行突围，此时，即使蒋介石曾对撤退杀一儆百，但形势所迫，第二十九军毅然向中洲尾、市汉街突围。与此同时，已经隐藏身份潜入南昌的预备第五师的一个团，也因前方部队进攻的失败而被迫撤出。

蒋介石急于攻下南昌，并把时间定在5月5日之前，但这个命令在第九战区代司令长官薛岳看来显然很难达成，他认为无论从兵力还是武器装备上，日军都占有绝对优势，最重要的是现在处于守城一方的日军，在防御上也占据优势。虽然薛岳有此疑虑，但未敢向蒋介石直言，5月3日，薛岳致电陈诚，提出自己的建议，5月5日，陈诚向蒋介石转发薛岳的电报。在薛岳的建议送达蒋介石的同一时间，桂林行营主任白崇禧也致电蒋介石及何立钦，提出了不宜作战的建议。两封电报一同向蒋介石表明了攻取南昌的时间难度，战略部署显然急于求成，所以他们希望蒋介石能够变更限期。蒋介石在看两封内容相近的电报的同时，也接到了另一份报告，报告内容为进攻部队遭遇重大伤亡且军长陈安宝壮烈牺牲，在这种情况下，蒋介石不得不慎重考虑各方建议。5月9日，蒋介石取消进攻南昌的命令。而另一方面，日军也没有继续追击中国军队，连日来的激战也使日军伤亡很大，由此，南昌会战宣告结束。

进入第二期抗战的中国军队，由南昌会战打响了第一场大会战的序幕，此次作战，国军总共发动了20余万的兵力，在两大战区与日军展开了激烈的交战，但很遗憾最终未能取得胜利。究其原因，南昌的失守在于日军兵力和装备占优，且发动攻击迅速且攻势猛烈；南昌反攻战的失败是最高当局战略方针的制定失误所造成的。

141

"瘸腿"将军张灵甫

走上抗日战场的杀妻犯

国民革命军高级将领张灵甫可谓是一位风云人物，回顾其成长历程，就可知其不平凡。中学时期的张灵甫写得一手好字，并且还得到了国民党元老于右任的称赞。张灵甫20岁时顺利考入北京大学历史系，但由于家境贫寒，负担不起学费，上了一年就辍学去参军了。1926年秋，张灵甫进入黄埔军校成为第四期学员，其实，他之所以能够顺利进入黄埔，这还多亏于右任的引荐。从黄埔毕业的张灵甫，可谓文武双全，进入基层后很快得以提升，当他升为团长时，年龄才刚过30岁。

本可以步步高升的张灵甫此时却遭遇了人生最悲惨的事情，他不仅因此结束了军事生涯，还变成了一名杀人犯。原来，张灵甫杀害了妻子吴海兰，原因为何，没有人知道。在众多的猜测中，有一种说法是妻子有了外遇，还有一种说法是妻子窃取了重要的军事文件，究竟何为真相，不得而知。总之，最终张灵甫故意杀人罪名成立，他随即被押入了监牢。

就在大家都以为张灵甫要在牢狱中度过此生时，事情又发生了转折，进入监牢未满一年的张灵甫，随即得到了将功赎罪的机会。1937年，七七事变爆发，在抗日救亡的大形势下，国民政府释放了除政治犯外的所有服刑官兵，他们被调往战场，在保留原军衔的原则下，投身战斗。张灵甫被编入新成立的七十四军，并且担任三〇五团团长一职，随后，七十四军奉命向上海进发，投入到淞沪保卫战当中。面对生死未卜的抗战，张灵甫在临行前特意留信给兄长，表示了诀别的誓死之心："此次对日之战，为国家民族争生存，兵凶战危，生死难卜。家人当认我已死，绝勿似我尚生。"

其实，在家人的眼中，张灵甫一直是一个沉默寡言、沉着冷静的人，他们没有想到，战场上的张灵甫已经变了一个人，这是一个为了国家存亡而拼死战斗、视死如归的战士。在嘉定作战中，日军冲锋猛烈，光着膀子的张灵甫当时英勇地从战壕站起，率先拿着机枪冲了上去，在他的带动下，日军的七次冲锋都被打退。从此以后，张灵甫便一战成名了。

有一部叫《红日》的电视剧，就是讲述张灵甫和他整编的七十四师的故事。其

张灵甫

142

实，这部电视剧还原了张灵甫的真实形象。据张灵甫遗孀王玉龄的说法，真实的张灵甫高大、英俊、威武，是一个铁骨铮铮的战士，而不是之前的丑化形象。

其实，对张灵甫的丑化确实存在，名为《红日》的一部老电影，其中就把张灵甫塑造为了一个自负狂妄的反动军官形象。公正来看，对张灵甫的这一解读确实有失偏颇，张灵甫在抗战中的英勇表现和所立战功，都是不可否认的。积极投身八年抗战中的张灵甫，参加的战斗不计其数，在与日军厮杀猛烈的几次大会战中，也都不乏其身影，勇猛的张灵甫杀敌无数，屡立战功，但自身也多次负伤。盟军观察团还把他称为"中国最能打的将领"，这样的张灵甫也难怪深受蒋介石器重，由此可见，张灵甫确实是一位铁骨铮铮的战士。

田汉将其写入抗日剧本

1938年10月，德安大捷使张灵甫更加声名鹊起。当时，张古山是一处险要的军事高地，而日军就驻防于此，可以说，中国军队想要攻克张古山是十分艰难的。对于攻克此山，当时众将都一筹莫展，并无良策，此时，张灵甫想出了一个妙计。虽然山前地势陡峭，一时无法攻克，但张灵甫认为从背后突袭未必会失败，于是，以正面进攻虚晃日军，而以背面突袭为实的策略因此确定。

随后，以张灵甫担任队长的一小组突击队就开始了突袭行动，当然，这个突击队所选之人都是精兵强将，他们趁夜灵活地爬过陡峭的山岩，最终攀上了张古山。

张灵甫等人的突袭，完全出乎日军的意料，而且又是在漆黑的夜晚，日军早已酣然入睡。当张灵甫等人走到跟前时，日军才从睡梦中惊醒，随后，一场厮杀在所难免，5日午夜后，日军全部被消灭，张灵甫一队大获全胜，占领了张古山。在这场作战中，张灵甫表现出了不屈的战斗精神，在身中七块弹片的情况下，依然奋勇杀敌，由此可见其英勇气概。

正是通过这一战，张灵甫名扬四海，成了全国瞩目的抗日英雄。在剧作家田汉的话剧《德安大捷》中，生动再现了这一场伟大的胜利，同时也将张灵甫的英雄本色描绘了出来。其实，田汉之所以接触到张灵甫，是受国民政府军事委员会政治部第三厅厅长郭沫若委派的。无疑德安大捷会令全军为之振奋，从而鼓舞士气，所以郭沫若委派田汉对张灵甫进行采访。但田汉没有止于采访，根据张古山之战，编写了话剧《德安大捷》，并且在长沙进行了公演。戏剧的有力渲染，让张灵甫更加声名大振。

"瘸腿"将军威名天下

张灵甫是七十四军出名的拼命战士，身经百战的他，受过的伤自然不计其数，甚至有好几次死里逃生。张灵甫的遗孀王玉龄回忆说，在一次战斗中，13块弹片一起炸到他身上，结果受了很严重的伤。还有一次额头中弹，性命好不容易才保住，但右额上留下一道抹不去的疤。其实，这块疤张灵甫还是十分在意的，拥有帅气外形的他，自然对这块疤耿耿于怀，最后，为了遮住伤疤，张灵甫特意在右额头留了一缕头发。

负伤、留疤，这些都不是最严重的。事实上，在抗战中，张灵甫还瘸了一条腿，但张灵甫却不以为意。因为张灵甫不介意，所以，七十四军战士常常在私下里叫他"张瘸子"，这个绰号也许在旁人看来暗含嘲笑，但在七十四军，这却是带着敬畏和亲密之情的称呼，因为张灵甫瘸掉的这条腿，是他与日军英勇战斗的证明。

基于张古山战斗中张灵甫的功绩，他随即被升为旅长，随后，即率部投入到南昌会战。1939 年 3 月底，南昌失守后，张灵甫奉命率部队赶赴南昌西边的高安，与日军进行了一场激烈的战斗。当时，先锋部队受到日军的猛攻，见此情况，负责后方指挥的张灵甫及时发动了增援行动，他率领一个营冲向日军，最终击退了日军。

日军被连连打退，令全军振奋，但就在欢呼震天的时候，有功之臣张灵甫却不见踪影。通过寻找才发现，在几个牺牲的士兵身下，张灵甫负伤已无法起身。奋勇冲杀的张灵甫，右腿膝盖不幸被日军的机枪射中，在其他战士一脸担心地查看伤势时，张灵甫却异常地平静，他令卫生兵给他简单地处理了伤口，然后就想继续部署作战。战士们当然不能让负伤严重的旅长再继续指挥作战，于是，几个人一起把他抬下了战场，送到后方医院进行治疗。其实，张灵甫的腿伤很严重，所以导致他后来变成了瘸子，但此前一心杀敌的他根本没有多想，由此可见，张灵甫具有大无畏的战斗精神。

张灵甫的右膝，准确来说，是被日军的子弹击中，由此膝盖发生骨折，随后伤口又发生感染，使右膝伤势严重。当时，医生劝张灵甫截肢，以防造成生命危险，但还想继续作战的张灵甫说什么也不同意，即使医生表示会危及性命，他还是坚持。最后，张灵甫掏出手枪说："锯腿还不如先一枪打死我！"据张灵甫遗孀王玉龄回忆说，张灵甫曾告诉她，因为担心会被医生偷偷截肢，他在睡觉时也把手枪放在枕头下。

张灵甫最终也没有接受截肢，虽然治疗了半年，但依然不见好转，为此蒋介石特批了养伤费，让张灵甫去往香港玛丽医院进行医治。英国专家给张灵甫做了右腿手术，手术很成功，医生表示只要他安心养伤，最后就能痊愈。但张灵甫却没有留下休养，他欺骗医生们说，要回去休养，但医生们不相信，他们猜想是医疗费太贵，张灵甫负担不起所以才要出院，所以劝他说，医院可以减免费用，让他安心再住半个月。事实上，张灵甫不顾伤势一心想要出院的原因，主要是他在报上看到一条规定，指出战时军人不宜出国养病，所以，他对医生说："军人死且不惧，何爱一肢。军令不可违。"由此可见，张灵甫的军人气节。

正因为没有好好地休养，张灵甫右腿膝盖在拆掉石膏后，关节已经无法弯曲，因此，右腿就这样瘸了。据王玉龄回忆说，张灵甫"坐着的时候，他只能一条腿弯，一条腿直"。

上高会战

上高会战，又称"锦江会战"，这是一场振奋人心的大作战，是中国抗日战争以来，锋芒尽显、战果斐然、名扬中外的一次著名战役。

1941年，日本发动侵华战争已经长达四年之久，持续的消耗令日军迫切想要尽快地结束作战。为了一举消灭国民革命军有生力量，日军无所不用其极，惨绝人寰的"扫荡战""三光政策"等企图制造无人区的卑劣行动，都在试图用白色恐怖逼迫蒋介石投降，从而把中国变为其奴役国，甚至是成为其实现一统亚洲的战略后方。日本想要建立"大东亚共荣圈"的野心昭然若揭，不仅是中国，侵略东南亚诸国和发动太平洋战争都在其计划之中。3月5日~4月9日，日军集结大批兵力，包括第三十三师团、三十四师团和第二十师团，三个师团组成人数达6.5万余人的旅团，分成三路，在100余架飞机的炮火掩护下，从安义等地冲向上高地区的国民军主力部队。一场丧尽天良的"鄱阳湖扫荡战"随之而来。

上高战场上，当时集结了罗卓英率领的国民革命军第十九集团军（下辖第七十军、四十九军、七十四军）和第三十集团军（下辖第七十军、四十九军、七十四军）及第三十集团军第七十二军、江西保安队近10万人。此次战斗，中国共产党给予了高度配合，时任上高县长的共产党员黄贤度和当地中共地下党员等都发挥了积极的作用。此外，此次战斗也得到了当地民众的大力支持，人们不仅不顾生死为前线捐粮、送弹药和运送伤兵，而且很多百姓还直接投入了战斗，为战斗的胜利作出了巨大的贡献。上高战役，整整进行了26天，英勇抗敌的国民革命军最终取得了可喜的成绩，共歼灭日军2.4万余人，且缴获武器弹药无数。国民军伤亡方面，较之日军，相对较少，总共9000余人。这些为国捐躯的英雄，人们将永远缅怀。

无论是从政治上还是军事上，上高会战对日军的打击都是巨大的，而且也推进了彻底粉碎日军的历史进程，缓解了日军施加在东南亚各国人民身上的深重苦难，同时，更推迟了太平洋战争的爆发。总之，上高会战是第二次世界大战反法西斯同盟的正义战争中不可磨灭的辉煌一页，具有深远的国际意义。

上高会战有着"抗战以来最精彩之战""开胜利之年胜利之先河"等美誉，嘉奖和赞颂的声音接连不断，当局最高领导人以及李宗仁、蒋经国、何应钦等大批当局政要还撰文给予表彰。不仅如此，对功劳显著的指挥官和军队也给予了表彰，如把罗卓英国民革命军第七十四军赞誉为"抗日铁军"，被授予代表军队最高荣誉的"飞虎旗"一面。此外，张灵甫升职为第五十八师师长。在之后的常德会战、长衡会战中，王耀武、张灵甫等部又取得了可喜战果，因此，王耀武升任第四方面军司令，张灵甫则再度升任，成为国民革命军第七十四军军长。

动荡的春天

1941 年 3 月上旬，当时设在上高市瀚堂镇的国民革命军第十九集团军总司令部，因为紧张的战争气氛而变得不安，占领南昌的日军，又开始频繁运作，新的战争一触即发。日军行动诡异、气氛异常，各类令人不安的情报从日占区纷纷向总司令部作战参谋部传来。

南昌的日军开始大量调动兵力，在南浔（南昌——九江）铁路北上的火车上，每一个窗口都露出人枪；在南下火车上，日军躲在车窗后隐秘窥视。

九江城内，更是活动频繁。据安插在九江城内的坐探报告，在夜间，会听到整齐的部队行进的声音，当局为此已经下达命令，禁止市民开窗窥探。而安插在南昌城内的坐探也报告说，发现最近有部队乘军舰登陆上了鄱阳湖。

据南浔铁路坐探报告，他曾夜间贴耳于铁轨，发现承载日军的火车很可疑，其中南下火车车身明显沉重，而北上火车却车身轻浮。

日炮兵为了在山地方便携带野炮，已将野炮改为马驮，并且已经开始进行野外训练，由此来看，日军即将行走山地，也就是说，日军即将再次发起进攻。

日军也开始大量征集民夫，用于军用品的运输。

根据以上种种敌情，参谋处确信日军即将开始发动袭击，这和坦能堡会战前德军的调动情况十分相似。其实，南浔铁路北上火车之所以轻易让中国军队看到露出的人枪，是故意迷惑中国军队，可想而知其中并没有大批的日军，而南下火车隐蔽森严，车身又沉重，想必其中装满了士兵和武器弹药。由此来看，占领南昌的日军，必将再次发起一场规模较大的攻击。

用以确定日军将发动进攻的证据还不止这些，其中日军的各部队调动也很能说明问题。从 1941 年 1 月起，日军就调回了全部外派部队，包括去年夏天被调遣到武汉担任警备任务的第三十三师团步兵二一五联队之第三大队，以及宜昌会战时，抽调去的三十四师团步兵二一六联队，而且对于损失的兵力又作了增补。2 月中旬，日军的各部队已经蠢蠢欲动，由日军原五师团抽编成立的独立混成第二十旅团已经从上海突进至牛行（昌北）望城岗、东凉山间地区，并且开始尝试渡河以及演习夜间作战。3 月初旬，日军又撤回了守卫武宁的二一三联队，被调派到安义附近；同时，驻守武汉的日本第三飞行团，也陆续汇集到南昌机场，配合陆军进攻。3 月 12 日夜，日军开始秘密地将第一线部队的大部都集聚于阵地，直至 14 日，日军的大批主力部队已经聚到了一起。

146

北路进攻

3月15日凌晨3点，安义方面的日三十三师团开始行动，兵力包括步兵、骑兵、炮兵共达5000余，日军兵分两路，目标直指国军第七十军镇守的第一线阵地。由此，上高会战打响。

当时由第七十军的第九预备师、第十九师、第一〇七师负责镇守奉新一带第一线阵地，鉴于日军攻势凶猛，一〇七师指挥部遂急令驻固县、上江陈一带第二线阵地的三二〇团前去支援。而三二〇团的右翼三一九兄弟团则防守以米山为支撑点的左翼地区。

面对日军随之到来的猛烈进攻，三二〇团立即展开了阵地部署。一方面为了更好地防守，各处开始紧急加固工事，增设侧方火力点和改装高射机枪阵地；另一方面，为了出奇制胜，突袭日军，在主阵地正前面的要道上，还派遣预备队埋设了手榴弹和炸弹，以此来对日军坦克形成打击。

北路撤军

在日三十三师团的作战记录中，记载着此次日军作战的目的，其写道："师团与三十四师团相策应，从左侧攻击第七十军，将其压制在锦江。"由此来看，三十三师团的任务不是彻底歼灭第七十军，而是突破第七十军的第一道防线，把其击退至锦江一线，然后由三十四师进行歼灭。随后，三十三师团与第七十军交战两天，第七十军节节败退。此时，由师团长樱井省三统帅的三十三师团按照原计划停止了作战，并下令已经占领村前街西侧高地的步兵第二一四联队撤兵。19日，第二一四联队撤退到奉新，决定整装待命，准备中条山会战。步兵第二一五联队没有作战略转移，而是留在了凤凰坪地区，准备19日黎明前再向北进发。但令日军没有想到的是，七十四军张灵甫的五十八师一七三团的一个营发现了他们，经过一天一夜的交战，第二一五联队被毙伤200余人。23日，第三十三师团大部队退回驻地，因为第二一五联队的惨败，日军大为恼火，在行至上富镇时，泯灭人性地放火烧了全镇。

南路进攻

负责南路进攻的日军，可谓是一支难以对付的精锐之兵，兵力虽独立混成旅团，但其中包含了退出南宁战场的第五师团。第五师团是日酋板恒留下的，战斗水平非同一般。对于这样一支部队，国军视之为隐患，立誓要把其尽快一举歼灭。

据统计，当时这支独立混成的旅团集结了8000兵力，包括第一〇二、第一〇三、第一〇四、第一〇五共4个大队的步兵、骑兵队、炮兵队、工兵队、通信队及辎重队等。3月13日夜，池田少将率领这支旅团从望城岗出发，向厚田街附近进犯。15日，顺利抵达锦江与赣江合流处河口夏附近，中午时分，池田少将下令部队开始对锦江南岸守兵发起猛烈进攻，当时日军还配备了九架飞机和六门大炮，这些火力威猛的武器接连不断地轰炸锦江沿岸，如果守军阻击失败，日军就将渡过锦河，但南岸守军顽强抵抗，最终成功击退日军的进攻。夜晚时，日军再次强渡锦河，守军仍誓死阻击，经过一场激战，日军被再次打退。16日黎明，不肯罢休的日军第三次强渡锦河，此次还备有汽艇、民船和木排等装备。最后，在日军猛烈炮火的掩护下，守军未能击退日军，日军渡过锦河。守军第七十军一〇七师三二一团第九连随即转移至尧峰岭，但又受到了紧随而来的日军的猛烈攻击，于是又撤退至仙姑岭。

17日，渡过锦河的日军还剩余2000多人，以及四门大炮，这些日军分兵两路，向曲江镇附近推进，其中一路往南行进，意图占领泉港街，但途中遇到中国军队五十一师一五一团，在该团的顽强阻击下，日军最终撤退到独城以东地区；另一路日军向西行进，遇到中国军队一〇七师三二一团第三营，日军最终难敌中国军队的猛烈袭击，只能退守至塘里胡以东地区。

18日黎明，退守到独城附近的日军再次出兵来犯，五十一师一五一团第三营与日军又展开了一场惨烈的交战，但此次中国军队未能击退日军，牯牛岭、经楼圩、曲水桥、付家圩陆续被日军占领。随后，先前驻守在泉港附近的一营中国军队，沿经楼圩地区，向西水推进，试图阻击敌尾，夜半时分，该师下令部队调整行进方向，最终在脊岭、红石岭率先占领阵地。翌日清晨，趁着日军向经楼圩方向西进的时机，国军决定发起突袭，于是，9时，罗卓英电令四十九军紧急调遣二十六师兼程经樟树，即以主力开始渡江，由此一来，就会与阵地的五十一师形成策应，最终有力地夹击向西推进的日军。

落下帷幕

从3月15日日军发动进攻开始，到3月22日结束，这八天日军与中国军队的对决，最终以日军的惨败而收场。面对这个结局，日军少将池田不得不甘拜下风，这次日军损失比较惨重，为了渡过锦江，日军五艘兵船被击沉；随后的进攻，日军也是步步惊心，在进攻丰城时，受到中国军队猛烈狙击，最终退至曲江；迂回清江时，又在独城受到中国军队袭击；而欲占华阳之时，国军的东西夹击使其主力被围困，最终几乎全军覆灭；最惨的是，日军的伤员最终也未能被送走，中国军队巧妙地击沉了日军的伤兵船。八天的激战，原本气焰嚣张的日军，妄图凭借精锐部队打击中国军队，但最终却被中国军队打得溃不成军，此时池田等人嚣张不起来了，最后只能带着残兵败将北渡锦江，与中路会合，然后向上高进犯。

至此，南路日军的进攻落下帷幕。

张灵甫晋升王牌主力

从1941年3月15日正式打响上高会战，到4月2日正式宣告结束，共计18天的战斗在敌强我弱的形势下，最终以中国军队的胜利告终。

具体来说，虽然国军以 10 万兵力对抗日军 6.5 万兵力，从数量上来看，国军占了一点优势，但从装备武器上看，日军可是占了相当大的优势。在如此条件下，国军能够重创日军实现完胜，实在令人赞叹。据统计，此次作战，日第三十三师团、第三十四师团及独立第二十混成旅团伤亡高达 70%，共计 2.4 万人，仅被国军俘虏的就达百人；武器装备方面，日军被炸毁一架重型轰炸机，被击沉十艘汽艇，被缴走 18 门大炮，100 多个掷弹筒和 2000 多支（挺）步枪机枪。高级将领方面，毙少将 1 名、大佐 1 名、大队长 2 名。总体来说，此次战役国军不仅战绩非凡，还给日军以沉重打击，也彻底粉碎了日军的战略意图。兵败的日军随后退守南昌，作战失利的第三十四师团参谋长樱中德太郎大左自杀谢罪。

此次会战，国军伤亡也很大，总体上比日军还多一些，其中 8000 余名战士英勇殉国，但高级将领只牺牲一人，为七十二军新十五师上校团长张雅韵。牺牲的日军高级将领就比较多了，而且日军部队的编制也需要有能力的将领，因为日军一个大队的实力就超过国军一个团。

4 月 4 日，何应钦在面对中央社记者的采访时说："上高会战在今后作战指挥上非常重要，其影响之大，莫可比拟。日军采取分进合击战略，即外线作战。中方始终固守上高一带既设阵地，依内线作战之原则，先击溃其夹击之一翼，然后转向其主力包围攻击，率将其各路兵力悉行歼灭，可谓为开战以来最精彩之作战。"

被赞誉为"抗战以来最精彩的一次大捷"的上高会战，也使七十四军从杂牌走向了王牌。

为了表彰七十四军的非凡战绩，国民政府特意授予第一号武功状和军事最高荣誉"飞虎旗"，而在作战中同样表现英勇的第五十七师荣获"虎贲"称号，军长王耀武、副军长施中诚、第五十八师副师长张灵甫各荣获勋章一枚。此次作战大大提高了七十四军的声名，在后来的作战中，蒋介石对七十四军开始委以重任，钦点其为华中四大战区的主力攻击军。

所谓攻击军，就是直属军委会的战略预备队，这种军队将享有特别扩编，即增添炮兵团、工兵团、辎重团、警卫团、补充团各一个，搜索营（半机械化）、高炮营、战防炮营、重迫击炮营、通信营各一个。而实力也超过一个师，其中每一个师按编制补充人数，同时将配备各一个营的山炮和迫击炮，以及各一个连的战防炮和 20 毫米高炮。由此来看，成为攻击军的部队，战斗力是其他部队无法比拟的。事实上，这次被钦点为攻击军的七十四军，还额外得到了一批苏式装备，包括 115 毫米榴弹炮 4 门、76 毫米野炮 8 门、37 毫米反坦克炮 4 门、7.62 毫米水冷式马克西姆（即"俄国版的马克辛"）重机枪 25 挺、转盘机枪轻机枪 70 挺等。

此外，张灵甫因为卓越功勋被晋升为少将师长，由此一举成为蒋介石的五大王牌主力之一。但在解放战争中，被粟裕部队包围在山东孟良崮的张灵甫最终自杀。

王耀武战后感想

战争本来是残酷的，是不得已而用的，古语云："兵可百年不用，不可一日不备。"又云："兵犹火也，弗戢将自焚。"这是说明用兵，乃出于不得已之处。可是为了摆脱外侮的侵凌，为了解除整个国家民族生存的威胁，我们起来抗战，起来拼命，这战争是神圣的，是十二万分应该的；尤其是我们身负捍卫国家责任的军人，遇到这样抵御外侮的战争，应认定是我们军人报效国家一生难逢的最幸运的机会，我们应该抓住这个机会，去为国牺牲，与敌拼命。这次上高会战已牺牲的先烈们，他们抓住了这个报国良机，拿他们的热血与头颅来保卫上高县。如果我们每一个后死的同志们，都认清这自己一生难遇的报国机会，个个都准备以热血头颅来捍卫国家，那样不止是目前自己守住的一寸一分的土地，不容日军染指，就是已经被践踏破碎了的河山，也一定可以拿我们的热血头颅支撑填补起来，达到我们的"金瓯无缺""九鼎依然"的最大愿望。

总裁训示：军人"不成功，便成仁"。本来摆在军人面前的两件至宝，就正是这两样东西——"成功""成仁"。我们每一个军人，如果都不顾险阻艰难地去为国奋斗，这"宝"总有一件会被你得到。如果我们眼花缭乱，意志薄弱，没有看准这个奋斗的目标，也没有向前迈进的勇气，结果将茫无所获，至"宝"是不会被你得到的，甚至于身败名裂，遗臭万年。

这次上高会战，为国牺牲的先烈，他们捉住了"成功"这一宝，这光荣是永远不会磨灭的，我们后死的同志们，能守住上高，也算是得到了"成功"这一宝，这责任是我们应该尽到的。这是军人最宝贵的收获，也是军人人生哲学的真谛，所以我们每一个军人，都应该拿出大无畏的精神，不顾一切地去夺取这两件至宝——"成功""成仁"，这样才能不辜负这七尺之躯，才算是顶天立地的好汉。

任何事业的进化，都是从新陈代谢的定律中推演出来的，旧的经验与新的知识本是互为因果循环相生的。宝贵的作战经验，都是从鲜红的血中得来的，进步的军事新知，又是从这血的经验中发现的。这次上高会战，我们从那血彩的辉煌中，获得了很多珍贵的作战经验，而且我们应该从这些经验中，切实地去体会，去检讨，去研究，这样才能得到更进步更有效的杀敌致果的新知识，以期待夺取第二次，甚至无数次比上高

王耀武

150

会战更伟大更精彩的胜利和成果，来光复锦绣的河山，建立起崭新的中国。

艰难困苦的抗战到现在，已经逐渐接近胜利了。这次上高会战，在外界，均当成是抗战胜利年的开端。我们听到这过分的表扬，感觉到格外地惭愧和兴奋，可是越接近胜利，越要加倍努力，越要咬牙支撑，不能有一时一刻的松懈，才能取得到最后的胜利；如果稍获胜利，即精神驰懈，怠情骄盈，就会事败垂成，功亏一篑。过去的胜利，即化为乌有，恐怕连本身的存在都成问题，进而会使整个国家民族，因此而受到莫大的影响。所以我们应该特别警惕，外加反省。在踏入胜利之途时，更要格外抖擞精神，加倍努力，以期完成最后的胜利，歌唱我们的胜利之曲。

具备了百折不挠的精神，才能坚定抗战的意志。如果精神萎靡不振，心神飘摇不定，今日希望外援，明日希望国际情势的转变，却不把自己的国本树立起来。正所谓"皮之不存，毛将焉附"。像这样完全依赖外援，是最靠不住的。我常说：世界上最好的朋友是自己，最大的敌人也是自己。自强不息，无外援亦能成功，如自暴自弃，有外援亦难久存。抗战光荣的成绩，是先烈们铁与血的连锁，国际地位的提高，尤须以铁与血作支持坚硬的砥石，我们唯有以铁与血作外援的砥柱，唯有不断地打胜仗，才能竖起中华民族的脊梁，才能奠定自力更生的民族精神。

在战场上，谁能坚持最后五分钟，谁就能取得最后的胜利，所以薛长官常说："苦斗必生，苦干必成。"罗总司令常说："军人事业在战场。"像这次上高会战，我们都能恪遵两公的训示，苦战经旬。当日军进行最后猛烈的轰炸，以及华阳、下陂桥聂家、白毛岗等处反复猛冲肉搏的时候，双方已达到精疲力竭的程度，我们如果不作最后的咬牙，实行猛烈的反击，则上高的确保，恐怕又成为纸上的空谈。所以我们每一个武装同志，在自己的岗位上，都应当抱定最后五分钟苦斗的精神，终能获取最后的胜利。

日军大将毙命

1941年2月6日，一则中国报刊的报道引起了社会的广泛关注，报道指出，中国军队击落日军海军大将大角岑生的座机，大角岑生丧命。不久，日本海军省也发布文告予以证实，大角岑生确实死于中国战场。大角岑生的死亡，着实让中国抗日军民振奋不已。

大角岑生

大角岑生，出生于1876年，家乡为爱知县三宅村。最先在爱知第一中学就读，随后转入海军学校，后又进入海军大学学习。从1909年开始，大角岑生任职于日本驻德使馆。1912年，大角岑生回到日本，随即进入日本军令部担任参谋一职。1918年，大角岑生再次出国，担任日本驻法使馆副武官职务。1922年，回国就任军务局长和第三战队司令官。1925年，晋升为日本海军次官。

1928年，大角岑生在出任海军第二舰队长官后，又出任横须贺镇守府长官。1931年4月，大角岑生得到晋升，担任军事参议官职务，也就是一定意义上的海军大将。没过多久，大角岑生再次升迁，进入犬养毅和斋藤实的内阁，成为海军大臣。1935年，他因任九一八事变爆发时的海军大臣而受封男爵。此次受封，不仅遭受到海军内部的嘲笑，而且也让日本陆军心生不满。连连升迁，使大角岑生变得狂妄自大，而且还催生

大角岑生在南京保卫战后到光华门视察

了他强烈的侵略野心。之后，他联合陆军大臣林铣十郎，向日本议会提出想将国家税收的一半作为军费的建议。

1937年，日本全面侵华战争爆发，当时，日本的航母停泊在珠海市唐家湾外海，企图对中国商船的海上运输进行封锁，以及骚扰中国渔民捕鱼。此外，日军还出动飞机，对广州及周边铁路、公路进行破坏性的轰炸。之后，日军攻占珠海三灶岛，开始在岛上建设军用机场。1937年12月13日，南京沦陷，随后，大角岑生亲自视察了南京光华门一带。

1941年初，大角岑生代表日本最高军事当局来华，其目的就是将侵略战争扩展到全中国，为了与分散于中国各大城市的日本高级侵华指挥官联系，他先后到了上海、南京、武汉等地。

海军大将毙命

1941年2月5日清晨，计划前往海南岛就任南太平洋舰队司令官的大角岑生从广州机场出发，其乘坐飞机为日本海军的大型运输机，机长是黑濑寅雄。为了确保安全，大角岑生还特意调派6架战机护航，其中与大角岑生同行的还有属下幕僚。其实，此次前往海南的大角岑生，是为进攻香港和东南亚作战略准备，如果他顺利到达，将给香港和东南亚人民带去深重的灾难。但让人振奋的是，当载着大角岑生的飞机在伶仃洋上空飞行时，突然遭遇旋风，造成引擎失灵，飞机最终返回珠江口西岸。经过三灶机场的维修，飞机再次启程，但不幸又遇大雾，最终飞机迷失方向，意外地闯入中山县第八区（大赤坎乡），那里正好是中国挺进第三纵队的阵地上空，而这里就成为了大角岑生的葬身之地。

日军运输机闯入挺进第三纵队阵地后，被防空观察哨兵及时发现并上报，纵队司令袁带得到上报后，随即下令机枪予以猛烈射击。最终，日军运输机多处中弹后从高空坠落至珠海市斗门县黄杨山的山坳中，不久后，轰鸣的爆炸声响彻山谷。

中国未遗忘：抗日战争纪实

之后，袁带迅速率领部队向坠机地点赶去，为了确保不放过一个生还者，袁带先命人封锁了三条进山路口。随后，在滚滚浓烟中袁带率部队开始进行仔细搜查，最后发现 10 具辨认不清的尸体，从衣服上来看，有 2 具身穿日本海军将官服饰，由此可以判断其身份。另外，袁带等人还发现了证件，证件有力证明了海军大将大角岑生的身份，他被炮弹击中头部，整个额头已经被炸裂，血肉模糊，惨不忍睹。大角岑生，是抗日战争以来，中国军队毙杀的日本最高级海军将领。此外，另一具被炸得焦黑的尸体也得到证实，实为日本海军少将须贺彦次郎。

在飞机失事现场，袁带及部队还捡到日军的军用地图以及一些笔记本、指挥刀及镍币。此外，更为重要的是，两个装有日军绝密文件的保险箱被发现，毫无疑问这些文件的意义重大。随后，发现的所有日军物品被装在两个大木箱中，向粤北的中国第七战区司令部运去。

战犯葬不见尸

其实，当日方得知大角岑生出事后，曾紧急派 100 余架飞机进行搜救，虽然这些飞机在中国珠海和新会沿海进行了全方位的低空拉网搜索，但未能找到飞机残骸，最终只得空手而回。

又过了几天，日军得知了国军发现了事故现场，于是不死心地又派遣兵力妄想前往处理。当山崎部队派兵乘着舰艇自江门顺利进入斗门后，却在月坑北松山、塘基受到了国军袭击。刘登队长率领的广东游击二支队和陈伟民带领的挺进第三纵队第八支队等抗日武装对其进行了猛烈进攻，日军被击退。之后，日军又企图从大赤坎村渡河登陆，但这次也不可避免地遇到了中国军队的阻击，其中冯扬武率领的游击队给予其重大打击。日军几次突进都未成功，随即日军决定避开斗门墟一路，绕道进山，虽然这次日军没有受到国军阻击，但当他们赶到事故现场时，只剩下飞机残骸，其余东西都已被国军清理，只得失望而归。

面对大角岑生飞机被击的事实，日方先是予以否认，一直坚持到 2 月 20 日，日方才承认，并为大角岑生举行了葬礼。至此，策动侵华的最大战犯大角岑生终于罪有应得地亡命中国，这片他曾妄图霸占的土地，最终却变成了他的墓地，真是可怜可叹。

153

鄂北抗战

鄂北烽烟

4 月 30 日，华中方面的日军举兵进攻鄂北和鄂西，中国守军进行了殊死奋战，由此随枣会战正式爆发。

日本方面，此次作战的指挥官为第十一军司令官冈村宁次，他以"不考虑城镇的攻陷，立足于单纯作战，专心致志消灭国军"为目的，计划采取虚实结合的作战方略，并且特意下达严令，要日军各部队死守方针秘密，以防透露作战计划。此外，为了提高军队的凝聚力和战斗力，冈村宁次还鼓动全军士兵要发扬皇军大无畏的战斗精神，狠狠地进攻，以达到消灭中国军队的目的。

4月18日，日军大本营下达关于襄东地区的作战命令和指示，其中《大陆命第298号》中指出："华中派遣军司令官为完成现任务，在四五月间可在汉口西北正面，暂时实施越过现作战地区。"

《大陆命第427号》指示中要求："华中派遣军司令官按大陆命第289号实施作战时，要尽快返回现作战地区内。"

4月30日，随枣会战爆发，日军按照计划，以锥形突进、钳形夹制的作战策略，分散兵力，向鄂北、鄂西两个方向分别进行搜寻，妄图消灭此处的守军有生力量。与此同时，还派遣一部分兵力沿襄（阳）花（园）公路、京（山）钟（祥）公路及汉水东岸进行钳击，计划最终合力进攻枣阳。

4月30日，鄂北战场，日军发动空军配合作战，在空军的掩护下，第三师团将兵力分成四路，分散于信阳、应山一线进行迂回突进，日军这次的进攻目标是此前出击日军的部队，而主要进攻地点则是随县和枣阳东北地区。随后，日军沿郝家店、徐家店一线，向坚守此地的"出击部队"覃连芳率领的八十四军（下属一七三师钟毅部、一七四师张光玮部、一八九师凌压西）进行攻击，守军与日军浴血奋战一天一夜，但未能挡住日军。5月1日，吴家店、泉口店，万家店等地沦陷，第八十四军主力被迫撤退到主阵地塔儿湾附近，但日军紧随其后，塔儿湾阵线岌岌可危。危机之中，第五战区司令长官部立即调遣汤恩伯第三十一集团军赶往救援，补充守兵兵力，并且打消日军向西、向西北挺进的势头。

5月2日，接到命令的第三十一集团军第十三军张轸部和第八十五军王仲廉部，随即从随县及随县东南和东北地区的现防地动身，向东进发。不久后，第十三军一部占领高城迄天河口市之线，主力控制于唐县镇、唐王店、太山庙镇、青苔镇附近地区。八十五军全部控制于鹿头镇、远家堂、吴山店、马家集附近地区。

占领阵地的各部队，马上投入紧张的备战，一方面加紧攻势防御，一方面激发抗战斗志。

5月2日，日军一部携带飞机和12门大炮，向张轸第十三军张雪中第八十九师、吴绍周一一〇师阵地发起进攻，在激烈的对决中，守军给日军沉重打击。与此同时，另一部日军与塔儿湾附近第八十四军发生激战。眼下战争形势，是日军主力集中于淅河南北线，第五战区副司令长官兼左集团军总司令李品仙认为，日军不多时可能发动总攻。为利于"尔后出击起见"，于是下令：

十三军立即调动有利部队突袭阵地前的马鞍山、三家寨附近日军，要彻底将其打退，然后占领寨子河四周的主要关隘。八十四军原地不动，静候调遣。

日军集结飞机、坦克和远近射程的大炮，向驻守塔儿湾的八十四军开始了连番的轰炸，虽然当时中国守军的军事配备远远不如日军，而且整体战斗力也相对薄弱，但日军想要迅速将中国军队歼灭的企图也只能是妄想。中国军队作战经验丰富，近两年与日军的对决，对日军的一些作战特点中国军队已经有所了解，知己知彼，百战不殆，中国军队根本没有日军想象般的那样不堪一击。

钟毅第一七三师驻守塔儿湾后方阵地，这里有非常利于作战的土丘，第一七三师充分利用地形，把防御阵地选在低平的土岭上，岭上高低起伏、远近不一的土丘，非常适合隐蔽。为了分散日军的炮击，他们还巧施欺骗战术，将黄土高高地堆在没有人的阵地前沿，由此日军很容易就会误以为守军在此而发射炮弹。同时，在土丘前方还挖有不规律的散兵坑，在坑后死角处也作了巧妙设置，即挖筑了适于隐蔽的地方，它可以装下一个班士兵，设立此处的目的是为了给士兵提供轮流休息的地方。架设轻机枪的掩体在土丘的两侧各设置一个，轻机枪的布局设计，其实是考虑到了所设火力线的需要，在相应地土丘两侧各设置一个，最终会形成交织的十字火网，如此密集的火力射向阵地前的日军，恐怕日军连一步都不敢靠近中国军队战地。

战斗连续进行了三日，中日双方激烈地争夺着阵地，打得真是不可开交。第三日，战事开始发生变化，在日军阵地后方，突然出现一只艇形的氢气球，当时中国军队猜测，这可能是一只用来观测中国军队阵地的"雷达"，在"雷达"的指示下，日军的大炮将准确无误地轰炸中国军队阵地。不出所料，随即日军的几十门大炮就按照氢气球的指示，对第一七三师阵地发起了猛烈的炮轰，且轰炸整整进行了两个小时。日军的炮火反复进行着自右向左、又自左向右的袭击，守军阵地一时硝烟弥漫。轰炸结束后，成群的步兵便向守军阵地一拥而上，但日军没有料到，在猛烈的轰炸下，中国守军依然严守阵地，英勇的中国战士根本不像日军想象得那般脆弱，日军自认为守军在炮火中非死即伤，或者干脆临阵脱逃，但来自散兵坑的机枪扫射，已经告诉日军，守军战士犹在，最终，放松警惕的日军步兵被毙伤众多，只能落荒而逃。

事实上，在猛烈的炮火下，没有伤亡是不可能的，只是那些日军自以为炸向守军的炮火，并没有真正打到守军。正如前面所说，聪明的守军在日军到来之前，已经挖筑一些伪装工事，真正用意就是吸引日军的炮火，而日军正巧钻进了圈套。另外，埋伏在散兵坑中的守军，也提前在坑底挖了一个斜洞，俗称"蛤蟆洞"，守军待在里面，可以成功躲过炮击。因此守军就这样存活在了炮火之下，而且给日军来了个措手不及，遭到扫射的日军死伤无数。

在第八十四军第一七三师五一九旅刘栋平团中，有一位营长作战尤其英勇，他就是第一营营长黄玖辉。在塔儿湾要道狙击日军的作战中，他事先准备了两箱手榴弹，手拿两挺重机枪顽强抗击进犯日军，他视死如归的气势，令人肃然。在日军的枪炮轰炸中，他的足部不幸被碎片击中，但他强忍疼痛，继续作战，他的这种战斗精神深深感染了手下士兵。于是，一股拼死坚守阵地的精神力量注入到了每个士兵心中，他们向进攻的日军予以猛烈的回击，誓死不让日军向前一步。

守军战士的顽强抵挡，最终击退日军，但狡诈的日军怎会甘心如此退兵。于是，日军又惨绝人寰地使用了毒气，拥有强烈窒息性和催泪性的毒瓦斯炮弹向守军阵地密集地射去，此时守军官兵还未察觉，他们只是对轻微的爆炸声感到了一丝诧异，然后就英勇地再次投入了战斗。但是过了两三个小时，毒气发挥了作用，多数守军官兵身体感到不适，眼睛不可抑制地流泪，还伴着阵阵呕吐，起初第一七三师第五一九旅旅长梁津以为是战士的食物发生了问题，如果是不小心用了桐油炒菜，就有可能出现此类症状。但经过调查，才知道是日军使用了毒气，梁津立即下令官兵佩戴防毒面具。但一切都太晚了，毒气已经侵入官兵身体里几个小时了，官兵们此时不仅呕吐连带流泪，而且鼻孔和胃腔内也开始灼烧，痛苦不堪。此时，梁津忽然想起，毒瓦斯比空气重，如果登上高处，就能少受一些毒气的危害。于是，梁津率领部队快速撤离低凹的指挥所，转移到高处。随后，梁津又命令全部官兵都把毛巾浸湿，涂上肥皂后用来蒙脸，以略微抵御毒气入侵。在塔儿湾阵地，梁津部队与日军反复作战，阵地被占领六七次，但每一次梁津部队都勇猛地夺了回来。

在交战中，日军依旧卑鄙地继续使用毒气，借助有利的风向，一次又一次将毒瓦斯唧筒投向守军阵地。毒气借助大风迅速在阵地弥漫开来，守军官兵一个接一个地中毒倒地被紧急送走。日军接连不断地用毒气攻击，使守军损失大量兵力，战斗实力急速减弱。

5月4日，与日军交战数日的第八十四军，最终伤亡惨重，被迫撤离塔儿湾主阵地，向厉山方向转移。虽然第八十四军付出了重大的牺牲，但也沉重地打击了日军，在蒋家河畔，日军的尸体一层覆盖一层。

装备有12门大炮，以及3000兵力的另一路日军，借助飞机的掩护，猛烈袭击驻守高城一线的第十三军张轸部，虽然日军来势汹汹，但张轸部第一一〇、第八十九师英勇迎敌，经过一场激战，日军伤亡无数，但守军兵力也受损无力再战。4日，高城被日军占领。

张轸，先后在保定军校、日本士官学校学习，毕业后加入国民军。辛亥革命时，他积极参加战斗，在北伐战争中表现英勇。统一抗战开始时，张轸在河南组织招兵，然后进入前线参与战斗。张轸所率部队先后参加了几次大会战，如台儿庄会战、武汉会战和随枣会战，张轸所率部队抗敌英勇，但与蒋介石有矛盾，所以未曾被蒋委以重任。1941年，参加中国远征军入缅作战，建国后，加入中国人民解放军。

随枣战役开始后，第十三军张轸率领的第八十九师元气大伤，其实，第八十九师原属于汤恩伯的基本队伍，从重庆归来的汤恩伯在没有告知张轸的情况下，就调走了第八十九师。并且对第八十九师损失较大一事尤为愤怒，怒火直接指向了张轸，他严厉斥责张轸把第八十九师当作牺牲品，随后，还向蒋介石告发了张轸。蒋介石听后，没有听张轸作任何解释，就免去了张轸第十三军军长一职。此事令张轸很气愤，他当即填词一首："数理本难凭，似有夙因。阳明却也困邮亭。回忆当年莫须有，何恨不平……"

其实，纵览张轸所部的数次与敌交战，张轸所部都表现得顽强而英勇。5月5日清晨，日军发动了一个联队的兵力，对天河口发起猛烈袭击，守军第十三军与之浴血奋战。随后日军派出一部延伸兵力，与中国守军主力在天河口交战，同时，背后却调动主力从高城以南地区向前推进，企图从中央突破国军防守，并以此向左右进犯。虽然日军施展迷惑计谋，但并未得逞，第十三军张轸部发现了日军的主力部队，并且给予了猛烈的阻击，由此，日军没能完成向前推进的计划。6日，在厉山至蒋家河之线，中日双方又进行了一场厮杀，双方最终都造成了重大伤亡。

沿着襄花公路，日军主力一路向正前方进发，此处地形以平原为主，地势相对平坦，由此也给日军行进部队提供了便利，同时，也让武器装备先进强大的日军大大威风了一把，只见日军坦克在阵地上一路猛冲，所见之物一律毁坏，尽显狂妄气焰。驻守沿襄花公路阵地的守军第十一集团军部，虽然在公路两侧进行了严密的纵深布防，但还是不能有力阻击日军。事实上，当时的守军不仅孤军奋战，而且与日军大型的机械化装备相比，连平射炮等重武器都没有，这些都给守军的防守造成了困难，尤其是威力无比的坦克，更让守军无可奈何。但即便如此，守军战士也没有畏惧和退却之心，他们坚守着与日军决一死战的战斗精神，顽强地守卫战壕，甚至大无畏地攀上日军的坦克，从上向车内日军投掷手榴弹。虽然守军战士拼死与日军纠缠，但面对坦克、大炮，再强悍的血肉之躯也难以抵抗，最后，守军牺牲众多。日军的坦克踏平了守军战壕，战壕中的守军战士纷纷被碾死或活埋，紧随着坦克，日军步兵携带着轻重机枪向阵地发起猛烈扫射，密集的弹药射向无力抵抗的守军战士。

此时，因汤恩伯部主力没有按照原计划从桐柏山侧面对日军进行袭击，所以，第八十四军只能在毫无增援的情况下孤军奋战。7日，守军被迫撤退，日军占领随县。8日，日军对第八十四军厉山阵地发起猛烈的炮击，千余步骑兵借机渡过蒋家河，随后，日本战车队一路轰隆向厉山进犯，猛烈的攻势令第八十四军不得不连连后撤。

鄂北地区，也是硝烟弥漫，战斗激烈。日军进攻迅速、火力威猛，随即突破中国守军防线，占领随县。之后，日军向随县西北方向继续推进，与中国守军左集团军参战部队展开激烈混战，中国守军拼死阻击，战斗士气高昂。

157

重庆大轰炸

重庆位于长江上游地区，是一座历史悠久的山城，在此次抗日战争中，它作为抗战的大后方，是具有重大战略意义的西南重镇，再加上国民党政府战时陪都的重要地位，重庆不可避免成了日军重点进攻的对象。

1938 年 12 月 26 日，日第六十、第九十八两个轰炸机队从汉口直飞重庆，对重庆进行了反复猛烈的轰炸。至 1939 年 1 月 10 日，日军已经对重庆试探性猛轰三次，其目的就是查看重庆空防情况，最终日军发现"重庆的防空态势尚未完备"。1939 年 5 月 3 日下午，放下防心的日军开始对重庆发起大规模的连续轰炸，日军调动 20 多架轰炸机，对重庆一阵猛轰，可谓丧尽天良，其中重庆最繁华的陕西路一带被轰炸得尤为频繁，27 条街中的 19 条都毁于一旦，被轰炸成断壁残垣，当地市民悉数负伤，触目惊心的鲜血和尸体比比皆是。

5 月 4 日下午，日本轰炸机又飞至已经被炸得惨重的重庆上空，开始进行密集轰炸。只见通远门到都邮街一带的高楼大厦瞬间被夷为平地，重庆 37 家私人银行中的 24 家先后被炸毁。曾经繁华的城市现在浓烟滚滚，店铺和房屋正被熊熊的大火包围，到处都是非死即伤的市民。夜晚，重庆已经被炸得完全断电，在漆黑的夜色中，只有轰炸的火光依然炙热。这些火光散落在废墟上，散落在死去的人身上，仿佛变成了哀悼的烛光，在巨大的灾难之中，祭奠死者。来自亲人、爱人们的撕心裂肺的哭泣，在漆黑的夜里令人痛彻心扉。

经过两天惨无人道的大轰炸，使重庆三分之一的房屋被炸成废墟，熊熊的大火更是烧了整整三天。据统计，仅 5 月 4 日一天，重庆就有近 5000 人被炸死或炸伤。

1940 年 5 月 20 日，重庆又遭遇到了惨烈的大轰炸，此次日本调动 70 架飞机，对重庆进行了毁灭性的疯狂轰炸。向整个城市纷纷投下炸弹和燃烧弹，瞬间使重庆市区陷入火海。大火从一座房屋烧向另一座房屋，烧了七八天才熄灭。日本这次的疯狂轰炸，毁掉了半个重庆。

在重庆市里，当时建造的防空大隧道仅有一条。1941 年 6 月 6 日，日本再次轰炸重庆，市民们纷纷逃入隧道，但轰炸持续了很久，隧道里已经人满为患，再加上隧道本身就没有足够的通风设备，由此，很多市民被活活闷死，酿成了令人震惊的"大隧道惨案"。据事故现场负责清理尸体的工人回忆说，当时动用了多达 20 辆的卡车，进行了一天一夜才将全部尸体清理走。

以此推算，大隧道惨案造成的死亡人数估计超过 1.2 万人，单单是运往朝天门的尸体就有 4000 多具。据不完全统计，从 1938 年到 1943 年，日本出动轰炸重庆的飞机共达 5000 余架次，向重庆投弹 11500 多枚，其中威力巨大的燃烧弹就有很多。日本轰炸地区多为非军事目标，如居民区、繁华商业区、学校和医院等。此次日军对重庆持续猛烈地轰炸，使重庆一度成为大后方受损最严重的城市。

枣阳混战

面对不利的战事，中国军队统帅部陷入消极和悲观之中，随即作出了一些撤退部署。其中命令主力向襄河以西、老河口地区撤退，桐柏山、大洪山地区的游击作战继续，其实这无疑是将襄东地区拱手相让。

两翼攻击都取得了胜利，这让日军第十一军司令官冈村宁次非常满意，随即作出了包围汤恩伯集团军的战略计划。其中下令第三师团调派一支右翼梯队，沿信阳、西新集、湖阳镇大道向前推进。此处是中国守军第五和第一战区接合部，兵力相对薄弱，右翼梯队此行的目的就是要以此处为突破口，随即攻克桐柏城，突击后再转向西行进，然后占领唐河沿岸湖阳镇一线，这里是汤恩伯集团军的撤退必经地，日军此行就是要截断汤军退路。另一方面，冈村宁次又令骑兵第四旅团第二十六联队迅速行动，越过第十六师团先占领张家集、双沟镇，然后把枣阳和襄阳之间的国军联系彻底阻断，当十六师团赶到时，再交由其防守。然后第二十六联队继续向前，行至白河沿岸新野方面，由此一来，就能配合第三师团右翼梯队的作战。此时第二十六联队所处位置正是右翼梯队的外翼，即构成了对枣阳以北地区中国军队主力的第二层包围圈。此外，又令第三师团主力和第十三师团突进随县枣阳大道右侧山地，然后以此正面袭击汤恩伯集团军。

指示下达后，日各部展开行动，其中，由长铃木大佐统一指挥的第三师团右翼梯队，即步兵第三十四联队的一个半大队从信阳出发，沿游河、吴店、小林店方向突进，开始进攻桐柏。担任此地防御任务的是刘汝明率领的第六十八军和李金田率领的第一一九师，日军进攻时，守军阵地只有少数兵力，因为主力之前都被调动展开游击作战了。危急时刻，李金田一面率领少数兵力顽强抵抗，一面紧急集结分散的主力部队，但为时已晚，兵力单薄的守军终不能力挽狂澜。5月12日，日军占领桐柏县。第六十八军主力由南北线正面转移至桐柏西北、经月河店至淮河店之东西线正面，与日军再次展开一场猛烈交战。

5月5日，第十六师团带领骑兵第四旅团进行作战，至7日，骑兵第四旅团突进至长寿店以北之马集、陈家集一带，8日，越过郑家岗、方家集，9日，抵达蔡阳、张集地区，计划渡滚河。滚河是一条浅水河，河底铺满细沙，所以，日军顺利渡河，登上滚河北岸。在此日军根据原定指示，派出三个骑兵联队、一个骑兵大队，急速向新野、唐河突进。9日晚，骑兵旅团在未借助船只的情况下，徒步渡过唐河，10日黎明，又徒步渡过宽约200米的白河，中午时分，新野被攻克，旅团未驻守新野而继续东进，11 日，旅团抵达新野以东的韩庄，在此兵分两路继续东进。12 日，抵达唐河，与孙连仲第二集团军田镇南第三十军之师展开一场猛烈战斗，守军最终撤退，唐河失守。旅团未留唐河而南返，在枣阳以北之湖河、太平地区，回归第十六师团。至此，日军计划对汤恩伯集团军构造的双层包围圈完成。

日军第十三师团按照计划抵达枣阳，但原定作战目标第三十一集团军已受到日第三师团的攻击，在应山以北的高城、合河地区进行着激烈的交战。于是，第十三师团立即向北突进，计划联合第三团对抗第三十一集团军。11 日，第十三师团途经枣阳东北的鹿头镇，傍晚，抵达钱家岗附近，随后，行至枣阳东北地区，与第三、第六师团及骑兵第四旅团会合。

鄂北正面战场，守军覃连芳八十四军与日军激战，结果死伤严重，被迫撤退，日军紧追不舍，继续发起进攻，最终覃军退至唐河附近。随着刘汝明军、覃连芳军的接连失利撤退，汤恩伯预感三十一集团军在前方将受到日军围攻，于是，与日军接触对抗后，便令主力迅速撤出，转移至唐河一带。对于汤恩伯的撤退，军令部在关于第五战区随枣会战经过的总结报告中，对事实作了一些夸大和捏造，报告中说："汤恩伯集团在桐柏迄枣阳以北山地，自 5 月 7 日起，敌由三合店、唐王店、倒峡流、江头店等地包围，积极进攻，我汤部仍与敌彻夜鏖战，肉搏相拼。迄 11 日，敌终未得逞。复以战略上无固守之必要，更无他部队能相互策应，为保持战力，应付尔后战斗起见，汤总司令遂留张轸率两师兵力（十三军所辖属汤恩伯之'种子军'的八十九师已被汤调走），于桐柏山内担任游击，并掩护主力之撤退，（汤）亲率四个师向唐河转进。汤部在"转进"途中，遭到敌之轻快部队的袭击，部队被截成数段，于 12 日到达泌阳以北之二十里铺地区，迄 14 日始收容完毕。"

枣阳混战中的战士

之后，汤恩伯部被调驻第一战区南阳以西的镇平、内乡一带。

统帅部命令下达后，第一战区之孙连仲第二集团军奉命迅速展开行动，对第五战区作战进行增援。5 月 9 日，抵达南阳，此时湖阳镇、新野等地被日军猛烈袭击，10 日，两地被日军占领。面对这种情况，孙连仲一面急令地方团队别廷芳部进攻日军，夺回湖阳、新野两地，一面又急调 10 日刚抵西新集的张华堂第三十师向唐河迅速开进，行至保安寨的独立四十四旅向南阳迅速开进，然后联合向日军发起进攻。11 日午时，新野被夺回。夜晚，第三十师抵达唐河，12 日黎明，日军突进唐河，第三十师与之展开浴血奋战，但三十师对敌情一无所知，在没有明确的作战计划下，被日军击退，午时，唐河失守。随后，日军大部撤回枣阳以北地区，会合其他日军，预备向汤恩伯部发起总围歼。趁日军准备之机，第二集团军第三十师立即袭击日军残部，14日，唐河被重新夺回，到15日，唐河、新野境内已经不见日军。随后，第二集团军第三十师守卫唐河附近，其余部队向南阳会和。

趁着日军从襄河（汉水）以东向北行进之机，张自忠带领的右集团军向东发起侧面袭击。此次袭击虽然是从汉水背后发起，但张自忠"决心坚确，非与敌拼殊死战，不足以挽战局"。张自忠部与日军激战数日，消灭日军众多。此时，顺利通过清水桥、青石桥等处的吉星文、王长海两师，正急速向长寿店及其以北挺进。而曹福林五十五军一部已经渡过襄河，收复朱宝大桥，此时也向长寿店的日军发起侧面突袭。

被日军包围的刘振三第一八〇师、陈鼎勋四十五军，经过猛烈战斗最终突围，转移至唐河附近，随即向襄樊挺近。

与此同时，没有向西北后退的刘和鼎的三十九军两个师，正在大洪山地区与敌展开"游击"作战，为了成功掩护汤恩伯部转移，覃连芳第八十四军和凌压西之八十九师的一个旅还深陷日军包围圈，随即后退到大洪山进行游击作战。最后，第八十四军伤亡惨重，被下令调至光化休整。

此次，日军对鄂北和襄东地区实施了大"扫荡"，妄想一举歼灭汤恩伯第三十一集团军，最终以失败告终。但此次作战还是对中国军队造成了重大损伤，而且使中国守军的防线被破坏，不过此战也使武汉西北方向暂时摆脱了威胁。抗日战争进入相持阶段以后，日军机动兵力并不充足，想要发动大规模战略进攻已经不可能，而且兵力也有限，想要攻占多处阵地变得困难。于是，日军在发动随枣会战时，就确立了"扫荡"国军而不是多占领土地的方针。这次战斗，日军两方面的进攻都集中于枣阳西北地区。不仅消灭大量中国守军，同时也击退第五战区主力，使其退至唐河以西及西北地区，对于这些战果，日军华中派遣军司令部认为此次"扫荡"计划已实现，遂下令各参战部队退至原占领地区。但返回时，又下令对第五战区留守敌后的军队进行"扫荡"，尤其重点进攻防守大洪山区长冈一带的军队。13、14日，日军从枣阳地区开始全面撤退。

对于日军的撤退，中国最高统帅部及第五战区司令长官部始料未及。他们以为日军各进攻部队集结枣阳地区是为了发动新的进攻，但日军非但没有再次进攻，而且还突然撤退，这让中国最高统帅们大吃一惊，同时也未曾作出相应的追击部署，由此，日军大部分兵力都后撤得非常顺利。日军唯一受到阻击的是在大洪山长冈地区，当时担任此地防守的四个师还没有撤退，于是，毙伤了一部分日军。最后，除第三师团留守随县外，日军主力部队悉数安全撤回各原占领区。

在日本第十一军于5月初对随枣地区发动攻击的时候，中国江防部队守军和驻守大别山的部队曾对日军进行牵制性攻击。5月6日，第二十六军丁治盘第四十一师成功夺回京山西南的陆家砦，到13日，瓦庙及雁门口也被中国军队夺回。防守大别山区的第七军一部也曾于4月30日攻克麻城北门，5月4日，在红安以北的打油尖地区，中国军队又成功对日军一部进行围歼。此外，日军设于大悟县夏店至花园的交通和通讯也被第二游击纵队破坏。

面对变化的战争形势，李宗仁在全面分析敌情后，根据最新的判断对战略部署作出了一些调整。

随着随枣会战的结束，各种"善后"工作也陆续开始，其"善后"由统帅部和第五战区全权负责。5月22日，李宗仁致电蒋介石，其中主要对随枣战役进行了分析和总结，就襄河东岸阻击日军失败而导致日军继续向北突进的作战失误，李宗仁也作了检讨。电文中说："……唯我部署未周，致敌得逞，除各部奖惩另电呈察外，拟请予职以处分，以资惕勉。"

蒋介石随后复电李宗仁："此次随枣之役，暴敌豕突北进，狡焉思逞。吾兄指挥若定，动合机宜，终予敌以意外莫大之打击，使其狼狈退窜。正念贤劳，所请处分一节，应毋庸议，仍望为国珍重，争取最后胜利为盼。"

随枣战役，中国守军总共损失2.8万人，包括负伤、牺牲以及失散。根据右集团军战斗详报，该方面部队死伤情况为：三十八师伤亡人数共计202人，失散24人；一八〇师伤亡共计1863人，失散2189人；骑九师伤亡人数共计88人，失散168人；三十七师伤亡人数共计574人，失散280人；一三二师伤亡人数共计216人，失散27人；四十五军伤亡人数共计1024人；六十七军伤亡人数共计304人；五十五军伤亡人数共计143人，失散14人。日军方面，虽然没有具体数字，但根据当时的战报估计伤亡人数约万人，王辅所著《日军侵华战争》记录为2450人。

针对第五战区对随枣战役作出的经验总结和检讨，军令部也进行了认真的分析和总结，最终得出了五点经验教训。一是与日军进行长期消耗作战，为了防止次级作战兵力的缺失，须长期备有第二线兵团。同时也要组建能够对主力部队撤退予以掩护的有力预备队，由此，就能保存军队的有生力量，避免被日军全歼。二是要确保一个战场的全部部队，都要统一在同一套指导方针和目标下，接受统一指挥和调动，不能出现类似于高级持久战，而次级目标却更改为与日军决一死战等错误。同样，指导方针和战略部署等也要避免出现此类错误，可想而知，如果不按照统一方针行动甚至违背命令作战，那么，兵败也就不足为奇。三是判断敌情时，需在仔细搜索和侦察的基础上进行，切勿只依据自己的主观，而作出先入为主的判断。四是如果日军发动的是大规模进攻，那么一般作战目标是予以全歼。五是兵力部署上，对于次要方面，兵力宜适量，过多或过少都不可以，而主要方面，兵力的投入要根据进攻的规模确定。

长沙战役（1939.9）

第一次长沙会战

第二次世界大战在欧洲打响之后，日军对中国正面战场采取了第一次大规模的进攻，这也就是第一次长沙会战。

1939年9月中旬，日军对中国的第一次大规模进攻正式打响。这次日本可谓是调集了大队人马，对长沙势在必得。日本共抽调了第十一军的第六、第三十三、第一〇六师团主力和第三师团上村支队、第十三师团奈良支队、第一〇一师团佐枝支队等共计10多万人的部队，由其司令官冈村宁次指挥，从赣北、鄂南、湘北三个方向采取"分进合击""长驱直入"的战法，向长沙发起了进攻。

第一次长沙会战

163

在日军的司令官冈村宁次看来，湘北地区是个绝佳的作战主战场，冈村宁次想要将第九战区第十五集团军歼灭在汨罗江畔平江周围地区，同时将赣北作为辅战场，准备在消灭高安附近的守军之后，将军队转向修水上游以帮助湘北方面作战。冈村宁次将第六师团、上村支队、奈良支队、第三十三师团（在鄂南方向）等部队部署在了主战场，而将盘踞在江西靖安、奉新、高安、武宁等地的第一〇六师团及其配属该师团作战的第一〇一师团佐枝支队安排在了辅战场。除此之外，陆军航空兵第三飞行团及海军一部直接支援第十一军作战。

中国方面，薛岳作为第九战区的司令官，为了守住长沙，将防御的重点放在了湘北，采用了"后退决战""争取外翼"的作战方针，调动了30多个师外加3个挺进纵队，共计24万多人参加这次作战。

在薛岳仔细地观察了日军的情况和中国军队的军事实力之后，第九战区决定这样部署兵力：

把第十五集团军安排在新墙河南北两岸，抵挡来自岳阳方面的日军；把第二十七集团军安排在平江以北的九岭、南江桥一带，防御来自鄂南通城方向的进攻；把第三十集团军安排在渣津、修水一线，防御来自赣北武宁方向的进攻；把第一集团军安排在奉新以西，沿溪李——莲花上——罗坊——会埠之线由东向西展开，守住进出九岭山的交通要道；把第十九集团军一部安排在南昌西南外围，并把主力部队安排在浙赣路樟树镇（清江）地区。除此之外，还有6个军又1个师共15个师作为战区总预备队，分别在长沙以南以东的湘潭、株洲、衡山、衡阳、浏阳及赣北上高、宜丰、万载等地集结。

在薛岳的精心部署之后，第一次长沙会战在1939年9月14日晚上在赣北拉开了序幕。从18日开始，狂妄的湘北日军主力第六、第三十三师团及奈良支队、上村支队等先后对第十五集团军发起了进攻，在新墙河、汨罗江两岸双方进行了长达九天的激战。到了28日，日军越过汨罗江开始向长沙方向推进。第九战区军队多次在福临铺、金井、捞刀河等地对日军进行伏击、侧击和夹击。由于第九战区军队的英勇作战，再加上日军的补给短缺，日军开始陷入困境。在29日，焦头烂额的冈村宁次不得不下令撤退。30日，湘北和鄂南日军在三眼桥会合共同作战，成功越过了捞刀河占领了永安市。在10月1日，日军开始撤退，第九战区军队随即对日军进行追击。10月9日前后，日军的大部分兵力撤回了新墙河北岸。10月15日，战场全部恢复到了战前状态。

赣北作战

1939年9月14日夜里，四周都黑漆漆的，仿佛只是一个普通的夜晚，但是这一晚的赣北地区却一点儿也不安静，枪声、炮声不断从赣北传来。日军就这样拉开了第一次进攻的序幕。日军以第一〇六师团为主力，从奉新、靖安一线开始向西进犯，到了18日，日军已经相继侵占了中国第一集团军镇守的会埠、上富、村前街等地，对高安左侧背产生威胁。同时，日军的第一〇一师团佐枝支队开始从高安东北的大城镇向祥符观第三十二军阵地进行牵制性进攻，并在18日成功侵占祥符观，继续逼近高安。19日，中国第三十二军放弃高安，撤退到了锦江南岸。

在高安，日军的第一〇六师团主力与佐枝支队在这里成功会和之后，佐枝支队开始在奉新西南地区进行防御性作战，并派一个旅团开赴武宁，在上富镇附近集结主力，准备继续向西进攻。22日，中国第三十二军趁机重新收复高安。

23日，日军第一〇六师团的主力开始向修水方向西进。在随后的两三天时间里，日军一部成功侵占了上富、横桥、甘坊等地，并从九仙汤、沙窝里突进到了修水东南约30公里处的黄沙桥。为了阻止日军继续西进的脚步，罗卓英也就是第九战区总司令，紧急调集了3个师的兵力向在甘坊一带的日军发起了反击。虽然这次行动没有成功收复甘坊，但是也在一定程度上拖住了日军第一〇六师团的西进步伐，让其没能远行。

之后，调集重兵的第九战区把日军第一〇六师团包围在了甘坊及其附近地区。不过，在10月3日，第一〇六师团成功突围，继续西进。

10月6日，在第三十三师团的策应下，日军第一〇六师团兵分三路开始向奉新、靖安、武宁撤退。国民党军各部对其进行尾随追击。到了10月10日前后，双方逐渐恢复到了战前状态。

鄂南作战

在9月21~22日，硝烟在不断蔓延，第七十九军前进阵地成了日军的目标。在枪林弹雨中，原本在通山、通城地区的日军第三十三师团开始对其目标发起了进攻。随后，麦市、桃树港相继被日军攻占，福石岭也危在旦夕。日军第三十三师团企图楔入渣津，将第九战区湘北、赣北间的主要联络线切断，随后对平江地区发起进攻，并准备让协同作战的日军对国民党第十五集团军进行夹攻。

到了27日，因为多次对福石岭进攻都没有取得成功，士气有些低落的日军第三十三师团只好绕过福石岭，将目标对准了龙门厂。30日，朱溪厂被攻占，日军主力进入到了长寿街、龙门厂、献钟一带，随后与奈良支队先头部队在献钟以西的三眼桥会合。这个时候，追击日军第三十三师团的第七十九军，开始从西向东，攻击右嘉义、献钟一带的日军；在长寿街、龙门厂、朱溪厂一带的日军也受到了第二十军由东向西的进攻；第八军则从通山以东地区南下，协同第二十、第七十九军对日军第三十三师团发起进攻。

10月1日，桃树港、麦市被第七十九军攻克，切断了日军撤退的道路。在献钟的日军逃窜到了平江，除了一部返回到通城之外，其余都滞留在山岳地带。

2日，第三十三师团不得不撤退。第七十九、第八、第二十军及第三十集团军相互配合，对撤退的日军进行多次截击、夹击，献钟、修水等地相继被收复。10日，撤退的日军大部分逃回到了通山、通城一带等原来的驻扎地。

湘北作战

9月18日，在岳阳地区集结的日军第六师团与奈良支队开始向新墙河北岸守军阵地发起进攻，守军第五十二军奋力抗击。23日，日军由于久攻不下，就卑鄙地在炮兵和航空兵的协同之下，开始释放毒气，强渡新墙河。同一天，上村支队一部成功登陆洞庭湖东岸鹿角，主力则在汨罗江以南一带迂回作战，后成功在营田登陆，突破了第三十七军第九十五师阵地，向东南方向继续突进，企图将粤汉铁路和长沙、平江间公路切断。

25日，第五十二军主力向汨罗江南岸转移。日军第六师团、奈良支队跟踪南进，迫近汨罗江北岸，其中一支部队伪装成了难民，偷渡汨罗江，偷袭占领了新市。归义曾经一度被上村支队占领，随后被第七十军反击克复。26日，日军对汨罗江南岸发起猛攻，激战数日之后，依然没有突破守军的主阵地。此时，日军陷入了两难之境，因为日军的第三十三师团依然被第二十军困阻在幕阜山福石岭地区，因此，日军围歼第十五集团军的计划就此破产了。

27日，按照在长沙地区与日军决战的计划，第九战区调整了部署：第二、第二十五、第五十九、第六十、第七十七、第一九五师共6个师，在福临铺、上杉市、桥头驿地区以及长沙及其以东地区进行埋伏；第七十军转移到浏阳河以南的株洲、渌口市等地，沿湘赣铁路和渌水设置防线；湘潭、下摄司、渌口市等地则由第四军设防；第七十九军抽调出一个师负责确保幕阜山根据地的安全，抽调出两个师协同第二十军对在桃树港的日军第三十三师团发起进攻。

9月28日，日军奈良支队途径瓮江向平江迂回，准备接应第三十三师团作战。日军的第六师团、上村支队则从汨罗江畔开始分路南进。没想到，日军的计划随即破产。在三姐桥、栗桥，上村支队中了第七十七师的埋伏。在福临铺，第六师团一支1000余人的队伍遭到了第一九五师伏击，损失惨重。29日，在石门痕，从新市经金井南下的日军第六师团的一支3000余人的队伍也遭到了第一九五师的伏击。30日，在永安市、上杉市、石门痕的日军分别遭到了第二十五、第六十、第一九五师的猛烈反攻，日军已经无法再向南推进。

冈村宁次见自己的主力屡遭攻击，意识到战场态势已经改变，于是在29日不得不下令撤退。

时间到了10月1日，行进到永安市的日军首先向捞刀河以北地区撤退。2日，日军受到了第十五集团军各部的追击。第十五集团军成功在当天克复上杉市。4日，追击到福临铺、金井附近的第二十五、第一九五师成功收复了汨罗、新市等处。到了9日，鹿角、新墙、杨林街一线被第一九五师成功占领，日军相继退回到了新墙河以北地区。到了14日，双方恢复战前态势。

至此，第一次长沙会战正式结束。

在这次与日军的较量中，日军集结了10万多人，劳师南征，想要歼灭第九战区第十五集团军，不过在第九战区的顽强抗击之下，其作战目的未能达成。日军的各路军队均遭到了有力的阻击、侧击，部分日军还陷入了包围之中，损失惨重。在会战前期，日军的攻势就十分艰难；在会战后期，日军不得不在第九战区的反攻之下匆匆撤退，士气大伤。这次会战，日本方面有2万多人的伤亡，而国民党方面也有3

万多人的伤亡。

第二次长沙会战

在第一次长沙会战中，由于第九战区的顽强阻击，日军的目的并未达成，因此心有不甘。之后，第九战区与日军第十一军隔着新墙河形成对峙状态。其间除了国民党军在1939年对日军发起"冬季攻势"之外，双方并没有发生大规模冲突。1941年夏，日军再次起了进攻的念头，决定对第九战区再次发起进攻。

8月下旬，日军的第三、第四、第六、第四十师团和第十三师团早渊支队、第三十三师团荒木支队、独立混成第十四旅团的江藤、平野支队等在湘北再次集结，这次集结人数和上次相同，依然有10万人之多。这次司令官由阿南惟畿担任，他准备采取集中主力、纵深突破的战法，想要将第九战区的主力歼灭在长沙以北地区。此外，参加这次会战的还有其第一、第三飞行团和海军一部。

大战一触即发

167

在日军部署自己的作战方案时，国民党的第九战区也在对上次会战的经验教训进行总结，他们准备将日军引诱到汨罗江以南、捞刀河以北地区进行歼灭。当时，第九战区是这样部署自己的兵力的：

湘北方面：湘江到洞庭湖沿线由第九十九军防守；新墙河一线则由第四军进行防守；汨罗江一线由第三十七军和第二十六军共同防守；第十军则在衡山集结整训，作为机动部队。

鄂南方面：观音阁、潭埠一线地区交由第七十八军防守；第二十军主力在南江桥地区以北占领阵地，与通城方面的日军进行对峙，一部分军队控制平江以北地区；新墙河下游南岸地区则由第五十八军占领，与北岸的日军形成对峙，一部分军队在汨罗江口到新墙河口间负责洞庭湖东岸防御。

赣北方面：第七十二军主力集结在三都南北地区；梁家渡、石头冈、靖安、奉新附近各线由第十九集团军守备。

军队部署完毕之后，日本就拉开了第二次长沙会战的序幕。9月7日，为了掩护第十一军的主力，日本第六师团向岳阳、临湘地区集结，并开始进攻第九战区第四军大云山阵地。8日，大云山被日军占领，9日，日军进攻到了沙港河以北。这时候，国民党第二十七集团军组织第五十八军从白洋田（临湘县南与岳阳县交界处）、港口向大云山发起攻击；第四军则从沙港河上游向进犯的日军进行外线侧击。10日，日军在第九战区猛烈的进攻之下不得不退回到西塘、桃林、忠坊一线。11日，日军第四十师团一部进攻到了西塘，接替第六师团防务，而第六师团则开始进攻沙港河畔。当日下午，第六师团在沙港河北侧的港口、甘田等地与第五十八军相遇，双方血战了两天两夜。

17日，在新墙河北岸一线，日军的4个师团发起了全面进攻。18日凌晨，在飞机和大炮的掩护之下，日军的主力从新墙、潼溪街、四六方、港口等地强渡新墙河，突破了南岸守军的阵地。与此同时，在海军支援下的日军平野支队也发起了全面进攻，由洞庭湖向湘江口西侧青山附近登陆，对芦林潭发起进攻，企图从左面对长沙进行威胁。镇守在那里的第四、第二十、第五十八军等部队与日军展开了殊死搏斗，在对一部分日军造成损伤之后，转移到了双石洞、向家洞一带侧翼阵地。

19日，强渡新墙河的日军沿着黄市、大荆街、关王桥一带向汨罗江北岸进攻，其第三、第六师团各一部则进攻到了汨罗江南岸的新市、颜家铺、浯口一带。第二十军在接受第九战区命令之后配合第四、第五十八军守住关王桥以东、易水以北地区，伺机从日军后方发起进攻。而对付汨罗江以南地区的日军的任务则交由第十、第二十六、第七十四、第七十九军等负责，他们准备采取由南向西北的方式进行侧击。第九战区的战略计划还是比较周密的，不过世事难料，日军截获并破译了第九战区下达的作战命令。获得中方情报的日军，放弃了"将主力用于湘江方面"的原定作战方针，决定将第九战区军队歼灭在捞刀河以北地区。

20日，重新调整作战任务的日军第三、第四、第六师团开始强渡汨罗江，并开始向东移动，准备将汨罗江南岸守军的右翼包围；日军第四十师团沿着关王桥、长乐街以东山地，经由三枣桥向瓮江挺进。当时，汨罗江南岸的神鼎山、鸭婆山一线阵地由第三十七军主力及第九十九军主力并列守备，第二十六军正在向瓮江挺进。

24日，日军突破了第三十七军阵地，第九战区的第三十七军向栗桥、福临铺、金井行进时被日军的第四、第三、第六师团跟踪，随后，中方第十军阵地遭到了跟踪日军的袭击。25日，日军突破了第十军多处阵地，第十军不得不与第三十七军一同转移到捞刀河南岸。这天，日军将第二十六军包围在了蒲塘地区，中方陷入苦战，随后向更鼓台、石湾方向突围。

26日，第七十四军从万载来到了长沙东面的春华山附近，相继遭遇了日军的第三、第六师团及第四十师团，双方展开了殊死搏斗，均损失惨重。28日，第七十四军向普迹以东撤退。

27 日，日军的第四师团和早渊支队分别从枫林港和水渡河两地渡过了捞刀河，随后又有一部渡过了浏阳河。强渡刘阳河、捞刀河的第四师团和早渊支队随后与奉命由湘西增援的第七十九军第九十八师以及由广东增援的暂编第二军暂编第七师在长沙东郊发生了激战。当天下午，日军早渊支队一部从长沙城的东北角冲入城内；当天晚上，长沙城被早渊支队占领。第四师团主力渡过浏阳河并在第二天进入长沙，在永安市附近击退第七十四军的第三、第六师团，随后向株洲方向突进，其一部成功冲入株洲。

中国军队与日军在长沙展开激烈巷战

在此期间，日军的第三十四师团在 9 月 26 日向赣北武宁地区发起进攻。当天，独立混成第十四旅团主力也向高安地区发起进攻。这两支日军队伍分别与第三十集团军和第十九集团军的各一部发生激战。在中方的强烈阻击之下，10 月 1 日这两支队伍相继被迫退回到了原阵地。

长沙城被日军占领之后，日军认为自己已经完成了战前制定的"严重打击"第九战区主力的作战目的，再加上日军连续多日作战，粮食弹药皆消耗过大，后方又被切断，所以日军决定结束作战，并在 10 月 1 日开始撤退。

10 月 2 日，第九战区军队转入了追击和拦截，给日军造成了一定程度的伤亡。10 月 5 日，日军北渡汨罗江继续向新墙河以北地区撤退。6 日，第九战区追击部队渡过汨罗江，8 日渡过了新墙河。至 10 日，双方阵地又重新恢复到了战前状态。

第二次长沙会战正式结束。

由于第九战区指挥上的失误，在第二次长沙会战中，日本一度占领了长沙地区，并追击到株洲，基本完成了战役目的。在这次会战中，国民党军队损失惨重，伤亡及失踪人员达 7 万人之多，而日军只有 2 万多人的伤亡。

第三次长沙会战

1941 年 12 月 8 日太平洋战争爆发。同一天，香港遭到了驻扎在广州的日军第二十三军的攻击。为了防止第九战区抽调军队南下，日军第十一军配合香港方面作战，决定对长沙发起第三次进攻，准备将第九战区主力歼灭在汨罗江两岸。

日军在这次作战中，将第三、第六、第四十师团和独立混成第九旅团以及独立混成第十八旅团野口支队、外园支队等作为了湘北主作战兵力，另外命令第一飞行团作为这次作战的支援部队。同时，驻扎在南昌方面的日军第三十四师团、独立混成第十四旅团一部被命令攻击赣北上高、修水等地，配合湘北方面作战。12月中旬，日军主力开始向岳阳方向集结。

根据前两次作战的经验教训，第九战区拟订了"天炉战法"，即对道路造成彻底破坏，在中间地带空室清野，设置纵深的伏击地区，引诱日军深入，将日军包围歼灭。根据这个作战计划，第九战区决定将兵力集中在湘北方面，将日军引诱到捞刀河、浏阳河之间地区，通过反击而将其歼灭。第九战区的具体作战部署是这样的：

第二十、第五十八军在第二十七集团军的指挥下，在新墙河阵地进行顽强抵抗，随后待命向关王桥、三江口侧面阵地转移，对南进的日军发起侧击；第三十七军在汨罗江现在的阵地进行顽强抵抗，随后向社港市、金井间山地转移，对南进日军发起攻击；第九十九军镇守三姐桥、归义、营田、湘阴的现有据点阵地及湖防，随后对进攻长沙的日军发起夹击；第十军守卫长沙。

第二十六、第七十九军等部在第十九集团军的指挥下作战。第二十六军首先要确保浏阳现阵地，随后在日军对长沙发起进攻之时，从东向西对日军发起进攻；第七十九军的一个师则驻扎在株洲，一个师占领渡头、东山的现有阵地；第一九四师从清江进驻醴陵，等到日军对长沙发起进攻之时，从南向北对日军发起攻击。

第三十集团军确保平江、三角塘一线阵地，随后在日军对长沙发起进攻之时，与第三十七军配合从东北向西南对日军发起侧击；第七十三军驻宁乡、益阳，为战区预备队。

另外，新编第三军、预备第五师、江西保安纵队等部则负责守备高安、武宁一带的现阵地，对战区主力的右侧进行掩护；湘鄂赣边区挺进军总指挥王劲修指挥其军队切断崇阳、蒲圻、咸宁一带日军的公路、铁路。

12月24日傍晚，日军向新墙河南岸的守军阵地发起了全线攻击，并在当晚强渡新墙河。随后，守军据点遭到了日军一部的攻击，这支日军的主力随后分别向大荆街、关王桥之线突进。接到上级相关命令的第二十军派一部镇守新墙河以南据点，主力则向大荆街转移。第五十八军在洪源洞、大荆塘之线，对南进的日军进行侧击。

在赣北方面，12月25日，日军第三十四师团与独立混成第九旅团各一部分别从安义、箬溪等地向西发起进攻，并相继占领了高安、武宁等地，但是由于国民党守军的顽强抵抗，在1942年1月6日前后，日军不得不退回到原防地。

26日，第二十军阵地遭到了日军第四十师团的猛攻，关王桥和陈家桥沦陷；国民党守军在黄沙街和龙凤桥据点遭到了日军第六师团的围攻；当天晚上，日军第三师团主力推进到了归义附近汨罗江北岸。这一天，第二十军和第五十八军在第九战区的指挥下，对长乐街的日军发起进攻，同时第三十七军及第九十九军主力固守汨罗江南岸阵地，阻止日军强渡汨罗江。

28日，第三十七军成功阻止了企图在新市和长乐街附近强渡汨罗江的日军第六、第四十师团。不过，日军第三师团主力还是在归义以西地区成功强渡汨罗江，在此驻守的第九十九军主力被迫退到了牌楼铺、大娘桥、新开市之线，逐次抵抗。第三十七军第一四〇师从金井向新开市北侧地区进行快速增援，阻止日军东进，但是在途中遭到了日军第三师团来自左侧的攻击，日军第六、第四十师团趁机从新市及长乐街附近强渡汨罗江。当天晚上，扼守新开市和汨罗江南岸的第三十七军与日军展开了激战。在营田、大娘桥一线，第九十九军主力与日军第三师团一部对峙。

29日，日军第十一军司令官阿南惟几改变了原有计划，下达了"以主力向长沙方向追击"的命令，命令第三师团迅速进攻长沙；第六师团一部对长沙发起进攻，其主力则对长沙以东的朗梨市发起进攻；第四十师团主力进攻金井地区。

30日，在新开市、鸭婆山、浯口一带，第三十七军与日军主力展开激战，同时第二十七、第三十、第十九集团军分别到达了浏阳、平江一带预定位置。第九战区在审时度势之后，决定在长沙地区与日军对决，于是命令第十、第七十三军固守长沙；命令第十九、第三十、第二十七集团军及第九十九军主力，分别从株洲、浏阳、更鼓台、瓮江、清江口、三姐桥附近，从南、东、北三个方向以长沙为目标作向心攻势。

31日清晨，第三十七军阵地遭到了日军第四十师团的猛烈攻击，双方的激战一直持续到中午，第三十七军随后转移到金井东北山地，日军第四十师团主力则向金井地区突进。日军第六师团趁着第三十七军向东转移之际，从福临铺向朗梨市突进，第三师团则趁夜从东山附近强渡浏阳河到达长沙近郊。因为日军已经逼近决战地区，第九战区随后命令各集团军在1942年1月1日午夜开始攻击前进。

1942年1月1日，长沙东南郊的第十军阵地遭到了日军第三师团的进攻。2日，日军第六师团在朗梨市集结，傍晚时分第六师团奉命从长沙城东北方向加入战斗，配合第三师团对长沙发起进攻。当天，镇守长沙城郊阵地的第十军，在岳麓山炮兵火力的支援下，击退了日军的反复突击，并歼灭了突入白沙岭的日军第三师团

第三次长沙会战中的中国士兵

171

的一支队伍。第七十三军在第九战区的指挥下，派第七十七师渡湘江进入长沙，对守城的第十军进行支援。与此同时，处于外围的第九战区军队正秘密地从三面向长沙推进。

3日，长沙遭到了日军第六师团与第三师团的合力猛击。激战一天之后，日军的攻势逐渐消减，弹药将尽，再加上补给线被切断，日军不得不靠空投来补充供给。第九战区的军团开始缩小包围圈，向长沙逼近。

由于攻占长沙的计划破产，再加上有被围歼的危险，3日晚阿南惟几被迫下达了全军"反转"的命令。

4日，驻扎在长沙城外的日军再次对长沙城发起进攻，但是事实证明，他们的努力是徒劳无功的，在守军的顽强抵抗之下，日军的计划再次落败。4日晚，日军第三、第六师团趁着夜色逃离战场，从长沙城外分别向东山、朗梨市撤退。在得知日军撤退之后，第九战区立刻命令原本准备在长沙附近围剿日军的部队改为堵击、截击和追击日军，争取将日军歼灭在汨罗江以南、捞刀河以北地区。5日，日军地面部队企图在第一飞行团的50多架飞机的掩护下撤退。因为第九战区围歼的目标并不是第六师团，因此其受到的阻挠要比第三师团少一些，从而得以快速撤退到了朗梨市。第四军在长沙东南郊金盆岭、清水塘、石马铺一带截击了撤退的第三师团，并给对方造成了惨重的伤亡。伤亡惨重的日军第三师团，在退到东山附近时，又遭到了第七十九军的截击，被迫沿着河堤退到了朗梨市，在第六师团之后，从该地渡过了浏阳河，撤退到了浏阳河东岸。6日，日军第三、第六师团在朗梨地区继续向北撤离，遭到了第二十六军及第七十九军的截击，伤亡惨重。7日夜，这两队日军突围退到了捞刀河北岸；日军第四十师团在当天从春华山途经罗家冲向学士桥撤退。8日，第九战区追击队伍成功拦截、侧击了企图从捞刀河北岸继续向北撤退的日军各部。9日，日军主力在其独立混成第九旅团的帮助下，从福临铺向北撤退，并在12日前后渡过了汨罗江。第九战区各追击部队追击到汨罗江南岸，并以一部渡过汨罗江向长乐街以北进行超越追击。15日，继续撤退的日军渡过了新墙河，固守原阵地，第九战区所有军队一面对新墙河以南的日军进行扫荡，一面继续向新墙河以北追击。到了16日，双方恢复到战前态势。

第三次长沙会战就此结束。

第三次长沙会战，是太平洋战争爆发之后，日本第一次大规模对中国正面战场发起的进攻。因为第九战区部署得当，配合密切，作战得力，从而取得了这次会战的胜利。在这次战役中，第九战区官兵共击毙、重伤、俘获日军5万多人，第九战区损失2.8万多人。

抗日第一名将薛岳

薛岳，字伯陵。在抗战开始之后，薛岳主动请战杀敌，率领部队参加了"八一三"上海抗战。1939 年，薛岳代理第九战区司令长官，负责指挥两湖和江西部分地区进行对日作战。在广州、武汉相继沦陷之后，湖南地区成为了日本侵略者势在必得的"肥肉"。日军在两次攻占长沙的计划破产之后，在 1941 年 12 月 23 日，又以第四十师团为主力再次发起了对长沙的进攻。薛岳对前两次会战的经验教训进行了总结，制定了一套以湘北复杂地形为依托，与日军进行决战的"天炉战法"。随后，日军趁着大雨和夜色突破中方前沿阵地，渡过新墙河，扑向汨罗江北，并与沿着粤汉线南下的日军第三师团成功会合，攻击到了汨罗江南岸，进入到了中国军队预先设定的决战区域。掌控一切的薛岳随即向所部官兵下达命令："第三次长沙会战，关系国家存亡。岳抱必死决心、必胜信念。"他还要求"各集团军总司令，军、师长，务必确实掌握部队，亲往前线指挥，适时捕捉战机，歼灭日军。"在飞机的支援下，日军第三师团向长沙东南阿弥岭等中方阵地发起了进攻。第十军在得到薛岳的命令之后，与日军展开了激烈的巷战，守卫长沙市区。在长沙东南郊，双方展开了激战，所有据点都几经易手。由于第十军的英勇作战，日军的攻势受挫。随后，薛岳又调第七十七师进入长沙预备作战，加强长沙防守和反击力量。与此同时，外围的中国各军在薛岳的部署下，从远处开始逼近长沙。由此，中国方面对日军形成了严密的内外线包围趋势。当日军意识到危险准备撤离的时候，第九战区各部又在薛岳的命令下从不同方向对日军展开围追堵截，给撤退的日军以沉重打击。中国军队在薛岳的指挥之下，利用湘北山川河流纵横交错的复杂地形，用各种方式对日军进行追击，让日军处处挨打。在薛岳的指挥之下，第三次长沙会战，中国获得了空前的胜利，共歼敌 5 万多人，沉重地打击了日军的嚣张气焰。

薛岳

从抗日战争爆发到抗日战争胜利，薛岳连年征战，取得了累累战功，被称为是歼敌最多的将领，仅四次长沙会战就歼灭了 10 万多日军。不过，让他名声大噪的还是万家岭大捷，在这次战争中，薛岳指挥队伍全歼了日军一个师团，这在八年抗日战争中是绝无仅有的。叶挺曾经将这次战争与平型关大捷、台儿庄战役共称为三足鼎立。有人将薛岳称为中国抗日第一战将，就歼敌数量来讲，薛岳确实担得起这个称号。在国民党将军中，薛岳一向以能战、苦战、善战著称。在抗战期间，更是因为四次指挥长沙会战而享誉国内外。

三战长沙成就虎将之名

1939 年 9 月，薛岳负责指挥第一次长沙会战。当时，他已经是第九战区的司令长官了。

在历时 20 多天的第一次会战中，中方歼敌约 2 万人，给日本沉重一击，让日本遭受了侵华以来的最大损失，沉重打击了日军的嚣张气焰。事后日本军部在总结报告中也承认："中国军队攻势的规模很大，其战斗意志之旺盛，行动之积极顽强，在历来的攻势中少见其匹。中方战果虽大，但损失亦为不少。"蒋介石也难掩喜悦之情，称这次湘北大捷"全国振奋，诚是为最后胜利之佐证，而对于人民信念、国际视听，关系尤钜。骏烈丰功，良深嘉庆"。

1941 年 12 月 23 日，第三次长沙会战打响。因为第二次长沙会战，中方军队情报被日军拦截破译，日军在那次会战中吃到了不少"甜头"。因此这次会战，日军士气大增，并扬言要在长沙过 1942 年元旦。薛岳总结了前两次会战的经验教训，对日军行动制定了名为"天炉战法"的后退战战略，事实证明这一战略取得了空前成功。

在第三次长沙会战中，中国军队重创 5.6 万日军，俘虏 139 人，中国军队伤亡 2.8 万余人，获得了空前的胜利。这是自珍珠港事件以来，反法西斯同盟在亚洲战区获得的唯一的胜利，也是太平洋战争爆发之后，盟军的首次重大军事胜利。

美国记者福尔门在实地采访湘北战场之后，在报道中对中国军队的英勇作战作了高度的赞扬，他认为如果中国军队的装备与日军相等，则能很轻易地将日军击败。日军在事后也对这次会战的失败检讨说："重庆军节节败退，我方是完全跳入重庆军事先设置的陷阱而进行作战的"，"作战始终是在极为困难的情况下进行的"，"这次作战，动摇了一部分官兵的必胜信念"。

如果从历次中日战争的战场成功的记录来看，第三次长沙会战的战绩无疑是最辉煌的。从动员兵力的规模和日军死伤的情况来看，中国军队在长沙大捷中的英勇表现要比台儿庄、万家岭、昆仑关、上高会战更为出色。因为这次空前的胜利，日军称薛岳将军为"长沙之虎"。

薛岳创"天炉战法"

在第二次长沙会战结束之后，第九战区上下进行了长时间的检讨，对这次战争进行总结。

1941 年 11 月 17 日，长沙召开战区官兵代表大会，薛岳在会上对军队训练和作战问题作了指示。

在第一次和第二次长沙会战时，日本基本都是长驱直入，然后全身而退。虽然第九战区的部队在战斗中一定程度上打击了日军，但是相较之下，第九战区部队自身的伤亡更为惨重。经过分析之后，薛岳对日军的作战能力有了更为清醒的认识，同时对如何消灭日军的有生力量有了重要的认识。

另外，在前两次会战中，中国军队并没有妥善地处理好如何抵抗日军的进攻、如何切断对方的后路，如何选取决战地区的问题，因此这些问题成为了薛岳在第二次长沙会战结束之后一直考虑的重点问题。

薛岳在详细分析之后认为，在中日双方军事装备和综合作战能力相差悬殊的情况下，一味采取硬打硬拼，"与阵地共存亡"的战术是不明智的。那样只会让中国军队处于被日军牵着鼻子走的状态，并被日军包围，作出没有必要的牺牲。而为了引诱日军进入中方的战场，采取直线后退的方法也是不可取的。因为日军的装备好，机械化部队多，骑兵也多，跑得快，如果中国军队采取直线撤退，势必会被日军追上；同时，部队一旦直线后退，就很难再次站稳脚跟，这样反而会冲乱中方后线阵地，造成不可收拾的溃退局面。

经过反复思索之后，"天炉战法"被薛岳制定了出来。薛岳的这套"天炉战法"的大致思路就是：当日军发起进攻的时候，第九战区的部队在保存自己的情况下，节节抵抗，节节后退，在此过程中尽量拖住日军，让日军疲惫不堪，这一目的达成之后，就向斜侧后方山地撤退（不是直线撤退），绕到日军的包围圈外面去，从更大范围形成对日军的反包围，砌成两面"天炉之壁"。为了切断日军的后路，还要在中间地带，破坏交通道路，空室清野，引诱日军进入决战区域，从四面八方形成一个天然的"熔炉"，最后将日军包围歼灭。

领会到了"天炉战法"的要领之后，第九战区随即对以往的作战经验和阵地地形作了深入的研究，决定将新墙河作为第一道防线，汨罗江作为第二道防线，长沙城外的捞刀河与浏阳河之间作为第三道防线。前两道防线主要是伏击区和诱击区，第三道防线才是真正的决战地区。

在作战方案完善之后，薛岳命令各个部队做好相应的作战准备，并下令全民总动员，开始破坏道路，向水田蓄水，组织战时民工队等，全面加强战备。

傍晚，在雨雪交加中，日军开始进攻新墙河南岸守军阵地。

当时，只有第二十七集团军第二十军一个军镇守在新墙河南岸阵地，因为薛岳并不想在新墙河一线与日军展开大战。阻止日军前行，尽可能耗损日军力量，拖疲日军，打击日军进攻气焰是第二十军的主要任务。

第二十军是川军的一部分，担任军长的杨汉域是四川广安人，是国民党著名将领杨森的侄子，他在云南讲武堂毕业之后，就一直在川军中任职，于1938年担任第二十军军长。这支军队只有两个师的编制，而在新墙河北岸集结的日军却有三个师团。由于双方差距悬殊，第二十军阻止日军十天的任务几乎是不可能完成的。

不过，在强大的日军面前，第二十军并没有退缩。为了成功完成阻敌任务，杨汉域要求守军各部在占领阵地时，要做好据点工事和野战工事，其中以据点工事为骨干，加强野战工事的纵深配备。在兵力的使用方面，各部应该在连排据点上安排兵力，尽量抵抗；以一部占领野战工事，利用阵地纵深逐步抵抗，把主力放在最后一线阵地，机动使用。作战的时候，如果日军向据点工事里的守军发起进攻，野战工事中的守军应该马上进行火力支援，或适时派部队进行反击；如果日军进攻野战工事里的守军，据点里的守军应该马上用火力向日军射击，或者离开据点向敌尾进攻。在这个时候，各个部队应该趁着日军混乱之时，不失时机地打击日军，消灭日军。经过不断抵抗，当疲惫不堪的日军进入到决战战场的时候，中国军队就可以轻松将日军歼灭了。

实践证明，薛岳制定的这种打法很符合战场实际，并有效地拖住了日军南下的步伐。

25日，日军三个师团在渡过新墙河稍事休息之后，分别从东、中、南，三个方向对守军的第二线阵地发起进攻。

这时候，第二十军开始向日军的斜后移动，而第五十八军则顺利进入阵地，与第二十军相互配合，合力迎击日军。在汨罗江北岸，双方展开了一次激烈的拉锯战。

当时，中国守军表现出了大无畏的战斗精神。虽然雪越下越大，气温越来越低，士兵们在没有棉裤的情况下，即便冻死在战壕里，也会坚守阵地。在这样的恶劣天气下，涌现了很多可歌可泣的英雄事迹。

面对日军猛烈的炮火，守卫傅家桥据点的第二十军第三九八团第二营营长王超奎少校及其所率领的士兵毫无畏惧，一次次打退了日军的进攻。后来王超奎为了掩护属下突围，在与日军的肉搏中不幸殉国。

守卫洪桥据点的第三九八团第三营一部，在副营长和连长相继阵亡的情况下，依然坚守阵地。

在黄沙街，第三九七团全团官兵拼死顶住了日军第六师团整个师团的进攻，让他们不得不绕道而行。

到了27日晚，第二十军成功完成了阻击日军的任务，薛岳命令第二十七集团军全线撤退。随后，第二十军转进到梅仙、平江地区，隐蔽休整，随时对日军后方进行骚扰，伺机对其侧翼发动攻击；第五十八军向汨罗江东南部进行转移，靠近向家、金井，准备将日军进攻长沙的后路切断。

全力迎战

当日军浩浩荡荡地大举南下，准备一举拿下长沙之时，薛岳早就作好了全面迎敌的准备。

为了更好地对战场进行指挥，在12月30日，薛岳把战时指挥所从长沙的二里牌搬到了濒临前线的岳麓山上。

在此之前，他还把省政府机关和所属各厅局都搬到了茶陵；把第九战区司令部迁到了耒阳；同时把自己的妻子和孩子都送到了后方。留在他身边的只有一些作战的参谋人员和必要的保卫人员。

这时候，第三十七军、第九十九军依然在汩罗江以南地区抗击着日军第四十、第六及第三师团。薛岳见南犯的日军已经全部进入到了自己的"陷阱"里，就命令第三十七军和第九十九军按照原定计划，让开中间，向两边撤离，养精蓄锐，伺机反攻。到了晚上，第三十七军军长陈沛率领部队从浯口以南向东面的社港地区撤离；第九十九军则在军长傅仲芳的带领下，从归义撤退到了湘江沿岸的营田与湘阴一线。而留在日军后方的第二十军袭击了驻新墙东南长胡镇的日军辎重兵第四十联队，让其伤亡惨重，击毙了联队长森川启宇中佐。

一场大规模的围剿战已经拉开序幕。

在打响长沙决战之前，薛岳和李玉堂对长沙的防守事宜作出了最后的部署。

根据在岳麓山上对长沙地区的俯瞰，薛岳将战区直属独立炮兵旅安排到了岳麓山上，使其可以对长沙城守军的作战进行支援。他还命令李玉堂在湘江西岸和岳麓山安排一个营的兵力占领阵地，为炮兵进行掩护，主力则对长沙市区和郊区进行守备，将长沙市区的制高点天心阁附近作为重点防御地区。另外，他还命令第十军的两个炮兵团，先把一部分军队放在第一线阵地后方，对警戒部队和第一线守备部队作战进行支援，随后再根据情况全部撤退到岳麓山，增加岳麓山的炮兵火力，对天心阁方面和长沙东南地区日军形成毁灭性火力打击。

第十军按照第九战区原先的部署，长沙市外围的各个据点由第一九〇师来防守，市内的各要点则由第三师来防守，预备第十师在岳麓山一带驻防。12月30日，第十军调整部署，命令第一九〇师防守长沙北门浏阳河到兴汉门一线，而第三师则负责防守长沙东门天心阁到小吴门一线，预备第十师被命令调到长沙城南，负责防守南门猴子石至天心阁一线。赶来增援的第七十三军则负责防守岳麓山一带，将南门外湘江边上紧邻前线的灵官渡作为军指挥所。

1942年元旦凌晨，长沙保卫战正式开始之前，李玉堂又下令，湘江内的所有军用和民用船只，除了留下一两只机动小艇供联络用外，其余全部撤到水陆洲和湘江西岸。

这次，李玉堂真的要破釜沉舟与长沙共存亡了。

1942年1月1日清晨，日军的第三师团渡过浏阳河，从东南方向长沙守军的前沿阵地逼近。

11时，日军的丰岛房太郎师团长正式下达了对长沙发起进攻的命令。他的部署是这样的：让石井信率领第十八联队对长沙城东南角的东门和南门一带发起进攻，让野宪三郎率领的第六十八联队对南门外的市街和南门到湘江东岸地区发起进攻。

中午12时，日军攻占长沙城的行动正式开始了。

日军第三师团野战炮兵第三联队率先对预备第十师的阵地发起了猛烈攻击。在猛烈的炮火之下，石井信与的野宪三郎各自率领其部队向狮子岭、金盆岭一带的守军发起了猛烈攻击。

在预备第十军第二十九团防守的阿弥岭阵地被日军第三师团第十八联队攻下之后，第二十九团退到了罗家冲、侯家塘。这时候，预备第十师第二十八团在这里迎击了追击的日军。日军另一路突破了石马辅、雨花亭，进发到了黄土岭、金盆岭一线。在岳麓山重炮的支援之下，第二十八团在侯家塘、黄土岭、东瓜山、修械所与日军进行了反复拼杀，就连伙夫、马夫也上阵御敌，数次击退日军的冲锋。

在南门外左家塘据点驻守的预备第十师第二十九团曹健生营的全体官兵，顶着日本战机的疯狂轰炸和扫射，从中午到傍晚一次次打退了日军的冲锋。营长曹健生负伤之后，依然坚持指挥作战。最后，全体官兵集体殉国。

到了傍晚时分，因为日军始终没有突破预备第十师的第一线阵地，战斗进入了胶着状态。

丰岛房太郎在当天18时30分紧急命令师团管辖的素以擅长夜战闻名的加藤大队投入战斗。

自信满满的丰岛房太郎原以为靠这张"王牌"悄悄潜入长沙，到时候再来个里外接应，就可以轻而易举地占领长沙了。但是，丰岛房太郎的美梦还没来得及做，就已经破灭了。这支有"王牌"之称的奇兵，在冲到守军的第二线阵地时就被缠住了。一直战斗到第二天凌晨2点左右，加藤大队长带领三名副官才偷偷穿过城外的房屋，越过了守军兵营。这支小部队刚刚摸进守军的步哨线就被人发现了。加藤大队长被隐藏在屋檐下的一名守军士兵射中了小腹，后来虽然他拼命挣扎，最后还是命归西天。另外三名副官，有二人被击毙，只有一人成功逃出。这支"王牌"大队为了能够夺回加藤的尸体曾经几次冲锋，但均未奏效。就这样，丰岛房太郎的"王牌"全军覆没。

虽然在长沙东南侧和南门外的日军从傍晚就开始进行了多次猛攻，但是依然无法攻进长沙。

整个晚上，丰岛房太郎一直守在指挥所的电话机旁，等待下属传来攻克长沙的捷报，准备到长沙城里去欢庆1942年元旦之夜。但是到了午夜，他也没有等来期待已久的消息，他的士兵依然被挡在长沙城门外。

在激烈的炮火声和厮杀声中，1942年的元旦之夜就这样过去了。接下来，更残酷的战争还在等着人们。

1月2日，激烈的战斗依然在长沙城东门到南门一带继续着。

凌晨1时30分，城南的日军开始向邬家庄、小林子街进犯，与守军开始了肉搏。由于寡不敌众，一个小时之后，日军先后占领了邬家庄与小林子街。在黄土岭一带驻守的预备第十师第三十团阮营长闻讯之后，迅速带领80多名官兵前来救援，在日军还未站稳脚跟之际，一举夺回了小林子街与邬家庄的阵地。

3时20分，日军再次对邬家庄、小林子街发起攻击。第十军军部命令预备第十师第二十九团留一个营镇守金盆岭、黄土岭附近阵地，其余部队都在团长陈新善、副团长曾友文的带领下，对邬家庄与小林子街守军进行增援。天亮前5时许，在中国军队的英勇配合之下，终于将日军赶出了小林子街与邬家庄。不过，中方也付出了惨重的代价，第十师第二十九团团长陈新善和副团长曾友文均在与日军的肉搏中壮烈牺牲。

天明之后，厮杀还在继续。

日军第三师团第六十八联队第一、第二大队经过苦战之后占领了西湖桥，随后，这两股日军势力分别向东瓜山、妙高峰进攻。东瓜山失守之后，第二十九团又反攻夺回，后来又得而复失。在这次争夺战中，最激烈而又惨不忍睹的就是争夺机械所的战役。在这次战役中，双方进行了惨烈的肉搏，场面十分凄惨。仅200米的阵地上，就铺满了中日双方四五百具尸体，各种打断的枪支、刺弯的刺刀更是满地都是，其场面之惨烈，令人不忍目睹。

左家塘、妹子山、识字岭、圣经书院等据点相继被日军第十八联队占领，随后浏阳门、小吴门两地也遭到了日军第十八联队的攻击。第三师官兵顽强抵抗，数次击退了日军的进攻，守住了这两座城门。

傍晚时分，接到前线战报的阿南惟几再次命令第六师团从长沙城东侧和北侧加入战斗。

屡遭挫折的阿南惟几依然对攻占长沙信心满满。

与阿南惟几的信心满满相比，薛岳此时可谓是稳操胜券了。因为他获得了一份绝密的日军情报。在1月2日下午，预备第十师的官兵全歼日军的"王牌"加藤大队之后，在清扫战场的时候，薛岳意外地在加藤大队长的尸体上搜出了日军此次作战的计划和命令等文件。从这些文件中，薛岳得知了日军各师团所在的位置和所担负的任务，并获悉了其携带弹药的数目以及前方部队弹药已经不足的重要情报。看完这些文件，薛岳立刻把相关情况通报给了各个部队，并命令各集团军按照原计划快速向长沙外围合拢，围歼日军。

接到进攻长沙命令的日军第六师，随即作出部署，命令其第十三、第二十二联队及独立第二联队在1月2日晚从洪山庙、湖渍渡强渡浏阳河，经德雅冲、伍家岭、开福寺进攻第一九〇师防御阵地。双方在长沙城东北面的制高点杜家山展开了殊死较量，防守杜家山的第五七〇团连续十多次击退日军的进攻。

经过激烈的血战之后，第十军损失惨重，不得不缩小阵地，退守第二线据点，与来犯的日军展开了第二轮殊死博斗。

1月3日，长沙城的守卫战进入到了最为艰难的阶段。

黎明时分，长沙城北门、东门和南门守军第二线阵地遭到了日军第六师团和第三师团的炮轰。第九战区岳麓山的炮兵马上用炮火对其进行压制。由于日军弹药将尽，炮火逐渐停息下来，但是两个师团的步兵却发起了猛烈的冲锋。

长沙城北门、东门、南门相继告急。

在这一天，唯独第一九〇师第五六八团守卫的小吴门没有出现危机情况。第五六八团团长陈家堂毕业于军校工兵科，擅长驻守阵地。在日军进攻之前，陈家堂进行了周密的部署，不仅在小吴门外的十字路口构筑了严密的工事，构建了强大的东西火力交叉网，对日军攻城的唯一通道进行了封锁，还通过砍伐树木，推倒危房等手段，堵塞了其他道路。另外，他还在一些必经之地，撒上了大片的粪便和污水，让日军望而却步。所以，当各地纷纷告急的时候，小吴门依然固若金汤。

这天上午，渡过湘江的第七十三军第七十七师对第十军进行了增援。

战争一直持续到了下午，在守军的顽强抵抗之下，日军并没有取得更大的进展，双方进入了胶着状态。

在双方官兵都进入疲劳状态之时，蒋介石在2日午夜发给第十军全体官兵一份鼓舞士气的电报。

蒋介石在这时候给第十军发电报鼓励士兵当然有自己的目的。1941年12月25日，香港被日军占领；1942年1月2日，菲律宾首都马尼拉也被日军占领。驻扎在香港、马尼拉两地的英军和美军在日本的进攻下，节节败退。相比之下，第九战区的军队却在装备不如人的情况下，顶住了日军的进攻近半月。这让蒋介石甚是欣慰、自豪和振奋。于是，他就给第十军发来了电报，对其英勇作战进行了表扬和鼓励。

蒋介石的这封电文在第十军中一级一级传达下去之后，让那些疲惫不堪、筋疲力尽，几乎到了崩溃边缘的战士们备受鼓舞。这些普通的战士们，突然听到自己的行为受到全国最高统帅和全国军民的注意，顿时看到了自身的价值，士气大增。因为蒋介石的这封电文，原本已经陷入低迷状态的士兵们，抗日的热情再次被点燃。而这种被唤醒的精神力量在战斗时是无法估量的。

当天，进攻长沙东门的石井部队在城墙附近与守军进行了残酷的肉搏战，很多守军在这次搏斗中战死，日本方面由于弹药缺乏，也损失惨重。进攻南门的部队虽然在早晨6时30分占领了南门外的东瓜山阵地，但其大队长横田庄三郎被中国守军击毙，而且中国守军还在据点附近进行顽强抵抗，反复逆袭数十次，横田大队在中方猛烈的炮火夹击之下，动弹不得，正在第一线联络的联队副官神野一郎大尉被击毙，重伤第五中队全体干部。

而日军的第六师团也危在旦夕，3日早晨，第六师团虽然成功进入长沙城东北侧，并一起对守军发起进攻。日军步兵第二十三联队第十二中队迅速进犯长沙城北侧阵地，并在下午13时左右挺进到湘江畔。另外第二大队也成功占领长沙城外的阵地。但是守军从湘江对岸的岳麓山，用重炮迎战，在守军猛烈的炮轰之下，虽然日军各部依然在城墙外围，但是死伤十分惨重。

下午15时，丰岛房太郎师团长写了一份战况报告给了阿南惟几，称正在展开巷战，并相信在不久之后，就可以取得战果。

丰岛房太郎在这个时候依然在做着攻占长沙的美梦。

让丰岛房太郎万万没有想到的是,日军不仅攻占不了长沙,还差点被中国守军包了"饺子"。当时,第九战区大军正迅速向长沙外围合拢。到了傍晚时分,第四、第七十九、第七十八、第二十六、第三十七、第二十、第五十八军等全部就位。至此,第九战区就形成了以两个军(第十、第七十三军)固守长沙、岳麓山,四个军(第二十六、第七十九、第四、第七十四)分别进占长沙以南、以东的金盆岭、朗梨市一带,五个军(第二十、第五十八、第三十七、第九十九、第七十三)分布于汩水、捞刀河之间地区,对日军退却线路进行控制的这样一种从东南、东北、西面及北面对日军进行包围的态势。

对日军包围的态势已经形成之后,薛岳就命令各部在1月4日晚前全部进入第二次攻击到达线。

1月4日下午,本来就疲惫不堪的攻城日军在听说第九战区的外围部队已经杀到之后,更加无心恋战。所以在太阳落山之后,攻城的各路日军便准备溜之大吉了。一些被守军缠住的日军,也开始想尽办法脱离战场。到了1月5日7时左右,围城的全部日军已经尽数撤离。长沙城外,顿时一片寂寥。

日军的第三、第六师团在从长沙城下慌乱撤退之时,遭到了第九战区的主力军、曾经有"铁军"称号的第四军的围追堵截。不过,这支军队围剿的重点是日军的第三师团。因此,第六师团并没有遭到过于猛烈的围歼。在4日日落之后,日军第三师团非作战部队开始集结,企图从东山军用桥撤退,丰岛房太郎率领第三师团战斗指挥所先行撤退。随后,第六十八联队也进行了撤退。让日军万万没有想到的是,第五十九师在雨花亭北侧对他们进行了包围。的野宪三郎联队长拔刀保护军旗,命令第二大队从后面冲上去担任前卫,才杀出一条生路。5日2时,第五十九师再次在澜泥冲包围了第三师团的独立山炮兵第五十二大队,不过后来被日军的第一大队救出。至5日清晨,第六十八联队才艰难地到达了东山镇。第十八联队最后撤退。当其撤退到妹子山、阿弥岭的时候,遭到了第一〇二师和第三师的夹击,随后又在东山附近遭到了第七十九军第九十八师第二九三团的阻击。日军第三师团在撤退的路上不得不丢下1000多具尸体。

5日凌晨,跌跌撞撞到达浏阳河畔东山镇的第三师团,又遭到了对岸第九十八师两个团猛烈的炮火攻击,更让日军恐慌的是,河上的桥梁早已经被毁坏,而第四军正在从背后追上来。丰岛房太郎见这里已经无法渡河,只好命令部队沿着李阳河南岸从磨盘洲附近徒涉。

让日军想不到的是,第九十八师第二九二团的枪炮成为了中方对他们渡河的欢迎仪式。当第三师团的十八联队先头部队刚刚抵达磨盘洲附近的时候,就遭到了一顿猛打。那些正在渡河的日军马上被强大的炮火给轰了回来,跑得慢的就只能命归西天了。当然也有一些不顾生死的胆大之人,因此还是有一部分日军渡过了这条河。

这时，在后面追击的第四军也慢慢逼了上来，丰岛房太郎身边的一些参谋和勤杂人员被他紧急组织起来进行阻击。幸好第六十八联队及时赶到，才救了丰岛房太郎一命。

丰岛房太郎见磨盘洲对岸已经设好防备，大部队根本无法从这里渡河，就留下一小部分在这里与对岸的守军周旋，其他人员向朗梨市转进。丰岛房太郎已经得知，上午的时候，第六师团已经从朗梨市渡过了浏阳河，正在对岸休整。原来，日本的第六师团趁着第三师团与第四军激战正酣的时候，从朗梨市一带撤了出来，并在浏阳河上架好了渡河的军用便桥。

为了能够保住性命，丰岛房太郎不顾大部队的安危，带着自己的几个侍从借着堤坎的掩护，徒步跑到了高桥。

后来，第三师团的大部队在第六师团的接应下，也安全地从朗梨军桥撤到了浏阳河。

在磨盘洲附近与第二九二团周旋的日军，可没有大部队那样的好运气。这拨日军一直战斗到黄昏，在筋疲力尽且与主力失去联系的情况下，不得不集结残众，竖起白旗，以示投降。可是当时第二九二团官兵打得正在兴头上，而且当时天色已暗，仓促间并没有明白日军的信号，还以为是日军要的花样，因此不管三七二十一，依然用炮火猛攻。这拨日军在无奈之下，只好向东山、谷塘、永安等方向逃窜。

第二天，第二九二团在清扫战场的时候，仅在磨盘洲附近就发现了300多具日军尸体，师长王甲本将这些尸体都集中起来进行了安葬，并立碑"倭寇万人冢"。

1942年1月6日，日军的第三、第六师团离开了朗梨市，向北撤退。在欧震带领下的第四军和在萧之楚带领下的第二十六军紧追其后。丰岛房太郎和神田正种这时候不敢恋战，只好将两个师团排成长长的并列队形，继续向枫林港一带撤退。

在金井附近的日军第四十师团，在日军第三、第六师团向北撤退的同时开始南下，其主力在6日黄昏到达春华山以北地区，对第三、第六师团的撤退进行掩护。8日，第九战区追击队伍成功拦截、侧击了企图从捞刀河北岸继续向北撤退的日军各部。9日，日军主力在其独立混成第九旅团的帮助下，从福临铺向北撤退，并在12日前后渡过了汨罗江。第九战区各追击部队追击到汨罗江南岸，并以一部渡过汨罗江向长乐街以北进行超越追击。15日，继续撤退的日军渡过了新墙河，固守原阵地，第九战区所有军队一面对新墙河以南的日军进行扫荡，一面继续向新墙河以北追击。到了16日，双方恢复到战前态势。

桂南战役（1939.11）

南宁抗战

1939年11月15日凌晨，日军航空母舰上的飞机突然起飞，对华南沿海的钦县、防城、合浦、小董、灵山等地的军事设施进行了猛烈的轰炸；随后，川源七郎少将率领着日军先头部队及川支队的第九旅团，借着炮火的掩护最先登陆。很快，第五师团、第八师团、盐田兵团、中村支队等日军先头部队都在钦县的企河、蚁虫山、梨头嘴、横山等地进行登陆，并和第四战区下辖的第四十六军新十九师发生了激烈的战斗。日军第五师团在冲破了中国军队的防线之后，将队伍一分为三，分别向北急进。到11月17日，南宁前线阵地纷纷告急。

广州沦陷之后，中国军队在华南的国际交通线已经被彻底切断，广西南宁至越南的国际交通线就成为中国军队的重要路线。日军此次在广西钦州湾登陆，并急于向南宁进发，目的就是要切断中国和越南之间的联系。

广西的部队根本无法抵挡日军的猛烈攻击，桂林行营主任白崇禧向蒋介石提出建议，希望将远在1000公里外的机械化部队第五军从南岳衡山调赴桂南战场，而且必须要在2月5日前完成集结任务。

11月19日，二〇〇师接到第五军军长杜聿明的命令，该部作为先头部队从衡阳乘火车奔赴桂林，之后再坐卡车赶赴南宁。

当天夜里，在衡山北侧山林中的师部帐篷里，二〇〇师师长戴安澜正手提马灯仔细地研究着地图，他告诉身边的第六〇〇团团长邵一之要让第六〇〇团充当全师的先锋，要求第六〇〇团在三天之内赶到南宁，并且占领阵地，以掩护全师逐次转进。

邵一之回答说不会给戴安澜丢脸，毕竟他已经跟随戴安澜征战很多年，而且还参加过淞沪、台儿庄、武汉等会战。

戴安澜意味深长地提醒邵一之这次日军的目的是切断中国的国际交通线，不达目的是不会罢休的，让邵一之提高警惕。

邵一之很认真地告诉戴安澜自己明白事情的严重性，会尽力做好。并且保证完成任务，不成功就成仁。

戴安澜是黄埔三期的学生，而邵一之是黄埔六期的学生，是戴安澜的学弟。尽管现在是上下级的关系，但是戴安澜将邵一之看作最值得信赖的兄弟，而且对于邵一之的勇猛作战和善于统兵是极为赏识的。每到关键的时刻，他总是让邵一之在前面冲锋陷阵。

11 月 23 日，第六○○团士兵到达南宁以北二、三塘，与此同时，日军第二十一旅团也到达此地。邵一之通过望远镜观察了一下，发现到处都是日本士兵的身影，他感到很吃惊。

阵地上弥漫着阵阵硝烟，邵一之用他充满湖南气息的家乡话，严肃地命令所有的士兵在师主力到达之前，不能后退一步，即使子弹打完了，也要用牙咬下日本人的一条腿来！

第六○○团的战士和日军进行了两天半的

杜聿明

殊死搏斗，才最终将日军的攻势瓦解。尽管他们在经过了长途跋涉之后已经相当疲惫，而且面临着给养不足、空腹作战的问题，但是他们士气高涨、杀声震天。遗憾的是，团长邵一之不幸牺牲。

在第六○○团战士用自己的鲜血和生命争取来的两天半的宝贵时间里，第二○○师的主力部队先后赶到南宁前线集结。看到邵一之的尸体，戴安澜眼含热泪地说道："全师全体官兵一定替你报仇！"

将邵一之的尸体掩埋之后，第六○○团的士兵转移到高峰隘一带阵地，重新构筑工事，以防日军北进。

第二○○师第五九八团刚刚乘汽车赶到八塘，就和日军步兵第二十一联队第三大队大队长森本宅二中佐率领的第三大队和日军骑兵第五联队展开了激烈的战斗。

11 月 24 日，日军占领了广西南宁。

戴安澜指挥着二○○师剩余的部队一边和日军展开苦战，一边等待着军主力前来支援。这个时候，新二十二师师长邱清泉和荣誉第一师长郑洞国先后率领各自的部队到达迁江附近。

在日军飞机狂轰滥炸的情况下，桂林行营主任白崇禧乘车到达了迁江指挥部，与杜聿明讨论作战部署。经过分析讨论，他们取得一致意见：目前的形式下只能先固守昆仑关，等到主力部队全部集结后，再进行大举反攻。

12 月 3 日，高峰隘阵地连续遭到日军飞机的狂轰滥炸，担负该阵地防守任务的一三五师损失惨重，师主力只剩数百人，师长苏祖馨也不知所踪，高峰隘阵地最终失守。

12月4日，昆仑关这一战略要地失守，这一情况一下子将国民党的进攻计划打乱。然而日军受困于兵力不足，也只能转而采取守势。

12月16日晚22时许，设在谭蓬村的第五军指挥部内灯火通明。此时，第五军军长杜聿明正在向团以上军官指示作战事宜。杜聿明和所有与会的军官一样表情严肃、目光坚毅。

12月17日2时，荣誉一师右翼第二团和左翼第三团在黑夜的掩护下，各自运动到老毛岭及441高地附近和600高地附近。该师师长郑洞国决定将师指挥部由长塘转移到长塘南端的前沿掩蔽所。作战参谋向郑洞国报告说二团和三团都已经达到了指定位置。郑洞国感觉很满意，走到了瞭望口，他一边看着昆仑关的方向，一边问指挥所里的人有人知道昆仑关的历史吗。

郑洞国说荣誉一师要在昆仑关打一场扬国威的著名战斗，如果不知道昆仑关的历史，那是很不应该的。郑洞国告诉自己的部下说，昆仑关自古以来就是中国历史上有名的一个战场。在宋朝的时候，云南、广西一带被称为南蛮之区。当时有一个叫侬智高的壮族领袖，他是一个酋长，势力相当大，在皇祐年间，他起兵反宋，连克12郡，攻陷邕州，也就是今天的南宁，建立了南天国，自封为"仁惠皇帝"。然后他的部队沿邕江而下，对广州进行了长达五六十天的围攻，最终没能攻克广州，只好又返回了邕州。宋朝大将狄青得到仁宗皇帝的命令，率军对侬智高进行讨伐，并在昆仑关将侬智高的叛军击溃，之后侬智高逃往云南，没了踪迹。

郑洞国还说荣誉一师将要在昆仑关进行的战斗也应该被历史记住，要让后人知道，是荣誉一师的将士用自己的血肉之躯，筑就了今天的昆仑关，使得昆仑关永远地屹立在祖国的南大门。

凌晨2时整，两颗红色的信号弹划破了宁静的夜空，荣誉一师对昆仑关的局部夜袭开始了。无数的子弹交织成一张巨大的火网，整个大地都在剧烈地颤抖着。二团团长汪波和三团团长郑庭笈分别书领着二团和三团的战士们，以轻重机枪和手榴弹开道，以最快的速度向着日军阵地冲去。面对这突然的攻势，日军乱了手脚。右翼第二团首先攻占了441高地和老毛岭，紧接着第三团也攻占了600高地，荣誉一团的突进速度之快令日军猝不及防。

在得知昆仑关阵地被中国军队突然袭击之后，日军今村均师团长马上决定围歼中国军队，他急忙派遣二十一联队长三木吉之助大佐率领联队急速前去救援。二十一联队的日军乘坐31辆汽车由南宁向昆仑关驶去，仅仅用了不到两个小时的时间就到了离昆仑关最近的九塘。

在山炮、迫击炮、重机枪的掩护下，固守在昆仑关的日军开始进行反扑。

为了阻挡住日军田村中队的反扑，荣誉一师第三团组建了相当密集的火力网。双方激烈战斗到凌晨4时，在战车和炮火的支持和掩护下，第五军的一线部队开始对昆仑关正面的日军进行猛烈的攻击。到上午10时许，驻守九塘的日军用几十门山

185

炮、野战炮不断地轰击600高地，同时，日军的步兵也在炮火的掩护下开始对600高地进行反扑，高地上顿时成为火的海洋。

师长郑洞国通过望远镜不断地观察着前沿阵地的变化情况，他下达了左翼的部队将日军压迫至昆仑关，并用重炮压制日军炮兵阵地的命令。片刻之后，已经占领了恩垅司、马岭圩阵地的炮兵队的重炮开始轰击昆仑关东西高地，而且命中率相当之高，日军的炮兵阵地很快被炮弹淹没，看到日军的火炮失去攻击力，荣誉一师的战士们都兴奋极了。

上午10时40分，罗塘南端高地及60东方高地被荣誉一师右翼第二团顺利攻下。第二团一部开始向昆仑关方向逼进，并以另外一部攻击界首附近的日军。至11时许，大部分日军已经无法抵挡第五军的进攻，开始向九塘撤退，但是处于公路东侧、界首西北以及600高地南侧等处的日军仍然在负隅顽抗。到下午2时，荣誉一师的左翼部队已经开进到枯桃岭、同平一线。这个时候，日军的10余架飞机飞来，协助日军的步兵和炮兵向罗塘南侧高地、60东方高地和600高地展开猛烈的攻击。荣誉一师有3辆战车投入到协同步兵进攻的战斗中，当时就有一辆被日军击中，正在战车内指挥作战的战车连连长不幸牺牲。荣誉一师显得有些后劲不足，一部分日军冲到了阵地上，和荣誉一师的战士展开了肉搏战。战斗一直进行到黄昏时分，右翼第二团才抵达金龙山429高地、上廖、罗塘、荔枝一线，而左翼的第三团抵达了枯桃岭、同平、佛子岭一线。郑庭笈奉命将第三团的600高地交由补充团团长王文第的部队接守。而仙女山、老毛岭、大坎岭、大球岭一线阵地则由团长吴啸亚率领的预备队第一团占领。

日军的阻击相当顽强，荣誉一师的攻势受到挫败，不得不暂时停止。郑洞国总结了一下进攻无法顺利进行的原因，他认为是因为攻击范围过大、兵力不足，才导致没有足够的力量保住已经取得的战果。

17日夜，分成两个纵队的邱清泉新二十二师，在夜幕的掩护下，由黄盛岭、茅岭一线向南推进。眼见部队的推进相当顺利，军长杜聿明又命令新二十二师向五塘、六塘以北地区推进，以切断日军的退路，协助荣誉一师歼灭昆仑关、九塘、八塘的日军。第六十六团是该师的左翼队，团长刘俊生率领战士占领韦村，和日军的警戒部队展开了激战，战斗一直进行到20时40分才将日军击退。第六十六团继续追击日军，之后占领了六塘。刘俊生团长马上下令修筑工事，同时派人彻底破坏了公路、桥梁及通信联络。

12月19日凌晨，荣誉一师师长郑洞国给部队下达命令，要求不惜一切代价占领653高地，并且要坚决地完成坚守老毛岭441高地的任务。

653高地位于昆仑关的东北方向，占有这个位置就意味着可以控制整个昆仑关战场，所以双方都将它视为必争之地。200多名四十二联队松本部队小川支队的日军在653高地上修筑了坚固的作战工事，并且用铁丝网将整个阵地围了起来。四十二联队队长松本对这200多名日军同样下运了死命令，要求日军坚守阵地，即便战到最后一人，也不能撤离阵地，要固守待援、等待大部队的反击。653高地上的日军借助轻重机枪的强大火力，将600高地上的荣誉一师三团牢牢压制。接到了攻占653高地的命令之后，三团一营的黄闻生营长命令一连从正面发起进攻，但几次攻击都以失败告终；接着，他又命令两个步兵连从两侧对日军进行迂回攻击，并调派了18挺机枪进行掩护，但是同样受到了日军的猛烈打击。一营进行了几次攻击，最终都因为日军的火力过于猛烈而失败。失败了几次之后，一营损失相当严重，黄闻生清点之后发现，连排级军官已经伤亡过半，士兵的伤亡情况则更加严重。

这个时候，日军竟然在小川谷一大尉的率领之下从高地上冲了出来。所有的日军都端着明晃晃的刺刀，跨过阵地上的尸体，径直扑向了三团阵地。

在这千钧一发的时刻，从死人堆里站起来两个人——代理连长安朝宣和代理排长杨讣明，他们用身上的手榴弹为三团的战士炸开了一条血路，所有能够行动的战士都从战壕中一跃而起，端着枪勇猛地向着日军冲了上去，双方立即搅成一团，展开了惨烈的肉搏战。三团的两名战士先后被日军的小川谷一大尉用指挥刀砍倒，紧接着，一名浑身是血的战士用已经弯曲了的刺刀将小川谷一的腹部刺破，杀死了小川谷一；而日军的另一名将领由林重治少尉则在与三团战士进行肉搏时被活活的掐死了，剩下的100多名日军战士也在战斗中被全部打到。荣誉一师三团的战士们踩着脚下的死人，喊叫着向日军的阵地冲去，最终拿下了653高地。日军当然不甘心将653高地拱手相让，在阵地失守之后日军就对三团发起了猛烈的攻击。几十架日军的飞机在653高地和老毛岭、441高地上空盘旋，对荣誉一师的守军们进行猛烈的炸弹轰击和机枪扫射。满山遍野的日军则在炮火的掩护下轮番对荣誉一师的阵地进行攻击。653高地上的守军在夺取高地的过程中已经元气大伤，消耗殆尽，他们无法抵挡日军的猛烈进攻，高地最终又被日军占领。

187

昆仑关争夺战

挺进昆仑关

时间转回1927年，一个所谓的"东方会议"由日本田中内阁组织召开了，在这个会议上，日本制订了一个野心勃勃的计划——"首先征服中国"。1928年，日本在济南使用武力，公然阻挡国民革命军北伐的脚步。

紧接着，黑暗的30年代就来临了。1931年9月18日，日本关东军制造九一八事变，出兵占领了中国的黑龙江、吉林、辽宁三省。1937 年 7 月 7 日，日本又制造了卢沟桥事变，日本对于中国的全面侵略开始了。毋庸置疑的是，从这一刻开始，中国人民进行的抗日战争，将被作为一场伟大的反法西斯民族解放战争而永留史册。

经过 2.5 万里长征胜利到达陕北之后，中国工农红军就一直坚持建立抗日统一战线，开始了和日军的艰苦斗争。1936 年冬，在西安事变和平解决之后，蒋介石和中国共产党签订了国共合作、共同抗日的协定，将日本侵略者和国民党亲日派妄图扩大中国内战的阴谋彻底粉碎。为了早日建立起抗日民族统一战线，中共中央指派张云逸在桂林、香港等地与桂、川、粤的国民党领导人频繁地进行接触和谈判，商讨建立抗日民族统一战线，共同抗日的工作。

张云逸是海南岛人，历任中央和地方的很多重要领导职务，在新中国成立之后，他被授予了大将军衔。1929 年，张云逸和邓小平一起领导了百色起义，成立了工农红军第七军，张云逸出任军长。在抗日战争中，张云逸先后担任新四军参谋长、副军长等职务。

1936 年到 1937 年的两年时间里，张云逸与延安中共中央进行联系的电报一共有九封（现存于中央档案馆），1937 年 6 月底的两封电报的内容表明建立抗日统一战线的时机已经成熟。电报内容表明，国民党桂系对建立抗日统一战线抱有很高的希望，这为广西军界和人民群众的团结抗日奠定了坚实的基础，也为昆仑关战役的胜利打下了良好的群众基础。

1938 年 10 月，广州和武汉被日军攻占之后，中日战争就进入了相持阶段。这时，中国和国外联系的交通线除了桂越公路、滇越铁路和滇缅公路之外，几乎全都被日军切断了。当时苏、美、英、法等国和海外华侨想要将援助物资运进中国，都必须通过桂越公路和滇越铁路，同时，中国和国外进行贸易或者是进行其他方面的联系，大多数也是通过隐藏在深山老林之中的桂越公路完成的。从广西到越南的交通线是中国与外界联系的最快捷的一条通道，而桂南地区实际上已经成为中国抗日战争的大后方，在战争中发挥着巨大的作用。日军也注意到了这一点，所以想方设法地要将中国的最后一条交通线切断，以阻止国外的援助物资进入中国。为了达到这一目的，日军出兵进攻柳州、桂林、贵阳、重庆、昆明，妄图使中国早日放弃抵抗，以尽早结束在中国的战事。同时也为侵略法属印度支那做好准备工作。

1939 年 10 月，日军大本营和日军参谋总长先后下达命令，决定于 11 月中旬进攻桂南。实际上，早在 1939 年 2 月，日军在占领海南岛之后就已经准备入侵桂南。

11 月 7 日，作为进攻桂南的主力，日军第五师团在海南岛三亚开始集结。同时，日军侦察兵开始在钦州湾附近寻找合适的登陆地点，测量水位，并且将海上的交通线封锁。11 月 9 日，日军驻台湾混成旅团经广州到达三亚。11 月 10 日，日军第二十一军司令官安藤利吉抵达三亚，日军的集结工作全部完成。

发现日军在南海频繁活动后，国民党桂林行营认为日军有进攻广西的意图，但是却错误地分析了日军的战略意图。国民党方面认为，如果日军打算入侵广西，一定会以海南岛作为基地，而将柳州作为进攻目标，日军的主力将从广州湾登陆，经过玉林、贵县之后，入侵柳州。基于上述错误判断，国民党军事当局对桂南的防御工作作了相应的部署。粤西和桂南只安排了第四十六军的两个师和两个独立团担任防守任务，而邕钦路方面只有新组建的新编第十九师担任防御任务，兵力相当薄弱，可以说，南宁的防守基本上是空虚的。

日军在海南岛完成集结之后，于11月13日开始按计划进军。当日，日军的70多艘运兵船在日本海军第五舰队50多艘战斗舰艇组成的编队的掩护下从三亚（榆林）港起航，以第五师团第九旅团、第二十一旅团、台湾混成旅团的先后顺序依次进发。15日8时10分，日军第九旅团由钦州湾企沙成功登陆；16日早上6时，第二十一旅团在钦县以西的黄屋屯成功登陆；16日傍晚，台湾混成旅团在钦县以南的黎头咀完成登陆任务。完成登陆任务以后，日军第九旅团、第二十一旅团和台湾混成旅团分三路进攻，16日下午防城被攻陷，17日上午钦县失守，到11月19日，日军已经先后将小董、大寺、大塘、百齐攻克。在大塘稍事休整之后，日军于11月21日开始急速向南宁挺进。

日军成功登陆并向西急进之后，桂林行营调整作战方案，在命令第四十六军坚守南宁的同时，紧急命令第三十一军停止东进转而向西驰援南宁。白崇禧亲自报告蒋介石，让处于湖南衡山和桂北的机械化装备精良的杜聿明第五军驰援桂南，并且担任主攻任务。这个时候，日军已经将新编第十九师击败，之后长驱直入，到22日，日军已经逼近了邕江南岸。此时，南宁南北地区正遭受日军数十架飞机的轮番轰炸。国民党第四十六军第一七〇师和第二十一军第一三五师不分昼夜地赶到了南宁，开始在邕江北岸修筑防御工事，想要阻断日军的渡江计划。但是，在国民党的防御部署还没有完成的时候，日军已经开始了渡江的行动。22日晚，日军企图在良庆思源塘进行偷渡，但是被国民党守卫部队击溃。23日，日军飞机掩护渡江部队分别在良庆、蒲庙、亭子等处强行渡江。24日，已经渡江的日军分别从东、西两侧对南宁展开夹击。国民党军队和日军进行了激烈的战斗，但是无奈腹背受敌，战斗进行到下午2时，国民党军队被迫撤离南宁，分别向邕武、邕宾公路方向转移。攻下南宁之后，日军在钦县设立兵站基地，由台湾混成旅负责邕钦公路的警戒任务；第九旅团则负责守备南宁的任务；而第二十一旅团和骑兵第五联队继续北进，以追击溃败的国民党军队。日军兵分两路，一部沿着邕武路进行追击，于12月1日攻克了高峰隘；另一部则沿着邕宾路前进，于12月4日攻占了昆仑关。占领了高峰隘和昆仑关后，日军巩固了南宁外围的各个战略据点，并各自安排一支部队负责守备，和国民党军队形成了对峙的局面，主力部队则返回了南宁。

11月24日南宁被攻陷之后，原本在二塘、凤岭一带和日军展开激烈战斗的国民党第一七〇师和第二〇〇师第六〇〇团，仍然在坚持对日作战。日军占领四塘之后，第二〇〇师第五九九团开始积极地组织反击。到 25 日，二塘方面的战斗进行得特别激烈。当天，日军的数十架飞机掩护着地面部队对国民党军队发起了猛烈的攻击。国民党军队冒着飞机炸弹的攻击，和日军进行了一次又一次的激烈战斗。国民党军队勇猛顽强，一次次将日军的进攻打退，防守阵地也是几次易手，官兵的伤亡情况很严重。仅仅是第二〇〇师第六〇〇团，就有 300 多人伤亡，团长邵一之和副团长吴其升都英勇牺牲。由于战况十分不利，第一七〇师师长黎行恕和第二〇〇师师长戴安澜决定在傍晚之后逐次退出战斗，转而在高峰隘设立防御阵地。当天晚上 9 时后，两个师的主力部队分两路向高峰隘方向撤离，一场经历了两天两夜的恶战就这样结束了。可以这样说，这次战斗是日军登陆之后遭遇到的最猛烈的一次战斗。12 月 4 日，日军中村旅团攻占了昆仑关要隘，并将守卫工作交给了日军第四十二联队第二大队松本总三郎（少佐）率领的部队。日军马上就对昆仑关和其周围的各个据点加强了工事的筑建。关东人行岭（600 高地）、关东南枯桃岭、关东北石牛山（653 高地）立别岭；关西罗塘南高地、仙女山（700 高地）；关西南毫毛岭（445 高地）、广秀岭（441 高地）；关北的界首坡、平阳坳、罗伞山等高地和据点布满了战壕、铁丝网、掩体和暗堡。

日军在侵占了南宁之后，还在昆仑关、高峰隘等处修建工事，进行防备，这说明日军妄图长期占据此地。这样一来，不仅柳州、庆远、贵阳、桂林、全州等地受到了日军的威胁，就连西南、桂南的国际交通线也被日军切断了，这对于中国进行长期抗日战争过程中需要的物资补给是极为不利的。因此，对于南宁失守一事，国民党当局是十分关注的，国民党当局立即从全国各地调派部队奔赴广西，这预示着桂南会战中最关键、最惨烈、最辉煌的一仗即将打响。

国民党统帅部命令桂林行营进行反攻，其中最重要的一点，就是要在日军立足未稳时将日军歼灭并将昆仑关夺回来。12 月 12 日，也就是在昆仑关战役开始之前的几天，日军飞机对蒋介石的故乡溪口进行了轰炸。在这次轰炸中，蒋介石的故居"报文堂""文昌阁"等建筑不幸被毁，蒋介石母亲的坟墓被炸，蒋介石的原配夫人毛福梅不幸罹难。面对国恨家仇，蒋介石决心将这一仗打好，他毅然同意白崇禧的意见，命令国民党军队中唯一的机械化部队杜聿明的第五军担任主攻任务，接着又给白崇禧一个极大的权利：前方各部队的战士，如果有不积极努力进攻，或者是不能按照约定期限完成攻击任务的，就以畏敌罪论处，可以就地处置。

两个月前的第一次长沙会战中，国民党军队和日军进行了激烈的战斗，表现出了强大的战斗力，一举歼灭了上万日军。受长沙会战的鼓舞，此时的国民党军队士气正旺，增强了在昆仑山战斗中的必胜信心。

为了驰援桂南，国民政府军委会从粤、湘、赣、鄂、黔等省调集徐庭瑶第三十八集团军、蔡廷锴第二十六集团军、邓龙光第三十五集团军和叶肇第三十七集团军共计 15 万余人，会同夏威第十六集团军，进行反攻并收复南宁。此外，炮兵、战车部队和空军也一起协助作战。国民党军队分为了东、西、北三路军：东路军以第二十六集团军总司令蔡廷锴为总指挥，下辖第六十六军、第四十六军第一七五师和新编第十九师等部，以陆屋、灵山为根据地，攻击邕钦路南段，破坏日军交通线路，阻载日军的后续部队。西路军以第十六集团军总司令夏威为总指挥，下辖第三十一军和第四十六军第一七〇师。被分为两个纵队，第一纵队向高峰隘发起进攻，并向四塘、五塘方向出击，协助北路军攻击昆仑关；第二纵队向苏圩、大塘方向进攻，截断邕钦路北段，阻击日军北上增援的部队。北路军以第三十八集团军总司令徐庭瑶为总指挥，下辖第五军、第九十九军和第九十二师，从宾阳方向将昆仑关日军包围并展开攻击，然后再协同东、西路军进攻南宁。第九十九军主力部队作为战略预备队，安置在宾阳古辣附近。

激战拉开战斗序幕

12 月 17 日，在东汀桥修桥的国民党工兵受到了日军的炮击，国民党军队借此机会开始对日军发起了总攻。

挺进昆仑关

18 日清晨，在第五军杜聿明军长下达进攻命令之后，国民党军队的重炮兵团和师山炮兵营集中所有火力向昆仑关以及昆仑关周边的日军阵地进行了猛烈的炮火攻击。日军也以炮击进行反击，双方进行了激烈的炮战。由于国民党军队火力太猛，日军在还击时并不是很清楚国民党军队的准确位置，而是盲目地进行射击，这非但没有伤害到国民党的进攻部队，反而使得日军的一些隐蔽工事暴露在国民党军队的炮火之下。国民党军队的远射程重炮在这时候发挥了巨大的作用，在国民党军队的远程火炮进行一阵猛攻之后，日军的炮击逐渐少了下来。

借着日军的炮火被压制的机会，作为国民党一线攻击部队的荣誉一师和二〇〇师一起向日军阵地发起了冲击，在战车和轻重武器的掩护之下，国民党军队快速地向日军阵地行进。此时，日军的飞机也投入了战斗，飞机在国民党军队的阵地上空不停地盘旋，妄图从空中对国民党步兵进行打击。然而，国民党军队的高射炮火力是相当猛烈的，日军飞机不敢在低空飞行。在国民党的步兵接近日军的阵地之后，日军的飞机怕伤害日本士兵，已经不敢扫射和投弹了，无奈的日军飞机只能在国民党后方的补给线上投些炸弹。战士们血气上涌，一举将关西仙女山（700 高地）拿下，控制了昆仑关以西约三公里的重要高地，而后，荣誉一师的指挥部就设在了此高地上。

在荣誉一师和二〇〇师两个主攻师的通力合作之下，昆仑关阵地以下的日军防线开始有所松动。一部分日军在国民党军队的猛攻之下，已经开始撤退，见此情形，国民党的士气更加高涨，战士们越战越勇，一步一步地将日军逼退，日军退败的残部一部分逃往九塘，一部分则退入了昆仑关核心阵地。

在国民党正面主攻部队和日本守军进行激烈战斗的同时，新二十二师也密切关注着南宁方向的日军的动向。日军企图据守昆仑关以控制整个桂南战场的局面，面对国民党军队对昆仑关的攻击，日军不可能坐视不管。一支 800 多人的日军增援部队乘着 31 辆汽车到达昆仑关以南的六塘。日军下车以后就摆开了战斗队形，径直向昆仑关行进。刚刚走了不到 1 公里，日军就发现通向昆仑关的几座桥梁都已经被毁坏了。这个时候，新二十二师机械化战车部队突然出现在日军面前，将这支日军队伍的退路切断。在国民党军队的攻击之下，这支日军部队全军覆没，战斗仅仅持续了不到两个小时，在天黑之前，新二十二师就已经将战场打扫完毕了。

傍晚时分，荣誉一师各团又同时对日军阵地发动了袭击战，一鼓作气将万福村（宾阳地）、亳毛岭（老毛岭、445 高地）、广秀岭（又称石牛岭和进仕岭，俗称双牛对拱岭，即 441 高地）、崇抱岭、金龙岭（敢陇山）和 600 高地全部收复；荣誉一师二团团长汪波则率领战士将关西罗塘顶（罗塘南高地、罗塘堡）、界麻岭和罗伞山全部拿下；二〇〇师也顺利地将关西的东侧的石塞隘攻克。

荣誉一师的战士都经历了淞沪大会战和长沙大会战，他们身上都有很多日军的炮弹和刺刀留下的伤疤，他们的心也被对日军的仇恨填满了。这个时候的队伍，当官的不怕死，当兵的不贪生。在昆仑关艰苦的战斗中，他们奋勇向前、机智勇敢地和日军作着顽强的斗争。

至 18 日，国民党军队已经将昆仑关前沿第一线的多处重要据点从日军手中抢了回来。得知这一消息之后，中村正雄立即调集其下属的第二十一联队 1000 多人，由队长三木吉之助率领，分乘 31 辆汽车急赴昆仑关援助。19 日凌晨，日军的这支支援部队进入 653 高地和 441 高地之后，被荣誉一师歼灭了半数以上。

20 日，日军少将旅团长中村正雄带领的部队在六塘被国民党军队阻击，接下来的两天时间里，日军未能前进半步。对于此种情况，中村正雄在日记里这样写道："在二十五公里长的狭窄道路上，历尽艰难地行进着。"在昆仑关外围各个据点坚守的日军三木吉之助的部队早就陷入了粮食和弹药不足的困境之中；国民党军队的坦克，直接冲到了昆仑关前的公路上，用重炮猛轰日军的守卫阵地；而负责八塘守备任务的日军，在 20 日晚上已经被全部包围了。

21 日，二〇〇师副师长彭壁生带领着第五军补充第一团和第二团的左翼迂回支队（日军称彭支队），加入了东线作战的行列。石塞隘以西、昆仑关之东和东南面、人行岭（人形山、600 高地）、一字岭以及能够俯瞰日军九塘指挥所的人头岭（石人山、500 高地）等地先后被他们攻克。在昆仑关的前线阵地，国民党军队从三面对日军的三木部队进行压缩性进攻。日军的飞机飞到八塘外围为包围圈内的日军投放粮食和弹药，但是因为八塘各个路口都已经被国民党军队封锁，所以日军的守军根本无法出来拿到这些物资，日军飞机投放的粮食和弹药都被国民党军队取得，日军反而为国民党军队增加了补给。

同一天，国民党军队的十架飞机飞到六塘的日军守卫阵地进行扫射，六架飞机到九塘的日军阵地上投掷了炸弹。当天晚上，荣誉一师在战车的配合和掩护下，将昆仑关以北五华里的二角岭阵地收复。而日军的增援部队中村支队仍然在六塘西面被公路两侧（六塘烟墩至平旺坡一带山地）的国民党第九十九军拦住去路，无法向北前进一步。

22 日，中村正雄终于带领部队突破了第九十九军的防线，前进到山心坳南面的茶店口，可是又被国民党第九十九军和新二十二师前后夹击。此时，三木联队正急切地期盼着中村正雄的救援部队前来，无可奈何的情况下，中村正雄不得不率领部队窜进七塘西北渌留坡一带的山中，想要绕道支援九塘。

23 日，刚刚率领队伍到达七塘西北二公里的渌留桶子岭附近的中村正雄被埋伏在周围的国民党士兵一枪打中左脸颊。经过军医实施手术之后，中村正雄率队继续在险峻的山路中行进。这时候，昆仑关前线的日军守备部队已经断粮，日军只能到农田中捡拾落穗充饥，相当悲惨和狼狈。

24 日上午 8 时许，中村正雄率队到达九塘西面的木凳村，他正在村西北面的一处高地上窥探，不想又被埋伏在附近的国民党荣誉一师的部队击中。这一次子弹射穿了他的腹部，伤势相当严重，日本士兵抬着他边打边退，最后回到了日军在九塘的指挥部。当天下午，日军军医正在给中村正雄做手术时，国民党军队的多发炮弹击中了日军的指挥部，正在给中村正雄做手术的手术室的房顶也被击中，一时间烟火弥漫，灰尘也不断掉落下来。紧急之中，日军军医用自己的身体挡住了中村正雄已经被打开的腹腔。25 日凌晨 5 时，中村正雄最终死在了国民党战士的枪弹之下。

12 月 24 日中午，荣誉一师第一团接替第二团担当广秀岭 441 高地的防卫任务，并且需要坚守昆仑关南门户六里桥东西两侧的六拔（六扒）、六域，监视九塘和昆仑关的日军的动向。下午 2 时开始，国民党的炮兵部队对罗塘南高地连续进行了几个小时的猛烈攻击。国民党士兵在团长汪波的带领下，借助阵地上弥漫的硝烟和飞扬的尘土的掩护，快速地向日军的阵地冲去，冲上阵地之后就和日军搅在一起，双方展开了激烈的白刃战，最终将阵地夺了回来。

193

25 日，借着昨日攻克罗塘南高地的胜利，担负正面主攻任务的荣誉一师和第二〇〇师开始向界首坡附近和653高地石牛山西南侧的那义顶、坛齐岭的日军堡垒发动猛烈的攻击。正在国民党军队对着日军穷追猛打、节节胜利、昆仑关阵地唾手可得的时候，日军盐田台湾旅团第二联队突然赶到增援日本守军，战场上的局势瞬间发生了变化。赶来增援的3000多名日军迂回到战场左翼国民党军队第九十九军第九十二师防守的高山岭、橘子岭一带的阵地上，双方展开了激烈战斗。持续到中午时分，国民党军队的防守阵线被日军突破，500多名日军在阵地布防，另外2000多名日军则在强行突入国民党军队的包围圈之后，和昆仑关内的日军完成会合。这个时候，国民党军队的飞机从柳州飞至日军前沿阵地之后进行了猛烈轰炸，国民党军队趁机将几个失守的据点重新夺回。下午4时，国民党军队将一部分妄图从同兴（六梧、那义）附近突围的日军击败，不仅击毙大量日军，并且俘获了30多匹军马和大量的文件和武器。荣誉一师第三团向昆仑关的一部分守军发起了进攻，并且占领了昆仑关附近的清明顶和昆仑山高地，守卫此地的日军，向关东一侧的高地一字岭逃去。

26 日，国民党军队的正面部队继续对昆仑关东北界首坡附近狗头岭一带高地的日军阵地进行猛烈进攻，而守卫的日军则坚持死守，以待援军的到来。

在25日突破国民党第九十九军九十二师在六塘上梁高山岭与七塘六留椭子岭之间的六塘走廊阵地之后，日军的后方交通情况逐渐好转，日军的增援部队也陆续抵达。然而，新二十二师一部于26日协同九十二师进行作战之后，国民党军队收复了之前的阵地，重新将日军后方的交通线截断。

日军在昆仑关战役中最为难受的就是他们的后方交通线被国民党军队切断，这使得他们对前方阵地的支援和补给遇到了极大的困难。所以从12月19日起，日军不停地对国民党新二十二师和第九十九军九十二师进行相当猛烈的进攻，目的就是要突破在五塘古流岭、高岭、灯盏地、马鞍山、那义顶、高山岭、鹿鸣山、椭子岭等处封锁五塘至山心坳公路交通线的国军阵地。27日，在日军飞机的掩护下，赶来增援的1000多名日军对国民党守卫的441高地进行了猛烈的攻击，国民党守军苦战了九个小时，伤亡惨重，守卫将士伤亡殆尽，阵地再次被日军占领。当天夜里，又来了约一个联队的日军，对八塘进行支援。由此可见，昆仑关的得失，对于日军在南宁驻守的几个师团的安危有着极大的影响，日军绝对不会轻易地放弃昆仑关。而国民党方面也同样知道昆仑关的重要战略意义，决心要把这个关口拿下。这一次，荣誉一师的战士们又要担负起攻坚的重任了。

28 日下午3时，国民党的炮兵部队协助第二〇〇师进行战斗，炮兵将主要的火力用于攻击界首坡、653高地，西南那义顶、坛齐岭，西北坛笔山两侧高地；还有一部分火炮则用于攻击日军位于昆仑关北公路东侧的侧防阵地，达到支援公路两侧的国民党部队前进的目的。

29 日清晨，第二○○师对界首东西两侧的日军重点阵地发动持续进攻，国民党的重炮队仍然发挥着重大的作用，该部队以精确的炮火打击，将进攻火力集中于一点，牢牢地压制着日军的火力，步兵在炮火的掩护下得以顺利前行。在己方炮火的支援和日军炮火的攻击之下，国民党的步兵不断向前突击，他们用手中的手榴弹和刺刀与日军进行着搏斗。国民党战士奋勇向前，将日军的堡垒一个个地击破，全歼了界首坡东、西、北各据点内的日军。这个时候，昆仑关已经完全被国民党军队掌控。虽然之后日军也曾进行过数次的反击战，但是已经毫无作为，只是空做无用功罢了。30 日，第二○○师进击罗堉岭、罗伞山、平阳坳、界首坡及其东北高地。天刚蒙蒙亮，国民党的炮兵部队就开始对界首阵地上的日军展开了猛烈攻击，在第二排炮弹炸响的同时，国民党的突击队已经飞身跃入日军的阵地之中，在日军还没离开防空洞之前，国民党战士就已经将手榴弹塞进了日军的防空洞中，随着手榴弹的爆炸，日军阵地上已经血肉横飞了。见此情形，阵地上的日军四处逃窜，国民党突击队的队员们则手提大刀，将日军砍得溃散不堪。与此同时，国民党的后续部队已经像潮水一般涌到了日军的阵地之上，在天刚刚亮的时候，国民党军队已经将界首高地重新夺了回来。上午，新二十二师的队伍已经推进到第二○○师的前沿阵地了，他们继续向昆仑关正面的日军发动进攻。到中午时分，新二十二师已经将同兴村南北、界首坡及其东南各地完全攻克，并且将界首至昆仑关沿途各山麓凹地中日军的机关和暗堡彻底清理干净。国民党军队在经过了 12 天的艰苦战斗之后，才终于将同兴、平阳坳、公凯山、界首坡一带的日军残留部队彻底地肃清。

到当天深夜的时候，新二十二师已经逼近昆仑关北的小高地（清明岭，又叫望塘山、当开山、古耙山）。这个时候，日军已经岌岌可危了。

12 月 31 日清晨，国民党各个部队开始轮流对日军发动进攻，战斗进行到早上 3 点的时候，日军已经开始出现无力抵抗的情况，新二十二师六十四团趁机从同兴（六梧、那衣、晚珠、清匡等坡）向昆仑关进逼。随后第八连将昆仑关城垣成功拿下，而东领兵山、西狮子岭、六吲山、昆仑山和暗担顶各高地等处阵地也全被国民党部队占领，日军所剩残部向九塘方向溃逃。至此，中国军队终于取得了昆仑关战役的最终胜利。

经过 10 多天的艰苦战斗，中国军队终于将桂南天险昆仑关成功攻下，将日军大部分的守军击毙，剩余的小部分日军则逃往了南宁。在这次战斗中，中国军队共击毙日军军官和士兵约 5000 人，其中包括日军少将旅团长中村正雄和联队长等。此外，还俘虏了 102 名日军，缴获了坦克、山炮等重武器以及一大批军马。中国军民的伤亡人数更多，达到了 1 万以上，其中就包括第五军的 3400 多名英勇战士。昆仑关战役惨烈的战斗场面和辉煌的战果将在历史中留下浓墨重彩的一笔，它也成为和平型关大捷、台儿庄血战一样享有盛誉的中华民族伟大的抗日战争中值得大书特书的一战。昆仑关战役的胜利是中国军队在抗日战争中的第一次攻坚战的胜利，这一战给日军造成了沉重的打击，也将所谓的"日本皇军不可战胜"的神话彻底打破，对于中国军民抗战胜利的决心有着极大地鼓舞作用。

井本熊南是日军侵华战争中的一员，他在《作战日记》中这样写道："在昆仑关战役即将结束的时候，陆军参谋次长泽田中将到长二十一军视察，刚到军司令部，就发觉相当悲观，对第五师团也有一种会被毁灭的担忧。而在昆仑关战役开始之前，我军曾经制定过《对外施策方针纲要》，当时极其嚣张地认为对中国的战争在1940年就能彻底结束。而我军在昆仑关战役中的完败，则将我军当初的种种幻想彻底毁灭。"日本出版的《战史丛书·支那事变陆军作战》当中也提到了发生昆仑关战役的1939年，对于日本来说——"这是中国事变中最黑暗的时期"。由此可见，昆仑关战役的胜利对于整个抗日战场的形势有着多么大的影响。

军民一心共同抗日

在昆仑关一战中，中国军队与日军进行了相当激烈的阵地争夺战，中国军队进行了数次攻坚战役。在这些战役中，广西当地的学生军和数万民众给予了中国军队大力支持。在整个战斗过程中，日军靠着坚固的工事死守顽抗，同时日军飞机在空中对中国军队进行猛烈的打击。而中国军民则是同仇敌忾，勇往直前。下面记录的是几个在战斗中发生的真实的故事。

勇占石牛山

在战斗中，石牛山又被称为653高地，是昆仑关东北战略重地，在这里能够俯瞰整个昆仑关战场，日军在这里部署了第七中队进行坚守。12月18日，国民党荣誉一师对石牛山进行了正面的攻击，但是没能成功拿下。19日，荣誉一师继续进行猛攻，部队先是从正面进行猛攻，但是没能成功，接着荣誉一师兵分两路，从日军两侧展开进攻，但是同样受到了日军猛烈的火力打击，攻击进行缓慢。日军眼见国民党军队进攻受挫，企图趁机进行逆袭。关键时刻，国民党连长安朝宣和排长杨朴明勇猛向前，带领战士直接冲向日军阵地，双方短兵相接，展开白刃战，国民党军队最终击毙日军中队长小川谷一大尉并成功占领了石牛山。

巧夺罗伞顶

国民党军队将罗伞顶称为同兴北高地。12月18日，国民党荣誉一师的部队曾将罗伞顶攻下，但是在当天夜里24时又被日军占领。12月20日，国民党第二〇〇师五九八团一营接到了拿下罗伞顶的命令。该营营长在观察了战场的形势之后决定让三个连从三个方向先后对日军阵地发起攻击。21日19时，在炮火的协助下，该师一连从罗伞顶西侧向日军发动进攻，并一度将主峰攻下。日军全力对一连进行反攻，一连趁机后撤，以吸引日军。此时，二连和三连分别从罗伞顶东侧和北侧冲上山顶，日军腹背受敌，难以兼顾，最终弹药耗尽，双方展开了惨烈的白刃战，国民党军队将日军一个小队的30多人全数歼灭。此后，日军进行了多次反攻，虽然一营损失惨重，但是仍然将罗伞顶牢牢地控制在手中。

血战罗塘高地

12月18日11时，国民党荣誉一师的一支部队将罗塘高地攻占。19日零时，日军反攻之后又将高地夺去。21日至23日，国民党第二〇〇师第五九八团对该高地上的日军守兵进行了猛烈的攻击，和日军进行了十多次的白刃战之后，才将一部分据点重新占据。24日，国民党军队的攻坚部队集中主要力量，通过炮兵和步兵的协同作战，一一将日军的主要据点攻克，而荣誉一师将自己的主力部队投入到攻占罗塘高地的战斗中。罗塘高地是日军防守的重要支撑点，也是昆仑关在西南方向的重要屏障，日军的二十一联队迢田中队担负该高地的防守任务。日军配置了28挺轻重机枪，外围还设置了三道铁丝网。当天下午4时半，在炮火的协助之下，荣誉一师第二团开始对该高地进行全力攻击，该团战士奋勇向前，直接冲到了日军的阵地前，用铁锹、锄头、十字镐等破坏铁丝网，突入日军阵地内围，和日军展开了肉搏战。战斗持续到晚上7时，罗塘高地终于被国民党军队占据。在这次战斗中，荣誉一师第二团的突击队伤亡惨重，仅有数十名队员幸存。但是，日军的伤亡同样很大，日军10余名军官被击毙，200多名士兵战死，同时还有2名士兵被俘虏。

会攻界守地区

12月18日，金龙山、仙女山、老毛岭、441高地、罗塘、石塞隘等阵地先后被国民党荣誉一师攻占。在荣誉一师刚刚发动进攻的时候，战况非常顺利，但是在到达昆仑关口之后，国民党的战车和步兵都受到了日军防御炮火的猛烈攻击，整个部队的进攻势头受到压制。19日，日军的增援部队到达，三木联队第一大队第五、六中队和原第七中队残部共500名左右的日军担负起了防守的任务。从21日起，国民党军队第二〇〇师第五九九团持续对日军阵地进行攻击，但始终未能攻破日军的一线阵地。28日，荣誉一师、第二〇〇师和第二十二师协同作战，一起向界首东西两侧的各个重要据点发动了猛烈的攻击，据点内的日军伤亡惨重。日本守军进行垂死挣扎，竟然在前沿阵地使用了毒气弹。国民党战士不顾毒气的威胁，拼命向日军阵地发起攻击，所有能用的武器一齐向日军阵地射去。双方激战了几个小时之后，日军的大部分战士被歼灭，国民党军队完全占据了界首高地。国民党战士在高地上点起一堆堆的柴火，向军部报告胜利的消息。

争夺石人山

石人山又被称为415高地，从这个高地上能够俯瞰和控制九塘。日军先是将该高地的防守任务交给了松本大队第五中队一部，后来三木联队一部又将防守任务接了

197

过来。12月18日，国民党荣誉一师第三团的部队逼近九塘的时候，便被阻挡在这个地方。到20日，三团依然被日军的火力阻挡，只能占据石人山北侧的枯桃岭和东南侧的立别岭与日军对峙。23日9时许，荣誉一师第一团依托着公费岭，从西面突进到公路东侧，和枯桃岭上的第三团完成会合，将昆仑关至九塘间的交通截断了。在此之后，荣誉一师第三团、军补充团和第六十六军第一五九师第四七七团先后对石人山防守阵地上的日军发动了猛烈的进攻，直到1940年1月2日，在守卫日军完全撤退之后，国民党军队才彻底将石人山占据。

鏖战公费岭

公费岭地处441高地附近，开始的时候日军并没有派驻部队在此防守。12月18日，国民党荣誉一师将该地占领，然后以此作为依托，开始向昆仑关南侧到九塘一线展开猛烈的攻击，国民党军队在石桥、上廖、板壁等地区和日军展开了激烈的战斗，并形成了对峙的局面。这个时候，日军前沿阵地的主要据点已经相继被国民党部队占领，日军的主要交通线被国民党军队截断或者是用炮火进行了封锁，日军的后援部队和弹药等物资都无法运抵前线，无法对国民党军队进行反击。26日，在飞机和炮火的掩护之下，日军地面部队开始对公费岭进行猛烈的攻击，企图占领该地，实现控制整个战场的战略意图。荣誉一师第二团的一支部队进行了顽强的抵抗，尽管大部分将士都已伤亡，可是高地仍然没能守住。28日至31日，荣誉一师组织了数次反击，但是都没能获得成功，而且造成了极大的伤亡。31日，昆仑关的日军已经被国民党军队击溃，可是公费岭上的日本守军仍然在负隅顽抗，还把自己的炮兵阵地设在了山上，以炮火封锁昆仑关到九塘的交通线，使得攻占了昆仑关的新二十二师无法南下。1940年1月1日6时，国民党第五军军长杜聿明紧急调遣补充第一团第三营投入到战斗中，并给重炮营下达了支援作战的命令，最终，国民党军队击毙日军100多人，占领了公费岭。傍晚时分，日军坂田联队兵分三路对公费岭进行了凶猛的反击战，日军重新占领了西侧高地，国民党部队和日军各自占领了一半的高地。3日，第二〇〇师和新二十二师各一支部队协同荣誉一师再次向日军阵地发起进攻。日军依托阵地负隅顽抗，而且使用了毒气弹。国民党战士不顾安危勇猛地冲进日军阵地，消灭了日本守军。国民党军队乘胜追击，终于攻占了九塘。

空中激战

在昆仑关战役进行的过程中，中国空军第二路部队的战机投入到了战斗之中，有力地支援了国民党地面部队的进攻。然而，日军当时的空军力量相对强大，掌握着战斗中的制空权，国民党当局对于空战并没有很多信心，他们担心万一空战失利，对国民党地面部队的士气会造成极大的影响。所以，当时参战的国民党战机的数量并不是很多，每一次出动的飞机最多只有十几架。1939年12月23日，第三十二驱逐中队队长韦一青、分队长陈业新和队员唐信光在广西空军第三大队副大队长陈瑞钜的带领下，驾驶着两架苏制"E—15"机和两架英制"格机"，降落在广西柳州机场。从 12 月 24 日开始，国民党的战机数次飞到昆仑关对日军的军事设施进行轰炸，协助国民党地面部队作战。在一次出击过程中，国民党战机遭遇了日军的两架水上侦察机，陈瑞钿、韦一青驾驶各自的飞机分别将两架日军飞机击落。12 月 27 日，陈瑞钿、韦一青等人驾驶着三架战机，和苏联志愿航空队一起，与数倍于己方的日军飞机在昆仑关上空进行了一个多小时激烈战斗。陈瑞钿、韦一青的飞机都被日军战机击落，陈瑞钿受重伤，韦一青壮烈牺牲。在昆仑关战役中，中国空军和苏联志愿航空队联合战斗，一共击落 11 架、炸毁 15 架日军飞机。

民众的胜利

昆仑关战役时，宾阳县的所有人民为这次战役的胜利作出了极大的贡献和重大的牺牲。大战开始之前，国民党军队在宾阳集结；战斗过程中，新桥镇的白氏宗祠和白岩小学是白崇禧的前线指挥所的所在地，白崇禧在这里指挥了整个战斗过程；随着战斗的进行，担任攻坚主力部队的第五军司令部先后设在了新桥镇谭逢村、太守镇南门和思陇镇柳洞村，杜聿明的 16 道作战命令都是在这里发出的；宾阳当地一共成立了四个中队的游击兵力开赴战斗前线支援国民党军队作战；建立了军运代办所担负运送弹药和粮草的任务；组织了战地救护队负责抢救伤员；县城内外的所有机关、学校、祠堂、庙宇和闲房空屋都变成了"临时医院"和收容所，用于医治在前线受伤的官兵和收容接待散兵；组织了慰劳前线官兵的慰劳大队；成立了宣传队，发动更多的人民群众投入到抗日战争中。根据数据统计，在昆仑关战役中，宾阳县共有 6 万多人参与到了支援前线的工作之中，总共捐赠了 315 万斤、代购了 270 万斤军粮，共捐款 25000 元，捐献米粽 11 万条、甘蔗 12000 根、水果和饼干 17 万担、肉 2100 多斤、军鞋 21000 多双、木料 10000 多条、耕牛数百头，共有 300 多人参军参战，其中的 200 多人壮烈牺牲。

昆仑关会战取得胜利后

昆仑关战役打响之后，宾阳县 5 万多名群众冒着严寒，奋战了两天一夜之后终于在坚硬的公路上挖出了几个大坑，还毁掉了两座桥梁，为延缓日军进入宾阳作出了极大的贡献。当地的村民几乎每天都要长途跋涉地运送伤员，少则六七十名，多则 100 余名。

取得昆仑关战役的胜利之后，杜聿明将军希望记者实事求是地宣传昆仑关战役的胜利，而不要故意地夸大战果，但是有一点一定要大力宣传，那就是要强调群众的力量，一定要强调群众是国民党军队获得这次胜利的基础。

日本反战同盟的呼声

28日深夜，国民党军队和日军正在界首进行激烈的战斗之时，日本著名作家鹿地亘带领着"在华日本人民反战同盟西南支部"的同志在战火中来到了前沿阵地。他们通过巨型扩音器对日本守军展开心理攻势，号召日本守军立即放下武器，放弃抵抗，不要被日本军阀误导，积极投入到反战阵营之中。**他们用日语演唱家乡的歌曲和反战歌曲，夜以继日地在前沿阵地上贡献着自己的力量。**

鹿地亘先生是著名的小说家和评论家，也是日本作家同盟成员和中国人民的老朋友。在他还就读于日本东京帝国大学的时候，就已**经**能在革命文学运动中见到他年轻的身影了。1936年，鹿地亘到达上海之后，先后和鲁迅、郭沫若等人结识，并且积极地组织建立了日本反战联盟，进行反战的宣传活动。他带领反战联盟的盟友先后在台儿庄、昆仑关等战役的第一线阵地进行反战宣传工作。1946年，鹿地亘先生回到日本之后，曾经被美军以间谍疑犯的罪名监禁一年，史称"鹿地事件"。1982年，鹿地亘先生在日本逝世，享年89岁。

击毙中村正雄

中村正雄是日本石川县人。他于1936年8月随日军入侵中国，历任日本第十二师团参谋长、参谋本部通讯课课长、第五师团步兵第二十一旅团少将旅团长。1939年12月25日，中村正雄在昆仑关战役中被中国军队击毙，后被日军大本营追赠陆军中将。

昆仑关的日军守兵陷入国民党军队的重重包围之后，南宁的日军司令部不断地派遣军队前往增援，但是由于国民党左、右翼迂回支队不断地在邕宾路对日军进行阻击，使得日军的行进速度受到了极大的影响。1939年12月20日，日军第二十一旅团长、陆军少将中村正雄亲自率领坂田联队的两个大队，从南宁出发前往昆仑关驰援固守的日军，日军行进到五塘时，国民党新二十二师和第九十二师等部队对中村正雄的部队进行不断的阻击、伏击和围困。中村正雄不得不率领自己的部队窜入山中，企图绕道前往九塘。12月23日，中村正雄的部队在行进到七塘西北渌留椭子岭附近时遭到了国民党军队的伏击，中村正雄的左脸颊被子弹击中。12月24日，受伤的中村正雄带领部队窜到九塘西木橙村时又遭到了荣誉一师的伏击部队的袭击，中村正雄腹部遭受重伤，于12月25日毙命。在临死之前，中村正雄在自己的日记本上这样写道："帝国皇军的第五师团第二十一旅团，之所以在日俄战争中被称为'钢军'，那是因为帝国皇军比俄国人更加顽强。但是，在昆仑关的战役中，我必须要承认的是，我遇到的中国军队比俄国的军队更加强大。"

枣宜战役（1940.5）

枣宜会战

中国军队于 1939 年冬至 1940 年初发动的冬季攻势和对南宁昆仑关的反攻，使日军感到了中国方面的抗战意志和作战能力仍很顽强。因此，为了给中国军队更大地打击，日军第十一军打算展开一次较大规模的报复性作战。

日军认为，中国包围武汉的第五战区的部队有 50 个师，鄂西北的汉水两岸地区是其主力部署的地方，进攻宜昌，不仅能沉重地打击第五战区，而且作为进入四川门户的宜昌，与重庆只有 480 公里的距离，战略地位非常重要。把宜昌攻克，不仅对推进政治谋略有利，而且还会给重庆及西南大后方带来巨大的威胁。为此，第十一军决心在进攻作战中，尽可能多地投入其所属的七个师团、四个旅团。另外，各从长江下游的第十三军第十五、第二十二师团抽调一个支队（相当于旅团）配属给第十一军，此外配合作战的还有第三飞行团、海军"中国方面舰队"第一遣华舰队及第二联合航空队。总参战兵力达 20 万人。就这样，枣宜会战成为了在正面战场上日军继武汉会战以来所发动的最大规模的一次作战。

枣宜会战中被俘的日军

军事委员会判断，占领宜昌并不是日军西进的企图，在枣、宜地区寻歼第五战区主力才是其真正的目的。于是电令第五战区对日军不可太过消极，而是要以一部积极行动，不断侵扰日军后方，牵制西进的日军；在襄河以东至大洪山一带部署主力，找机会把西进或东退日军主力歼击掉。其作战部署是：第二十六、第七十五、第九十四军，第一二八师和第六、第七游击纵队由江防军司令郭忏指挥，主要任务是把过河的日军阻截，并与日军在荆州、当阳东南地区决战；第二十九、第三十三集团军，第五十五军由右集团总司令张自忠指挥，一部在襄河两岸固守，由主力找机会击破进犯的日军；第十一集团军、第四十五军、第一二七师和第一游击纵队由中央集团总司令黄琪翔指挥，主要任务是在高城至随县以西把日军阻击住；第二集团军及鄂东游击队等部由左集团总司令孙连仲指挥，在信阳实施牵制性作战，让有力部队向襄花路作战；第三十一集团军由机动兵团总司令汤恩伯指挥在枣阳东北地区待机集结；第二十二集团军预备兵团由总司令孙震指挥，在双沟部署。

枣阳作战，日军付出了惨重的代价。但作战结束后，日军不顾部队的疲劳和减员，继续执行第二阶段作战计划，并未撤回原防区。

日军第十一军于5月25日下达了准备西渡汉水、进攻宜昌的命令，以6个汽车中队紧急给前线调运了1000多吨军需品，作战准备于5月30日完成。又给第十一军从第十三军第二十二师团抽调了3个步兵大队、1个山炮兵大队（即松井支队）以加强实力。

第三十九师团于5月31日19时30分，向汉水西岸炮轰了长达一个半小时后，作出了从宜城以北的王集强渡汉水的决定。同日24时，在襄阳东南第三师团的渡河行动也开始了。两师团都没受到什么强烈抵抗，于天快亮的时候结束了渡河。第四十师团接到了第十一军命令其留在大洪山部署，进行"扫荡"的任务，以使后方得到保障，另外流动兵站由小川支队和仓桥支队担任警戒。

中国军队由于没有正确地估计日军的作战企图，认为在襄河以西，即使日军有一部向那进攻，也只是佯动，不会真正向宜昌发起进攻，因而在第一阶段作战时，往河东调了担任河西守备的第三十三集团军和江防军的大部主力，造成河西兵力空虚，关于河西的作战计划也没有研究，不只没有在远安、南潭等县设防，就连宜昌也只有很薄弱的防御兵力。直到日军西渡汉水被中国军队发现后，军事委员会才在6月1日召开紧急会议，作出将第五战区部队区分为左、右两兵团的决定。由战区司令长官李宗仁指挥的左兵团（襄河以东）第二、第二十二、第三十一集团军和第六十八军向襄花路、京钟路及汉宜路日军后方发起攻击，把日军的补给线断掉，并在襄阳、宜城间以有力部队向渡河日军发动攻击，与右兵团协同作战；确保宜昌则是由军事委员会政治部部长陈诚指挥的右兵团第三十三、第二十九集团军和江防军的主要任务。同时令在汉水以东的第七十五、第九十四军赶回汉水以西归还江防军建制，而守备宜昌则由紧急船运的正在四川整训的第十八军担任。

但是乘虚而入的渡河日军，行军十分迅速。日军第三师团于6月1日，轻松占据襄阳。3日，把中国第三十三集团军防御突破后，第三师团把南漳占领，第三十九师团把宜城占领。4日夜，在钟祥以南的旧口、沙洋附近，日军第十三师团、池田支队、汉水支队又从此地强渡汉水，在荆门、当阳与第三、第三十九师团形成南北夹击之势。6月3日，陈诚到达宜昌后，命第三十三集团军把从南漳、宜城南下的日军逐次抵抗，并在合适的时间向荆门、仙居之线转移，对东北构成正面，协同江防军作战；江防军以一部把旧口以南渡河的日军阻止在汉水以西，以有力部队把当阳附近主阵地掌握，协同第三十三集团军，等日军深入后从侧面给以打击；命第二十九集团军出击钟祥，把日军后方的交通切断。

激战至6月8日，江防军第二一六军的阻击被日军池田支队突破，日军占领沙市、荆州后从东南沿着宜沙公路面向宜昌直逼过来。9日，日军第十三师团从南面，第三、第三十九师团从东北面围攻当阳。经过一天激战，守军被击退。10日，日军发起向宜昌的进攻。两天前才到达宜昌的中国第十八军，部署防御只能仓促进行，守城由第十八师负责，坚守外围由第一一九师负责。日军在上百架飞机的火力支援下，用三个师团的兵力，凭借战车部队实施连续攻击，于6月12日16时，把宜昌攻占，守军只能向附近山区撤退。

占领宜昌，扩大占领区并不是日军此次作战的目的，给中国军队一次沉重打击，把中国的抗战意志摧毁才是他们的最终目的。因此在占领宜昌的当天第十一军各部队就接到了把宜昌的军事设施捣毁，销毁或将无法携带的缴获物资抛进长江，准备返回的命令。6月15日22时，日军正式下达命令撤回汉水东岸，规定为了预防中国军队截击和袭击，第三、第三十九师团先向当阳、荆门一线撤退，把阵地占领，掩饰保护第十三师团撤退后再依次交替回撤。6月17日凌晨1时，第十三师团开始回撤，当天上午7时已撤到了土门垭（位于宜昌以东约10公里）。中国军队则趁日军撤退时，沿途给日军以反击。17日晨，紧追日军第十三师团的第三十八军，成功把宜昌收复。

然而，就在日军占领宜昌的6月12日这天，巴黎被德军占领，日本军政当局在这种正发生着剧烈动荡的世界形势下，为了能够空出手来参与世界范围的角逐，尽快解决中国问题的愿望更迫切了。日军主张，占领宜昌能给重庆蒋政权带来巨大的威胁，再以政治谋略配合，对及早解决中国问题十分有利，因此宜昌的战略价值极大。于是，6月16日，日军参谋本部下达命令暂时占领宜昌，暂定期限为一个月。但是走在最后的第十三师团在受到传达给第十一军各师团的这道命令时，距离宜昌已有52公里。于是在第三师团一部配合下，第十三师团调转头来向宜昌再次发起进攻，6月17日下午，又一次把中国军队的阻击冲破，把宜昌重新占领了。

为了使第十一军扩大占领区后的兵力不足问题得到弥补，7月1日，日军大本营从关东军序列中调出驻在黑龙江省佳木斯的第四师团，列入第十一军，并于7月13日下达命令，要长期占领宜昌，规定安庆、信阳、宜昌、岳阳、南昌之间为武汉方面的作战地区。宜昌被日军重新占领后，中国军队对宜昌日军及其后方联络线继续进行反击。但是到了6月24日，蒋介石致电李宗仁、陈诚，训令：为应付国际变化，保持国军战力，第五战区应立即停止对宜昌攻击。此后，在宜昌、当阳、江陵、荆门、钟样、随县、信阳外围之线，双方军队形成对峙。

张自忠精忠报国

从天津到南京浦口的一条铁道，从前叫津浦路。抗战爆发不到半年时间，日军就先后占领了天津和南京，但中国军队手里还有津浦路的中间一大段。所以，日军还不能在津浦路上通行。对他的军事行动来说，这是很不利的。

1938 年 1 月，想要打通津浦路，直取徐州的华北日军，一路沿台潍公路攻击临沂，一路沿津浦路南攻滕县，两路兵力打算在台儿庄会师，合攻徐州。在临沂驻守的中国守军连连告急，请求第五战区司令长官李宗仁增援。驻守淮河一线的第五十九军军长张自忠部被李宗仁紧急调赴临沂作战，张自忠没有丝毫迟疑地回答："绝对服从命令！"

本是冯玉祥西北军军官的张自忠，曾任二十九军三十八师师长，还兼任过天津和北平的市长。他是一个爱国心切的人，在亲眼看到在华北的日军的暴行后，他为抗日献身的决心更坚定了。接到命令后，张自忠率部队日夜兼程，速度达到日夜行进 180 里，赶到临沂只用了三天。

这场战斗打了七天七夜，守住了临沂。几乎歼灭了日军两个联队的全部兵力，但中国军队的伤亡也很惨重。有一个五十九军的营自营长赵宏远以下全营官兵都壮烈牺牲；因伤亡全军有一半营长被更换，连、排长更是几乎更换了一遍。这次战斗，使日军第五师团和第十师团没能如期在台儿庄会师，为台儿庄之战的胜利创造了条件。

1940 年初，张自忠升任三十三集团军总司令，兼第五战区右翼兵团总司令。武汉这时已经失守，张自忠率部转到湖北襄阳、樊城一带战斗。5 月初，日军聚集了大量兵力向襄樊进攻。张自忠率领三个团的兵力，在宜城东渡襄河向敌后出击。与日军的主力在大洪山相遇，激战三天三夜，在山谷间消灭了成千名日军，战利品堆积如山。日军于 5 月中旬调集了上万兵力，从南北两路夹攻张自忠驻军所在地方家集。张自忠当时手下的兵力只有两个团，他手举着步枪，在士兵中间穿行，不断地怒吼着："弟兄们，一定要把日军消灭！"这时候，天上的雨下得越来越大，枪声也越来越密，他也吼得越来越大声。众官兵看到张将军如此英勇，都将自己的生死置之度外，杀敌时也更勇敢了。经过一整天的浴血奋战，中国军队阵地没有动摇分毫。一天都没吃什么东西的张自忠和他的部下，到了晚上时，已经是疲惫至极了。周围的群众因为战争全都跑了，张自忠和他的部下找了很长时间，才找到了一点豆子，每个人分着吃了一把，就背对背地坐在牛棚里，歇息了几个小时。

离方家集不远有个叫南瓜店的地方，它和方家集之间是一片丘陵地。日军第二天又开始攻打这个地方，张自忠督师赶到南瓜店的时候，山口已经被日军占据了，而且张自忠的部队一到，就遭到了日军飞机、大炮的猛轰。张自忠带着部下，来回十余次，都冲杀失败了，又被日军占领了好几个山头。处在三面受敌中的张自忠，面对含泪劝他突围的士兵，摇摇头说："如果我退了，日军就会渡河，就保不住襄樊一带了。我要用我的身体来保全鄂西的半壁河山。"

日军于16日早晨炸毁了张自忠指挥部的通讯设备。张自忠登上杏儿山，在枪林弹雨中指挥战斗时，他的左肩被一块弹片打中了，血一直不停地往外淌。大家都劝张自忠往后退，但他满不在乎地用手按了几下伤口，说："你们不要一心只念着我的安全。现在要想抵抗顽敌，捍卫国家，就得抱着誓死不退的决心才行。"

日军的包围圈更紧了，张自忠依旧站立在山头，指挥大家作战。这时，又有一颗子弹打中了他的右胸，血不断地往外喷。倒在地上的张自忠眼看着就要拥上来的日军，用微弱的声音对朱副官等人说："你们快走，这儿我有办法，我这样死得好，对国家、对民族、对长官……心里都平安。"当张自忠看见马副官被日军刺伤了的时候，他两眼一瞪，大吼一声，站起来，直接把身体扑向了日军。他的小腹被一颗子弹射穿了，他的头部也被一颗子弹打中了，他已经站不稳了，身子前后晃了一下，倒在了地上。

为了国家，张自忠壮烈牺牲了。周恩来写文章纪念他，说他是"全国军人的楷模""我国抗战军人之魂"。冯玉祥称誉这位在抗战中牺牲的中国军队职位最高的将领是"抗战大将军"。

为了保卫祖国而英勇献身的张自忠，人民永远不会忘记他。为了纪念张自忠的英雄事迹，北京、天津、上海等大城市都有街道是以他的名字命名的。在重庆北碚还建有张自忠将军陵园以及张自忠将军生平事迹陈列馆。

精忠报国的张自忠

205

百团大战 （1940.7）

决战正太线

1940 年 7 月 22 日，八路军总司令朱德、副总司令彭德怀等把一份经过近四个月反复筹划的《战役预备命令》下达给了晋察冀军区、第一二九师、第一二〇师，同时也向中共中央军委上报了。这份命令对 1940 年夏季国内外形式的变化作了简要的分析，并据此指出，为了在华北战场夺取较大的胜利，八路军的行动应该更积极。把日军进攻西北的计划捣毁，创立显著战绩，给全国的抗战局势带来积极影响，使抗战的军民振奋起来，以扭转战局。八路军总部决定趁青纱帐与雨季时节，日军对晋察冀、晋西北及晋东南的"扫荡"还较为缓和，正太沿线较为空虚这个有利时机，以大于 22 个团的兵力，大举破袭正太路，以打击"囚笼政策"，打破日军进犯西安的企图，争取华北战场更有利的发展。与此同时为了配合正太铁路的破击战，也部署适当兵力在津浦（天津——浦口）、德石（德州——石家庄）、同蒲（大同——风陵渡）、北宁（今北京——沈阳）、平汉（今北京——汉口）等铁路以及华北一些主要的公路线，展开广泛的破击。还作出了晋察冀军区派出十个团，第一二〇师派出四到六个团，第一二九师派出八个团，总部炮兵团大部分、工兵一部也参战以及各区自行安排在其他铁路配合作战的兵力的要求。晋察冀军区于 8 月 8 日下午收到了八路军总部以朱德、彭德怀和左权署名的上报中共中央军委和下达各部队领导人的《战役行动命令》，规定正太铁路平定（不含）至石家庄（含）段由其主力十个团进行破击，其中娘子关至平定段，对北宁线、德州以北的津浦线、德（州）石（家庄）路、沧（州）石（家庄）路、津保路，特别是元氏以北至卢沟桥段之平汉线是重点要破坏的路段，并同时在正面分派足够的部队进行破袭，把可能向正太路增援的日军挡住；正太铁路平定（含）至榆次（含）段的破坏由第一二九师主力八个团，附总部炮兵团一个营负责，其中阳泉、张净段是重点要破坏的路段；同时在根据地周围的平汉、德石、同蒲、白晋铁路及邯大、临屯公路分派足够兵力破坏，并在平辽铁路派主力部队积极活动。平遥以北同蒲铁路及汾（阳）离（石）公路由第一二〇师破击，并在阳曲南北地区置重兵，把增援正太铁路的日军阻截。并力求榆次南北地区以约两个团的兵力直接加入第一二九师作战；晋西北腹地内各个日军据点与交通线也分派部队破袭；在武乡下良、西营地区总部特务团集结、待命。八路军总部要求在破击交通线的同时，各部还要找机会把一些日军占领的据点收复。战役发起时间定在 8 月 20 日。

1940 年 8 月，中方在华北敌后发动百团大战，八路军副总司令彭德怀亲临前线指挥。

（徐肖冰摄）

根据八路军总部的命令，晋察冀军区和一二九师、一二〇师三大作战集团，迅速组织侦察和调查了正太路和同蒲路北段沿线的敌情、地形等情况，并且本集团的作战部署也在此基础上，经过多次研究确定下来了。随后马上调集部队，把参战部队组织起来，进行了短期的破路和攻坚等临战训练，准备物资器材，进行战前动员。地方政府也立刻行动起来，组织群众做好了支援前线的各项准备工作。

晋察冀军区 7 月 27 日发出作战命令，作出初步部署，并进行进一步的侦察。8 月 15 日下午，军区的主攻方面作战会议在吊儿村召开，这次会议确定正太铁路作战任务由抽调的八个步兵团、一个骑兵团和两个骑兵营、三个炮兵连、一个工兵连和五个游击支队，组成的三支右纵队、中央纵队和左纵队等主力纵队，一支钳制部队和总预备队担任。同时，平汉铁路高碑店至石家庄（不含）段、北宁铁路平津段、津浦铁路泊头镇至唐官屯段的破袭行动也一起部署了，为了保证顺利进行主攻方面的作战，要求各部队必须把上述日军交通线切断。此外，还在同蒲铁路北段、雁北地区及津浦铁路沿线，令第二、第五、第八军分区部队分别进行钳制活动。

第一二九师于 7 月 22 日下达了准备进行正太战役的指示，派出八个团参战，并作出了各团都要做好战斗准备的要求。8 月 18 日，作战会议在和顺县石拐镇师前进指挥所召开，此次会议传达了刘作承师长和邓小平政委签署的《关于正太战役的作战命令》，作出了抽调 10 个团的兵力，分为左翼、右翼破击队、平和支队、总预备队（中央纵队），破袭正太铁路的决定。同时，为了策应正太战役，在平汉、白晋、同蒲铁路沿线也部署一部分部队，大范围地破路袭敌。

在这个过程中，第一二〇师为了配合正太线作战，作出了抽调 20 个团，重点破击太原以北同蒲铁路和忻静、汾离公路的决定。详细的部署是：忻县以北的同蒲铁路和忻静公路由第三五八旅破击，宁武至朔县间的同蒲铁路由独立第二旅破击，神池至五寨间的公路由新军暂一师破击，岚县、东村及离石以北之敌据点由独立第一旅围困，太汾和汾离公路由决死队第二、第四纵队和工卫旅及师特务团破击。

日军方面，驻有三个师团的全部兵力、两个师团的各两个团、五个独立混成旅的全部兵力、四个独立混成旅的各两个营、一个骑兵旅的两个营，共 20 余万人，另有飞机 150 架和伪军约 15 万人在以上地区和交通线。八路军方面，初期直接参加正太铁路破击作战的总兵力约 20 个团，配合作战的兵力则比这还多。整个参战兵力，共 105 团 20 余万人，包括晋察冀军区 39 个团、第一二九师（含决死队第一、第三纵队等）46 个团、第一二〇师（含决死队第二、第四纵队等）20 个团，许多地方参加作战的还有游击队和民兵。

"百团大战"共分两个主动进攻阶段和一个反"扫荡"阶段，共三个阶段。第一阶段为 1940 年 8 月 20 日至 9 月 10 日，破坏日军交通，重点破袭正太路是该阶段的中心任务。第二阶段为 9 月 22 日至 10 月上旬，把第一阶段战果扩大，把破击铁路两侧、日军深入到抗日根据地的公路、铁路据点作为重点是该阶段的主要任务。从 10 月 6 日到第二年 1 月 24 日是第三阶段，反击日军对抗日根据地的"扫荡"是该阶段的主要任务。

破坏日军交通

208

"百团大战"的第一阶段是 1940 年 8 月 20 日到 9 月 10 日，摧毁正太路，破坏日军交通是这段期间的主要任务。破袭正太路是晋察冀军区和第一二九师前十天的主要任务；出击正太路以北盂县地区是晋察冀军区后十天的主要任务，打击前来"扫荡"的日军则是第一二九师再后十天的任务，而在晋西北配合作战则由第一二〇师担当。

八路军 8 月 20 日冒着大雨通过山谷河流，避开日军外围据点，于 20 时整按照八路军总部的统一部署向正太路全线发起攻击。

攻克娘子关

八路军晋察冀军区右纵队第五团第二营的两个连担任主攻娘子关的任务。8 月 20 日夜，在陈祖林团长和肖锋政委的指挥下，他们在没被任何人察觉的情况下于 24 时前摸进了娘子关村，并以敏捷迅速的动作把村内的伪军全部解决。接着，便凭借村庄为依靠，强攻据险顽抗的日军。

因为娘子关处于十分重要的地理位置，很快日军便向该地增援。到 8 月 28 日，一个步兵大队、一个装甲部队、一个由退役军人临时组成的支队已在该地集结，被八路军打得零零散散的池田警备队也补充完毕。不计较一城一地得失的八路军迟滞日军行动的目的已经达到，便放弃娘子关，转攻盂北去了。

破毁井陉煤矿

"百团大战"中进行经济战的一个辉煌胜利——把井陉煤矿彻底破毁了。

杨成武的中央纵队经过五个昼夜的大破袭，给日军造成了沉重的打击。仅井陉煤矿就给日本造成了不止一个亿的损失，要恢复井陉煤矿的生产，需要不少于半年的时间。战后对八路军攻占新矿一事，日本官方编修的战史有如下记述："位于总矿北面约 1.5 公里的新矿，当遭到约 1000 名优秀共军的围攻时，负责警备的约有一个分队，在这种众寡悬殊的情况下，很多地方的重要设施都被焚毁了，损失很大。"

战火中的人间真情

或许一想到战争，我们的脑海就会浮现出炮火轰鸣、刀光剑影、冰冷无情的场面，但这并不是全部，一些曲折动人的故事也会常常发生。例如八路军战士的记忆中就一直留有在破袭井陉煤矿的过程中，晋察冀军区中央纵队"拯救日本小姑娘"的故事，而这个故事也在中日两国传为佳话。

激战狮垴山

狮垴山上峰峦峻峭，崖陡峰险，山下蜿蜒着正太铁路，地理位置非常险要，可以说是正太路西行进入大山区的咽喉，它盘踞阳泉西南，与阳泉城垣相距不过三四公里，仅一河之隔。把这一重要军事位置占据，居高临下，既可以把阳泉日军由平定、辽县一线调集来支援正太铁路的兵力堵住，还可以把阳泉日军为解救正太路西段而从各个分散据点抽调的兵堵住。

狮垴山被日军侵占后，日军纠集 1000 余人，于 29 日早晨在数架飞机的掩护下，继续向西进犯，八路军在桑掌、坡头附近与日军展开血战。在战斗持续到黄昏时，八路军援兵赶到，并从侧翼猛击日军，将其分成了很多小段。见情况不对，日军立马施放毒气作掩护，突围逃跑了。战斗中，八路军共击毙日军 200 多人。

摧毁日军据点

八路军总部于 1940 年 9 月 10 日命令各作战集团结束第一阶段的作战，以使部队得到休整，准备再战。按照毛泽东来电提出的"像这样的战斗是否还可以组织一两次"的指示，彭德怀、左权等八路军领导人经过对日军军情的仔细分析，提出了向正太路两侧扩张战果，继续破击日军交通线，深入根据地内的日军据点和重点攻占交通线两侧的主张。

涞灵战斗

1940 年 9 月 22 日，以八个团、三个游击支队、两个独立营组成左、右翼队和预备队的晋察冀军区，于 1940 年 9 月 22 日发起对该地区的日军独立混成第二旅和第二十六师及伪军各一部的进攻，涞（源）灵（丘）战役正式发动。

东团堡灭寇

涞灵战役中一个十分重要的据点就是右翼队所要攻取的东团堡，因此攻击东团堡也是涞灵战役中最为激烈的战斗。

在这次战斗中，有一个冲进去同日军肉搏的排，全部战士都不幸牺牲，十分惨烈。

经过一夜血战，虽然战果可喜，有七个碉堡被三团攻克，只剩东北角一个大碉堡没被攻克。但损失也很惨重，三团只剩下不到一个营的兵力了。

在这一仗中，中国军队的战斗力充分显示了出来，既把八路军的威风打了出来，也给日军以沉重的打击，令小柴俊男（涞源警备司令官）胆战心惊。

转战灵丘

按照原来的计划，在将涞源城外围各据点清除后，杨成武指挥的右翼队要集中兵力把涞源县城攻下。但是在日本前线的求救报告被日本驻蒙军司令官冈部直三郎中将接到后，他看到八路军对蒙疆地区进行如此大规模的进攻，立刻作出部署，急忙下令把在包头、固阳一线防范傅作义部队的独立混成第二旅团的两个步兵大队和炮兵队集结起来参战，涞源的日军兵力迅速加强。

共进行了18天的涞灵战役，共毙伤1000余名日伪军，俘49名日本军人、237名伪军，缴获290多支（挺）各种枪支，45000多发各种枪弹。八路军共1419人伤亡。

任河大肃战役

10月1日至20日，在司令员吕正操、政治委员程子华领导下，冀中军区进行了任河大肃战役，以策应涞灵战役。

任河大肃战役于10月20日胜利结束。八路军共投入约五个团的兵力，112次的作战，共毙伤805名日军、322名伪军，生俘3名日军、336名伪军；缴获315支长短枪，6挺轻重机枪，1门迫击炮，1个掷弹筒，78匹骡马；毁坏3辆汽车，1辆火车机车，48节车厢，5座桥；150多公里的日军铁路、公路被破坏，拔除29个日军据点。

榆辽战役

一二九师于9月16日收到了八路军总部下达的作战命令中给其规定的任务——突然袭击以求趁热打铁把榆社至小岭底线上的日军完全消灭，并把连接日军据点的公路收复或摧毁，然后让主力乘胜向辽县进军，寻找机会把辽县收复，展开榆辽地区斗争，并在白晋路北段安排一部兵力不断破袭。依据总部的指示，刘伯承、邓小平经过仔细研究分析后，把具有重要战略地位的榆辽公路作为了一二九师第二阶段破击的重点。

榆辽攻坚战，历时九天，终于结束。榆辽战役共歼约1000名日军。第一二九师一部于10月14日，在和（顺）辽（县）公路上的弓家沟设下埋伏，消灭了日军一支运输队，并击毁40余辆汽车。

同蒲路北段交通战

一二〇师收到的八路军总部在9月16日下达的作战命令中规定的任务是：集结主力破击宁武、轩岗段同蒲路，以达到截断同蒲路北段交通的目的。9月14日，第一二〇师和晋西北新军在贺龙、关可应和续范亭的指挥下开始行动，扫清向同蒲铁路北段开进的障碍，同时以一部兵力把该路段破袭是此次行动的主要任务。

反"扫荡"行动

各兵团收到了彭德怀、左权、罗瑞卿、陆定一等下的积极开展游击战，把兵员补充好，把部队巩固好，把一切必要条件迅速准备好，再进行一次近期内的大规模进攻的命令。

自1940年10月6日至第二年1月24日，第一二九师、晋察冀军区、第一二〇师部队，按照八路军总部的命令和指示精神，在人民群众的积极支援下，发展和提倡连续作战和不怕牺牲的作风，在太行、晋西北、太岳、北岳和平西等敌后抗日根据地展开了英勇的反"扫荡"作战。

日军华北方面军是从第一二九师主力所在的太行、太岳敌后抗日根据地开始对八路军展开报复"扫荡"的，还来不及休整补充，第一二九师就投入到了艰苦的反"扫荡"作战中。

太行地区反"扫荡"

10月6日，太行敌后抗日根据地的阳邑、纪城和黄泽关地区，相继受到了从河北省武安县城出动的日军华北方面军独立混成第一旅团一部1000余人的进攻。在结束榆辽战役后，第一二九师来不及休整，又马上投入了紧张的反"扫荡"作战。新编十一旅依靠有利的山地地形，毙伤200余名日军。11日，收复阳邑，日军独立混成第一旅团被迫退回武安，新编第十一旅伤亡70余人，旅长以下40余人中毒。10月11日，日军华北方面军又在10余架飞机的配合下，以第三十六师团和独立混成第四旅团各一部共3000余人，分别从潞城、襄垣和武乡、辽县城出动，南北策应，把蟠龙、王家峪、麻田、砖壁、左会和偏城地区作为重点进攻对象，企图找到中共中央北方局、八路军总部和第一二九师师部等党、政、军领导机关和部队主力并将其歼灭。

平西地区反"扫荡"

日伪军于10月14日开始分十路"扫荡"平西的斋堂和三坡地区。日伪军进攻并占领大村、马黄峪、下马岭后，在10月15日合击斋堂。到了20日，在三坡及蓬头地区合击的各路日伪军，分别把十渡、平峪、童门、团堡、金水口和阁上、白家口占领了。

平西军分区部队主力集结在斋堂和三坡地区机动位置，寻隙打击日伪军一路，一部则与地方武装基干队和游击队配合，不断突袭骚扰日伪军。第七团袭击了由大安山进犯金鸡台的日伪军，毙伤其30余人。第九团夜袭了由大庙进犯朱家峪的日伪军，毙其100余人。

北岳地区反"扫荡"

11月9日，共1.2万余人的日军独立混成第四旅团、第一一○师团及伪军各一部，分别从涞源、易县、保定和定县等地出动，向河西、望都、南畔石、曲阳、金坡、插箭岭等地进攻，由北向南、由东向西，开始进行对北岳区的"扫荡"，妄想找到晋察冀边区党、政、军领导机关及主力部队，并歼灭之。面对袭扰的日伪军，北岳区的抗日军民不仅以阻击和袭击手段给其沉重的打击，还作好了对付更大规模的报复"扫荡"的准备。由易县以西出动的400余名日伪军被第一军分区部队在南北畔、石召岗地区给了沉重的一击。在照谷口、马家庄，第二军分区第四团等经过与日伪军的三日激战，第四团伤亡28人，毙伤了60余名日伪军；在南北房山，第四军分区特务团和平井获支队把由井陉矿区出动掩护修路的日伪军350余人打退了；在上寨，第五军分区第六团把由灵丘、古之河出犯的100余名日伪军击退了。

第120师晋西北反"扫荡"

贺龙料想，第二阶段的"百团大战"结束后，日军必然会进行报复。于是他对第一二○师各部队提出了要抓紧时间调整建制，把给养和弹药补充好，简化机关，把战斗连队充实，并及时休整积蓄力量的要求。关于反"扫荡"的准备工作，一二○师各部队和晋西北敌后抗日根据地的党政机关及人民群众正抓紧时间进行着。他们一边在基层动员与组织群众的工作中，派出从干部中抽出的人组成战时工作团，深入到基层，动员群众把家里的东西和田里的农产品藏起来，使日军到来后什么也得不到，什么也利用不上，广泛开展游击战争。另一方面，又把主力一部适时集中起来，转至外线，在敌后袭击日军交通线和据点，打击和消灭小股日伪军。

10月25日，晋西北敌后抗日根据地的米峪和水峪地区，遭受了日军独立混成第三、第十旅团和伪军各一部共4000余人的"扫荡"。

第一二○师师长贺龙、政治委员关向应及师参谋长于10月30日，联名提出了反"扫荡"的方针和部署。反"扫荡"的方针是："进行游击战。在敌后交通线间部署一部兵力，进行外线游击战争，把日军的薄弱据点收回来，部署一部兵力袭扰进出之敌，一直袭击、伏击、迷惑、疲劳日军，给日军对中方烧掠、残杀、破坏秋收经济的手段以沉重的打击。分区集结主力，以保护秋收为口号，在有利条件和必要时给日军以打击。对地方武装群众，从政治上动员其参加作战；地方武装，要在斗争中教育群众不断锻炼和壮大。"

八路军总部在9月16日下达的作战命令中给一二九师规定的任务里把具有重要战略地位的榆辽公路作为了攻击重点。

日军深入八路军太行抗日根据地的平辽公路的前段就是榆辽公路，全长 45 公里，日军为了达到割裂八路军解放区的目的，想要由榆社向西伸展这条公路，经武乡与白晋铁路连接。到八路军攻打榆社的时候，只差 20 来公里，榆辽公路日占区与白晋铁路日占区就要打通了。而只要它打通了，就会对八路军太行根据地的巩固和发展带来极为不利的影响，因为八路军太行根据地榆辽以北、平辽以西的一大片就会因此被隔绝开来，而且从正太路、白晋路两线调兵遣将进攻八路军根据地的日军也会更加机动灵活。日军经营多年的公路起点榆社，已经建造得极其坚固且有足够半年之用的军需粮积屯在那。

为了把榆辽公路的控制权牢牢掌握在手里，日军在 45 公里的短短的沿线上，设立了 8 个据点，分别是榆社、沿壁、王景、管头、铺上、小岭底、石匣、辽县等，守备则为日军独立混成第四旅第十三营，这相较正太路据点来说，在兵力、兵器的配备及构筑的工事方面均更强大。

一二九师师长刘伯承和政委邓小平，在把日占据险要地势和坚固工事、装备较好又以逸待劳等优势充分估计到的同时，也把日孤悬于抗日根据地内，援兵到达需经数日路程的弱点准确地抓住了。所以他们决定避开日军重兵把守的地方，袭击日军兵力薄弱的正太路，把可以争取到的几天作战时间利用起来，凭借英勇顽强的精神和擅长近战、夜战的部队，对日军发起突然袭击，把这块危害抗日根据地发展的毒瘤干净彻底地割掉。

9 月 22 日，在宋家庄一二九师指挥部，刘伯承、邓小平把榆辽战役的作战命令下达，决定把榆社至小岭底的日军以突然袭击的手段消灭，然后把据点收复，把公路摧毁，并乘机向辽县进军，找机会把辽县收复。具体的作战部署是：由陈锡联指挥，以第三八五旅（附新编第十一旅第三十二团）组成右翼，管头、铺上、小岭底等日据点由主力攻取，辽县以西狼牙山由一部扼守，把辽县可能西援的日军阻截住；由陈赓指挥，以第三八六旅、决死第一纵队各两个团组成左翼，把榆社、沿壁、王景等日据点攻取；为了配合作战，以新编第十旅组成平辽支队，把平辽公路和顺南北段破击掉，以把昔阳、和顺南援的日军牵制并阻止住；以太岳军区第十七、第五十七团组成沁北支队，把白晋路心县至分水岭段破击掉，把日军由白晋铁路抽调增援榆辽地区的兵力控制住。

接到师部基本命令后，左翼队决定决死队第一纵队之第二十五、三十八团由陈赓指挥，把沿壁和王景攻取；三八六旅第七二团和第十六团由周希汉指挥把榆社城攻取。

鉴于八路军没有太多的攻坚战经验，而这又是一次非常重要的战役，刘伯承、邓小平在命令中特别强调："如某些据点之敌较顽抗时，则以各种必要手段，如强袭、坑道作业等，务求克复！"

23 日 23 时是战役预定发起时间。

榆社城的四次攻击

周希汉在第一阶段的战役结束时，由于眼睛出现毛病，特别红肿，甚至都看不清路，所以被送进了医院。当时，邓小平吩咐他赶紧去医院治疗，他还顽固地不去，最后没办法，邓小平只好派担架硬把他"押"去了医院，并下了"没治好不准回来"的命令。可是刚一下达战役命令，周希汉在医院就再也住不下去，他甚至没跟医院打声招呼，便从医院跑了出来，"溜"之大吉。所以后来人们说，周希汉成为攻击榆社的指挥员是抢过来的。

经过研究后，陈赓、周希汉决定由第七七二、第十六团主攻榆社县城，附山炮一门；夺取王景、沿壁两据点则分别由第三十八、第二十五团负责，而周希汉则承担"啃"榆社城的硬任务。

周希汉按受任务后，于9月22日，带领约20人前往榆社侦察，这些人中包括第七七二团团长郭国言、第十六团团长查玉升和各攻击营、连长。在当地抗日政府和"白皮红心"的维持会会员的配合下，周希汉、郭国言、查玉升有的背着粪筐，有的身背箩筐、手拿镰刀，分别化装成拾粪的老农民，割草的人或走亲戚的人，拉开距离在城边转悠。天黑以后，又摸索到了城门附近进行抵近侦察，终于搞清楚了榆社城外围的情况，也比较详尽地了解了地形和城防工事，他们觉得榆社城确实是块不好啃的硬骨头。

榆社城易守难攻的地形，使得不太适合在城的四面进行大规模的攻击。城的东门是通往辽县的公路，日军修筑了两个碉堡固在这里；有一条丈余壕沟在城的南门外，还有一个小碉堡在沟外，日军设有哨所在这里；没有城关城的北面，却有小沟和坟堆遍布；只有城的西门有较大的城关，有离城墙较近的房屋，能给部队隐蔽和攻城提供便利，但这里的日军防守最严密。

由于日军突入太行根据地的最前沿据点就是榆礼城，所以对这里的防守，日军尤其重视。因此安排了素以剽悍善战著称的日军独立混成第四旅团第十三（板津）大队的藤本中队驻守在此。藤本中队从进驻榆社开始，把东关省立榆社中学及文庙等坚固建筑作为中心，建筑了大小八个碉堡，配备两门山炮、四个掷弹筒、两挺重机枪、六挺轻机枪，并且弹药、枪械、粮秣都是按足够一年使用的量储备的，而且还有飞机的支援。该队除分派到王景、沿壁的70人外，尚有220余人在城内，另有60多名伪军人。

依据侦察得到的情况，周希汉和各团领导经过研究，决定把西门定为主攻方向，而西关西南角则由第七七二团一个营配山炮一门攻击；西关西北角则由第十六团一个营配机关炮一门攻击。周希汉还在城南日哨所安排第七七二团两个连攻击；在城北安排了第十六团一个营佯攻；另在东门外日碉堡派一个连用火力封锁，剩余部队为预备队，以保证主攻方向顺利完成任务。

攻击部队按部署，于9月23日夜朝榆社城方向运动。由于在正太路的破袭战中部队接连告捷，于是在干部中开始有轻敌思想的产生，夜间行军时也不愿意绕过村庄，行军队伍也不再像之前那么肃静。就在接近西关城外的河南街上，第七七二团主力准备展开时，一条狗从不知是哪里的角落里窜了出来，一直不停地朝前进的队伍狂吠。城头上的日军被狗吠声惊动，他们把几颗曳光弹向夜空射去，一时间，黑夜犹如白天，来不及隐蔽的攻击部队，全部在光亮下暴露了。借着亮光的帮助，日军朝八路军胡乱扫射一通，日军布下的火力网笼罩住了八路军的攻击部队。

因为这个意外，使攻击部队不得不改变奇袭作战的计划，而变成了强攻，各路攻击部队不得不冒着炮火竭尽全力向前进攻。将山炮架在鼓楼上连发九弹，攻击东门楼堡垒的营的第七七二团，一个也没命中，冲到楼门下的战士们，由于堡垒太高无法攀登，根本投不进去手榴弹；从东面砍断铁丝网冲进去攻击南门外日军哨所部队的五名战士，日军的火力很快把他们又压了回来；攻击西关西北角的营的第十六团，把数处铁丝网都冲破了，但几次冲锋都由于不熟悉出击道路，未能得手。战斗进行得太不顺利了，周希汉不得不命令各团就地构筑工事，以减少牺牲，只以小部分坚守，疏散主力，并隐蔽起来，等待时机再攻。

第二次强攻于下午4点30分开始了。

周希汉以第一声轰鸣的山炮为信号，一声令下，所有轻重武器齐齐开火，朝日军的火力点和射孔集中射击。对于八路军在头一天夜间的攻击，守城的日军并未放在心上，还以为只是独立营的土八路来了，而如今地动山摇的四周的枪炮声，使被八路军强大的火力压制得无法还手的日军，这才了解来攻城的是八路军正规部队，八路军攻击部队向城关发起猛攻。日军情急之下，一边把山炮乱打一通，一边把大量毒气从碉堡中喷了出来，有很多正在冲击的干部、战士都因此中了毒。不一会儿，榆社上空，日军的四架飞机也起飞，开始低空轰炸扫射八路军攻击部队。但八路军指战员并没有因此就畏惧，他们不仅把西关西北角的铁丝网和所有工事全部破坏，还把其中两个碉堡攻克，然后从西关和西关西北角突击进去，把西关占领了，还把大部守军歼灭了，占领了东门楼。为把力量保存下来，日军把以榆社中学为中心的核心阵地逐渐收缩转移，并把西南角和东北角堡垒以及用米包临时堆集起来的工事利用起来进行顽固的抵抗。周希汉为了避免伤亡过大，命令各团暂时停下进攻，先把已占领的阵地巩固，预防日军反扑的同时，做好下一步进攻的准备。他再次召开干部会议总结经验，并把已得阵地组织的敌前侦察利用起来，以搞清日军中心工事情况为重点，研究敌情。

当晚23时30分，把攀登峭壁沟墙的长梯和破坏铁丝网的刀具都充分准备好的各部队，随着吹响的嘹亮的冲锋号，开始分路攻击。第三次攻击开始了。

日军被飞向其工事的炮弹、射向其碉堡枪眼的子弹和一排排扔向其的手榴弹，打得抬不起头来。十多个开路先锋在强大火力掩护下，手握大铡刀冲了上去，对着日军工事周围的铁丝网一阵猛砍，很快开辟了几条通道给冲锋部队，冲锋的指战员们立刻把事先准备好的云梯架起来，登上30米高的峭壁，以迅速勇猛的动作把日军的阵地攻破，并把碉堡群攻占。抵挡不住的日军只得再度收缩，把阵地全部退到了榆礼中学里，把一个最大的碉堡和围墙利用起来，继续抵抗。八路军攻击部队阵地接连多次遭到日军施放的毒气袭击后，陈赓和第七七二团三营的指战员们因为处于下风指挥所里，一个个都中了毒。全觉得头晕目眩，既咳嗽，又掉眼泪，还流鼻涕，十分不舒服。周希汉想到经过连续攻击，战士们肯定非常累了，而且中毒后不易恢复下降的体力，因此冲击力也很难保持旺盛，于是再次决定部队的攻击暂停。

25日下午4时30分，随着周希汉的一声令下，只觉得低沉的天空似有"轰隆"一声闷雷滚过，榆社全城如遇强烈地震，就在一瞬间，高大堡垒的一面墙壁崩塌，对榆社的第四次攻击开始了。

战士们在爆炸的余音还未散尽、爆破后的硝烟还在浓烈地升起、日军碉堡还在支离破碎的时候，就像翻涌的江水般地冲进了日军的阵营里面。

第十六团第二营接到团长查玉升的命令，朝着碉堡被炸开的缺口，用重机枪掩护射击，团长自己则亲自带领第二营的突击部队，冲进缺口，配合友邻部队，与日军肉搏，把碉堡攻克，冲进中学里面。这时，马厩和被服库等处，也被郭国言团长率领的第七七二团的两个营分别从西南角、西北角攻入了。剩下的日军只好仓促退守到几座坚固的平房里顽固抵抗，进攻的八路军战士扔进去一排排的手榴弹。激战了40分钟后，在混乱中日军把找到的二三十人聚集起来，由一小队长带领，突出了包围圈，逃向东北辽县方向。逃走的这股日军再经过查玉升率领的一部分部队的平行猛追，另一部分部队经过十多公里跟踪尾追后，已被消灭大部，剩下十余人。没逃多远，去路又被友邻第三八五旅堵住了，日军在前后夹击之下，束手就擒。

指挥榆社守军顽强抵抗的日军中队长藤本，在堡垒里的守军要逃跑时，觉得辜负了天皇的托付，剖腹自杀在榆社中学的东南角处。他的部下割下他的头，带着一起东逃，最终和10多名日军一起落到了八路军的手中。

到此为止，经过三夜两天连续四次的强攻，终于解放榆社城，守军一个中队220多名日军和60多名伪军全部被八路军歼灭。八路伤亡官兵也达200人。

终于把榆社城这块硬骨头啃下来了，群众因为脱离日军的野蛮压迫非常高兴。陈赓和周希汉心里也高兴，相邀巡视了一圈城里。这一战除了把全部日伪军消灭外，还缉获了不少军用物资，其中有两门山炮、四个掷弹筒、八挺轻重机枪、一架无线电、三部电话机和许多枪支、弹药、粮秣、被服。

中条山战役（1941.5）

会战前文

位于山西省南部的中条山昂然屹立于黄河以北，它南北纵深 80 公里，东西横亘 100 余公里。从军事角度分析，中条山的战略地位非常重要，自古就是兵家必争之地，是封锁秦晋往来、扼守南北交通的咽喉之地。作为华北的重要根据地，中条山在抗日战争中发挥着不可忽视的重要作用。军事家们这样评论道：占据山西这一北方的高原，就能将北方数省控制在手；而中条山作为山西的锁钥尤其重要，掌控了中条山，山西也就志在必得。

1937 年的秋冬之际，为了保卫山西并将北方控制住，中国方面调集众多军队驻守在中条山，其中包括孙连仲第二集团军、于学忠第三集团军、卫立煌第十四集团军、邓锡侯第二十二集团军和王敬久第七十一军、陶峙岳第七十六军、周浑元第三十六军、何国柱骑兵第二军以及骑兵第八师、骑兵第十四旅、炮兵第五团、炮兵第十七团。随后，台儿庄战场又征调了第二集团军和第二十二集团军，以帮助鲁南会战取得胜利，而三十六军、七十一军、七十六军三个军和骑二军、骑八师、骑十四旅、炮五团、炮十七团则被派往其他战场。最终只有曾万钟（云南大关人）第五集团军和刘茂恩第十四集团军等部队驻守在中条山根据地。其中，由云南子弟所组成的老三军就是主力之一。

老三军在河北的高碑店、满城的战斗中都有出色的表现。二十一旅少将副旅长兼四十一团团长尉迟敏鸣（云南新平人）作为一员得力战将，不幸牺牲在战场上。1937 年 10 月上旬，老三军又奉命向山西娘子关保卫战提供支援。在其他参战部队激战了半个月就奉命南撤的情况下，军长曾万钟在战场上指挥军队坚持了 64 天，他因此被授予"救关杀敌"的崇高声誉。之后，老三军又与八路军一二九师密切配合，转入太行山与日军周旋于敌后游击战，这成了国共合作共同抗日的典范。在撤离太行山后，他们又投入到侯马、绛县等战役中，沉重地打击了日军，这期间曾万钟又获得了"晋南肉搏"的赞誉。1938 年 7 月，老三军奉命接受了守卫中条山的任务。

当时的日军意欲夺取豫陕，控制巴蜀。要实现这一目的，中条山成为其最大的障碍，因而日军对于这一眼中钉可谓虎视眈眈。1938 年秋季之后，日军接连发起大规模的进攻，直指中条山抗日根据地。到 1941 年 4 月，日军大规模的进攻已先后进行了 13 次，但老三军与其他友军的完美配合与顽强抵抗，使日军一次次败下阵来、溃败而还。

1941 年 5 月，国民党第一战区部队在中条山作战

1941 年 1 月，日本裕仁天皇奏准了首相东条英机的上诏，拥有极强侵略野心的后宫淳一被选调为日军总参谋长。后宫淳一上台后就深入研究了中条山战役屡次失败的惨痛经历，最后他总结出，日军屡败中条山的原因，除中国守军的奋力抵抗外，日军的兵力不足乃是最大的因素。自此，从 3 月初开始，后宫淳一就以攻破中条山为主要目标大量调集兵力，准备形成压倒性的兵力优势，一举拔除这一眼中钉。这是日军针对中条山发动的第 14 次大规模进攻，代号"中原会战"。仅仅两个月的时间，后宫淳一就倾其鲁、豫、冀、晋与苏北一带之兵力，计 8 个师团、5 个旅团与骑兵旅团及特种部队共约 20 万人，飞机 400 余架。5 月 7 日，日军兵分四路对中条山展开了立体式的进攻。

当时，驻守在中条山的中国军队有：曾万钟第五集团军所辖唐淮源第三军、高桂滋第十七军、孔令恂第八十军，刘茂恩第十四集团军所辖武庭麟第十五军、裴昌会第四十三军、刘戡第九十三军、冯钦哉第九十八军及山西宪兵第十二支队改编的一九六旅和毕梅轩游击纵队。这达 17 万余人的兵力，承担起守卫中条山的艰巨任务。

中条山的司令长官是卫立煌，受第一战区管辖。根据战略部署，原位于中条山的司令长官部向河南洛阳转移。

血战中条山

5 月 7 日，日军地面部队分为四路纵队，同时集结了空军的强大支援，对中条山展开了猛烈的攻势。

当时，中条山恰逢雨天。垣曲防线被日军攻破之后，中条山根据地被一分为二，致使防守部队失去了联系的通道，处于被动的各自为战的局势。面对这一局面，战区长官部与曾、刘两集团军总司令部也无解决之良策，十几万抗日大军难以统一以增强反抗力量。各部或进行重点进攻，冲开日军的大包围；或在敌后与日军展开周旋，开展反包围斗争。最终，中方因无法协调各部兵力，被迫放弃既设阵地，各部占据山隘进行被动的抵抗。

老三军在此前经历的中条山保卫战中，创造了屡战屡胜的佳绩，在日军这次来势凶猛的袭击中，它则成为了重点打击对象。日军总参谋长后宫淳一曾经将各军、师团高级指挥官召集起来，在会议中明确指出：对唐淮源第三军的攻击为这次夺取中条山能否成功的关键。拿下第三军，中条山的夺取就会更加轻松。后宫淳一还强调指出：为促使"中原会战"取得成功，必须调集数倍之主力对第三军展开攻势。

在唐淮源的率领之下，第三军达成与中条山共存亡的共识，并作好了必要的准备，一旦日军来犯必定奋力反击，不惜与日军硬碰硬。

因此，面对日军此次的强烈攻势，唐军长并未想到作撤退或转移之对策，而是不惜牺牲以捍卫国家之荣誉。他向全军下达命令，不惧牺牲，与日军战斗到底。

战斗持续到 8 日凌晨之时，第七师涧底河阵地在日军的猛烈攻势下被迫失守。随后，日军开始进攻第七师师部王家河阵地。接到报告后的唐

奋勇争先的将士们

军长当即增设后援预备队，要求不惜一切代价夺回已被日军攻陷的阵地。第七师官兵与增援部队配合应敌，经历数小时浴血奋战，来犯之敌终被打退，失守阵地被夺回。战场上遍布日军尸首，战斗的激烈程度可想而知。此时，军长唐淮源接到了师长李世龙发来的报告：全军士兵严格执行命令，预计目标已达。如今士气高涨，中方当进一步准备，以防范日军反扑。

李师长的料想果然应验，日军对于失败不肯善罢甘休，采取了进一步的反扑行动。日军以一部对唐回的第三军指挥部发动突袭，另一部对第七师阵地展开反扑。当时，全部增援预备队都被指挥部调去第七师，唐回可以说是毫无回击能力，最终被日军攻陷。

不仅是第三军指挥部受到日军的突袭，第五集团军总司令部也同样受到日军的侵扰。

唐军长自唐回撤退后，紧急下令，命第七师的预备队立即返回以抵抗日军。他亲自率领预备队尾追至日军背后发动袭击，以解曾万钟总司令之困。背后受袭的日军顿时惊慌起来，如同惊弓之鸟，前进中的一个大队当即领命撤回，总司令之围不费一兵一卒得以解救。

唐王山阵地由第十二师奉命坚守，日军地面部队当时有空军的配合，对阵地展开了长达一昼夜的进攻，但在师长寸性奇的指挥下，来犯之敌一无所获。

　　第七师已将原阵地收复，第十二师亦实现了唐王山的巩固，然而，垣曲这一中条山的中心地带却被日军占领。战区长官部通过电话向唐军长报告：日军已截断中条山东西两部联系，中方与日军形成犬牙相制之态势，各地区均无法设防，当前军队只能随地抵抗，伺机向敌后转移，并等待反攻时机。听完电话内容，唐军长异常震惊。为了使华北的"锁钥"——中条山得以保全，他即刻对部署作出变更，调集所属部队全部向第二道防线转移。与此同时，他促使主力集中向唐回大道进军，将不断深入的日军拦截在外。

　　自5月9日开始，第三军预备队与日军在县山东面阵地展开激战。在军长的指挥下，将士作战凶猛，以一当十，致使日军死伤重大。然而，由于八十军防线被日军攻破，战争局势一度不利。日军从玉龙庙方面加紧前进步伐，一路攻陷祈家河，占领南淘。不仅如此，5月9日，由高乐大道向西前进的日军又攻陷了五福涧，这是中条山之地的重要渡口。至此，日军封锁了南渡黄河的全部渡口所在地。然而，唐军长对这一情况尚无法知晓，为遵从长官部的指示，仍命令第三十四和第七、第十二各师分路进军五福涧，横渡黄河，增强南防力量。5月10日清晨，前进的部队在到达温峪大道时遭遇了从马村北进的日军，一场激战无法避免，此时才得悉日军已然占领了五福涧。

　　面对这一局势，唐军长意识到情况的严峻性，立即命三位师长紧急集合传达作战策略，下令各部以团为单位，分路突围。唐军长向三位师长强调："三位师长已然看到，当前形势危急。所谓不成功，便成仁，这是我们军人的信条。三位要切记，我们是中国的军、师长……只有阵亡的军、师长，没有被俘的军、师长！"寸性奇对于军长话中的含义很有感触，他坚定地说："军长

唐淮源军长自杀殉国

不要担心，我们必不会做给国家丢脸的事！"三位师长遵从唐军长的指示，率领部队以期突围。至5月11日夜晚，历经两日的浴血奋战，日军截回了全部进攻，并截断了后续的援军和补给。战争持续到5月12日上午，全军各师已经支离破碎。在历经数天的激战后，由唐军长亲自指挥的军直属队亦伤亡惨重，县山阵地剩余的少量官

兵也在日军的包围中作最后的殊死搏斗。即使面临危急处境，唐军长依然坚持着从阵地突围转移的想法，号召众部将托身于中条山之生死存亡。

当日正午12点钟，由马蹄沟、水泉沟袭来的一股日军压向县山阵地，中日双方展开近距离激战，刺刀直接相向，互掷手榴弹，简直是一场肉搏战。此时，大雨倾盆而下，道滑坡陡，唐军长与在县山阵地死守的直属队身陷绝境。唐军长指示左右卫士前往山腰支援抵抗，随后他掏出腰间的手枪，准备自戕。一位参谋注意到军长的这一动作，急忙大呼："军长！千万别这样！"几名卫士、参谋反应过来，立即劝道："军长！不可以啊！我们还要向外突围！"唐军长大声呵斥道："你们真是糊涂！我怎么能做俘虏？你们不要管我，只管向外突围！"说完，便向一所旧庙冲去。空中传来一声悲壮的枪响，曾经纵横疆场、叱咤风云的抗日名将就此离开了人生的战场。

为了保持身为中国人的国格、人格，唐军长英勇殉职。另一方面，直到当天黄昏，直属队和参谋、副官、卫士们才从激战中突出重围。

这时候，日军又重重围困第十二师阵地，大部队已经失联，寸师长率领小部仍与日军殊死奋战。然而，中日双方实力的悬殊，使得他们与唐军长身陷同样的困境。为了使国格、人格得以保持，寸师长对部属们说道："我们手上有枪，腰间有剑，宁肯站着死，不愿跪着生，坚决不能做俘虏！不论胜败，不管生死，都不能丢国家的脸！"

在唐军长殉职当日，日军占领了十二师左翼阵地水骨朵高地。此时，日军已将全师阵地全部置于自己的攻势之内。境况异常危急，但寸师长依然冷静地处理应战事宜，他看着左右将领，说道："这块阵地一定要夺回，我们断不可失此高地。"身旁的将领却深感日军的势不可当，纷纷摇头，表示夺回高地实属不可能之任务。寸师长非常理解他们的难处，说道："我也知道困难所在，但已然身处绝境，既然进退都是死路，为拼而死总比坐立等死要强得多！"之后，他亲自指挥特务连剩余的几十人突袭左翼高地。在激战中，寸师长只前进了几步，就被一颗子弹打中了胸部，卫士们及时将他搀扶起来，这才得以撤退。

后来，他从参谋们的报告中得知了唐军长已经殉国的消息，但他反而露出骄傲的神态，不住点头道："抗日至今，一军中只有第九军郝梦麟与五十四师刘象祺是军师长同时殉职。看来，我们第三军这就要赶上第九军了。"说罢，他令人将胸口的伤缠裹好，挣扎着站起身，准备率领部队对日军胡家峪阵地实施反攻。

13日晚，战争仍在继续。师指挥所在日军密集的攻势下被击垮，伤亡惨重，寸师长受到爆炸威力的波及，右腿被严重炸伤。寸师长发出一声长叹，表情凝重地对副师长杨玉昆说道："我坚持不下去了，看来要先走一步。你们一定要奋战到底，如果无法突围出去，即使战死也绝不能做俘虏。"说完，他将腰刀抽出来奋力一刺，又一名抗日名将倒在血泊中。

仅仅时隔一日，唐淮源、寸性奇两位名将相继殉国。在中华民族抗击日本帝国

221

主义侵略的战争中，这是伟大的民族英雄主义和爱国主义精神的体现。他们誓死与日军战斗的事迹必将流芳百世，他们是中华民族永远的骄傲！

师长李世龙指挥着第七师突破日军的层层包围，副师长杨玉昆也率领第十二师突围出去，尽管伤亡惨重，但成功转移到晋南平原。由于独自离队，第三十四师师长被俘。至此，第三军的中条山血战已经基本结束。在晋南平原完成补给后，部队在李世龙、杨玉昆、吕继周（十二师参谋长、云南安宁人）等人的率领下向稷山转移，等待进一步的指示。23日，剩余各军相继突破重围，向晋东南陵川转移后，原地休整待命。

在这次中条山的保卫战中，第三军有数千名官兵壮烈牺牲。

日本在中条山血战结束之后，利用新闻媒体在其国内大肆宣扬所谓的"辉煌胜利"，其中竟造谣第三军"全军覆没"。为了将日本虚伪的造假行为公之于众，中国军方公开下达指示，第三军军长现由第五集团军参谋长周体仁（云南景谷人）继任，部队在华阴县进行休整后，南移至陕西汉中地区驻守城固县，保卫大西南的北大门。

为了对此次战斗中牺牲的官兵表示纪念，1942年6月16日，第一战区司令长官蒋鼎文领衔，在城固县举行了一场隆重的追悼大会。上万人参加了这次对已故的唐淮源、寸性奇两将军及第三军抗日英烈举行的悼念活动。灵堂设在民众教育馆大厅内，花圈摆满了灵堂。国共两党首脑，包括毛泽东、朱德、蒋介石、林森等均为烈士们送上了挽联。

中条山血战虽然并未成功，然而各参战军队的英勇奋战同样显示出中国的军威。就战争手段、武器装备以及兵力来讲，中国军队明显弱于日军，然而经历近20天的激战之后，同样给日军造成了严重打击。第三军的奋战尤其英勇，七日的血战使得日军死伤达1.3万多人，中国军队不屈不挠的顽强战斗精神得到了完美体现。

湘浙赣战役（1942.5）

浙赣会战

美国航母舰载机于 1942 年 4 月 18 日空袭日本的东京和名古屋，空袭过后航母舰载机要在中国的衢州机场降落。这个消息被日本国内了解到之后，感到十分恐慌。为了阻止美国空军的空中袭击，日本大本营直接命令华中日军要将浙江方面的中国军队击溃，并将中方主要的空军基地摧毁，以阻止美军利用该基地空袭日本本土的计划。具体计划就是华中日军准备月三个独立混成旅团和第十三军的第十五、第二十二、第三十二、第七十、第一一六师团组成一支大军进行破坏。他们准备从杭州开始向衢州、玉山、金华、上饶进攻。另外一支由第十一军第三、第三十四师团组成的大军由南昌向贵溪、余江方向发起进攻，企图两面夹击，将浙赣线彻底打通，将存在于浙赣线上的中国空军基地衍底摧毁。

面对日军的猛烈进攻，中国方百迎战日军的是第三战区的所属兵力。中国方面准备以第十集团军担任钱塘江以南作战及金华、兰西方向的守备；第三十二集团军担任钱塘江北岸的作战；第一〇〇军担任浙赣路西段的作战；第二十六、第七十四军控制衢州；以第二十五集团军担任浙南作战；宁国、贵池、都昌之线的守备由第二十三集团军担任，并以第九战区的三个军向赣东方向活动策应第三战区的战斗活动。

浙赣路东段的日军第十三军以第十五、第十六、第二十二、第七十及园田混成旅于 5 月 15 日沿浙赣铁路及其两侧向西边的上虞、萧山、富阳、奉化等地发动进攻。在东阳、义乌、浦江、桐庐一线以及新昌、安华、新登一线中国军队以第三战区第二十五集团军以及第二十八军一部对日军进行逐次抵抗，一部转为游击，主力沿着东西线的兰溪、金华方向撤退。日军紧随撤退路线，并将东阳、义务、建德、武义占领。到 25 日的时候，金华、兰溪分别受到日军第七十师团和第十五师团的全面进攻……

恶战金华、兰溪

日军第二十二师团在 24 日的时候已经逼近了汤溪。第一一六师团将寿昌攻占之后就和第三十二师团合并，并开始南下向兰溪、金华方向逼近，其先头部队已经到达了衢江北岸，这样已经严重威胁到兰溪、金华的后方。

日军第二十二师团及第七十师团、河野旅团一部于25日凌晨在20多架飞机的掩护下，对金华进行了多次猛烈的进攻，但是由于守军第七十九师在外围阵地进行了顽强的抵抗，致使日军久久没能攻下金华。为了攻下金华，日军接着将多枚毒气弹投向了中国军队，并不断加强攻击火力。这场战斗几乎将守军的所有核心阵地工事全面摧毁，第七十九师为了挽回败局，企图从土牌、项牌右侧对日军进行反击，但是效果并不是很明显。经过三天的激战，28日凌晨日军攻破守军的防线进入金华城内。但是守军依然不放弃，依然奋勇抵抗，并与日军展开了城内巷战。经过四个小时的激烈战斗，守军由于伤亡过重以及大部分阵地被日军所占据，只好进行突围战斗，最终日军占领了金华。

兰溪方面基本上与金华在相同的时间遭到了日军的猛烈攻击。激战从25日一直持续到28日凌晨，由于有30多架飞机的掩护，日军第十五师团第六十联队对守军六十三师外围阵地发起了猛烈进攻。虽然六十三师各级官兵都奋勇抵抗，但是由于日军的火力十分猛烈，守军无法抵挡住日军的猛烈攻势，最终只好于28日向石塘一带发起突围战斗，日军最终攻占了兰溪。日军第十五师团师团长酒井直次中将于28日上午踩中了守军之前埋设好的地雷而身受重伤，最终不治而亡，他是自日本陆军创建以来首位阵亡的师团长。日军将这件事情称为："现任师团长阵亡，自陆军创建以来还是首次。"

金华、兰溪被日军攻占之后，日军于5月29日将第七十师团留下驻守金华、兰溪，第十五军团向龙游地区继续进发，第十三军团已经进至龙游地区，并已经于南北之线上集结，准备对衢州发起进攻。中国方面第八十八军统辖下的第六十三师、第七十九师、新二十一师以及挺进第一纵队，已经到达预定作战地区，准备以伏击、侧击的作战方式来切断日军的补给增援路线，配合衢州战斗。

衢州避战

就在兰溪、金华处于激烈战斗中时，衢州地区的防务情况已经被第三战区作了适当调整。第三战区命令第十集团军指挥第四十九军、第七十四军、第八十六军担任衢州地区以及衢州以南等地区的防务作战工作；命令第三十二军团所统辖的第二十五军和第二十六军担任衢州以北地区的防务战斗工作。具体作战方案就是，以其中一个军团坚守衢州城，将日军吸引到衢州城的外围，然后用四个军团对日军实施双面夹击，将日军包围并聚而歼之。

但是这一计划被日军事先得知，所以日军也于5月30日将已经作好的作战计划作了相应的调整。日军在衢江的南岸地区将十五军团安置在此，目的是将重点保持在左翼，从衢州两侧地区进攻守军防备，将守军的阵地分割开来。与此同时，将原定于丽水方面的作战推迟到了衢州战役之后，并将原定于丽水方面的作战部队即小园江旅团调集到龙游地区附近，以防第二十六军和第七十四军的两面夹击的状况发生。

6月3日凌晨，在衢江以北日军以第三十二师团、第十六师团，在衢江以南以河野旅团、第二十二师团、第十五师团，南北两军共同对衢州发起全面的攻击。那个时候，衢州城内抵抗日军进攻的军队只有中国的第八十六军。日军第二十二师团、第十五师团及河野旅团在衢州城南部与中国军队的第五十八师、第四十师及第六十一师分别展开了激烈的战斗，中国军队在激战终日后，分别向黄坛口、乌溪江西岸、棠域坞等地撤退。这导致的结果就是日军各部队均进至乌溪江东岸，尤其是第十五师团一部，他们已经突击至乌溪江西岸。即使是由守军第十六师驻扎的衢州城北也遭到了日军第三十二师团的猛烈进攻并让其最终占领了衢州城北，而第十六师师长只好率领残部撤退至城中，守军第一〇五师退至西镇。这样，日军第三十二师团一部一直进攻到龚家埠一带，那里距离衢州城北门仅两公里。

这时，莫与硕是负责固守衢州城的第八十六军的军长，他看见形势如此严峻，竟然产生了逃跑的想法。他率领部队出城向江山方向逃去，借口就是收容第十六师溃散的部队，整个衢州城的防卫战斗只交给陈颐鼎副军长来接替指挥。

因为衢州城各方面战斗已经打响，第三战区认为已经到了可以决战的时候了，所以就在3日晚上向各部队下达命令，让各部队从4日凌晨开始进行进攻作战，一定要下决心保卫衢州，以衢州作为作战中心，多面夹击将日军歼灭干净。

此时的日军第十一军为策应在浙江作战的第十三军，5月31日连夜从南昌附近向第三战区西部第一〇〇军防线发动进攻。当日军第十三军于6月3日向衢州发动全面进攻时，进贤已经被日军第十一军占领，日军开始直逼临川。这时的军事委员会才意识到情况有所不同，所以决定将原来的作战计划改变，4日向第三战区下达命令要"避免在衢州决战"。

6月3日这一天夜里，大雨倾盆致使江水暴涨，到了4日早晨，除了已经涉水抵达乌溪江西岸的第十五师团一部以外，日军的其他所有部队均被汹涌的江水阻隔于东岸地区，直到4日晚上也只有第二十二师团一部到达乌溪江西岸以及河野旅团当中的少数步兵以橡皮舟横渡乌溪江到达西岸。由于大部队没有到达西岸，所以这些日军遭到了中国军队第六十七师的歼灭性打击。那些在衢江以北的日军，于傍晚时分进驻至东镇附近的只有日军第三十二师团，他们将衢州至常山的联络线切断；第一一六师团进至衢江北岸附近。

此时的日军处于极为不利的地立，他们的军队处于一种分割的状态，前后连接不起来的军队无法相互配合作战，并且处于一种疲惫、分散、好打的境地。但是由于"避免决战"的命令，所以第三战区各部竟然选择主动撤退，这样就给日军留下了很大的可乘之机。

　　日本第十五师团在大量航空兵的掩护下于 6 月 5 日集中兵力对衢州南郊实施了猛烈的进攻。激战持续到午后，日军将六马桥阵地攻破，中国军队第六十七师只好退守衢州南关；傍晚时分，日军的第二十二师团一个联队渡过乌溪江，进至江山港南岸，日军的主力部队依然在强渡乌溪江。当日日军第三十二师团攻占西镇，进至常山港以南地区，此时的衢州城已经处于日军的四面包围当中，形势十分严峻。

日军大炮猛轰常德十余日，中国守军在炮火中冲锋

　　当地于 6 月 6 日再次降下倾盆大雨，双方在大雨中继续激战。凌晨时，日军的河野旅团也已经渡过乌溪江，紧接着他们就向衢州城西及城北门逼进，从铁路附近过来的第十五师团主力也开始对南门及南城墙展开猛烈攻击，河野旅团一部和其另一部兵力在 8 时将衢州飞机场及航空学校攻占。

　　由于当时的情况十分严峻，所以军事委员会命令第三战区要全线撤退。在军事委员会下达撤退的命令之前，第八十六军在衢州城内依然进行着奋勇抵抗，直到接到突围的命令之后，第八十六军才在第六十四团第二营的掩护下，展开突围，开始撤退。由于第六十四团第二营担任了掩护任务，在他们的顽强掩护下，那些已经占领了衢州城门及城墙的日军始终未能前进一步，没能攻进城内，才使得第八十六军能够顺利突围，顺利撤退。战争一直持续到 7 日凌晨，谢士炎作为第六十四团团长带领着第二营 100 余人的残部终于突出重围，从衢州城内撤退出去。这时，衢州城已经彻底地被日军占领。

　　日军占领了衢州城后，由浙赣入闽的通道和控制浙赣路中段同样还需要第三战区的军队来掩护。为了防止日军打通浙赣线，第三战区集中兵力防守峡口、广丰、上饶地区，并且在 11 日的时候再次进行了调整部署。但是由于日军行动很迅速，战略部署尚未调整完毕即遭到了日军的强烈进攻，到了 15 日的时候，以上部署的城市已经相继被日军攻占，日军攻占了广信、广丰、玉山、江山、游龙、上饶等地之后，也就意味着日军原来的作战目的已经全面完成。

浙赣铁路被打通

　　就在中国军队第十三军在衢州城内外进行鏖战之际，为了接应日军部队，日军第十一军于 5 月 31 日下令，命令第六师团、第三师团、第三十四师团及第四十师团、第六十八师团各一部从南昌以南的地区开始沿着浙赣路向上饶方向发起进攻。日军之所以要这样做，就是想要对第十三军实行两面夹击的作战策略，试图一举将浙赣路打通。

日军于 5 月 31 日起兵分三路进攻进贤及临川。为了使占领工作进展得更加顺利，第三十四师团乘工兵舟秘密渡过抚河从谢埠附近沿浙赣路东进，进贤于 3 日拂晓被日军占领。日军第三师团渡过沙埠潭附近的沙埠潭河，在沙埠河及抚河之间南下，进至三江口附近的时间是 2 日的凌晨。之后他们又渡过抚河，沿着抚河东岸继续前进，并在 3 日的中午时分到达临川以北的云山。从万舍街附近并列南下的还有今井支队及井手支队，他们在 3 日的下午时分到达临川以西的展坪阳以北的高地。第三师团在 4 日早晨，开始由云山进攻临川，当日便将临川给占领了。与此同时，策应第三战区的第九战区第七十九军主力也已经逼近了临川。面对着这样的情况，日军第三十四师团由进贤南下与第三师团等向第七十九军等部进攻，其中以第三十四师团步兵团团长岩永汪率所部 3 个步兵大队组成的岩永支队向东继续沿着浙赣路进攻。

5 日，岩永支队将中国军队第七十五师击退后占领了将军岭，并且在 6 日的时候以一部兵力将东乡袭占。7 日，由于第七十五师集中兵力对日军进行了猛烈反击，终于将东乡收复。第七十五师的第二二五团于 9 日在东乡以东、王尾山、马子岭之线阻击东进日军，经过一番战斗之后，日军进至白塔河西岸。中国军队为了阻止日军的步步紧逼，遂将铁路桥炸毁，这样守军就形成与日军隔河对峙的局面。岩永支队于 11 日强渡白塔河，成功将邓家埠（今余江县城）攻占。此时的日军已经将浙赣路中段的常山、江山、玉山、上饶一带占领，但是兵力却极为空虚。

为了缓解这种困境，日军第十一军令第三十四师团、岩永支队及配属的独立步兵第六十一大队分别向鹰潭方面进攻。日军第三十四师团于 6 月 15 日在第二十九独立飞行队的密切配合下，对鹰潭进行分路进攻。中国军队第一〇〇军在日军步、炮、航空兵的联合猛攻下，很快失去对鹰潭的控制，部队失去控制，场面陷于混乱当中，并于 16 日晨开始溃逃。当日，日军便占领了鹰潭。

日军大本营 6 月 18 日下达命令：以第十三、第二十一军部分兵力东西夹击，对南昌以东浙赣线实行全线作战，坚决将浙赣路打通。

6 月 30 日清晨，日军的第二十二师团编成谷津支队从上饶附近出发，向西沿着浙赣路前进；6 月 30 日第三十四师团的岩永支队也从贵溪附近出发，沿浙赣县东进；7 月 1 日 10 时许，这两个支队在横峰会合。他们在往会合地方前进的时候只是遇到一些轻微抵抗，沿途并没有受到更大的阻击，所以他们顺利地完成了打通浙赣线的任务。

日军又相继在丽水、温州、松阳发起了进攻。中国军队虽然试图阻止日军的前进步伐，但是由于种种原因，都未能奏效。日军于 8 月 19 日已经实现了之前所制定

227

的作战目标，结束了浙赣会战。

酒井直次毙命

日军第十三军第一线部队在 1942 年 5 月 14 日至 17 日，先后展开了对奉化、上虞、绍兴、萧山、富阳等城市的进攻。日军第七十师团于 5 月 14 日夜从奉化、溪口地区开始行动，主攻方向在浙赣路东，经枫桥镇向义乌方向进攻；5 月 15 日夜间，第十五师团从萧山附近渡过浦阳江，经诸暨沿西岸南下向浦江方向进攻；5 月 16 日早晨，原田旅团受第一一六师团指挥从富阳西北方沿富阳江西岸向建德方向进攻；5 月 17 日 14 时，第三十三师团从富阳出发，在第一一六师团后方跟进。

日军的各路部队在前往目的地的途中曾遭遇过中国军队冯圣法暂九军、范绍曾第八十八军和曾戛初预五师等部队不同程度的节节抵抗，到 17 日的时候才进军到大市聚、长乐、诸暨以东和新登附近地区。通过侦察，日军第十三军得知在安华街、长乐、义乌间有第三战区的主力兵团在那里集结。日军判断第三战区在此集结的目的就是保卫金华和兰溪，所以日军将进攻重点仍保持在左翼，企图一举歼灭安华、长乐、义乌附近的中国军队。

泽田茂于 18 日晨率军战斗，指挥所有人员乘大型机艇从杭州溯浦阳江向临浦前进，但是意想不到的是在义桥附近触雷致使机艇沉没，指挥所人员死伤数十人，指挥所遂停留于义桥。当天中午，中国军队暂九军通过侦察得知日军已经向这边开进，所以准备向东阳东南地区撤退。当天 17 时日军补充下达指示，命令第十五师团、第七十师团、河野旅团向金华以东地区进行追击，并命令第二十二师团在武义东北进驻，意图切断中国军队的退路。

战斗一直持续到 5 月 24 日，中国军队暂九军在长乐、东阳附近设有阵地，第八十八军在安华、义乌及浦江设有阵地，虽然给了日军一定的打击，但是最终并没有阻止日军的前进步伐。之后中国军队分别向东（阳）永（康）公路两侧和金华以北地区转进，对进攻日军实施侧击、伏击，进行牵制；中国军队第五师在兰溪、芝厦南北之线以顽强的阻击战使日军的前进步伐陷入一定程度的迟滞，随后向建德东南转移。日军第十五师团于 22 日占领孝顺，后进至孝顺以西地区；第二十二师团于 21 日占领东阳，22 日占领永康，后向西转进至武义西北；第七十师团由永康转向西北，进至孝顺以西地区；河野旅团进至金华东南。这时日军各部均已经到达目的地，金华、兰溪地区已经被日军全面包围，形成了三面包围的形势。

日军第十三军在 5 月 24 日的时候发现金华城内有大火，又根据飞行队及各部队的报告，推断这些现象表明中国军队已经开始撤退。为了迫使中国军队进行决战，日军第十三军决定将右翼作为进攻的重点，其中以主力向衢州追击，以一部分兵力进攻金华、兰溪。当天下午甲第 88 号作战命令下达了，其主要内容就是命令第七十师团要将金华和兰溪迅速攻克，随后要将所有的兵力在该地附近集合；命令第十五师团要将部分兵力派遣出去监视中国军队的发展动向，将主力向衢县西侧地区追击；命令第三十二师团要与第一一六师团合作，一方面要将溃逃的中国军队随时击溃，另一方面要向衢县西侧地区追击；最后命令河野旅团及第二十二师团要立即展开向衢县追击的行动。

与此同时，王敬久作为第十集团军总司令，他判断当前形势下的日军将以主力由岭下朱、孝顺、曹宅及浦江、兰溪大道进攻金华、兰溪，同时一定会派遣有力部队从武义、汤溪大道及兰江以西地区直趋汤溪、龙游地区，企图切断金、兰后方联络线。所以，他当即下令将冯圣法暂九军转至东阳、永康、金华公路两侧地区实行侧击以牵制日军兵力；命令第四十师方日英兼程由更楼镇（白沙西南）开往龙游、湖镇间地区，统一指挥罗哲东暂十三师在汤溪、龙游一带占领阵地，对东警戒。集团军直接掌握新三十师，命令第八十八军抓紧时间派遣有力部队将金华江北岸占领，目的是掩护金华、兰溪的后方。这个时候的第八十八军已经将第六十三师、第七十九师统辖起来进行统一管理，何绍周是该军军长。他已经到达金华北山开始指挥战斗，集团军总部也已经转移至龙游三叠岩。

日军第二十二师团于25日进至古方，26日时已经逼近汤溪，中国军队第四十师、暂十三师与日军展开了激烈战斗。日军第一一六师团将寿昌占领之后，与第三十二师团合并之后继续向南方开进，其先头部队在26日时，就已经到达了衢江北岸的航埠附近。中国军队的第四十师及暂第十三师由于种种原因被迫向龙游地区转移，但是日军仍然步步紧逼，经过艰苦战斗，最终龙游地区也被日军所占领。在这样严峻的形势下，金华和兰溪的后方已经受到了严重威胁，第十集团军为了掩护集团军右翼安全，命令暂十三师转至灵山镇防守，四十师转至大洲镇防守。这时的小菌江旅团（由华北方面军第二十六师团及第三十七师团各3个步兵大队组成，24日到达诸暨）始终在日军第二十二师团后跟进，已经到达了武义附近。

金华方面：由于有20余架飞机的掩护，所以日军第二十二师团、第七十师团及河野旅团一部在25日拂晓便开始向中国军队第七十九师段霖茂领导的队伍的外围阵地进攻，并且将一部迂回于竹马馆，向第七十九师右侧背发起进攻。到26日的时候已经爆发了正面激战，日军发动数十架飞机在中国军队上方轮番轰炸，为了掩护日军的步兵前进，日军甚至在金华东关附近投掷多枚喷嚏性毒气弹，激战一直持续到黄昏。中国军队第七十九师防守外围阵地的第二三五团和挺进第一纵队在日军的狂轰滥炸当中被迫向金华西北阵地转移。从27日开始一直到28日，双方之间的战争已经越来越激烈，日军的飞机轮番在城垣上轰炸，中国军队的所有核心阵地工事被摧毁。为了挽回败局，第七十九师曾经试图从王牌、项牌右侧对日军进行反击，但是效果并不是很明显。28日早晨，日军攻破中国军队阵地进入城内，与中国军队展开了城内的巷战，第七十九师官兵与日军进行了四个小时之久的激烈巷战，但是因为伤亡过重且阵地大部落入日军之手，被迫于黄昏时分向北山、大盘山突围，最后日军攻占了金华。

兰溪方面：25日，日军第十五师团第六十联队由于有30余架飞机的掩护，所以在凌晨时分就开始向驻守在百坎尖、高圣尖、石廓山之线的中国军队即赵锡田领导的第六十三师的外围阵地开展猛烈进攻。虽然第六十三师官兵奋勇抵抗，但是由于寡不敌众，再加上26日日军第十五师团一部沿兰江东岸南下来协同正面日军对兰溪进行了围攻，经过27日一整天的猛烈攻击，日军最终将中国军队第六十三师的外围阵地全部攻占，使兰溪城陷入一片混战当中。战争进行到28日，中国军队在迫不得已的情况下陆续向城东石塘一带展开突围，开始撤退。于是，日军攻占了兰溪。酒井直次中将是日军第十五师团师团长，28日上午，在与兰溪相距1.5公里的地方，被中国军队事先埋下的地雷炸成重伤，医治无效而死。日军战史称："现任师团长阵亡，自陆军创建以来还是首次。"

已经攻占金华和兰溪的日军于5月29日命令第七十师团留守金华兰溪，剩下的第十三军其他各师团已进至龙游南北之线集结，准备进攻衢州，十五师团向龙游地区前进。用于抵抗日军的中国军队是范绍曾指挥的第八十八军的第六十三师、第七十九师及新二十一师、挺进第一纵队。各部已经在预定地点集结完毕，准备按照原定计划对日军进行侧击，想要将日军的增援和补给路线给切断，这样就可以很好地支持衢州战役。灵山镇、大洲镇附近也已经由原来驻扎在汤溪、龙游地区的第十三师及第四十师进驻防卫，第三战区长官司令部的战区指挥所也已经由福建建阳转移到了崇安境内武夷山上的武夷宫。

鄂西会战

自从太平洋战争爆发开始，日军就面临着各种各样的困境，严重损失船舶使得兵员、物资的运输与补给无法跟上。在中国战场上的表现就是内河航运的船舶越来越少，不仅如此，令日军感到极大威胁的是从宜昌到岳阳段的长江是中国第六战区两个集团军在防守。为了将中国的有生力量消灭掉，将长江航路打通，日军大本营批准发动"江南歼灭战"，日军第十一军决定于1943年5月发动攻击。

为了顺利将长江宜昌下游的航道打通，日军准备在空军战机的支援下，调遣第三、第十三、第三十九师团，针谷支队（由第三十四师团调出），独立混成第十七旅团，野地支队（第三十九步兵旅团），户田支队（由第四十师团调出），小柴支队（由第四十师团调出），野沟支队（由第五十八师团调出）和军直辖部队，分别对南县、公安、枝江、安乡和宜昌以西等3个地区依次实施3次包围攻势，企图用逐次蚕食的战法，分区将中国第六战区的野战部队歼灭。

针对日军的上述企图，中国军队第六战区管辖的第十、第二十六、第二十九、第三十三集团军以及上游的江防军和其他警备部队等，一共有2个独立旅、3个挺进纵队以及11个军（30个师）来阻止日军的企图，保卫祖国。他们决定以第二十九集团军的一线守备部队固守现存阵地，除了津市、澧县由一部固守外，其余全部进入澧水南岸，与第十集团军部队联合，将该方面的日军尽数歼灭。松滋、宜都间的日军由第十集团军来应对，以有力之一部，在江岸边设阵地以拒日军，抽集兵力适时向澧水以北地区进出，联合第二十九集团军，对窜入该方面的日军予以歼灭。同时还要实施机动作战，由江防军适当抽出一部分兵力，向聂家河（宜都西南）方面适时进出，龙泉铺（宜昌东北约7公里）、双莲寺（当阳西南约6公里）方向的日军以第二十六集团军主力来进行阻击，当阳方面的日军以第三十三集团军4个师的兵力来进行攻击，全面策应江南方面主力的作战。

安乡、南县迎战

日军按照原定的计划于5月5日破晓时分开始进攻行动：独立混成第十七旅团由藕池口东向茅草街第二十九集团军第七十三军暂十五师阵地进攻；小柴支队由石首向团山寺第十五师阵地进攻；第三师团由藕池口附近向百弓嘴第十集团军第八十七军新二十三师阵地进攻；户田支队由华容附近向三汊河第七十三军第五师阵地进攻。

面对来势汹汹的日军，中国军队并没有畏惧，中国军队展开了奋勇顽强的抵抗，双方军队在碑湾、茅草街、徐家铺、团山寺、黄台山等处展开了激烈的厮杀。在激战的过程中，第四十师团第二三四联队第二大队长受伤，日军独立混成第十七旅团步兵第九十大队大队长被击毙。虽然如此，日军仍然将长岭嘴、紫金渡、麻壕口等地攻占。

宜都作战中的士兵

由于中国军队的阵地被日军占领，所以中国军队第七十七师与第十五师于5月6日早晨展开反击战，在梅田湖、芝麻坪、三汊河、黄石嘴、八股头之线与日军展开了激烈的战斗。经过一整天的激烈战斗后，第十五师第四十五团团长陈涉藩、营长李亚安壮烈牺牲。在这两天

231

的激烈战斗中第十五师伤亡已达四分之三，第七十七师亦死伤逾半，情况已经十分危急，安乡、南县已处于包围的危境。为了将那些企图深入藕池门方面的日军先行歼灭，管辖第六战区的长官孙连仲急忙电令第十、第二十九集团军坚守阵地并适时组织有力的反击。为了策应战斗，孙连仲同时电令江防军抽出第八十六军的第六十七师及第十八军的两个团策应第十、第二十九集团军的作战。但是孙连仲6日21时接到蒋介石指令，要求第六战区的作战目标就是将三峡要塞坚决扼守住，宜都下游的防卫事务江防军不得插手，现有兵力必须要在南县、津市、公安、松滋方面与日军展开强有力的周旋。迫于上级命令，孙连仲只好将之前的命令收回。

与此同时，日军正在猛烈攻击第六战区沿江防线的右翼。令人担忧的就是这时的第六战区无力抽调江防线左翼部队来支援，所以在这种情况下，伤亡惨重的中国军队无力阻挡日军猛烈的火力攻势。战争一直持续到7号晚上，在日军的主力突击方向上，安乡成为日军第十七旅团及第三师团一部首先攻占下的阵地。中国军队第七十三军无法与集团军及战区联系上。为了将败局挽回，第六战区曾组织第二十九集团军及第十集团军于8日集中力量开始实施反击，但是由于通信始终不畅，所以有好多军队和总部失去了联系。在反击战的调整部署尚未完毕之际，日军已经集中兵力开始了对南县的进攻。中国军队暂五师在日军的猛烈火力和双面夹击之下，伤亡惨重，于当日夜晚开始展开突围，到沉江地区休整，于是9日，日军占领了南县。到此为止，中国军队第六战区第二十九集团军的第七十三军的战斗力已经完全丧失，他们转移至常德附近休整，这时的第四十四军仍然在津市和澧县防守着。

枝江、公安作战

这一场战斗结束之后，日军将战略部署作了这样一番调整：以第三师团作为主力兵分两路向新河市和公安出击；除此之外野沟支队向新河市方向前进，策应第三师团作战；第十三师团切断松滋河西岸地区中国军队退路，迅速进入闸口附近，经大堰北侧至官山坡一线，策应第三师团作战；独立混成第十七旅团留一部于大中堰、如东铺，警戒津市方面，主力进入公安方面，配合第三师团作战；户田、小柴支队在三仙湖和安乡地区扫荡；松本支队（第六十五联队第二大队）从弥陀寺附近向公安方面前进；针谷支队经太平运河沿岸向公安方面前进。

日军于12日清晨开始发动攻击，中国军队第十集团的第八十七军第十一师驻守的白洋堤、汪家嘴阵地首先遭到了日军第三师团的猛烈轰击。当天晚上，日军第三师团又因为有猛烈炮火的掩护，开始强渡长江，在枝江镇、石牌之间与中国军队第九十四军第五十五师展开激战。当天晚上20时许，在飞机的掩护下日军第三师团将白洋堤阵地攻破并占领，之后又乘势向西面开进。与此同时，长江南岸的洋溪也已经被从董市西南强渡至长江南岸的日军野沟支队所占领。就这样日军三路并进，步步紧逼，使得中国军队不得不向后撤退。

战争一直持续到 13 日晚间，孟溪寺、杉木铺已经被日军第三师团攻占。中国军队第十集团军右翼的第八十七军在这次战斗中受到严重打击，其中伤亡最大的是第一一八师，在这样严峻的状况下被迫向西斋、大堰以西的地区撤离。这时候的日军第十三师团及野沟支队正在与中国军队的第十集团军左翼的第九十四军进行激烈的交战，中国军队在日军的猛烈炮火之下节节败退，再加上第十集团军始终无法与第五十五师联系上，致使第十集团军处于南北交迫的危机境况之中。

14 日，日军第三师团一部占领公安。之所以会发生这样的事情，是因为中国军队第四十三师放弃公安向西面撤退。第十集团军各部队由于受到了日军的双面夹击，被迫于 15 日午间向暖水街和刘家垞、茶园寺以西撤退。这时候的中国第十集团军的战斗力极其脆弱，仅剩三分之一的兵力。日军第三师团于 5 月 17 日将松滋包围住，并展开了战斗，18 日清晨，日军第三师团占领了松滋。

清江、石牌作战

日军第十一军于 5 月 17 日晚间下达第三阶段作战命令。作战命令要求第三十九师团从扬子江畔发起攻击，将长阳周边的中国军队作为首先要歼灭的军队，然后与野地支队联合向宜昌西方地区挺进，将该地区的中国军队歼灭或俘虏。所以，5 月 19 日，日军作出如下部署：5 月 21 日凌晨第三师团发起攻击，进入长阳附近，并准备北进，在宜昌以西地区一部策应野沟支队作战；攻入全福冲、渔洋关之后，第十三师团继续进入都镇湾（都正湾）附近，并准备北进；5 月 22 日凌晨野沟支队发起攻击攻占宜都西侧地区；5 月 21 日夜间第三十九师团强行渡江，然后准备北进；从宜昌对岸向西突进的野地支队的作战任务就是要将中国军队的退路切断。

17 日 22 时，孙连仲根据日军的行动判断日军将会向江防军方面继续进攻，所以就下达这样一个命令：命令江防军确保石牌要塞，右翼与第十集团军取得联络；令第十集团军在现有阵地实施持久战，将作战重点放在左翼，确保聂家河、仁和坪、子良坪之线；令第六十七师回原建制江防军第八十六军，脱离第十集团军的指挥。军事委员会为了应对鄂西之急，于 5 月 19 日令第七十九军及第七十四军驰援常德。但是这个时候只有第七十九军先遣暂六师到达常德，剩下的部队已经全部进驻临澧和宁乡附近地区。

日军第十三师团及独立混成第十七旅团于 5 月 19 日凌晨首先开始行动。驻守右夜家冲、三溪口的中国军队第四十三师及第一二一师阵地遭到了日军第十三师团兵分两路从暖水街、刘家场的进攻，第一战线迅速被日军攻破。日军于 20 日进至子良坪、仁和坪一线。第十七旅团由公安出发，在王家厂击退新二十三师警戒部队，进至以西高地一带，以一部之力与樊家大山守军新二十三师一部对峙。日军主力假装攻打常德，目的是为了掩护其他部队展开战斗以及保障军队南翼侧的安全。战争一直持续到 5 月底，该部日军仍然没有从这一地区离开。

21 日早晨，中国军暂三十五师、第一二一师及第一一八师队驻守的王家畈、曾家坪等阵地分别遭到了在茶园寺、仁和坪和牯牛岭附近的日军第三、第十三师团的攻击。战斗持续到 22 日晚间，日军的第三师团渡过渔洋河，占领了聂家河、磨市；第十三师团进至渔洋河南岸，占领了渔洋关。与此同时，驻扎在枝江的野沟支队与伪军第二十九师协同作战将宜都攻占，中国军队第六十七师部队绕道撤至磨市以北，第三十九师团从云池附近渡过长江，在未遇任何有力抵抗的情况下进至汪家棚地区。

日军野沟支队及伪军占领宜都之后，从 23 日拂晓起，就开始担负起警备的任务。其他部队如日军第三、第十三和第三十九师团都是将兵力集中起来分布于汪家棚、磨市、渔洋关附近地区，从正面对中国军队进行全面攻击。中国军队尤其是第十集团军减员甚多，战斗力已经严重下降，虽然对于日军的阻击也曾经奋力抵抗，但是最终还是因为寡不敌众，被迫逐次转移。日军第三十九师于 24 日已经抵达了西流溪，第十三师团攻占都镇湾，第三师团攻占长阳。清江南北两岸地区均被日军所攻占，控制宜昌地区的野地大队也已经由长江南岸桥头堡地区向西面发起进攻，试图将中国军队北撤的退路切断。这时候清江、石牌间的地区已经逐渐成为战场的中心，会战的焦点已经由集团军转为江防军。在前来增援的部队中，由河南新野调来的第三十军的先头部队已至椰树店，第七十四军进至桃源，第七十九军已到达常德，战斗的主力仍然在不断前进中。

直到 25 日早晨，中国军队依然遭遇着日军的猛烈打击。这时的日军第三师团已经攻占津洋口，第三十九师团已经攻占偏岩，与之形成鲜明对比的是中国军队第十三师在迫不得已的情况下于白果坪集结休整。日军野地支队经激战突破第十八师月亮岩阵地，随后被阻于雨台山阵地之前。

当时石牌的中国军队只有 6 个师，第十集团军的部队还没有休整完毕，兵力十分薄弱，而日军用于清江两岸及攻击石牌的兵力共有约 6 万人，中日双方兵力悬殊。鉴于这种情况，第六战区决定按照之前已经制订好的计划，"待敌深入至山岳地带后再行截击敌之归路而求歼灭"，等第二十七师、第七十四师到达目的地时再加上第三十二军（欠第一四一师）、第七十九军等对那些向清江两岸攻击中国军队的日军实施南北夹击进而歼灭日军。歼灭战日期定在了 5 月 31 日至 6 月 2 日间，之前制定的作战路线是资丘、木桥溪、曹家畈、石牌之线。

同样是在 25 日这一天，日军第十一军同样也作了一定的军事部署，部署决定准备向石牌至木桥溪一线继续追击中国军队，希望在宜昌西方山地地区将中国军队聚而歼之或捕之。日军命令第十三师团歼灭洲家口之敌后，向木桥溪方向追击；令第三十九师团指挥野地支队向大朱家坪附近追击；令第三师团经牵牛岭西麓向抱桐树附近追击。

战争一直持续到 5 月 26、27 日仍在继续，日军不断向中国军队发起猛烈进攻，中国军队方面战况惨烈，尤其是第一三九、第六十七、第五、第十八师的正面阵地。在战争胶着中，日军同样也要损失很多兵力才可以前进几米。由于日军有炮火的轰击和航空兵的轮番轰炸，中国军队方面的阵地多数被摧毁，兵力伤亡极其惨重。一直到 27 日夜，中国军队被迫向三汊河、木桥溪、曹家畈、石牌之线撤退。

直到 28 日、29 日，中国军队接到上级命令向既定的阵地撤退，但是日军仍然在疯狂地进攻。

追击大捷

连续 25 天的战斗，日军已经基本上完成了之前预定的作战任务。日军第十一军于 5 月 29 日下令参战主力，5 月 31 日掩护其他部队于 6 月 2 日开始撤退，目的是要将原来的警备态势加以恢复。日军各部队 31 日夜分别沿清江、渔洋河及澧水两岸向宜昌、宜都、枝江及藕池口实施正面的转移。

31 日，第六战区发现日军有撤退的征候，于是紧急下令全线追击：命令第十集团军（附第七十九军）以主力沿渔洋河两岸，以一部沿清江北岸向枝江、红花套方向追击；令江防军（附第三十军）就现在态势向当面日军追击；王家厂、暖水街一带的日军令第七十四军驱逐，之后向公安、磨盘洲挺进；第二十六、第三十三集团军接到向当面日军攻击的命令，目的是策应江南地区的追击战斗。

第六战区各部队于 6 月 1 日拂晓遵照上级命令的规定先后对日军发动全面追击。久战疲惫的日军根据以往的经验，以为这次的中国军队应该也是像以往一样追击行动发起迟缓、战斗不力，就没有加以重视，所以日军在撤退之初疏于警戒，导致了极为严重的后果。6 月 2 日，这次担任收容、掩护任务的第十三师团第一〇四联队第二大队，被中国军队第十集团军新二十三、第五十五、第九十八和第一二一师各一部包围于磨市；第七十九军主力及第一一八师、第五十一师于宜都包围了日军第十三师团第六十五联队（樱井部队）及第三十九师团的第二三三联队（古武部队），其中第二大队在中国军队的追击围攻当中伤亡惨重，大队长被击毙。

当上述消息被日军第十一军得悉之后，日军 6 月 3 日决定命令第十三师团停止撤退，要将中国军队的反击队伍彻底打败，同时还要求独立混成第十七旅团立即从公安出发攻击枝江附近的中国军队。

鉴于上级命令，日军第十三师团将已经渡过长江准备撤退的部队又全部调回宜都，从渔洋河南侧向磨市方向攻击前进。经过 6 月 5、6 两天的战斗，日军将被包围的第二大队解救了出来，同时又攻占了聂家河、枝江、洋溪、滥泥冲等地。

日军的独立混成第十七旅团在到达磨盘洲西南大约还有 10 公里的裴李桥附近遭遇到了中国军队的第七十四军，双方展开了激烈战斗，该旅团遭到重创，独立混成第十七旅团成为这次会战中损失最大的一支部队，5个大队长中有3个战死。截止到6月12日，日军各部队都先后返回原来的驻地。第六战区部队将之前失去的所有地区都收复回来，双方遭受了严重的战争损失之后又回到了原来的态势，至此鄂西会战宣告结束。

经过一个多月的艰苦战斗，鄂西会战终于结束了，整个战役中，中方共消灭日军3500余人，第六战区以10余个军的兵力抗击日军约5个师团兵力的进攻，当时被称为"鄂西大捷"。

常德会战

位于沅水下游的常德是洞庭湖西一大县市，东边有洞庭湖为固，西边倚靠着武陵山脉，南面有雪峰山北脉可以依靠，北面则以太阳、太浮两山隔澧水平原，与南面的德山隔江相望，地理位置十分优越，是滨湖一大鱼米谷仓。

澧水沿岸在鄂西会战之后就备受威胁。该地区的地理位置十分重要，抗战军粮大多依靠滨湖地区，所以这个地区不仅是重要的战略要地，同样也是支撑抗战胜利的补给命脉，同时这里也是四通八达的交通命脉，这里以湘黔公路为脉东接长沙，西通川贵，北边以支线出澧县赴荆州；水道方面同样是不容忽视的重要位置，小火轮可溯航通桃源，木船可溯沅陵达黔阳、会同，东下可通航洞庭沿湖各埠出长江，西边能溯源至贵州之镇远、铜仁。

自从鄂西会战日军惨败之后，常德就一直是日军想要占领的地方。日军希望将常德攻占下来，这样就可以依靠常德，向东攻打常衡，向西窥探贵州、广西或是四川东部，以此严重威胁重庆，使全国的抗战中心动摇。

武陵山脉自川贵边境西来，在沅澧二水之间蜿蜒，以太阳、太浮两山与南面的德山，至常德西北，形成负廓之卫星，更南则为雪峰山脉，不论进退都颇占形势之利。军阀割据时期，那些军阀来常德的时候，总有一种顾盼自雄之感。河流南有资水，中有沅水，北有澧水，均自西向东注入洞庭。这里的地理位置多港汉，不论行军还是作战，都有险可依。

鄂西会战之后的日军正忙于整理补充，在此期间还会受到中国军队各战区的局部反攻，使日军的行动颇受阻碍，所以日军一直没有其他行动，时间一直持续了4个月之久。再加上太平洋盟军的攻势逐渐增强，日军的海上航线有中断的迹象。更令日军担忧的是，在此期间，美、英、苏三国外长会议决定于1943年10月23日开始在莫斯科举行，更加坚定了要将抗战进行到底的作战形势。在这种四面楚歌、多种威胁的环境下，日军为了鼓舞各级官兵的士气，便让士兵积极进犯常德，希望用常德会战的胜利打击蒋介石，使蒋介石的声誉在 11 月间去往开罗与英美巨头会面之前受到损害，希望得到政治上的效果。所以日军命令原驻湘北鄂西的第四十、第十三两师团各一部以占领华容、石首、藕池口、弥陀寺等处的前进阵地为掩护，分别将赣北、荆沙、安庆、芜湖各方面的兵力抽调出了第三、第六十八、第一一六等师团全部，第三十四师团大部，第三十九师团及独立第十七旅团一部，与毒瓦斯辎重战车等联队及空军等，共约 10 万余人。截止到 1943 年 10 月末，集中的兵力已经集结至华容、石首、沙市、江陵一带。11 月 2 日，由横山勇担任司令官兼指挥的日军第十一军在沙市附近的观音寺开始分为几路向中国军队进攻。

日军首先于 11 月 1 日以一部向沙口、鲢鱼须（华容南）进犯。对于日军的进犯，中国军队当然不会置之不理，遂予以坚决抵抗，将进犯的日军击退。日军不敢轻举妄动，直到 2 日下午 5 时，日军为了拿下中国军队阵地，开始展开一场声势浩大的进攻，日军用飞机、大炮掩护，乘多艘汽艇，将兵力分为十二路，分别向滥泥沟子、百弓嘴、章田寺、米积台直新江口之线发起进攻。中国军队第六战区长官部，按照原先已经制订好的作战计划实施抵抗战斗，指示王缵绪第二十九集团及王敬久第十集团军的第一线部队（一六二、一五八、九十八、暂六等师），依靠原来已经建设好的阵地，要逐次奋力抵抗，要尽最大可能将安乡阵地保住，到万不得已的时候可以派一小部分兵力绕到日军的后方或侧翼实施尾击、侧击，将主力部队撤退至汇口、孟家溪、街河市、斯家场、沣溪之线继续顽强抵抗。第二十九集团军特指员王泽浚命第四十四军以一个师兵力坚守津、澧，彭位仁率领的第七十三军以一师兵力坚守石门，主力已经集结于石门百北新关、永盛桥间。

孙连仲作为第六战区的代司令长官，他希望将军委会直辖的王耀武第七十四军归于第六战区直接指挥，令第五十七师即日进入常德城内，准备防卫工作，主力军向太浮山西南桃源、漆家河、鹿曰坪、羊毛滩间地区集结，保持机动状态。

3 日至 6 日间，中国军队的第一线部队已经先后集结于南县、官垱、甘家厂、公安、磨盘洲、新江口之线，并于大堰垱、张家厂、街河市、西斋各附近展开抵抗。在这次战役中，赵季平暂编第六师一部在街河市的巷战，以及向思敏第九十八师留置张家厂坚守的孤军一连，与日军搏斗长达 4 天。

当日军依靠其优势兵力猛攻时，陈诚将第六战区的兵力作了一

陈诚（背立者）视察抗日军队

番调整，命令第二十九集团军的第四十四军以及第一六一师坚守津、澧，要以约一

营兵力尽量将日军阻止于阵地之外，一部分兵力继续逐次抵抗，主力将集结于新洲、李家铺；第七十三军第七十七师以一个团守备河口、新安江及澧水南岸要地，主力即向笔架附近集结；第十集团军的第七十九军以一部之兵力对日军进行逐次抵抗，迟滞消耗日军，主力即占领方石坪、媛水街、刘家场之线主阵地，顽强守备；方靖领导的第六十六军以一部之力逐次抵抗迟滞消耗日军，主力部队将王家畈、聂家河之线占领作为主阵地，顽强守备。江防军同样也不会懈怠，他们将第八十六军第十三师抽调出来在津洋口附近集结的目的就是策应第十集团军的作战，另外将方天领导的第十八军推进至木桥溪、高昌堰、白果坪间集结，形成外线态势，这样就可以迎合战机。6日，第一线各部队进入主阵地。

"澧水北岸地区之战斗"在陈诚的私人回忆录中曾经这样记载：在11月1日之前，战区根据各方面得到的情报，并对日军的行动加以分析，中国军队对日军的作为无不感到欢欣鼓舞，士气倍增并严阵以待。2日下午6时，战斗打响了，日军于华容、百弓嘴、闸口、黄金口、弥陀寺、新江口之线分十二路向中方阵地猛烈进攻。中方前进中的部队按照原定计划沉着应战，向西方山地逐步转移；当然日军也是十分冷静的，并没有贸然前进。战斗一直持续到第二天早晨，日军的北翼部队已经到达王家厂、闸口、蝗水街、刘家场、余家桥、洋溪之线，中方部队开始展开猛烈反击。一时间战争进入胶着状态，战场上硝烟弥漫，战争惨烈无比。虽然中方固守张家厂之一连及诰赐山之一营已受敌四面环攻，但是在这样严峻的情况下仍然坚持不动摇。处于媛水街的中国军队虽然身陷包围，但是仍然奋勇作战，斩杀无数日军，截止到9日中午，日军的精锐部队一〇四联队已经钻隙迂回至沙口附近，但是被中国队伍腰截堵击，几濒溃灭。10日破树垭、卸甲坪及11日赤溪河诸役，俱予日军以歼灭打击。日军在中方的围追堵截中无计可施，于是想到了用恶毒的毒气弹，但是战果仍然不是很理想。激战一直持续到了12日晚，中方为了诱敌深入，军队从容转移至太半街、升子坪且汉洋河、宜都之线，日军亦知难而退，不敢进逼，主力沿河、天门垭、桐予溪南下，另以古贺支队及三十九师团一部于仁和坪迄北迄宜都间拒止中方军队之进出。华容、百弓嘴西犯之敌，迄被中方遏止于津澧东北，中方雄踞石门部队亦不断向王家厂、天门垭敌侧背袭击，俱有斩获。13日垂暮，日军将主力部队于石门东北挟其炽盛火力向我石门守军进犯，彻夜厮杀，到了黎明时分战争更加惨烈。中方为了争夺外翼，遂将主力转移到慈利东北。一部据城固守，浴血搏斗，双方的伤亡都很惨重，战争一直持续到15日晚，开始突围归制。

从11月6日这天开始，中国第十集团军第一线已经转移至王家厂、媛水街、刘家场、洋溪之线，与此同时，日军也紧随而至，并使其主力第十三师团全部及第三、第三十四师团各一部向媛水街地区进军。日军与赵季平的暂编第六师展开了激烈的争夺战，一直到黄昏，日军的后续部队与中国军队还是处于胶着状态，战况十分惨烈。7日早晨，中国军队第九十八师、第一九四师于红土坡、岩壁下附近分别围击处于南端的日军，北端的日军受第一九九师一部打击，伤亡惨重。即使如此，媛水街正面战场的日军还在不断增援，不断猛攻，中国军队凭借之前修筑好的工事，与日军僵持了三天三夜，没有相让分毫阵地。8日，刘家场遭到由斯家场前进的日军进犯，中国军队寨子山守兵（第一九九师之一连）沉着歼敌，由于中日双方兵力相差悬殊，同时中方军队伤亡很大，所以阵地最终被日军攻占。日军攻陷该阵地后，继续向第一九九师诰赐山阵地迂回，中国军队该处守兵不足一营，以有我无敌的精神，奋战抗日，确保阵地。当天，为了让第七十三军在之后的作战中更加容易，长官部特令该军第十五师向樊家桥、螺丝坝、黄木岗、分水岭、土地垭间地区集结，与石门互为犄角，与第七十三军双面夹击日军。

第六战区长官部于8日接到蒋介石电令，命令中指示第十集团军即刻集中主力，将媛水街方向突进的日军打败击破。中国军队于9月5日5时转为进攻，以第二十九集团第四十四军加强一师一部，攻击大堰垱日军，主力相继进出敖家嘴、西斋，阻断日军联络；第七十三军七十七师，击破当面日军，进出九里岗附近，第十五师由新堰口向王家厂、方石坪的日军攻击，第十集团军固守媛水街部队，务必坚持到最后一兵。同时他还命令第二十六、三十三两集团各派出一个集团的兵力，分别向宜昌、当阳方面的弱势日军展开进攻。

同时，途径张家厂进攻大堰垱的日军，不仅将王家厂、闸口占领，还不断进攻至八王岭、方石坪间。日军的企图就是要将第七十九军的右翼团团包围，而且日军就像海浪一样不断涌进来。在正面战场媛水街一带，虽然日军遭受着中国军队第一九四师及一九九师各一部的双面夹击，力量已经受到一定程度的折损，但令人担忧的是中国军队的侧背已经暴露出来，再加上日军还在源源不断地增援，9日预期的攻势未能全部实施。中国军队第七十九军为争取外线，已经转移至正面于河口、子良坪之线。与此同时，刘家场遭到日军的侵犯以后，日军在向棉马城、两河口深入时，遭到中国军队第一八五师的伏击，日军伤亡惨重。值得一提的是，日军当时已经派出了军队来支援，支援的部队虽然有千余人，但是在王家畈、肖家岩附近遭到了中国军队第一八五师主力的全面阻击，所以未能按时完成任务。

当天早晨，中国军队在澧水沿岸的第一六一师、七十七师、十五师，仍然分别向大堰垱、王家厂、燕子山等处攻击，并顺利将大堰垱攻克，同时将日军在王家厂的弹药集积场摧毁。

战区指挥部为了将第十集团军左侧巩固好，就命令第八十六军的第十三师推进至潘家湾、聂家河两地之间，归第六十六军方靖军长指挥。

在河口的日军第一〇四联队在11日的时候被中国军队第一九四师包围于河口、木耳山附近，原本是可以聚而歼之的，但是由于由新门寺方面前来的日军第三师团主力的全力增援，而使其顺利逃脱。

由于日军向北增援，代司令长官孙连仲考虑到这些情况，所以就命令第二十九集团第七十三军猛攻日军，并且命令有力部队要对日军的尾部实施有力袭击；第十集团第七十九军于马踏溪、河口、二方坪、太平街、巴巴铺、渔洋关、子良坪间地区，机动歼敌；第六十六军可以退守，但必须确保渔洋关；第九十四军一个师推进野三关集结；第十六军以一个师推进木桥溪集结。太阳落山时分，日军将太平街攻克，虽然有中国军队独立工兵第三十营的奋力抵抗，终究由于实力悬殊而没有将日军阻止。

到了11日的夜晚时分，双方战争还是处于一种胶着状态，双方互无进展。

11月12日，在石门附近第十集团军各部与日军混战一团，双方都没有任何进展，于是日军由易家渡强渡澧水南岸，企图南北夹击，将石门包围。中国军队全力抵抗，浴血奋战，战况十分惨烈。

中国军队指挥部将在澧水南岸、常桃附近地区与日军决战为目的，将澧水两岸兵团部署作了相应的调整。

蒋介石于12日晚向军队指挥部打电话指示说："以一部确守常德，主力在慈利附近地区，与敌决战。"

鉴于蒋介石的命令，孙连仲对战斗也作了相应的调整，并电令各部队统领说："仰见总裁高瞻远瞩，灼见真知，实为此次常德会战制胜之主要关键……"

在蒋介石命令下达之前，战区长官部也有俟日军主力南渡澧水后，由内线转为外线，以常德为核心包围击破日军的想法，在接蒋介石指示后，该想法就更加明确了。

固守石门要点的暂编第五师彭士量师长率部为掩护第七十三军主力撤退，于14日夜，在石门阵地正面，被日军全面包围。从14日晚间到15日的黄昏，该部与日军独立进行着恶战，消耗了日军的大量军力，将日军的进攻时间严重拖延，为中国军队的反攻赢得了充足的时间。在这一天一夜的战争中，在枪林弹雨中，该部奋力抵抗，几乎全军覆没，在弹尽粮绝之际，忠勇绝伦的彭士量师长，怀抱机关枪，为国殉职捐躯。

暂编第五师彭士量师长，生于1904年8月5日，号秋湖，出生于湖南浏阳，为黄埔四期学生，抗战时参加过淞沪、忻口、台儿庄、武汉、长沙诸役，在1942年任第七十三军暂五师的师长。彭士量在1943年11月12日写下三封遗嘱，其中一封是给全体官兵，遗嘱上写明：余献身革命廿年兹，早具牺牲决心以报党国。兹奉命守备石门，任务艰巨，当与我全体官兵同胞与阵地共存亡之决心，歼灭倭寇以保国土，倘于此战役中得以成仁则无遗憾。唯望我全体官兵服从副师长指挥，继续杀敌，达成任务。令一封遗嘱则是给他的妻子的，遗嘱中写道：余廉洁自守，不事产业，望妻刻苦自持，节俭生活，善待翁姑，抚育儿女，俾余子女得以教养成材，以继余志。此嘱，秋湖十一月十二日。

常德会战中牺牲的第一位国民党军高级将领就是彭士量，他为人正直，既不贪

240

财也不畏死，永为民族之魂。

11月3日，日军将南县攻占，其中第一一六师团主力及第六十八师团一部已经推进至三汊河、东港、清泥潭等地。7日，经过激烈的战斗后，日军又将安乡攻占。8日，有1000多名日军由羌口进犯石龟山，但是被第一六二师阻止。10日，日军想要强渡红庙，当天晚上有1000多名日军攻入津市，与中国军队展开激烈巷战。为了将日军驱赶出去，第一六二师许师长亲率一团，与日军展开白刃战，最终将日军驱逐出去。三路日军于11日开始进攻澧县，为了将日军阻挡在阵地之外，中国军队第一六一师协助第一五〇师顽强阻止日军进攻，终于于12日将敌击退，并乘胜追击至九店。

经过石门战斗之后，日军分由渡口、石龟山、新安等处强渡进犯，中国军队第四十四军阵线长达百余里。为了集结兵力深入日军营地将其彻底打垮，中国军队决定按原定部署以一部守备津、澧，主力逐次转移至鳌山、临澧、观国山之线。但是到了17日，津市、澧县一带在经过激战之后还是被日军所攻占。

攻占津市、澧县一带之后，日军继续深入。日军第一一六师团由渡口、石龟山、小渡口等处冒着中国军队的猛烈炮火强行登陆，继续内侵，其中第三、第十三两师团渡澧水南下，17日已迫近辛家台、大岩厂、南岳寺之线及慈利东北附近地区。中国军队为了阻止日军的猛烈进犯，遂派遣第七十四军主力在祖师殿、赤松山、慈利、垭门关占领阵地，与日军进行前所未有的激烈战斗。大岩厂、九龙桥日军于18日合并，开始对临澧展开进犯，并与中国军队第一六一师一部展开激烈交战。

由于日军主力已越澧水南下，所以中国军队战区指挥部遂于19日决定放胆行动，就命令第七十九军举全力先向石门、慈利间地区挺进，越过澧水南岸，攻击日军侧背，并命第十八军由王敬久总司令指挥，即日由聂家河、渔洋关间渡汉洋河，进出西斋、王家厂间地区，扰击日军的侧背，策应常德西北地区的作战。第九十四军即向长阳、木桥溪间地区集结，归吴兼总司令指挥，巩固江防。除此之外还命令第七十三军汪之斌军长即率余程万部向东岳观、杨家溪、石门一带袭击日军。同时奉蒋介石电令，因为当前形式已经日趋明朗，日军的补给已经日趋困难，所以蒋介石就命令第七十四军、第四十四军、第一〇〇军要尽全力，与日军在常德西北地区展开决战，誓死保卫常德，并与常德共存亡，有功赏，有过罚，决不姑息。

日军攻陷了临澧，并由青化驿进犯鳌山。由于正面战场上是王泽浚的第四十四军，兵力十分薄弱，所以中国军队在踏水桥、大龙站、斋阳桥、王化桥、易家桥、观国山之线阵地的交战中，被兵力雄厚的日军各个击破，这些阵地就被日军所占领。在逼不得已的情况下第一六二及第一五〇两师主力退入太阳山、太浮山坚守，与日军保持接触的是中国军队的是第一六一师，但是也在不断地向西方转移。

于慈利附近驻守的日军已经增援至5个联队，由于有大量飞机大炮的掩护，所以向中国军队第七十四军主力展开正面进攻。

241

这次战斗十分激烈，鏖战持续进行了五个昼夜。在此期间中国军队不断对日军实施逆袭，日军伤亡惨重。20日，王耀武军长命令部队从白鹤山、羊角山向日军出击，如猛虎出山般将日军挫败，近千名日军被击毙，俘获步、机枪300多、马骡40余匹以及众多其他军需物品。

　　日军想要攻击中国军队的侧背部位，于是第二一六联队（原三十四师团）就由东岳观经岩泊渡，绕至龙潭河想要对中国军队产生威胁。22日，中国军队第七十四军正面军队已经增至1万余人。在漆家河、羊毛滩的中国军队第一六一师阵地，正遭受着日本军队主力的攻击，伤亡较为惨重。王耀武派第一〇〇军第十九师增援到达，即展开于漆家河东西之线，迎头阻击。第七十四军主力，虽正面未被突破，但右翼则已受日军包围。为对日军施行反包围，王耀武命令一部留置于七姑山、二方坪诸要点，大部队转移至邓家庙、陈家河、零阳山、簸箕湾之线，续兴攻势。由于太阳山及太浮山是两个极为重要的据点，所以指挥部命令第一六二及第一五〇师的一部固守，只有这样才能保证战斗的顺利进行。

　　日军第三师团为了由澧水南渡直扑陬市、桃源，遂于太浮山西侧与中国第四十四军一部展开激战，希望能够向沅水逼进。为了能够取得战争的胜利，日军于21日命令日军16架编队飞机在桃源上空投弹扫射，之后趁势抛下伞兵百余员，落地后与地面日军呼应袭击，并最终攻占了中国军队阵地。由于这里的中国军队还不足一营，根本无法抵挡日军的猛烈攻击，所以只好被迫向西转移，最后导致桃源城失陷。

　　桃源城被日军攻陷之后，日军一部向西北推进，另外一部渡沅水东进。

　　许国璋作为中国军队第一五〇师的师长，亲自率领师一部在陬市西北抵御日军，在抵抗日军的过程中身中多弹，壮烈牺牲殉职。

　　许国璋（1896～1943年）是四川成都人，在常德被日军包围时，奉指挥部命令扼守西北太浮山地区。20日晨，第一五〇师指挥所遭到日军千余人的进攻，战斗持续了一整天，各机关兵死伤惨重，许国璋也深受重伤，随即休克昏迷。部下以为其已经阵亡，所以就将部队转移至沅江南岸。等到次日早晨许国璋清醒过来之后，询问起战况如何，急忙喊道："我是一名军人，理应在战场上死亡，你们将我运过河，是害我身败名裂。"随后拔枪自戕殉国。

豫湘桂战役 （1944.4）

豫中会战

1944 年春，为实现宁汉铁路的贯通，联结华北、华中各战场，日军于 3 月间对黄河大铁桥进行修复。日军集结共约 14.8 万兵力，以冈村宁次为指挥，开始大举进攻豫中地区，其中骨干力量为第一二军所属第三十七、第六十二、第一一〇师团和战车第三师团，还包括 4 个独立旅团和 1 个骑兵旅团。日军妄图从南北展开攻势，将平汉路打通，攻陷洛阳和平汉路以西广大地区。

河南拥有约 40 余万中国驻军，属于第一战区，其中大部分为蒋介石的嫡系部队——汤恩伯所属军事集团，剩余则为非嫡系部队。汤恩伯军事集团在河南已经驻守多年，然而时间虽长久，其统治却异常腐败，因而招致老百姓的憎恨。

对于日军的行动，第一战区虽然有所察觉，但却无法认清其真正的战略意图，他们认为日军的活动只是骚扰性质，因此并未实施必要的应急防御措施，也未作出周密的作战部署。豫中会战开始之后，刘茂恩、孙蔚如、马法五等部的非嫡系部队实施了一系列认真的抵抗策略，除此之外，汤恩伯军虽有优良装备，大敌来临时却溃不成军、望风而逃。

1944 年 4 月 17 日夜，日军第三十七师团和独立混成第七旅团经开封以西中牟县一带横渡黄河，随后遭遇了国民党守军第十五军，双方经一番战斗之后，守军因无法支撑而撤退。19 日，郑州、新郑、洧川全部沦为日军占领区，之后日军又向南逼进对许昌展开攻势。在新乡境内，同日，第八十五军阵地被日军第六十二、第一一〇师团及步兵第九旅团攻破，24 日，密县失守，日军继而开始向西南方向挺进。中国守军于 26 日针对密县组织反攻，战斗一直持续到 30 日，其间日军获得战车第三师团和骑兵第四旅团的增援，借助河南平原这一绝佳地形，长驱直入，5 月 1 日许昌被攻陷。随后日军主力开始挺进郏县、临汝，为进攻洛阳作准备。当时郏县并未设防，作为洛阳外围的重镇，临汝则有第一师守军驻扎。第一战区长官部作出临汝守军向郏县推进，临汝另从洛阳派兵驻守的部署。中国军队的布防异常仓促，此时恰逢日军机械化部队接踵而来，郏县于 4 日被攻陷。日军趁势占领临汝，开始向宝丰地区挺进。当时，日军的强大步骑炮兵和战车部队集结于嵩山东部，此地守军几乎全被

243

日军围困。

5 月 7 日，日军第二十七师团自许昌出发，向南直取郾城。自信阳向北挺进的日军第十一步兵旅团，于同日占领了遂平。8 日，分别向南北推进之日军在西平会师，自此平汉路被打通，这次战役的主要目标亦已实现。随后，日军继续向西推进，将目标定为洛阳。17 日洛宁陷落，18 日陕县失守，20 日卢氏县城和飞机场被攻陷。

当时，另一路日军自山西垣曲出发，5 月 9 日横渡黄河之后攻陷渑池，洛阳北侧之背陷入危急，自此，日军从三面对洛阳实施了围困。作为中国的文化古都，夺取洛阳将成为日军的有力屏障。日军借此为平汉路安全通车提供保障，同时能防范由潼关向河南实施反击的中国军队。

中国军队第十五军和第十四军的第九十四师负责洛阳的防守任务。

19 日，日军对洛阳开始实施进攻，中国守军与之顽强对抗。22 日，日军三次欲突破洛阳城关，均受到中国守军的有力打击，日军损失了 700 余兵力，以及 10 余辆战车。此时，守军第九十四师亦损失惨重，3000 余名官兵伤亡，战斗兵仅剩下 1700 余人，第十五军遭受的损失亦不在少数。日军第十二军主力第一一〇师团、第三战车师团和骑兵第四旅团接受冈村宁次的命令，决定于 24 日下午以机、战车、重炮为配合，对洛阳实施总攻。面临日军的火力优势，以及弹药匮乏、援兵未至，中国守军依然进行了顽强抵抗。日军自城东北角突入而进，距第九十四师指挥所只有 50 米，战车也突破西北角推进至东街，全城顿时陷入一片混乱。当晚 10 时，守军想要自洛阳东南渡河以实施突围，然而局势未能扭转，25 日，日军攻陷了洛阳全境。豫中会战以此宣告结束。

豫中会战共持续了 30 多天。中国军队在这次战役中损失了 20 万兵力、38 座城市，河南省全部沦落日军之手。河南人民对此表示出异常的愤怒，省参政员郭仲隗曾去重庆当局提出请愿，对汤恩伯集团在作战中的恶劣行径作出了严厉控诉，指责其官兵不战而退，个个望风而逃，即"跑来跑去，官找不到兵，兵找不到官，副司令长官也找不到他的将军"。很多有识人士分析到，这次会战失败的主要原因，即在于"将失军心，军失民心"的现实。

长衡会战

5 月 25 日，日本占领了洛阳城，之后日本驻中国派遣军司令官烟俊六自南京出发到达汉口前线指挥所，亲自担任湖南作战指挥。驻守于武汉的第十一军是此次日军参战的主力军，这支野战部队一直深入中国内地，并且在侵华日军中实力最为强大，其由 8 个师团和 1 个旅团组成，拥有达 36.2 万人的兵力（尚不计海空军兵力）。

日本方面曾声称，此次动用兵力之多前所未有，只有1904年爆发的日俄战争才投入过同等兵力，同时这也是继七七事变之后，为进攻一地所动用的最大兵力。为了彰显其特别意义，他们将在马海峡上日本海军大败沙俄波罗的海舰队的胜利日，即5月27日选定为这次会战的发动日。

之前，中国军队和日军在湖南曾有过三次交锋。第九战区司令长官薛岳依靠以往经验，按照三次长沙会战中以往的部署，打算借助浏阳河、新墙河、捞刀河、汨罗江等天然屏障，实施抵抗并消耗日军实力，先将中方主力向两翼转移，等待最后时机与日军展开决战。然而事难如愿，薛岳不仅丢掉了"战胜不复"的古训，同时未意识到第九战区各派系部队在与日军两年多的休战过程中，严重滋长了消极避战、保存实力的情绪。因此，此次会战仅衡阳保卫战打得较为出彩，坚持时间较长，除此之外，其他地方相继被日军攻陷。

衡阳保卫战雨母山战场

1944年5月27日拂晓，日军以三路纵队进军湖南。第三、第十三师团任其左翼，沿湖北崇阳南进直取平江地区；第六十、第一一六师团任其中路，兵分六路由湘北出发强渡新墙河；第四十师团任其右翼，与海军协作，自华容、石首出发挺进洞庭湖地区。

6月1日，左翼日军占领平江，后于14日将浏阳地区攻陷；6日，右翼日军占领沅江，后于16日将宁乡攻陷。至此，其由左右两翼包围长沙的部署得以实现。中路日军沿途并未遭遇很多抵抗，顺利渡过汨罗江，之后又占领了湘阴城，6月8日，捞刀河、浏阳河也顺利渡过，进而对长沙和岳麓山地区展开了猛烈进攻。18日，岳麓山、长沙两地相继失守。日军在占领长沙之后，趁势南下，株洲、渌口、醴陵、攸县等地先后失守，自此，为日军夺取军事重镇衡阳创造了绝佳条件。

衡阳战略位置重要，地处粤汉、湘桂两条铁路的交汇点，属于湘江中游之段，同时也是贯穿东南各省公路的交通枢纽。除此之外，美国第十四航空队又将衡阳飞机场设为在华的重要基地。所以，夺取衡阳成为日军势在必得的目标。

第九战区的第十军担任了守卫衡阳的任务。

著名的"衡阳保卫战"共坚守了47天，从6月22日一直持续到8月7日。在抗日战争时期，这次守城战是中方正面战场上坚守时间最久的一次。会战期间，除外线作战之外，日军针对衡阳实施了三次进攻。

6月26日，日军以千余名官兵组成的敢死队攻陷了衡阳飞机场。27日，日军第六十八与第一一六师团密切协作，对衡阳展开攻势，守军不得不撤退至城内。28日至30日，战争局势日益紧张，为尽早攻陷衡阳，日军动用空军对衡阳城内不断实施轰炸。同时不顾国际公法的相关规定，多次投放毒气弹和硫黄弹。借助由河川城墙编织而成的有利阵地，守军从容应战，不仅能够避开日军的炮弹侵袭，同时还可以向日军展开反击。在激烈的交战中，中方反击炮火将日军第六十八师团的师团长佐久间为人中将和参谋长原氏真三郎炸成重伤，日军进攻也暂时停止下来。

7月11日，西南方向成为日军的进攻重点，想要以此将包围圈逐步缩小。由于最初的进攻屡屡受挫，恼羞成怒的日军实施了极其残酷的作战方式，日军调用飞机对衡阳投放了大量的燃烧弹，打算实施火攻。衡阳城内顿时陷入一片火海，房屋大量被火焰吞噬化为灰烬，守军储备的军粮、弹药也被焚毁，被烧死、烧伤的官兵、百姓数量众多。面对此种情况，中国守军依然坚决实施抵抗。日军第五十七旅团旅团长志摩原吉在前线督战过程中被迫击炮炸死，此次进攻也因此告一段落。

两次攻击均告失败，日军再次发难，第三次攻击由此展开，第十一军司令官增调第五十八、第四十师团全部和第十三师团一部投入了这场攻势。8月3日，日本空军再次对衡阳实施轰炸，并集中重炮予以轰击。4日，日军分别自南、西南、西北、北四个方向围攻衡阳。战至6日清晨，日军将小西门附近阵地攻陷，逐步扩大了突破口，大量日军向城内涌入，由此展开了一场激烈的巷战。战斗正处于最激烈的阶段，守军第十军军长方先觉忽然在8日下令，守军立即停止战斗向日军投降。经历长达47日之久的"衡阳保卫战"，最终以可耻的投降画上了句号。衡阳被日军占领，其控制粤汉、湘桂铁路的作战目标亦即实现。

中日双方在长衡会战中均损失惨重，其中日军有6.6万余的伤亡，中国军队伤亡人数达到了9万余人。

246

长沙失守

日军遭受了盟军自太平洋发动的全面反攻，而且连连失利，因意识到海洋交通境况危险，而且要与南洋日军占领地保持联系，因此开辟大陆交通线成为其重要目标。1944年4月间，日军为实现平汉南线的沟通，发起豫中会战。5月，为打败国民党军湘中野战军，以实现其贯通粤汉线的目标，日军针对湘北展开攻势。自1944年2月开始，在湘北一带，日军实施了频繁调动，同时抽调关东、华北及滨海各地区共约十个师团及各特种部队的兵力，分别于崇阳、岳阳、华容一带地区会合。随后，5月26日，日军在第一线布置七个师团兵力，在第二线布置三个师团，以钳夹之势向广东正面展开攻势。

自三次长沙会战之后，国民党军事委员会对于日军可能自广东正面展开攻势作好了部署，即第九战区的第二十七、第三十、第二十四等集团军分别派出一部在既设阵地回击日军进攻，使其前进趋势放缓；同时集结各部主力，将日军诱至中国军队有利之处，趁其军队疲乏之际实施各个围歼突破，以打破日军沟通粤汉线的妄想。

双方严阵以待，一场决战即将开始。

日军于5月26日兵分三路向南逼近，29日，其左翼攻陷通城，之后分别向渣津、平江两地进军；中路日军遭遇了中方守军的顽强抵抗，新墙在多次强攻之后终究失守。随后，日军直趋汨罗江北岸，右翼部队经洞庭湖开进沅江、益阳，以钳夹之势直犯广东正面。

当时，在通城东南山岳地区守备的是中国军队第七十二军，在汨罗江北岸地区守备的是第二十军，在汨罗江南岸地区守备的是第三十七军，在沅江、益阳地区守备的是第七十三军，各部纷纷阻击敌之攻势，不断消耗日军实力。

6月1日，日军在进犯渣津时遭到中国军队第七十二军的阻击，被迫改道由长寿街前进；同日，日军占领了平江。

6月6日，日军在永安市、捞刀河、沅江一线展开攻势，同时以一部越过芦林潭占领了湘阴，至此，湘江被开放成为日军后方补给之地。与此同时，日军左右两翼分别对古港、益阳实施袭击，维持正面的钳夹之势。以逐个击破日军为目标，中国军队将优势兵力集结于两翼之侧，并尽力争取外围，以形成围歼之势；另派出一部在金井与三姐桥、湘阴地区驻守，对日军后路交通实施突袭。

6月7日，日军在攻陷古港之后，又窥伺萍乡这一目标。中国军队第七十二、第五十八、第四十四及第二十各军于9日对日军实施了包围合击，以古港、东门市为阵地的日军相继被击破，之后向永和沿溪挺进，日军受损颇重。

遭受沉重打击的日军集结主力，向驻守在鲁道源的第五十八军展开反扑，双方激烈交战。日军于11日攻陷石湾地区，继而以全力分路向南挺进。傅翼第七十二军主力及第五十八军尾随敌后实施围追堵截，并在渌水附近超越日军实施阻击；杨汉域第二十军以一部对日军展开追击，除此之外，大部兵力则转战浏阳对来犯日军实施阻击。

6日，沅江方面的日军兵分两路向南进军：一路沿龙头港企图进攻益阳；一路沿乔口经沩水企图进攻宁乡。当时两地分别由梁汉民第九十九军，彭位仁第七十三军守备，一场争夺战在所难免。20日，益阳一路日军迂回南进，此时另一路日军正沿沩水西进，双方会合之后共同进攻宁乡。唐伯寅第十九师联合唐生海第七十七师于14日将益阳城日军肃清，随后追击南进之日军。当时，宁乡日军已被王耀武率领的第二十四集团军完全包围，双方展开了持续四日的激烈对抗，造成日方严重死伤。

日军自新墙向南进犯平、浏、湘之后，中国军队作出部署：岳麓山外银盘岭、望城坡、竹山口之线由长沙地区张德能第四军防守，长沙城北方一带由陈伟光第五十九师、林遇察第一○二师防守。湘乡被日军占领之后，通过霞凝港向西调集 1 万余兵力，与驻守在新河、三汊矶、白沙洲的中国军队接触，随后向银盘岭、望城坡以北地区不断挺进，对岳麓山主阵地发起进攻。

14 日上午 10 点左右，日军第一一六师团一部自东山、螽斯港偷渡 3000 余兵力，开始进犯城南。傍晚时分，中国守军据点——乌龟冲、猴子石以北之间的红山头被日军攻陷，第五十九师集结 4 个连的兵力实施反攻，在该据点与日军对峙。

16 日，获得增援部队的日军向该据点大举进犯，中国军队炮三旅奋力压制，但因敌众我寡，伤亡惨重，午后日军便将其攻陷。之后，日军南进至大十字路，日暮时分，数十名便衣部队对修械所实施突袭，致使第五十九师军心动摇，退守至高峰、天心阁核心地带。河西方面日军亦采取行动，抽调望城坡兵力向南进犯桃花山要点。

17 日，日军以空军作掩护进攻妙高峰、天心阁及桃花山阵地，守军炮兵凭借火力优势，与日军展开殊死之战。中午，日方增援部队大量集结，对桃花山实施猛攻，同时经红山头偷渡至牛头洲并使用毒气弹，目的是对守军指挥系统造成干扰。守军坚决予以抵抗，经历激烈战斗，双方均有严重伤亡。日军兵力仍在增加，并一再展开猛攻，守军第九十师第二六八团损伤已然过半，增援虽已到达，但要支持下去仍然困难重重。是日，守军重新部署，决定将预备突击部队向西调集至岳麓山附近，同时抽调第五十九师、第一○二师各一个团的兵力，对桃花山正面予以增援，打算与日军决一死战，以守住岳麓山炮兵阵地，实现对长沙的控制。但这一紧急时刻作出的调整，使得渡河并不顺利。由于并未对船舶、渡口、部队时间作出合理安排，也没有指定渡河后的集中地点、指挥人员等事宜，致使渡河军队秩序混乱，无法掌控，最终沉江溺死的有上千人。

死于毒气战中的同胞

增援部队在 18 日清晨才成功渡河，但已然错失良机。攻陷竹山的日军又推进至岳麓山，对中国军队造成袭击，并将长沙炮兵阵地控制在手。随后，日军又趁势攻陷了桃花山地区。至 18 日清晨，增援部队尚未完全渡河之时，日军已经占领行山，随后又攻陷岳麓山核心阵地。守军被四面围困，继续战斗已然无法维持，不得不撤出岳麓山。日军仍然步步紧逼，一路追击，最终队伍四分五裂；官、兵之间的联系被中断，战斗形势无人掌控，直到撤退至邵阳地区，队伍才得以休整，但此时已经不到4000兵力。同时，留守长沙的四个团遭遇日军的打击，一部千余人，由北门冲出东山，沿途与敌厮斗一路，退至茶陵归第二十七集团军欧震副总部收容指挥。

战后，第四军经陆续收容，最后统计出尚存6500余名官兵（战斗员及非战斗员）。之后又有来自各兵站、机关及师管区4700余人的新兵补充，使兵力扩展至1万余人。但补充武器装备事宜尚未完成，每师现在的编组都不到两团。

第四军被调往郴州附近进行休整训练。但官兵士气低落，休整训练并未见成效，想要在短期内恢复元气已经不可能。长沙失守，大量的枪支弹药和兵力损失，蒋介石怒不可遏，又要拿人开刀了。陆军第四军谍报处将一份详细资料递交上去，第九战区联参部也作出了一份调查报告，两份文件同时摆在蒋介石面前，蒋介石亲自拟定出一份处决名单。1944年8月30日发行的《扫荡报》记载："……第五十九师一七七团团长杨继震、第四军副官处处长潘孔昭、军务处处长刘瑞卿、副官处中校股长陈继虞、长沙船舶管理所长夏德达，均于8月27日判处死刑，执行枪决。"

军事委员会副参谋总长白崇禧了解情况后，致电蒋介石极力替第四军军长张德能求情，张军长的性命这才得以保全。

桂柳会战

日军攻占衡阳之后，在冈村宁次指挥下，再次调集10万兵力展开"一号作战"的最后之战。日军分别由湖南、广东及越南三方向广西展开攻势，桂柳会战由此爆发。

作为日军贯穿大陆交通计划的最后一关，夺取广西对其至关重要，此外，美国第十四航空大队又以桂林、柳州、丹竹、南宁作为其重要战略基地。军队稍事补充休整之后，日军即针对广西展开全面进攻，湖南方向，第十一军所属六个师团经湘桂路直取桂林；广东方向，以第二十三军的两个师团、一个独立混成旅团经西江向西挺进，并以一个独立混成旅团经雷州半岛向北逼近；在越南方向，命令驻守的南方军北上攻占南宁。

在桂柳会战战场，中国方面先后投入九个军的兵力，但大部分部队都是自湘粤赣败退而来，士气低下，战斗力不足。第四战区作出部署，黄沙河、全县由原广西驻军第九十三军提供防守，桂林防守交由第三十一军负责，柳州交由第四十六军所属第一七五师负责，南宁交由第三一五军所属第一三五师负责。

日军第十三、第四十、第五十八师团于9月8日经湘桂路两侧急推进至广西地区，因一路并未遭到大的抵抗，轻而易举占领了黄沙河，全县则于 14 日被攻陷。如此一来，日军打开广西东北门户，沿途变得畅通无阻，桂林之地可谓势在必得。美军第十四航空大队于 9 月 17 日向西撤出桂林，机场设施和跑道也不得不忍痛炸毁。日军第二十三军的第二十二、第一〇四师于 22 日由广东进犯，梧州被攻陷。由雷州半岛出发的日军亦在 28 日直取丹竹空军基地，桂林、柳州陷入日军的夹击势力，广西境况异常危急。此时，因日军对桂林的防御力量作出了过高推断，不敢贸然继续进攻，便停下来准备与后援兵团会合后再作计议。

第四战区长官作出分析：从西江进犯的日军严重威胁桂柳背后之地，战区中心就位于柳州，现有兵力无法在守卫桂柳的同时实施主力作战。基于此，作出先反击占领桂平、蒙墟之日军，以解除后背之围的部署。反击自 10 月 21 日开始进行，但经过九天奋战之后，仍然不见成效，最终导致失败。

11 月 4 日，日军对桂林展开全线进攻，以防御工事和石山岩洞为依托，守军第三十一、第四十六、第七十九军进行了全面抵抗。在东岸七星岩交战过程中，日军在岩洞据点内施放毒气，致使 300 余名守军惨死其中。攻陷七星岩之后，日军即刻渡江将战果逐步扩展至城内，并于 11 日占领桂林地区，同日又攻陷柳州地区。之后，日军第三、第十三师团快速纵队一部经桂黔公路实施跟踪追击，12 月 2 日，贵州省的重镇独山失守，日军继续挺进四川境内，贵阳和重庆因此陷入恐慌之中。直至 8 日，独山被中国军队夺回后，才得以稳定形势。

11 月 24 日，日军第二十三军不战而直取南宁。日本在越南的驻屯军于 28 日派遣一个支队进入广西，12 月 10 日，和由南宁而出的日军会合于绥渌，至此，由华北纵贯大陆至印度支那的通道被日军彻底打通，实现了日本的大本营宿愿。

在豫湘桂会战前后近八个月的时间内，国民党军先后调集了 100 万兵力，而日军兵力只有 51 万，在如此强势的抗衡中，中国守军损失过半，20 多万平方公里国土沦落日军之手；日军则将势力范围延伸了 2000 余公里，"一号作战"计划顺利完成。

国民党军作战指挥中的消极防御，是导致豫湘桂战役失败的重要原因。国民党军队并未意识到日军此次进攻只是冒险地孤注一掷，一味地实施消极防守的作战部署，各部队的协作也缺乏默契，导致这场战争的主动权一直由日方把持。故步自封的作战策略，使其疲于应付日军大迂回、大穿插的作战行动，因而一直处于被动局势。各战区在危急时刻自乱阵脚，指挥策略失利，战术因循守旧，军心摇摆不定，不能实现顽强持久的作战。此外，军纪涣散，训练不足，武器装备落后与缺乏等也是原因之一。

湘西会战

在湘西雪峰山脉的环绕之中，坐落着美丽富饶的芷江之地，此地拥有大量的作战物资储备，是国民政府的重要战略基地之一。日军将粤赣边区及湘桂一带的基地破坏之后，中美空军便以芷江机场为重要基地。随后，日军又将芷江空军基地作为重点攻击目标，以为其湘桂、粤汉两铁路交通线提供掩护。1945 年 4 月，日军第一一六、第四十七、第三十四、第六十八师等部接受第二十集团军命令，从益阳、邵阳、东安一线动身，直指湘西地区。第四方面军在接到国民政府军事委员会的命令后，以一部对新宁、邵阳、益阳之线提供防守，并借助当前阵地逐次阻击日军进攻，在新化、武冈之间地区部署好主力之后，伺机与日军展开决战。第三方面军之第二十七集团军所辖第二十六军也接到命令，在龙胜、城步各要地提供防守，以将日军来自桂、粤方面的增援截断，利于主力作战。此外，还命令第九十四军挺进武冈以东地区，第十集团军挺进新化以东地区，届时，被空运而至的新编第六军将作为芷江总预备队；其部队守备于新化、武冈之间，伺机破坏日军的进攻，为芷江空军基地的安全提供保障。

仓促间应对

日军第二十军于 1945 年 4 月 5 日召开会议，制定作战部署：在 4 月 15 日正式发动攻击之前，第一一六师团于 4 月 11 日派出一个步兵大队，暗地由宝庆向雪峰山区龙潭铺地区实施突然袭击，攻陷雪峰山隘口，以使守军面临混乱，利于后续部队挺进雪峰山区对中国野战军主力展开围攻并伺机发动对芷江的进攻；4 月 13 日，第六十四师团驻守于沅江城的步兵旅团指派两个独立步兵大队向南直取益阳，以扰乱中国军队的部署，并对常德的中国第十八军形成牵制之势。

自 4 月 9 日起，日军第一一六师团便以第一部队西渡资水，在桥头地区设立阵地，并为继续西渡的主力提供掩护，第一三一联队在刚抵达永丰之后亦向宝庆前进。中国陆军总司令部察觉到日军的行动，推断出日军即将开始进攻，4 月 11 日便下达作战预

参加湘西会战的中美兵

令：命令第四方面军暂时指挥第六师，为芷江机场提供防守；命令第三方面军的第九十四军即刻完成备战部署，待令推进芷江附近，为第四方面军的作战准备作策应，协同作战，增强黔桂、桂穗路的防守力量；命令第六战区派出第九十二军适时向常、桃地区挺进，策应和支援第四方面军的作战准备。

当晚，在军总司令部的作战预令刚刚下达之际，在宝庆以西的桥头阵地，日军第一一六师团第一〇九联队的第一大队暗地里沿小路向西挺进，15日夜晚，日军已经渗透至白马山以东约五公里处的中原村附近。4月13日，其师团主力被划分为三路纵队开始进行活动。15日夜晚，中国军队巨口铺附近第一〇〇军第六十三师警戒阵地和纵深第一七八团阵地被其右纵队一〇九联队攻陷，日军逼近至大桥边一带；其中央纵队第一三三联队正挺进岩口铺地区；左纵队第一二〇联队则尚未采取行动。当晚，东安日军的第五十八旅团挺进新宁地区，日军第六十四师团的第六十九旅团发动牵制性进攻，占领了益阳。至此，中日双方全面展开了芷江之战。

15日，面对日军展开的攻势，中国陆军总司令部下达了作战部署：命令第四方面军主力全面迎击武冈、新化附近之线的日军；命令第三方面军与第九十四军从靖县、道通出发，第十集团一军的第九十二军以一个师从常德、桃源地区出发，挺进武冈以东及新化地区，与第四方面军形成配合阻击日军攻势；命令当时正位于云南的新六军向芷江空运一个师的兵力，以此作为总预备队增援第四方面军。4月底之前，各军要全部到达指定地区，以准备全面迎击日军之战斗。

第四方面军正准备调整作战计划之时，日军开始实施进攻。激战至18日，日军中路主力第一一六师团的右路纵队已经逼近隆回司；中央纵队及左纵队又攻陷第一〇〇军第六十四师的岩口铺、桃花坪阵地，之后向西挺进至资水地区；承担突袭任务的第一〇九联队第一大队则逐步渗透至大黄沙附近。此时，幸有第七十四军第五十一师的增援到达，战争局势才得以维持。15日夜，日军右翼第一三一联队也同时渡过资水，与中方第七十三军守军在新化以南展开激战。15日这一天，左翼第五十八旅团及配属的第二一七联队分别进攻东安及资源地区，并于17日将新宁攻陷。

4月19日至23日，在大黄沙以及隆回司，中国军队第五十一师及第十九师、第六十三师各一部坚强反击日军中路第一一六师团右纵队第一〇九联队的进攻，中日双方交战异常激烈。22日，日军中央纵队第一三三联队将门镇攻陷，继续向雪峰山东麓挺进；23日，左纵队第一二〇联队将高沙市攻陷。中国军队第七十三军顽强阻击日军右翼第一三一联队的进攻，通过有力反击将日军阻于新化以南地区；中国军队第七十四军第五十八师也将由新宁向武冈、武阳进逼的左翼第五十八旅团阻于真良附近。第六十九旅团担任牵制任务，继攻陷益阳后，18日拂晓，又对桃江市展开进攻，但遭到第十八军的英勇回击，当晚，日军即由桃江撤退至益阳，转攻为守。

挫败日军的进攻

4月24日，中国陆军总司令部充分分析战场形势，考虑到北翼益阳方面形势大好，开始重新部署兵力：命令第十集团军（第九十二军）迅速接替第十八军在常德、桃源、益阳、宁乡方面的防守任务，以主力迎击当面日军；命令第四方面军以其主力（第七十三、七十四、一〇〇军）对新化、洞口、武冈一线之敌实施阻击；命令第十八军主力经沅陵、溆浦道向南挺进，协同该方面主力参与决战；命令第十八师在交接防守任务之后，由安化、蓝田道挺进宝庆地区，以将日军交通切断；命令第九十四军（欠第四十三师）最晚于4月底前抵达会同、靖县地区，驻地待命；此外，命令新六军之新二十二师暂驻扎于芷江，见机行事。

日军第一一六师团最初的攻势非常顺利，日军因此盲目乐观。但随后形势逐渐转变，其右纵队于4月23日与承担突袭任务的第一大队会合，之后与遭遇的第五十一师在圭洞以东展开激战，转攻为守。截止到25日，该师团第一〇九联队仅有546人得以保存。此外，23日，中美空军又提供了有力的空中增援，极大地限制了日军在白天的作战部署，第十一师及第七十四军又不断阻击日军的中央及左纵队，至4月30日，日军在抵达江口、瓦屋塘以东一线之后，再无前进之机。随后，第七十三军和第七十四军又将日军两翼的第一三一联队及第五十八旅团困于洋溪、武阳附近。27日，第五十八旅团对武冈城展开猛攻，30日，又对瓦屋塘实施打击，但均面临第五十八师的坚强回击而以失败告终。

面对战争形势的逐步失利，日军第二十军开始意识到当前境况已非常严峻。第四十七师团主力的先头部队于4月28日到达宝庆地区，但其并未参与到战斗中，而是防御于宝庆之地，以应对突发情况。至4月底，第四方面军北翼之第十八军主力已抵达安化；以第二十六军为掩护，南翼之第十八军主力亦待命于靖县、绥宁地区；第七十三、第一〇〇、第七十四军承担其阻击任务，对日军不断展开猛烈反击以及顽强的逐次阻击，使其大为受挫。面对节节失利，日军的进攻也逐渐显出颓势。

全面反击

5月1日，第四方面军实施了全面的反攻，第十八军和第九十四军则分别从北、南两个方向逼近日军右、左两翼。自5月3日开始，日军的作战方针被迫由主动进攻转向全面防守。为挽救颓势，5月4日下午，日军第二十军下达命令：第一一六师团及第五十八旅团向山门、洞口、花园市（洞口南约20公里）一带撤退，进一步休整军队。

同日下午 15 时，中国陆军总司令部作出转为进攻的作战指示，决心要将资水西岸的原阵地收回，并等待机会夺取宝庆。总部命令王耀武司令官全面统帅新六军，其新二十二师即刻启程推进到江口地带，联合江口附近部队，共同防守江口正面公路，以为该军直属部队及第十四师汇集于安江作掩护；命令第二十七集团军之第九十四军主力与第四方面军联合驻扎在安江、宝庆公路以南的各部队，赶在 5 月 15 日之前一举歼灭城步以北的日军，之后驻守在武冈、武阳以北，并与第四方面军密切协作，随时准备围歼安江、宝庆公路以南的日军；命令第十集团军仍对当面之敌以顽强阻击，为部队向日军左翼攻击作掩护。后由于军事委员会一再催促，5 月 6 日，陆军总司令部又发布补充命令，使得反攻提前进行，并指挥第三方面军的第九十四军以及第四方面军即刻实施反攻。第四方面军决定在 5 月 8 日拂晓之际转移攻势，以日军两翼为决战重点，与第九十四军配合将日军逼至雪峰山山系东麓，形成围歼之势。

　　日军第二十军已觉察到在北、西、南三个方向，中国军队正不断逼近，第三方面军第九十四军及第四十四师又在 6 日将新宁地区收复，7 日成功解救武冈之围，因此命令第一一六师团及第五十八旅团迅速靠拢，并列撤至宝庆地区；刚刚到达的第四十七师团后续主力部队也接到命令，西渡资水，逼近大桥边西高地，即刻投入战斗，以接应东撤的部队。发觉第二十军撤退部队的左翼兵力不济，日军第六方面军遂决定将在全州驻守的第十一军第三十四师团转由第二十军隶属，令其向新宁继续前进，为东撤部队左侧背提供安全保障。

　　因所属部队未能按时到达攻击准备位置，第四方面军决定将反攻日期向后延迟一天。5 月 9 日，第四方面军所属各军以强大的空军为支援，向日军实施全面进攻。战争持续至 13 日，第七十四军与第九十四军密切协作击败了日军第五十八旅团主力，占领了高沙市，日军第二一七联队的第一一七大队被第九十四军围困于高沙市西北地区；日军第一一六师团在第一〇〇军的猛烈攻势下严重受挫，并被中国军队围困于圭洞以东的大黄沙附近；向大桥边逼近的日军第四十七师也被第十八军的第十八师截断于顺水桥附近，日军只能被迫向龙溪铺改道；第十一师及第一一八师分别将山门及六都寨攻陷。对于正受困在南山寨的日军，第七十三军继续向其展开猛烈的攻势。

　　在第四方面军展开全面反攻之际，日军"中国派遣军"意识到此次芷江之战已然失败。冈村宁次于 5 月 9 日下达命令，停止芷江之战，部队适时向原驻地撤退。面对中国军队的反攻，5 月 15 日，日军第一一六师团及第五十八旅团撤至破塘、金龙砦、古下江、米山铺一线，当晚，北翼第四十七师团与退向南山的第一三一联队会合，开始撤至宝庆。

　　5 月 15 日，第四方面军继而根据中日双方的形势作出部署调整，命令第七十四军和第十八军分别向龙潭铺、石下江和金龙砦展开进攻，除此之外，命令第一〇〇

254

军以一部消灭当面日军残敌，并将三力军部署在山门以西，并命令第七十三军继续进攻南山寨。

激战至5月22日，第十八军、第九十四军和第七十四军相继将金龙砦、黄桥铺、米山铺等地攻陷。至此，中国军队歼灭日军第一〇九联队大部兵力，并沉重打击了第一三三和第一二〇联队。第五十八旅团受困于高沙市西北茶铺子，其第一一七大队被彻底歼灭。

6月7日，日军第二十军新调十个大队对日军残部展开支援，它们分别是第六十四师团三个大队、第六十八师团一个大队、独立混成第八十一旅团一个大队、独立混成第八十六旅团三个大队和第二十七师团补充人员等。以这一集成部队为掩护，日军分次向宝庆地区撤退。此次战争中丢掉的全部阵地，都已被第四方面军收复，从而使战前的形势得以维持。这次芷江之战中国军队大获全胜。

日军第二十军在这场湘西会战中，不顾不利的战略局势，依然展开冒险进攻，最终面临狼狈的溃败。在中国军队的猛烈反攻之下，日军彻底失败，伤亡人数达2.4万余人。中国第四、第三方面军通过有效的作战指挥，给日军以有力反击，预定作战目标基本已实现。在这次作战中，中国空军第二、第三、第五大队及中美混合团第一大队对地面部队形成有力支援，有560架次战斗机、171架次轰炸机参与行动，炸弹投掷量达29吨，以压倒性优势获得制空权。与此同时，陆空两军默契协作，空军以有效的火力支援地面作战，日军被大量歼灭，对其造成严重损失，军心士气也一并受挫，具有深远影响。

滇缅战役（1944.5）

缅甸阻击战

日军攻势凶猛

1941 年 12 月 7 日，太平洋战争爆发，日军南方军集结 40 万兵力对香港、荷属东印度（印度尼西亚）、马来亚、菲律宾、新加坡展开攻势；与此同时，命令其第十五军第五十五师团和第三十三师团对缅甸实施进攻。日军第十五军司令官饭田祥二郎中将于 12 月 9 日亲临曼谷，针对进攻缅甸事宜作出部署。12 月 11 日，日军第十五军接到南方军来自西贡的指示："第十五军司令官应伺机占领毛淡棉等缅甸南部之敌航空基地。"12 月 21 日，日军参谋本部将制定出《第十五军作战要领草案》发布出去：第一，作战目标。将援助蒋介石的路线截断，清除英军驻守在缅甸的势力，攻占并控制缅甸重要城市。第二，作战方案。军队迅速挺进毛淡棉附近萨尔温江一线，做好作战准备，主力部队经毛淡棉—勃固—仰光地区一带攻陷仰光。

12 月 15 日，缅甸南端的维多利亚角被日军攻陷；12 月 23 日，日本空军对仰光实施狂轰滥炸，致使 2000 余人丧生，1700 余人受伤。1942 年 1 月 20 日，日军第五十五师团主力一二〇联队自麦索出发直破泰缅边境，占领巴安。日军在缅甸展开了猛烈攻势，与此同时驻缅英军毫无应战之准备。当时，英国在缅甸境内只留驻有英缅军第一师，兵力约 1.5 万，而且军队编制不全，欠缺装备，补给尚未完成；除此外，士兵以当地人为主，一些商人、白人律师、种植园主充任军官，官兵训练良莠不齐，素质非常差。1942 年初，印军第十七师临时从印度抽调至缅甸以提供增援，这支军队装备齐全，编制完整，官兵训练有素，总兵力约 1.8 万。除此外，还包括第七装甲旅等部，但仍未调整完毕。所以面对日军展开的攻势，英军一开战便已溃不成军。

1 月 31 日，缅甸第二大港口城市毛淡棉被日军第五十五师团攻陷。2 月 4 日，毛淡棉北侧之巴安被日军第三十三师团占领。2 月 8 日，日军第三十三师团突破萨尔温江防线，仰光东面的第一道屏障被破。2 月 17 日，第三十三师团与第五十五师团接受饭田的命令，共同开进仰光。英印军第十七师不敌日军，向锡唐河撤退，随后夺桥向西溃逃，锡唐河大桥亦被守桥英军炸毁。第十七师此次损伤惨重，最终仅有

3300 余人绕道向北逃至东枝，其中有 1300 多人死伤，1160 多人被俘。面对异常危急的境况，英国印缅军司令丰维尔仍然固执己见，拒绝了中国军队即刻入缅予以增援的请求，只是要求中国军队为入缅做好准备；同时，英国首相丘吉尔向英联邦成员国澳大利亚发出请求，望其为缅甸迅速提供增援，但澳总理柯廷并未答应丘吉尔的请求。日军在缅甸取得节节胜利，继续火速推进，于 3 月 7 日将勃固攻陷，于 3 月 8 日将缅甸首都仰光占领。印缅军望风而逃，放弃了抵抗，最后撤退至西北 200 公里远的卑谬。仰光居民不堪忍受肆虐的战火，很多人逃亡而出，当日军进入城内时，这座曾拥有 40 万人口的城市最终仅剩余 15 万人。

东吁防卫战

仰光的战略地位意义重大，被日军占领后缅甸战场陷入非常不利的局势。英军自失去仰光后，处于极端被动的境地，连同保卫缅甸的信心也一并丧失。仰光失陷之后，中国军队保卫缅甸也失去了意义，因陷落之后的仰光港口已然无法承担滇缅公路的重要作用。日军借助仰光之地，打开进入缅甸之门，仰光港口为其增援部队和作战物资的运输提供了极大的便利。

日军开始针对仰光发动进攻之后，英国军方这才被迫放弃以往阻挠中国军队入缅的固执立场，并开始请求中国军队迅速入缅实施增援。被阻滞于滇缅边境的中国军队最终于 3 月 1 日进入缅甸。3 月 7 日，中国远征军以第五军第二〇〇师的两个团为先头部队挺进仰光以北 200 公里的东吁（又译为"同古""东瓜"）一线，第五军所属之新编第二十二师和第九十六师当时还驻守在中缅边境的畹町一带。中国远征军直到 4 月上旬才完成大部进缅的部署，当时，缅甸南部的大部分战略要地都已被日军攻陷。

中国远征军总兵力约 10 万，进入缅甸之后调整作战部署：缅甸铁路的腊戍—曼德勒—东吁一线由第五军负责防守，东吁一线则由主力第二〇〇师布防；第六军主要防守仰曼铁道以东沿萨尔温江一线，其下属之第九十三师主要警戒于以景栋为中心的缅（甸）泰（国）老（挝）边境一带，第四十九师驻守于猛畔，警戒缅泰边境之敌，第五十五师驻守于乐可，同时与第二〇〇师密切协作防范仰光方向之敌；曼德勒区域则由第六十六军全面部署，并以其为远征军的总预备队。

东吁拥有极其重要的战略地位，属于仰光至曼德勒之间的战略要冲，它以仰曼铁道线为依托，同时设有空军基地，北距曼德勒 300 多公里，南距仰光 200 余公里；不仅如此，经乐可、东枝（又译"棠吉"）至腊戍公路的起点正是东吁所处位置。中国远征军打算以东吁为对仰光实施反攻的前进据点，因此决定攻占东吁。与此同时，日军第十五军亦对东吁十分看重，占领仰光之后，在第五十六师团和第十八师团尚未从仰光北上以提供增援的情况下，第十五军便于 3 月 12 日作出决定：为击退东吁的中国军队和卑谬的英军，命令第五十五师团挺进东吁，第三十三师团挺进卑谬，以东西两翼夹击之势展开进攻。

在东吁方面，负责防守的第二○○师实力较强、作战经验丰富。该师属于机械化部队，是中国军队的精锐之师。抗战以来，师长戴安澜在武汉会战、台儿庄战役等重要战场上都有出色表现。昆仑关之战尤其显示出戴安澜之威名，他曾指挥二○○师三夺雄关，歼敌6000余人，战果赫赫。戴安澜此次进入缅甸作战，感觉异常兴奋，决心"力挽长弓射夕阳"，与敌"决以一死，以报国家"。第二○○师奉命在东吁布防，等主力一到，便准备展开东吁会战，将仰光从日军手中夺回。3月9日，第二○○师从英军手中接手防务，3月11日便命令骑兵团并附工兵及步兵各一连向东吁以南约60公里的彪关河挺进，驻守此地担任警戒防守任务。

3月19日，日军采取了以往追击英军时的策略，先派出一个大队（营）向彪关河桥轻装冒进，结果遭遇中国军队炸桥伏击。被歼敌一队，3人被俘，日军抛下60余具尸体便仓皇而退。从日军留下的线索中，查明此股日兵为第五十五师团一一二联队，同时还发现日军少尉联络官矶部经一郎携带的文件、地图等资料。中国军队随后将前方警戒线逐步收紧，集中力量对彪关河以北阵地实施防守。

3月20日，日军一一二联队装配了山炮四门，装甲、战车各九辆，并以战机配合企图强渡彪关河，对中国军队最杯、坦德宾一线阵地展开攻势；中国军队第五九八团实施了顽强反击，经历两个小时的激战，双方均有伤亡，最终日军撤退。3月21日，最杯、坦德宾阵地遭到日军第一四三联队的全面进攻，在中国军队奋力回击中，日军在死伤达300多人后才开始撤退，中国军队也损失了140余人。3月22日，日军开始重新布置战术，预备迂回作战，因而当天战斗有所减弱。3月23日，日军集结一一二联队和一四三联队，配合多架日机再次展开进攻，炮击和轰炸轮番上阵，中国军队协同步骑兵以夹击之势展开反击，最终日军有装甲车、战车各两辆，汽车七辆被毁，日军溃散而逃。日军不甘心失败，又调集大部兵力趁夜实施进攻，经历彻夜的激战，日军攻陷了中国军队部分阵地。战至24日下午，东吁城北六公里的永克冈飞机场亦被日军占领。当天晚上，中国军队暂时撤离鄂克春（屋町）、坦德宾两大村落防线，以集中主力加强对东吁城的防守。

3月25日，日军采取步炮空联合战术，布兵于东吁城区外围，打算对东吁实施三面围攻。中国军队此时已部署好城区工事，从容与日军对抗，日军始终无法撼动阵地，中方伤亡较少。3月26日，日军决定实施猛攻，便集结第一一二、第一四三、第一四四三个联队的兵力，以总兵力超出中国军队三倍之势，对东吁城展开围攻，城西北角是此次进攻的重点，中国军队第六○○团阵地在日军强攻之下最终失守，之后便退守于东吁铁路以东地区。当日，双方战斗异常激烈，均有较大伤亡。3月27日，日军针对东吁继续展开围攻，此时双方距离之近已然短兵相接，近距离厮杀中日军火炮失去效力，中国军队依然保持顽强固守之势，但最终损失惨重，中国军队第五九九团面临很大伤亡；日军以一队于午后向北推进，随后遭遇中国军队新编第二十二师，双方在永克冈机场展开激烈对战。3月28日，日军驻守于北侧，并修建工事转为守势，截断了中国军队新编第二十二师对第二○○师的增援，随后将主力集中企图在东吁城内彻底消灭中国军队第二○○师，因此施以大量毒气；一股日军驾着牛车乔装成缅甸人欲暗地攻入城内，但被中国军队识破并歼灭；中国军队虽有较重伤亡，然而将士奋勇杀敌，至夜晚，城内阵地依然坚守下来；日军一队渡过锡唐河东岸对中方第二○○师司令部展开进攻，随后中国军队以夹击之势予以反击，日军不得不撤回锡唐河桥东南。此时，为解救第二○○师在城内的围困，中国军队新编第二十二师实施援救，自北侧展开猛攻，将南阳火车站的日军包围在内，但日军以站内坚固建筑物为屏障进行顽固抵抗，始终不肯向外撤退。

3月29日，据守在南阳车站内部的日军得到增援，开始自车站内外发动反攻，双方经历一天的激战后都没有进展。与此同时，中方游击司令又派出第二团一部对东吁予以增援，对日军发动包围攻击，永克冈机场曾一度被中国军队攻陷。同一日，中国军队为解第二○○师之困境，自西、南、北三个方向对东吁之日军予以牵制，极大地减轻了其压力。然而中国军队也不容乐观，遭受了2500多人伤亡，而且弹药、粮草匮乏，继续坚守已难以为继，此外日军增援部队第五十六师团和第十八师团亦挺进东吁，出现敌众我寡之势。日军利用集结的兵力展开了大迂回包围，企图将东吁后路阻断，对中方第二○○师一网打尽。

由于集中兵力的既定部署尚未完成，东吁会战一直未能实施，第二○○师再继续坚守已经毫无意义，而且还有被歼灭的可能。第五军军长杜聿明考虑到这一点便不顾史迪威的反对，毅然命令第二○○师于3月29日趁夜突围，转移至东北方向。随后，第二○○师依次撤离出东吁。但如此一来，东吁经毛奇至腊戍的公路落入日军手，日军经由毛奇公路一路进犯，直取腊戍，致使中方部署出现一个大缺口，这不得不说是一次战略性失误。

东吁防卫战中，第二○○师坚守了12天，这是中国远征军作战时间最长、规模最大的一次战斗。全军官兵奋勇杀敌，有力打击了气焰嚣张的进犯日军，致使日军伤亡达5000余人，为英军的后撤作了掩护，同时为远征军后续部队的部署争取了时间。

曼德勒以南区域的逐次抵抗战

中国军队撤出东吁时，日军第五十五师团、第十八师团、第五十六师团等主力部队已经在东吁两侧一带集结待命，等待时机将中国军队彻底歼灭。由于英方对中国军队入缅时机一再阻挠，加上缅甸运输系统腐败等因素，中国军队一直无法集中主力与日军展开决战，而是采取交替掩护、逐步设防、逐步转进的作战策略，借助转进寻找突破日军的战机。远征军从当前的敌我态势出发，决定在曼德勒至东吁之间的平满纳、彬文那一线集中主力部队，等日军攻入该地时，实施一次平满纳会战。因而，逐次抵抗战在彬文那以南各地段部署开来，以实现对日军的步步阻击。

在东吁北面的叶达西和平满纳之间打响了逐次抵抗战的第一枪。3月30日，日军侦察到中国军队已经放弃东吁转移至北部，随后便派出第五十五师团和第十八师团两个联队向北猛烈追击。中国军队第五军新编第二十二师三个团奋力阻击进犯之日军，在沙加雅、斯瓦等地重创日军，成功将日军的冒进阻断。4月1日至4日，日军的攻势沉寂下来，不敢贸然进犯。4月5日，日军调集三个联队，以坦克、大炮、飞机为配合，向北部展开攻势，中国军队新二十二师第六十六团坚决反击，大挫日军。4月6日，日军三个联队仍联合步兵、坦克、大炮、飞机发动进攻，并开始采取轮番进攻的作战策略，战至4月16日，中国军队营长以下官兵遭受了1500多人伤亡的打击；日军损失亦不小，其中伤亡人数过千，四辆战车被毁，日军在中国军队一次夜袭中一少校大队长被击毙，175人伤亡，49人被俘。随后中国军队便撤退而出，顺利向平满纳转移。

这次逐次抵抗战共持续18天，日军装备有大炮、坦克各200辆，并调集了两个师团近5万人的兵力，而中国军队新编第二十二师却以不足万人的兵力与之顽强对抗，使敌大挫，最终造成日军4500人的伤亡，预定的阻击目标基本达成。此次"逐次抵抗"不仅完成了对主力的掩护任务，而且使日军陷入消耗战中，给日军以有力打击，并将战场转至于中方有利的决战地区，可以说是最成功的一次逐次抵抗战。因此，自中国远征军进入缅甸抗战以来，叶达西至平满纳之间的逐次抵抗战是一次非常辉煌的战例。

英军溃逃

4月初，英军继续撤退，并将其原本承担的西线沙斯瓦、唐德文伊、马格威等地区的防守任务转交中国军队。英军自动退出战场，恰好为日军提供了对其实施追击围歼的机会。4月17日，日军一个大队（营）紧追其后，将英缅军第一师和第七装甲旅将近7000人围困于仁安羌。在接收到来自英军司令亚历山大发出的紧急救援后，中国军队迅速派出第六十六军新编第三十八师第一一三团赶至仁安羌，经过激战，日军撤退，英军得以解围。脱围后的英军继续快马加鞭地向西北方向溃逃，打算退守至印度，如此一来日军北进之路畅通无阻。当时中国军队主力正驻守于曼德勒—平满纳一线，北进之路的敞开为日军提供了迂回包抄中国军队主力的有利战机。当时，日军第五十六师团正大举北犯，对中国军队东线展开猛攻，东线告急。4月18日，中国军队决定放弃平满纳会战，以主力部队向北转移，准备发动一次曼德勒会战。此时，英军放弃西线，一路溃逃，西线完全暴露，日军趁势推进，势如破竹。中国远征军指挥机关在东线和中部战场纷纷失误，由于只在中部战场部署主力，并欲在此与日军展开决战，东线并未驻守有力部队。日军第五十六师团抓住中国军队弱点，突破东线向北进犯，中国远征军进出缅甸的中心枢纽腊戍成为日军重点攻击目标，对中国军队形成致命威胁。

日军方面，日第十五军司令饭田祥二郎自得知中国军队放弃东吁后，即刻赶往东吁，为实施"瓦城会战"作准备，目的是在瓦城（曼德勒）地区将中国军队主力彻底歼灭。饭田对各军下达指令：在东线，命令第五十六师团对中国军队第六军予以猛击，占领腊戍，将中国远征军归路完全阻断；在中路，命令以第十八师团和第五十五师团为主力，对中国军队第五军展开攻势，攻陷瓦城；在西线，命令第三十三师团对英军实施袭击，随后自伊洛瓦底江东岸迂回，对中国军队第六十六军发动攻势，自西北方向回攻瓦城。

根据"瓦城会战"的战略部署，4月5日，日军第五十六师团沿缅甸交通干线腊戍—毛奇公路向北推进，以三路兵力对雅多、毛奇、保拉克等处发动攻势；驻守东线的中国军队第六军第五十五师与日军激烈对战，战斗持续了10天，至4月17日，南帕、保拉克先后被日军占领，4月20日，乐可、昔腊等地也被日军攻陷。由于中国军队第五十五师组织抵抗不力，战斗力不强，日军的进攻变得更加迅猛。中国军队第六军第四十九师也面临同样境况，由于机动部队的短缺，兵力过于分散，遭到日军的各个击破。4月23日，日军第五十六师团以装甲车、战车为掩护，乘汽车突进，占领了棠吉（东枝）、和榜、黑河。东线告急之后，中国军队第五军军长杜聿明向远征军总指挥史迪威、罗卓英、林蔚等发出紧急呼吁，要求对腊戍实施保卫，经曲折交涉才允许派出第二〇〇师自西线向东线发动反攻。4月24日，棠吉和榜被收复，但之后却并未派遣兵力对战灵予以固巩和扩大，也并未组织足够兵力对日军展开追击，日军第五十六师团由此趁势继续向北推进，4月25日，占领了南曲依（雷列姆）、孟敖、旁克吐，随后又兵分两路，以汽车快速部队一路向北挺近南泡、腊戍，一路向西挺近西保（细包）。中国军队第六军第五十五师和第四十九师相继遭遇日军猛击，溃败下来，撤至萨尔温江以东地区。中国军队第六十六军自北侧对日军实施阻击，但日军第五十六师团北犯之势凶猛，中国军队根本无力抵抗。4月26日，南泡、西保被日军攻陷，随即又派出一部，装配战车，自西保一路向西推进，直接对曼德勒造成威胁。4月28日，日军第五十六师团之主力自西南两方向对腊戍发动围攻，此时，中国军队第六十六军第二十九师刚至腊戍，尚未准备妥当，历经一昼夜的激战，腊戍于4月29日被日军占领，自此，中国军队退回国内的交通枢纽被截断，处境极为不利。日军第五十六师团继续向北突进，5月1日，北掸邦首府新维失守，5月3日日军已侵犯至中国国境，占领了畹町，紧接着芒市、龙陵两地先后被攻陷。5月5日，日军以一部先头部队蹿至怒江惠通桥，同时打算抢先渡过怒江，中国军队第三十六师立即展开阻击，日军大部被歼灭，残部退回了怒江西岸。日军第五十六师团另一部自腊戍出发经南坎向西推进，5月3日占领了八莫，5月8日占领了密支那，自此，中国远征军自缅北回国的交通亦被截断。

至此，中英联军的最后计划终究被日军攻破。

事实上，对于日军把中路作为主攻部队，同时由东、西两线对中国军队展开进攻的攻守态势，中英联军指挥部早已了解，但优柔寡断不知如何分配力量抵抗日军，制定何种作战策略，最终因指挥不力，延误最佳战机，致使无法掌控大局，战争就

261

此失败。日军中路主力——第五十五师团和第十八师团经仰（光）曼（德勒）铁路向北推进，袭击中国军队驻守于曼德勒以南地区主力部队之时，亚历山大、史迪威、罗卓英等联军指挥官只看到中路来犯之敌，将中国军队主力集中起来筹备曼德勒会战，以对日军中路主力实施打击。这一部署虽对双方力量有所权衡，却也有致命弱点：在中路集结的中国军队主力，想要歼灭和粉碎日军中路主力并无十足把握；除此之外，日军移动速度快，拥有较强的机动性，而中国军队却移动迟缓；更为严重的是，此次部署顾此失彼，一味将主力集中应对中路之敌，降低了东线的防守能力，使得北犯的日军第五十六师团得以乘虚而入，腊戍这一要害之地轻松被日军攻陷，八莫、密支那一线的中缅通道亦被截断。

西线英军一路溃败，中国军队在东线亦因防守力量薄弱，致使腊戍、密支先后被日军占领，中英联军第一期作战面临全局失利。4月25日，在全线溃败之际，中英联军指挥官亚历山大、史迪威、罗卓英、林蔚、杜聿明、张轸、侯腾等人，在皎克西召开会议，最终决定实施全面撤退。4月26日，中国军队在曼德勒以南的各路军队开始了总撤退，命第五军新二十二师殿后作掩护。5月1日，第五军第九十六师退出了曼德勒，随后该师独自经缅北的孟关、葡萄，转至片马、泸水撤回云南昆明。在缅北转战中该师经历一场激战，副师长胡义宾、团长凌则民英勇牺牲。5月9日，最后撤离曼德勒的新二十二师与第五军军部在杰沙会合。其间，史迪威命第五军退往印度，军长杜聿明并未接受转而直奔缅北，在长途跋涉的三个月时间里，军队横穿莽莽林海，荒野之中大量士兵经受不住饥饿、虫咬、疫病，伤亡惨重，沿途尸横遍野，惨不忍睹；8月初，该军剩余部队经塔洛、新平洋抵达印度东北角雷多，此时人数已不足3000，而且个个瘦骨伶仃，精疲力竭。在前进途中，军长杜聿明感染重病，但幸好保住了性命。作为英军的后卫部队的新三十八师孙立人部，遵从史迪威之命退往印度，该师途中亦历尽千辛万苦，最终经班毛、宾崩、霍马林等地于5月27日抵达印度英帕尔地区；该师在抵达印度时，所受损失较小，部队建制依然较完整，当时尚有7000兵力。4月28日，中国远征军长官部开始退出瑞波，一路步行，经英多沿英军撤退路线实施转移，5月中旬抵达英帕尔。4月28日，第六十六军新二十八师自曼德勒和眉苗退出，沿瑞丽江北岸经南坎、八莫之间，一路不断突围向国内撤退。由于日军在曼德勒以南将第五军第二〇〇师后路截断，该师一路辗转于5月18日推进至西保附近，在西

孙立人

保—摩谷公路遭遇日军伏击，师长戴安澜将军不幸身负重伤，后于 5 月 26 日牺牲，团长柳树人亦献身；随后，该师目南坎附近回国，经腾冲、泸水等地抵达昆明。第六军第九十三师退出缅甸后自西双版纳南部回国，东线的第四十九师和第五十五师自失败之后亦撤退，沿萨尔温江以东经阿瓦山区最终回国。

戴安澜

戴安澜灵柩于 7 月 15 日运至昆明，公祭在志舟体育场举行，各界万余名代表都来参加对其表示沉痛悼念。10 月 6 日，戴安澜被国民政府追晋为陆军中将。10 月 29 日，其亦被美国总统罗斯福追赠懋绩勋章。1943 年 4 月 1 日，在第二〇〇师发祥地广西全州香山寺，国民政府举行了一场万人参加的全国性悼念大会，国共两党领导人向其赠送了挽诗、挽联。

此次中英联合保卫缅甸的战役以失败告终，激战历时五个月，损失异常惨重，付出了昂贵代价。中国远征军约有 10 万人参与到此次战斗中，伤亡人数过半。第五军最初入缅时兵力达 4.2 万人，但战斗致使 7300 人伤亡，撤退中亦有 1.47 万人死伤，最后约 2 万人得以生存下来，人员损失达到了 52.3%；物资损失亦十分惨重，数量达 5 万余吨（租借美国作战物资）。英军参战时有 4 万余兵力，战斗致使 2.2 万人阵亡、被俘或失踪，最终仅有 1.35 万人抵达印度，另有伤病官兵数千人。然而中国军队在战斗中顽强应战，展现出许多屡挫强敌的英勇事迹，彰显了全军不惧牺牲的精神，既对日军造成有力打击，也为中华民族赢得荣誉。在东吁防卫战中，第五军新二十二师面对强于己方五倍的日军，顽强奋战长达 18 日，日军遭受了沉重回击，不愧是一次以弱胜强、以寡敌众的典范。英军 7000 余人曾被围困于仁安羌，第六十六军新三十八师奉命施以援救，在与日军的多次交战中，日军第三十三师团损失 3000 余兵力，抛下 1200 具尸体便溃逃而去。英伦三岛得知中国军队的英勇战绩后，异常轰动，全国为之欢呼，随后，新三一八师师长孙立人等多人被英国政府授予勋章，中国远征军自此声名远扬，名声大震。

密支那会战

密支那处于喜马拉雅山脉南端，属于缅北中心城市，它坐落于伊洛瓦底江西岸，地势为略有起伏的小平原，四周群山环绕，遍布低矮茂密丛林。密支那是缅北水、陆、空交通运输枢纽，缅北公路、铁路和水路均在此交汇，在城西、北面均设有飞机场。

密支那对于盟军意义重大，因它既是打通中印公路、接通中印输油管的必经之路，也是中印间"驼峰航线"的必经之地。如果无法控制密支那，不仅"驼峰航线"失去了安全保障，中印公路和输油管的打通计划也将被搁浅，甚至连实施缅北反攻也无从谈起。密支那对于日军亦非常重要，因密支那是八莫、曼德勒防线的有力屏障，同时也是第五十六师团等部夺取云南的后方生命线，除此之外，它也是日军军火、粮草、军需的集散地。日军一旦失去密支那，在滇西和曼德勒的日军战线无异于被狠狠插入一把利剑，这一战线或将面临全线崩溃的命运。所以，对于战争双方来说，密支那这一重要战略要地成为双方争夺的重点。

密支那会战前线

最初，日军第十八师团担任了密支那的防守任务，胡康河谷战役爆发之后，第十八师团主力便即刻奔赴了胡康河谷战场。现在，密支那守备队则由丸山房安大佐指挥的步兵第一一四联队为主，同时包括第十八师团第十二工兵联队的一个中队、第十五机场守备大队密支那分遣队及气象分遣队、宪兵分遣队及少数缅甸伪军组成，兵力共计 3000 有余。日军在密支那做好有力防御，构筑了坚固工事，粮弹军需品亦有大量储备，此外，在城郊修建阵地，借助各种有利地势地物布置了大量隐蔽性高的火力网，交通道路亦被全面封锁。

中国驻印军总指挥史迪威将军为将缅北日军迅速歼灭，促使中印公路早日贯通，在对孟拱河谷发动进攻之初，便命令美军梅利尔准将以一支中美联合先遣支队自胡康河谷动身，穿过库芒山区的峭壁陡崖与密林丛莽，向敌后深入，准备秘密对密支那实施突袭。

这支先遣支队又兵分两路：第一路（简称K部队）队长由美军基尼逊上校担任，组成包括美军加拉哈德支队第三营与中国新编第三十师第八十八团、新编第二十二师炮兵第四连；第二路（简称H部队）队长由美军韩特上校担任，组成包括美军加拉哈德支队（欠第三营）与七五山炮兵一个排和中国第五十师第一五〇团。

先遣支队于4月29日自太克利动身，5月3日，K部队抵达南卡，H部队抵达坡盖卡。6日，K部队推进至达雷班附近对日军发起进攻，并遭遇日军一个加强中队的抵抗，双方展开激战，9日成功占领雷班，随后向那翁卡挺进。12日，K部队美军步兵一营与日军第一一四联队第二大队主力在丁克路高激烈对战，中国军队第八十八团第三营迅速予以增援，以内外夹击之势打击日军，经历四天奋战，日军终被击败。5月18日，K部队主力又马不停蹄地推进至遮巴德，此地与密支那北仅11公里之遥。

在雷班附近，H部队赶超了K部队，将阿兰一带的日军击溃，5月16日，部队到达密支那西北的南归，此地距离密支那仅有8公里。此时，美国对日军实施空袭，第二天上午10时，H部队以美国轰炸机、战斗机为配合，对驻守于密支那西机场的日军实施突击，激战至中午时分，西机场被完全攻陷，随后又攻占了江边跑马堤。第一五〇团立即在机场周围修筑坚固工事，警戒日军反攻；H部队则继续对机场附近日军实施扫荡。

中美联合先遣支队成功突袭了密支那机场，驻印军司令部和东南亚战区联合军司令部得知这一捷报后异常欣喜，蒙巴顿立随即向史迪威颁发了嘉奖令，并强调："这是一个非常杰出的成就"，是"将载入史册的一个功绩"。当天，大批中国增援部队被空运至密支那西机场，包括中国新编第三十师第八十九团第二营和第三营与一个高射炮连，稍后，密支那前线亦迎来空运而至的第十四师第四十二团。

5月19日，中美联军对密支那市区发动猛攻，一方面以第一五〇团对密支那火车站展开进攻，一方面以美军和第八十八团对地面交通线实施控制，以此阻止来自孟拱的日军增援，第四十二团和第八十九团则分别担任西机场的警戒任务以及对机场附近日军实施扫荡。

历经数小时的激战，第一五〇团已推进至火车站附近，日军设置的铁丝网亦被破坏。然而日军借助有利地势负隅顽抗，中国军队被阻于其浓密的火网之前。第一五〇团依然勇往直前，前赴后继，紧攻猛打，第二营和第三营至20日黎明一度将火车站攻占下来。但日军竭力反扑，同时日军第一一四联队第二大队主力又从自瓦扎予以增援，战斗形势异常激烈，中国军队第一五〇团遭受惨重伤亡，第三营营长郭文干牺牲。第一五〇团与驻印军后方的通讯联系被日军截断，致使机场空军及炮兵无法提供增援，第一五〇团濒临绝境。弹药、粮草无以为继，只得与日军展开白刃战，血战至21日清晨，方得以奉命向跑马堤附近撤退，火车站随即又落入日军手中。日军趁势跟进，即刻修复并加固了原有工事。

驻印军此次突袭密支那火车站之战，第一五〇团曾一度取得重大进展，甚至日军已出现全线动摇之势，然而面对极其有利的战局，驻印军却未能迅速调集部队予以增援，战果无法继续扩大，更无法集中力量予敌重击，致使这次夺取密支那之战以失败告终。此外，驻印军此次指挥系统混乱，中美联军频现失误，在关键时刻，突击队指挥官梅利尔将军不但不以留守西机场的第八十九团和美军加拉哈德支队主力对第一五〇团提供增援，反而将第一五〇团兵力逐次分割，用于其他战场，最终驻印军失去有利时机，日军反而赢得迅速调整策略的时间，展开全面反攻，以致驻印军损失惨重，日军亦获得增补兵力的时间，致使此次突袭俨然成为长期对峙的阵地战，导致随后的密支那战役一直处于空费时日的僵局。

5月23日，副总指挥郑洞国将军和参谋长波德诺将军及新编第三十师师长胡素、第五十师师长潘裕昆随同驻印军总指挥史迪威将军飞抵密支那前线，梅利尔被撤职，中美联合先遣队亦被解散，各部队恢复最初建制，郑洞国等5人组成的前方指挥部进一步将指挥权明确下来，指定新编第三十师第八十八团和第八十九团由其师长胡素亲自指挥，第五十师第一四九团和第一五〇团及第十四师之第四十二团则由第五十师师长潘裕昆指挥，美军加拉哈德支队则由美国韩特上校指挥，美国麦根少则身兼所有在密支那前线的各部队的指挥，随后战略部署亦重新调整。

5月25日，史迪威再次飞抵密支那前线，撤掉了麦根的职务，改由参谋长波德诺接手，准备发起密支那反攻。主攻由驻印军新编第三十师之第八十八团和第八十九团担任，对密支那西郊发动进攻；第五十师之第一五〇团及第十四师之第四十二团充当右翼，在跑马堤一线对日军实施牵制，进攻密支那南郊。

日军驻扎在密支那的丸山守备队遭遇进攻之后，先后自八莫及滇西调集第十八师团第一一四联队第三大队（队长为中西德太郎）和第五十六师团第一四八联队第一大队（队长为水渊嘉平）予以增援。5月30日，第五十六师团步兵团长水上源藏亦率一个步兵小队和炮、工兵各一中队奔赴密支那提供增援，随后便被任命为密支那守备队最高指挥官，然而事实上依然由丸山掌握实权。此时，日军守备军拥有了3000人以上的总兵力。

在密支那城郊，中美联军与日军发起了异常猛烈的阵地争夺战，这场战斗持续了40多天，双方展开了拉锯战，呈现出胶着态势，并均遭受了严重伤亡。

这时，韦瑟尔斯奉史迪威之命代替波德诺之职，为使伤亡大幅减少，6月中旬以后，驻印军将大规模的攻城战转为坑道战，借助挖地道逐步向日军接近，然而进展异常缓慢，史迪威亦感觉毫无办法。

7月6日，中国驻印军副总指挥郑洞国偕孙立人等抵达密支那前线，亲临督战。由于意识到战事空费时日，继续陷于胶着状态，必然毫无裨益。因此，决定在七七抗战七周年纪念日展开全面攻势。

7月7日13时，中国驻印军配合空军、炮兵实施了全面猛攻。血战至18时，右翼第一五〇团向前挺进约140米，第十四师第四十二团将火车修理厂攻陷；同时自列多空运而来的该团第三营刚刚抵达便迅速投入战斗，对市区发起攻击，随后将八角亭据点攻陷。在激战中，副团长宁韦、王竹章、三营营长黄晋隆等不幸身负重伤，剩余部队在历经血战之后亦都有进展。8日，各部队深挖战壕发起进攻，同时密切协作对一些日军据点实施包围。

7月13日，中国驻印军分三路从左至右布兵，美军加拉哈德支队，新编第三十师之第八十八团、第八十九团，第十四师第四十二团与第五十师第一五〇团预备到位，并以第八十八战斗机中队和重炮兵以及空军第一一九航空队的D-29轰炸机39架为配合支援，开始实施全线总攻，空军相继投下约754吨炸药。激战持续了三天，西南几个日军据点以及射击场北端高地被第八十八团攻下，第四十二团及第一五〇团则将八角亭及车站攻陷，其他部队在经历血战后均面临惨重伤亡，但最终郊外各据点均被攻下。

在中美联军优势兵力的猛烈打击下，日军亦遭受严重损失。7月15日以后，日军不得不向市区撤退，负隅顽抗，随后又划分了北、中、南三个防御区，重新部署：北区守备由第一一四联队直属队及第三大队、第十五机场守备队密支那分遣队及气象分遣队担任；中区守备由第一一四联队第二大队及工兵第十二联队一小队担任；南区守备由第一四八联队第一大队及第十五铁道兵一部担任。与此同时，加入密支那守备队的还包括第五十六联队200多伤愈官兵以及第五十五联队。当时，日军在此次战争中已经损失过半，兵力仅剩1500人左右。日军以市区为据点修筑工事，充分利用民房作掩护，布置火网，继续固守。

中美联军于7月中旬联合对日发动进攻，16日开始对密支那市区展开攻势，并从三面实施包围攻击。战斗开始之后，密支那居民遭受到日军的高压管制，分开管理中、印、缅居民。当时全城共有8000多人，其中华侨人数约500人，宪兵伍长村岗受日军委派对华侨实施管制，他借助汉奸杨金发实现了对华侨协会的操纵钳制，华侨活动备受限制，并被日军强迫服苦役，修筑工事。然而，面临日军实施的高压政策，仍有很多爱国侨胞为中国军队提供帮助。以原华侨协会会长腾冲人尹继周等为代表，很多华侨不顾生命危险，突破日军的重重监视，主动传递信息，为中国军队充当向导，给攻城部队提供有利情报。

7月23日，史迪威再次抵达密支那前线，亲临督战。此时，达密支那前线已陆续迎来自孟拱谷地战役胜利后归还建制的第五十师第一四九团以及从列多前往增援的新编第三十师第九十团，密支那市郊亦增派了第十四师第四十一团主力。几支部队刚刚抵达便迅速投入战斗，驻印军士气受此影响士气大振，攻击力亦有明显提高。

当天，孟拱的残余部队集结于八莫，日军第十八师团派出两队步兵以及200辆汽车，载满军用必需品，自八莫出发增援密支那。最初，密支那守备队拥有充足的弹药、粮草储备，然而盟军飞机的狂轰滥炸致使多处军需仓库被炸毁，军需由此日益紧张。得知八莫日军的增员情报，驻印军指挥部随即命令第十四师第四十二团两个营向南强渡伊洛瓦底江，将密支那与八莫间公路截断，以阻断日军增援。

自7月25日开始，驻印军的全线攻击便连日不断地展开了，部队逐步跟进，不断扩大战果。26日，第五十师已推进至密支那市中心，北机场被美军一个营攻陷，其他部队也正向前挺进。中美军空军和炮兵对日军阵地实施了连续猛攻与轰炸，严重破坏了阵地设施；阵前官兵失去掩护，在驻印军前面暴露无遗。当时恰逢雨季，日军战壕内被雨水灌注，日军官兵在齐腰深的泥水中作最后的垂死挣扎，日军尸首遍布阵地。日军阵地不断压缩，此时仅有1200左右残余兵力。至31日，密支那13条横马路中的第七条被驻印军占领，至此过半市区都被攻占下来。这时，密支那守备队接到日军第三十三军司令部下达的命令：攻击龙陵方面的日军，继续防守八莫、南坎地区，死守密支那。密支那守备队指挥官水上源藏认为守备军全部死守此地并无必要，只需他本人死守密支那即可。8月1日，水上源藏一方面将伤病官兵转移至伊洛瓦底江东岸，一方面借助城内坚固工事，指挥城北日军继续坚守。

8月2日，面对日军的负隅顽抗，假如实施正面进攻必会出现较大伤亡，中国驻印军第五十师师长潘裕昆基于此点便接受了一个腾冲籍老华侨的建议，他募集了一组由104名"敢死队员"组成的"敢死队"，并划分为15个小组，以罗锡畴上校担任指挥，由老华侨任向导趁雨夜闯入日军阵地。他们绕过日军两道战壕，穿过密支那市区的第11条横马路，将日军通信设施损毁，3日拂晓4点半，"敢死队"已推进至日军背后，随后便对日军指挥所和重要据点实施突袭，在日军机枪射击孔内塞入手榴弹，并炸毁了日军大部工事。对于中国敢死队来自背后的突袭，日军始料未及，遭受重创，狼狈的日军跳入伊洛瓦底江中四散逃窜。

8月3日下午，中美联军各部队对剩余日军发动攻击。一部分日军以营房区为阵地作困兽之斗，中国驻印军新编第三十师第九十团摆开扇形攻势攻击日军，经过奋勇冲杀，日军营房区被攻陷，第十四师相继又占领了宛貌、息东，美军由北向南推进至西大坡地区。8月4日，面对惨烈现状，日军密支那守备队最高指挥官水上源藏自杀身亡，丸山房安带领数百名日军渡过伊洛瓦底江，后经马杨高地向八莫溃逃。8月5日，密支那市区被中国驻印军完全攻陷，之后又协同西大坡美军派出有力部队追击日军。密支那战役至此大获全胜。

密支那战役时间持续达两月之久，200余日军被击毙，69人被俘，俘获17名日军慰安妇，同时获得一颗日军司令部关防印，缴获颇多。

在整个缅北反攻战役中，密支那战役最为艰苦激烈，这场胜利得来不易，中美联军亦遭受沉重打击，伤亡人数共计达6551名。其中美军有272人牺牲，955人受伤；中国驻印军有972人牺牲，3184人受伤。在这场战役中，中国驻印军不惧牺牲，顽强拼搏，无坚不摧的战斗精神得到了充分展现。

在贯通中印公路的众多战役中，密支那战役起着非常关键的作用，因而其胜利可谓意义重大：首先，它延伸了中印输油管以及中印公路列多段；其次，"驼峰航线"得到拓展，抗战物资和兵力可改由密支那及附近上空飞行，为空运提供了安全保障，同时也增加了空运量，从而为支援中国抗日战争作出贡献；此外，此次战斗的胜利，使中国军队在缅北、滇西的作战得以连接，为之后的大反攻局面创造了条件。

滇西反攻

惠通桥阻击战

1942 年 4 月下旬，日军分为三路纵队向缅北挺进，日军五十六师团在缅甸东路趁中国军队防守薄弱之际，一股快速部队以汽车兵和装甲兵为先导沿毛奇—腊戌公路快速推进，4 月 29 日，占领腊戌，5 月 3 日又将畹町攻陷，随后遮放、芒市、龙陵相继被占领。5 月 5 日，日军一部以车辆作伪装，趁中国军队撤退的混乱之机混入队伍，随后驱车逼近怒江惠通桥西岸。远征军工兵总指挥马崇六在关键时刻果断作出决定，炸毁桥梁阻断日军之路。而后，在桥头江岸，日军与守桥连展开激战，最终来势汹汹的进犯日军被阻遏在怒江西岸，但这是以惨重代价换来的，全连士兵英勇献身。与此同时，日军以一个大队自惠通桥上游地区强渡怒江，有 500 余人蹿至怒江东岸。

面对日军强渡怒江如此危急的局势，当时中国军队正从西昌向祥云转移的第十一集团军所属第三十六师接到紧急命令，随即动身奔赴怒江以抵御进犯之敌。在惠通桥东岸山头老鲁田一带，该师第一〇六团的两个连队发现了正沿公路搜索前进的日军，以师长李志鹏为指挥，中国军队对其发动猛烈进攻。随后到达的第一〇六团主力亦逐次参与到战斗中，当时日军自山下仰攻而上，地形对其十分不利，因此伤亡惨重且毫无进展。第二天，第三十六师第一〇七团和第一〇八团亦奔赴此地投入战斗，日军在怒江西岸以重炮展开轰击，然中国军队仍顽强进击，随后中国空军与美国志愿队配合，历经一番激战，日军退守到江边，并且大部日军被歼灭在怒江东岸，只存少数日军乘橡皮艇向西岸溃逃而去。日军派出后续部队第五十六师团奔赴怒江西岸松山、腊勐一带，此时见中国军队已将其先头部队大部歼灭，强渡怒江的计划也宣布破产，于是停止东犯之势，转而在腊勐一带修筑工事，防范中国军队实施反攻。此次怒江惠通桥阻击战中，面对异常危急的形势，中国军队第三十六师临危不乱，一举打压日军乘胜进犯的嚣张气焰，使滇西前线的危局得以挽救，这也是滇西前线战场上非常重要的一次胜仗。

日军第五十六师团主力向芒市、龙陵、腾冲一带迅速集结。随后，日军在怒江惠通桥西岸的高地腊勐、松山进行固守，大量强征民工，修筑坚固工事。重庆军委会军令部当时认为，向怒江进犯的日军仅仅是一个临时组织的快速先头部队，兵力较少且为孤军深入，不成气候。后来事实证明这是一个错误的判断。5月13日，第十一集团军奉命对龙陵、腾冲发动反攻，并派出一部挺进八莫、密支那之间，以策应远征军第五军部队向国内撤退。当时，第十一集团军仅有第三十六师在惠通桥正面予以防守，预备第二师刚被调集到保山，第八十八师亦正在运送至保山的途中，第八十七师则仍在昆明等待运抵保山。第十一集团军随即下令：预备第二师经惠通桥推进至腾冲；第八十八师胡家骥团自惠通桥下游攀枝花渡江，绕路行进进攻龙陵；第三十六师自惠通桥正面渡江，对松山、腊勐发起进攻。22日，第十一集团军各部反攻部队完成渡江任务，随即于5月23日分别发动对腾冲、龙陵、松山的进攻。展开攻势后，中国军队两大弱点即刻显现，首先是缺乏炮兵，致使一直无法突破日军的工事；其次，中国军队补给无法跟上，缺乏弹药、粮草。进攻最终只维持了五日，中国军队伤亡惨重，预期的战果亦未完成。然而预备第二师在腾冲西南地区不断深入，成功接应第五军第二〇〇师2000余撤退官兵，并为其由六库附近渡过怒江退回漕涧休整提供了掩护。5月28日，在龙陵与松山公路上，中国军队第八十八师第二六四团将一个日军大队长击毙，并缴获了日军的布防图与作战计划，从日军军队方获悉日军第五十六师团主力已被调集止龙陵、腾冲一线，并分别驻守在新浓、芒市、腊勐（松山）、龙陵、腾冲、腾北六个守备区，芒市则由师团部及直属部队驻守，判断其有1.5万至2万兵力。情报被立即送往重庆军令部，5月31日，蒋介石下令暂停进攻，中方进攻部队向怒江东岸撤退，并在怒江防线防守。自此之后，滇西战事处于隔江对峙形势，一直持续到1944年5月大反攻才结束。

1942年春夏，日军相继攻占了缅甸、滇西，滇缅公路被完全截断，完成了其"断"的作战目标。此时，日军被过长战线所累，因兵力不济转攻为守，在滇西地区不断设立守备区，包括芒市、遮放、畹町、龙陵、拉孟（松山）、平戛、腾越等地；借助滇西的优越的位置条件，日军又在怒江以西各据点修筑了很多半永久性坚固工事，想要以此固守滇西。此地的滇缅公路是当时中国唯一的国际通道，日军企图借助长期封锁滇缅公路，伺机对昆明、重庆发起进攻，以实现其霸占中国的目的。

中国远征军与日军隔江对峙长达两年时间。滇西山川、河流交错，地形极其复杂，俨然一道天然屏障，想要攻取异常艰难。怒江由西康流入滇西，顺着怒山、高黎贡山间大峡谷向南奔涌而下，水势湍急，江内奇石遍布，根本无法行船，汹涌澎湃的江水奔入缅甸便成为萨尔温江，两岸之侧皆为陡崖峭壁，峰险山势。在长达百里的江面，只有栗龙潭渡、大沙坝渡、缅戛渡、勐濑渡、水井渡、勐古渡、柴坝渡等渡口能够勉强在旱季借助特制的舟筏行船。雨季来临时，江水疯涨，整个江面增宽达 200 余米，水势波涛彭湃，洪流汹涌而下，封渡更是常有之事。怒江这一顺天而为之天堑，素有"水无不怒石，山有欲飞峰"之称，想要强行渡江，难度系数可想而知。高黎贡山矗立于怒江西岸，山势高峻，直插云霄，海拔在 3700 米左右，山顶积雪终年不化，山体连绵起伏，横亘数百里，峥嵘险峻，山中密布的原始森林树大参天，遮天蔽日，形成不毛之地。山间偶然可见穿插的曲折小路，大多是野兽出没之地，只在经南、北斋公房隘口之路上有一二条古驿道，勉强能够供人马穿行，但山路蜿蜒曲折，坡陡路隘。山中气候亦不可揣测，让人难以捉摸，可见十里不同天、一山分四季之奇观，山麓炎热宛若酷暑，至山顶又寒冷异常，仿若严冬，同时日出则热，逢雨则冷，让人猝不及防。雨季通常为一年的 6 月至 10 月间，此时蚊虫滋生，扰人不安，更有疟蚊害人致病，山中瘴气为害亦甚为剧烈，终日云遮雾漫，叫行人裹足不前。翻过险峻的高黎贡山，龙川江等大小江河又呈阻隔之势，其复杂交错的地形与气候条件，着实让各兵家望而兴叹。日军以这一天险为屏障，沿途密集设防，修筑工事、要塞，连接纵横的交通要道，据垒布置严密火力网，可谓纵横交错，固若金汤，实易守而难攻。

1944 年 3 月，在缅北反攻战场上，中国驻印军不断取得了胜利，捷报频传。由于成功击破日军第十八师团胡康河谷防线，胡康河谷之路被打通，中国军队趁势向孟拱河谷推进，逼近孟拱，直指密支那。

为尽快将国际通道滇缅、中印公路打通，接应中国驻印军在缅北的反攻作战，中美双方针对滇西反攻问题举行了密切磋商。3 月 17 日，国民党中国军事委员会委员长蒋介石接到美国总统罗斯福的致电，罗斯福指出：中国驻印军"新编第一军正给第十八师团以沉重打击"，希望"云南军司令长官发起攻势，以促良机更趋发展"。3 月 20 日，罗斯福又命令史迪威的参谋长霍恩少将自缅甸飞抵重庆，将第 163 号备忘录呈递给蒋介石，备忘录主要是请求中国远征军在滇西及时发动反攻，以对日军第五十六师团造成牵制，接应驻印军的作战行动。随后，史迪威亦飞抵重庆，强烈建议蒋介石增加印缅方面之兵力，从而增强缅北攻势，以尽快占领密支那。

蒋介石意识到这一行动的重要意义，对驻印军在缅北反攻作战实施策应，能够夺取密支那，将中印公路打通，获得美援物资。因此，蒋介石作出决定：先是在 3 至 4 月份将新编第三十师、第五十师、第十四师空运至印度，对缅北战场提供增援；随后决定在 5 月上旬全面展开滇西大反攻。

这时，中国远征军司令长官部总共拥有 16 万兵力，包括第十一集团军和第二十集团军共六个军十六个师。军队在云南重新休整、训练，将士精神大振，斗志高昂，此时正严阵以待，只等进军缅甸。

4 月 14 日，中国军政部长兼参谋总长何应钦就"怒江攻势命令"达成协定。

4 月 25 日，中国远征军司令长官卫立煌、第十一集团军总司令宋希濂、第二十集团军总司令霍揆彰接到蒋介石分别发来的致电，向其下达了展开渡江反攻的任务。

271

中国远征军就反攻制定了初期作战策略：第二十集团军的第五十三军、第五十四军担任攻击集团军，自惠通桥上游的栗柴坝、双虹桥之间强渡怒江，随后分为三路纵队，挺进腾冲；第十一集团军的第二军、第六军、第七十一军担任防守集团军，主要防守怒江东岸之地，实施攻势防御战略，并且每军要各自抽调一部组成加强团，自惠仁桥及三江口南北强渡怒江，佯攻当面之敌以对其实施牵制，配合第二十集团军发起攻势。

初期，各部的渡江攻击任务达成之后，作战策略即调整为：划分左右两大集团军，第十一集团军充当左集团军，第二十集团军充当右集团军。双方分守滇缅公路南北之地，左翼第十一集团军在路南，夺取目标为松山、龙陵、芒市；右翼第二十集团军在路北，夺取目标为腾冲。两线目标实现之后，则会师向南继续推进，夺取遮放、畹町两地。同时，另派一部攻取滚弄，对日军兵力造成牵制，阻断其向北实施增援。此次行动的总预备军为第八军。

与此同时，美国 Y 部队联络参谋团和美国空军第十四航空队一部，亦对此次中国远征军滇西反攻作战提供了协助。窦恩少将负责指挥美国 Y 部队联络参谋团，中国远征军司令长官部队及各集团军、军、师、团都设有美国联络组。美国联络组的职责是联合各类军事技术人员担当军事顾问，同时负责协调与组织军队训练、装备、供应等任务，但它对中国军队并无实际指挥权。例如：美国炮兵军官指导将士使用美制七五大炮，美国陆空联络官对飞机攻击目标作出指示，美国军医负责病伤员的救护之职，兽医主要对驮马进行看管。除此外，美国各兵种的联络官还负责对小部队的战术实施进行指导以及提供作战计划等。当时，伍德上校负责第十一集团军的美方联络组，布克莱上校负责第二十集团军的美方联络组。

针对中国远征军即将展开的滇西大反攻，驻守滇西的日军亦开始准备紧张的防御部署。兵力调整方案为：以藏重康美为队长，由第五十六师团步兵第一四八联队组成腾冲守备队；以松井秀治为队长，由第一一三联队担任拉孟（即松山）守备队；以金冈宗四郎为队长，由第一四六联队主力担任畹町守备队；平戛主要由第一四六联队第一大队负责踞守；由第五十六师团工兵联队和炮兵联队组成龙陵守备队，此外，龙陵还驻守着第二师团第二〇九联队之第二大队；由第五十六搜索联队组成滚弄守备队。芒市则由第五十六师团团长松山佑三率师团本部负责驻守，此外，芒市还驻守着第二师团第二〇九联队之第一大队、第五十三师团搜索联队；第十八师团第一一四联队一部负责片马、拖角及腾北固东地区的防守任务。在滇西，日军据守部队有 2.4 万余兵力。

为加强怒江以西防线的部署，日军还紧急增加了以下防御部署：一是以原有城防设施和各据点工事、要塞为基础，进一步加强加固，在重要据点如腾冲、龙陵、松山、平戛、滚弄等地，以及要塞腾北瓦甸、高黎贡山冷水沟、大塘子、南北斋公房等地，修筑大量半永久性工事，使其能够承担中等口径炮火的直接打击。各个阵地之上，暗洞、地道纵横交错，编织密集火力网。二是进一步完善交通设施，强行征用沦陷区老百姓修建公路，联结日军各守备区之间及各据点，如腾龙路、腾八路等。三是搜刮、强征储备军粮将近 3 万吨，储备的军需品足够维持三个月的战斗。四是加强训练，注重提高官兵战术，改善饮食条件，使官兵体能得以增强。五是加紧熟悉地形，重视情报刺探工作，部署周密侦察。对于中国远征军即将实施滇西大反攻的严峻态势，日军早有察觉，同时摆出了与其决一死战的阵势。

强渡怒江

1944 年 4 月，中国远征军攻击集团军在保山西北怒江东岸地区集结，随后实施战略性展开，为渡江做好准备。5 月 11 日清晨前后，怒江江面被大雾围绕，宛如一道神奇的天然烟幕。忽然之间，怒江东岸炮声震天，山川亦为之撼动，中国远征军第一线攻击部队强渡怒江，滇西大反攻由此开始。

第二十集团军第五一四军之第一九八师与第三十六师是强渡怒江的先头兵，他们利用 393 艘美国制造的橡皮艇以及

远征军强渡怒江

大量由汽油桶、竹筏做成的渡筏，自龙潭渡、大沙坝渡、缅戛渡、勐濑渡、康郎渡、栗柴坝渡等渡口分别行动，在敌前成功强渡而过。随后部队分为两路纵队，第一九八师为右翼，对桥头、马面关、北斋公房展开迂回攻击，向前推进；第三十六师为左翼，成功渡江后即刻向大尖山、唐习山及其以北地区分别呈地毯式搜索前进，逼进大塘子。

同一天内，自三江口南北两侧，第十一集团军之第七十一军第八十八师之加强团、第二军第七十六师之加强团分别强渡怒江，会攻平戛；第六军新编第三十九师之加强团自惠仁桥地区强渡怒江，对红木树发动进攻；第二军第九师之加强团强渡怒江之后，便对象达及芒市之间地区展开游击。为策应攻击集团军进攻，以上各加强团对龙、芒方面实施战略性佯攻，牵制日军兵力。

5 月 13 日，攻击集团军二线部队第五十三军之第一一六师与一三〇师分别自缅戛渡和双虹桥附近强渡怒江，之后继续向前推进。

第二十集团军自渡汇之后，随即分头对高黎贡山展开仰攻，日军第一四八联队主力及第一四六联队一部顽强抵抗，中日双方展开要点争夺战。日军凭借地势之险要顽强固守，远征军的进攻也异常猛烈，一场殊死之战如火如荼。

5 月 12 日，攻击军右翼第五十四军之第一九八师率先对小横沟、灰坡要点发起

273

进攻，双方激烈交战，远征军官兵作战英勇，第五九二团三营姚营长立下战功但身负重伤，第八连朱国勋连长不幸牺牲，随队冲锋的美国教官夏伯尔中尉亦英勇献身。但是中国军队将士合力攻敌，勇往直前，奋战至14日清晨，终于冲入日军阵地，日军遭受沉重打击，残部被迫向烂泥坝、茶房附近阵地撤退，小横沟与灰坡终被攻破。

第一九八师趁势推进，19日，派出一部对大绝地发起攻击，主力部队则对烂泥坝、茶房展开包围进攻，据守之敌处于高地实施反击，中国军队仰攻处于劣势，毫无进展，且伤亡惨重，随后步军、空军展开配合，致使日军中队长德永以及数百名官兵阵亡，茶房附近阵地终被攻陷。随后，军队乘胜对冷水沟发起进攻，23日开始展开全线猛攻，但因日军阵地地势险要，易守难攻，加之连日降雨不断，弹药、粮草无法补给，山巅又异常寒冷，不少将士被冻死冻伤。面对如此情况，官兵依然坚守下来，忍饥耐寒，勇往直前，对日军展开猛攻，至28日夜晚，终于占领冷水沟，日军向北斋公房阵地撤离。

5月11日夜，左翼第五十四军之第三十六师强渡怒江成功，之后便沿山向上攀登进攻大尖山地区，经历数次猛攻，于次日9时攻占了大尖山。13日，唐习山、大塘子之日军对第三十六师展开夹击，经历一番激战，日军又夺回原占领阵地。13日2时许，日军突袭位于凹子寨的第三十六师师部，并攻陷凹子寨。13日夜，日军以一股部队自大塘子出发，窜至鱼洞河附近，妄图攻陷双虹桥；另有一股部队窜至唐习山附近，并发起进攻，第三十六师第一七〇团团部被围困其中。形势异常危急。

远征军长官部下达紧急命令，第二线部队第五十三军之第一一六师与第一三〇师分别自缅葸渡和双虹桥渡江予以增援。

14日黎明，第一一六师在彭家箐、勐林之线展开，对当面之日军发起进攻，战斗进展顺利，凹子寨之日军被成功驱逐出去。随后，步兵、炮兵、空军密切协作，竟日猛攻之下，先后攻陷唐习山山腹三四处日据占工事，并逼进日军最高峰据占要点。之后，窜往鱼洞河的日军亦被第一三〇师悉数击退，至此，大尖山之日军几乎被完全驱逐出去。

第五十三军以优势兵力对唐习山附近之日军予以重击后，日军损失惨重斗志尽失，趁夜向大塘子附近逃窜。

在回恒附近，第三十六师先后集结并实施整顿，之后便向冷水沟方面实施转移，开始投入右翼作战。左翼作战的任务由第五十三军接替下来，其先派出一部对日军实施扫荡，随后以主力向大塘子方向继续挺进。

15日黎明，第一一六师完全攻陷大坪子、唐习山高地，17日又对大塘子右侧背之日军展开进攻，双方在鸡心山隘路奋战两小时，最终日军被击退，鸡心山、宗宝山及其以西高地之线亦被占领。第一三〇师挺进马蹄山东麓及其西南百花林之线，对当面之敌发起进攻。马蹄山东侧斜面为陡崖峭壁，无从攀登，日军借助既设工事负隅顽抗，中方官兵遭受较大伤亡，两名连长不幸牺牲，200余士兵受伤，最终仅将马蹄山山腹两处日军据点攻占下来。

当时，日军第一四八联队据守于大塘子，面对中方第五十三军的不断围攻，日军依然顽强固守。

18日早6时，中方第五十三军猛攻向大塘子。同时，第一一六师在大塘子西北对敌展开猛攻，历经多次进攻，最终占领被前方日军占据的高地，此次，日军有100余人死伤，而中国军队则有600余名连长以下官兵伤亡。第一三〇师对马蹄山各据点展开攻势，经历六小时的激战，已经占领了马蹄山东北突出之最高峰将近一半的领地，随后又派出一部逼进古兴寨东南端，对日军造成压迫，最终撤离出去。此次，日军有三四百伤亡，第一三〇师连长以下官兵有70余伤亡。19日，各个部队继续顽强对抗，经历一番激战，双方均遭受惨重伤亡。其间，第一三〇师第三八八团团长董道亲自指挥第一线部队作战，不幸身负重伤。

20日，第一九八师先是派出三四八团一部对黄顶山、鸡心山西侧高地实施佯攻，随即命令第二营绕至日军左侧背，攻下黄顶山。日军顽强对抗，该营营长王福林奋勇冲杀，以身殉职，刚被攻下的黄顶山再次被日军攻陷。之后又派出第一营投入战斗，该营长李庆仙在激战中以身作则而身负重伤，此外，美国联络官麦梅瑞少校不幸牺牲，美国少校军医欧阳容、少校翻译姚元等亦身负重伤。21日，第三四八团继续对大塘子西北展开围攻，占领了两个山头阵地。23日，经历一番激战，有明显进展，日军阵地开始出现动摇。24日，针对日军的全线猛攻持续展开，第三八九团将整个马蹄山地区全面攻下，随后又占领大春山大部。日军遭受了惨重伤亡，向西南撤离而出，大塘子亦即被攻下。日军被迫向南斋公房退守。

至此，此次中国远征军强渡怒江展开反攻之战，初战大获全胜。虽然渡江与对高黎贡山各据点实施仰攻的战斗中，并无太大规模的战争，然而战斗却异常激烈，双方均有惨重伤亡。渡江反攻在第一阶段能够取得胜利，中国远征军官兵功不可没，他们表现出了顽强拼搏、不惧牺牲的战斗精神。美国陆军部长史汀生曾指出："中国军队渡怒江出击，是东南亚过去一周内盟军作战的重要新闻。"自抗战以来，此次战斗打开了中国胜利大反攻的良好开端。

腾冲之战

中国远征军第二十集团军强渡怒江，驾驭湍急的江水，攀登陡壁峭崖，背水对高黎贡山实施仰攻，经历一番激战，攻占下灰坡、冷水沟、大塘子等诸要点，日军被迫退守至南、北斋公房。

南、北斋公房处于高黎贡山之巅，南斋公房是扼制自保山经大塘子前往腾冲的咽喉之地，北斋公房则为保山经马面关通往腾冲的要隘。两斋公房海拔均超过3000米，山势险峻，道路狭窄，气候极端恶劣，山顶常年积雪，地势险要难攻；两处南北对峙，形成掎角之势。日军在此地据险构筑碉堡，修筑了大量坚固工事，居高临下编制了浓密的火网，大有"一夫当关，万夫莫开"之势。

为了尽快经高黎贡山向南直取腾冲之地，第二十集团军遂派出第五十三军第一一六师对南斋公房发动进攻；北斋公房则由第五十四军第一九八师负责进击；主力部队则挺进无迹可寻、到处陡崖峭壁的密林山路，打算迂回攀登，沿途历经千难万险，攀岩越壑，每日都有数百坠崖或冻饿而死的人马，十多天之后，终于抵达桥头、马面关、瓦甸、江苴各附近之线，随即远征军自敌后展开抄袭，将其归路截断。

5月29日，第一九八师猛攻向北斋公房，经数日奋战，双方均有较大伤亡，其间第五九四团第一营营长鲁砥中英勇献身，团长覃子斌亲临前线指挥作战，即使负伤仍在阵前坚守，不幸壮烈牺牲。团长由董铎继任并继续指挥作战，连日以来日军百余大尉以下官兵被击毙。6月9日，日军第五十六师团调集兵力，派出第一一三联队、第一一四联队、第一四六联队等部成功将远征军马面关、桥头、瓦甸之阵线攻下，随后又对在北斋房困守的中国军队展开猛烈反扑。远征军派出第三十六师一部警戒于瓦甸，接着便以该师主力与第五十四军指挥的预备第二师形成合力，密切配合一九八师展开进攻。6月14日，远征军终于一举攻破北斋公房。

同时，5月27日，第五十三军第一一六师开始进攻南斋公房的日军，奋战数日，占领了日军第一线堡垒阵地，接着又派出一部向北迂回，成功攻下了南斋公房北侧两处高地。战斗中近200名原森川春子大佐以下官兵被击毙。6月10日，日军无力支撑便携300余残部溃退至岗房，至此日军失守南斋公房。

高黎贡山天堑要塞南、北斋公房相继被攻陷，第二十集团军趁势对败退的日军展开猛追。但日军利用其既设阵地，在桥头、瓦甸、江苴诸要塞逐次予以抵抗。几经奋战，16日中国军队占领了马面关、桥头两地。20日，第五十四军第三十六师将瓦甸攻陷，第五十三军亦占领了江苴街。激战持续了22天，日军的顽强抵抗已无力维持，遂相继退守至腾冲城。第二十集团军紧随其后，予以猛烈追击，随后以向阳桥为轴心，自右翼桥头、瓦甸出入于龙川江，由固东、顺江向左旋回，紧追至固东河东西之线。在此地一方面对固东以北至片马之日军实施扫荡；另一方面完成消耗补给，对部队进行休整，恢复战力，为进攻腾冲城做好准备。

腾冲城处于高黎贡山西麓，拥有丰富物产，城内居民在战前有近4万人。此地还保留有明代修筑的长达四公里的石头城，城墙有七米之高，厚达四米，城墙全由岩石堆砌，异常坚固，周围亦环绕着护城河。城外围被群山环绕，形成天然屏障，其中飞凤山距城东两公里，来凤山距城南两公里，宝凤（峰）山距城西三公里，高良山距城北四公里，地势高峻险要。腾冲与东侧之保山相邻，为大理、昆明之屏障，北侧控制着片马之地，南侧可直接俯瞰八莫、曼德勒要地，自古以来，便属于祖国西南国防之锁钥。

肃清固东以北日军的时候，当面之敌亦相继向南撤退而出。第二十集团军趁势自固东河东西之线展开猛攻，第五十三军与第五十四军则分别自向阳桥、固东出发，挺进腾冲之地。预备第二师及第三一六师沿马站街一路推进至腾冲道路；第一九八师经白家河、酒店，向草坝街、高良山正面推进。第一一六师和第一三〇师沿龙川江向南前进，抵达孟连附近，将腾冲、龙陵间的日军交通截断。中国军队在前行途中虽屡次遭遇日军抵抗，但均能成功击退，最终逼近至腾冲北郊。

自 6 月 25 日开始，中国军队对腾冲城外围日军各据点的攻势相继展开。

6 月 27 日，中国军队第五十四军第三十六师乘胜致敌以出其不意之击，占领城西宝凤（峰）山，随后便将主力推进至宝凤（峰）山、上马场、下马场之线。

7 月 3 日，第五十三军不顾大雨浓雾，对城东、北飞凤山、高良山发起进攻，几经奋战，日军终被驱逐，飞凤山及高良山亦被攻陷。同一天内，飞凤山被第五十四军攻陷。至此，腾冲城三面天然屏障都被突破。一部日军向南溃散而逃，第一四八联队长藏重康美大佐则指挥着由其主力合编的混合联队，继续在来凤山与腾冲城负隅顽抗。

来凤山与钢盔形似，自西北向东南于城南一侧巍然挺立，亦属于城南唯一制高点，其环绕南关，四周山势险要，想要攻取极为不易。日军据守腾冲后，利用两年多时间在来凤山修筑大量工事，周围亦布置了数道铁丝网，可接近之处均有地雷埋伏，此外还在该山营盘坡、文笔塔、象鼻子等地竖起坚固堡垒。经一番部署此地极其易守难攻，属于日军最坚固的据点之一。

第二十集团军为尽快攻陷来凤山，以对腾冲城展开围攻，作出决定：先行派出主力将来凤山据守之日军歼灭，攻下此地，与此同时派出一部对城区实施扰攻。因此，第五十四军（附重迫炮一营）派出预备第二师、第三十六师，对来凤山各山峰据点发起进攻，第一九八师则担任扰攻城垣之任务。第六军炮兵营亦归划到第五十四军，任其统一调遣。第五十三军以第一一六师对来凤山东麓各据点完成扫荡之后，继续对来凤寺发起攻势；第一三〇师则对溃逃的日军展开追击，向南甸挺进，并在八莫提供警戒防范增援的日军。

7 月 16 日，第五十四军派出配属有重迫炮一营的预备第二师，在来凤山、象鼻子南端、亘小山脚之线相继展开，进攻来凤山；第三十六师主力则在小山脚经龙光台亘东营之线展开，进攻日军之小团坡、白衣阁、叠水河各据点；配属有山炮一连的第一九八师，在观音堂、何家寨、董库及其以西亘城东门之线全面展开，扰攻腾冲城，以配合对来凤山发起进攻之部队。

7 月 26 日，连日降雨终于停止，第二十集团的全面总攻由此开始。12 时 15 分，中国军队以 30 架重轰炸机分批次，轰炸英国领事馆内日军以及来凤山与城东南角之日军，此外，另派出 18 架轻轰炸机轰炸扫射来凤山顶，在城内还部署有九架 B-26 中型轰炸机实施空袭。同时，炮兵亦对来凤山发动猛轰，一日之间相继有 5000 发炮弹发射出去。战场顿时硝烟四起，尘土蔽空，远征军最终摧毁了来凤山营盘坡、文笔塔一部分日军阵地工事。工兵和步兵亦密切协作发起进攻，工兵对既设障碍实施破坏，步兵则在后奋勇冲杀，展开攻势。营盘坡敌阵被预备第二师吴团攻入，日军利用坚固堡垒顽强抵抗，最终在手榴弹、火焰喷射器的猛攻下，15时许，日军无力支撑，溃退至文笔塔。吴团继续转进并与方团形成合力，对文笔塔实施围攻，日军据守文笔塔及象鼻子，并向中国军队发动猛烈火力攻势，中国军队官兵遭受了惨重伤亡。面对异常惨烈的战局，中国军队进攻仍勇猛展开，至18时半，终于占领文笔塔。另一方面，李团在进攻文笔坡及象鼻子过程中，因暴露了地形，加之日军猛烈火力攻势，遭受惨重损失，竟日激战后，只攻下象鼻子敌堡一部。来凤山西北多处日军据点亦被第三十六师攻陷。同日，第五十三军派出一部进攻满金邑之日军，另派出一部对来凤寺展开攻势，攻占了该寺外围多处据点。激战中，中日双方均遭受较大损失。

27日，日军自城内派兵增援文笔塔，预备第二师一面迎击此增援之日军，一面向文笔坡、象鼻子敌阵继续发动进攻。经过一日的惨烈激战，中国军队将日军驻扎在来凤山的大小20多个堡垒群攻陷。战至夜晚，日军无力支撑，向城内退守，随即中国军队便攻占了日军经营两年之久的来凤山要塞。这次战役致使日军损伤470余人，中国军队缴获大量山炮、步兵炮及轻重机枪。

日军在城内据守，关闭城门，打算利用坚固城墙殊死抵抗，等待援兵。腾冲外围城墙均由坚石堆砌，既高且厚，并有护城河环绕，异常坚固。日军在此盘踞的两年时间内，进一步完善防御工事，挖设洞穴隧道，打通纵横之交通，铺设的炮垒、枪巢更是星罗棋布。此外，碉堡环列于城墙之上，每隔10米便构筑一处，城内街道房舍皆有相通的壁洞，大量坚固工事与掩体林立其间，更有坚固堡垒侧防于城内四角，弹药、粮草亦有充分储备，易守难攻。

第二十集团军决定派出主力部队对腾冲城内的日军予以围攻，将其一举消灭。7月底，该集团军旗下各部奉命兵分四路实施围城。第五十三军第一一六师在帮办衙门至南门、满金邑、大董一线展开，对东门亘南门之日军发起进攻；第一三〇师仍在腾龙及腾八两交通线负责截断交通，对来自龙陵、八莫的日军增援实施阻击。第五十四军之第三十六师派出一部在小山脚、和顺乡进行防控，主力部队则在东营、南关之线展开，对南门及西南城角发起进攻；第一九八师派出一部在尹家湾及董库守备，主力部队则在陈家巷、何家寨、饮马水河之线展开，对西门、北门发动攻势；预备第二师派出一部在来凤山固守，主力部队在来凤寺附近集结，并作为军预备队随时策应作战。

8月2日，天空万里无云，第二十集团军开始全面进攻腾冲，在飞机和炮兵的轰炸与掩护下，各部借助云梯强行入城，官兵前赴后继，一度将西南城角的三个日军堡垒攻占下来，然而日军火力亦凶猛异常，中国军队遭受较大伤亡，并未获得成功。此后，虽经历数日激战，亦无重大进展。

5日，中国军队派出 B-25 飞机 15 架，对城墙展开轮番轰炸，最后有 13 处城墙遭到破坏，攻城部队借助此强行登城之缺口，将战果不断扩大，日军亦猛烈反攻，双方展开激战。

中国军队数日来不断轮番攻城，又以工兵挖掘坑道，将南城楼缺口两侧日军堡垒以及西南与东南角城墙强行爆破，占领了数处城墙缺口，随后自缺口两侧进行突破，将西南城墙一角攻下。同时，日军亦展开殊死反攻，经历多次奋战，双方均有较重伤亡。

8月13日清晨，为对城内日军施以有力打击，中国军队派出战斗机与轰炸机混合机群共 24 架，联合炮兵实施猛烈轰炸。日军腾越守备队本部受到炸弹重击，日军步兵第一四八联队长藏重康美大佐被炸死，另有 32 名官兵毙命。此后，日军派太田正人大尉继任，负责指挥事宜。

中国军队英勇奋战，数日来轮番攻城，并不时配合空军袭击日军，同时利用对壕作业，对日军强攻，相继炸出十多处城墙缺口，城上日军堡垒亦有多处被摧毁或攻占。经历一番激战，8月17日，攻城部队利用南门西侧阵地附近以及城西南角的城墙缺口登城，其间不顾日军浓密火网奋勇向前，双方展开一场争夺战，经终日奋战，先后肃清了东南西三面城墙上的日军。

8月21日，第二十集团军开始全面进攻城内日军。预备第二师、第一九八师、第三十六师、第一一六师各部主力冲入城内，与相遇的日军展开激烈巷战。城内攻势不容乐观，日军利用城内纵横交错的既设堡垒与街道房舍殊死抵抗，此时每一户房屋，每一寸土地都可能是战场，让人猝不及防，双方展开寸土必争的激战，战事之惨烈前所未见，城内可谓血流成河，惨不忍睹。

各部在数日激战之后遭受惨重伤亡，参战的各师每日均有四五百官兵伤亡。此时，各级预备队早已投入战事，无处可借援兵，迫不得已，便将正在南甸、腾龙桥方面担任阻敌增援任务的第一三〇师急调入城，加入强攻阵列。经多日奋战，相继攻下西门及东南角日军阵地，随后又占领了多处日军主要据点，如武侯祠、城隍庙、秀峰山、文星楼、县政府诸地，至9月初，日军被逼迫退至城东北角一带固守。9月7日，日军松下大尉在县政府前荷花池附近被击毙，伪县长钟镜秋被活捉。

蒋介石于9月9日向中国远征军下达命令："腾冲必须在9月18日国耻纪念日之前夺回！"攻城部队受此敦促勇往直前，通过不断加强攻势，有颇多进展，在财神庙附近，还将日军腾越行政班本部长田岛少佐与翻译官白炳璜及其家眷等四人俘获。

10日，中国军队不断对敌加强攻势，日军仍顽固坚守。12时许，十余架日机飞抵腾冲城上空，空投弹药、军粮，中方空军予以拦截，一番激烈空战后，四架日机被击落。

12日，腾城守敌太田正人大尉向第十五军司令官及第五十六师团长发了诀别电报，军旗、密电码纷纷被烧毁，无线电机亦被破坏，日军想要作最后的垂死挣扎。

13 日，各攻城部队分路推进，与日军作近距离战斗，但是日军仍利用坚固堡垒和民房予以顽抗，战斗依旧非常激烈。由于久攻不下，中方预备第二师第五团团长李颐亲自率领部下冲锋上前，结果遭遇日军阻击，英勇牺牲。其他各部亦向前有所推进，但仅数十米而已，而且各自都有伤亡，可以说每一寸土地都是以血的代价换来的。

14 日黎明，整个山野都被大雨浓雾所笼罩，腾冲县城亦隐于其中。第二十集团军各部不顾大雨奋勇冲杀，很快便逼近敌前，逐步缩小了包围圈，最终仅剩下三所民房。日军此次遭遇了惨重伤亡。自知局势已无法扭转，日首太田正人率领剩余的70 余人愤然冲出工事，展开了一场自杀性突围。远征军对于此顽敌异常愤恨，见其终于自工事中冲杀而出，倍增勇猛，全体官兵以泰山压顶之势亦向前猛冲，双方展开肉搏战，最终日军被杀得四处横飞，不多时便被全部歼灭。腾冲古城已经沦陷了两年零四个月，今日终于胜利光复！

此次腾冲之战持续了四个月，从夏季开始直打到秋季，共有大小 40 多次战斗，仰赖于忠勇之官兵，淳朴支援之人民，致使旗开得胜。战斗中共俘获四员日军官，60 余名士兵，20 名日军"慰安妇"，击毙日军 100 余员联队长藏重康美大佐以下军官，6000 余士兵。缴获的战利品包括：七门野山炮，六门步兵炮，10 门迫击炮，19 挺重机枪，47 挺轻机枪，1000 余支步骑枪，十余辆汽车，25 部有线、无线电机及无数其他军需品。中国远征军亦遭受了 1334 员官佐及 17275 名士兵的惨重伤亡。

此次腾冲之战的胜利，得之难能可贵。远征军官兵在战斗中顽强应战，不惧牺牲，力挫强敌，更得到当地人民的有力支援，焦土抗战。腾冲人民为帮助远征军获胜，前后共出动 4.6 万多民夫，他们帮助远征军运输弹药、粮草，修建公路、机场，构筑工事，充当向导，探测敌情，救死扶伤，其中 1300 余民夫不幸献出宝贵生命。中国远征军司令长官卫立煌因此赞誉道，腾冲之战得以取胜，一半是用将士的生命换得，力挫强敌，另一半则要归功于群众的积极支援。

此次腾冲之战，攻坚拔城，艰巨异常。战斗的胜利也带来重要意义，不仅对滇西之敌予以反攻，策应了驻印军缅北作战，而且中印公路也因此得以打通。

1945 年，腾冲人民建立了国殇墓园，以纪念战斗中阵亡的抗日将士。这座不朽的丰碑彰显了抗日将士的奇功伟绩，同时也见证了腾冲人民不甘沦亡，焦土抗战的抗争历史。

松山之战

松山海拔约 2260 米，处于怒江西岸，分别与保山、龙陵相邻，其东距惠通桥 24 公里，西至龙陵 54 公里，想要沿滇缅公路进至龙陵，必须自惠通桥西上穿过腊勐松山之地，因此松山可谓是滇缅公路的咽喉孔道。松山由大小松山、阴登山、大垭口、滚龙坡、长岭岗等组成，属于高黎贡山余脉，总面积大约 25 平方公里，其地势重峦叠嶂，丘陵绵亘蜿蜒，丛林茂密，山势高峻，高低悬殊，十分险要；松山主峰距离

280

惠通桥怒江边的直线距离大约 6 公里，经公路直上则长达 20 多公里。1942 年 5 月，日军攻占怒江西岸后，派出精锐部队第五十六师团第一一三联队负责驻守，其约有 3000 余兵力，而且武器装备精良；随后，日军又修缮工事，派出一个工兵连并强征当地民夫进行了长达一年的修筑事宜，最终松山被建成一个永久性的坚固堡垒群。松山主峰以及滚龙坡、大垭口、长岭岗四个据点，工事坚固，能够承担独立作战，并且互为犄角，日军据此将其组成主阵地。根据各自地形特征，每个据点又在制高位置上修筑一至两个主堡，两侧亦有子堡若干；阵地之前则修筑了伏射和侧射小堡，并通过后续加盖的交通壕实现了各自相通。日军整个工事的特点在于：向地下深入，有较强的坚固性与隐蔽性，不易从地面和空中被发现。日军曾放出狂言：中国军队不在此牺牲 10 万兵力，攻占松山简直是妄想。

在怒江西岸广大日占区，日军以松山和龙陵、腾冲据点构成三足鼎立之势。可以说日军只要坚守住松山之地，中国军队根本无法将滇缅公路打通并攻下龙陵，无法夺取龙陵，日军想要增援腾冲和松山则易如反掌。5 月 22 日，中国远征军长官部向第十一集团军下达命令，渡过怒江之后，对龙陵之日军发动进攻，与此同时，派出第七十一军对松山之敌展开攻势。6 月 2 日，中国军队开始占据怒江东岸以重炮对松山实施轰炸，6 月 4 日，第七十一军第二十八师主力开始进攻松山，5 日，腊勐及竹子坡被攻陷，同时派出一部由腊勐南面展开迂回，将松山与龙陵之间的滇缅公路切断。自此，日守军与师团主力的地面联系被截断，松山据点被孤立起来，其亦只能孤军奋战。孤掌难鸣，松山之日军遭遇围困之后，只能借助无线电进行联系。在三个月中，日军第五十六师团曾千方百计想要突破中国军队的包围，对松山守军施以援救，但其企图均被中国军队打压下去。6 月 17 日，中国军队第二十八师对阴登山敌阵地展开攻势。然日军顽强抵抗而且敌堡坚固难攻，虽遭受中国军队重炮的不断打击但仍坚不可摧，加上恶劣气候影响等因素，第七十一军主力进展不顺，并且已遭受 1600 多人的伤亡。随后，总预备队第八军奉命将第七十一军替换下去，再次对松山守敌发起进攻。

7 月 4 日，对松山的第二次进攻开始了，以空军和炮兵相配合，第八军有了一定进展，部分日军阵地工事被摧毁，日军遭受的伤亡剧增。至 8 月底，日军的主阵地已面临中国远征军的多次强攻，但依旧傲然挺立。远征军首脑卫立煌、宋希濂、第八军军长何绍周和美军联络官窦恩准将等对战场进行视察，打算攻破坚壁向前推进，然而其亦久攻不下。卫立煌将蒋介石的命令传达下去，限 9 月上旬内将松山收复，无法完成将以军法处置。军师将领为此召开紧急会议，在研究现状后，重新调整作战部署，决定根据山势陡峻的特征，通过在日军主堡下面掘壕向前推进，最后实施地下爆破将日军堡摧毁。第一〇三师师长熊绶春奉命担任左地区攻击指挥官，并率领第一〇三师及荣誉第十一师第三团等部，对滚龙坡、大垭口、长岭岗等日军阵地发动攻势；第八十二师副师长王景渊则担任右地区指挥官，率领第八十二师第二四六团及军部工兵营等部，对松山主峰实施进攻。从9月1日起，在松山顶峰附近，第二四六团每天夜以继日地袭扰日军，为工兵营掘壕作业提供掩护；在松山主峰日军阵地下约30米处，工兵营每日展开掘壕作业，最终将两条地道挖掘出来，以此作为炸药室，近10吨TNT炸药被填装进去。9月8日清晨，军长一声令下，炸药随即被引爆，只听一声轰天巨响，顿时炸翻了整个松山顶峰，日军第一一三联队的残兵亦全军覆没，无一存活。松山之战自此结束。日本在其后的广播中说道：全部腊勐（松山）守备队都已"玉碎"。

此次夺取松山前后历时将近百日，中国军队相继将6万兵力投入战斗。日军除少数逃逸之外，3000余人悉数被歼；中国军队亦遭受达6763人之伤亡。广大官兵在战斗中表现出的英勇冲锋、不惧牺牲的精神亦可歌可叹。

占领松山为中国军队提供了很多便利，中国军队自此可以顺利推进至龙陵、芒市，有利于收复龙陵、芒市、畹町等地，此外，松山亦是打通滇缅公路的关键所在。

龙陵激战

龙陵地区拥有重要的战略地位，是日军在滇西、缅北的六大守备据点之一。龙陵位于怒江以西的滇缅公路线上，为腾（冲）龙（陵）公路与滇缅公路的交汇之处，其与东侧之惠通桥相距约78公里，与北侧之腾冲相距约100公里，与南侧的芒市相距约35公里，因此说，龙陵县城是扼制滇缅公路的要冲。日军攻占龙陵之后，为达到长期固守的目的，在县城修筑了永久性坚固堡垒网群。

中国军队对龙陵实施反攻，期间经历了三次重要的战斗。6月5日，第一次攻击战开始了。中国军队第十一集团军第七十一军第八十七师、第八十八师对龙陵展开进攻，第二军第七十六师则进攻平戛（现名平达），最终目标则为日军第五十六师团部驻守的芒市。6月10日，镇安街、黄草坝、放马桥、腾龙桥等地相继被中国军队攻陷，从而将龙（陵）松（山）、龙（陵）芒（市）、龙（陵）腾（冲）等公路截断，随后又一度攻入县城，当时城内仅有300余日军官兵，日军分别在三个据点坚守等待增援。然而中国军队此时给养短缺，弹药、军粮无以为继，无法趁势将县城攻下，城内日军则抓住时机展开反扑。6月16日，中国军队第八十七师败下阵来，随后宋希濂不得不下令军队撤退并等待增援，如此一来龙陵反攻之战出现僵持局面。

日军第五十六师团分别调集腾冲2000人、芒市1000人，为龙陵提供增援。6月18至26日，在黄草坝、空树皮、香菇岭一带，中日双方展开激战，形势危急。此时，中国军队第八军荣誉第一师和新编第三十九师奔赴战场予以增援，阵势才得以稳定下来，并且借此转为攻势。至7月13日，龙陵城外的勐连坡、红土坡、山神庙等要点失而复得。当时正是雨季，大雨滂沱，这对中国军队行进非常不利，直至7月25日，开始推进至龙陵城郊，县城周围的一些主要据点被中国军队攻陷。

8月14日，针对龙陵的第二次攻势展开了。当日，空军派出飞机34架，并与炮兵密切协作猛攻向龙陵，在轰炸中，击毙日军荻尾勇少校。此时，第二军将芒市东南部的一些据点攻占下来。此次进攻以龙陵县城东南老东坡的战斗最为猛烈，日军在战斗中使用了十多种具有燃烧性、爆炸性和糜烂性的近距离攻击武器，然中国军队新二十八师官兵顽强战斗，勇往直前，经过数次冲锋和六日六夜的激战，8月19日，老东坡之日军最终被歼灭。日军新二十八师遭受了惨重损失，伤亡达800人；在日军阵地则陈尸400多具。

自觉缅北和滇西的战事对其不利，日军缅甸方面军决定重新调整作战部署：以守势应对缅北方面战场，以攻势应对滇西方面战场。据此，日军第三十三军开始实施"断作战"，之所以被称为"断作战"，是因为日军想要将中印陆上交通线截断。为第五十六师团提供增援，日军第三十三军司令部将第二师团和第四十九师团的一部专门抽调出来。8月26日，第二师团长冈崎中抵达芒市，原位于南坎的主力部队调至芒市，9月3日，日军第三十三军下令当日即展开进攻，原位于缅北新维的战斗指挥所亦转到芒市。

8月底至9月初，2000余日军自芒市出发，开始进犯龙陵之桐果园、南天门、张金山、双坡、三关坡、锅底塘坡等地，七日的激战之后，各据点又被日军攻陷。远征军迅速调集后援部队对龙陵提供增援。三关坡得到新编第九师奉命的增援，日军被击退，战斗形势亦稳定下来。随后日军又以1000余兵力进攻大脑子坡、南厂，两地先后被攻占。9月上旬，中国军人第五军第二〇〇师自昆明出发予以增援，第五十四军第三十六师自腾冲出发向南挺进龙陵，随后与荣誉第一师密切配合，激战三昼夜，至9月14日，日军败下阵来，远征军趁势扩大战果，将原有阵地全部夺回。

中国军队展开猛烈反攻，先后攻陷腊勐松山和腾冲两大战略要点，日军第三十三军的"断作战"已无望达成。远征军的攻势异常迅猛，日军的战略部署全被打乱，日军第三十三军司令官本多政材中将无可奈何地叹息道："活至今日始知如此悲痛的滋味！"他迫不得已含泪作出决定，"断作战"即刻停止，9月14日，他命令各部停止攻势，并尽力援救平戛的残部守备队。9月17日，日军第五十六师团率领约1000余残部攻向平戛，突围之后的平戛残部与其会合，9月23日全部向芒市退守，中国军队第二军随即占领平戛。

1944年9月，中国远征军两个集团军指挥官亦调整部署：第十一集团军总司令宋希濂在作战中指挥有功，然因出现攻克龙陵之误报，职务被解除，并命令副总司令兼第六军军长黄杰为代理总司令；第二十集团军番号被撤销，第五十四军划入第十一集团军，接受黄杰指挥，霍揆彰调至昆明担任警备区总司令。

中国远征军在对龙陵展开两次重大进攻之后，战力被消耗殆尽。随后中国军队作出部署调整，发动了第三次进攻。10月29日，中国军队各部步兵协同炮兵、空军，全面展开第三次大进攻：中国军队左翼军对芒市以北、龙芒公路以东展开攻势，右翼军则对龙陵县城以西发起进攻。11月1日，中国军队攻击部队逐步向中央收拢将力量集中，在县城街巷与日军展开争夺战。步兵在美国空军以及大炮300门的配合下，将日军在城内的核心据点观音寺一举攻下。11月2日，城西制高点亦被攻占。中国军队自三面对日军残部实施合围，日军战斗吃力，于11月2日夜间暗地溃逃至芒市。1944年11月3日晨，龙陵县城被中国军队攻陷。

在远征军反攻战役中，收复龙陵被看做是第三大胜利。松山、腾冲、龙陵相继被攻占之后，中国军队想要攻陷芒市、遮放、畹町亦减轻了阻碍。当时，中国驻印军正向八莫、南坎两地推进，因此，将中印公路和滇缅公路打通可谓指日可待。

收复芒市、遮放、畹町

芒市（今潞西市）位于潞西盆地的东北端，与北侧的龙陵相距35公里，与南侧的畹町相距88公里，属于滇缅公路沿线城市，日军据守此地。作为其滇西的最大据点，其第五十六师团司令部亦驻扎在此地。遮放属于一个河谷集镇，处于芒市与畹町之间，战略地位重要。畹町位于中缅边境上，原只是一个德昂族小村寨，因后来成为滇缅公路进入缅甸的必经之地，此地亦被看成是中国西南的国门关口，其南侧与缅甸新维、腊戌相通，西南一侧为勐卯（今瑞丽），地理位置亦很重要。日军在龙陵实施"断作战"时，想在龙陵失守后，退守至芒市和遮放、畹町，以此为依托与中国远征军展开持久战，因此，为了实现长期固守之图，芒市修筑了大量坚固工事。

占领龙陵后，中国远征军预备在芒市与日军展开会战，协同步、炮、空对芒市之日军发动总攻击。攻击军右翼由第五十三军担任，沿潞西盆地西部远线迂回，向遮放河谷北端挺进，并将滇缅公路截断，使日军无法从南面提供增援；第七十一军自象滚塘出发，经芒市河向前推进，对日军固守的三台山发动进攻；第二军第七十六师为左翼，推进至潞西盆地以东的勐戛；第六军自龙陵沿滇缅公路进攻芒市正面，芒市附近的一些外围据点很快便被该军主力攻下。此时，中国军队已从三面包围了芒市，芒市之日军亦面临无险可守之境地，基于此，日军被迫放弃芒市，11月19日守军趁夜撤离芒市，沿滇缅公路转移至遮放，1944年11月20日，芒市被收复。

退至遮放的日军残部预备就地对中国军队实施阻击，然遮放属于芒市河（龙川江支流）流经的一处河谷凹地，附近高山已逐步被中国军队控制，在此展开阻击于日军非常不利。日军遂据守在遮放北面的三台山，以此为屏障阻挡远征军向前推进。三台山位于遮放北侧，属于其制高点，滇缅公路自山岭蜿蜒而过，日军据此大量修筑工事。以空军为配合，中国军队第七十一军猛攻向三台山，日军阵地即刻便被摧毁，残部被驱至遮放。中国军队第二军自勐戛向遮放展开攻势，1944年12月1日，遮放亦被攻下。

中国军队攻占了芒市、遮放，日军被迫退守至畹町，并预备借助畹町地形之优势，展开决战。畹町背靠一系列山岳地带，因腊山在其东北一侧，大黑山、黑山门在正北一侧，主峰为海拔1675米的因腊山，这正好在畹町的北部形成一道天然屏障。日军便利用此有利地形，在畹町布下阵势，诱使中国远征军至畹町北部山岳地带，随后展开决战。中国远征军南下之路异常顺利，因在芒市、遮放未能遇到日军主力，遂亦预备在畹町对日军主力实施围困，并一举歼灭。远征军将畹町四周约 10 平方公里的山岳地带确定下来，作为攻击区域，随后各主力重新调整：第五十三军作为右翼，沿龙川江、瑞丽江向下迂回，绕出畹町西南，将滇缅公路截断；第六军作为左翼，自东经黑勐龙进攻畹町；攻击畹町的主力军由第二军担任，其沿滇缅公路向南挺进，对畹町展开进攻；总预备队则为第七十一军。12 月 27 日，中国军队各部协同空军和炮兵纷纷展开攻势，自西、北、东三个方向推进畹町。1 月 3 日，中国军队冲进畹町街、九谷（属缅甸），日军随即全线动摇。此时，自八莫南下的中国驻印军于 1945 年 1 月 15 日占领了南坎，日军腹背受敌，不得不自畹町突围向南撤退。1945 年 1 月 19 日，畹町被收复。自此，日军全被驱逐出中国西南国门，沦陷长达两年半之久的云南怒江以西的国土完全光复。

1945 年 1 月 27 日，在缅境芒友，中国远征军与中国驻印军会师，以此为标志，滇西反攻战大获全胜。滇西反攻战的胜利具有重大意义，当时，昆明出版的《民主周刊》曾指出：全中国"收复失地，实滇省为最早。"在中国，云南最早实现驱逐日军之举，对于全国人民奋勇抗日的决心和抗日必胜的信心亦有极大鼓舞，在抗日正面战场上，这面光辉的旗帜异常耀眼。

1944 年冬，重庆国民政府军委会决定全面配合盟军作战，在滇西缅北的作战告一段落后，中国远征军司令长官部改组为中国陆军总司令部，统一指挥西南各战区部队并负责军队的整训工作。随后，中国陆军总司令部在昆明正式成立，总司令由何应钦兼任，副总司令由卫立煌担任。

从 1944 年 5 月 11 日到 1945 年 1 月 27 日，滇西反攻战持续了八个月十六天，最终胜利结束。在此次战役将日军的主力部队第五十六师团摧毁，其绝大部分有生力量被歼灭；与此同时，亦对日军第二师团和第五十三师团造成有力打击，日军一部被歼。在滇西反攻战中，共造成日军 21057 人被毙伤及俘虏；中国远征军总计投入约 16 万兵力，包括七个军十四个师，其中有 67463 人在战斗中伤亡及失踪。中日两军的伤亡比例达到 3.2 : 1，由此可见，为取得祖国抗日民族解放战争的胜利，中国远征军付出了极大的代价，为保全国家、保全民族作出了重大贡献。

滇西反攻战役的胜利，因素颇多，其中首要原因为，远征军代表的是正义之战，目的是取得民族解放和国家独立的胜利，取得世界反法西斯侵略的胜利，因而全员官兵作战英勇，士气高昂，意志坚定，进攻中虽伤亡累累，但官兵们前仆后继，奋勇直前，决不退缩。其次，面对日军，滇西人民与远征军合力攻敌，为远征军打击侵略者予以有力支援，其中应征支援作战的青年就达 30 万之多，他们援助远征军侦察敌情，做向导，运输粮草、弹药，不畏艰苦，翻山越岭，风餐露宿，战斗能够取得胜利，滇西人民亦功不可没。第三是同盟国的及时增援与密切合作，特别是美国，在战斗中为中国驻印军和远征军提供了精良装备与帮助训练，远征军战斗力才得以显著提高；此外，美国空军亦有力支援作战，在反攻战的胜利中发挥了重要作用。

第二次世界大战中，中国远征军入缅抗战属于世界反法西斯阵营中的一次重要战略；中国战场是亚洲太平洋战场的主要战场，中国远征军入缅抗战的胜利，为亚洲太平洋战场的胜利带来重大的作用和意义。中国远征军入缅作战成功将日军北犯和西进的势头阻断，很大程度上促进了中国大陆正面战场的稳定。国民党政府的抗战中心重庆得以坚持和稳定，很多都要归功于中国远征军在缅甸的浴血奋战，尤其是在缅北滇西反攻战中，日军遭受了有力打击，中印公路被打通，滇缅交通亦被恢复，从而保卫了国民党战场；此外，此次战役亦呼应和支持了以中国共产党为领导的敌后抗战。

　　中国远征军入缅抗战亦有重大的国际意义。太平洋战争爆发时，美、英任何一方都对单独打败日本法西斯无能为力，因此，中国战场的抗日作战被参战各方寄予厚望。英国借助中国的援助，钳制在缅日军，使日军无法进军印度，从而保卫了印度，亦即保住了英联邦在远东的心脏。中国远征军入缅浴血奋战，实现了中英合作，这一要求亦完全达成了。在美国方面，他"确信中国为共同作战之重要分子，并视中国战区为击败日军最切要之步骤"。美国参谋部希望中国将百万以上的日本陆军拖延住，从而配合美国进军欧洲，防止日本乘虚而入，夺取澳洲乃至整个太平洋；美国认为印度、缅北和滇西的交通线的打通势在必行，因这亦是唯一途径，从而利于中国大陆向日本展开大反攻。应当指出，中国军队在缅北的作战极大地促成了这些战略目标的实现。

　　中国远征军入缅作战并最终取得胜利，这使得积弱百年的民族形象得以改善，亦是一次绝处逢生的胜利，在中华民族历史上铸就了光辉夺目的篇章。此外，将日军驱逐于国门之外，并借助异国之地给予侵略者以沉重打击，这在中国近代历史上开启了新的一页，可谓意义重大。它在世界人民面前显示出中华民族伟大的一面，彰显了中华民族不惧牺牲，为保卫国家不惜浴血奋战的民族精神，同时，中国军队不畏强敌，决战必胜的英雄气概亦得以展现。

286

敌后战场

神头岭伏击战

　　七七事变之后，日军开始了在中华大地上疯狂地掠夺和残杀。面对如此凶残的日军，国民党正面部队在战争爆发之初，并没有发挥其应有的作用。1938年初，平汉、同蒲、道清线上的3万多日军与津浦路上的日军联合向中国军队的晋南、晋西地区进犯，很快，长治、临汾、风陵渡等地相继沦陷。就在日军毫无忌惮地向晋南、晋西进犯，国民党军队作战不利的时候，一场闻名海内外的战斗——神头岭伏击战，给了日军当头一棒。

战前精心谋划

　　1938年3月上旬，党中央和毛泽东同志指示由刘伯承和邓小平率领的第一二九师将主力适当集中在邯长大道以北的襄垣、武乡地区，伺机对侵犯的日军进行打击，并破坏其重要的交通干线，协助第一一五师、第一二〇师在晋西和晋西北保卫后方的作战。邯长大道，也就是邯长公路，东起河北邯郸，西至山西的长治，是南北走向的太行山中段唯一一条贯穿东西的交通大道，日军的人员和物资运输，主要是靠邯长大道来满足。刘伯承和邓小平经过对地形和战争情况的详细了解之后，认为横贯太行山脉并与临屯公路相连的武安、涉县、黎城、潞城等地是重要的日军运输要地，而且这里日军防备薄弱，再加上地形复杂，是理想的伏击日军运输车队的地方。

　　伏击的战场定下来之后，刘伯承和邓小平又针对日军在晋东南的点线式布阵和日军作战的特点，制定了设饵打援的战斗策略。其主要方法就是，中国军队以一小部兵力对驻扎的日军进行主动袭击，引日军来援；同时，将主要兵力放在日军援军必经的路上，从而将日军歼灭。

　　3月13日，刘伯承、邓小平召开了作战会议，副师长徐向前、参谋长倪志亮、副主任宋任穷以及第三八六旅旅长陈赓、第三八五旅旅长陈锡联等参加了这次作战会议。经过讨论之后，刘伯承将大家的发言进行总结，认为围攻黎城，诱潞城的日军进行增援，然后在途中将其歼灭，这个方案最好。

在黎城进驻的日军是第一〇八师团的一个分支，只有1000多人，而且黎城是日军重要的兵站基地，中国军队对黎城进行袭击，可以用较少的兵力，给对方带来恐慌，让其调动潞城的日军迅速出援。在这个计划制订之后，刘伯承师长随即下令：陈锡联率第三八五旅第七六九团佯装攻击黎城和阻击涉县的日军，设饵钓鱼，引诱潞城日军来援；陈赓率领第三八六旅三个团在潞城至浊漳河畔之间设伏，将日军歼灭在途中。

随时做好战斗准备的八路军

谨慎选择战场

陈赓在接受任务之后，详细地思考了可能出现的问题。就在大战在即的时候，侦察报告显示，日军在潞城的兵力已经增加到了3000多人。日军兵力增多，中国军队兵力又不足，想要给日军以歼灭性打击，难度在不断增大。

为了能够更好地给日军以打击，陈赓召集了团以上的领导进行了第一次准备会。当时的第三八六旅第七七一团的团长徐琛吉和政委吴富善、第七七二团团长叶成焕和政委肖永智以及补充团团长韩东山和政委丁先国参加了会议。这次会议主要讨论的问题就是伏击战场的选择。最后经过慎重的考虑之后，大家决定将神头岭作为伏击战场。

神头岭确实是一个伏击日军的好地方：那里有一条深沟，公路正好从沟底通过，两侧的山势陡险，便于部队的隐蔽，也便于出击。但是唯一的问题是，这些都是大家从地图上看来的，并没有人真正去看过神头岭的地形。

为了探清神头岭的地形，陈赓在派出侦察警戒小组之后，带着十几个人骑马离开驻地。陈赓一路上一言不发，像是在考虑什么，并随时注意观察沿途的地形。

到达潞河村附近，大家都下了马，悄悄地沿着公路北面的山梁而行。只见邯长大道跨过了浊漳河，绵延而来，一会儿跌落深谷，一会儿又爬上了山腰。公路上，不时有日军的汽车经过。这一段，像地图上标注的一般，有几处地形还算比较险要，但是对于大规模的伏击战来说，并不是十分理想的伏击场所。因此，大家都把希望寄托在了神头岭上。

没想到，大家的希望很快就落空了，神头岭的景象让陈赓等人大吃一惊。公路并不像地图上标明的那样在山沟里，而是铺在一条几公里长的，光秃秃的山梁上，山梁的宽度不过一二百米，路的两边，地势虽然比公路要略高一些，残留着国民党部队以前挖的工事，但是没有任何遮蔽物，很容易暴露。山梁的北侧是一条大山沟，山沟的对面是申家山。山梁西部有个神头村，住着十来户人家，再往西，就是微子镇、潞城了。

很显然，这样的地形并不适合埋伏，因为根本无法隐蔽，北面是深沟，不便于预备队运动，弄不好，反而让自己陷入困境。

在观察完地形之后，陈赓陷入了沉思当中。陈赓细细地观察了那些被国民党废弃的工事之后，才带领这十几个人离开了神头岭。

回到旅部之后，天色已经暗了下来。吃过晚饭之后，会议继续进行，讨论的气氛比上次更为热烈。大家觉得在神头岭设伏无望之后，便开始像无头苍蝇一般，不知道到底在哪里埋伏才好。就在大家讨论得焦头烂额之际，陈赓再次决定在神头岭设伏。

陈赓认为，虽然神头岭的地形并不理想，但却是出其不意打击日军的好地方。因为地形不险要，日军就会疏忽大意，而国民党残留的那些工事离公路最远的才不过百米，最近的只有20来米，这些日军早就司空见惯，因并不会起太大疑心。如果将队伍隐蔽在工事里，日军很难发现。山梁狭窄，虽然不方便展开战斗，但是日军则更难展开。只要打得突然，炮火猛烈，日军一定会吃亏。

经过了激烈的讨论之后，大家决定这次伏击还是在神头岭进行。中方军队的部署是这样的：第七七一团在左，第七七二团在右，在路北设下埋伏，补充团则在对面的鞋底村一带设下埋伏，第七七二团第三营担任潞城方向警戒，切断日军归路。由于潞城的日军增加到了3000多人，陈赓还下令让第七七二团团长叶成焕抽调一个连去潞城背后打游击，干扰日军。

很快师首长就批准了第三八六旅的作战计划。三八六旅的决心和部署，与师首长的意图很相符。

设伏周密

1938年3月15日晚9时，执行打援任务的三八六旅的官兵就开始出动了。这支队伍一直从上遥村向南，沿着蜿蜒的山间小道，向漫流岭、申家山、神头村进发。对于这次作战，三八六旅的官兵信心满满。

很快，执行打援任务的三八六旅就到达了神头岭，各团按照指定地域进入阵地之后便开始了伪装。陈赓亲自到各团督促官兵进入阵地。在作隐蔽的时候，陈赓要求大家一定不要随便动工事上的旧土，并要将那些踩倒的草，顺着风向扶起来。

当一切准备就绪之后，三八六团就开始静静地等着日军上钩了。不久之后，从远处传来了一阵沉闷的轰隆声，这是担负诱敌任务的第七六九团开始袭击黎城了。驻扎在黎城的日军毫无准备，中方一个营的军人就把这些日军打得晕头转向，缩在房子里不敢出来。

随着枪声、炮声越来越密，埋伏在神头岭的第三八六旅中国军人的心情也随之紧张起来，看来不久之后，就该是自己英勇表现的机会了。

部队静静地埋伏在工事中，等待天渐渐变亮。除了远处传来的枪炮声之外，四周都很安静，看不到一丝人迹。神头村离伏击阵地只有一两里路，这一天没有鸡叫也没有炊烟。公路横躺在前面，因为很长时间都没有下雨，再加上日军频繁的运输，路面已经形成了一层厚厚的尘土。

黎城方面，依然有枪炮声不断传来，时紧时慢，但是潞城的日军却不见踪影。8点半，日军的先头部队终于在离神头村不远的微子镇方向露头了，这次对黎城进行增援的是日军的第十二师团和第一〇八师团的部队。

执行打援任务的中国军队第三八六旅的官兵们一听说日军真的按照中方制定的预定计划派出了援兵，而且只有1500多人，顿时信心大增。因为中方虽然在神头岭上部署了一个旅的重兵，但是如果潞城的3000多日军倾巢出动，那么中方全歼日军依然是比较困难的。正是因为陈赓派出的叶成焕部一个连对潞城的日军进行了骚扰，增加了日军的顾虑，日军才会只派了1500多援军。这样一来中方就占了很大的优势。

日军的大部队到达神头村之后，突然停了下来，过了很长时间，才派出20多人的骑兵搜索分队。日军貌似已经意识到了危险的临近，搜索队沿着一条小道，径直朝第七七二团第一营的阵地走去。眼看日军就要踩到中国军人的头了，中国军人都紧张得不敢喘一口气，如果这时被日军发现了，那么伏击日军的计划就泡汤了。

不过，这种担心很快就化解了。日军对脚下那些司空见惯的工事丝毫没有留意，只注意到了对面的申家山，在看到申家山没有动静之后，就继续前进了。

在判断前方安全之后，日本军队就浩浩荡荡地向黎城方向进发了。

9点半，当日军的后卫进入到第七七二团伏击圈后，陈赓随即下达了发起攻击的命令。瞬间，原本静寂的山梁就变得异常热闹。第三八六旅的三个团分别从三面对日军发起了猛攻，成百上千的手榴弹在日军的队伍中炸开，火光和炮弹瞬间将日本军队给吞没了。

当日军意识到自己中了埋伏之后，已经为时已晚，只好作出最后绝望的挣扎。但是在这狭窄的道路上，日军根本无法排出战斗队形。没有战斗地形可以利用的日军，火力也发挥不出来，只能在路上到处乱跑。

虽然日军被打得不知所措，但是这些毕竟是以武士道精神训练出来的士兵，再加上长期以来养成的嚣张气焰，因此虽然已经无力还手，但是他们依然要拼死挣扎。这些挣扎的日军有的滚进水沟里，有的趴在死马、死人后边对中国军队进行射击，也有的甚至会端着刺刀与中国军人肉搏。第三八六旅的战士们面对如此强劲的日军，开始用刺刀、石头与日军展开激烈的搏斗。原先埋伏在工事里、草丛中的补充团官兵也冲进日军中，用刺刀、大刀、长矛奋勇杀敌。很多连队都是清一色的红缨枪。

在这个狭窄的战场上与日军短兵相接时，红缨枪发挥了不可估量的威力。

由于中国军人的奋勇杀敌，中段的日军完全失去了战斗力，除了少部分向东面的张庄和西面的神头村方向逃窜之外，其余绝大部分被中国军人歼灭。

乘胜追击

就在伏击战即将告一段落的时候，日军的300多人钻到了神头村，企图以民房、窑洞为掩护进行抗击，等待救援。一旦日军在村子中站稳脚跟，将会对中国军人十分不利。战斗能否取得全胜，关键在于能否成功争夺神头村了。

陈赓下令称，要让第一排不惜一切代价将村子拿回来。

第一排果然没有辜负陈赓的期望，出色地完成了任务。排长蒲达义带领20多个人，由一个班在正面进行掩护，排两个步兵班对日军进行侧击，一个猛冲，连续占领了两幢房屋，以伤亡五人的代价，重创日军几十人，将日军赶出了村子。可是因为中日双方力量悬殊，被赶出村子的日军随即进行了反扑，情况一下子开始对中方不利。幸好叶成焕团长亲自率领第八连及时赶到，巩固住了阵地。日军并没有善罢甘休，不断组织进行反扑，机枪、步枪、小炮集中向村里扫射、轰击。村子里展开了异常激烈的拉锯战。

到了中午11点半，日军除了百余人逃回潞城之外，全部被歼灭。

13点，潞城的日本人派了一支小部队乘两辆汽车来增援，被第七七二团第七连洗灭在了神头村西南方向。14点，又有七辆载着日军的汽车对日军进行增援，被七七二团炮兵连击毁三辆后，其余重新窜回潞城。到了下午16点，神头岭伏击战胜利结束。中国军人带着满满的战利品，快乐地回去了。

这次神头岭伏击战，给了日军沉重的打击。第三八六旅所属的三个团——第七七一、第七七二团和补充团，在两个多小时的激战中，共击毙了1500多日军，俘虏80多人，缴获300多支长短枪、击毙并缴获600多匹骡马。

这次胜利，让一度低迷的中国军官的士气大幅度提升。

通过这次神头岭战役，八路军在太行山的脚跟扎得更稳了。

陆房反围攻

陆房村，本是一个并不知名的小村庄，但1939年5月，随着日军铁蹄的入侵，使这里成为了见证中国军队顽强抗日军的著名战场。陆房村位于山东泰安西南部，坐落在只有十公里长的小盆地中，可就在这块弹丸之地，八路军第一一五师和山东的地方部队进行了一场艰苦战斗。

一一五师东进山东

1938年，日军占领武汉后，随即把主力转战山东战场，随着山东大部分城市和交通要道的失守，日军又气势汹汹地朝乡村进犯。此时，山东地区的敌后武装斗争一触即发，兵力并不充足的山东敌后共产党军队必须得到增援，1938年10月，第一一五师在八路军总部的指示下迅速由晋西开赴山东地区。12月下旬，第一一五师第三四三旅的第六八九团最先赶到山东微山湖地区，与当地的抗日武装——湖西人民武装抗日义勇队第二总队会合后，随即合编为苏鲁豫支队。1939年3月2日，由代师长陈光、政治委员罗荣桓率领的第一一五师第三四三旅顺利穿过同蒲、平汉铁路，抵达鲁西地区。

鲁西地区是一个非常混乱的地界，聚集了日、伪、顽、匪各方势力，当地民众也一直生活在水深火热之中。最主要的是，当时共产党的抗日武装和根据地没能在此地大规模组建，第一一五师的到来，是解救鲁西地区的希望，他们立誓要获得战斗的胜利。

随后，第一一五师仔细探查和研究了郓城地区的各个据点，作出了初步的战略部署，第一步就是解放被伪军占领的郓城西北重镇樊坝。

3月3日，趁着夜色昏暗，团长杨勇率领第一一五师第六八六团突袭樊坝伪军，战斗进行了一整夜，最终，城内伪军1个团共800余人全军覆没，且成功抓获了伪军团长刘玉胜。郓城被攻克的消息很快传到了日方那里，日方想要出兵予以增援，但也难敌第一一五师的顽强阻击，最终只得落荒而逃。

樊坝一战，第一一五师不费吹灰之力就将日军全部歼灭，由此名震鲁西。民众对八路军的到来，都欢呼雀跃。

之后，第一一五师调出少量兵力驻扎樊坝，广泛发动运（河）西地区群众，组建武装政权，增大游击队兵力。而第一一五师主力部队随即赶赴泰西地区，抵达后，就联合山东纵队第六支队和津浦支队组成一支大军，开展进攻东平、汶上、宁阳一带伪军、汉奸及顽固派势力的作战，随着战事节节告捷，预期的泰西根据地得以壮大，中央大军最后向津浦路开去，这是日军的一条重要交通线，攻克此地，也就意味着扼住了日军的咽喉。

接连不断的胜利，使日伪开始变得不安，增强了八路军指挥员和人民群众的抗战信心。面对失利的战事，日军也变得紧张起来，随后又开始挖空心思进行作战部署，他们主攻的地区就是壮大起来的泰西根据地。

大战陆房村

八路军第一一五师在泰西展开的游击作战，对泰安、济南和津浦路中段的日军无疑形成了重大威胁。当时驻山东的日军最高指挥官——第十二军司令尾高龟藏简直被八路军的各据点突袭搞得焦头烂额。4 月底，火冒三丈的尾高龟藏下令对抗日根据进行扫荡，但先后两次扫荡都告失败，根据地军民的顽强抵抗使他们只能撤退。5 月初，尾高龟藏调集济南、泰安、兖州、东平、汶上等 17 个城镇的日伪军，组成多达 8000 余人的大军，亲自指挥进攻泰西根据地。

龟藏此举，无疑想置泰西根据地的共产党于死地，由此也正验证了共产党根据地对其威胁之大。龟藏将全部兵马分成九路，计划以"铁筒"式对根据地进行围攻：第一路以王晋西南为目标，走泰安至天平店一路；第二路以新镇及其以南地区为目标，走肥城一路；第三路以钱庄以南为目标，走东阿经后岭；第四路龟藏亲自率军，集中主力部队以大黄庄为目标，走东阿经双港、演马庄一路；第五路由东平经须城、马子峪向东北方向进犯；第六路以岈山为目标，走汶上经魏阳庄一路；第七路负责向寨子方向进攻，走宁阳经白马庙一路；第八路由大汶口经古城向西进犯；第九路由满庄向安临站方向进犯。

5 月 2 日至 8 日，按照龟藏的计划，汶河以南的东平、汶上地区都遭到了日军的扫荡，根据地外围部队被迫撤退。9 日，在"稳扎稳打，步步为营"的作战方针指导下，9 路日军同时对第一一五师和活动于肥城、宁阳山区的抗日武装实施合围。至 10 日，日军的围攻作战全面得逞，互相策应的各路日军，已经封锁了八路军撤退的山口隘路。龟藏布下天罗地网，想给八路军第一一五师一个瓮中捉鳖，甚至为了以防万一，还在各路之间调派了机动部队。

龟藏的狡诈阴谋，第一一五师早有预知，从日军对根据地外围扫荡开始，第一一五师就发觉形势不对，9 日，随着日军九路兵马的大举进攻，第一一五师首长也迅速下令展开突围战：山东纵队第六支队向西南方向突围；第一一五师机关、直属队与津浦支队向大峰山区转移；冀鲁边第七团向路东转移；第六八六团（欠第三营）坚持内线斗争，与日军周旋。但尽管计划周详，共产党军队还是未能全面突围，第一一五师被迅速杀来的日军严密围困。5 月 10 日，奋战在此的共产党全部军队及部分地方党政机关共 3000 余人，被困陆房村一带的小盆地中。

面对日军的重重包围，顽强抗日的中国士兵并没有丧失信心，第一一五师首长依旧冷静沉着地分析战事，指挥作战。根据被困的现状，他计划还是以突围为主，等到天一黑，就以少数兵力牵制日军，其余部队和机关则趁机撤退。

夜色变昏暗后，第一一五师便按照计划开始进行突围，其中山东纵队第六支队可谓具备了天时地利，了如指掌的地形、道路，适合隐身的夜色，都给第六支队的突围创造了条件。日军的机动部队最终都没能发现第六支队，就这样，在天亮前，第六支队通过包围圈的缝隙，成功逃出。

相比较之下，第一一五师机关、直属队和津浦支队却没能如此幸运，日军的机动部队发现了向大峰山方向突围的军队，虽然拼死一搏的中国军队与日军展开了一场激战，但增援日军的陆续赶到，使中国军队终因寡不敌众而选择撤退。其实，在大量日军阻击的情况下，中国军队想要突围并不容易，再加上当时携带东西过多，突围可谓难上加难。与此同时，冀鲁边第七团在向路东突围的途中，也遭到日军阻击，于是，也与第一一五师机关、直属队和津浦支队一样，退回了陆房村一带。

按照计划，八路军被成功围困在泰西，这让龟藏大为满意，甚至心里还自鸣得意起来，为自己战略的高超而欣喜。为了尽快消灭剩余八路军，龟藏加紧了包围圈的防御和进攻，此时，龟藏自以为势在必得，甚至兴奋得还命人预备了凯旋酒席。

另一方面，随着黎明的迫近，突围化为了泡影。第一一五师只能依托山势，固守于陆房村一带，计划夜晚时再伺机突围。第一一五师首长随后下令：第六八六团第一营在西南的岈山及其以北地区进行防守；第二营在滑石峪、第三二四高地和肥柱山地区进行防守；津浦支队和师特务营负责374.6高地、凤凰山和狼山至西界首地区的守卫；冀鲁边第七团负责九山、琵琶山、望鲁山和赵家村地区的防守。之后，各队抵达位置，为接下来的防守战作准备。

5月11日黎明，在一阵炮轰之后，龟藏率领日部队向陆房村八路军发起进攻，第一一五师拼死守卫。

在日军的猛烈进攻下，第六八六团第一营表现了顽强的毅力，使得日军连连被击退，最终守住了岈山阵地。第二营同样英勇御敌，接连击退4次日军攻击，不仅守住滑石峪阵地，还取得了歼灭百余日军的战果。第二营的第八连在守卫阵地战中，与日军进行了最为激烈的拼杀，在弹药全部用光的情况下，士兵用石头当武器，直打得日军头破血流，最终撤退。津浦支队和师特务营在374.6高地、凤凰山和狼山阵地也与日军展开了惨烈战斗，顽强的守军成功击退日军六次进攻。冀鲁边第七团数次击退日军，毙伤众多日军，守住九山、望鲁山阵地。

在仅有十公里左右的小盆地，中国军队与日军展开了激烈对战，杀声震天，尸体纵横。从黎明厮杀到午时，妄图一举歼灭共产党的日军只留下凄凉的几百具尸体，而顽强的第一一五师，仍在各方阵地上坚守。

面对雄心勃勃进攻、最终却惨败而退的日军，龟藏大为恼火，他立即责令各部再次攻击陆房，不计代价必须攻下。下午15时，龟藏亲自带队攻入岈山阵地，对第一一五师第六八六团第一营进行了猛烈的轰炸，随即主力进行攻击。

第一一五师六八六团第一营面对日军连续不断地猛攻，丝毫不曾惧怕，在守军拼死抵抗下，日军九次进攻都惨遭失败。受挫的日军，随即撤退至马蹄山附近。虽然岈山阵地抵御住了日军，但西北方向的战事却很不乐观，第六八六团第二营和津浦支队在200余日军的攻击下，最终失利让日军向陆房村进犯而去。日军的深入，对整个第一一五师的防御都构成了威胁，为了抵挡住日军，作战失利的第二营和津浦支队再次展开浴血奋战，战场上，誓死不屈的守军用刺刀杀日军，用手榴弹炸日军，最终杀得日军被迫撤退。

在不惜一切代价攻击的方针下，日军的攻势未见减弱反而逐渐增强，为了缓解防御部队的压力，第一一五师想出了一个妙计，此时日军主力都放在对守军的进攻上，敌后兵力必然空虚，由此正是调兵突袭的最佳时机，后方遭袭，日军派兵救援也是肯定的。于是，骑兵连奉命云突袭日军侧后的安临站，不出所料，龟藏抽兵赶去救援。

十几个小时，战斗依然在继续，第一一五师的阵地已经铺满日军的尸体。面对坚守阵地、久攻不下的八路军，龟藏气急败坏。随着夜晚的临近，龟藏重新整顿了兵力，他计划在天黑前再猛击八路军。在炮火的掩护下，一大批日军向八路军阵地进犯，面对冲入眼前的日军，八路军与其展开了激烈的肉搏战，虽然日军死伤惨重，但人多势众的日军最终还是攻入了望鲁山阵地。倾巢而入的日军随后进至刘家村和寨子附近，但是令日军意想不到的是，在这里，冀鲁边第七团进行了坚决的反攻，日军无法突破，只能停在原地。

随后，夜晚降临，漆黑的夜色令龟藏很不安，他熟知八路军善打夜战，万一，八路军趁夜进行突袭，那日军可要吃大亏。于是，为了以防万一，他只能下令收缩兵力，暂停作战。

295

反围攻告捷

日军攻势的暂停，终于给了第一一五师喘气之机，首长首先下令各部队检查伤亡，结果很令人沮丧，战斗进行了一天一夜，第一一五师各部队伤亡人数已达300多。

其实，在此次作战中，日军死伤了1200多人，相比较之下，第一一五师死伤还算不大。但日军兵力充足，而第一一五师却势力单薄，总体来看，第一一五师处于不利形势。第一一五师知道，翌日清晨，日军就会卷土重来，再次发起猛攻，想要坚守阵地，无疑会伤亡惨重，由此一来，第一一五师根本坚持不了多久。别无他法，只剩下了突围一条路，而日军兵力收缩的黑夜正是大好时机，计划拟定之后，第一一五师首长迅速作出部署：师部和第六八六团向西南方向突围，津浦支队向东突围，而冀鲁边第七团向南突围。上次的突围教训第一一五师也没有忘记，为了顺利逃说，各部队都丢弃了各种辎重物资，同时为了以防日军渔翁得利，还进行了严密的掩埋，伤员也不便进行突围，于是被秘密安置在群众家里。可以看到，第一一五师的准备是非常全面的，没有辎重和伤员，速度将得到提高，同时也便于隐藏，而躲过日军的侦察。

11日晚22时，夜色浓重，第一一五师各部队紧密行动起来，师部一路行动格外紧密，第六八六团第一营和第六八六团第二营分别负责前后方的护卫，而让师、团机关在中间行进。小心突围的师部一路不曾想到，他们竟没有遇到任何阻碍，日军显然由于疲劳而松懈了防备。沿着岈山村的沟渠小路，师部一路在天亮前顺利走出了日军的合围圈，抵达了东平以东的南北陶城、无盐村地区。与此同时，津浦支队和冀鲁边第七团也成功突围。

第一一五师出其不意，突围行动速度之快、隐蔽之深，可谓历史罕见。12日拂晓，嚣张的日军还对第一一五师的突围成功一无所知，他们气势汹汹地整顿军队，向着八路军阵地开去，但殊不知猛烈的炮火根本是向着空城发射，阵地已经空无一人，他们的嘶喊只能被自己听见。莫名的安静让龟藏心生不解，他率领日军毫无障碍地冲入阵地，结果悲哀地发现，八路军早已不见了踪影。此时，龟藏才意识到大事不妙，他本来以为在自己的包围下，八路军定是插翅难飞，但谁知八路军就是长了"翅膀"，在他们的眼皮底下，悄无声息就飞走了，这点令龟藏自愧不如。

陆房反围攻一战，日军死伤1200余人，其中日军大佐联队长也被击毙。在日军自感天衣无缝的"合围圈"中，机智勇敢的第一一五师还是突出了重围，这无疑是一场堪称奇迹的伟大胜利。

铁道游击队

在抗日战争时期，除了正面战场以外，还有一支抗日武装一直活跃在山东枣庄一带。这支队伍传奇般的英勇事迹，在全国乃至全世界都留下了光辉的篇章。这就是被肖华将军称为"怀中利剑，袖中匕首"的铁道游击队。

铁道游击队成立于1940年1月25日，由八路军苏鲁支队命令成立，在成立之初被称为"鲁南军区铁道大队"。这支队伍人数并不是很多，最多时只有300多人。这支队伍中在队长洪振海、政委杜季伟、副队长王志胜的带领下，在百里铁道线上与日军展开了殊死搏斗。

铁道游击队的队长洪振海，可以称得上是一个传奇式的英雄人物。他经常穿着一身黑色的布裤褂，腰上系着一条布带，头上戴着一顶缀着大绒球的帽子。看上去和《水浒传》中的梁山好汉有几分相似。洪振海原本是山东省南部津浦铁路支线枣庄车站的一名工人。自从日军占领这一地区之后，烧杀抢掠，无恶不作。不堪忍受日军羞辱的洪振海，与工友王志胜秘密杀死了一名日本兵，并夺走了一支枪。随后，两人又说通了一名伪自卫队的班长。一天晚上，三个日军在枣庄洋行喝醉了，三人趁此机会就冲了进去，杀死两个日军，打伤一个，成功缴获了两支枪。后来，三个人又联系了一些工友，将这些人都聚集起来组成了一支抗日队伍。随着队伍的规模越来越大，洪振海等人与战斗在鲁南山区的八路军取得了联系。八路军给他们派来了政委。不久，这支队伍被正式命名为铁道游击队，在台儿庄、枣庄、韩庄、临城和微山湖一带抗击日军。这支不过百人的抗日队伍，有着各方面的人才，特别是对铁路干线的相关职务十分熟悉，这里面有司机、司炉、电工、检修工、扳道工……铁路上的行当，他们无一不通。特别是他们当中有些人练就了扒火车的本领，即便火车飞速驶过，他们也能纵身而上。

一次，队员们发现日军在枣庄车站装运的货车上，装配了不少军火，就故意弄坏了机车，让开车时间从白天一直拖到了夜间。火车开动之后，他们趁着黑夜登上了火车，打开车门，拉出步枪 12 支，机枪 2 挺，运送给了八路军。

还有一次，一列从北平开往上海的客车从沙沟站经过，铁道游击队的队员发现最后三节车厢满载着军需品。隐蔽在站外路旁的队员们，在列车经

铁道游击队队员们

过的时候，就飞身扒上火车，剪断了风管，拔掉插闩，使货车脱钩留下，没费一枪一弹，成功缴获了日军 800 多套军装，1200 多匹布料以及大量的药品和罐头。

游击队员们想出的治敌之策，可不是仅有扒火车这一种。有时候，他们发现日军从两个方向开来的火车，正巧要在附近的某个车站会和的时候，就会故意扳错道岔，让两列火车相撞。有时候，他们也会故意弄坏铁轨，让日军的列车翻筋斗……

1940 年春天，日军向鲁南山区进行了大扫荡。铁道游击队为了配合八路军主力部队进行反扫荡，决定搞一次劫车活动。一天，一辆从赵墩车站经枣庄开往临城的火车按时开动。一些铁道游击队的队员，就化装成农民、商人和工人，从峄县、枣庄几个车站分别上车，伺机对付那些押车的日军。在经过王沟车站的时候，队长洪振海和司机老曹快速从道旁跳到了机车的踏板上，在开车的日军司机还没有搞清楚状况的时候，就将其送上了西天。就这样，机车在神不知鬼不觉中落入了游击队的手中。快到四孔桥的时候，火车的车速变慢，各车厢的队员同时将武器对准日军，埋伏在四孔桥旁边的队员也快速登上火车，成功控制了整个列车。

车厢里，游击队员们与日军展开了近身战，不一会儿，就把车上的日军全都消

灭掉了。火车停下来之后，乘客们纷纷下车。洪队长站在高处对乘客们喊道："乡亲们，不要怕，我们是八路军铁道游击队。我们中国人要团结起来，狠狠打击侵略者，绝不让他们在中国的土地上横行霸道！"随后，队员们打开了货车车厢，将大量物资卸载。经过这次，铁道游击队的名声更加响亮了。

1941年冬，因为叛徒告密，日军包围了铁道游击队，队长洪振海在指挥突围时不幸中弹牺牲，而铁道游击队的其他队员却顺利突围。

1942年6月，铁道游击队的队员们乔装成伪军，摸进迟山据点，打死了一个叛徒，随后又化装成农民，进入了韩庄，将另一名叛徒打死，严惩了这些败类，为洪队长报了仇。

此后，铁道游击队依然战斗在津浦线上，队伍发展到了几百人，令日军闻风丧胆。

黄崖洞战斗

1941年11月初，入冬以来的第一场雪悄然而至。绵亘不绝的太行山如同披上白色的纱衣，一片银装素裹的景象。

彭德怀在八路军总部作战室里不停踱着步子，若有所思的样子。

这时，左权匆忙地走进屋里，手里拿着两封电报。他满怀忧虑地说："鬼子正准备向黄崖洞进攻。"

电报指示：11月6日，西井被日军第三十六师团攻陷了，西井以北的上、下赤峪也相继被攻陷。第三十六师团拥有5000余人的兵力。日军第四、第九旅团各装备有2000人，自辽县、武乡南北对进，也正逼近黄崖洞，先头部队距离黄崖洞已在10里之内。

彭德怀读完电报内容后抬起头，注视着地图上黄崖洞所在的位置。

作为八路军兵工厂所在地，黄崖洞的战略地位可以想见。它是支撑八路军武器弹药补给的重要来源，不仅能生产步枪和轻机枪，还能生产子弹、手榴弹和炮弹。兵工厂的位置处于隐蔽之处，关隘险恶，易守难攻。

沉思半晌，彭德怀慢慢转过身，异常坚定地告诉左权："必须坚决打击。我们给他来个瓮中捉鳖，先在谷外回击，再诱敌深入，在谷内包抄日军。但是生产设备必须严格注意保护好，这些宝贝东西可不能让鬼子给祸害了。"

夜色已深，空中零零落落地飘着雪花，作战室内仍然亮着灯。作战方案在几经商讨之后终于敲定：天亮之前，总部特务团进入峪口前阵地，随后利用地形优势将日军拖上四五天，为兵工厂争取转移时间，接着诱使日军进入谷内，堵住笼子抓鸡；

外线的刘伯承部队逐步围拢在黄崖洞附近，及时策应配合并提供支援。

11月10日，在日方中田的指挥下，日军第三十六师团先头部队已经打入中方特务团前沿阵地。11日，早晨刚刚转明，急不可待的日军就对中方阵地展开了猛烈炮击。一小时之后，对中方特务团阵地的第一轮攻击也打响了。就在日军靠近特务团隐蔽处十几米的距离时，团长欧致富立即发出号令，各种武器同时开火，手榴弹密如冰雹般砸向日方，日军的上方如同罩下一张死亡的罗网。日军被这突如其来的攻击打乱了阵脚，纷纷四散撤退。接下来的几天，日军对中方阵地的进攻和炮击不断，并使用了灭绝人性的毒气弹，但中方阵地依然坚守了下来。

这几天时间里，彭德怀和左权在指挥所里一直密切关注着战争形势，一方面借助电话探听战场报告，另一方面判断当前的战场形势并及时作出新的战略部署。14日傍晚时分，特务团第二营打来电话，左权接听到这样的报告：二营和日军的激战已持续了一昼夜，日军受创严重，己方亦付出惨重代价。左权表情凝重地放下电话，无可奈何地轻轻推醒了刚刚在椅子上睡着的彭德怀："彭总，二营刚刚打来电话……"彭德怀听完后一直沉默着，随后起身来到地图前，对着黄崖洞的位置目不转睛地凝视起来，突然，他沉声说道："兵工厂的转移隐藏工作已经完成，继续在这块阵地坚守下去将得不偿失，现在必须撤离峪口，吸引日军入瓮。"

随后，左权将命令传达出去：特务团第二营立即撤离并转移至1650高地，引敌入谷。

天险黄崖洞

中田看到八路军放弃坚守并撤离，并不疑有诈，挥动着手中的指挥刀，对日军下达命令要紧追其后杀入谷中。兵工厂的洞口就在前方不到2里的地方，日军呼号着猛冲上前。但在这蜿蜒横穿山谷的不到2里的小路上，八路军已经在四周的山头进行了严密部署，想穿过去难如登天。地雷在日军的脚下纷纷炸响，手榴弹在上方不断落下，机枪在前方扫射，这分明成了日军的死亡之路。气急败坏的日军无所不用其极，通过毒气弹和刚刚研制的喷火器予以应对，并在山坡上架起山炮对中方阵地展开疯狂的射击。

彭德怀接到阵地发来的报告，随即决定，特务团第二营在1650高地继续坚守下去，同时为保存部队实力、避敌锋芒，第三营全部向水腰山转移，与团直属队会合。

最终，兵工厂被日军占领。但是他们看到的兵工厂已经是空空如也，不仅没人，连半点机器的影子也不见。

天色渐渐变黑，作战室里依然让人感到分外严肃，彭德怀、左权等人正就进一步的灭敌策略进行商讨。彭德怀说："日军目前对地形尚不了解，还没站稳脚跟，这正是打击中田的好时机，给他来个措手不及。"这一提议得到了左权等人的赞同。

特务团利用深夜日军缺乏警惕，连续发动了三次进攻，日军被搅得魂不守舍，再也无法安睡。

在黄崖洞附近，中田已经徘徊了三天时间，然而他得到的只是处处挨打，以及兵将接连不断的损失，可以说是赔了夫人又折兵。

猜测出日军有撤退的可能，彭德怀立即传达指示：一方面命令欧致富紧咬日军不放，另一方面命令刘伯承找好伏击地点，把日军最后的去路截断。

接到命令的刘伯承即刻作出调整，将西井以南 20 里处设为伏击地点，并调入五个团的兵力设防。这是一条长 10 多里的低谷，中田要撤回黎城，此地可谓是必经之路。这条低谷通道的左右两侧，近处为地势低缓的平地，稍远处为上陡下缓的山坡。利用山坡的地理优势，实施隐蔽、射击和冲击都非常理想。

19 日上午 10 点左右，浩浩荡荡的日军已进入埋伏圈。刘伯承立即发出攻击号令：打！山谷中顿时响起一阵枪声、炮声、人喊声、马叫声。冲锋号声嘹亮地吹奏着，八路军受到鼓舞自上而下向日军猛扑过去。日军自知继续战斗下去的后果，扔下 400 多具尸体就落荒而逃了。身后刘伯承的大军紧追不舍，直至黎城脚下。日军在三天后弃城而逃。至此，彭德怀才下令让刘伯承停止追击。

这一战中，八路军损失虽有 100 余人，但日军伤亡却达 2000 人，是抗日战争中以少胜多的典型战役。

敌后游击

狼牙山五壮士

从 1941 年 8 月起，为巩固北岳山区，日军调集了 7 万兵力以实施其"铁壁合围""梳蓖扫荡"战略。9 月 23 日，日军桑木师团（即第一一〇师团）的两个联队，配有炮兵和伪军，5000 多人，再加上 1000 余人的骡马民夫，从易县境内兵分四路"扫荡"狼牙山，这四路军队分别从金坡、良岗、管头、塘湖等地展开围攻。

当时狼牙山一带的部队官兵加上群众有 2 万余人，他们分别是晋察冀第一分区的部分机关，分区主力一团，地委专署机关，徐水、满城、定兴、易县四个县的县委、县政府机关，一部分各县、区队和游击队，以及大批在日军"扫荡"下牵着牲畜、驮着粮食、举家转移到狼牙山上的群众。自 24 日黎明开始，日伪军针对狼牙山连续展开进攻和炮击，中午时分，日军的攻击已连续发动了九次，但均被中国军队击退。中国军队要掩护 1 万多群众转移并要尽量避免损失，因此分区司令员杨成武借助"飞线"（即电话）对狼牙山地区部队下达作战和突围命令：为了诱使狼牙山东北方向碾子台、沙岭子的日军南下，给晋察冀军区、地、县党政机关和人民群众预留突围缺口，他指挥在狼牙山西南的阆刹、岭西、东西武家庄子、刘家台、张家庄一带驻扎的三团、二十五团佯攻甘河净、松山、裴庄、北管头的日军。并向一团邱蔚团长发出指示，带领团主力和游击支队为机关和群众于当夜的突围作掩护。

24 日下午 3 点，三团、二十区依照预先的部署在狼牙山南边发起进攻，日军果然从东北抽兵回击南向的攻击。邱蔚团长借助这一有利时机，把三营七连的部队留在原地用以迷惑和牵制日军，随后亲自率领全团为三个县委、县政府、专署机关和群众 2 万多人及时向北转移作掩护。9 月 25 日凌晨大约 4 点，位于狼牙山东山口的部队主力和机关、群众顺利实施了转移。对于最后的转移任务，七连指导员蔡展鹏将其交给了二排六班。当时六班仅剩余五个人，他们分别是班长马宝玉、副班长葛振林、战士胡德林、胡福才、宋学义。

9 月 25 日黎明时分，为了将日军向东山口方向引，六班在班长马宝玉带领下边打边退，短促的战斗过后，他们穿过小横岭沿着曲折的山间小道向棋盘坨退去。此时他们要为部队和群众的转移争取到更多的时间，便引诱日军来到棋盘坨顶峰的牛角壶。五个人在牛角壶将日军的三次进攻全部击退了，有六七十个日军被消灭。日军怒火中烧，随之而来的第六次进攻变得异常猛烈，山上顿时陷入一片烟火之中，甚至烧着了葛振林的棉袄。太阳快要落山，他们退到了"万年灯"。当时的形势已非常危急，全班的子弹都打光了，仅剩下一颗手榴弹，日军不断呼喊要活捉这最后的五名战士。五壮士向日军扔出了最后一颗手榴弹，他们壮烈地高喊出"中国共产党万岁""打倒日本帝国主义"的口号，英勇地向山崖跳下去。最终，马宝玉、胡德林、胡福才不幸牺牲，葛振林、宋学义因挂在树枝上而幸免于难。

狼牙山五壮士的英勇事迹永垂不朽！

军民武装抗日

1937 年 12 月，平定（路北）县在黑尖山北神灵台的神水泉组织了自卫队长训练班，主要学习政治和军事内容，晋东娘子关地区各村抗日救国人民武装自卫队长毅然参加了这次学习。顺利完成学业后，他们回到村里，将青壮年组织和发动起来参加人民武装自卫队，并把年轻的共产党和青年提拔上来，组成武装基干民兵。他们利用县、区武装部供给的地雷、手榴弹，一边从事生产活动，一边准备抗战事宜，

301

实现生产战斗相结合，生产建设和军队建设两手抓，对于维护社会安定、保护人民、打击日军等方面，都产生了非常积极的影响。

八年抗战过程中，中东区民兵从战争中总结经验教训，提升了战斗实力，开创了大石山区独特的作战方法，与八路军主力和县大队、区小队武装力量实现了积极有效的配合，把日军对抗日根据地实施的"封锁""蚕食""扫荡"策略一一粉碎，获得了比较全面的胜利。

"麻雀战"

抗日战争期间，以人民群众为依靠，我们党领导的敌后游击队和民兵借助熟知地形的有利条件，行动时变化无常，忽左忽右，忽聚忽散，三五成群，让日军迷惑其中，并以突然袭击给日军以极大杀伤。

山西省娘子关北部15公里的位置就是黑尖山，其与羊圈凹日军堡垒的距离也仅有8公里。黑尖山拥有极其险要的地势，谷深山高，层峦叠嶂。中国军队借助黑尖山这一地理优势建立起抗日根据地，在八年抗日的斗争中，日军通过"封锁""蚕食""扫荡"策略不断打击中方根据地，并实行了惨无人道的烧光、杀光、抢光的"三光"政策。在中国共产党和抗日民主政府的领导下，黑尖山组织起人民群众力量，全民武装，实现生产斗争相结合以及军民结合，全面实施反"封锁"、反"蚕食"、反"扫荡"的战斗，并通过"麻雀战"战术对日军进行了有力回击。

1941年夏季的一天，日军经坡底村、金窝庄、三岔沟村，从娘子关据点直趋来到土沟村戏台前，他们把十几门大炮架在农田里，向黑尖山实施了疯狂的炮击。在吊沟村对面的山坡前后和大凹梁上数十发炮弹密集落下，炮声呼呼震天，顿时鸟飞鸡鸣，人们赶紧从正耕作的田中躲进山洞。此时，王文玉、段芝林、段致祥、赵所寿、王拴成、段三昌、段双寿等20多名武装基干民兵通过占领山头、埋设地雷，给日军以坚强阻击。折腾了半天时间，日军才撤离。

1942年秋季的一天，天刚见亮，驻扎在羊圈凹据点的日伪军穿过窑驼梁经西岩攀上黑尖山。日军摘下山上龙王庙内挂的大钟，把它推下山并撞毁在山沟里，同时向山下不断打枪放炮，骚扰中国军民。当时在波乐滩梁，平定（路北）县二区武委会副主任段仁率领民兵对日军的行径进行监视。在王家坟边的小路上中国军队已设好了射击圈，日伪军一进入圈内两面山上顿时枪声四起，并向山下大喊："缴枪不杀！"最终，日伪军缴械投降，竖起了白旗。其间，一名日军翻译和一个伪军被民兵抓住，获得日伪军"三八"步枪与盒子枪各一支以及数十发子弹，上级因此进行了表彰，群众也对他们极力赞扬。

阻击战

1943年秋季，羊圈凹据点的日伪军在一天上午向罗家庄、迥城寺村发动突然袭击，随后又对吊沟村实施了扫荡。在得到消息后，吊沟村武装基干民兵和区小队在郭大同队长指挥下占领窑垴梁，以对日伪军发动阻击，看到日伪军走下吊岩坡后，一声令下从山上射击日伪军。一方有难，四方支援，小岭村和西家庄的武装基干民兵也加入到这次阻击战中，他们借助窑垴梁的有利地势向日伪军发起进攻。来犯日伪军在攻势之下临阵溃败，逃回了羊圈凹碉堡。

1944 年夏季，盘踞在沙滩口的日伪军在一天中午向迥城寺发动袭击，武装基干民兵在村委会主任段富昌的带领下对日伪军实施阻击。这次阻击战得到了四面八方的支援，吊沟、罗家庄村的民兵在二区武委会教导员段仁的指挥下，占据吊岩、红岸梁，给日伪军以有力打击，日伪军被迫撤回了沙滩口老窝。

地雷战

日军对抗日根据地发起了愈来愈猛烈的"扫荡""清乡"行动，在抗日战争相持阶段尤其明显。在中国军民开展的反"扫荡"斗争中，地雷战应运而生。地雷战有效地防御了日军的攻势，"铁西瓜""石西瓜"在当年的山西、山东、河北地区可谓是遍地开花，炸得日军提心吊胆、谈雷色变。在山东海阳人民手中，地雷战得到进一步发扬，他们以民兵为主体，群众也被广泛地发动起来，让地雷战大显神威。在八年的对日作战中，海阳人民或与主力配合，或进行独立作战，在数千次战斗中共歼灭日军 1178 名。其间有 600 多名民兵英雄涌现出来，于化虎、赵守福、孙玉敏赢得全国民兵英雄的荣誉，以他们为代表的民兵英雄与日军进行了形式繁多的地雷战，使得日军一听到"铁西瓜"就望风而逃。

1962 年，八一电影制片厂的军事教学故事片《地雷战》就是以山东海阳地雷战为原型拍摄的，三位英雄的英勇事迹也得以呈现在我们面前，全国观众一时为之轰动。

地道战

1939 年初，冀中蠡县被日军占领，他们在各村镇肆意妄为，让人民群众遭受了一次又一次迫害。日军的暴行与血的教训让抗日军民意识到，必须想出一个万全之计，以应对日军的突袭。

当时群众为了躲避日军迫害，常到野外挖洞藏身。蠡县的县委书记王夫受到启发，他指挥群众把基础好的村庄挑选出来，在偏僻院落中挖设地道，形成了家家相通、院院相连的地道网络，一旦日军来袭便躲入其中。

随后，县委作出决定，把地道网络在蠡县的各抗日村镇广泛发展起来，实现各户相连、各街相连、各洞相连、各村相连。这期间，一些村庄发明出连环洞，创造了扑朔迷离的洞下洞、洞中洞、真假洞，弄得日军眼花缭乱。这种经过改进后的地道网络，在战争中显示出独特的威力。

1941 年春天，蠡县辛桥据点出动 30 多名日伪军进行扫荡。此时，游击队员正跃跃欲试，准备在已经挖好的地道中与日军大战一场。在村口埋伏的游击队一见到日军到来，立即扫射出一排子枪和手榴弹，日军被这突然的袭击弄昏了头，七八个鬼子应声倒下，等他们作出反应准备进攻时，游击队早已躲进地道不知去向。日军正要撤退，从野外地道迂回过来的游击队员，又从背后给日军一阵猛击。这伙日军，包括一名日军小队长在内，几乎全部被歼灭。这一场神出鬼没的地道战大获全胜，往日气焰嚣张进行扫荡的日伪军顿时萎靡下来，抗日军民也受到鼓舞，士气大振。

不久，针对蠡县地道战这种新生战术，冀中根据地领导黄敬、吕正操将其汇报给刘少奇同志。少奇同志对地道战表示出很大兴趣并作出指示，要结合当地实际情况，不断发扬并壮大地道战战术。因此，在冀中军区司令员吕正操和政委程子华的敦促下，整个根据地都广泛推广了这一经验。

交通破袭战

在八年对日作战中，晋东娘子关地区广大民兵运用交通破袭战给日军以有力打击。以各级党委和武委会为领导，各村庄或独自作战，或多村联合行动，采取主动出击，经常彻夜奔走于正太铁路，破坏交通、割除电线，并将电线和钢材运到后方作支援。很多割线能手在这场破交割线战斗中涌现出来，其中罗家庄村三里庄民兵冯二虎就是代表，这位割线能手受到了上级的表彰和人民的赞扬。当时流传着这样的歌词："进攻铁路，破坏电线，广泛开展游击战，不怕他五路六路来进犯，我们坚持持久战。"由此可见当时的战斗景象和人们的抗战热情。

水上游击战

在辽阔的冀中平原，永定河、缩龙河、子牙河、滥阳河、大清河、沙河、唐河和运河等较大河流穿插而过，白洋淀和文安洼两大湖泊点缀其中。这使得冀中地区地理优势明显，拥有便利的陆路交通和水路交通。

这些河流湖泊成为日军重点控制的对象，他们把据点修筑在各主要渡口和要道上，仅在白洋淀周围，就围绕着圈头、马村、赵北口、端村等大据点和30多个小据点、炮楼。不仅如此，为了保障水上运输的畅通，水上警备队也被日军组织起来。

中国军队组织主力部队和民兵针对日军的这一部署，也采取应对措施，向日军据点展开攻势，只要一有机会就将其拔掉。据守的日军再无安宁之日，连出来扫荡都变得胆战心惊。利用芦苇荡这一天然的屏障，白洋淀军民一起创造出机动灵活的水上游击战法，巧妙地阻击了日军的攻势。

在抗日斗争期间，著名的水上游击队——雁翎队，在白洋淀上显示了它的威力。雁翎队的得名源自于游击队员们喜欢把大雁的羽毛插在船头上，因而便成为他们的象征。

当时，白洋淀人经常唱这样一首歌谣，歌词是："雁翎队是神兵，来无影去无踪，过去火枪打大雁，现在专打鬼子兵。雁翎队是神兵，鬼子不敢钻苇丛，苇塘里的伏击战，打得鬼子叫祖宗"。

根据这支神出鬼没、来无影去无踪的队伍的英勇事迹，电影《雁翎队》被创作出来，让我们见识到了水上游击战法的巧妙。

攻心战

对日作战期间，教师和知识分子也充分发挥了作用。在中共平定（路北）县、区党委的组织和领导下，他们经常一手拿刷子，一手提桶，背上背着白灰，在县大队、区小队和武装基干民兵的保护下，趁夜赶到羊圈凹、娘子关日伪军据点周围的村庄，将精心编好的标语和传单写在或贴在墙壁上和靠近日伪军碉堡据点的山石板上，同时借助自制的喇叭筒向日伪军喊话，将中国抗日战争和世界反法西斯斗争的形势宣传出去。例如，"过来吧，伪军的弟兄们，中国人不打中国人！""日本鬼子是秋后的蚂蚱，长不了啦！你们要做好事，不要再做坏事，总有一天要算账的！"……这些攻心战术在伪军中广泛开展起来，劝诫伪军倒戈，认清当前态势，共同对抗日军。晚上，日伪军不敢贸然走出碉堡，放出几声枪后就寂静下来，聆听着谆谆教诲……

垒墙挖沟设路障

作为抗日斗争的前沿，晋东地区为了把日军来犯的道路阻断和破坏掉，想出了很多办法，他们在村口要道纷纷设置路障、广挖深沟、修筑高墙。例如，罗家庄、吊沟、迴城寺等村的民兵把尖草岭、红岸展、驼垴梁、大背坡的道路挖断，并将长达 300 米的高墙修筑在大坪沟曹家凹至圪顶咀一带，墙顶用酸枣圪针装饰，门口是用狼牙刺（霍雷圪针）编成，地雷和手榴弹埋挂其间；磨石岩、黄龙岩、土沟三个村的民兵把桃树垴、磨天梁、寨垴畏、窑驼梁、背坡凹的道路挖断，将高墙修筑在村口要道，同时埋设地雷，安装刺门；黑尖山北沟的西家庄、小岭、神灵台等村的民兵也不甘落后，他们将西岩、四兰坡、黑掌岩、柴木沟的道路挖断，防范日军穿过前线给后方偷袭。

智取碉堡

1945 年春末，占据沙滩口的日军因为要维修碉堡，不断向各村抓取民夫索要材料，李鸣岐连长和李炽建指导员意识到这是拔掉这一据点的有利时机。在一天清晨，他们带领平定支队的一个排，并与二区武委会、区小队和岸底村民兵密切配合，巧妙地化装成一伙维修碉堡的民夫。他们身穿蓝、灰、黑布衣服，头上扎着白毛巾，借助肩上扛着的铁镢头、玉米秸、高粱秆、席子等隐蔽好枪支，利用抬着的木料、石头，以及担着的麦糠、石灰篓筐藏好手榴弹。这支八路军队伍堂而皇之地向沙滩碉堡走去，一名伪军并不防有诈，顺利将队伍放进了日军碉堡内。此时，部队在日伪军猝不及防之际纷纷拿起武器，将碉堡内的日伪军控制住。日伪军的枪支都被收缴了，八路军之后迅速登上二层碉堡抓住了一名日军。这场夺取碉堡的战斗，共缴获步枪、冲锋枪各一支，电话机一部，六名日伪军被俘，而八路军一枪未发，通过机智的谋略获得了胜利。

铁道游击战

作为日军的交通大动脉，平汉铁路承担着重要的任务，日军输送武器弹药和给养、调动兵力全都倚仗着这条铁路。平汉铁路全长达100多公里，它以北平为起点，途径涿州、新城、定兴、保定、徐水、清苑、望都、定县等8个县市。所以，平汉铁路安全与否直接影响到保定市及南北几个县。为了与正面战场形成配合，有力回击日军的进攻，中共平汉线省委决定发起铁道游击战，把日军的这一运输命脉控制在手，遏制日军的交通线，使日军的战略行动被阻断。他们组织起铁路工人游击队在交通线上频繁地活动，给日军造成巨大的威胁，致使其心惊胆战。为了恢复运输线路的畅通，日军不得不在护路中投入大量兵力，如此一来，日军的实力被有力地牵制住了。

敌后武工队

武工队的全称是"敌后武装工作队"，是抗日战争中为了更好地开展敌后斗争而组成的特殊队伍。总的来说，武工队是一支处在特殊时期、运用特殊战法、执行特殊任务、给日军以打击的武装小分队。它的主要目的是克服在敌后和敌占城市开展游击战的艰难课题，从而深入"敌后之敌后"，配合根据地军民的抗日斗争。针对此创作出的电影——《敌后武工队》，就是武工队战法的具体体现。

敌后武工队身处日军严密统治的残酷环境中，他们以山区和平原为主要活动地点，以人民群众为掩护，对日伪军展开了灵活机动的打击。敌伪政权一一被摧毁，汉奸也得到了应有的惩戒，统一战线的工作也有效开展起来。敌后武工队的斗争工作，使得战争形势实现扭转，帮助党和部队度过了最艰难的阶段，为最终的胜利提供了有力的保障。

推倒围墙反"封锁"

1942年至1943年，日本侵略军为修筑一条险恶用心的封锁墙不断强迫征用民夫。这条封锁墙东起河北省井陉县贵泉石板岩，经山西省平定（路北）县岸底、三星村北的圪料梁、罗家庄村南的苇梁、金窝庄村北的三岔沟、羊圈凹的大岭梁、董寨村北的山梁、巨城、会里村北的东山和白杨垴，最终修至盂县牛村北山，全程长约100华里，墙高3米，宽达1.2米。日军的最终目的是将占领区不断扩大，对正太路线实施保护，并对中国军队敌后抗日根据地加紧开展"封锁""蚕食""扫荡"，从而对中国军队抗日根据地实现分割。平定（路北）县被列入封锁墙里的村庄就达117个。中共平定（路北）县军民在各级党委的领导下开展了推倒围墙的反"封锁"斗争，白天老人被日伪军强拉去筑墙，晚上刚修起的封锁墙就被民兵推倒挖塌，再修再推，如此循环往复。日军为这道封锁墙花费了两年时间，但不要说"百里"，甚至连几里封锁墙的影子都不见，百里围墙计划最终泡汤。

站岗放哨传敌情

在抗日战争中，1942年日军在羊圈凹等地安插据点、修筑碉堡。为了攻占娘子关、羊圈凹等日军据点，东区联村民兵在平定（路北）县二区武委会的组织和领导下，布置了3条线11个连环岗哨，对日军的行动进行严密监视；山头岗位还竖起了一根几丈长、顶端绑草的木杆作为消息树，以有效传递信息。这3条线分别是以大背坡、红岸梁、吊岩庙、黑掌岩连成的东线；以桃树垴、摩天岭、官帽梁、西岩连成的中线；以寨垴、窑驼梁、大垴梁连成的西线。各个岗哨分别设在各村头路口处，白天由妇女自卫队和儿童团负责，晚上则由老年自卫队负责。如此一来，各路岗哨一旦侦察到从碉堡里出来的日伪军，就能及时将敌情报告出来，包括日军的人数，要到什么地方，带着多少狗等。这些情报在周密的部署下传播速度快，消息准确，一级一级直至几十里范围内都能得到消息。一旦日军靠近岗哨位时，如果是白天就把消息树推倒，晚上就将消息树顶的草点燃，从而通知群众转移。此时，武装民兵布雷设伏，占据山头，准备与日军战斗。

敌后抗日根据地的民兵组织在八年的对日作战中不断经受考验与训练，实力日益发展壮大。晋东区18~25岁的青年积极参加民兵组织，组成青年抗日先锋队，当时被称为青抗先；基干自卫队和妇女自卫队主要由26~45岁的壮年编成。1940年末民兵组织总人数为2000人，到1945年8月增长到3000人，其中包括800名青抗先成员、1000名妇女自卫队成员、1200名基干自卫队成员。

抗日战争期间，为了保证经济建设，晋察冀边区政府制定了"粉碎敌寇，克服灾荒，保证军需，充裕民生，增进农业"的方针。以中共平定（路北）县、区党委、政府和武委会为领导，东区民兵一面组织变工队，开垦荒地，实施大生产运动；一面抗日救国，保卫家乡，拿起武器对抗日军。当时，在马面梁、吊坡、大凹、龙汗凹等地，吊沟村民兵组织利用开垦的荒地种粮、种豆，实现了粮食的增产。

对日作战期间，村政权和群众团体以各级党委为领导，为青年参加八路军起了积极带动作用，使得部队的兵员得到了保障。当时报名参加八路军的青年抗日先锋队员异常踊跃，"男儿有志上战场""父送子，妻送郎，母亲送儿打东洋"等感人情景不断在抗日根据地上演。有这样两首歌一直流传在当时的抗日根据地：一首歌是《参加八路军》，另一首的歌词是"石榴花开满地红，二十上下去当兵，一杯茶敬我的妈，我去当兵马上行……"。

抗日小英雄

抗日战争期间，在太行山星出现了一个抗日小英雄——李爱民，他是当时山西省武乡县白家庄的儿童团长。

作为儿童团长的李爱民对于日军的恶行极其痛恨，同时看到八路军的正义之举，虽然年仅 13 岁，但他积极为八路军的抗日工作提供帮助。最后他因一次保护乡亲的行动落入敌手，在日军的屠刀之下光荣牺牲。

急送鸡毛信

在战争年代，鸡毛信发挥着特殊的用途和功能，信件上插着鸡毛就意味着这封信必须迅速送达，以保证信息及时传递。

一天，儿童团长李爱民接到了一个传达鸡毛信的任务。八路军的钟营长拿着一封插着鸡毛的信千叮咛万嘱咐，并且说："这是一封非常重要的信，你要穿过日军的封锁线把它送到东沟民兵手上。"

李爱民意识到这封鸡毛信的重要性，毫不犹豫地出发了。为了安全起见，他将鸡毛信藏在袜子里。他手中拿着镰刀，头戴一顶草帽，赶着毛驴，俨然一副要去割草的模样。为了不引起日军的注意，他专拣山沟和小道走。山沟里荆棘遍布，山石突兀，脚被碰破了，腿上被划了口子，但他全然不顾这些，一心只想着快点将信送到。他爬过几道山冈，穿过几条山沟，一路上紧赶慢赶，很快他就来到日军的封锁区。

李爱民匆匆忙忙地赶着路，当他面对一个三岔路口正犹豫着朝哪儿走时，猛一抬头发现两个日军正坐在右前方的一个土坎上。两个日军也正在看着他，嘴里叽里呱啦地说着日本话。李爱民顿时着急起来，不知如何是好。此时他想躲开他们已经来不及，而且也势必会引起他们的疑心。李爱民记起钟营长在出发前的一番叮嘱："路上遇到突发情况要沉着冷静，随机应变。"他看看四周，发现不远处的一堆驴粪，他顺势走过去用力踏在驴粪堆上，稀稀的驴粪溅得他满身都是。顶着一身的脏臭，他大模大样地把驴赶进沟，割起路旁的草来。两个日军朝李爱民走来，一个像是军官的日本兵抓起他的领子，大声说道："巴嘎！举起手来！"

李爱民装出一副不知所措的样子，傻乎乎地站在那里。

日军军官瞪着眼睛叫嚷起来："八路的探子？抓起来！"

李爱民表现得非常害怕，说道："俺只是在这里放驴！"

说完，李爱民上上下下都被日军搜了一通，但是一无所获，日军倒是被难闻的驴粪熏得直捂鼻子。

这时候，远处传来了日军营地的号声。日军踢了李爱民一脚，呵斥了一声："滚开，放驴不准在这里！"随即赶紧向营地跑去。

李爱民承受了日军重重的一脚，但他强忍着疼痛牵着毛驴立即往东沟赶。情报顺利地送到了东沟的民兵手中，第二天他们配合八路军顺利地攻占了日军的据点，根据地的粮食也得到了保护。

李爱民在其中功不可没，八路军也因此大大表扬了他一番。

贴抗日标语

一天晚上，儿童团员们都被召集到李爱民家，王七叔想给他们开个会。当时王七叔提着一桶糨糊就走进屋里，李爱民的妈妈感到奇怪，好奇地问："提糨糊干什么？"原来，王七叔打算将儿童团员组成一个儿童武装宣传队，到伪军的炮楼附近撒抗日传单、张贴抗日标语。

看到儿童团员已经到齐，王七叔开口说道："今天晚上有一个重要任务交给你们，大家要小心谨慎，听从我的指挥和安排！"

儿童团员们个个跃跃欲试，非常兴奋，有人说："一块儿打鬼子去喽！"

天色漆黑，王七叔领着儿童团员们趁着月光摸到了伪军炮楼下。夜间万籁俱静，只隐约看到几个哨兵的影子不断巡视。儿童团员们生怕惊动了伪军，大气都不敢喘，只等着王七叔下命令。

一会儿过后，见伪军并未觉察到有异，王七叔开始将任务安排下去。一些儿童团员向炮楼下面的一道土坎爬过去，迅速捡些土块压住传单；另一部分儿童团员摸到炮楼对面的墙附近，将标语贴上了墙。任务顺利完成，而且非常迅速，小伙伴们都绽开了笑脸。

李爱民手中还拿着一些剩下的标语，他想在炮楼上贴几张，但这个地点极易被发现。他来到王七叔跟前，想跟他商量对策，王七叔对这一想法表示支持，随后二人嘀咕起来。

炮楼的北侧属于背阴面，夜里异常漆黑，而且没有哨兵巡视，二人商议由李爱民爬向北侧，王七叔故意跑到南侧，然后迅速趴下，以吸引伪军注意。炮楼上的哨兵发现晃动的人影，立即向南侧放出两枪，大喊道："有人，有人！"机枪声从炮楼里不断传出来，伪军的注意被引到了南侧。

趁伪军不备，李爱民迅速在炮楼墙上贴了几十张标语，接着又飞快地穿过土坎，消失在茫茫的黑夜中。

天亮之后，炮楼周围变得异常热闹，传单四处纷飞，四周和墙上贴满了标语："不要替日本人当炮灰""快快投降八路军才是出路""中国人不打中国人"。

两天过后，几个伪军竟然真的向八路军投降了。

给八路军带路

一天夜晚，已经睡着的李爱民突然被一阵敲门声惊醒。他打开门一看，一名八路军叔叔正站在那里。

他走进屋里对李爱民说道："现在要收割麦子，我们想请一位民兵带路去韩家沟，以便为那里乡亲们的麦收作掩护。"

听到如此紧急的任务，李爱民说道："现在已经很晚了，不好找其他人了，带路的事情就交给我吧！"

那名八路军叔叔略作迟疑，像是在说你小小年纪能带路吗。李爱民胸有成竹地说："叔叔你就放心吧，我对这一带非常熟！"

这名八路军带李爱民去村头见首长，他定睛一看：首长原来就是钟营长！

李爱民热情地跑过去，说道："钟营长，我是李爱民，您还记得我吗？您前年让我送过鸡毛信的！"

钟营长拍了一下脑袋，笑着说道："的确是，我记起来了，那个'活地图'就是你吧，太棒了！"

李爱民带着八路军绕过大路专拣小路走，一会儿爬山头，一会儿穿山沟，路上尖锐的石头扎破了双脚，草窠子在腿上剌出了两道口子，但他毫不顾忌，一心想着如何带领八路军顺利到达目的地。

翻过几个山头后，在天快亮时，李爱民领着八路军来到了韩家沟，他们隐约看到老乡们正忙着抢收麦子。钟营长擦干脸上的汗水，拍着爱民的肩膀亲切地说道："爱民啊，真要好好感谢你！要不是你，我们要多走一半的路呢，最终让我们比鬼子先到了！"

13 岁英勇献身

1943 年，日军占领了李爱民的家乡——白家庄，村里的百姓不得不向东沟转移。

眼看麦熟时节将至，白家庄的群众还要趁夜黑将地里已经成熟的麦子收割回来。这分明是在虎口里拔牙，行动非常危险！

夜幕完全笼罩下来，只能看到日军的炮楼在远处不时闪烁着探照灯的灯光。这黑夜中的麦田里，人们正小心翼翼地挥舞镰刀，悄悄进行着麦收行动。天将放亮，人们赶紧或背或挑，运着一夜的成果朝东沟方向急急走去。

走在前面的正是李爱民，背上背着一小口袋麦穗。他有意与大伙保持一定的距离，这样一旦被日军发现，便于向群众通风报信，为大家的及时转移作好准备。他寻思，这辛苦到手的粮食绝不能让日军抢了去。

已经能看到东沟了，人们眼看就要脱离日占区这一虎口之地。突然，李爱民听到从右面山上发出一声枪响，紧接着几个人影来到面前。李爱民推断，他们已经被日军发现了，日军的游动哨已经觉察到有问题。此时，李爱民已经没有时间往回跑，躲开这一伙人了。

路边钻出一个日军兵，他堵住李爱民的去路，大声叫喊着："做什么的？"

"自己人！"爱民冷静地回答道。

"口令！"

李爱民一下被问住了，口令是什么？但是他并没有惊慌。爱民想起与大家定的暗号，于是大声地咳嗽了三声。后面的人听到这一暗号，知道情况不妙，赶紧向路边的庄稼地里疏散开来。

日军觉察到不妙，但又不知具体情况，于是端起机枪朝李爱民打去。一颗子弹打在了李爱民的腿上，他倒了下来。

日军将李爱民带到河滩上，翻译官询问道："你是哪个地方的？"

"我是白家庄的。"

"到这里来干什么？"

"收麦子！"

日军知道李爱民是从白家庄来的，赶紧问道："白家庄的人都到哪里去了？"

"不就在这太行山里！"

"白家村的村长呢？"

"我怎么知道。"

日军翻译见李爱民存心不说实话，变得不耐烦了，发起了狠话："你听好了，不说实话只有死路一条。如果你告诉我们实情，我们马上送你回家。"说完，向李爱民晃了晃手中的枪。

李爱民并未感到恐惧，义正词严地说道："你们就是打死我，我也不知道！"

日军见李爱民不为所动，毫无办法，竟然把李爱民吊到一棵树上用皮鞭使劲地抽打。面对日军的残忍手段，李爱民咬住牙关，仍然是那句话："不知道！"

软硬兼施是日军的常用把戏，日军军官见硬的不行，开始改用软的办法。只见他掏出口袋中的一把日本糖，诱惑起李爱民来："小孩，告诉我们实话，皇军的奖赏大大的！"

李爱民接过了日军军官手中的糖，但他并没有吃，而是向日军军官脸上使劲地砸过去，说道："鬼子的臭糖谁会稀罕！"

受到羞辱的日军军官火冒三丈，朝李爱民狠狠地踹了一脚，李爱民承受不住倒在了地上。李爱民忍着疼痛暗自下决心：我坚决不能说，你们就打吧，最终也只是死我一个，但是不能做对不起八路军的事。

残忍的日军军官折磨了李爱民半天，但李爱民顽强不屈。最后恼羞成怒的日军军官抽出军刀，无情地刺向一个年仅 13 岁的弱小生命。

为了保护群众顺利转移，保卫群众手中赖以生存的救命粮食，年纪轻轻的李爱民献出了珍贵的生命。

潘家峪惨案

日军侵华战争中，对于以中国共产党为领导的敌后抗日根据地的军民行动，日军表现出十足的憎恨。日军为此开展了一次又一次的"大围剿""大扫荡"，实施野蛮的"杀光、烧光、抢光"的"三光"政策，各地惨案不断，妄图以此打压抗日根据地。潘家峪是冀东著名的抗日根据地，这个小山村位于河北省丰润县腰带山中。这一带是八路军、游击队袭击日军的重要场所，日军在此节节失利，可以说是又恨又怕。1941 年 1 月 25 日晚，日军为对根据地实施"扫荡"，暗地向潘家峪进军。日军一进村就开始到处搜查，全村 1500 多人还被迫集合到西大坑去听日军军官讲话。西大坑一时集结了众多百姓，指挥这次"扫荡"行动的军官佐佐木声嘶力竭地嚷道："哪个是共产党？哪个是八路军？统统讲出来！"

佐佐木的咆哮只换来了人们愤怒的沉默。这时，潘国清老汉的小孙女可能是被这阵势吓到，突然大声地哭了起来。佐佐木竟然残忍地用刺刀刺向了这个毫无招架之力的小女孩。见到孙女被害，潘国清老汉怒不可遏地猛扑向佐佐木。为了报仇他不惜豁出自己的一条老命，但还没近身，身旁的一个日本兵就将他砍倒了。这时人们再也无法容忍下去，在沉默中爆发了，1000 多人挥起手中的拳头，喊声震天，像是要与日军决一死战。但他们面对的是全副武装且毫无人性的法西斯强盗，这注定是一场实力悬殊的较量！在这场搏斗中，一些村民当场就倒在了日军的刺刀下。随后，日军将剩下的村民驱赶到潘家大院中。潘家大院门口架起了机枪，房顶和墙头上站满了端着枪的日本兵，地上则铺满了干柴草和松针。被围困的村民们看到这情景当即意识到，他们将要面临一场惨无人道的集体大屠杀！村民们想要冲出大门，但大门却被死死地关上了。此时，日军的机枪向着人群扫射起来，前面的村民应声倒下了一大片。日军又点燃一捆捆玉米秆向院子里扔去，地上的柴草和松针瞬时燃烧起来，潘家大院陷入了一片火海中。母亲抱着孩子，姐姐护着弟弟，儿子搀着年迈的父母，人群顿时混乱起来⋯⋯年逾 50 的潘国生老汉赶紧把身上着火的衣服脱下来，大声喊着"大家跟我来！跟小日本鬼子拼了！"他带头向大门冲去，猛扑向一个正端枪扫射的日本兵，把机枪夺过来后，他使尽力气用枪托狠狠砸向那个日本兵的脑袋，日本兵当即丧命。十几个青年见状直向大门口冲过去，此时周围日军的十几条刺刀同时刺向潘国生老汉，一条生命又惨死在日军的屠刀下。

村民的反抗使得日军的屠杀行动更加残忍，更加野蛮。机枪、步枪围绕着大院四周疯狂地扫射起来，人群被冰雹般的子弹笼罩着，不时还有手榴弹震天的爆炸声。为了使复仇的种子得以延续，张老汉不惜牺牲自己的性命，义无反顾地为 12 岁的潘国检跳墙逃跑作掩护。为了保护孩子，从未摸过武器的潘大妈毅然拾起了仍冒烟的手榴弹，朝着日军扔过去。因为有众乡亲的掩护，民兵潘善绪翻墙逃出了大院，他徒手把一个日本兵打死，另一个日本兵也受了重伤，最终他逃出了这个满目疮痍的村庄。

日军的大屠杀从上午持续到下午 7 点钟，1200 多个村民惨死在日军的暴行中，其中包括 650 多名妇女和儿童。村中的财物被日军洗劫一空，1000 多间房屋也都被放火烧毁了。这就是日军制造的令人发指的潘家峪惨案。